柳沢昌紀・伊藤慎吾
中島次郎・花田富二夫
安原眞琴――編

假名草子集成

第五十四巻

東京堂出版

例言

一、『假名草子集成』第五十四巻は、文部省の科学研究費補助金（研究成果刊行費）による刊行に続くものである。

二、本『假名草子集成』は、仮名草子を網羅的に収録することを目的として、翻刻刊行するものである。ここにおいて、本集成の刊行により、仮名草子研究の推進におおいに寄与せんことを企図する次第である。

三、既刊の作品は、全て、今一度改めて原本にあたり、未刊の作品については、範囲を広くして採用したい、という考えを、基本としている。

四、仮名草子の範囲は、人によって多少相違がある。中で、最も顕著なる例は、室町時代の物語との区別である。これについては、横山重・松本隆信両氏の『室町時代物語大成』との抵触は避ける予定である。しかし、近世成立と考えられる、お伽草子の類は、仮名草子として検討する方向で進めたい。

五、作品の配列は、原則として、書名の五十音順によることとする。

六、本集成には、補巻・別巻をも予定して、仮名草子研究資料の完備を期している。

七、校訂については、次の方針を以て進める。

1、原本の面目を保つことにつとめ、本文は全て原本通りとした。清濁も同様に原本通りとした。

2、文字は、通行の文字に改めた。

3、誤字、脱字、仮名遣いの誤りなども原本通りとし、（ママ）或は（……カ）と傍注を施した。

4、句点は原本通りとした。句点を「。」とせる作品は「。」、「・」を使用する作品はそのまま「・」とした。但し、読み易くするために、私に読点「、」を加えた場合もある。句読点の全くない作品は、全て「、」を以て、読み易くした。

5、底本にある虫食、損傷の箇所は□印で示し、原則として他本で補うこととし、□の中に補った文字を入れて区別した。他本でも補う事が不可能な場合は、傍注に（……カ）とした。

6、底本における表裏の改頁は」を以って示し、丁数とオ・ウとを、小字で入れて、注記とした。

7、挿絵の箇所は〔挿絵〕とし、丁数・表裏を記した。

8、底本の改行以外に、読み易くするために、私に改行を多くした。

9、和歌・狂歌・俳諧（発句）・漢詩・引用は、原則として、一字下げの独立とした。ただし、会話・心中表白部は、改行、一字下げとしない。

10、挿絵は全て収録する。

八、巻末に、収録作品の解題を行った。解題は、書誌的な説明を主とした。備考欄に、若干、私見を記した場合もある。

九、原本の閲覧、利用につき、図書館、文庫、研究機関、蔵書家など、多くの方々の御理解を賜ったことに感謝の意を表す。

十、仮名草子研究に鞭撻配慮を賜った故横山重氏、故吉田幸一博士、また出版を強くすすめて下さった故野村貴次氏、故神保五弥名誉教授、ならびに困難なる出版をひき受けて下された東京堂出版に、感謝する次第である。

平成二十七年七月

故　朝倉治彦

編集委員　花田富二夫
深沢秋男
柳沢昌紀

第五十四巻　凡　例

一、本巻には、次の六篇を収めた。

棠陰比事加鈔　整版本、三巻六冊（本巻には第五冊～第八冊・巻中之下～巻下之下を収録した）

つれづれ御伽草　整版本、一巻一冊、絵入

徒然草嫌評判　寛文十二年板、二巻一冊

道成寺物語　万治三年十月板、三巻三冊、絵入

徳永種久紀行　写本、一冊

何物語　寛文七年板、三巻三冊

二、それぞれの翻刻・解題は、『棠陰比事加鈔』『何物語』は花田富二夫、『つれづれ御伽草』『徒然草嫌評判』は安原眞琴、『道成寺物語』は伊藤慎吾、『徳永種久紀行』は中島次郎が担当した。

三、『棠陰比事加鈔』は、柳沢昌紀架蔵のものを底本とした。

四、『つれづれ御伽草』は、天理大学附属天理図書館所蔵のものを底本とした。翻刻番号第一一七八号。

五、『徒然草嫌評判』は、国立公文書館内閣文庫所蔵のものを底本とした。

六、『道成寺物語』は、ノートルダム清心女子大学附属図書館所蔵のものを底本とした。

七、『徳永種久紀行』は、宮内庁書陵部所蔵のものを底本とした。

八、『何物語』は、柳沢昌紀架蔵のものを底本とした。

九、本文のあとに、解題・写真を附した。

十、底本の閲覧、調査、翻刻、複写、掲載を御許可下さいました天理大学附属天理図書館、国立公文書館、ノートルダム清心女子大学附属図書館、宮内庁書陵部の御配慮に感謝申し上げます。

十一、第三十九巻より前責任者故朝倉治彦氏の全体企画を参考に検討し、第三十九巻から菊池真一・花田富二夫・深沢秋男が、第四十六巻から花田富二夫・深沢秋男が、第五十巻から花田富二夫・深沢秋男・柳沢昌紀が各巻の編集責任者となって、当集成の続刊にあたることとなった。共編者には今後を担う若い研究者を中心に依頼したが、編集責任者ともども、不備・遺漏も多いかと思う。広く江湖のご寛容とご批正を願いたい。

柳沢昌紀
伊藤慎吾
中島次郎
花田富二夫
安原眞琴

目次

『假名草子集成』で使用する漢字の字体について

本集成で使用する漢字の字体については、大略下記の方針に基づいて統一をはかった。

一、常用漢字は、新字体を使用する。
二、人名用漢字は、新字体を使用する。
三、常用漢字・人名用漢字以外は、正字体を使用することを原則とする。
四、異体字・略体字・俗字等は、おおむね現在通用の字体に改める。
五、当時の慣用と思われる次の異体字・略体字・俗字等は、底本のとおりとする。

体・躰　富・冨　嘆・歎　灯・燈　顔・皃
寝・寐　座・坐　歌・哥　淵・渕　蘆・芦
劉・刘　竜・龍　島・嶋　雁・鴈

假名草子集成

第五十四巻

棠陰比事加鈔

（整版本、三巻六冊）（承前）

棠陰比事巻中之下

公綽《シヤク》破《ハリ》レ柩《ヒツキヲ》 元膺《ケムヨウ》擒《トリコニス》レ輿《コシヲ》音預車也

〔察賊〕

柳《リウ》氏《シカ》叙《シヨ》-訓《キムニ》 云《ク》、柳《リウ》-公《コウ》-綽《シヤク》 為《タリ》二襄陽《ジヤウヤウノ》 節度使《セツトシ》一、歳《トシ》-険《ケムナリ》、隣《リム》-境《キヤウ》尤《モツトモ》-甚《ハナハタシ》、有《リ》二斉《シ》衰《サイノ》者《ノ》一、哭《コクシテ》 且《カツ》献《ケムシテ》レ状《シヤウヲ》 曰、遷《ウツス》二三-世《セイ》十-二-喪《サウヲ》 于武昌《フシヤウニ》一、為《タメニ》二津吏《シムリノ》一所《ラル》レ遏《トヽメ》、公綽即《ス》命《メイシテ》二軍候《クムコウニ》一擒《トリコニシ》二其人《ノヲ》一、破《ヤフル》二其柩《ノヒツキヲ》一音旧棺也皆実《ミナイル、ニ》 以《ス》二稲《タウ》-米《ヘイヲ》一、蓋葬《シハウムリテ》二 於歎《ケム》-歳《サイニ》一、不レ応《ヘカラ》三併《アハセテ》 挙《アク》二三-世十-二-喪《ヲ》一、故知《ニル》二其 詐《ノイツハリヲノミ》一耳

柳氏カ事ハ小学ニモ載ル也。唐ノ代ニテ。レキ〳〵ノ者也。叙訓《シヨキン》ハ教ヲ書ノヘタルモノ也。節度使《セツトシ》ハ軍-兵ノ惣司-也。日本ニテモ、昔ハ朝-敵ヲスル者ヲウツニ」一オハ。天子ノシルシ旗《ハタ》ヲ持《モチ》テ行也。一-説ニハ、孝経《ケウキヤウ》ニ、制《シ》レ節《ヲ》謹《ム》レ度《ヲ》、トアル意也。歳険《ケン》トハ凶《ケウ》-年也、隣境《リンキヤウ》ハ襄陽《シヤウヤウ》ノ隣-境也。斉衰《シサイ》ハ親ノ喪《モ》也。献状《ケンシヤウ》トハ柳公綽《リウコウチヤク（ママ）》ヘノ訴-訟也。三世十-二-喪《サウ》ハ十二人死タルト也。武昌《フシヤウ》ハ日本ノ荒井《アライ》ノ渡《ワタシ》ノヤウナル所也。津吏《シンリ》ハ渡ノ番《ハン》スル者也▲柳公綽、襄陽ノ節度使ノ時。凶年アリテ。殊ニ襄陽ノ隣-境饑《キ》-饉《キン》セリ。其年、親ノ喪服《モフク》ヲキタル者カ。公綽ヘ訴訟シテ申ケルハ。某《ソレカシ》三世十二喪アリテ。今武昌ヘウツサントスルヲ。武昌ノ渡ノ番ノ者ニ留ラレテ。迷惑イタス程ニ。御慈悲《シヒ》ニ仰-付ラレテ給レト云也。公」一ウ綽ソノマヽ、軍候《クンコウ》ニ云付テ。其者ヲトリコニシテ、其柩《ヒツキ》ヲワリテ見タレハ。稲米《タウヘイ》ヲ一ハイ入タリ•実《シツ》ノ字ヲイルヽト読ハ。荘子《サウシ》ヨリ出タリ。一ハイミツル也•何トシテ公綽ハ其ヲ知タソナレハ、凶-年ニ十-二-喪マテ葬《ハウフル》ト云ハ偽《イツハリ》ナラント察《サツシ》タリ、此ハ所ノ米ヲ法-度シテ。他-所ヘヤラヌヤウニトテ。武昌ノ渡ニモ番ヲ居《スヘ》タリ。隣-境カトリワキ饑《キ》-饉《キン》シタルニヨリ。襄陽《シヤウヤウ》ノ者ガ商売《シヤウハイ》ノ為ニ。喪ニカコツケテ。多クノ柩ニ米ヲ入テ。隣-境ヘヤラントシタル者也

鄭克《カ》曰、按《ルニ》此《レ》雖レ非《ストケウ》二劫-取《シユノ》者《ニ》一、而与《モト》二元膺《ケムヨウカ》 捜《サクル》レ輿《コシヲ》」二オ事《コト》一頗《スコフル》 相-類《ニタリ》也、然《モ》議-者 謂《ヲモヘラク》、以《テ》二閉《トツルハ》レ羅《カイヨネヲ》 非《ルヲ》レ美《ヨキニ》不《ト》レ足《タラ》レ為《スルニ》レ法《ハウト》、今但取《イマタヽトル》二其明《ノメイ》-察 慮《サツニシテ》レ有《ンコトヲ》二 他姦《タノカム》一故《ニ》、著《テ》

為二察賊《（ママ）スルレサツソクノ》之鑑一耳《カヽミトノミ》
鄭克按シテ曰。此ハ劫《ケフ》取《シュ》トテ。山タチ逐《ヲヒ》ハギナトノヤウニハナケレトモ。此下ノ段ノ元膺《ケンヨウ》カ輿《コシ》ヲ捜《サク》ルコトニ類セリ。米ヲ法度シテ他所ヘヤラヌハ・善《ヨキ》コトニテハナケレトモ。但其明察ヲ書ノセテ。他ノ姦《カン》アルヲモ。此ヲ以テ監《カヽミ》トセン為ニ。此ニ載タリト也。糴《テキ》ハウリヨネト読セテ。ドチヘモヤル米也。糶《テキ》《テフ》ハカイヨネト読セタレトモ。北磵《ホツカン》ハ糴ト糶ト通用《ツウヨウ》シテカ」二ウケリ。沽《コ》ノ字ヲ。ウルトモカフトモ読意也。北磵、糴糶《テキテフ》ノ賦《フ》ヲ作レリ。二字共ニテキノ音モアリ

〔察賊〕
唐呂元膺《ノリヨケムヨウ》字景夫《ハケイフ》、鎮二岳陽一《チムスカクヤウヲ》、因出遊賞《ヨツテイテ、ユウシヤウス》、乃登二高阜一《スホリカウフニ》、瞰《ミル》二也俯瞰苦濫切視原《ケム》野一《ヲ》、忽《タチマチ》見《ル》二有《テ》レ喪輿《サウヨ》駐《ト、マルヲ》レ道左《サニ》、男子《タンシ》五人衰《サイ》服《フクシテ》而随《シタカフ》、公《ノ》曰、遠葬《トヲクハウフル時ハ》則汰《タナヒイタリ》、近葬《チカクフル時ハ》則省《ハフケリ》、此決《レサタメテ》姧《カム》党《タウ》為《スルナラム》レ詐《イツハリヲ》也、因《ヨツテ》令《シム》三左《サ》右《ユウヲシテ》捜二索《サクリモトメ》之一《ヲ》、棺《クワムノ》中《ウチミナ》皆兵《ヘイ》刃《ジンナリ》、乃曰《ク》、欲《ス》二謀《ハカツテ》過《スキテ》レ江掠《ヲカスメムトクワヲ》レ貨、故仮《カリニ》為《ツクテ》二喪輿一《サウヨヲ》、使《シムル》二渡《ワタス》レ我者《ヲヲシテ》不《ラ》レ疑《ウタカハ》耳《ノミ》、公令《コウシム》レ劾《コクセ》レ之《ヲ》、更《サラニ》有《リ》二同《トウ》党《タウ》

数《ス》十一、已期集《ステニキシテアツマル》二於彼岸《カノキシニ》一、併擒《アハセトリコニシテ》以付レ法《テフスニ》
唐ノ呂元膺《リヨケンヨウ》、字ハ景夫《ケイフ》ト云人。岳陽《カクヤウ》ヲ鎮《チン》スル時。遊山」三オ玩水シテ。ヲカニ上リ、野原ヲ見ワタシタルニ。喪輿《サウヨ》ヲ道ヨリ左ノ方ニ留メテ。喪服ノ男五人アリ。元膺《ケンヨウ》曰、遠ク葬《ハウフ》ル者ナラハ汰《タナヒ》タリ。近ク葬ル者ナラハ省《ハフケ》リ・汰ハヲコリノ意也。省ハソサウナル意也・定メテ此者トモハ奸《カン》賊《ゾク》ニテ有ヘシ。喪服ヲキタルハ偽テ。スルナラントテ。左右ノ人ニ云付テ。棺《クワン》ヲアケサセテ見レハ。兵刃《ヘイシン》ヲ中ニ入タリ。其者共語リケルハ。何トソシテ番ノ居《スハ》リタル江ヲ越テ。盗ヲセントタクミ。カヤウノ似セコトヲシテ。渡ノ番ノ者ガ。トカメヌヤウニ。シタリトアカス也。此ノ渡モ兵刃ヲ穿鑿《センサク》シテ留ル所ト」三ウ見ヘタリ。元膺ソコテ劾《コク》シテ問タレハ。其外ニ六七十人同類アリト云也・劾ハガイトモコクトモ読也。罪ニヲトスコト也。上巻ニモ多クアルコト也・元膺ソノ同類共ヲ渡ノ岸《キシ》ニ集ルアイヅヲ。其者共ニハツヲトラセテ。残ラス擒《トリコ》ニシテ法ニ行ケル也

柳冤《リウシエタクイン》瘖奴《ヌヲ》 主扣《シユタヽク》撃也 音口 狂《キヤウ》嫗《アウヲ》

〔釈冤〕

唐《タウノ》柳渾《リウコム》、為《タリ》江西観察使判官《カウセイノクワムサツシハンクワン》、僧《ソウ》有夜飲火《ヨルインシテヤク》其盧《ノロヲ》者《ノ》、帰《キス》罪《ツミヲ》瘖奴《イムヌニ》、軍候《クムコウ》受《ケテ》財《サイヲ》不詰《ナシラ》、獄具《コクソナハル時ニコント》、渾与其僚《ノレウ》崔祐甫《サイユウホ》、白《マウシテ》奴冤《ヌカエムヲ》於観察使《クワムサツシ》魏《ギ》少游《セウユウニ》、趣《スミヤカニトフ》訊其僧《ノソウヲ》、僧乃《ス》首伏《シユフクス》 見《タリ》唐書柳渾本伝《ニ》 」四オ

唐ノ柳渾《リウコン》、江西ノ判官ニテ有シ時。或僧カ夜酒ヲ飲テ。其家ヲ焼《ヤキ》タリ。僧ノ。ツカイ者ニ瘖《ヲシ》ノアリケルニ。罪ヲオフセタリ。僧賂《マイナイ》ヲシタル程ニ。下司《ツカサ》トモモ僧ヲトジラス。柳渾カ同僚崔祐甫《レウサイユウホ》ト共ニ。奴カ冤《エン》ヲ魏少游へ申テ。僧ヲセメテ問タレハ。首伏《シユフク》シケリ▲僚ハ。トモカラニテ。同シ役《ヤク》ヲスル者ヲ云

鄭克《カク》曰、按《ルニ》僧飲《ソウヲム》酒失《シユシツ》火《クワ》、二罪倶発《サイトモニハツス》、而謂《シテフ》失火《スル》者《ノハ》瘖奴《イムヌト》耳《ノミ》、且掩《カツオホフ》其飲酒《ノノムノサケヲ》之迹《アトヲ》也、若非《モシ》軍候《ンハクムコウ》受《ケテ》財《サイヲ》不詰《ルニナシラ》、則此獄《スノコク》豈難《ニムヤ》弁乎《シ》、惟上下相蒙《タヽシヤウカアイアサムイテ》、不以獄《テコク》事《シヲ》為意《ト》、故莫之《ニナキヲ》弁《スルコトノミ》耳、渾与《コムト》祐甫《ユウホ》」四ウ 一代英《タイノエイ》賢《ケムニシテ》、而白《マウス》其冤《ノエムヲ》、少游能聴《セウユウヨクキヽ》用《モチユ》之《ヲ》、故趣《ニスミヤカニトフト》訊僧《ヲ》云《フ》、斯《コレ》亦可《シ》称《セウス》也

鄭克按シテ曰、僧ノ飲酒《ヲンシユ》ハ五戒《カイ》ノ一ツ也。失火ト二罪ヲナセリ。其上ニ手アヤマチヲシタル者ハ瘖奴《インヌ》ナリト云テ。酒ヲノマヌ由ヲ。コトハラントス。下司ノ者ハ賂《マイナイ》ヲトリテ。僧ヲナシラス。瘖奴ニオフセスマサントシタレトモ。柳渾《リウコン》ヤ祐甫《ユウホ》ハ一代ノ賢人ニテ。其冤《エン》ヲ少游ニ申テ。奴カ罪ヲハラシタリ。此ハ書載イテハト評スル也

〔釈冤〕

大卿《タイケイ》王罕《ワウカン》、知潭州《チタルタムシウニ》時《トキ》、有《リ》狂嫗《キヤウウ》、数《シハ〳〵》邀《ムカヘテ》知州《ヲ》訴《ウツタフ》事《ヲ》」五オ 言無《コトシ》倫理《リムリ》、従騎《セウキ》多屏《クシリソケオフ》逐之《ヲ》、罕《カム》至《ル時ニマタ》復出《イテヽ》訴《ウツタフ》、左右《サユウ》欲逐《スヲハムト》之《ヲ》、罕乃《カムス》令《シム》引帰《ヒキカヘテキカ》聴事《コトヲ》、叩《タヽイテ》堦徐問《カイヲヤウヤクトフ》、嫗《ウハ》雖《トモ》言語雑乱《ケムキヨサツラムスト》、然時有《モニ》可《リ》采者《キトル》、乃其始《スノハシメシテ》為人嫡妻《ノテキセイト》無子《シコ》、其妾有子《ノセウリコ》、夫死《ヲツトシシテ》為妾所逐《タメニセウノルヲハ》、家貲《カシ》妾尽拠《セウコト〳〵クヨル》之《ニ》、累訴《シキリニ》不《レトモ》直《ナヲカラ》、因恚《ヨツテフツクムテ》 於睡切恨怒也 而狂《キヤウス》、罕為直《タメニナヲクシテ》其《ノ》事《コトヲ》、尽《コト〳〵ク》以家貲《テカシヲ》与《アタフ》之《ニ》 見《タリ》涑水記聞《ニ》

大卿王罕《カン》、潭州《タンシウ》ニ知タル時。物クルイノ嫗《ウハ》アリ。シ

ハ〱知州ニ事ヲ訴フ。此知州ハ、王罕ヨリ以前ノ守護也。無レ倫《リン》理《リ》トハ。スチメコトハリナキ也。従《セウ》騎《キ》ハ知州ノ供《トモ》ノ者也。物狂ナル故ニ。供ノ者トモカ逐《ヲヒ》ノケテ。訴」五ウ訟ヲモサセヌ也。其後、王罕《ワウカン》至ル時。又訴訟スル也。ソハニ居ル者、嫗《ウハ》ヲ逐ハラハントス。王罕サヤウニハ何トテスルソトテ。呼カヘシテ事ヲ聴ニ。言語ハ次第ナケレトモ。聴《キ、》トコロアリ。此者、人ノ本妻ニテ有シカ。子ナクシテ、其妾《セウ》ニ子アル程ニ。夫死シテ妾ニ逐出サレテ。家財モ皆妾カトリタリ。度々訴レトモ不レ済。ソレニ腹ヲ立テ。狂人トナリタル也。王罕キ、、分テ。家財ヲコト〱ク本妻ノ狂嫗ニヤリタリ

李《リ》公験《コウコ、ロミ》レ欅《キヨヲ》 音挙即欅柳也 王臻《ワウシム》弁《フ》レ葛《カツヲ》

〔証憑〕

尚書李南公《シヤウシヨリナムコウ》、知《チタル》二長沙県《チヤウシヤケムニ》一時《トキ》、有《リ》二闘《タ、カフ》者一、甲強《カフツヨフシテ》而乙《ヲツ》」六オ弱《ヨハシ》、各《ヲノ〱》有《リ》二青赤痕《セイシヤクノアト》一、南公召使《ナムコウヨムテシメテス、マ》レ前、以《テ》二自《ミツカラノ》指《ユヒヲ》一捏《ヒネテ》レ之《ヲ》曰《ク》、乙真《ハマコトニシテ》而甲偽《カウイツハレリ》也、訊《トフニ》レ之果然《ヲハタシテシカリ》、蓋南方《シナムハウニ》有《リ》二欅柳《キヨリウ》一、以《テ》レ葉塗《ハヲヌル時ハキ》二肌膚《フニ》一、則青赤《スセイシヤクニシテ》如《シ》二殴傷《ウチキスツク》者《ノ、》一、剝《ハイテ》二其皮《ノカハヲ》一横《ヨコニ》置《ヲイテ》二膚《ハタヘノウヘニ》上一、以《テ》レ火熨《ヒヲノス時ハ》レ之《ヲ》、則如《シ》二梏《ウチ》 部項切杖也亦作棒 傷《キスツク》者《ノ、》一、水《ニ》洗《アラヘトモ》不レ落《ヲチ》、但殴傷《タ、ウチキスツク》者《ハ》、血聚《チアツマル時ハ》則硬《カタフシテ》而偽《イツハル》者《ハ》不レ然《ラ》、南公乃《ス》以《テ》レ此弁《ヲス》レ之《ヲ》也 聞《ク》二之《ヲ》士林《ニ》一

李南公、長沙県《チヤウシヤケン》ヲ知ル時、タ、カフ者アリ。一人ハツヨク。一人ハヨハシ。二人共ニウチ疵《キス》アリ。南公二人ナカラ前ヘ召テ。疵ヲヒネリテ曰。乙《ヲツ》ハ真ノ疵也。甲《カウ》ハ偽リ也トテ。穿鑿シタレハ。南公ノ言コトノ如シ。南」六ウ方ニ欅柳《キヨリウ》トテ云木アリ。葉ヲ取テ膚《ハタ》ニヌレハ。青赤ニシテウチキスノ如シ。又其皮ヲハイデ。膚ノ上ニ引ノヘテ置テ。火ヲ以テ、其上ヘ火ノシヲカクルヤウニスレハ。梏傷《ウチキス》ニ少モチカハスシテ。洗《アラ》ヘトモ不レ落也。但シ梏傷ハ血聚《アツマ》ル故ニカタシ。偽ル者ハサナキ程ニ。南公ヒネリテ弁セリ

鄭克曰《カク》、按《スルニ》闘《トウ》殴《ヲウノ》之訟《ウツタヘ》、以《テ》レ傷《キスツクヲシテ》為レ証《セウト》而《モ》有《リ》二此偽《ノイツハリ》一、豈《ニ》可《ンヤ》レ不《ル》レ弁《セ》、故特著《ニコトニシルス》焉

鄭克曰、タ、カイウツノ訟ヘハ。傷ヲ証迹トスルニ。此偽リアリ。訟ヲ聴人ハ此コトヲシライテハ。カ」七オ

ナハヌコトナレハ。此ニシルスト也

〔弁誣〕

王諫《カム》議《キ》、知《チタル》二福州《フクシウニ》一時《トキ》、閩《ミム》音民東南越種人欲《ス》レ報《ムクイント》レ仇《アタヲ》、或先食《ハマツクラツテヤ》二野葛《カツヲ》一、而《シテ》後闘《ニタヽカイ》即《チ》死《シス》、其家遂《ノイヘツイニ》誣《シイテ》告《ツク》レ之《ヲ》、臻問《シムトフ》、所《ロ》レ傷《キスツク》果《ハタシテ》致《イタス》レ命《メイヲ》耶《カ》、吏曰《リノ》、傷無《シ》レ甚《ハナハタシキコト》也、臻以為《テス》レ疑《ウタカフコトヲ》、反《カヘツテ》訊《トフ》二告《ツクル》者《ヲ》一、乃得《スタリ》二其実《ノジツヲ》一見二本伝一

王臻《ワウシン》、福州ニ知タル日。閩《ミン》人アタヲ報ントシテ。野《ヤ》葛《カツ》ヲクライテ。後ニ闘テ死ス。死タル者ノ方カラ。誣《シイ》テ訴訟シタリ。王臻キスヲ問フ。死ヌルキズニテ有歟ト。吏カ曰、傷《キス》ハ少シノコトナリト。王臻疑《ウタカイ》テ。訴フル者ニ訊ハ。野葛ヲ食テタヽカフタト云

野葛ハ大毒《トク》也」七ウ クチハミノ小便シタル迹ニ生ル草也。或云、クチハミノ。キヌヲヌイタ迹ニ生ル葛《カツラ》也。羅山先生云。古意安《コイアン》ノ云。駿河《スルカ》ニモ野葛アリト。野葛ノ訓《クン》ハ。ナヘワリト云也

鄭克曰《カク》、按《ルニ》賈昌齢《シヤウレイ》少卿《セウケイ》、初為《ハシメタリ》二饒州《ネウシウノ》浮梁《フリヤウノ》尉《イ》一、其俗《ノソク》軽《カロムスシヲ》レ死、与《ト》レ人有《レハ》レ怨《アタ》、往《ワウ》往〱《ニマツ》先食《テヤ》二野葛《カツヲ》一、以誣《テシフ》二怨《エム》者《ヲ》一、昌齢《シヤウレイ》輒《スナハチ》能《ヨク》弁《ヘム》二究《キウス》之《ヲ》一、与《ト》二臻《シムカ》問《フ》一レ傷類《ヲルイセリ》矣、是皆深《レミナフカク》察《サツスル》者《ナリ》也

鄭克曰、賈《カ》昌齢《シヤウレイ》、饒州《ネウシウ》浮梁《フリヤウ》ノ尉《イ》ニテ有シ時。其土《ト》俗《ソク》死ヲ軽ンシテ。人トアタアレハ。幾人《イクタリ》モ先野《マツ》葛ヲ食」八オテ闘テ死ス。サテ其家人トモアタヲ誣ルコト多シ。昌《シヤウ》齢《レイ》ヨク心得テ弁究《ヘンキウ》スル也。王臻《ワウシン》ガキスヲ問ト類セリ。是等ハ深ク察《サツ》シタル者也

潁知《エイシリ》二子盗《コノヌスヒトヲ》一　孫料《ソムハカル》二兄殺《コノカミノコロスヲ》一

〔察盗〕

郎《ラウ》中《チウ》欧《ヲウ》陽《ヤウ》潁《エイ》、知《チタリ》二歙《キウ》許及切州《シウニ》一、富《フ》家《カ》有《リ》レ盗《ヌスヒト》、啓《ヒラク》二其蔵《ノクラヲ》一、捕《トラフレトモ》久《クス》不レ獲《エ》、有《ユウ》司《シ》苦《クルシム》レ之《ヲ》、潁曰《エイカク》、勿《ナカレ》レ捕《ルコト》、独召《ヒトリヨンテフ》二富家《カノ》二子《ヲ》一、械《コクシテ》付《ツケテ》レ獄《コクニ》劾《コクス》レ之《ヲ》、即伏《スフクス》、吏《リ》民《ミム》初疑《メ》下不《フシテ》レ勝《タヘ》二楚《ソ》掠《リヤウニ》一而自《ミ》誣《シユト》上、及《テ》レ取《トルニ》二其所《ノノ》レ盗《ヌスメル》物《ヲ》一、乃信《イマシシムス》見《タリ》二欧陽脩《カ》所《ノ》レ撰《スル》墓誌《ニ》一

欧陽潁《ヲウヤウエイ》、歙州《キウシウ》ニ知タル日。富ル者アリ。其蔵《クラ》ヘ盗人カ入タリト告ル也。有司、盗人ヲ捕ントテ。久シクカヽ」八ウ レトモ。シレスシテ苦《クルシ》ム也。潁《エイ》曰、カマヘテ〱捕ユルナ

トテ。潜《ヒソカ》ニ富家ノ子トモヲ召テ。ホタシヲウチ。ナトシテ。効《コク》シテ問タレハ伏シタリ。人皆ハシメハ糺-明ニ堪《タヘ》カネテ。自《シ》-誣《フシ》タルカト疑ヘリ。其後ニ盗タル物出テ。人皆信《シン》シケリ

〔察奸〕

孫長卿侍《ソムチヤウケイシ》-郎《ラウ》、知《チタリ》二和州《ニ》一、民有《タミリ》下訴《ウツタフルヲト〱》二弟為《タメニ》レ人所《ノルト》レ殺《コロサ》者《ノ》上、察《サツシテ》二其言《ノコトノ》不《ルヲ》レ情《マコトナラ》、乃問《チトフ》、汝戸《ナムチカコ》幾等《ハクトウソ》、曰、上《シヤウ》-等也《トウナリ》、汝《カ》家《イヘ》幾《イクハク》-人《ソ》、曰、唯《タヽ》一-弟《テイトト》与レ妻《セイ》-子《シ》耳《ノミ》、長卿《チヤウケイカ》曰《ク》、殺《コロスヲト〱》レ弟《ヲ》者《ノハ》兄《アニナラン》也、豈将《ニマサニ》三併《アハセテ》有《ユウセント》二其貲《ノタカラヲ》一乎《カ》、按《スルニ》レ之果《ヲハタシテ》然《シカリ》矣

見《タリ》二王珪《ケイカ》所《ノ》レ撰墓-誌一

孫長卿《ソンチヤウケイ》、和-州ニ知タリシ時。或民カ弟《ヲト、》ヲ人ニ殺サレ」九オタト訴フルナリ。長卿、誠ニテアルマシト察シテ。問曰。汝カ家ハイカ程冨タルソ。田畠《タハタケ》ハ何ホトアルソト。上-等《トウ》也ト答フ。又問、汝カ家ニ人ハイカ程アルソト。答曰。タ、弟一人ト妻子マテ也。長卿曰。弟ヲ殺シタ者、汝テアラン。弟ノ財物ヲ合テ。汝カノニセントテ殺シタル者也トテ。穿鑿シテアレハ。案《アン》ノ如ク然リ

鄭克曰《カク》、按《スルニ》奸《カム》-人之《ノ》匿《カクシ》レ情《セイヲナス》作レ偽《イツハリヲ》者《ノ》、或聴《ハキイテ》二其声《ノコヱヲ》一而知《シリ》レ之《ヲ》、或視《ハミテ》二其色《ノイロヲ》一而知《リ》レ之《ヲ》、或詰《ハナシリテ》二其辞《ノコトハヲ》一而知《リ》レ之《ヲ》、或《ハ》訊《トフテ》二其事《ノコトヲ》一而知《ル》レ之《ヲ》、蓋以《シテ》二此四者《ノヲ》一得《ウ》二其情《ノセイヲ》一矣、故奸《ニカム》-偽之《キノ》人、莫《シ》二能欺《ヨクアサムクコト》一也、然苟《モイヤシクモ》非《ハ》レ明《アキラカナルニ》二於察《サツ》」九ウ奸之《カムノ》術《シユツニ》一、則亦《イツクンソヨクアツカランヤ》一焉能与二於此《コヽニ》一哉

鄭克カ按スルニ。奸-人ノ情ヲカクシテ。偽ヲナス者ヲハ。或ハ其声ヲ聴テ知リ。或ハ其顔-色ヲ見テ知リ。或ハ其カ辞《コトハ》ヲトガメ。或ハ其事ノ次-第ヲ訊《トイ》テ知ル也。此四ノ者ヲ以テスレハ。其カクス処ヲ知ル也。偽ヲスル人モ。欺《アサム》クコトハナラヌソ。然レトモ、明-察ノ人ニテナクハナルマイソ

郭躬明《クワクキウアカシアヤマリヲ》レ誤　希亮救《キリヤウスクウニクルヲ》レ亡

〔議罪〕

後漢《コカム》郭躬《ノクワクキウ》、以《テ》二郡-吏《クムリヲ》一辟《メサル》二公-府《コウフニ》一時《トキニ》、有《リ》二兄-弟《ケイテイ》共《トモニ》殺《コロス》レ人者《ヲノ》一、而罪《シテツミ》末《タ》レ有《ラ》レ所《トコロ》レ帰《キスル》、明帝《メイテイ》以《ノ》二兄《コノカミヲ》一不《ヲシヘヲト〱》レ訓《ヲ》レ弟故《ニ》、報《ホウシテ》二兄《ヲ》」十オ重《ヲモキニ》一而減《ヲトス》二弟死《ノシヲ》一、中《チウ》-常《シヤウ》-侍《ジ》孫《ソム》章《シヤウ》、宣《ノヘテ》レ詔《ヲ》誤《アヤマテ》言《イフ》二両《フタツナカラ》

報《ホウスト》レ重《キヲ》、尚《シヤウ》書《シヨ》奏《ソウス》、章《シヤウ》矯《イツハル》レ制《セイヲ》罪《ツミ》当《アテム》二腰《エウ》斬《サムニ》一、帝《テイ》以《テ》二躬《キウカ》明《アキラカナルヲ》レ法《ハウ》律《リツニ》、召《メシ》入《テ》問《フ》レ之《ヲ》、躬対《キウコタフ》、章応《アタレリ》二罰《ハツ》金《キムニ》一、帝《ノ》曰、章矯《イツハツテ》レ詔殺《ヲコロス》レ人《ヲ》、何謂《ソイフ》二罰《ハツ》金《キムト》一、躬曰《カク》、法令《ハウレイニ》有《リ》二故《コ》誤《ゴ》一、章伝《ツタフルノメイヲ》レ命之謬《アヤマリ》、於《テ》レ事《コトニタリ》為レ誤《アヤマリ》、誤者《ルノハ》其《ノ》文則《ス》軽《カロシ》、帝《テイノ》曰、囚《シウ》与《ト》レ章同《トウ》県《ケムナリ》、疑《ラクハ》其故《コナラム》也、躬曰《カク》、周《シウ》道《タウハ》如《シ》レ砥《トノ》音紙平也均也其《ノ》直《ナヲキコト》如《シ》レ矢《ヤノ》、君子《ハ》不レ逆《ムカヘイツハリヲ》レ詐、帝王《ハノツトル》法レ天《ニ》、刑《ケイ》不《ト云》レ可二委《イ》一曲《キヨクシテナス》生レ意《コヽロヲ》、帝称《セウシテセン》レ善、遷《ウツス》二躬廷尉《ヲテイイ》正《セイニ》一 出《タリ》二後漢《ノ》本伝《ニ》一

後漢ノ郭躬《クワクキウ》ハ郡ノ吏ニテアリタルヲ。公府へメサレタル時。兄弟共ニシテ人ヲ殺ス者アリ。兄弟ノ内イ」十ウ ツレ罪ノ重《ヲモ》キト云コト。イマタ不レ決。明帝ハ光武ノ子也。兄カ弟ニ教《ヲシヘ》スシテ。共ニ殺タレハ。兄ノ罪重シ、弟ハ軽クスヘシト也•孟子ニモ、親カ子ニ教ヌハ親ノ罪也。兄カ弟ニ教ヌハ兄ノ罪也トアリ•孫章詔《セウ》ヲノヘテ。誤《アヤマリ》テ二人ナカラ重キ罪ニ報スト云。其時尚書《シヤウシヨ》ノ官ニテ有ケル人。奏シテ曰。孫章カ詔ノ如クニセスシテ偽リタル程ニ。殺サントト申ス也•矯制《ケウセイ》トハ帝ノ詔ノ。スリチカフヲ云也•明帝、郭躬《クワクキウ》カ法律ヲアキラカニ知タルユヘニ。召シテ此コト如何ト尋ラレケレハ。郭躬カ曰、過銭《クワセン》ヲ出ス法ニ当リタリト。帝曰、詔ニタガイ」十一オ 人ヲ殺ス。何ソ罰金《ハツキン》ト云。躬《キウ》又曰。法令ニ故誤《ゴ》ト云コトアリ。コトサラニ誤《アヤマ》ルトテ。知ツ、ワサトアヤマルヲ云。章《シヤウ》ハ命《メイ》ヲ誤リタリ。誤ル者ハ科《トカ》カロシト云。帝曰、囚《シウ》人ト章ト同県ノ者ナル程ニ。其ユヘナラントナリ。躬曰、君子ハ人カ詐《イツハ》リカセウズラフトテ。コチカラハムカヘヌ也。帝王ナトハ、殊ニ意ニ曲折《キヨクセツ》ヲナスヘカラスト云。明帝ソコテ尤ナリトテ。躬ヲ廷尉《テイイ》正《セイ》ノ官ニナサレタリ

鄭克曰《カク》、按《スルニ》深《シム》文峻《フムシユム》法《ハウニシテ》、務《ツトメテスル》為二苛《カ》寒歌切繁細也刻《コクヲ》一者《ノハ》、皆《ミナ》委《イ》曲《キヨクナシテ》生レ意《ヲ》而然《シカリ》也、君子不《ハス》レ逆《ムカヘイツハリヲ》レ詐、蓋悪《シニクム》三其」十一ウ 末《マウ》（ママ）流決《リウサタメテ》至《ン》二於此《ニ》一爾《ノミ》、伝称《テンニイハク》、躬《キウカ》之典《ツカサトル時ニ》二理官《ヲ》一也、決《ケツシコクヲコトハルケイヲ》レ獄断レ刑、依《ヨル》二於矜恕《ケウシヨニ》一、故世《ニヨヽ》伝《ヘテ》レ法律《ヲ》而子孫至《ル》レ公《ニ》者《ノ》一人、廷尉《テイイ》七人、侯《コウタル》者《ノ》三人、二千石侍《シ》中郎《ラウ》将《シヤウタル》者《ノ》二十余《ヨ》人、侍《シ》御《キヨ》史《シ》正《セイ》監《カム》平《ヘイタル》者《ノ》甚衆《タオホシ》、積《ツムノセムヲ》レ善之慶《ケイ》、不《ヤ》二其《レ》甚《シカラ》一歟

鄭克カ曰、深文トテ。フカク求メ出シテ。アヤヲナシ。

キブキ法ニシテ。苛刻《カコク》ヲナス者ハ、委曲意《イキヨクイ》ヲナシテモ然リ。君子ハ偽ヲハムカヘヌ也。末流此ニ至ラントハ。末〳〵ノ獄吏《コクリ》ガ曲意ヲシテ。法ヲ失ンコトヲニクムト也。郭躬《クワクキウ》ハ刑《ケイ》ヲコトハルニ。矜恕《ケウチヨ》ノ心ノア」十二オ リタル故ニ。世々法律ヲ伝ヘテ、子孫皆繁昌《ハンシヤウ》シタルト也。積《シヤク》善《セン》ノ家ニ余慶《ヨケイ》アリト評セリ。皐陶《カウヨウ》ハ善人ナレトモ。獄吏ナル故ニ。子孫ノナキト云論アリ。深文《シンモン》苛刻《カコク》ノコト、上巻ニ詳也

〔議罪〕

陳希亮《チンキリヤウ》大卿《タイケイ》、為《タル》二開封府司《カイホウフノシ》録《ロク》一時《トキ》、有二青州男子《セイシウノタムシ》趙宇《テウウト云モノ》一、上二言《ケムシテ》元昊決《ケムカウケツシテ》反《ハムスト》一、坐《ツミシ》責《セメラレテ》、為《ナツテ》二文学参軍《フムカクサムクムト》一、福州《フクシウニ》安置《アンチス》、明年《メイネムニ》果《ハタシテ》反《ハムス》、宇《ウ》自訟《ミフ》而所部《モシヨホウ》不レ受《ウケ》、亡《ニケテ》至《ル》二京師《ケイシニ》一、執政《シツセイ》令《シムルニ》レ劾《コクセ》、以《テス》二在《テ》レ官無《ニシテユヘサル》レ故去《ノ》法《ハウヲ》一、希亮《キリヤウ》奏《シテ》、乞《コフ》以《テ》二宇所《ウカロノ》一レ上封《ルホウ》事《シヲ》一付《フセン》二有司《ユウシニ》一、即其言《モシノコトシルシアラハ》驗 不《ト》レ当《カラ》レ加《ニフ》レ責《セメヲ》、由《ヨツテ》レ是得《ニタリ》レ釈《コトヲ》

見二本伝《ニ》一

」十二ウ

陳希亮《チンキリヤウ》ト云人、開封府《カイホウフ》ノ司《シ》録《ロク》ニテ有シ時、青州ノ趙宇《テウウ》ト云者アリ。元昊《ケンカウ》カ謀反《ムホン》スルト言上スル也。元昊ハ趙徳明《テウトクメイ》カ子。趙元昊ト云テ大名ナリ。夏国《カコク》ニ居テ乱ヲ興《ヲコ》シタル者也。此時ハ謀反ノコト沙汰ナカリタル故ニ。却テ趙宇ツミセラレテ。文学参軍《フンカクサンクン》ノ官ニナサレテ。福州ニ流シヲカル•安置《アンチ》ハ此ニテハ。流シヲク意也•其明年、果シテ元昊謀反ス。ソコデ趙宇、ワタクシカ申タルコト偽ニアラス。召カヘサレヨト訟フレトモ。所ノ司《ツカサ》キ、モイレス。取ツガヌホトニ。趙宇ハシリテ京ニ帰ル也。執政《シツセイ》、コレヲ沙汰ノ限《カキ(ママ)》ナリトテ。劾《コク》」十三オ スル也。希亮《キリヤウ》カ曰、趙宇《テウウ》ガ封事《ホウシ》ヲ。有司ニフシテタ、スヘシ。其事マコトナラハ。趙宇ヲ責《セム》ヘキコトニアラスト判断シケル程ニ。ユルサレタリ•封事ハ帝王ノ前ヘ上ル状也。人ノ見ヌヤウニトテ。封シテノリ付ニシテ上ル也

鄭克《カ》曰、按《スルニ》此《レ》論《スル時ハ》二其状《ノヲ》一則宇《ウ》為《シテ》二文学参軍《フンカウサンクムト(ママ)》一福州安置《ニアムチス》、而亡《ルニ》至《テル》レ京師《ケイシニ》、劾《コクスルニ》以《テス》二在《テ》レ官《クワムニ》無《シテユヘニクルノ》レ故亡 法《ヲ》二可《ナランヤ》一也、論《スル時ハ》二其情《ノヲ》一則宇《ウ》豈無《ニシテユヘニクルナランヤ》レ故亡哉、本坐《モトツミセラレテ》レ言《スニ》二元昊《ケムカウ》反《ハムスト》一、而責《セム》レ之《ヲ》、今果《イマハタシテ》反矣《セリ》、尚何《ナヲソ》劾焉《コクセン》、希亮《キリヤウ》可《シ》レ謂《フ》二能捨《ヨクステ》レ状《ヲ》以探《テサクルト》レ情《ヲ》也

」十三ウ

鄭克カ曰。此コトヲ公界《クカイ》ムキヨリ論スルナラハ。趙宇《テウウ》ヲ文学参軍《フンカクサンクン》ニナサレテ。福州ニ流シ置レタルニ。亡《ニケ》テ都ヘ上タレハ。劾《コク》スルニ官ニ在テ。故ナキニ亡タル法ニ行フトモ。サモ有ヘシ。根本《コンホン》ナカサレタル子-細ヲ以テ見レハ。故ナフシテ亡タルトハ云カタシ。元昊《ケンカウ》カ謀《ム》-反《ホン》スルト申上タルヲ。偽リナリトテ流サレタレトモ。今果シテ其言ノ如シ。何トテ劾センヤ。希亮カ情ヲサクリテ。罪ナキニ云ナシタルヲ褒美《ホウヒ》セリ。此ニ引詩ハ。小雅大東ノ篇ニアリ

商《シヤウ》原《ユルシ》二詐《サ》-服《フクヲ》一　竇阻《トウサフ》二免《メム》-喪《サウヲ》一」十四オ

〔議罪〕

晋《シムノ》 商仲堪《シヤウチウカム》(ママ)、為《タリ》二荊州牧《ケイシウノホク》一、有二桂陽《ケイヤウノ》人黄欽生《クワウキムセイト云モノ》一、二-親《シム》久《ク》没《ホツス》、詐《イツハツテ》服《フクシテ》二縗麻《サイマヲ》一言《イフ》レ迎《ムカフト》二父《チ、ノ》喪《モヲ》一、府《フ》-曹《サウ》依《ヨツテ》レ律《リツニ》棄《キ》-市《シス》、商《シヤウカ》曰、原《タツヌルニ》二此法《ノハウ》-意《イヲ》一、当《マサニ》以《テ》二二-親《シムノ》生《セイ》-存《ソムスルヲ》一、而横《ミタリニ》言《イハ、》二死《シ》-没《ホツストセイ》一、情《シ》-事悖《ハイ》-逆《キヤク》所《ナリ》レ不レ忍《シノヒ》レ言《フニ》、固《マコトニ》当《マサニ》二棄《キ》-市《シス》一、今欽生《イマキムセイカ》父-母終《ツイニ》没《ホツス》、此特誕《レコトニタム》-妄《バウノ》之過《アヤマチナリ》、遂《ツイニ》免《ユルス》レ死《シヲ》 出晋書

晋ノ商仲堪《シヤウチウタン》、荊州《ケイシウ》ノ牧《ホク》トナル。商ヲ殷《イン》トモ書。殷仲堪ハ耳ノハヤキ者ニテ。蟻《アリ》ノ動ヲ聴テ。牛《ウシ》ノ闘《タ、カウ》ト云タ者也。牧ハヤシナフト云テ。民ヲヤシナフコト也。太守ト同シ心也。舜典《シユンテン》ヨリ出タル字也▲桂陽《ケイヤウ》ト云所ニ、黄欽生《クワウキンセイ》ト云者。二親没《ホツ》シテ久クナルヲ。忌《イミ》ノ中ニテ有ト」十四ウ云テ。喪服《モノフク》ヲ着《キ》テ公界《クカイ》ノ役《ヤク》ヲセヌ也。府曹《フサウ》ソレヲ知テ。律ノ法ノ如クニ殺スヘシト云●府曹ハ奉-行也●仲堪《チウタン》カ曰。律ノ法意ヲ考《カンカ》ヘテ見ルニ。二-親存生《ソンシヤウ》ナルニ。死タリト云ハ。大キナル科《トカ》ニテアレハ。誠ニ殺スヘシ。是ハタ、ミタリナルコトヲ云科ニアテ、。死ヲハユルスヘシト也。律ノ法ニ、忌ニ有テ後ニ。妻ノ子ヲ産《ウミ》ナトスレハ。アトヘ考ヘテ。十ケ月ノ内ニ忌カ当《アタ》レハ、科ニヲトスコトアリ

鄭克曰《カク》、按《スルニ》昔《セキ》-人称《セウス》二郭躬《クワツキウヲ》推《シテ》レ己《ヲノレヲ》以《テ》議《ハカリ》レ物《ヲ》、捨《ステ、》レ状《ヲ》以《テ》探《サクルト》レ情《ヲ》、夫《ソレ》推《ヲシテ》レ己《ヲノレヲ》以《テ》議《ハカル》レ物《ヲ》者恕《チヨナリ》也、捨《ステ、》レ状《ヲ》以《テ》探《サクルハ》」十五オレ情《ヲ》者忠《チウナリ》-也、仲堪《チウタム》亦庶《コイネカハ》-幾焉《ムカ》、苟《イヤシクモ》非《ンハ》レ用《ヲ》二心忠恕《チウチヨニ》一欽《キム》生棄市《セイキシセラレンコト》 決《セリ》矣、此《レ》皆《ミナ》俗《ソク》-吏《リノ》所《ル》レ不レ能《アタハ》者《ナリ》-也

鄭克カ曰、昔ノ人、郭躬《クワツキウ》ヲホメテ曰。己ヲ推テ物ヲハ

カリ。状ヲ捨《ステ》テ情ヲサクル。忠恕《チウチヨ》ノ道ヲヨクセリト。仲《チウ》堪《タン》モ又忠-怒（ママ）ノ道ヲ希《コヒネカ》フ者ナレハコソ。欽生《キンセイ》カ死-罪ヲタスケタレ。此二人ニ世-俗ハ及フマシキト也

〔議罪〕

唐売参《ノマイサム》、初為《ハシメタリ》二奉先《ホウセムノ》尉《イ》一、男-子《タンシ》曹芬《サウフム》兄-弟《ケイテイ》、隷《レイスホク》二北-軍《クムニ》一、酔《エイテ》暴《シフ》二其《ノ》妹《イモウトヲ》一、父《チ、》救《スクヘトモ》不レ止《ヤマ》、恚《フツクムテ》於-睡-切 恨怒也 赴《ヲモムイテ》レ井《ニ》死《シス》、参当《サムアツ》二兄《ケイ》-弟《テイヲ》重《テウ》-辟《ヘキニ》一、衆《シユ》-請《コフ》、侯《マチテ》免《メムセム》レ喪《モヲ》、参曰《カ》、父《チ、》由《ヨツテ》レ子《ニ》死《ス》、若《モシ》以」十五ウ レ喪延《モヲノベハ》、是殺《レシテ》レ父《ヲ》不レ坐《ハナリツミセ》、皆榜《ミナウチ》二殺之《スヲ》一 出《タリ》二唐書本伝《ニ》一

唐ノ竇参《トウサン》（ママ）、奉先《ホウセン》ノ尉《イ》タリ・奉先ハ龍門ノ奉先也・其時曹芬《サウフン》ト云者兄-弟。北-方ノ軍ノ下ツカサトナル・穎《エイ》ハ下-司也・曹芬酔テ其妹《イモト》ニ通セントス。父ガシカレトモキカス。其テ父カハラヲタテ、。井ヘ身ヲナケタリ。竇参カ聞テ。兄弟ヲ重キ科《トカ》ニ当ル也。其アタリノ者トモ云ケルハ。父ノ喪《モ》ヲオコナハセテ。其後イカヤウトモナサレヨト侘《ワフ》ル也。参カ曰。父ハ子ヲ恨《ウラミ》テ死タリ。何ソ二三年ノヘンヤ。若ノヘハ。父ヲ殺シタル者ヲ。ツミセサルト同シト云テ殺ス也

」十六オ

鄭克《カク》曰、按《スルニ》唐制《タウセイニ》、県令許《ケムレイユルス》レ決《ケツスルコトヲ》二死-罪《サイヲ》一、参為《サムタル》レ尉時《イトキニ》、殆《ホトムト》摂《セツシ》二行《ヲコナフ》令《レイノ》事《コトヲ》一歟《カ》、北-軍之衆《クムノシユ》、屯《タムロス》二於奉先《ホウセムニ》一、請為《コツテタメニ》二其父《ノチチ》一持《シテモヲ》レ喪以緩《テユルフセムト》二其刑《ノケイヲ》一、蓋欲《シ》二賂《スルマイナウテ》レ中-官以《ニテ》レ倖《サイハイヲ》免《マヌカレントノミ》一耳、参駮《ハク》二正《セイシテ》其説《ノセツヲ》一而亟《スミヤカニ》決《ケツス》レ之《ヲ》、乃為《スタメナリ》レ此《レカ》也

鄭克カ曰、唐ノ法ニ。人ヲ殺スニハ。上ヘ御意ヲ受《ウク》ル也。県ノ令《レイ》ニナル程ナレハ。御意ヲ受ネトモ殺也。竇参《トウサン》、尉《イ》ニテ有シ時。御意ヲモ受スシテ。死-罪ヲ決シタルハ。県ノ令ノコトヲ。行イタルカト也。北-軍ノ衆カ奉先《ホウセン》ニ陣ヲトリ居タル時ナレハ。其者トモガ。喪ヲ除《ノソ》クマテ。罪ヲノヘヨト侘《ワヒ》タルハ。兄弟ノ者カ」十六ウ 中官ニ賂《マイナイ》ヲシテ。タスカラントシタレトモ。参其説《セツ》ヲ正シテ。喪ヲマタス決セリ。為レ此也トハ。令ノ事ヲ行フ為也ト云也

〔擿奸〕

薛絹互《セツケムタカイニアラソヒ》-争　符盗並《フタウナラヒハシル》走

前漢時《セムカムノトキ》、臨淮《リムワイニ》有《リ》レ一-人、持《チシテ》レ縑《カトリヲ》入《ル》レ市《イチニ》、値《アフテ》レ雨《ニ》以《テ》レ縑披《ヲヒラキ》覆《ヲホフ》、後《ノチニ》一-人至求《テモトムヲ》二庇蔭《ホイカケセムコトヲ》一、（空白）与《アタフ》二縑《カトリ》一-頭《トウヲ》一、雨《アメ》-霽《ハレテ》

当《アタツテ》別《ワカハ（ママ）》、因《ニヨツテ》互《タカイニ》争《アラサフ》鎌《カトリヲ》、共《トモニ》訴《ウツタフ》於太《タイ》守《シユ》薛宣《セツセムニ》、宣乃《ス》呼《ヨムテ》騎《キ》吏《リヲ》、断《タツテ》鎌《ヲ》各《ヲノ〳〵》与《アタフ》其《ノ》半《ヲ》、使《シム》追《ヲツテ》聴《キカ》之《ヲ》、後《ノチノ》人《ノ》曰、太守《ノ》之賜《ナリ》、其《ノ》鎌《ケム》主《シユ》、乃《ス》称《セウシテ》冤《エム》不《ヤマ》已、宣《セム》知《テ》其《ノ》状《カタチヲ》、詰《ナシリテ》之伏《ヲフクス》罪《ツミニ》 薛宣字《ハ》貢君 出風俗通 」十七オ

前漢ノ時、臨淮《リンワイ》ノ人鎌《カトリ》ヲモチテ。市《イチ》ヘ出ルトテ、雨ニアフテ。鎌ヲヒライテカフリタリ。又後ニ一人来テ。我ヲモ其蔭《カケ》ニヲイテクレヨト云程ニ。鎌ヲカシタリ。雨晴テ別ル、時ニ。鎌ヲ返サヌ程ニ。争《アラソ》テ太守ニ訴フ。薛宣《セツセン》、馬ノリノ吏《リ》、ソコニ居タリシニ云付テ。鎌ヲ二ツニ断テ両方ヘヤリ。帰ルアトニ人ヲツケテ。其者トモノ躰《テイ》ヲ見セシム。後ノ人曰。太守ノ賜《タマモノ》ナリト独言《コト》シテ帰ル。一人ハ、是ハ迷惑ナルコトカナトテ果サス。後ノ人ヲ捕ヘタレハ、罪ニ伏シケリ

鄭克《カ》曰、按《ルニ》此与《レト》黄覇《クワウハカ》抱《イタク》児《ジヲ》之術《シユツ》同《シ》也、薛宣《セツセムハ》」十七ウ用《モチイ》於断《タツニ》所《ノ》争《アラソフ》之絹《キヌヲ》、于《ウ》仲文《チウフムハ》用《フ》於傷《キスツクニ》所《ロノ》認《トムル》之牛《ヲ》、以《ノ》其《ノ》事異《コトニシテ》而理《リ》同《キヲ》故《ユヘノミ》爾、後《ノチニ》有《ラハ》善《ヨク》擿《サクル》姦《カムヲ》者《ノ》、則《ス》覇《ハカ》之術《シユツ》猶《ヲ》可《シ》用《モチフ》也

鄭克曰、此ラハ黄覇《クワウハ》カ児ヲ抱《イタ》ク術ト同シ。薛宣ハ絹《キヌ》ヲ断《タチ》。仲文ハ牛ニ傷《キスツケ》タリ。事ハ異《コト》ナレトモ理《リ》ハ皆同シ。今ヨリ後モ、黄覇カ術ハ用ユヘシト也▲黄覇カコト、上巻ニアリ。仲文カコトハ、下巻ニ見タリ。日本ニテモ、多賀ノ豊州ノサハキニ。此ニ似タル物語アリ

〔弁誣〕

前《セム》秦《シンノ》符《フ》融《ユウ》、為《タルトキニ》冀《キ》州《シウノ》牧《ホク》、有《リ》一《リノ》老《ラウ》母《ホ》、日《ヒ》暮《クレテ》遇《アフ》劫《ケフ》盗《タウニ》」十八オ行人為《タメニ》母《ノ》逐《テ》之擒《ヲトリコニス》盗《ヲ》、盗反《カヘツテ》誣《シフ》行人《ヲ》、符《フ》融《ユウカ》曰、二人並《ナラヒハシリテ》走、先《マツ》出《イテン》奉陽門《ホウヤウモムニ》者《ノハ》非《アラシ》盗《ニ》、既《ステニ》還《カヘルトキニ》、融《ユウ》正《タヽシフシテ》色《イロヲ》謂《ク》後《ノチニ》至《ル》者《ノニ》、汝即《ナムチスナハチ》盗《ヌスヒトナリ》也、其発《ノアラハシ》姧《カムヲ》擿《サクルコト》伏《フクヲ》如《シ》此《ノ》、蓋融性《シユウセイ》明《メイ》察《サツニシテ》、能《ヨク》懸《カケ》料《ハカリテ》其《ノ》事《コトヲ》、以為《ヲモヘラク》、盗《ヌスヒト》若《モシ》善《ヨク》走《ハシル時ハス》、則決《ケツシテ》不《シ》被《カウフラ》行人所《ニラル、》獲《コトヲエ》、以《テ》此測《ヲハカレハ》之《ヲ》、善《ヨク》走《ハシル》者《ノハ》是《レ》捕《ホ》逐《チクノ》人《ナリ》也 出晋載記本伝

前秦ノ時、符堅《フケン》カヲチノ符融《フユウ》、冀州ノ牧《ホク》トナリタル時。一人ノ老母、日暮カタニ。盗人ニヲヒヤカサル。折フシ路ヲ通ル人アリテ。盗人ヲ追カケテ捕ヘタリ。盗人却テ捕ヘタル者ヲ盗人ナリト云。符融カ曰。二」十八ウ人トモニ。

争《アラソフ》テハシリテミヨ、奉陽門《ホウヤウモン》ヲ先ヘ出タル者ハ。盗人ニテアルマシキト云。二人ノ者ハシリテ帰ル時ニ。符融《フユウ》シカリテ云。遅《ヲソ》ク出タル者、盗人也。符融カ性、明察《メイサツ》ニシテ。事ヲハカルコト如此。盗人ヨクハシラハ。行人ニハ捕ヘラルマシト也

鄭克曰《カ》、按《スルニ》薛顔大卿《セツカムタイケイ》、知《チタリ》二江寧府《カウネイフニ》一、邏《ラ》者昼《シヤヒル》劫《ヲヒヤカシテ》レ人《ヲ》、反執《カヘテトラヘテ》二平人《ヲ》一以告《テツク》、顔視《カムミテ》二其色動《ノイロノウコクヲ》一叱《シツシテ》昌栗切呵也曰《ク》、爾《ナンチ》盗也《ヌスヒトナリ》、械《カイス》レ之果《ヲハタシテ》服《ス》、頗《スコフル》亦類《タルイセリ》レ此《レニ》、蓋弁誣《シヘムフノ》之術《シユツ》、惟《タヽ》博聞《ヒロクキヽ》、深察《フカクサツシテ》、不《シテ》レ可《》二欺惑《アサムキマトフ》一、乃《ス》能精《ヨククハシ》焉、丙吉《ヘイキツハ》所謂《イハユル》博聞《ハクフムナリ》也、孫亮《ソンリヤウハ》所謂《イハユル》深察《サツナリ》也、符融《フユウコヽロミテ》験《》レ走《ハシルヲ》」十九オ而得《エ》二其実《ノマコトヲ》一、薛顔視《セツカムミテ》レ色《ヲ》而得《タリ》二其情《ノヲ》一、皆《ミナ》可《シ》レ謂《ツ》察《コト》之深《フカウシテ》而弁《スルコトノ》之明《アキラカナリト》矣

鄭克コレヲ按シテ曰、薛顔カ江寧府ニ知タル時、邏者カ人ヲオヒヤカス程ニ。其者、ヤレ盗人ヨナト云ニヨリ。手モチワルサニ。故モナキ行人ヲ邏者《ラシヤ》カ捕ヘテ。盗人ナリト云● 邏者ハ関《セキ》ノ番スル者也、上巻ニモアリ● 薛顔《セツカン》、邏者カウロタク色ヲ見テ。盗人ハ汝ナリト云。果シテ然リ。符融《フユウ》カコトニ類セリト也。訟ヲ聴者ハ博《ヒロ》ク聞、深《フカ》ク察《サツ》シテ。アサムキ惑フヘカラス。丙吉《ヘイキツ》カ博聞《ハクフン》ノコト、上巻ニアリ。孫亮《ソンリヤウ》カ深察」十九ウノコト、下巻ニ見タリ。符融カ走ラセテ見、薛顔カ色ヲ見テ情ヲ得タルモ。深ク察シテアキラカニ弁《ワキマ》ヘタル者也ト評セリ

蕭儼《セウケム》切疑検《シンシウシヲ》震レ牛　懐武《クワイフ》用《モチユイヌヲ》レ狗

〔釈冤〕

南唐《ナムタウノ》昇元格《セウケムカクニ》、盗《ムコト》レ物《ヲ》及《ヨヘル》二三緡《ヒムニ》一者死《ハコロス》、盧陵《ロレウノカウ》豪民《ミン》、曝《サラシテ》薄報切日出而曬也レ衣失《ヲウシナフシム》二新潔衾服《ケツキムフクヲ》一、直数《アタヒスウ》十千、村落僻遠《ソムラクヘキエムニシテ》人罕《マレナリ》二経行《キヤウギヤウスルコトヲモヘラク》一、以為其隣《ノトナリヌスメリト》盗レ之《ヲ》、隣《リム》人不レ勝《タヘ》二楚掠《ソリヤウニ》一、遂《ツイニ》自誣服《ミフフクス》、詰《ナシレハ》二其贓物《ノサウヲ》一即《チ》云《ク》、散鬻《サムシヒサク》二於市《イチニ》一、無《シシタカツテヲヒ》二従追究《キハムルコトヲモムクノ》一、赴レ法之日《ニヒ》、冤声《エムセイ》動《ウコカス》レ人《ヲ》、長吏《チヤウリ》以《イ》聞《ス》、先主《セムシユ》命《シテイン》二員外郎《クワイラウ》蕭儼《セウケムニ》一覆《フクス》レ之《ヲ》、儼斎戒《サイカイシテ》禱《イノリ》レ神《ニ》、佇《マツ》レ雪《キヨメムコトヲ》二冤《エム》枉《ワウヲ》一、至《ルノ》レ郡《クムニ》」二十オ之日、天気《キ》晴和《セイクワナリ》、忽《タチマチ》有二雷雨《ライウ》一、自《ヨリ》二西北一起《ヲコル》、至《テ》二失物家《ノイヘニ》一、震死《シムシス》一牛《キウヲ》一、剖《サイテ》二其腹《ノハラヲ》一而得《タリ》二所《ノ》レ失《ウシナフ》物《ヲ》一、乃《ス》是為《レタメニ》レ牛《ノ》所レ噉《レテクラハ》徒濫切食也猶未《タ》二消潰《セウクワイセ》一也《ス》　出二鄭文宝《カ》南唐近事一

五代ノ南唐、李公主ノ時ノコト也。昇元格ト云ハ。開元格ナトノコト也。格《カク》ハ上カラ書付ル也。其時ノ法度ニ。銭三貫ホトノ物ヲ盗タラハ死罪スヘシ。其ヨリ内ノ物ナラハ。死罪ヲハヤメテ。罪ノ軽重《ケイチウ》アルヘシト定メラレタリ。其比盧陵《ロレウ》ト云所ノ。サマタル民カ、アタラシキ衣ヲ。サラシテ置テ失フ。直《アタイ》五六十貫ホトノ物也。其村ハ片夷中《カタイナカ》ノヤウナル所ニテ。人ノ往来《ユキキ》モ」三十ウ マレナレハ、其隣《トナリ》ノ者カ盗ミタルモノナリトテ。官ニ訴ヘテ拷問《カウモン》ナトスル程ニ。其隣ノ者、堪《タヘ》カネテ。是非ナク私カ盗タリト服ス。サラハ贓《サウ》物《モツ》ヲ出セトナシレハ。市《イチ》ニテ売《ウリ》タル程ニ。先ヲ尋ヌヘキヤウナシト云。法度ニ行ナハル、日。サテモ無理ヲ云カケラレテ。迷惑ニアフコトヨトテ。悲《カナシ》ム声、人キ、ヲ動スハカリ也。

長吏カ事ノ由ヲ申上ル程ニ。先主蕭儼《センシユセウケン》ニ命《メイ》シテ覆《フク》セシム●覆ハ重テ穿鑿スル也●蕭儼スナハチ精進《シヤウジン》ケツサイシテ。神ニイノリ、無質《ムシツ》ヲハラシテトラセント云テ。其郡ニ至ル日。天気モ晴テ有タルガ。俄《ニワカ》ニイ」三十一オ ヌイノ方ヨリ。雷《カミナリ》カ鳴テ出テ。衣ヲ失フタル者ノ家ヘ落テ。一牛ヲ震死《シンシ》ス。其腹《ハラ》カラ失フタル衣出タリ。是、牛カ衣ヲクライタル也。イマタ消《セウ》セスシテアリタルト也●震死ハ地震《チシン》ノ時モ云也

鄭克《カク》曰、按《スルニ》此《レ》非二智《チ》算《サムノ》所《ニ》一レ及《フ》、蓋獲《シウル》二冥《メイ》助《シヨヲノミ》一爾、実《マコトニ》至《シイ》誠《セイ》哀《アイ》矜《ケウノ》之効《シルシナリ》也

鄭克カ曰、此ヤウナルコトハ、智恵《チエ》算勘《サンカン》ノ及フコトニテハナシ。自然ト天道ニ叶《カナ》フ所也。至誠《シイセイ》アイケウノ効《シルシ》也

〔懲悪〕

王蜀《シヨクノ》時《トキ》、有《リ》二蕭懐武《セウクワイフト云》者一、主《ツカサトル》二尋事団《シムシタムヲ》一、乃軍巡之職《クムシユンノシヨク》」三十一ウ 也、所レ管《クワムスル》百余《ヨ》人、毎《コトニ》レ人各《〈》養《ヤシナフ》二私《シ》名《メイ》十余《ヨ》輩《ハイヲ》一、呼《ヨムテウ》レ之《ヲ》曰《フ》レ狗《イヌト》、深《シム》坊曲巷《ハウキヨクカウ》、馬医《イ》酒《シユ》保《ホウ》、乞《キツ》丐傭《カイヨウ》作《サ》、販《ハム》売童《マイトウ》児《ジマテニ》、皆《ミナ》有二其徒《ノト》一、民《ミム》間偶《カムノクウ》語《キヨ》、公《コウ》私動静《シノトウセイ》、即《ソク》時聞《シニフム》達《タッス》、於《テ》レ是人《ニ》心恐《キヨウ》懼《クシテ》、自《ミ》疑《ウタカフ》、肘《チウ》陟柳切 臂肘也腋《ヱキスレハ》 音亦肘 腋也 悉《コト〈ク》其狗《ノイヌナリ》一也、懐《クワイ》武殺《フスコト》レ人《ヲ》不レ可二勝数《アケテカソフ》一、郭崇韜《クワクソウタウ》入《テ》レ蜀《シヨクニ》、乃族《ソク》二誅《チウス》之《ヲ》一、是使《レシメテサツセカン》レ察二奸慝《トクヲ》一、而反為《シテテスル》二奸慝《カムトクヲ》一者《ナリ》也 見《ユ》二成都古令記一

王蜀トハ五代ノ時也。蕭懐武《セウクワイフ》ト云者アリ●尋事《シンシ》団《タン》ヲ主トルトハ。軍ヲメクリアリキテ奉行スルコト也。軍ノ目ツケ

也。団ハマルイト云意ニテ。其クミ〳〵ノ行《ツラ》」二十二オ ヲナスヲ云。百人カ一組《クミ》、二百人カ一組ナト云如シ。アル一組ニ。カシラ百余人アリケルカ。各十余人ハカリ程。狗《イヌ》ト名ヲ付テ。方々ヲメクリアリカセテ。事ヲキカスル也。或ハ深キチマタノ。人ノ知ヌヤウナル所ヘモ、其者トモメクリマハリ。或ハ馬グスシ。酒《サカ》トウシ。乞食《コツシキ》日《ヒ》用《ヨウ》諸職人。アリトアラユル童部《ワラハヘ》トモノ中ニマテ。打マジリテ事ヲ聞出ス程ニ。民百姓ノコトモ、公界《クカイ》ノコト私ノコトモ。ソノマ、懐武《クワイフ》ニ告《ツク》ル也。其ニヨリテ世間ノ者マヘ疑《ウタカイ》ヲシテ。一坐ノ内ニ。ヒザヲ並テ居ルニモ。心ヲキテ恐ル、也●日本ニテ六波羅ノカ」二十二ウ フロノ如シ。如此シテ、イロ〳〵ノコトヲ聞出ス程ニ。懐武カ人ヲ殺スコト限《カキ》リナシ。此ヤウナルコトハ。人ノ悪事ヲ求出シテ。却テ悪事ヲスル者也。其後、郭崇韜《クワクソウタウ》ト云者、蜀ヘ来テ。其ヤウナル者ヲ。コト〳〵ク誅《チウ》シケルナリ。酒《シユ》保《ホウ》ハ。サカトウジノコト也、肘腋トハ。ヒサヲ並ル也

文成括《フンセイク、リ》書《シヨヲ》　郎簡校《ラウカムカムカフ》レ券《ケムヲ》

〔弁誣〕

唐張鷟《ノチヤウサク》音泥為《タリ》二河陽《カヤウノ》尉《イ》一、有二呂《リヨ》元一、偽作《テツクテ》二倉督《サウトク》馮忱《フシム》書《カシヨヲ》一、盗《ヌスム》二糶《テキ》倉《サウノ》粟《アハヲ》一、忱《シム》不レ認《トメ》而《シテケム》元執《ルコト》レ之堅《ヲカタシ》、張乃取《ステ》二元告牒《カコクテフヲ》一、括《ク、リ》二両頭《リヤウトウヲ》一、唯留《タ、ト、メテ》二一字《ヲ》一、問《トハク》レ元《ニ》、是汝書《レナムチノシヨナラハ》即云《チイヘ》レ是《ト》、不《ンハ》レ是《ナラ》即云《チヘ》レ非《ヒト》、元曰非《カクナリ》、去《レハ》レ括《ヲ》即《チ》是《レ》元告牒《カコクテフナリ》、先決《マツケツスルコト》（ママ）」二十三オ 五十、又括《ク、リテ》下古活切包四辺而空其中詐《イツハテスル》為《フ》二馮忱《シンカ》詩任切書《シト》一内《ノ》二一字《ヲ》上、以《テ》問《フ》レ之《ヲ》、元乃曰《スク》、是《ナリト》、及《テ》レ去《ルニ》レ括《ヲ》即《チ》詐《イツハリノ》書《シヨナリ》一也、元於《テ》レ是《コ、ニ》服《フクスツミニ》レ罪

唐ノ張鷟《チヤウシヨク》、河南ノ尉タル時ニ、呂元ト云者、偽リテ、倉奉行ノ馮忱《フシン》カ書ヲ作テ。糶倉《テキサウ》ノ粟《ソク》ヲ盗ム。其後センサク有テ。馮忱ハ我書ニテ無ト云。呂元ハ堅《カタ》クソナリト争フ。張鷟ソコテ呂元カ前カタノ状ヲ取出シ。両方ヲ蔵《カク》シ。一字アケテ曰。汝カ書ナラハ。ソナリト云ヘ。汝カ書ニテナクハ、ソテナイト云ヘ。呂元ソテナシト云。開ケハ呂元カ書也。因テ先ムチウツコト五」二十三ウ 十。又馮忱《フシン》カ書ト云タ状ヲ。二字出シテミセタレハ。我書ナリト云。開テミセタ

レハ、偽ノ書也。故ニ罪ニ服スル也
鄭克曰《カク》、按《スルニ》鷟蓋已《システニ》知《テ》其誣《ノシイルヲ》而欲《ス》使《シメント》之服《ヲシテフクセ》、故括《ニテ》字以《ヲ》覈《テアキラカニシ》其奸《ノカムヲ》、問《テ》書《シヨヲ》以証《テアラハス》其慝《ノトクヲ》、斯《レ》不可隠諱《カクシイム》矣、亦安《イツクンソ》得《ンヤ》不服《コトヲフクセ》乎
鄭克カ曰、張鷟ソノ誣ルコトヲ知テ。呂元ヲ服セシメン為ニ。字ヲ問テ奸ヲアキラカニシテ。慝《トク》ヲアラハシタリ。服セイテハカナハヌ也

〔覈奸〕

侍《シ》郎郎簡《ラウラウカム》、知《チタリ》竇州《トウシウニ》、有《リ》掾吏《テンリ》死《ス》、子幼《イトケナシ》、贅《ゼイ》之芮切以物質」二十四オ銭婿《セイ》偽《イツハテ》、為《ツクツテ》券《ヲ》取《ル》其田《ノテムヲ》、後《ノチニ》子長《シテ》屢《シハ〳〵》訴《ウツタフ》、不得直《ナヲキコト》、因《ヨツテ》訴《フ》于朝《テウニ》、下《クタシテ》簡《カムニ》劾《コク》治《チセシム》、簡以《テ》旧案《キウアムヲ》示《シメシテ》之《ニ》曰、此《レ》爾《ナムチカ》婦翁《フヲウノ》書《シヨカ》耶、曰然《クシカリ》、又取《テ》偽券《キケムヲ》示《ス》之《ヲ》、弗《ス》類《ニ》、婿《セイス》乃伏罪《ツミニ》見本伝

侍郎郎簡《ラウカン》ト云人、竇州《トウシウ》ニ知タリ。掾吏《テンリ》死ス。子幼《イトケノ》フシテ姉《アネ》ニイリムコアリ・贅婿《ゼイセイ》ハ漢書ノ注ニ入ムコ也・サカサマナルコトナレハ。人ノ身ニコフノアルヤウナト云意也・贅婿カ偽リテ。舅《シウト》ノユツリ状ヲ作リ。舅ノ田ヲトル。後ニ子長《チヤウ》シテ訟フ。郎簡ニ仰付ラレテサハク也。郎簡、掾吏カ前方ニ書《カキ》タル書ヲミセテ曰。汝カ」二十四ウ舅《シウト》ノ書カ。婿《ムコ》カ曰、ソナリ。又今ノ偽ノ状ヲ。クラベテミタレハ類セス。婿、罪ニフクス
鄭克曰《カク》、按《スルニ》此所《レハユヘム》以覈《ハアキラムル》其奸《ノカムヲ》者、以《テ》旧案《キウアムヲ》校《カムカヘテ》偽《キ》券《ケムヲ》而弗《レハナリ》類《ニ》也
鄭克曰、フルキ書ト偽ノ状トヲ引合テ。奸《カン》ヲアキラカニシタルト也

孝肅《カウシユク》杖《ウチ》吏《リヲ》周相《シウシヤウ》収《トラフ》掾《ヱムヲ》兪絹切官属也

〔察奸〕

包拯《ハウセウ》副枢《フスウ》、知《チタリ》開封府《カイホウフニ》、杖《テ》吏号《ヲカウシテ》為《ス》厳明《ケムメイナリト》、有《リ》民犯《ヲカス》法《ヲ》、罪当《アタル》杖《ウツニ》背《セナカヲ》、吏受《ウケテ》賂《マイナイヲ》、与《ト》之約《レヤクシテ》曰、今見《ヘハ》尹《ニ》必《ス》付《シテ》我責《ニセメム》状《ヲ》、汝第《チタ、》号呼《サケヒヨムテ》、自弁《ミヘムセヨ》、我当《ニ》与《ト》汝分《ツ》罪《ヲ》、汝決《チケツシテ》」二十五オ杖《ウタンニ》、我亦《モ》決《シテン》杖、既《ニシテ》而拯引《セウヒイテ》囚《シヲ》、問《トヒ》畢《テ》、果《ハタシテ》付《フシテ》吏責《リニセム》状《ヲ》、囚如《ク》吏言《リノコトノ》分弁《フムヘムシテ》不已《ヤマ》、吏大声《リセイニ》呵《カシテ》之《ヲ》曰《ク》、但受《ウケテ》脊《セキ》杖《チヤウヲ》出去《テサレ》、何用《ナムソモチイム》多言《タケムヲ》、拯謂《セウヲモツテ》其招《ノマネクト》権《ヲ》、捽《ウチテ》吏《ヲ》於庭《ニ》

杖《ツヘウツコト》之十七、特《コトニ》寛《ユルフシテ》二囚罪《シウノツミヲ》一止《タ、》従《シタカフ》二杖坐《チヤウサニ》一、公《コウ》知《テ》三以《テ》レ此《レヲ》折《クシクコトヲリ》二吏勢《セイヲ》一、不レ知《ラ》二乃為《ス》所《ニル、コトヲ》一レ売《ウラ》也見二沈括筆談一

副枢《フスウ》ハ枢密院《スウミツイン》ノソヘツカサ也。包拯《ハウセウ》、開封府ニ知タル時。吏ヲ捽《ウツ》テ厳明《ケンメイ》ノ名ヲヱタリ。法ヲオカス民アリ。吏賂《マイナイ》ヲウケテ約シテ云。副枢ニマミヘハ。汝ヲ我ニ云付ラルヘシ。我ムチウタハ。サケヒナケ。汝カ罪ヲ我モヲフヘシト云。包拯、囚《シウ》ヲヨヒテ。案《アン》ノ如ク、其吏」二十五ウ ニ云付テ捽《ウタ》セタレハ。囚、約束ノ如クス。吏、包拯《ハウセウ》カ前テ大ニシカリテ云。何事ヲ云ソ。杖ヲ受テサレト云。包拯カ思フニハ。吏カ権柄《ケンヘイ》ヲカリテ。悪口スルハ。ニクキヤツナリトテ。吏ヲソコニテ杖ウツテ。囚ヲハ却テユルウスル也。包拯、吏カ勢《イキヲイ》ヲクシケトモ。吏カ賂ヲ取テ。包拯ヲタラスコトヲハ不レ知也。包拯カ事ハ、上巻ニ詳也

鄭克曰《カ》、按《スルニ》此《レ》蓋《シ》防《フセイテ》二其招《ノマネクヲ》レ権《ケムヲ》一、不レ防《カ》二其見《ノル、コトヲ》レ売《ウラ》也、大《ヲホムネ》抵察《スルコトカムヲ》レ奸、不レ可《シテ》レ有レ意《コ、ロ》二吏果《リノハタシテ》招《マネクニ》レ権《ケムヲ》、杖《テ》レ之可《ヲカナリ》矣、矯《タメ》レ枉《マカレルヲ》過《アヤマチテ》レ正《ヲ》、遂《ツイニ》寛《クワムシテ》二囚罪《シウノツミヲ》一、為《タメニ》レ彼《カレカ》窺《ウカ、ヒ》測《ハカラル》、以《テ》至《ル》レ見《ル、ニ》レ売《ウラ》、」二十六オ 失《スル》レ在《ニ》レ有レ意《コ、ロ》折《クシクニ》二吏之《リノ》勢《イキヲヒヲ》一也、然《レハ》則善察《ヨクサツスルカムヲ》レ奸者《ノ》、可《ケムヤ》レ不《ル》レ鑑《カ、ミ》二於此《レヲ》一哉

鄭克カ曰、包拯《ハウセウ》、吏カ権《ケン》ヲマネクコトヲ防《フセイ》テ。ウラルルコトヲシラス。奸《カン》ヲ察スル者ハ。吏カ権ノマネクニカモウヘカラス。公事ヲ聴者ハ。此ヲ鑑《カ、ミ》トスヘキコト也

〔擿奸〕〔覈奸〕

後漢周紆《ノシウウ》、字《アサナハ》文通《フムトウ》、為《タリ》二召陵侯相《セウレウコウノシヤウ》一、廷掾《テイテムハ》憚《カテウカケム》二紆厳明《メイヲ》一、欲《シテヲトサムト》レ損《ノイヲ》二其威一、乃《ス》晨《ツトニ》取《テ》二道傍《タウハウノ》死人《ヲ》一、断《タチ》二其手足《ノシユソクヲ》一、立《タツ》二于寺門《ジモムニ》一、紆《ウ》音迂即此紆字聞《キイテスナハチユイテ》便往、至《テ》二死人辺《ノヘムニ》一、若《シ》下与《ト》二死人一共《トモニ》笑語《セウスル》状《ノ》上、陰《ヒソカニ》察《サツ》三視《シシテ》口眼中《クカムノ》有《ニ》二稲芒《ルコトヲタウハウ》一、乃《ス》密《ヒソカニ》問《テ》二」二十六ウ 守門者《マモルヲニ》一曰《ク》、誰《カノセテワラヲ》載レ藁入《ル》レ城《シヤウニ》、対曰《テク》、唯有《タ、ル》二廷掾《テイテムノミ》一耳、又問《テ》二鈴下《レイカニ》一曰《ク》、外《ホカスコフル》頗有《リヤ》下疑《カフ》二吾《カト》与レ死人共《トモニ》笑語一者《スルヲノ》上否《イナヤ》、対曰《テ》、廷掾疑《カフ》レ君《ヲ》、乃《ス》収《トラヘテ》二廷掾《ヲ》一訊《トフ》レ之《ヲ》、具《ツフサニ》服《ス》出後漢書

後漢ノ周紆《シウウ》、召陵《セウレウ》ノ相トナル。侯ハ諸侯也。廷掾《テイテン》、周紆カ余リニ明察ナルコトヲハ、カリ。威勢《イセイ》ヲオトサント巧《タクミ》テ。朝《アサ》早々ニ道ノカタハラノ死人ヲトリ。手足ヲタツテ。寺門ノ前ニヲク。周紆、死人ノソハヘ行テ。死人ト語ル如クニシテ。口ヤ眼ノ内ニ稲《イネ》ノ、ギアルヲ見テ。門番ニ問テ

云ク。誰カ藁《ワラ》ヲ車ニノセテ。城へ入タル。答曰、廷掾ハカリ也。又鈴下《レイカ》ニ問曰。タレソ我」二十七オ 死-人ト語マネシタルヲ疑フヤ。対曰、廷掾ト。ソコデ廷掾ヲトラヘテ問ヘハ。伏スル也•鈴下《レイカ》ハ鈴《スヽ》ヲフリテ。事ヲ行イ。人ヲ呼アツムルコトアリ。タトヘハ土圭《トケイ》ノ間ノ番ノ如シ

鄭克《カク》曰、按《スルニ》紂視《ウヤミルハ》三口-眼有《ニヲ》二稲芒《タウハウ》一者跡《アトナリ》也、若《キハト》二与レ死-人共語《ニカタルカ》一者譎《イツハリナ(「リ」脱カ)》也、以《テ》レ跡《アトヲヲシアキラカニスルニ》推-覈二 其-事《コトヲ》一以《テ》レ譎発《ヲヒラキ》二-摘《サクル》其《ノ》-情《マコトヲ》一、乃《ス》-復密《マタヒソカニ》問《テ》、以相参《テアイマシヘカムカヘテ》-考 而姦《カム》-人得《エツ》矣、又曰、紂《ウ》察《サツシテ》二 死-人状《ノカタチヲ》一 而得《エタリタウハウヲ》二稲芒一 音亡草端也 焉、因《ヨツテ》以求《テモトムスル》二為レ姦《カムヲ》之迹《アトヲ》一、是覈《レアキラカニカムヲ》レ 姦 者《ナリ》一也、与《ト》レ死-人語而《テ》使《シム》二疑《ウタカヒアヤシマ》 怪一焉、因《ヨツテ》以動《テウコカスイタク》二懐《ヲ》レ姦之心《ヲ》一、是摘《レサクル》レ姦《ヲ》者《ナリ》一也」二十七ウ 覈《アキラカニス》レ姦《ルニ ヲ》以《シタ、シキヲサクルニ》レ正、摘《ヲ》レ 姦以《スイツハリヲ》レ譎、此《レ》其所《ノユヘムナリコトナル》二-以異一也

鄭克按シテ曰。周紂《シウウ》カ稲《イネ》ノ、キヲ見付タルハ跡也。死-人ト語ルマネシタルハ 譎《イツハリ》也、跡ト譎トヲ以テ奸-人ヲ得タリ。姦《カン》ヲアキラカニスルニ正ヲ以シ。姦ヲサクルニ譎ヲ以スル者也

方偕主名《ハウカイシユメイ》　宋文墨《ソウフムホク》-迹《セキ》

〔弁誣〕

方偕大《タイ》-卿《ケイ》、為《タル》二御史台《キヨシタイノ》推直官《スイチヨク》一日《ヒ》、澧州《レイシウノ》逃卒《タウソツ》、与《ト》二富《フ》-民《ミム》一有《アタ》レ仇、誣《シフルニ》以《テストシコトニコロシテ》下歳 殺《ヲ》二人十-二一祭《マツルト云ヲマ》中磨駝《タ》神《シムヲ》上、獄《コク》-久不レ決《ケツセ》、詔《セウシテカイニツイテキクセシム》レ偕就鞫《ヲ》レ之、偕命《メイシテツクル》二告-人《ニ》一疏《シヨセシムノ》二所《コロス》レ殺主《シユ》-名《メイヲ》一、尋訪《シムハウシテカムカヘコ、ロミルニナヲ》考-験、尚多《ク》無《シツ、カ》レ恙、其事遂《ノコトツイニアキラメリ》白 見《タリ》二天-聖名-臣-伝《ニ》一」二十八オ

方偕《ハウカイ》、御史台トナル▲御史台《キヨシタイ》ハ公事ヲモサハキ。ヨコ目ナトノ如クナル官也。日本ノ弾正《タンシヤウ》ナトノ官也。逃卒ハ。ニケタル卒也、澧州《レイシウ》ノ富民ト仇《アタ》アル故ニ。偽ヲ云カケテ。年々十二人ヲ殺シテ。磨駝神《マタシン》ヲ祭ト云▲磨駝神ハ何ノ神ト云コトシレス。日本ニテ。人ミコクニ備《ソナフ》ルト云類ナルヘシ。冨-民ハ殺サヌト云程ニ。公事カ果《ハテ》ヌ也。其後、方偕ニ此公事ヲサハケト。仰付ラレタリ。方偕告《ツク》ル人ニ問云。年々十二人殺スト云。サテ何ト云姓名ノ者ヲ殺シタソト問《トイ》ツメラレテ。胡乱《ウロン》ナルコトトモヲ返答ス。又其ヲタ、シ考ヘタレハ、皆偽也。」二十八ウ

鄭克《カク》曰、按《スルニ》王珪《ケイ》丞《セウ》相《シヤウ》、撰《セムシテ》二唐介参《タウカイサム》政《セイカ》墓誌《ホシヲ》一言《ク》、介《カイ》為《タリ》二岳州《カクシウノ》沅江《ケムカウノ》令《レイ》一、州《シウ》民《ミム》李《リ》氏《シ》鉅《ヲホイニ》有《リ》レ貲《タカラ》、吏《リ》数《シハ〳〵》色角切頻也以《テ》レ事《コトヲ》動《ウコカス》レ之《ヲ》、既《ステニシテ》不レ厭《アカ》レ所《ロニ》レ求《モトムル》、乃《ス》言《イハク》、其《ノ》家《イヘ》歳《トシコトニ》殺《コロシテ》レ人《ヲ》祀《マツルト》レ鬼《ヲ》、会《アイヌチ》三知州《シウ》事孟合《マウカフカ》喜《コノムニ》二刻《コク》深《シムヲ》一、悉《コト〳〵クニ》捕《トラヘ》二繫《トラヘテリ》李氏家《シカイヘヲ》一、無《ク》二少《セウ》長《チヤウト》一榜《ハウ》笞《チス》、久《ク》莫《シ》レ伏《スルコト》、以《テ》三介治《カイヲサメテ》レ県《ケン》有《ルヲ》二能《ノウ》名《メイ》一、命《メイシテ》更《サラニ》訊《トハシム》レ之《ヲ》、介按《カイアム》劾《コクスルニ》、無《シ》二他状《タノカタチ》一、合《カフ》怒《イカツテ》以《テ》二其《ノ》事《ヲ》一聞《フムス》、朝《テウ》廷《テイ》詔《シテ》遣《ツカハシテ》二殿《テム》中《チウ》侍《シ》御史《キヨシ》方偕《ハウカイヲ》一、徙《ウツス》二其獄《ノコクヲ》于澧州《レイシウニ》一、已《ステニシテ》而不レ異《コトナラ》二介《カ》所《ロニ》レ劾《コクスル》、其《ノ》後州《シウ》吏《リ》皆《ミナ》坐《ツミセラレテ》レ罪《ニ》去《サル》、偕《カイ》以《テ》レ活《クワツスルヲ》二死者《ルヲ》一得《タリ》レ官《クワムヲ》、介《ハ》終《ツイニ》不二自《ミ》言《イハ》一、惟《タヽ》偕《カイ》使《シム》二告《ツクル》人《ヲシテ》具《ツフサニ》疏《シルサ》レ主《シユ》名《メイヲ》、弁《ヘム》誣《フノ》之術《シユツ》有《リ》二足《タル》レ取《トルニ》者《ノ》二」二十九オ 故特《ニコトニ》著《シルス》レ之《ヲ》

鄭克按シテ曰。宋人王珪《ワウケイ》ト云者。唐介《タウカイ》参政カ墓誌《ホシ》ヲ撰《セン》シテ言《イハク》、ト云ヨリ以下、主名ヲシルサシムト云マテ。墓誌ノ文言《モンコン》ト見ヘタリ。参政《サンセイ》モ丞相《セウシヤウ》ノ官也。司馬温公《シハヲンコウ》モ此官也。墓誌ノコトハ、上巻ニアリ・唐介、沅江ノ令タル時。李氏ニ冨ル者アリ。或吏カ云カケヲシテ。李氏ヨリ礼物ヲ細々トル。求ルニアカスシテ。李氏カ家ニ、年々人ヲ殺シテ。鬼《キ》ヲ祭《マツ》ルト。岳州《カクシウ》ノ太守孟合《マウカウ》ヘ告ル也。孟合ハアラキ人ナレハ。李氏ヲ捕《トラ》ヘテ。其一家ノ者ヲ。コト〳〵クムチウツ。然レトモ」二十九ウ 遂《ツイ》ニ伏セス。唐介、県《ケン》ヲ治メテ・人ニホメラレタル故ニ。仰付ラレテ、糺明シテ問トモ。別ノコトモナシ。孟合怒《マウカフイカリ》テ、唐介カ分ニテハ。ラチアカヌ由ヲ上ヘ申ス。朝廷《テウテイ》、又方偕《ハウカイ》ニ仰付ラレテ。其公事ヲ澧州《レイシウ》ニテ。キカシムレトモ。唐介カ聴タルト同シ。其後、州ノ吏トモ偽ヲ云カケタリトテ。皆罪ニアフ。方偕ハ死スヘキ李氏ヲ活《イカ》ス故ニ。官ヲエタリ。唐介モ李氏カ科《トカ》ナキトハ聴タレトモ。方偕カ告《ツク》ル者ニ主名ヲ疏《シル》サシメタルハ。マサレリ。此術《シユツ》トルヘキコトナル故ニ。特《コト》ニ著《アラハス》レ之《ヲ》トハ。鄭克カ別シテ具ニ書タルコト也

」三十オ

〔鞫情〕

宋《ソウノ》元嘉《ケムカ》二十二年、孔熙《コウキ》先《セム》、与《ト》二徐湛之《タムシ》、許耀《キヨヨウ》、謝綜《シヤソウ》、范《ハム》曄《エウ》一、謀《ハカル》レ立《タテムコトヲ》二彭城《ハウシヤウ》王義康《キヲ》一、湛之《タムシ》上《タテマツリテ》レ表《ヘウヲ》告《マウス》レ状《シヤウヲ》、詔《シテ》収《トラフ》二綜等《ソウラヲ》一、並《ナラヒニ》款服《クワムフクス》、唯《タヽ》曄《ヨフ》不《ス》レ首《シユセシ》、頻《キリニ》詔《シテ》窮治《キウチス》、乃《ス》言《イハク》、

熙《キ》先《セム》苟《マコトニ》誣《シイテ》引《ヒク》臣《ニシムヲ》、文帝《フムテイ》以《テ》曄所《カロ》造《ツクル》及《ヲヨヒ》改《カイ》立《リツシテ》符《フ》檄《ケキノ》刑狱切以
木簡為書墨《ホク》迹《セキヲ》示《シメス》之《ヲ》、乃《ス》服《フクス》罪《ツミニ》出南史范泰《ハンタイ》伝曄《ハ》其《ノ》子也
宋ノ元嘉《ケンカ》二十二年ニ。孔氏《コウシ》徐《シヨ》氏許《キヨ》氏謝氏范氏。此五人ユイ合テ。文帝《フンテイ》ヲ取ノケテ。義康《キカウ》ヲ立ント謀ル也。五人ノ内ノ徐湛之《シヨタンシ》ウラカヘリテ。事ノ由《ヨシ》ヲ文帝ヘ申上ケレハ。則謝綜《シヤソウ》等ヲ捕ヘタレハ。皆伏シケリ。范曄《ハンエフ》一人服セス。頻《シキリ》ニ糺明セラレテ云ケルハ。孔熙先《コウキセン》」三十ウ カ誣《シイ》テ引入申タリト云。文帝ソコテ、范曄カ文帝ヲ義康《キカウ》ニ立カヘントノ廻文《クワイフン》ヲ取出シテ。范曄ニシメサレタル程ニ。罪ニ伏シケリ●檄《ケキ》ハカナタコナタ触《フレ》マハス。早《ハヤ》ツカイノ状也。羽《ウ》檄ト云モアリ。其ハ鳥ノ羽ヲ付テヤル也。ハヤク飛《トフ》ヤウニト云意也

陳議《チムキシ》捍《カム》取《シユヲ》胡《コ》争《アラソフ》竊《セツ》食《シヨクヲ》

〔議罪〕

陳奉古《チムホウコ》主《シユ》客《カク》、通《ツウ》判《バムタル》貝州《ハイジウ》時《ニトキ》、有卒《ソツ》執盗《ヌスヒトヲ》者《ノ》、其《ノ》母欲《ス》前《ス、ンテ》取《トラムト》盗《ヌスヒトヲ》、卒《ソツ》拒《コハムテ》不与《アタヘ》、仆《タヲス》之《ヲ》地《ニ》、明《メイ》日死《シツシヌ》、以《テ》卒《ソツヲ》属《シヨ》吏《スリニ》、論《ロムシテ》為《ス》棄《キ》市《シスルコトヲ》、奉古《ホウコ》議《キシテ》曰、主《ツカサトテ》盗《ヲ》有亡《アレハニカスコト》失《ウシナフ》法《ハウヲ》、今《イマ》人取《トル》之《ヲ》、法《ハウ》当《ニ》得捍《フセクコトヲ》、捍《テ》音汗衛也柢也而死《シス》、乃《ス》以《テ》闘《タヽカイヲ》論《ロムス》、是」三十一オ 守《マモル》者《ノ》不《ハ》得《ヘシ》主《ルコト》盗《ヲ》也、残《コロシテ》一《リノ》不《ルヲ》辜《ツミアラ》而為《ヘウタツシテ》剽奪《ナスト》生事《コトヲ》、法非《ス》是《シニ》、因以《テイ》聞《フムス》、報《ホウ》至杖《テウツ》卒《ソツヲ》、人称《セウ》服《フクス》之《ヲ》見王《ノ》向主簿《カ》所作墓誌《ニ》

主客《シユカク》ハ客人ヲ司ル官也。主客郎ト云、陳奉古《チンホウコ》、貝州《ハイシウ》ニ居ル時。或卒《ソツ》ガ盗人ヲ捕ユルヲ。卒カ母、盗人ヲユルセトテ。取サヘントスル程ニ。奪ヤウ内ニ。母地ニタヲレテ明日死ス。卒ヲ棄《キ》市セント論ス。奉古カ曰、盗人ヲ捕ユルコトヲ司《ツカサトリ》テ。ニカセハ法度ニソムク。捕ユル盗人ヲ。誰ナリトモ。トリニカサントセハ。随分フセクヘシ。フセクトテ訛《アヤマツ》テ死タリ。其ヲ闘《トウ》ノ法ヲ以テ」三十一ウ 論スルナラハ。今ヨリ盗ヲ捕ユル者アラシ。罪ナキ者ヲ殺スコトハ法ニアラスト云。此旨ヲ申上ケレハ。其卒ヲムチウツテ免《ユル》サレケリ。人皆尤ト服ス

鄭克《カ》曰、按《スルニ》古之《イニシヘノ》議《キスル》罪《ツミヲ》者《ハ》、先《マツ》正《タヽシ》名《メイ》分《フムヲ》、次《ツキニ》原《タツヌ》情理《セイリヲ》、彼《レ》欲《スルハ》前《ス、ムテ》取《トラムト》者、被《ラル、》執《トラヘ》之盗《ヌスヒトナリ》也、母《ハ、》雖《ヘトモ》親《シタシト》、不得輒《タヤスク》取《トルコト》也、此拒《ノコハンテ》不《ルハ》与《アタヘ》者、執《トル》盗《ノヲ》之主《シユナリ》也、卒《ソツ》雖

弱《ヨハシト》不レ得二輒与《タヤスクアタフルコト》一也、前取之《ス、ムテトルノ》情《セイハ》、在《リ》二於奪《ウハフニ》一、不レ与《ルノアタヘ》
之情《ハ》、在二於捍《フセクニウハウテ》一奪而捍《フセク》焉、其状似《ノカタチニテ》レ闘《タ、カフニ》而実《ジツハ》非《ス》レ
闘《タ、カフニモシ》、若以《テ》レ闘《タ、カウヲ》論《ロムセハ》、是不《レ》レ正二名《タ、サメイ》分《フムヲ》一、不《ルナリタツネ》レ原二情《セイ》理《リヲ》一也、
奉古《ホウコ》謂《フ》二法《ハウ》非《スト》レ是《レニ》、不レ曰《スヤイハ》二法当《ニ》レ得レ捍《フセクコトヲ》乎、奈何《イカムソ》帰《キスル》二
咎《トカヲ》於法《ニ》一」三十二オ 蓋用《シモチユル》レ法者《ヲ》謬《ノアヤマレルノミ》耳

鄭克カ曰、罪ヲ議スル者ハ。先其名分ヲタ、シ。心ヲヨク尋ヌヘシ。母トラントスルハ盗也。母タトヘシタシクトモ。取コトヲエス。アタヘヌハ盗ヲ捕ユル主也。卒《ソツ》ヨハクトモアタフヘカラス。取ントスルト拒《コハマ》ントスルノ心。其カタチハ闘《タ、カ》フニ似レトモ。実ハ然ラス。是ヲ今タ、カフト云論ハ。名分ヲタ、サヌ故也。奉古《ホウコ》カ法ハ是ニ非スト云。法ハ尤フセクヘシト云也。何ソ咎《トカ》ヲ法ニ帰スルヤ。只法ヲトル者ノアヤマリノミ」三十二ウ

〔議罪〕

胡《コ》向《キヤウ》少《セウ》卿《ケイ》、初為《メタリ》二袁州《ヱムシウノ》司《シ》理《リ》参《サン》軍《クム》一、有《リ》レ人、窃《ヌスムショクヲ》レ食而主《シュ》者撃《シヤウチ》二殺《コロス》之《ヲ》一、郡《クム》論《ロムスルニ》以《テスシヲ》レ死、向争《アラソフテ》レ之《ヲ》曰、法当《ハウニ》レ杖《ツヘウツ》、郡将《シヤウ》不レ聴《キカ》、至請《テコフ》二于朝《テウニ》一、乃如《スシ》二向議《キヤウカノ》一見《タリ》二呂大防《カ》所レ撰墓誌《(ママ)》一

胡向《コキヤウ(ママ)》表州ニアル時。食ヲ盗ム者アリ。マモル者ウチコロス。一郡ノ者論シテ。又其者ヲ死罪セント云。胡向争《アラソイ》テ曰。杖《ツヘ》ニテウチテ免《ユル》スヘシト。其旨ヲ申上ケレハ。胡向カ言ノ如シ

鄭克曰《カ》、以《テ》二名分《フムヲイヘハ》一言レ之《ヲ》、則被《ル、》レ撃者《ウタハ》、窃《ヌスムノ》レ食之《ヲ》盗《ヌスヒト》也、撃《ウツ》レ之者《ヲハ》、典《ツカサトルノ》レ食《ヲ》之主《シュナリ》一也、以《テ》二情《セイ》理《リヲ》一言《イヘハ》レ之《ヲ》、則与《スト》二凡《ヲヨソノ》人相《ノアイ》殴異《コトナリ》矣、登《ソノ》時撃《トキウチ》殺罪《コロスツミ》、不《シテ》レ至《ラ》レ死可也《ニカナリ》」三十三オ

然《シカモスヘカラク》須撃者《ウツノ》、本《モト》無《シ》二殺《コロス》意《コ、ロ》一、邂《カイ》逅《コウニ》致《イタス》レ死《ヲ》、乃坐《ス》二杖罪《ツミスチヤウサイニ》一、或《アルイハ》用《モチヒヤイハヲ》レ刃、或絶《ハタチ》レ時《ヲ》、或残《ハサム》毀《キスル時ハ》、則是意《レコ、ロ》在《リ》二於殺《コロスニ》一、法所《ナリ》レ不《ル》レ許《ユルサ》也、又当《ニ》レ原《タツヌ》二其情《ノセイ》理《リヲ》一、豈可《ニンヤ》二一概《カイニ》科《ハカリ》断《コトハル》一、尽《スノ》レ心《ヲ》君子亦宜《ク》レ察《サツス》焉《シ》

鄭克カ曰、名分ヲ以テイヘハ。撃《ウタ》ル、者ハ食ヲヌスム者也。撃《ウツ》者ハ食ヲツカサトル者也。心ヲ以テイヘハ。只ヨノ人ノ相ウツニチカヘリ。撃殺スヘキニアラス。サレトモ、撃者殺サントハ思ハネトモ、タマ〳〵死ニ至ル。杖ニアハスヘシ。或ハ刃《シン》ヲ用ヒ。或ハ其ウツ時分カチカフカ。又ハソコナイヤフ」三十三ウ ルナラハ。殺スニ意

アリ。其ナラハ死-罪ハ逃《ノカ》レネトモ。是ハサナシト也。其心-根ヲヨク尋ヘキコト也。何ソ一概《イチカイ》ニ。ハカランヤ。心ヲ尽ス君-子ハヨク察スヘシ

（六行空白）

」三十四オ

棠陰比事巻下之上

御-史失《ウシナイカタチヲ》レ状　国淵求《コクヱムモトムセムヲ》レ牋

〔弁誣〕

唐《ノ》高祖、以《テ》二李《リ》靖《セイヲ》一為《ス》二岐《キ》音其州名州《シウノ（ママ）》刺-史《ト》一、或《ヒト》有二一-人一、希《コイネカヒノソムテセイ》二-望聖-旨《シヲ》一、告《マウス》二靖謀《カ》-反《スト》一者《アリ》、高祖命《メイシテヒトリノ》二一御-史《ニ》一、往《テ》按《セシム》レ之《ヲ》、謂《テ》曰《ク》、李靖反《カハン》-状《シヤウシツナラハ》実、便《チ》可《シ》二処《シヨ》-分《フンス》一、御-史知《テ》二其誣《フ》罔《マウヲ》一、請《テト》与二告《マウス》レ事者《ヲ》一偕《トモニユク》行、行《ユクコト》数-駅《エキテ》、御-史佯《イツハリテ》云《ク》、失《ス》二告《コク》-状《ヲ》一、驚《キヤウ》-懼《ク》異《コトナリ》レ常《ニ》、乃祈《ス》二告《モトメテマウス》レ事者《ヲノニ》一曰、李靖反《カ》-状分明《ニ》、親《シタシクウク》奉二聖-旨《ヲ》一、今失《シッスコクシヤウヲサイハイニスクヘ》二告状一、幸救二其命《メイヲ》一、告《スヲノ》レ事者、乃《ス》別《コトニシヨシテ》疏《ノ》二一状《ヲ》一、与《アトフ》二御-史《ニ》一、験《コヽロミルニ》二其状《ヲ》一、乃与《スト》二元《ケム》-状《シヤウ》一不《レ》同《カラ》、即日《ソノヒニカヘリテケイニ》還レ京、以聞《テフムス》二高祖《ニ》一、高祖大驚《ニヲトロイテ》、靖得《ハタリ》レ不レ坐《コトヲツミセ》レ罪《ツミニ》、告《スヲ》レ事」一オ者伏《ノフクスチウニ》レ誅失《ス》二御-史名《ノヲ》一

唐ノ高祖、李靖《セイ》ヲ岐《キ》州《シウ》ノ刺史《シシ》（ママ）トナサル。或人、高祖ノ御《キヨ》-感《カン》ニヤアツカラント思テ。李靖カ謀反《ムホン》ヲスト申上ケリ。高祖、御-史（ママ）ニ仰付ラレテ。マコトカ偽リカヲ。行テ穿鑿《センサク》セ

シム。実ナラハ処《シヨ》分《フン》スヘシト也▲処分ハコトハリト読也。イカヤウニモ云付ント云意也● 御史モ此事ハ偽ニテアラント思ヒテ。上ヘ申請テ。告《ツケ》タル者ト同道シテ行也。馬ツキヲ五ツ六ツ程過テ。御史イツハリテ云ヤウハ。告状《コクシヤウ》ヲ失フタリ。何トスヘキトテ、驚《ヲトロ》キヲソル、躰《テイ》ヲシテ。告ル者ニ云ヤウハ。李」二ウ 靖カ謀反ハ秘定《ヒツチヤウ》ナリ。然ルヲ、今高祖ノ詔《セウ》ヲウケタマハリテ行トテ。告状ヲ失フタリ。定テ高祖ノ我ヲ罪ニ行ルヘシ。何トソシテ我命ヲスクヒ給ヘト憑《タノム》也。告ル者一通ノ状ヲ書テ。御史ニアタフ。其ヲ見ルニ、先《サキ》ノ状ト文《モン》言《コン》チカウタリ。サレハヨト思テ。其マ、京ヘ帰リ。高祖ヘ次第ヲ告《マウ》ス。高祖驚キ給テ。李靖《リセイ》ハ罪ニアハス。告ル者誅《チウ》セラル

鄭克《カ》曰、按《スルニ》弁《ヘム》誣之《フノ》術《シユツ》、有レ正《セイ》有レ譎《ケツ》、李崇疑《フ》二其誣《シフルヲ》一也、故譎《ニイツハテ》以求《テム》レ情《セイヲ》、御史知《ル》二其誣《ヲ》一也、故譎《ニテ》以取《テトル》レ質《チヲ》、苟《イヤシクモ》非《ンハ》二尽《ツクス》レ心《ヲ》者《ノニ》一、則《ス》亦豈能《ニヨククハシカランヤ》精耶 」二オ

鄭克按シテ曰。誣ルヲ弁《ワキマ》フルノ術《シユツ》ニ。タ、シキモアリ。イツハリモアリ。李崇《リソウ》ハイツハリテ情ヲ求メ、此ノ御史ハ。イツハリテ質ヲトル。心ヲ尽サヌ者ハ。此ヤウナルコトハ及フマシキト也● 李崇ハ、上巻ニ李崇還泰《リソウケンタイ》トアリ

〔覈奸〕

魏《ノ》国淵《コクヱム》字子尼《ハシ》、為《タリ》二魏郡《クムノ》太守一時《ニ》、正直《セイチヨクニシテ》無レ私《シワタクシ》、有《リ》下投《トウシテ》レ書誹《ヲソシリ》二匪音謗《ソシル》也議太祖《ヲ》一者《ノ》上、太祖疾《ニクンテ》レ之《ヲ》、心欲《ス》レ知《ント》二其主《ノシユ》名《メイヲ》一、淵請《コフト、メテ》留二其本《ノ》書《ヲ》一而不二宣《セン》露《ロセ》一、書中多引《オホクヒク》二二京賦《ノフヲ》一、乃勅《チヨクシテコウ》二功曹《サウニ》一曰、此郡既《クムステニ》大《ナリ》、今在《テ》二都《ト》輦《レムニ》一而少《スクナシ》二学者一、其簡《レエラムテカイ》二開解《カイノ》少年《ヲ》一、欲《ス》レ遣《シメムトツケ》レ就レ師《ニ》、功曹差《サシテ》二三人《ヲ》一」二ウ 臨《ノソムテヤルニヒキ》遣引見《マミユ》、訓《ヲシフルニ》以《テス》三所《ロ》レ学《マナフ》未《タ》レ及《ヲヨハ》二二京賦《ノフニ》一、此博《レハク》物之《フツノ》書也、世人忽《ノコツ》略《リヤクシテ》少《シ》レ有《ルコト》二其師《ノシ》一、可《シ》下求《モトメテ》二能読《ヨクヨマン》者《ヲ》一従《テ》受《ウク》上レ之《ヲ》、旬《シユム》日《ニシテ》得二能《ク》読《ヨム》者《ヲ》一、遂往《ツイニユイテウク》受レ業《ケフヲ》、因請《テコツテシム》使レ作《ナサ》レ牋《セムヲ》、比《ヒ》二方《ハウスルニ》其書《ノヲ》一似《タリ》レ出《タルニ》二一手《ニ》一、収問《トラヘトフテフクス》服レ罪《ニ》出《タリ》二魏志本伝《ニ》一

魏ノ国渕《コクエン》、字ハ子尼《シチ》ト云人。魏郡ノ太守タリ。正直ニシテ私ナキ人也。或者ヲトシ文ヲシテ。太祖《タイソ》ヲソシル。太祖ニクンテ。其者ノ名ヲ知タク思召也。国渕ソノ投書《トウシヨ》ヲ留テ蔵《カク》シテヲク。其書ノ中ニ文選《モンセン》ノ二京賦ノ詞ヲ多ク引タリ。功曹《コウサウ》ニ云付テ、此郡大ニシテ。今都輦《トレン》ニ有テ。学者モス

クナシ。カシコキ少年ノ者ヲヱラヒ」三オテ。師《シ》匠《シヤウ》ニツケテ。学《カク》問《モン》サセント云テ。功《コウ》曹《セウ》三人ヲ学問ニヤルトテ。国渕《コクエン》云ヲシヘヤウニハ。イマタ二京賦ヲ学ハヌ程ニトテ習《ナラ》フヘシ。二京賦ハ万ノ事ヲ多ク引モチヒテ。習ハデカナハヌ物也。今ノ世間ノ人。其書ヲ疎《ヲロソカ》ニシテ習ハス。又師匠アルコトスクナシ。能読ン人ヲ尋テヨメト。云ヲシユル也。十日ハカリ程シテ。師ヲ得テ学問ヲス。因《ヨツ》テ師ニ牋《セン》ヲ作ラセテ。前ノヲトシ文ニ。クラヘテ見レハ一筆也。ソコテ捕ヘテ問タレハ。罪ニ伏シケリ

鄭克曰、按《スルニ》王安礼《アンレイウ》右丞《セウ》、知開封府《タルカイホウフニ》時《トキ》、或《ヒト》投《トウシテ》」三ウ書《ヲ》告《マウス》一《リノフ》富家有《カ》逆謀《リトキヤクホウ》、都城稍《ヤヽ》恐《ヲソル》、安礼《アムレイ》不以為《テセ》然《シカリト》、後数日有旨《テムネ》、根治《コンチシテ》捜験《ソウケムスルニ》富家事《ノヲ》、皆無《シ》跡《アト》、因問《テフ》、曽《カツテ》与《トカ》誰《タレ》為《タル》仇《アタ》、対《コタフルニ》、以《テ》数《ス》月前鬻《イク》（音育 売也）状《シヤウ》馬生《ト云》者《ヲ》、有《テ》所《ロ》貸《カル》而弗《ス》与《アタヘ》、頗《スコフル》積《ツム》怨《エム》言《ケンヲ》、於《テ》是密《ニヒソカニ》以《テ》他事《ヲ》摂《セツシテ》馬生《ヲ》至《ル》、対《タイ》款《クワンス》、取《テ》匿《カクス》名書《ヲ》較《ヲタクラフレハ》之《ヲ》、字無《シ》少《シキモ》異《コトナルコトシン》、訊鞫《キクシテイム》引伏《フクス》、此《レ》乃《ス》用《モチフ》淵《エム》覈《カカク》奸《カムノ》之術《シユツヲ》也

鄭克カ曰、王安礼《ワウアンレイ》カ。開封府ヲ知行ニシテ居タル時。或人ヲトシ文ヲシテ。一人ノ冨家《フカ》。ムホンノ企《クワタ》テ有ト書タリ。都城《トシヤウ》ノ者トモヲソル、也。安礼、此事ハ偽」四オニテ有ヘシト思ヘリ。後日ニタンタヘテ。冨ル者ヲ穿鑿《センサク》スルニ。アトカタモナキコト也。安礼《アンレイ》、冨家ニ問ケルハ。ソチハ仇《アタ》ガアル歟。冨人ノ曰。五六箇月サキニ鬻《イク》状《シヤウハ》馬生《セイ》ト云者。我ニ物ヲカリタレトモ。カサ、レハ。馬生ウラミテ悪口シケリト云• 鬻状ハ商人《アキヒト》也• 安礼ソコテ馬生ヲ。ヨノコトヲ以テ召シテ。対決《タイケツ》セシム• 対《タイ》款《クワン》トハ。メン〳〵ノ存分ヲ云テ出ルヲ云。目安《メヤス》ナトヲ款状ト云也• 馬生カ目安ト最前ノ落書《ラクシヨ》ト。少モカハリナシ。サテ馬生ヲ捕ヘテ問ケレハ。罪ニ伏シケリ。国渕カ奸《カン》ヲアラハス術ヲ用」四ウユル也

偉《イ》冒《ヲカシ》范祚《ハムソヲ》（音胙）　虔傚《ケムナラフ》鄧賢《トウケンニ》

〔厳明〕

劉敞《リウシヤウシ》侍読《トク》、知《チタル》永興軍《ヤウコウクムニ》時《トキ》、大姓《セイ》范偉《ハンイ》、冒《ヲカシテフ》武功令《コウノレイ》祚《ソヲ》為《ス》祖《ソト》、偉乃穿《ウカツテ》祚墓《カハカヲ》、以《テ》己《ヲノレカ》祖《ソ》母《ホヲ》祔《フス》（音駙 合葬也）之《ヲ》、規《ハカリテ》

避《サクル》二徭役《ヨウエキヲ》一者《ノ》五-十-年、数《シハ〳〵》犯《ヲカス》レ法《ハウヲ》、至《ル》レ徒《ト》-流《リウニ》、輒《スナハチ》以《テ》レ贖《シヨクヲ》免《マヌカル》、長安《チヤウアム》人共《トモニ》患《ウレヘ》二苦《クルシム》之《ヲ》一、然《モ》吏《リ》莫《シ》二敢《アヘテ》誰《スイ》-何《カスルコト》一、敞《シヤウ》按《アンス》二其《ノ》事《ヲ》一、獄《コク》未《タ》レ具《ソナハラ》而召《メス》、由《テ》レ是《ニ》辞《コトハ》屢《シハ〳〵》-変《ヘンス》、証《セウ》-逮《テイス》二数-百-人《ヲ》一、獄《コク》連-年《シテ》不レ決《ケツセ》、詔《シテ》取《トラヘテ》付《フシテ》二御《キヨ》-史《シ》-台《タイニ》一験《ケム》-治《チス》、卒《ツイニ》如《シ》二敞《シヤウカ》所《ノ》一レ発《ハッスル》出本伝

刘敞《リウシヤウ》、物ヲヨム役ニテ。天子ノ御ソハニ居テアルカ。」五オ永興軍《ヤウコウクン》ヲ知行ニ取タル時。大百姓ニ范偉《ハンイ》ト云者アリ。武功《フコウ》ト云所ノ令《レイ》。范祚《ハンソ》ト云者ヲ。我先-祖ナリトテ。范祚カ墓《ハカ》ヲホリテ。己カ祖-母ヲ一ツニ葬《ハウム》ル也。此シヤウハ。我ハ令ノ子-孫ニテアルトテ。役《ヤク》ヲ免《マヌカレ》ントノハカリコト也。サル程ニ五十年ノ間。役ヲ免レ。其間ニサイ〳〵法度ヲソムキ。流-罪ニアフヘキコトアレトモ。金銀ヲ出シテ罪ヲ贖《アカイ》テ免ル。(振り仮名ママ)長安中ノ者モ范偉ニアキハテ、。患《ウレ》ヘ苦《クルシ》ム也。サレトモ吏ナトモ。ソレハタソト問テ。糺-明モセス•誰《スイ》何《カ》ト書テ。タソト、フト読也。ソコナハ何者ソト云テトカムル意也•刘敞《リウシヤウ》、其コトヲ穿」五ウ鑿《サク》スル内ニ。天子カラ召レテ。刘敞《リウシヤウ》ハ帰ル故ニ。范偉《ハンイ》コトハヲ変《ヘン》シテ。イロ〳〵ニ偽ル。百人モヨヒテ目アカシサスレトモ。皆、其者ノ同類ナル故ニ。久シクシレス、後ニ御史台ニ仰付テ穿鑿アリケレハ。前ニ刘敞カ云タルト同コト也

鄭克曰、按《スルニ》二范偉《ハンイカ》之横《ワウ》一、人患《ウレヘ》二苦《クルシム》之《ヲ》一、然《モ》敞《シヤウ》按《アンシテ》二其《ノ》冒《ヲカシ》レ蔭《カケヲ》避《サクルヲ》レ役《エキヲ》、証《セウ》-逮《テイシテ》二数-百-人《ヲ》一、連-年不《ルコトハ》レ決《ケツセ》者何《ソヤ》也、彼《カレ》於《テ》二党与《タウヨニ》一、結《ムスフコト》レ之《ヲ》厚《アツシ》矣、乃《イ》-敢《アヘテシカリ》爾也、証《セウ》-逮《テイノ》之人、其《ノ》党《タウ》-与《ヨ》也《ナリ》、豈《ニ》易《ヤスカラムヤ》レ鞫《キクシ》哉、且《カツ》長安人《ノ》共《トモニ》患《ウレヘ》二苦《クルシム》之《ヲ》一、然《モ》吏莫《キコトハ》二敢《アヘテ》治《スルコト》一、則桀《ケツ》-黠《カツ》胡八切慧也可《シ》レ知《ヌ》也、非《ンハ》二按《スル》」六オ者《ノ》厳《ケム》-明《メイナルニ》一、不《シ》レ能レ発《スルコト》二其《ノ》事《ヲ》一、非《ンハ》二鞫《キクスル》者《ノ》厳-明《ナルニ》一、不レ能レ得《ルコト》二其《ノ》実《シツヲ》一、是《ノ》-故姧《ニカム》-民《ミンヲ》多《ホク》幸《サイハイニ》免《マヌカル》也、獄《コク》-辞《シ》屢《シハ〳〵》変《ヘムスルコト》、蓋《シ》以《テ》レ此《ヲ》歟《カ》

鄭克カ曰、范偉《ハンイ》カ横行《ワウキヤウ》ニ、人皆クルシム。刘敞《リウシヤウ》モ、其者カ我ハ令《レイ》ノ子孫ナリト云テ。役《ヤク》ヲモセヌヲ不-審ニ思フ故ニ。証-人ヲ求テ数百人バカリマテニ及ヘトモ。年ヲカサネテ不レ決コトハ。范偉ヒロク徒党《トタウ》ヲ結《ムス》フ故ニ。証人ニナル者モ。皆其クミノ者トモナレバ。キワメガタキ也。長安ノ人共ニ苦《クルシ》メトモ。スベキヤウナキハ。范

偉カ桀黠《ケッカツ》トス、ドク。コガシコ」六ウ キコト可レ知也。糺-
明スル人ガ厳-明ニナクテハナラヌコト也。故ニ奸-民ト
モカ免レテ多クアル也。公事ノアチコチトシテ。果《ハテ》ヌモ
其故也

〔厳明〕

沈括《シムクワツカ》 筆談《ヒツタムニ》 云、江南《カウナンノ》 人好《コノムウツタヘヲ》レ 訟《リ》、有二一-書一、名《ナツク》二鄧思《トウシ》賢《ケント》一、
皆訟《セウ》-牒《テフノ》 法《ハウナリ》-也、其始《ノハ》則教《チヲシフルニ》 以《テスフ》二侮-文《フムヲ》一、侮-文《ノ》不《ル時ハ》レ 可《カラ》レ得《ウ》、
則欺《アサムキシイテ》-誣 以取《テトル》レ之、欺《ヲ》-誣《キ》不《テル時ハ》レ 可レ得、則求《メテ》二其罪《ノヲ》一以劫《テヲヒヤカス》レ
之、鄧思賢《トウシケンハ》 人名《ノナリ》-也、始伝《メテツタヘテ》二此術《ノシユツヲ》一、遂名《ニナツク》二其書《ノニ》一、凡村《ソソン》-
校《カウノ》中、往《ワウ》-往〱《ニ》 以《テ》レ此授《ヲサツクセイ》二生-徒《トニ》一 見筆談
韓据《カムキヨ》 居音 司《シ》-封通《ホウツウ》二判《ハンタル》 処州《シヨシウニ》一日、民有《タミリ》三偽《イツハツテ》作二冤《ルコトエム》-状《シヤウヲ》一、悲《ヒ》-
憤《フムシテ》 房粉切 濆也 叫《サケヒヨフ》-呼、似《タリ》二若《ナル》レ可《キカ》レ信者《スノニ》一、会《アウテ》二守闘《ノカクルニ》一、据《キヨ》偶《タマ〱》 摂《セッス》レ
郡《クムヲ》、究《キハメ》二其風《ノフウ》-俗《ソクヲ》一、考《カムカフ》二」七オ 其枉直《ノワウチヨクヲ》一、其下《ノモ》莫《シ》二之能欺《ヲヨクアサムクコトシ》一、辞-
伏《フクスル》者《ノ》、皆自《ミ》-以《ヲモヘラクスト》-為不レ冤《エンナラ》、据《キヨハス》乃魏《ギ》-公琦《コウキカ》之兄《コノカミナリ》 -也、終《フ》二
於両浙《リヤウセツノテム》 転-運《ウム》-使《シニ》一 見二尹洙所《カノ》レ撰《スル》二墓誌一
沈括《シンクワツ》カ筆談ニ云。江南ノ人、訟ヲコノム程ニ。訟ノ書ア
リ。其ヲ鄧思賢《トウシケン》ト名ツク。始ハ教《ヲシユ》ルニ。侮《フ》-文《フン》トテ。偽ノ

アヤシナヲアラセテ。書タ書ヲヲシユ。其テモナラネハ。
偽ヲ云カケ。其テモナラネハ。ナイ罪ヲ云カケテ。アレニ
ハ。ナニ〱ノ罪カアルト云カクル也。此ヤウナコトノ術
ヲ。始《テ》-伝ユル者ヲ鄧思賢ト云ニヨリ。書ニ名ツクル也。
江-村テ学問所《カクモンシヨ》ヲタテ、。第-子ニ教」七ウ ル也。韓据《カンキヨ》カ処州
ニ居タ時。民カ偽テ訴-状ヲ作テ。我ヲ人カ殺サント云ナ
ト云テ。カナシミナキサケヒタリ。真ニサモ有ヘキニ似タ
リ。処州ニ守護《シュコ》モナカリタ時ニ。韓居カ其郡ヲ摂シニユク。
摂-取ノ意也▲其所ノ風《フウ》-俗《ソク》ヲ改メキワメ。枉直《ワウチヨク》ヲ考ヘテ。
悪キコトハナイカト穿鑿スル故ニ。下々ノ者、偽リ欺《アサム》ク
コトナキ也▲辞《シ》-伏《フク》ハ公事サタヲ聴テ。科《トカ》ニ云付ラレタ者ノ。
無-理ナト思ハサル也。魏国公ハ宰相《サイシヤウ》ニテ大名也
尹洙《インシュ》ハ欧陽《ヲウヤウ》ヨリサキノ文者也
鄭克曰、然《レハ》則据《キヨカ》 所《ユヘンハ》下-以究《キハメ》二其風《ノ》-俗一考《ヲカンカフル》中 其枉《ノワウ》-直《チヨクヲ》上」八オ
者、豈特《ニコトニ》 下莫《モナキノミナランヤ》二 能-欺《アサムクコト》一、蓋《シ》-亦人不レ可レ劫《ヲヒヤカス》、不《ルハ》レ
可《ラ》レ劫《カス》 所二以為《ナリタル》レ厳《ケン》也、莫二能《キハク》-欺《クコト》一 所二-以為《ナリタル》レ明《メイ》也、彼《カレカ》
其辞《ノシ》-伏《フクスル》 者《ノ》自以《ヲモヘラク》-為不《スト》レ冤《ナラ》、非《スヤ》二此故《ノユヘニ》一歟

鄭克カ曰、韓琚《カンキヨ》カ風俗ヲアラタメキワメ。枉《ワウ》直《チヨク》ヲ考ヘタルハ。下ノ者ガ欺《アサ》ムカヌバカリニテハナシ。人ノ劫《ヲヒヤ》カスコトモナラヌ程ニ。是ハ厳明ナル人也。辞伏スル者、冤《エン》ナラストヲモヘルハ。韓琚カ厳明ナル故也

次《シ》武《フ》各《ヲノ〳〵》駆《カリ》　憲《ケムシ》之倶《トモニ》解《トク》

〔摘奸〕

周于《シウノウ》仲文《チウフン》字《ハ》次《シ》武《フ》、為《シテ》趙《テウ》王《ノ》属《ソクト》、安固《アンコノ》太守《タリ》、有《リ》任《シン》」八ウ 杜《トノ》両《リヤウ》家《カ》、各《ヲノ〳〵》失《フ》牛《ヲ》、後《ニ》得《テ》一《ツノ》牛《ヲ》、両家争《アラサフ》之《ヲ》、州《シウ》郡《クン》不能《ハ》決《ケツスルコト》、益州《エキシウノ》長史韓伯携《カンハクケイカ》曰、于《ウ》安固《アムコ》、少年《ニシテ》聴《チヤウ》察《サツス》可《シ》令《シム》決《セ》之《ヲ》、仲文乃《チウフムス》令《シム》両家《ヲシテ》各駆《〳〵カツテ》牛群《ノクムヲ》到《ラ》、及《テ》放《ハナツニ》所《ノ》得《ウル》一牛《ヲ》、遂《ツイニ》入《ル》任《シン》氏群《シカニ》、又使《シム》人《ヲシテ》微傷《スコシキスツカ》其《ノ》牛《ヲ》、任氏嗟惋《ナケキイタム》音腕驚歎也 杜氏自《シ》若《シヤクナリ》、杜即《ス》服《フクス》罪《ニ》出《タリ》北史于粟磾《ソクテイ》伝《ニ》 仲文其《ハ》八世《ノ》孫也

周《シウ》ノ于《ウ》仲文《チウフン》、趙王ノ属《ソク》トナル•趙王ハ周王ノ一門ト見ヘタリ。仲文、安固《アンコ》ノ大守ト成タル時。任氏《シンシ》、杜氏《トシ》。ヲノ〳〵牛ヲ失フ。後ニ一疋ノ牛ヲ見付テ•二人ノ者争フ。州郡ニモコトハルコトアタハス。益州《エキシウ》ノ韓伯携《カンハクケイ》カ」九オ 云コトハ。于《ウ》安固《アンコ》年ワカケレトモ。ヨク訟ヲキク程ニ。聴セント云•安固ノ太守ナル故ニ。仲文ヲ安固ト云也•安固スナハチ両人カ家ニアル牛トモヲ。牽《ヒイ》テ来ラセ。分テ置テ。争フタル一牛ヲ放ツ。其牛、任氏《シンシ》カ牛ノ群《クン》中ヘイル。又人ヲシテ其牛ヲキスツカシム。任氏ソコカラ悲ム。杜氏《トシ》ハサモナシ。故ニ杜氏ヲ罪スレハ。伏シケリ

鄭克曰、此《レ》亦用《ル》覇摘《ハカテキ》姦之《カムノ》術《ヲ》者《ナリ》也、隋《スイノ》襄《シヤウ》州《ノ》総管《ソウクワム》裴《ハイ》政《セイカ》云《ク》、凡推《ソヲスニ》事《ヲ》有《リ》両《フタツ》、一《ツハ》察《サツシ》情《セイヲ》、一《ツハ》拠《ヨル》証《セウニ》、審《アキラカニシテ》其《ノ》曲《キヨク》直《チヨクヲ》、以定《テサタム》是非《ヲ》、拠《ヨル》証《セウニ》者《ノハ》覈《カク》姦《カムニ》用《ヒ》之《ヲ》、察《スル》」九ウ 情《ヲ》者《ノハ》摘《テキ》姦《カムニ》用《ユ》之《ヲ》、蓋《シ》証《セウ》或《ハ》難憑《シテタノミ》、而情《モ》亦難《シ》見《ミ》、於《テ》是《ニ》用《テイツハリヲ》譎、以摘《テサクリテ》其伏《ノフクヲ》、然《シテ》後《ニ》得《タリ》之《ヲ》

鄭克カ曰、黄覇《クワウハ》カ児ヲ争フ公事ヲ。ワクルト同シ。隋《スイ》ノ襄州《シヤウシウ》ノ総管《ソウクワン》裴政《ハイセイ》カ曰。凡ソ理非ノワケカタキニ二ツアリ。情ト云ハ。両方ノ公事ヲスル。心根ヲミシル•証ハ証迹也。ナニ〳〵ノ証拠カアル。贓物《サウモツ》カ家ニアル。刀ニ血カアルナト云テモシレヌ也。人カニクミテ、贓物ヲ其家ヘ入テヲキ。人ノ刀ニテ斬《キリ》テヲクコトモア

レハ。証-迹バカリテモシレズ。情モ又タノミカタキコトアリ。故ニ偽テ、其伏スル」十オ ヤウニシテ得ル也

〔証慝〕

宋顧《ノコ》憲之《ケムシ》、為《タル》二建康《ケムカウ》令《ノレイ》一時《ニ》、有《リ》二盗《ヌスメル》レ牛《ヲ》者《ノ》一、与《ト》二本《ホン》主《シュ》一争《アラソフ》レ牛《ヲ》、各《ヲノ〳〵》言《イフ》二己《ヲノレカ》物《ナリト》一、二-家辞《シ》-証等《セウヒトシ》、前-後令《ノレイシ》莫《シ》二能決《クケツスルコト》一、憲之《ト》至《テ》覆《フクス》二其状《ノヲ》一、乃《ス》令《シメテ》レ解《トカ》レ牛《ヲ》、任《マカス》二其所《ノニ》一レ去《ル》、牛径《タヽチニ》還《カヘル》二本家《ニ》一、盗《メル》者《ノ》始《メテ》伏《ス》二其罪《ノニ》一 出《タリ》二南史顧《ノコ》凱之《カイシカ》伝《ニ》一憲之《ハ》其《ノ》孫-也

宋ノ顧《コ》憲之《ケンシ》、建康《ケンカウ》ノ令タル時ニ。牛ヲ盗ム者アリ。本主ト争フ。両-方ニセウコアリ。前ノ令モ、後ノ令モ。能《ヨク》コトハルコトナシ。其-時、憲之至リテ。公事ヲ聴ナヲシテ。牛ヲトイテ去ラシム、牛ヨク本主ノ家ヲ知テカヘル。盗ム者、罪ニ伏ス」十ウ

鄭克曰、按《スルニ》証《セウスルニ》以《テスレハ》レ人《ヲ》、或容《ハイルイツハリヲ》レ偽焉、故前-後《ノ》令莫《シ》二能決《クスルコト》一、証《スルニ》以《スレハ》レ物《ヲ》必得《スウ》レ実《マコトヲ》焉、故盗《ニメル》者始服《テフクス》二其罪《ノニ》一、于《ウ》仲文《チウフム》放《ハナツ》レ牛事《ヲ》、与《ト》レ此正相《レニ》類《ルイス》、其異《ノコトナルコトハ》者、彼《レカ》之家遠《トヲフシテ》而有《リ》二牛群《ノクム》一、此《レカ》之家-近《チカフシテ》而無《シ》二牛群《ノ》一也、随《シタカッテ》レ事《ニ》制《セイシテヨロシキヲ》レ宜、然《シテ》-後放《ニツ》レ之《ヲ》、理《リ》無《シ》レ異《ナルコト》焉

鄭克カ曰、人ヲ証ニスレハ。其者偽ルコトモアリ。其故ニ前後ノ令《レイ》ヨク決《ケツ》セス。物ヲ証ニシテ実ヲウル也。盗ム者モ。理ニツマル故ニ服スル也。此前ノ于《ウ》仲文《チウフン》カ牛ヲ放《ハナ》ツコトモ此類也。家ノ遠《トヲウ》シテ牛ノ群《クン》アルニヨリ。其ヲツレヨスルト。家-近シテ牛ノ群ナキ」十一オ 故ニ。放《ハナ》ツトノ替《カハ》リハ。ヨロシキニ随フ也。理ニコトナルコトハナシ

張昇《チヤウヘム》窺《ウカヽイ》レ井《ヲ》　蔡高《サイカウ》宿《シユクス》レ海《ニ》

〔察奸〕

張昇音朴丞《セウ》-相《シヤウ》、知《タリ》二潤州《シユンシウニ》一、有《リ》二婦-人一、夫《ヲツト》出《テ、》数-日《マテ》不レ帰《ラ》、忽《タチマチ》聞《テ》三菜《サイ》-園《エンノ》井中有《ニリト》二死-人一、即往《チユイテコクシテ》哭《ヲ》レ之曰、吾夫《カヲツトナリ》也、以《テ》聞《フ》二于官《ニ》一、昇命《ヘンメイシテシヨクシテリニアツメテリン》属レ吏集二隣-里《リヲ》一、就《テ》二其井《ノニ》一、験《コヽロム》二是《レ》-其夫《ノ》否《トナリヤイナヤト》一、皆言《イフ》井-深《フカフシテ》不レ可レ弁《ヘムス》、請《コフ》出《シテ》二其尸《ノシヲ》一験《コヽロミン》之、昇曰《カ》、衆《シユ》皆不レ能レ弁《スルコト》、而婦-人独《ルヲ》知《ヒトリシルハ》二其為《ノタルコトヲヲツト》レ夫《ソヤ》何耶、収《トラヘテフシテシヨ》付二所-司《シニ》一訊《シム》-問《モンス》、乃《ス》奸《カン》-人殺《コロシテ》レ之《ヲ》而婦-人与《アツカリキケリ》二聞其《ノ》謀《ハカリコトヲ》一也 見《タリ》二沈括《カ》筆談《ニ》一 」十一ウ

丞相《セウシヤウ》ハ右大臣ノ事也。右丞トハカリカケハ。大臣ニテハナシ。相ノ字アレハ大臣也、張昇《チヤウヘン》丞相、潤州《シユンシウ》ヲ知行シテ居タル時ニ。婦‐人アリ。其夫《ヲツト》カリソメニ出テ。五六日マテトモ帰ラス。園《ソノ》ノ井ノ中ニ死人カ有ト聞テ。泣《ナキ》カナシミテ。我夫ナリト云テ、官ニ訟フ。張昇、吏《リ》ニ云付テ。隣里《リンリ》ノ人ヲ召テ。井ノ中ヲ見セテ。其婦‐人カ夫カト問フ。皆‐言フ、井‐深シテ見ヘス。尸《シカイ》ヲトリ出シテ見ント云。張昇カ曰、皆人ミシラヌニ。婦人カ独リ夫テ有ト云ハ。子‐細アラントテ。収《トラ》ヘテ問タレハ。マヲトコ。カ婦‐人ト相図《アイツ》ヲシテ。殺シタル者也」十二オ

〔釈冤〕

蔡高為《サイカウタリ》二福《フク》州長渓尉《ノチヤウケイノイ》一、県嫗《ケムアフノ》二‐子、漁《スナトリシテ》二於海《ニ》一而亡《ハウス》、嫗指《サシテ》二某《シ》‐氏《ヲ》一、為《シテ》レ仇告《アタトマウスケンニ》レ県、捕《トラフ》レ賊《ヲ》吏難《ハヽンテ》レ之《ヲ》曰、海《ニ》有《リ》二風‐波一、安《イツクンソ》知《ランヤ》三其《ノ》不《ルコトヲ》二水《ニ》死《セ》一乎、果為《ハタシテタメニ》レ仇《アタノ》所《サルトモ》レ殺《コロ》、若不《シンハ》レ得レ尸《ヲ》、於《テ》レ法《ニ》不レ可レ理《ス》、高独《リ》‐謂《ク》、嫗《アフノ》色有《リ》レ冤《エン》、不《ト》レ可《アル》レ不《スハ》レ理《セ》、乃《ス》陰《ヒソカニ》察《シテ》二仇‐家《ヲ》一、得《タリ》二其迹《ノアトヲ》一、与《ト》レ嫗約《ヤクシテ》曰、期《シテ》二十‐日《ヲ》一不《ンハ》レ得レ尸《ヲ》、則為《タメニ》レ嫗受《カウケンホ》二捕‐賊之《ソクノ》責《セメヲ》一、凡《ソ》宿《スルコト》二海‐上《ニ》一七‐日、潮《ウシホ》浮《ウカヘテ》二二‐尸《ヲ》一到《ル》、験《コヽロミルニ》レ之《ヲ》皆殺《コロセルナリ》‐也、乃捕《ストラヘテ》二仇‐家《ヲ》一、鞫《キクシテ》レ之《ヲ》而伏《ス》レ法《ニ》高乃《ハス》襄《シセウカ》之弟、事《ハ》見《タリ》二欧《カ》公所レ撰墓‐誌《ニ》一

蔡高《サイカウ》カ福州ノ長渓《チヤウケイ》ト云所ノ尉《イ》タル時ニ。県ニ二人子ヲモチタル嫗《ウハ》アリ。二‐子トモニ漁《スナト》リシテ。何トシタ」十二ウヤラ。行エヲシラス。嫗ハカタキカ有タ程ニ。ソレカ殺シテ海ヘハメタル者ナリト云テ。県ノ令ヘ告《ツク》ル也。下司ノ吏云。海ヘハマリ死シテアラハ。穿鑿ハナリカタシト云。若《モシ》アタノ為ニ殺サレタリトモ。尸《シカイ》ヲエスハ。何トコトハルヘキヤト云。蔡高《サイカウ》カ思フハ。嫗カテイ。寇《アタ》ノタメニ殺サレタト思フ顔ノ色ナリ。何トソシテアラハサントテ。仇《アタ》ノ家ノ躰《テイ》ヲ。ヒソカニ察《サツ》シテミレハ。不‐審ナルコトモアルニヨリ。蔡高、嫗《ウハ》ト約《ヤク》シテ曰。十日ノ内ニ尸ヲヱン。若エスハ、賊《ソク》ヲエトラヘヌ責《セメ》ニアハントテ。海上ニ宿シテ。七日アリテ。二人ノ尸浮《ウカミ》テ到」十三オル。皆殺サレタル尸也。則仇《アタ》ヲ捕《トラ》ヘテ問ヘハ。罪ニ伏シケリ

鄭克曰、按《スルニ》人之《ノ》冤《エム》‐訴《ソハ》、苦《クルシム》二於抑《ヨク》‐塞《ソクニ》一、謂《ハ》二不《ハ》レ得レ尸《ヲ》則不《ト》レ可レ理《セ》者、豈非《ニ》二抑《スヤ》‐塞《ニ》一乎、夫尉《レイハ》以《テ》レ捕《トラフルヲ》レ賊《ヲ》為レ職《シヨクト》、

苟《イヤシクモ》不レ恤《ウレヘ》二冤-訴事《ノヲ》一、不レ勤《ルハツトメシヨクケフヲ》二職業一、豈疾《ニニクミ》レ悪慕《ヲシトフノ》レ義《ヲ》之士《ノ》所《ナラン》レ為《スルヤ》乎、雖《ト》レ然、高受《ウケテ》而理《ヲサム》レ之《ヲ》亦有《リ》レ以《ユヘ》也、吏患《ウレヘテ》レ不《ルコトヲ》レ得レ尸《ヲ》而尸在《ルハ》レ海《ニ》者、皆随《テ》レ潮出《ニツ》、第恐《タヽヲソル》不-幸《カウニシテ》潮落《ヲチンタ》二他-境《キヤウニノミ》一耳、故与《ニト》レ媼約《アフトヤクシテ》（ママ）曰、期《シテ》二十-日《ヲ》一不レ得《ンハ》レ尸《ヲ》、則為《タメニ》レ媼受《カウケンホ》二捕賊之責《ソクノセメヲ》一、宿《スルコト》二海-上《ニ》一七-日而潮浮《ヘテ》二一-尸《ヲ》一、至《ル》、此《レ》其至-誠勤恤之効《ノシイセイキムシツノシルシナリ》也、俗-吏《ソクリノ》」十三ウ 所《ロウレウル》レ患何《ソ》足《タランヤヲモンハカルニ》レ慮哉、是-以《ヲ》卒能伸《テツイニヨクノフ》レ冤《エンヲ》也

鄭克カ按シテ曰、媼《ウハ》カヤウナルコトヲ。訴訟スルニ。吏カ難《ハヽ》ムヤウナコトハ、抑塞《ヨクソク》トテ苦《クル》シキコト也。尸《シカイ》ヲ得スハ。穿鑿《センサク》ハナルマイト云ツレ也。尉《イ》タル者ハ賊《ソク》ヲ捕ル所ヲ所作《シヨサ》トスルニ。冤訴《エンソ》ヲウレヘサルハ。義士ノハツル所也。蔡高《サイカウ》カシヤウハ尤也。吏ハ尸ヲエヌコトヲウレウレトモ。海ニアル物ハ潮《シホ》ニシタカイテ出ル也。若《モシ》サイハイナクシテ。其所ノ潮カ。他国ヘヲチ行ナラハ。ナルマイトテ。十日ト約《ヤク》スル也。アンノ如ク、七日メニ二ノ尸《シ》-骸《カイ》カ。潮ニウカミテ」十四オ 出タリ。此ハ誠ニ訟ヲツヽシム効《シル》シ也。蔡高《サイカウ》カ智ハ、世俗《セソク》ノ思フ外ニアル者也

劉湜焚《リウシヨクヤキ》レ尸《カハネヲ》　高防劾《カウハウカイスヤマイヲ》レ病

〔懲悪〕

劉待制《リウタイセイ》、初知《メタリエウシウノフ》二耀州富平県《ヘイケムニ》一、有《リヌスヒトカスムル》下盗掠《ノ》二人子-女《ヲ》一者《ノ》上、既《ステニ》擒-獲《トラヘエタリ》、輒詐《スナハチイツハリテシヌルマネス》死、伺《テ》レ間《ヒマヲス》即逸去《ニケル》、再捕-得《タヒトラヘタリ》、復然《マタシカリ》、湜《シヨク》音植令《シム》レ焚《ヤカ》レ之《ヲ》見本伝

刘湜《リウシヨク》初メ耀州《ヨウシウ》ノ富平県《フヘイケン》ヲ知-行シテ居タル時ニ、人ノ子-女ヲカスメ盗ム者アリ。其ヲ捕ヘタレハ。詐《イツハ》リテ死タル躰ヲシテ。隙《ヒマ》ヲ見テ。ニケ去タリ。又トラヘタレハ。又死シタル躰ヲシタル程ニ。刘湜ソコテ盗人ヲ」十四ウ ヤイテ捨《ステ》タリ。待制《タイセイ》ノコトハ、上巻ニ見ヘタリ

鄭克曰、按《スルニ》因《テ》二其詐《ノイツハリ》死《ルニ》一、遂《ツイニ》以為《テシテ》レ実《シツト》而即埋《スウツム》レ之《ヲ》、亦足《タレリ》二以折《テクシキカンヲ》レ姦而懲《コラスニ》レ悪《ヲ》矣、何《ソ》-必焚《シモヤカン》レ之《ヲヤ》耶、将慮《ハタヲモンハカル》二其徒《ノトノ》或能掘《ハヨクアハキ》-取而《テ》復活《マタイケンコトヲカ》一耶、掠《カスムルノ》二人子女《ノヲ》一之罪《ツミ》、於《テ》レ法不《ニ》レ至《ル》レ戮《リクスルニ》尸《ヲ》、若画《シカキリテ》レ時埋《ヲウツンテ》レ之、且使《カツシメハ》二人守《ヲシテラ》レ之《ヲ》、其-徒亦何能為《ソヨクセンヤ》耶、雖《ヌスヒトヨクフク》二盗善伏-気《キスト》一、而土必《モ》塞《スフサクハナヲ》レ鼻、数-日之後《ノノチ》、与《ト》レ焚《ヤク》レ之等《ヲヒトシ》矣、雖《フトモ》レ不《ト》レ焚可《ヤカナリ》也

鄭克カ曰、盗人イツハリ死タルヲ。誠トシテ埋メハ、法度ハ立也。ヤクコトハ無用也。埋タルヲ盗人ノ徒党《トタウ》カホリ出シテ。イカスホトノコトハ有マシキ也。人」十五オノ子女ヲ掠《カスム》ルノ罪。尸骸ヲ戮《リク》スル法ハナシ・戮ハキリホフルコト也・埋《ウツン》テ後ナン時マテトテ。人ヲマモラセテ置タラハ。偽リ死タリ共。徒党《トタウ》カ。ホリ出スコトモナルマシ。其間ニハ死スヘキ也。譬《タトヘ》盗人カ伏気《フクキ》ノ法ヲ知タリトモ。土カ鼻《ハナ》ヲフサク程ニ。ソレモナルマシ。埋テ程ヲフレハ。焚《ヤキ》タルト同シ。刘湜《リウシヨク》カ焚タルハ。イラサルコト也ト評セリ▲史記ニモ范雎《ハンシヨ》カ死タルマネシタルコトアリ。伏気ノコトハ、上巻ノ南公カ処ニアリ

〔議罪〕

高防初仕《ツカヘテ》レ周為《ニナル》二刑部《ケイホウ》郎中《ト》一、宿州《シユクシウニ》有レ民、剚《サシハサミコロス》二側吏切以十五ウ刃挿殺之刃《シヲ》其妻《ノメニ》一、而妻族《ノソク》受《ウケテ》二賂《マイナイヲ》套州《タウシウニ》一言《イハク》、病《ヤンテ》二風狂《キヤウヲ》一不レ語《カタラ》、並《ナラヒニ》不二拷掠《カウリヤウセ》一、以《テ》具《ソナヘテ》レ獄《コクヲ》上請《シヤウス》、大理《リ》断《コトハリテシム》令二決《ケツシテウタ》杖一、防覆《ハウフクシテ》之《ヲ》云、其《ソノ》人病《テ》レ風《ヲ》不レ語《ラ》、医《イ》工《コウ》未《タ》レ有二験《ケム》状《シヤウ》一、憑《ヨツテカ》レ何《ナニ、》取《テ》レ証《セウヲ》、便坐《チツミセム》二杖《チヤウ》刑《ケイヲ》一、況禁繫《ヤキンケイスルコト》旬《シユン》月、豈不《ニンヤ》三呼《ヨヒ》二索《モトメ》飲《イン》食《シヨ》一、再劾《タヒカイシテ》二其事《ノヲ》一、須《シ》レ見《クル》二本情《ヲ》一、周《シウ》祖《ソ》然《シカス》レ之、終《ツイニ》寘《ヨク》二于法《ニ》一

高防《カウハウ》初メ周《シウ》ニ仕ヘテ。刑部《ケイホウ》郎中ノ官ニテ有シ時ニ。或民カ我妻《メ》ヲサシハサミコロス・剚ノ字ハ漢書ノ蒯通《クワイトウ》カ伝ニ出タリ。文選十五巻玄思賦《ケンシノフ》ニモアリ。傳トモ書也・妻《メ》ノ一族《ソク》、マイナイヲ夫《ヲツト》ノ方カラ受《ウケ》テ。云ヤウハ。夫ハ風ヲヤミ、物クルイニ成テ。物ヲモイワヌ」十六オ程ニ。糺明ニアフタリトモ。言《モノイフ》コトナルマシト云。上ヘ此コトヲ申ス。大理コトワリテ、杖《ツヘ》ヲ以テ。ウツハカリシテヲカントス。高防《カウハウ》、又今一度トリテカヘシ。穿鑿シテ云ヤウハ。風ヲ疾《ヤン》テ物ヲモイハヌソナラハ。医者《イシヤ》ノ何トソ。云フンモアルヘシ。医カ風ノヤマイテ有トモイハヌニ。何ヲ証拠トセン、其ウヘ久シク捕ヘテ置テ。其内ニ物ヲモクイタイトテ。求メヌコトアランヤ・能糺明スヘシト云、周王ケニモトテ穿鑿シタレハ。誠ヲエテ法ニ行フ

鄭克曰、按《スルニ》折《サタムル》レ獄《ヲ》之道、必《ス》先鞫《ツキクシテ》レ情《ヲ》而《シテ》後議《ニキス》レ罪《ヲ》」今情猶《ヲ》未《タ》レ得、罪輒《スナハチ》先断《ツコトハル》、於《テ》レ理《リニ》可《ナランヤ》乎、此《レ》蓋受《シウケテ》レ十六ウ

賂《マイナイヲ》欲レ庇《スルカクサント》音變臕也レ之耳《ヲノミ》、是《ノ》故防《ニハウカ》之覆議《フクキ》如《シ》レ此《ノ》、然但《モタヽ》
請《コフ》三再劾《タヒカイセムト》二其事《ヲ》一、不三復推《マタスイ》二究《キウセシヨ》所-司《シヲ》一、則雖《ス》レ疾《ニクムト》レ悪《ヲ》而《モ》-
亦矜《アハレムクワンヲ》レ頑、且慮《ヲモンハカルシ》二枝蔓《マンヲ》一也
鄭克カ曰、訟ヲ聴者ハ。マツ情ヲキハメテ罪ヲハカルヘシ。サナケレハ、吏カ賂《マイナヒ》ヲウケテ。隠《カク》サントス。高防《カウハウ》フタ、ヒ穿鑿ストイヘトモ。夫ハカリヲ罪シテ。偽ヲ云《イフ》妻ノ族《ソク》ヲ罪セス。所-司ナトヲモ罪セヌハ何ソヤ。其ヲタンタヘテ行ハ。多ク人ヲ罪セネハナラヌ故ニ。シラヌフリシテヲク也●枝蔓《シマン》ハエタ」十七オ ハノ意也

王鍔匿レ名《カクカクシヲ》　至遠憶レ姓《シエンヲモフヲ》

〔厳明〕
唐《ノ》王鍔《カク》、為《ナル》二淮南《ワイナンノセツ》節-度-使《トシト》一、有《リ》下遺《ヲトスカクス》二匿レ名書《ヲヲ》於前《マヘニ》一者《ノ》上、左-右取《テ》以授《テサツクカクニ》レ鍔 五各切 鍔納《イル》二之靴《クツノ》中《ニ》一、先《ツ》以《テ》二他書《ノヲ》一雑《マシユ》レ之《ヲ》、吏退《リク》時《ニ》鍔探《サクリ》二取《テ》他書《ノヲ》一焚《ヤク》之、人謂《ヲモヘリ》二其皆焚《ヤクト》レ之矣《ヲ》、既《ニシテ》而帰省《テミル》レ所《ヲ》レ告《ツクル》、異《イ》-日以《テ》二他事《ノヲ》一、連《ツラネテ》二所《ノ》レ告《ツクル》者《ニ》一禁繫《キンケイシ》、按-験《アンケンシテ》以《テ》譎《イツハル》二其衆《ノヲ》一、号称《カウシテセウスト》二神-明《ト》一云《フ》出二唐書《タリ》本伝《ノ》一

唐ノ王鍔《ワウカク》、淮南ノ節度使タル時。ヲトシ文アリ。左-右ノ者、書ヲ取、鍔《カク》ニヤル。鍔靴《クツ》ノ中ヘ入テ、ヨノ書ヲ取テ一ツニマシユ。吏ノ退《シリソ》ク時ニ。鍔ヨク書ヲ取出シテ。」十七ウヤク。人皆ヲトシ文ヲ焚《ヤキ》タリトヲモヘリ。サテ其文ヲ見レハ。人ノ悪キコトヲ告ル文也。他-日、其者ヲ別ノ咎《トカ》ヲ以テ糺-明シテ。人ニハシラヌ躰ニスル故ニ。神-明也ト云也
鄭克曰、按《スルニ》南-斉《セイノヨ》予章《シヤウ》-王嶷《キヨク》魚力切 不レ楽《ネカハ》レ聞《コトヲ》二人過-失《ノクワシツヲ》一、左-右投《トウシテ》レ書《ヲ》相-告《ツク》、置《ヲイテクツノ》二韡中《ニ》一竟《ツイニ》不レ視《ミ》、取焚《テヤク》レ之《ヲ》、鍔《カクハ》蓋楽《シフ》レ聞《コトヲ》二人過-失《ノクワシツヲ》一者、則其譎《レイツハレリ》也、不レ若《シカ》二嶷《キヨクカ》之正《タヽシキニ》一也
鄭克カ曰、六-朝ノ南斉ノ予《ヨ》章王嶷《シヤウワウキヨク》ハ。人ノ過《アヤマチ》ヲキクコトヲキラヘリ。ヲトシ文ヲシテ告ル者アレハ。其」十八オ文ヲ靴《クツ》ノ中ニヲイテ。焚《ヤイ》テステ、。終《ツイ》ニ見サル也。王《ワウ》鍔《カク》ハ過《アヤマチ》ヲ告ルコトヲ悦フ者也。鍔《カク》ヨリハ嶷《キヨク》ハマサレリト評スル也　羅浮先生ノ曰。後漢光武《ノクワウフ》、王郎《ワウラウ》ト云所ヲセメラル、時。味方《ミカタ》ニ王郎ト内-通スル者多シ。王郎ヲセメホロホシテ。其内-通ノ状トモヲ。コト〳〵ク焚

テステラレタリ。内通シタル者トモニ。キツカイヲヤメサセン為也。又其ヲ知タレハ。コト〳〵ク罪ニヲコナハネハナラヌ故ニ。見ラレヌナリ

〔察奸〕

唐《ノ》李《リ》至《シ》遠《エン》、為《タリ》二天《テン》官《クワン》侍《シ》郎《ラウ》知《チ》選《セン》事《シ》一、嫉《ニクム》下令史受《ノウケテ》レ賕《ヲ》」十八ウ（音求以レ財物枉レ法相謝）多《フ》上レ所二黜《シリソケカウ》易一、吏亦歛《ヲサム》レ手《ヲ》、有《リ》二王忠《チウト云》者《ノ》一、被《ル》レ放《ハナタ》、而吏《ルヲ》乃《ス》謬《イツハリテシルシテ》、書二士姓《ヲ》一欲《ス》二擬《キシヲハツテマシテナサント》訖増成レ之《ヲ》、至遠《シエン》曰、調《セラル》、者《ノ》三万人、無《シ》二士姓《ノ》者一、此決《レサタメテ》王忠《ラン》也、吏叩《コウ》頭《トウシテ》服《ス》レ罪《ニ》（出《タリ》二唐書李群玉《カ》伝一至遠《ハノ》其孫也）

唐ノ李至遠《リシエン》ト云者。天官侍郎知選事《チセンシ》タル時▲知選ハ人ヲ官位ニアケ。俸禄《ホウロク》ナトヲ授《サツク》ル奉行也。下司ノ史カ略《マイナヒ》ヲ受《ウケ》テ。ワタクシニ人ヲ退《シリソ》ケ。カヘツナントスル也。其ヲ吏モ知タレトモ。シラヌ躰ニシテイタリ。王忠ト云者。至遠カ気ニチカフテ。追出サレタリ。後ニ俸禄扶持《フチ》ナト出ル時ニ。吏カ書立《カキタテ》ヲシテ上ル中ニ。士氏」十九オ ノ者一人ノセタリ。至遠カ云。エラヒ召出サル、時。士氏ノ者ナシ。王忠ニテ有ント云タレハ。吏セン方ナク罪ニ服シケリ。王ト士ト似ル字ナル故ニ。ワサト書マカヘテ。吏カミセタリ

希崇並付《キソウナラヒツケ》　斉賢両《セイケンフタツナカラカフ》易

〔厳明〕

晋《シンノ》張《チヤウ》希《キ》崇《ソウ》、鎮《チンスヒン》二邠州《ヲ》一、有《リ》レ民与《アタヘテクワクシニ》二郭氏一為《ス》二義子《ト》一、自《ヨリ》二孩《カイ》提《ティ》一以至《テル》二成人後《ノニ》一、因《ヨツテモトツテ》戻不レ受《ウケ》レ訓《ヲシヘヲヤル》遣レ之《ヲ》、郭氏《クワクシ》夫婦相《アイ》継《ツイテ》倶《ニ》死《ス》、有《リ》二嫡《テキ》子《シ》一已《ステニ》長《ース》、郭氏諸《カシヨ》親教《シムヲシヘテキ》二義子《ヲ》一、訟《ウツタヘテ》云《ク》、是《レ》親子《ナリ》、欲《ス》レ分《タント》二其財《サイヲ》一、前後数《ス》政《セイ》不レ能レ決《スルコト》、希《キ》崇《ソウ》覧《ミテ》二其訴《ウツタヘヲハンシテ》一判曰、父在《マス時ニ》已《ニ》離《ハナル》、母死《スレトモ》不レ至《ラ》、雖《フトカリノ》レ云二仮子《ト》一」十九ウ 辜《ソムク》二二十年養育之恩《ヤウイクノヲンヲ》一、儻《モシ》是親児《ノナラハヲカス》、犯二三千条悖逆《テウハイキヤクノ》之罪《ヲ》一、其為《ス》二傷害《ヤフリソコナフコトヲ》名教《カウヲ》一、豈敢《ニアヘテ》理《シテ》二認《トメムヤテム》田園《エムヲ》一、其生涯《シヤウカイコト〳〵クフシテテキ》尽付嫡子所《シノ》レ有、訟《スル》者与《タウルノト》二其朋《ノホウ》党《タウ》一委《イシテ》二法官《ニ》一、以律定《テヲサタムケイヲ》レ刑、聞《ク》者《ノ》皆服《フクス》

晋ノ張希崇《チヤウキソウ》ト云者。邠州ヲ守護スル時。アル民、子ヲ郭氏《クワクシ》ニ養《ヤシナ》ハカス•義子ハ、ヤシナイ子ノコト也•幼少ヨリ成人ニナリテ。不孝《フカウ》ニテ教《ヲシヘ》ヲモキカヌ故ニ。追出ス也。郭氏夫婦トモニ死シテ。アトニ嫡子アリ。成人シテ、迹

ヲマ、ニスル也。郭氏カ親類トモ。追出サレタル義子ニ。教ヘテ云ヤウハ。汝モ子ナレハ。官ヘ訟テ。財宝《サイホウ》」二十オ ヲ分テトレト云。度々公事ニアクレトモ。前後スマス、希崇《キソウ》訴ヲミテ比《ヒ》判《ハン》シテ云。義子ハ父ノ存生ノ時ニ。仲《カ》ヲタカフテ出テ。母ノ死ル時ニモ至ラス。養子ニテモ幼少ヨリ。二十年マテソタテラレテ。其恩《ヲン》ヲ忘レタル者也。本《ホン》ノ子ニテアレハ。五刑《ケイ》ノ類ニ三千ホトアル中テ。不孝ヲ罪ノ第一ニ載《ノセ》タリ。父子ノ間ニテ。孝行ノ教ヲソムイテ。親ノ田園ヲトラントハ。イワレヌコト也。其父ノイケル間ノスギワイ。コト〳〵ク嫡子ニアタヘテ。マ、ニサセテ。義子ト同類ノ諸親類ヲハ。コト〳〵ク罪ニ行フ。聞者モツトモト云」二十ウ

鄭克曰、按《スルニ》唐制《ノセイニ》、選《セム》人試《ココロミ》二判《シテ》三条《テウヲ》一、辞《シ》理《リ》愜当《カナイアタリ》、決《ケツ》断《タン》明白《ナレハス》、乃為《シテ》二合《カウ》格《カクト》一、謂《フ》二之抜萃《ヲハツスイト》一音悴聚也希崇《キソウカ》之判《ハン》蓋《シ》本《ツク》二於此《ニ》一、惟其愜当《タヽノカナイアタリ》明白《ナリ》、是《ヲ》以聞《テク》者皆《ミナ》服《フクス》也

鄭克カ曰、唐ノ作法《サホウ》シヲキヲ記《シル》シタル唐制《タウセイ》ト云書ニ。及《キウ》第《タイ》ニアカル者ヲ。コ、ロミル三ケ条アリ。書ヲヨマスルコトモアリ。物ヲ書スルコトモアリ。其上テ其コトハ道理ニカナイテ。分明ニ決断《ケツタン》スレハ。法度ニヨクカナフタト云テ。ヌキンテタル者ナリトス。希崇《キソウ》カ判モ是ニ本ツイテスル也。」二十一オ

〔厳明〕

張斉賢《チヤウセイケン》丞相《セウシヤウ》在《リ》二中書《ニ》一、咸里《カンリ》有《リ》下争《フ》二分《ツコトヲ》財《サイヲ》不《ル》レ均《ヒトシ》者上、又因《テ》入《テ》レ宮訴《ニウツタフ》二於上前《ノマヘニ》一、更《カヘテ》二十余断《タンヲ》一不レ服《フクセ》、斉賢曰《カ》、此《レ》非《ス》三台省《タイセイノ》所《ニ》二能決《ケツスル》一、臣請《コフミ》自治《チセン》レ之《ヲ》、一日坐《サシ》二中書堂《タウニ》一、召《メシテ》二訟《ル》者《ヲ》一問曰、汝《ナンチ》非《ス》レ以《スルニ》二彼《カノ》所《ノ》レ分《ワカツ》財《サイ》少《キヲヤ》一乎、皆曰然《シカリ》、即《ス》命《メイシテヲノ〳〵》各責《セメ》レ状結《ヲムスヒ》レ実《ヲ》、因遣《テシメ》三両吏《ヲシテスミヤカニウツサ》趣徙二其家《ヲ》一、令《ム》下甲《カウヲ》入《レ》二乙舎《ヲツノシヤニ》一、乙入《レ》中甲舎《ノニ》上、貨財《クワサイ》皆按《スルコトヲ》レ堵如《シ》レ故《モトノ》、文書《ヲハ》則交《ケウ》二易《エキス》之《ヲ》一、訟《ル》者乃《ス》正《タヽシ》出二涑水記聞一

張斉賢《チヤウセイケン》丞相、中書ニアリ●中書ハ丞相ノ政ヲキク。ヲリ処也●咸里《カンリ》ト云所ニ。財宝ヲ争フ者アリ。帝王ノ直ニ宮ヘ召シテ。訟ヲキコシメス也。イロ〳〵ニ分ラレタ」二十一ウ レトモ。キカス。ソコテ斉賢カ云ヤウハ。此コトハヨノ奉行、台省《タイセイ》ナトカ決《ケツ》スルコトハナルマシ。某シ決セント云テ。

一日我ヲル所ヘ呼テ。訟ヲキイテ問ケルハ。汝等、財ヲ分
ツ多少ヲ争フカ。答云、シカリト。斉賢ヨク其口ヲカタメ
テ。両方ノ家ヲウツサシテ。甲《カウ》ヲハ乙《ヲツ》ノ家ニイレ。乙ヲハ
甲ノ家ヘ入タリ•甲乙《カウヲツ》ハ始《シ》終《シウ》ヲ云ニヨリ。両方ヲ云也。甲
ハ目ヤスヲ上ル方。乙ハ目ヤスヲ付ラル、方也•財ヲ両方
ヲトリカユル也。ソコテ両方トモニ按堵《アント》スル也。其内テ文
書ヲハ主々ヘカヘス也•按堵ハタシロカヌ意也　」二十二オ
鄭克曰、按《スルニ》曽肇《ソウテウ》兆音撰《シテ》二王延禧《エンキ》朝議《テウキカホ》墓一誌《シヲ》二云、延禧任《スルカク》二岳
州沅江《シウケンカウノ》令《ニ》一時《ニ》、有《リ》二兄一弟分《ツコト》レ財《ヲ》、弟弱《シヤクニシテ》　所《ノ》レ得田《ルテン》下《レリ》、
訴《フ》レ不《ト》レ均《ヒトシカラ》、詰《ナシレハ》二其兄《ヲ》一曰《フ》レ均《ヒトシト》矣、即令《スム》二一一人《ヲシテ》一以《テ》レ所《ヲ》レ
得更《ウルカヘテトラ》取レ之《ヲ》、兄訴《アニフ》二于州《ニ》一、州一守笑《テ》一曰《ク》、此《レ》張斉賢《チヤウセイケム》丞一相《カ》
断《タン》一獄《コクノ》法《ナリ》也、豈彼《ニカレ》所《ロ》レ聞異《キクコトナランヤ》乎
鄭克按シテ曰、曽肇《ソウテウ》カ書ル、王延禧《ワウエンキ》カ墓誌《ホシ》ニ云。延禧、
沅江《ケンカウ》ノ令タル時ニ。兄弟財ヲ分ツ。弟ニアシキ田ヲヤル
程ニ。官ニ訴フ。兄ヲ召シテトイ詰《ナシ》レハ。同シヤウナル
田ナリト云。同シ物ナラハ。カヘテトレト云付ル程ニ。
兄カ又ソコテ州ニ訴フ。州守聴テ」二十二ウ　笑テ云ヤウハ。
此公事ノサハキハ張斉賢《チヤウセイケン》カ法也。カハルコトハナシト
云、彼トハ前ニ聴テ済《スマ》シタル者ヲサス。州一守トハ。岳《カク》
州《シウ》ノ守護《シユコ》延禧《エンキ》也

王珣《シユン》相倫切弁《ワキマヘ》レ印《インヲ》　尹洙《インシユ》検《カムカフ》レ籍《セキヲ》

〔釈冤〕

少《セウ》一卿《ケイ》王珣、知《タル》二昭州《セウシウニ》一日、有《リ》下告《ツクル》三偽為《テツクルト》二州印《ノインヲ》一者上、獄《コク》久《ク》不レ
決《ケツセ》、吏《リ》持《スルニ》以《ス》二印《イン》一文《モン》不《ルヲ》レ類《ルイセ》、及《テ》下珣索《シユンカモトメテ》二景徳《ケイトクイ》已一前《センノ》旧一牘《キウトクヲ》一
視《ミルニ》中其印一文《ヲ》上、則《ス》無《シ》二少《シモコトナルコトシイル》一異一、誣一者乃服《スフクス》、蓋所《シノ》レ印《スル》文一書《ハ》、
乃《ス》景徳《ノノ》時事、固《マコトニ》当《ニ》下索《モトメテ》二景徳旧一牘《ノキウトクヲ》一校《カンカフ》上レ之《ヲ》、吏《リ》不レ知《ラ》二印一
文更《ノカハルヲ》一時一、所《コノユヘニ》一以不レ決《セ》出《タリ》二王珪所《カノ》撰墓一誌《ニ》一
王珣、昭州《セウシウ》ヲ知一行スル時。或人イツハリテ云。州ノ二」二十三オ　印
セ印《イン》ヲスル者有ト。公事久ク決《ケツ》一定《チヤウ》セス。吏モ思フハ。印
カ不一同ナル程ニ。サテハニセナルヘシト云。王珣《シユン》ソコテ
景徳《ケイトク》ヨリサキノ帳《チヤウ》ヲ求テ。其印トクラフレハ。少モカハ
ラス。告《ツケ》タル者服ス。此ニ印ト云文書ハ•景徳年中ノ時ノ
コト也。王珣ヨク旧《フル》キ帳《チヤウ》ヲ考ヘ出シタリ。吏ハ印ノカハ

ル時代ヲシラサル故ニ。公事久シク決セサル也
鄭克曰、按《スルニ》此非《レス》二告《ツクル》者造《ノツクルニシイルコトヲ》レ誣也、但《タヽ》見《テ》二其不《ルヲ》レ類《ルイセ》
而告《ル》レ之耳《ヲノミ》、所《ノ》レ印《スル》文書《ハ》、景徳《ケイトクノ》時事《ノ》、当《ニ》下索《モトメテ》二景徳以
前旧牘《ノキウトクヲカンカフ》一校上レ之《ヲ》、吏《リ》不レ思《シテハ》レ此《ヲ》、乃《ス》令《シム》二久繋《クトラヘ》一亦可《キ》」二十三ウ
レ憐《アハレムカナ》哉、惟珣《タヽ》尽《ツクス》レ心《ヲ》、於《テ》レ是獲《ニエタリトクコトヲ》レ釈、不《ハ》レ然《ラス》則必冤《スエン》死《シセム》矣
鄭克按シテ曰、是ハ告《ツク》ル者カ。タクミテ誣《シイ》タルニテハナ
シ。印《イン》ノカハリタル故ニ。定メテニセタルト思ヒテ告タ
ル也。印ノアル文書ハ景徳《ケイトク》ノ時ノ事也。其ヲ景徳ヨリ以
前ノ帳《チヤウ》ヲ以テ考《カンカ》フヘシ。吏カ思ヒヨラサル故ニ。囚《シウ》
ヲ久ク決《ケツ》セサルコトハ憐《アハレ》ムヘキコト也。王珣《シユン》ヨク心ヲ
尽ス故ニ。囚カタスカリタリ。サナクハ。ユイカケニア
フテ。殺サルヘシ

〔覈姦〕

龍図《レウト》尹洙《インシユ》殊音嘗《カツテ》知《タル時カ》二河南府《ナンフ》伊陽県《イヤウケンニ》一、有《リ》レ女幼孤《イトケナクコニシテ》」二十四オ
而冒《ヲカスカ》二賀氏産《シノサンヲ》一者《ナリ》、隣《リン》人証《セウシテ》二其非《ルコトヲ》レ是《ニ》而没《ス》二之官《ヲクワンニ》一、後《ノチ》隣
人死《シシテ》女復《マタ》訴《ウツタフ》、且《カツ》請《コフ》二所《ノ》レ没《モツスルサンヲ》産一、久《ク》不レ能《ハ》レ決《ケツスルコト》、洙《シユ》問《フ》、女《ノ》
年幾《イクハクソ》何、曰三十二、乃《ス》撿《カンカフルニカン》二咸平《イノネンセキヲ》（ママ）年籍一、二年賀《カ》氏死《シシシテ》
而以《テ》二妻劉《ノリウヲ》一為《レ》戸《コト》、詰《ナシリテ》レ之《ヲ》曰、若《ナンチ》五年始《ニ》生《テウマレハ》、安《イツクンソ》得《ン》レ
有《ルコトヲ》二賀氏《ヤ》一耶、女遂《ツイニフクス》服 見《タリ》二本伝《ニ》一
龍図ハ龍図閣《レウトカク》也。ヨキ学者ノ居ル所也。学者ノ尹洙《インシユ》カ。
伊陽県ヲ知行シテ居タル時ニ。県ニ幼少ヨリシテ。ミナ
シコノ女アリ。我ハ賀氏ノ子ニテ有ホトニ。賀氏ノ家財ヲ
取ント云。隣《トナリ》ノ人モソウテハナイト云故ニ。財ハ官ヘコ
ト〳〵クトラレタリ。後ニ隣ノ人死シテ」二十四ウ 又女カ訴
フ。メシ上ラレタル財宝ヲ。御カヘシアレト云也。其事又
久シク不レ決。尹洙《インシユ》ソコテ女ニ問コトハ。汝カ年ハイクツ
ソ。女ノ云三十二也。咸平《カンヘイ》ノ年籍《ネンセキ》ヲ考フ。唐ニハ其所々ノ
人ノ数ヲ帳《チヤウ》ニ付ル也。生ル者イクタリ。死ル者イクタリ
ト。月日年号ヲ書付テヲク也。其テ天下ノ人ノ数ヲ知也。
故ニ年籍ヲ考ル也、上巻ニ戸籍《コセキ》トアルト同シコト也。賀氏
ハ咸平二年ニ死ス。迹ニ子モナキ故ニ、妻刘氏《リウシ》ヲ家主トシ
テ役《ヤク》ヲツトムル也。其ヲ戸ト云也。女ハ三十二ニナレハ。
咸平五年ニ生レタリ。何ソ賀氏ヲ知ンヤト云。女ツイ
ニ」二十五オ 罪ニ伏スル也

孫登《ソントウ》比《タクラヘ》弾《タンヲ》　徳裕《トクヨウ》模《ウツス》金《ヲ》

〔釈冤〕

呉《ノ》太子孫登《ソントウ》、嘗乗《カツテノツテ》馬《ニ》出《ツ》、有《テ》弾《タン》丸《クワン》飛《トヒ》過《スク》、令《シム》左右《ヲシテ》求《モトメ》之《ヲ》、適《タマ〳〵》見《ル》一人操《トリ》弾《タンヲ》佩《ヘルヲ》丸《ヲ》、咸《ミナ》以為《テス》是《ト》、辞《シ》対《タイシテ》不服《フクセ》、従《セウ》者《シヤ》欲《ス》捶《ウタント》之《ヲ》、登《トウ》不聴《キカ》、使《シメテ》求《モトメ》所《ノ》過《スクル》弾《タン》音憚丸《クワンヲ》比《クラフルニ》上声並也校也之非《ヲ》類《スルイニ》、乃見《ル》釈《ユルサ》出《タリ》呉志本伝《ニ》

呉ノ太子孫登《ソントウ》、馬ニ乗テ出テ遊フ。イツクヨリトモナク。弾丸《タンクワン》トヒ来ル、弾丸ハタンコ弓トテ。絃《ツル》ヲ二ツカケテ。丸ヲサシハサミテ。イル物也。馬マハリノ者ニ云付テ。其者ヲ尋サスル也。其所ヘ一人弾ヲモチ、丸」二十五ウヲ佩《ハイ》テ至ル者アリ。コレニテ有ヘシト云。其者ハ不存トイヘトモ。供《トモ》ノ者トモコレヲ捶《ウタ》ントス。孫登《ソントウ》マテト云テ。其飛来リタル丸ト。其者ノ持《モチ》タトヲ。クラヘテミタレハ替レリ。サテコソ釈《ユルサ》レタレ

鄭克曰、按《スルニ》人之《ノ》負《ヲフコト》冤《エンヲ》、多《ヲホクハ》因《ヨル》疑《キ》似《シニ》、聴《キク》者《ノ》受《ウケテ》辞《コトハヲ》、不能審《アキラカニ》慎《ツヽシムコト》、忿《フン》然《トシテ》作《シテ》威《イヲ》、遂《ツイニ》致《イタス》枉《ワウ》濫《カンヲ》、此《ノ》事雖《ヘトモ》小《ナリト》、可《シ》以喩《テタトフ》大《ニ》

鄭克カ曰、人ノシヘタゲラル、者。似ルコト多シ。ヨク心ヲ尽シテキクヘキコト也。腹《ハラ》ヲタテ。イカル時ニハ。理ヲキワメスシテ。ソハツラナル聴ヤウモ有ヘ」二十六オシ。此ノコトハ。小キコトナレトモ。大ナルコトニモ可用コトナリ

〔弁誣〕

唐《ノ》李《リ》徳裕《トクヨウ》、鎮《チンス》浙西《セツセイヲ》、有《リ》甘露《カンロ》寺主《シノシユ》僧《ソウ》、訴《フ》交《カウ》割《カツ》常住物《シヤウチウモウ（ママ）》、被《ルト》前《ノ》知事僧《ノ》隠《ニイン》没《モツセ》金若干両《ソコハクリヤウヲ》、引《テ》前数輩《ノスハイヲス》為証《セウト》、逓《タカイニ》相《アイ》交《ケウ》付《フシテ》、文《モン》籍《セキ》在《リ》焉、新受代者《ニウケカハルノ》、已《ニ》伏《フクス》盗取之《タウシユノ》罪《ツミニ》、未《タ》窮《キハメ》破《ヤフリ》用《モチユル》之所《ヲ》、徳裕《トクヨウ》疑《ウタカフ》其《ノ》非《ルコトヲ》実《シツニ》、僧乃《ス》訴《テ》冤《ヲ》曰、居《ルコトハ》寺者楽《ニタノシム》於知事《ヲ》、積《セキ》年以来《コノカタ》空《シクケウ》交分《フンシテ》両文書《ヲ》、其実《ノシツハ》無《シ》金矣、衆人以《テソレカシカコ》某孤立《リツニシテ》不狎《ルヲナレ》流輩《ハイニ》、欲《シテ》乗此《ニ》擠《ヲトシイレント》之、因《ヨツテ》流《ス》涕《ナミタヲ》

徳裕《トクヨウ》惻《ソク》然《トシテ》曰《ク》、此《レ》不難《カラ》知《リ》也、乃以《テ》兜《トウ》子《シ》数《ス》乗《セウヲ》、命《シテ》関《クワン》連《レンシテ》僧《ヲ》、入《テ》対《タイ》坐《サス》、兜子」二十六ウ中《シテ》門《ニ》、皆面《ミナムカフテ》壁《カヘニ》不得《シテ》相見《ルコトヲ》、各《ノ〳〵》与《アタヘテ》黄《クワウ》泥《テイヲ》、令《シメテ》模《ウツサ》前後交付《カウフ》下《カ》次金《シノ》形《ケイ》状《シヤウヲ》

以憑《テヨル》二証《セウ》-拠《コニ》一、僧既《ニ》不レ知《ラ》二形状《ヲ》一、各《〱》模《スルコト》不レ同《カラ》、於《テ》レ是劾《ニコクシテ》二其誣《ノフ》-罔《マウヲ》一一-一伏《フクス》レ罪《ニ》

唐ノ李《リ》徳裕《トクヨウ》カ浙西《セツセイ》ヲ守-護スル時ニ。甘露寺《カンロシ》ノ住-僧、寺ノ交割常住物《カウカツシヤウチウモツ》金-子。ソコハク両ヲ。前ノ知-事ノ僧ニトラレタト訟フ•知事ハメンサウ奉行ナトスルコトヲサハク者也。•証人ニハ誰々カ存シテアリ。知事カ方ヘ渡タル状モ有ト云。前ノ知事モ亦、新タニ代リタル僧ヘ渡シテ。其請取状モ有ト云テ。対決《タイケツ》スル程ニ。新タニ代リタル僧カ。盗ミ取タルニ成テ。罪ニ伏ス。」二十七オ サテ其金子ハ何トシタルソト問トモ。何ニツカフタト云コトモ究《キワマ》ラス。徳裕《トクヨウ》、此僧カトリハセマシト疑《ウタカ》フ。其僧カ云ケルハ。寺ニ居テ知-事ヲサハクコトハ。我等ノ面-目ナリト存シテ。ウレシク思ヒタレハ。年久シク金アルト云ノ。文書ハカリニテ。金ハナキヲ。我カ今新座《シンサ》ニ寺ヘ参リテ。独身ニテ有故ニ。残ノ者トモカアナツリテ。申カケヲ致シテ。盗人ニ仕ルコト。迷惑ナリトテ涙ヲ流ス也。

徳裕アハレト思ヒテ。是ハ穿鑿シヤスキコト也トテ。籠《カコ》ヲ多ククコシラヘテ。乗物ノ如クニシテ。僧トモヲヨヒニヤリ。籠ニ入テクル也。兜子《トウシ》ハカゴ」二十七ウ 也。僧ヲ籠ニ入ナカラ。壁《カヘ》ニ向ハセテ。メン〱ニ置テ。黄《キ》ナル土ヲヤリテ。僧ノ取タルト云金-子ノ形《カタ》ヲセヨ。何トヤウナル金ニテアルソト云。僧トモモトヨリシラヌコトナレハ。金ノ形《カタ》チ不-同ニシテ。大-小コトナリ。ソコテ無-理ヲ云カケタリトテ。諸《モロ〱》ノ僧ヲ罪スル也

梁適重《リヤウテキヲモンシ》去声レ詛《ソヲ》荘助切呪也　袁象悪《エンタンニクム》去声レ淫《インヲ》

〔議罪〕

丞《セウ》-相《シヤウ》梁適《リヤウテキ》、為《タル》二審刑院《シンケイインノ》詳-議《シヤウキ》-官《クワン》一時《ニ》、梓州《シシウノ》妖《エウ》-人、白彦《ハクケン》歓《クワン》、能依《ヨクテ》二鬼-神《ニ》一作《シ》レ法《ヲ》、詛《ソ》二-呪《シユシテ》人《ヲ》一有《リ》二死《スル》-者《ノ》一、獄上《タテマツテ》請《コフ》レ讞《ケンヲ》、皆以《テ》レ不《ルヲ》レ見レ傷《キスヲス》為《ト》レ疑、適曰《カク》、殺《スニ》レ人以《ヲ》レ刃《スルハシンヲ》、尚或《ナヲハ》可《シ》レ拒《コハム》、今以《スソ》二詛-呪《シユヲ》一、其能免《レクレンヤ》乎、卒《ツイニ》以《テ》二重《テウ》-辟《ヘキヲ》一論《ロンス》見《タリ》二王珪《ノ》所レ撰墓」二十八オ誌

梁適《リヤウテキ》、審刑院《シンケイイン》ノ詳《シヤウ》-議《ギ》官タリ•審刑ハ罪ヲ議シテ。定ムル者ノ居ル所也•梁適ソノ官ニテ有シ時ニ。梓州《シシウ》ニ妖《エウ》人ト

テ。魔法《マホウ》ヲオコナフヤウナル者ニ。白彦歓《ハクケンクワン》ト云者アリ。鬼神ニヨリテ。人ヲノロイテ。死スル者アリ。イノリ殺サレタル者ノ親類トモカ。加様ノイタツラ者アリト申上ル也•讞《ケン》ハ訟《ウツタヘ》ヲキクコト也•然レトモ死人ニ。キズモナシ。何ヲセウコトセントアリシニ。梁適カ云。人ヲ殺スニ。太刀《タチ》刀《カタナ》ヲ以テセハ妨《フセ》クヘシ。ノロイ殺スナラハ免《マヌカ》ルヘカラス。加様ノ者ハ重《ヲモ》キ罪ニ」二十八ウ ニ行（ママ）フヘシト也

鄭克曰、按《スルニ》能《ク》依《リ》二鬼神《ニ》一、作《シ》レ法詛《ヲ》呪《シユス》、是《レ》造《イタシ》二蓄《タクヲフルノ》一蠱《コ》（音古惑也又腹中虫）毒厭魅《トクエンミヲ》一（音媚怪）之類《ルイナリ》一也、鞫《キクシテ》二得《タリ》其《ノ》実《ヲ》一、疑《フ》レ不《ルコトヲ》レ見《ル》レ傷《キスヲ》、此蓋《レ》不《シ》レ知《ル》下無《キ》レ法者《ハ》、当《ニ》二以《テ》レ類挙《ヲキヨス》レ之義《ヲ》上耳《ノミ》、欲《ハ》レ決《ケツセント》二大獄《ヲ》一、須《ク》レ伝《フ》二古義《ヲ》一、彼俗《ヘキノソク》吏《リノ》者、豈足《ニンヤ》レ語《カタルニ》レ此《ヲ》

鄭克カ曰、カヤウニ人ヲノロイ殺ス者ハ。蠱毒厭魅《コトクエンミ》ヲ作者ト同シ。十悪ノ中ニモ。毒ヲタクワユル者アリ•蠱毒ノ作リヤウハ。蛇《ヘヒ》ナメクシリ蛙《カイル》。此三ノ物ヲ器ニ入テヲケハ。何レモブスノ虫ナル故」二十九オ ニ。クイヤウ也。其内テクイカチタル虫ヲ。黒《クロ》ヤキニスルト云。故ニ虫ノ字ヲ三ツ書テ。下ニ皿ヲ書也。又ヨノ虫トモヲ入テ。其内ニノコリタヲ。黒ヤキニスルコトモアル也。女ノコトヲ以テ。人ヲタマシ入テ殺スヲ。蠱毒《コトク》ト云コト、左伝ニモアリ。唐ニ蠱毒ノ法ヲコナハルト云ハ。此コトノ世ニハヤルヲ云也。厭魅《エンミ》ハ人ヲノロイ殺スヲ云。桐《キリ》ノ木テ人形ヲ作テ。其人ヲ祈《イノ》リ殺ス。針《ハリ》ヲウチ身ヲ刀《カタナ》テツキナトスル也。加様ノコトハ書ノスルコトニアラネトモ。アラ〱シルス也•サテ此ノ法ナキ者ハ。類ヲ尋テ行フ」二十九ウ ヘシ。獄ヲ決スル者ハ。ヒロク古ノ義ヲ伝ヘテ。今ノコトニ用ユヘシ。世間ナミノ者ハ。左様ノコトハ不レ知也

〔有過〕

南斉《ノ》袁象《エンタン》、為《タリ》二盧陵《ロレウ》王諮議《シキ》参軍《サンクン》一、王鎮《チンタルケイシウニ》二荊州一時《ニ》、南郡江《ナンキンノカウ》陵県《レウケンノ》荀将之《コウシヤウシカ》之弟胡之《ヲト、コシ》、其妻《ノメ》為《タメニソウコウシノ》二曽口寺僧《ノ》一所《ル》レ淫《インセ》、夜入《ル》二荀家《コウカニ》一、将之殺《ス》レ之《ヲ》、為《タメニ》二官司《ノ》一所《ル》レ検《カンカヘ》、将之《シヤウシ》列《ツラネテ》二家門《ノ》穢行《エイカウヲ》一、欲《スル時ハツケント》レ告 則恥《ハチナリシノフル時ハ》、忍 則不可《ナリ》、実己所《ハカナリ》レ殺《ス》、胡之《コシカ》所《スル》レ列、又如《シ》レ此《ノ》、兄弟争《アラソフシヲ》レ死、江陵令《ノレイ》啓《シテシ》（ママ）二刺史《シニ》一、博議《ヒロクキス》象《タンカ》曰《ク》、将之、胡之、原《ケン》心《シン》非《ス》レ暴《ホウニ》、弁《ヘンスルノ》レ之《ヲ》日、義哀《キカナシマシムカウ》二行

路《ロヲ》一、昔文挙《シフンキヨ》引《テ》レ謗《ヲ》、獲《エタリ》レ漏《モル、コトヲ》二疏《シヨ》網《モウニ》一、二子《ノ》心一」三十オ 迹《セキ》同《ス》二
符古《フヲ》人《ニ》一、陥《ヲトシイル、ニ》以《セハ》二深刑《シンケイヲ》一、実《ニ》傷《ヤフル》レ為《スルコトヲ》レ善《ヲ》、於《テ》レ是《ニ》兄弟皆《ミナ》
得《タリ》レ免《マヌカル、コトヲ》レ死《ヲ》 出《タリ》二南史袁湛《ノエンタンカ》伝《ニ》一 象《タンハ》其族《ノ》孫也
南斉ノ袁象《エンタン》、諮議参軍《シキサンクン》タリ• 諮議ハ政ヲ議評スル官也•
袁象、荊州《ケイシウ》ノ守護ノ時ニ。南郡ノ江陵県ノ苟将之《コウシヤウシ》ト云者
アリ。其弟、胡之《コシ》カ妻《メ》ヲ、曽口寺《ソウコウシ》ノ僧ニ淫《イン》セラル。其僧、
或夜又苟カ家ニ入ル。将之、其僧ヲ殺ス。官ヨリカンカ
ヘラル。将之コトハリヲイヘハ、弟ヨメノハチ。又弟ノハ
チナレハ。スヘキヤウナシ。胡之カ心ニモ、又如レ此思フ
也• 此ノ列《レツ》ハ上ノ列ニカヽル也• 胡之ハ我妻故ノナレハ。
罪ニアハントスル。将之ハ我」三十ウ 殺シタレハ罪ニアハン
ト云テ。死ヲ争フ。刺史《シシ》(ママ)クワシク議ス。
袁象《エンタン》カ曰。兄弟ノ心根マコトニヤサシキコト也。義理ハ
道路ノ者マテ悲マシム。昔文挙《フンキヨ》イツハリヲ云テ。網《アミ》ニモ
ル、コトヲエタリ• 網ニ漏《モル、》ノ字、老子経ニアリ• 後漢ノ
孔融《コウユウ》、字文挙《ハフンキヨ》ト云者アリ。其兄ヲ孔褒《コウホウ》、字文礼《ハフンレイ》ト云。文礼
ト山陽ノ張倹《チヤウケン》ト友タリ。倹仇《アタ》アリテ。或時褒《ホウ》カ所ヘ行テ。

頼ント思ヒタレハ。折節、褒ハ留守ニテ。第(ママ)ノ文挙ハカリ
内ニ居タリ。文挙カ云ケルハ。褒ハ留守ナレトモ。我カ居
ルホトニ。留リタマヘト云テ。倹ヲ留メタリ。後ニ穿鑿《センサク》ア
リテ。アラハレ」三十一オ テ。倹褒融《ケンホウユウ》三人ナカラ捕ヘラレタ
リ。ソコテ褒ト融ト。我死ン、彼死ント死ヲ争フ。融カ母
ニトヘハ。母カ曰。家ノコトハ長ニ任《マカ》スレハ。我死ント云
テ、一門死ヲ争フ也。詔(ママ)《テウ》アリテ終ニハ褒ツミニアフ也。
袁象《エンタン》、此コトヲ引テ。今、此将之《シヤウシ》、胡之《コシ》モ。此コトト同
シ。深キ科《トカ》ニテハナシ。此等ヲ殺サハ。善ヲスルコトヲヤ
フル者也トテ。兄弟トモニ死ヲ免レタリ
鄭克曰、按《スルニ》情《セイ》苟《イヤシクモ》可《クハ》レ恕《チヨス》、過《アヤマチ》無《シ》レ大《ナリトスルコト》矣、孝子《ノ》
之殺《シ》レ牛《ウシヲ》、義士《キシノ》之踰《コユル》レ獄《コクヲ》、兄弟之《ノ》争《アラソフ》レ死《ヲ》、皆是《ナリ》也、如《キハ》レ
犯《ヲカスカ》レ夜《ヲ》、雖《モ》二軽罪《ケイサイナリト》一、苟《クモ》務《ツトメテ》立《テ、》レ威《イヲ》而不《ハ》レ原《タツネ》レ情《セイヲ》、亦豈能《ク》
恕《チヨセンヤ》」三十一ウ レ之《ヲ》、此《レ》可《シ》レ為《ナル》二宥《ナタムル》レ過《アヤマチヲ》之鑑《カヽミ》一也
鄭克カ曰、心根ヲハカレハ。科《トカ》ヲ太ニスルコトナシ、
孝子ノ親ノ為ニ牛ヲ殺シ。義士ノ人ニカハリテ死ントス
ルモ。兄弟死ヲ争フモ。皆此類也。夜ヲオカスヤウナコ

トハ。軽《カロ》キ罪ナレトモ。ヨク心根ヲ尋スハ。ユルスヘカラス。過《アヤマチ》ヲナタムルニハ。此コトハ手本ニテ有ト云ヘリ・鑑《カン》ハ手本也

曹駮《サウハク》レ坐《シツミスルヲ》 妻《メヲ》 孔議《ス》レ詈《ノルコトヲ》レ 母《ヲ》

〔議罪〕

沈存中内翰《シンソンチウタイカンカ》云《ク》、寿州《シウシウニ》有《リ》レ人、殺《ス》二其《ノ》妻之父母兄弟数《スウ》口《コウヲ》一、州司以為《テシテ》二不道《ナリトヨツテツミス》一、縁坐二妻子《ヲ》一、刑曹駮《ケイサウハクシテ》曰《ク》、」三十二オ 殴《ウツハ》二妻之父母《ヲ》一即《ス》是義《レキ》絶《セツナリ》、況《ヤ》於《テヲヤホウ》二謀殺《サツニ》一、不レ当《ニ》三復坐《マタツミス》二其妻《ノメヲ》一 見《タリ》二筆談《ニ》一

内翰ノコト、上巻ニアリ。沈存中《シンソンチウ》カ云、寿州ノ人。我シウト。シウトメ。コシウト。一門ヲ殺ス。奉行コレヲ不道ナリトシテ。其妻子《サイシ》マテヲ罪セントス。刑曹駮《ケイサウハク》シテ曰・駮ハ駮ト通ス。人ノ一度サタメタコトヲ。打ヤフリテ。シナヲスヲ云也・シウトヲウツハ不義也。況ヤタクミテ殺スハ。罪フカキコト也。サリナカラ妻《メ》ハ釈《ユル》スヘシ。父母ヲ殺スコトヲ知テ。同心ハセマシキ程ニト云ルナリ」三十二ウ

〔議罪〕

宋孔深之《ノコウシンシ》、為《タル》二尚書比部郎《シヤウショヒホウラウ》一時《ニ》、安陸応城県《アンリクノヨウセイケンノ》人、張江陵《チヤウカウレウ》与《ト》二妻呉《メノコ》一共、罵《ノツテ》二母黄《クワウヲ》一令《シム》レ死《コロサ》、黄忿恨《イカリウラミテ》自縊《クヒル》、已値《ステニアフ》レ赦《シヤニ》、律《リツニ》子賊《ノソク》二殺傷殴《サツシキスツキウツ時ハ》三父母《ヲ》一、遇《アフテモ》レ赦猶《ニ》梟首《ケウシユス》、罵詈《メリヲハキ》棄市《シス》、会《アフテシヤニ》レ赦免《シテケイヲホ》レ刑補治《チス》、無《シ》二罵詈致《リスノ》レ死之科《ヲトカ》一、深之議《シンシシテ》曰《ク》、夫題《レタイスサトヲキヤクシント》二里逆心《ヲ》一、仁者不《ハ》レ入《ラ》、名且悪《カツニクム》レ之《ヲ》、況乃人事《ヤイヲヤ》、故《ニ》殺傷呪詛《サツシヤウシユソハ》法所《ノナリ》レ不レ容《ユルサ》、罵《ノツテ》レ之致《ヲス》レ尽《ツクスコトヲリ》、理無《シ》レ可《キ》レ宥《ナタム》、江陵《カウレウ》雖《モ》レ遇《アフトシヤ》二赦恩《ヲンニ》一、固《マコトニ》合《シ》レ梟《ケウス》 堅尭切断首掛木上 レ首《ヲ》、婦子《フシハ》以《テ》レ義愛《ヲアイス》、非《ス》二天属《ソクニ》一、黄之所《クワウカ》レ恨《ウラムル》、意《ス》乃在《リ》レ呉《ニ》、原《ユルシテシヲホ》レ死補治《チセリ》、有《リ》レ失《フコト》二正法《ヲ》一、詔《テウシテ》（ママ） 如《クス》二深之議《カノ》一、呉可《シ》二棄市《キシス》一 出《タリ》一（欠文アリ） 深之其孫《ハ》也」三十三オ

宋ノ孔深之《コウシンシ》、尚書比部郎《ヒホウラウ》タリ・比部ハ尚書ノ下ニツキ。ツカサスルヲ云・応城県《ヨウセイケン》ノ張江陵《チヤウカウレウ》ト云者。我妻《メ》トトモ〱ニ。母ヲシカリテアレハ。母ハラヲ立テ。クヒヲク、リテ死ス。其折節赦《シヤ》ヲコナハル。律ノ法ノ十悪ノ内ニ。不孝ヲ第一ニヲク。譬《タト》ヘ赦ニアフトモ。父母ヲ殺シ。ウチナドスル者ヲハ。梟首《ケウシユ》スヘシト也・梟ハフクロウ也。大ニナリテハ母ヲクラフ鳥也。ミセシメノ為トテ。此鳥ヲ

五月五日ニ殺シテ賜ルコトアリ。又漢書ニハ、人ヲ殺シテ木ニカクルハ。鳥ノ如クナル故ニ書トモ云リ• 罵詈《ノリシカル》ヲハ市ニテキル。今赦ニアフテ刑《ケイ》」三十三ウ ヲ軽《カロ》クスヘシ。又ノリテ死スルヲ。致《イタ》スノ科《トカ》ナシト云テ。妻《メ》ヲ軽クセントス。深之《シンシ》議シテ曰。仁者ハ逆心《キヤクシン》ト云里ヘハ。名ヲニクミテ入ス• 決事《ケツシ》ニハ、逆心ヲ勝母《セウホ》ニ作ル也。此ハ車ヲ勝母ニカヘシ。盗泉《タウセン》ノ水ヲノマヌ類也• 里ノ名サヘ仁者ハニクムニ。マシテ人間ノ上ヲヤ。他人ヲ殺シ。ノロイナトスルヲサヘ。赦《ユル》サヌ罪也。此者ハ母ヲ罵《シカリ》テ殺ス科ハ。ナダムヘキヤウナシ。今ハ赦免《シヤメン》ノ折節ナレトモ。江陵《カウレウ》ヲハ梟首《ケウシユ》スヘシ。妻ハ義理ヲチカヘテ。親子ノ愛《アイ》ノ如クセヌ故ニ。黄《クワウ》ハヨメノ呉《ゴ》ヲ恨《ウラ》ムレハ。妻ノ罪ヲユルスハ正法ヲ失」三十四オ フト。深之カ云ケレハ。天子モ尤トテ。妻《メ》ヲ棄市《キシ》ス

鄭克曰、詈《ノツテ》レ之《ヲ》致《スハ》レ死《ヲ》、重《ヲモシ》二於殴傷《ヲウシヤウヨリモ》一、不《ルハ》二以赦原《テユルシユルサ》一、於《テ》レ理《リニ》為《ス》レ允《カナヘリ》、妻《トメ》若《モシ》従《テ》坐《ツミセラレハ》、猶或可《ハシ》レ赦《ユルス》、呉実《ニ》共《ニ》罵《ノル》、棄市《キシスルコト》亦宜《ムヘナリ》、詔《セウハ》所三以補《ナリヲキノフ》二議之《ノ》欠《カケタルヲ》一也

鄭克カ曰、ノル罪ハ。ウチキスヅクヨリモ重《ヲモ》シ。赦《ユル》スヘキ理アラス。妻カ夫《ヲツト》ヲ諫《イサメ》テコソ。罪ハノガルヘキニ。共ニノリシカリタレハ。棄市《キシ》スルコト尤也ト評セリ• 詔《セウ》ハ不《ル》レ足《タラ》トコロヲ補《ヲキノ》フト也。棄市ストハ、市ニテ成敗ヲスルコト也、市ハ人ノアツマル処ナレハ。諸人ニ見コラシノ為也。前ニモアリ」三十四ウ

孫亮《ソンリヤウ》験《コヽロミ》レ蜜《ミツヲ》　杜亜《トア》疑《フ》レ酒《ヲ》

〔弁誣〕

呉《ノ》廃帝《ハイテイ》孫亮《ソンリヤウ》字《ハ》子明《シメイ》、曽《カツテ》暑《シヨ》月游《ニンテ》二西苑《エンニ》一、食《クラフ》二生梅《シヤウハイヲ》一、使《シム》下黄門《クワウモンヲシテ》以《テ》二銀鉼《ヒヤウ》并《ナラヒニ》蓋《カイヲ》一、就《ツイテ》二中蔵吏《サウリニ》一取《トラ》上レ蜜《ミツヲ》、黄門素《モトヨリ》怨《ウラム》二蔵吏《ヲ》一、乃《ス》以《テ》二鼠屎《ソシヲ》一投《トウシテ》二蜜中《ニ》一、啓言《マウシテイフ》二蔵吏不《フ》謹《キンナリト》一、亮《リヤウ》即《ス》呼《ヨフ》レ吏《リヲ》、吏持《シテミツ》二蜜鉼《ヒヤウヲ》一入《ル》、亮《リヤウ》問《テ》曰《ク》、既《ニ》蓋《フタシ》レ之《ヲ》復《マタ》以《テ》レ紙《カミヲ》覆《ヲホフ》レ之《ヲ》、無《シ》レ縁《ヨルコト》有《ルニ》レ此《レ》、黄門非《ス》レ有《ルニ》レ求《ムルコト》二於爾《ナンチニヤ》一乎、吏叩頭《コウトウシテ》曰《ク》、彼嘗《レカツテ》従《テ》レ臣覓《ニモトムレトモ》二官席《クワンセキヲ》一不《》レ与《アタヘ》、亮曰《カ》、必《ス》為《タメナラン》レ此《レカ》也、亦易《ヤスキ》レ知《シリ》耳《ノミ》、乃令《イシム》下破《テ》二鼠屎《ソシヲ》一観《ミセ》中燥《サウ》先到切乾也湿《シツヲ》上、則《ス》内《ウチ》燥《カハキ》而外湿《ホカウルヲフ》、亮曰、若《モシ》鼠屎先在《マツラハ》二蜜中《ニ》一、当《ニ》二内外倶《トモニ》湿《ウルヲフ》一、今内燥《カハケル》一者、乃《ス》枉《マクル》レ之《ヲノミ》耳、於《テ》レ是《ニ》黄門即《ス》伏《フクス》二其罪《ヘシノニ》一出《タリ》二江」

三十五オ
伝ニ表等カ

廃帝《ハイテイ》トハ帝位《テイイ》ヲスヘリ給フヲ云●呉ノ孫亮《ソンリヤウ》字ハ子明《シメイ》、アツキ比。西苑《セイエン》ニ遊テ青梅《アヲムメ》ヲクヒ給フ●黄門《クワウモン》ハ。スイ官ノ如クナル者也。爰テハ中納言ニテハナシ。黄門侍郎《シラウ》トイヘハ中納言也●黄門ニ。スヾト物ノ蓋《フタ》トヲモタセテ。倉奉《クラフ》行《キヤウ》ニ蜜《ミツ》ヲ出セト。イハレケリ。黄門、常ニ倉奉行ト。ナカアシキ故ニ。鼠《ネズミ》ノ屎ヲ蜜ノ中へ入テ。君ノ前へ持《モチ》テ参リテ。入物ノフタヲアケ。蜜ノ中ヨリ鼠ノ屎ヲトリ出シテ。倉奉行ガ君ノマイル物ヲ。無沙汰ニスルト申也。孫亮、吏《リ》ヲヨヒテ。蜜ノ入物」三十五ウ ヲ持《モチ》来レト云テ見レハ。蓋《フタ》ヲヨクシテ、又紙《カミ》ニテ其上ヲツ、ミタリ。鼠ノ屎ノ入ヘキヤウナシト不審シテ、倉奉行ニ問ケルハ。黄門ト汝ト。間《アイタ》ハヨキカト云。吏叩頭《コウトウ》シテ云●叩頭トハ、冠《カンムリ》ヲヌイテ、頭《カウヘ》ヲ地ニツケ悲ムコト也●如此シテ云ヤウハ。黄門カ我ニクラノ席《セキ》ヲ求タレトモ。大事ノコトテ有ト思テ。アタヘスト云。亮《リヤウ》カ云。定テ其イコンニテ有ヘシトテ。鼠ノ屎ヲワリテ見タレハ。内ハカハイテヌレス。亮カ云。始ヨリ入テアラハ。内モ湿《ウルヲ》フヘシ。是ハ黄門カシハサ也ト云。ソコテ罪ニ伏シケリ」三十六オ

鄭克曰、按《スルニ》裴松之以為《ヲモヘラク》、鼠《ソ》矢《シ》新《ナル》者《ハ》、亦表裏《ヒヤウリ》皆湿《ミナウルヲフ》、黄門取《クワウモントラハ》二新矢《ヲ》一、則無《ス》三以《ケム》得《テルコト》二其奸《ノカンヲ》一、縁《ヨツテアフニサウ》レ遇二燥矢一、或成《ハス》二亮《リヤウカ》之恵《ケイヲ》一、然克謂《モコクヲモヘラク》、亮所《カ》レ言《イフ》者、決定《ケツチヤウノ》之理《リナリ》也、松之《セウシカ》所《ハ》レ言《イフ》者、偶《クウ》合《カウ》之事也《ナリ》、理雖《トモ》二決定《スト》一、事或《コト》偶合《ハ》、故《ニ》執《トツテリヲ》レ理以御《テキヨスヲ》レ事、亦有《テ》レ時乎不レ通《セ》、而窒《モフサク》知栗切 塞也レ理之人《ヲ》、反為《テタメニサトス》二暁レ事者《ヲノ》一所《ル》レ笑《ハラハ》、蓋以《シテスル》レ此耳《ヲノミ》、惟珠円《タヽタマヽトカニシテ》不レ滞《トヽコヲラ》、鑑照《カヽミテラシテ》難《キ時ハアサムキ》レ欺、則事理兼《ハカネ》明《ニシテ》而情状必《ス》得《ウ》、故雑《ニヘテ》取《ル》二両説《ヲ》一、今復備《マタソナヘノス》二載其本末《ヲ》一也

鄭克カ曰、裴松之《ハイセウシ》カ云ハ。新シキ鼠ノ失ナラハ。内」三十六ウ モ外《ソト》モウルヲフヘシ。然ラハ孫亮《ソンリヤウ》モ。ワキマヘガタカラント也。鄭克コトハリテ云。孫亮カ云所ハ。定タ道理也。松之カ云ハ。タマ〳〵ナコト也▲偶合《クウカウ》ハ不慮《リヨ》ニ万ニ一ツモト云コト也▲理ハサモ有ヘキコトナレトモ。是ハ希《マレ》ナルコト也▲執《トル》レ理《リヲ》トハ。カタヅマリテ。一偏《ヘン》ニヲル意也、サウアレハ、時ニヨリテ。通《トウ》セヌコトアリ。松之

カ如クニ。理ヲフサク者ハ。又ハヤク。事ヲサトル者ニ。笑ハル、也。タ、珠《タマ》ノマロクシテ、盤《ハン》ノ上ヲ。コロフ如ク。鑑《カヽミ》ノ物ヲテラスヤウニナレハ。欺《アサム》クヘキヤウナシ。両-説ヲ取トハ。孫亮ト松之」三十七オ トノ。両-人ノ云タコトヲ云。松之カ伝ハ三国志ニ有ヘシ

〔弁誣〕

唐《ノ》杜亜《トア》、鎮《スイ》二維陽《ヤウヲ》一、有《リ》二富《フ》-民《ミン》一、父亡《シテ》未《タ》レ幾《イクハクナラ》、奉《スルニ》二継-母《ニ》一不レ以《テセ》レ道《ヲ》、元-日上《ツル》二母《ノ》寿《コトフキヲ》一、母因《ヨツテ》賜《タマフ》二觴《サカツキヲ》一於子《ニ》一、既《ニ》受《ウケテ》将《マサニ》レ飲《ントス》、乃疑《テ》レ有《ルコトヲ》レ毒覆《トクコホス》二於地《ニ》一、而《シテ》地墳《ウコモテリ》父吻切沸地也乃《ス》詬《ノツテ》詰候切也罵《スルトキニ》レ母《ヲ》曰《ク》、以《テ》レ酖《チンヲ》殺《ス》レ人《ヲ》、上-天何《ソ》祐《タスケム》、母拊《ウツテ》音撫拍也レ膺《ムネヲ》曰《ク》、天-鑑《カム》在《リ》レ上《ニ》、何《ソ》当《ニ》二厚《アツク》-誣《シフ》一、拊《テ》レ膺《ヲ》不レ伏《フクセ》、執《トラヘテ》詣《イタル》二公-府《ニ》一、亜《ア》詰《ナシリテ》レ之《ヲ》曰《ク》、爾《ナンチ》上《ヘキツル》二母《ノ》-寿《コトフキヲ》一、酒従《ヨリ》レ何《イツク》来《ル》、曰《ク》、長-婦《チヤウフ》執《トツテシヤクヲ》レ爵而致《イタス》也、母賜《タマフ》二爾《ニ》觴《サカツキヲ》一、又従《リ》レ何《ク》来《ル》、曰《ク》、亦長-婦所《ノ》レ執《トル》之爵《ナリ》也、長-婦為《ヲスル》レ誰《トカ》、曰《ク》、此子《ノ》之《ノ》婦也《ナリ》、亜呵《カシテ》レ之《ヲ》曰《ク》、毒《トクハ》」三十七ウ 因《ヨリ》レ婦起《ヲコレリ》、奈-何《イカン》誣《ソシイン》レ母《ヲ》、遂《ツイニ》分《ツテ》二於庁《チヤウノカタハラニ》側一劾《コクス》レ之《ヲ》、乃《ス》-是夫婦同謀《クハカツテ》以誣《テシフ》レ母《ヲ》也、遂置《ニヲク》二之《ヲ》於法《ニ》一

唐ノ杜亜《トア》、維《イ》-陽《ヤウ》ノ鎮《チン》ニテ有シ時ニ。冨ル民アリ。父死シテ継《ケイ》-母《ホ》ニ仕ヘテ無-道-也。元-日ニ母ノ前ニテイハイケリ。母、盃ヲ子ニアタフ。子ノマントシテ。毒有《トクン》ト思ヒ、地ニステタレハ。地ウコモテリ。母ヲシカリテ。毒ヲ我ニカハントセラルト云▲酖《チン》ハ鴆《チン》トモ書也●毒ノ酒也、上巻ニ具ニ見ヘタリ●母ナリトモタスケマシキト云、母胸《ムネ》ヲウツテ云。天-道アキラカニ上ニアリ。何トテ左様ノコトヲセンソト誓言《セイコン》スル也。子ツイニ杜亜《トア》ニ」三十八オ 訟フ。亜《ア》カ云。ナンチ母ヘコトブキヲナス。其酒ハイヅクヨリ来リタソ。答曰、ヨメカシヤクヲトリタリ。亜又問フ。母ノタマフ盃ハ。汝ヘタレガ取ツキタソ。答曰、子ノ婦也。亜シカリテ云。毒《トク》ハ婦《フ》カ科《トカ》也。何ソ母ヲシイントテ云テ。夫-婦ヲメン〳〵ニ置テ。問ケレハ。科ニヲチケリ。則罪ニ行フ也●長-婦ノ二字ヲ。妻ノ字ニ見レハ。早クキコユル也。サレトモ奥《ヲク》ニ此子之婦トアレハ。母ノ返-答ノヤウナレハ。来ノ字ト曰ノ字トノ間ニ。母ノ字ヲ入テ見テモヨシ。母ノ返-答ニシテモ。子ノ返答ニシテモ聞ユル也。少シマキロシキ文-躰也、決」三十八ウ 事ニハ。夫婦ヲ子婦ニ作ル

鄭克曰、按《スルニ》弁《ヘン》誣《フ》之《ノ》術《シユツ》、或《ハ》以《テ》レ物《ヲ》証《セウス》二其《ノ》慝《トクヲ》一、李《リ》徳裕《トクヨウ》与《アタヘテ》レ泥《テイヲ》模《モスル》レ金《ヲ》是《ナリ》也、或《ハ》以《テ》レ事《ヲ》覈《アキラカニス》二其《ノ》奸《カンヲ》一、杜亜《トア》詰《ナシツテ》レ觴《サカツキヲ》劾《コクス》レ酖《チンヲ》是《ナリ》也、此《レ》皆《レ》其正《シテ》而不《ル》レ譎《イツハラ》者《ノナリ》一也

鄭克カ曰、人ヲ誣《シイ》ルヲ。アラハスコト。李《リ》徳裕《トクヨウ》カ泥《テイ》ニテ金ノ形《カタ》ヲサセテ。慝《トク》ヲシリ。杜亜《トア》カ觴《サカツキ》ノ次第ヲ尋テ。奸《カン》ヲ明カニスルコトハ。皆正シテ偽リナキ者也●結句《ケツク》ハ論語憲問《ケンフン》ノ篇ノ詞也。徳裕カコトハ、前ニ徳裕模金《モキン》トアリ

（一行空白）」三十九オ

（空　白）」三十九ウ

棠陰比事巻下之下

傅《フ》隆議《リウハカリ》レ絶《タツコトヲ》　漢武《カンフ》明《アカス》レ継《ツクコトヲ》

〔議罪〕

宋《ノ》文帝《ノ》時、剡《セン》以冉切県《ケン》人黄《クワウ》初《シヨ》妻《カメ》趙《テウ》、打《ウツテ》二息《ソク》載《サイ》妻《カメ》王《ヲ》一死《コロス》、後《ノチニ》遇《アフ》レ赦《シヤニ》、王有《リ》二父母及息男称《ヒソクナンセウ》一、依《テ》レ法徙《ニウツス》二趙《ヲ》二千里《ニ》一、司《シ》徒《ト》左長史傅《フ》隆《リウ》議《シテ》曰《ク》、父子至《ハテ》親《シタシ》、分《テ》レ形《カタチヲ》同《ス》レ気《キヲ》、称《カ》之於《ルハ》レ載《ニ》、即《ス》載《カ》之於《ルナリ》レ趙《ニ》、雖《トモ》レ云《フト》二三代《ト》一、合《ス》二之《ヲ》一体《テイニ》一、称雖《トモ》二創《キス》鉅《ヲホイニ》痛《イタミ》深《フカシト》一、固《マコトニ》無《シ》二讐《トスルノ》レ祖之理《ヲ》一、故古《リ》人《ニ》不下以《テ》二父《ノ》命《メイヲ》一辞《シセ》中王父《ノ》命《ヲ》上、若《シ》云《ハ》二称可《ト》レ殺《スヲ》レ趙《ヲ》、当《ニ》二何以《ヲテカ》処《スヲ》レ載、父子祖《ソ》孫互《ソンタカイニ》相残戮《アイサンリクスルハ》、恐《クハ》非《ス》下先王《ノ》明《カニシ》罰《ハツヲ》、皐陶《カウヨウカ》立《ルノ》レ法之《ヲ》旨《ムネニ》上也、旧令《キウレイニ》云《ク》、殺《コロセハ》二人父《ノ》母《ヲ》一、徙《ウツス》二二千」一オ里外《ノニ》一、不レ施《ホトコサ》二父子祖孫《ニ》一、趙当《テウ》下避《サケテ》二王期功《カキコウヲ》一千里外《ノニスノミ》上耳、然令《モ》云《ニク》、凡流徙《ヲヨソナカシウツサル、》者《ノ》、同籍近親《セキキンシン》欲《スルヲ》二相随《ハアイシタカハント》聴《ユルス》レ之《ヲ》、趙既流《ニレ》移《サル》、載為《シテ》二人子《ノト》一、何得《ソン》レ不《ルコトヲ》レ従《シタカハ》、載行《サイテ》而称不《セウハ》レ行、豈名《カニメイ》教所《カウノナラン》レ許《ヤユルス》、趙雖《トモ》二内愧《ウチニハチテ》終《ヲフト》レ身《ヲ》、称亦沈痛《チンツウシテ》没《ヘントシヲ》レ歯、祖

-孫之《ノ》義《キ》、永《ナガク》不《ン》レ得レ絶《タフルコトヲ》、事-理固《マコトニ》-然《リ》隆ハ其兄也出《タリ》二南史傅亮伝《カニ》一
宋ノ文-帝ノ時。剡県《センケン》ノ人黄初《クワウシヨ》カ妻、趙《テウ》ト云者。我ヨメノ王ト云者ヲ。ウチ殺ス。公事スマサル内ニ。赦《シヤ》ヲコナハル。然レトモ王カ父-母モアリ。男子《ムスコ》ニ称《セウ》ト云者モアレハ。ヨメヲ殺ス法-度ナレハ。趙ヲ二千里ノ余-所」一ウ へ流スニ定ル也。ソコテ民ノツカサスル傅隆《フリウ》ト云者。議シテ云。父-子ノ間ハ骨-肉《コツニク》ニテ。シタシキ者也。称《セウ》カ為ニ載《サイ》ハ父也。載カ為ニ趙《テウ》ハ母也。如レ此ツ、ケハ。三-代ノ間ハ一-躰也。称タトヒ母ノキスヲ。イタムコト深クトモ。祖母《ウハ》ヲ仇《アタ》トスルコト有ヘカラス。古人ハ父ノ命ヲ以テ。祖-父ノ命ヲソムカス。若-又称カ趙ヲ殺サントイハ、。何ヲ以テカ載ヲ罪スヘキヤ。父-子祖-父孫タカイニ戮《リク》スルヤウニ。法度ヲシナスハ。先-王ノ罰《ハツ》ヲ明カニシ。皐陶《カウヨウ》カ法度ヲ。タツル旨ニハアラス。古ヘノ律令《リツレイ》ニモ。人ノ父-母ヲ殺スヲハ。二千里ノ外」二オ ニ遷《ウツ》シテ。父-子祖-孫ニヲヨホサス。趙《テウ》カ科《トカ》ハ千里ノ外ニ流スヘシ。二千里マテ流スコトニハ非ス。令ニ云。流サル、者ニ。同シカキタテニノリテ。親族《シンソク》トモ相-共ニ。随《シタカウ》テ行ントスル者ヲハ赦《ユル》ス。今趙カ流サル、ニ。ムスコノ随ハヌコト有ヘカラス。載《サイ》カ行ナラハ。ムスコノ称《セウ》モ又行ヘシ。行ヌゾナラハ。父-子ノ道ニ非ス。何ソ赦サンヤ。趙カ恥《ハチ》テ身ヲ終ント云トモ。称イタミ悲ミテ。年ヲ終《ヲヘ》ンコソ。道ニテアレ。祖-父ト孫トノ間。断《タン》-絶《セツ》スヘカラスト也。鄭克コレヲ評シテ。此コト誠ニ然リト云也」三ウ

[議罪]

漢《ノ》景帝《ノ》時《ニ》、廷《テイ》-尉《イ》上《タテマツル》レ囚《シウヲ》、防年《ハウネンカ》継《ケイ》-母《ホ》陳《チム》、殺《ス》二防年父《カヲ》一、防年因《ヨツテ》殺《ス》レ陳《ヲ》、依《テ》レ律《リツニ》殺《スニ》レ母《ヲ》以《テ》二大-逆《キヤクヲロンス》一論、帝疑《フ》レ之《ヲ》、武帝時《ニ》年十-二、為《タリ》二太-子一、在《リ》二帝側《ノカタハラニツイニ》一、遂問《フ》レ之《ニ》、対-曰《テサク》、夫《レ》継-母如《ハシ》レ母《ノ》、明《アキラケシ》レ不《ルコト》レ及《ハ》レ母《ニ》、縁《ヨリノ》レ父之故《ニ》、比《ス》二之《ヲ》於母《ニ》一、今継《イマケイ》-母《ホ》無-状《ニシテテツカラ》手殺《ノヲ》二其父《ヲ》一、則下《スクタスノ》レ手之日《ヲ》、母恩絶《ノヲンタフ》矣、宜《シク》二与《ト》レ殺《ス》レ人《ヲ》同《カル》一、不《ス》レ宜《ク》下以《テ》二大-逆《キヤクヲ》一論《ス》上 見二通典《ニ》一

漢ノ景帝《ケイテイ》ノ時。廷尉《テイイ》囚ヲ上ヘタテマツル。防年《ハウネン》カ継母《ケイホ》陳《チン》ト云者。防年カ父ヲ殺ス。防年又陳ヲ殺ス。律《リツ》ノ法ニ任《マカセ》テ。母ヲ殺シタレハ、大-逆《キヤク》無-道ノ罪ニ。ヲコナハントス。其時、景帝ノ太-子武帝《フテイ》。十二ニテヲハシケ」三オ ルカ。景

帝ノ側《カタハラ》ニ有テ。此事ヲ具《ツフサ》ニ問タマイテ。仰ケルハ。継母ハ母ノ如シトイヘハ。本《ホン》ノ母ニ及ハヌコト明カ也。本ノ父ヘノ孝行ノ為ニ。母ノ如クセヨト也。是ハ継母カ無道ニシテ。父ヲ殺シタレハ。其日ヨリシテ、母ノ恩《ヲン》ハ絶《タヘ》タレハ。母ニテハナシ。他人ヲ殺シタト同事ナレハ。大逆ノ罪ニテハナシト也• 廷《テイ》尉《イ》ト云官ハ。判官ノコト也。都ノ所司《シヨシ》代《タイ》也。上巻ニモ見タリ。無状ト云ハ。悪キコト也。日本紀ニテハ。アチキナシト読

鄭克曰、夫防年《シハウネン》得《ルハ》レ絶《タツコトヲ》二其《ノ》継母《ヲ》一、以《テノ》レ父《ヲ》故也《ナリ》、称《セウ》不《ルハ》レ得レ絶《タツコトヲ》二其《ノ》祖母《ヲ》一、亦以《テノ》レ父《ヲ》故也《ナリ》、冤《エン》痛《ツウノ》之情、或《ハ》」三ウ 伸《ノヒ》或屈《ハケツス》シテ、天理存《ス》焉、法乃《ハイ》因《ヨツテ》而制《セイス》レ之也

鄭克カ曰。防年カ継母ヲ殺シタルモ。黄称《クワウセウ》カ祖《ウ》母《ハ》ヲ絶コトエザルモ。皆父ノ故也。公事ヲヨク明ニスル人ノ。或ハ殺シ或ハ免《ユル》スコトハ。天理ヲ存スル也

戴争レ異レ罰《タイアラソヒコトニスルコトヲハツヲ》　徐詰レ縁レ例《ショナシルヨルコトヲレイニ》

［議罪］

唐《ノ》戴冑《タイチウ》直又切為《タル》二大理《リ》少卿一時《ニ》、長孫無忌《チヤウソンフキ》被《ル》レ召《メサ》、不《シテ》レ解《トカ》二佩《ハイ》刀《タウヲ》一入《ル》二東上閤《ニ》一、尚書《シヤウショ》右僕射《ホクヤ》封徳彝《ホウトクイ》夷音論《ス》、監門《カンモンノ》校尉《カウイ》不二覚察《カウサツセ》一、罪死《シテ》、当《テン》二無忌《ヲ》贖《アカウニ》一、冑《カ》曰《ク》、校尉与《ト》二無忌一罪均《ヒトシ》、臣子《ノ》於《ヲケル》二君父《ニ》一、不レ得レ称《セウスルコト》レ誤《ヲ》、法《ニ》著《アラハス》下御湯薬《タウヤク》、飲《イン》食《シ》、舟船誤《アヤマツテ》、不《レハ》レ如《クセ》レ法《ノ》皆死《ミナコロスト》上、陛《ヘイ》下《カ》録《ロクシテ》二無《フ》」四オ 忌功《キカコウヲ》一原《ユルシテ》レ之《ヲ》可也《ナリ》、若罰《シハツシテ》二無忌《ヲ》一殺《サハ》二校尉《カウイヲ》一、不レ可レ謂《イフ》レ刑《ケイト》、帝《ノ》曰、法為《ハタリ》二天下公《ノ》一、朕安《チンイツクンソ》得《ン》レ阿《ヲモネルコトヲ》二親戚《セキニ》一、詔《セウシテマタ》復議《ス》、徳彝《トクイ》固執《カタクトル》、帝将《ニ》レ可《ス》、冑駁《キカントチウハクシテ》レ之曰《ク》、校尉縁《ヨツテ》二無忌《ニ》一以《テ》致《ス》レ罪《ヲ》、法当《ニ》レ従《フ》レ軽《ニ》、若《シ》皆過《クワ》誤《セハ》、不レ当《ニ》二独死《リス》一、由《テ》レ是《ニ》無忌与《ト》二校尉一皆免《メンス》出《タリ》二唐書本伝《ノニ》一

唐ノ戴冑《タイチウ》大理少卿タリ• 大理ハ廷尉ノコト也。少卿ハ其ワキヅカサ也。大理ニソウタル官也• 其比、長孫無忌《キ》トテ。太宗《タイソウ》ノ舅《シウト》アリ。后《キサキ》ヲ長孫皇后《チヤウソンクワウコウ》ト云。太宗アル時ニ。無忌ヲ召《メシ》ケルニ。太刀《タチ》ヲハキナカラ。内裏《タイリ》へ参《マイル》。右大臣封徳彝《ホウトクイ》云。刀ヲ佩テ入ヲ。門番ノ校尉《カウイ》。何トテ」四ウ トガメスシテ通《トヲ》シタルソ。死罪スヘシ。無忌《フキ》ヲハ贖《アカ》フヘシト云• 決事《ケツシ》ニハ 贖《アカフ》ヲ罰金《ハツキン》ニ作ル• 戴冑《タイチウ》カ曰、校尉《カウイ》ト無

忌ト同‐罪也。子トシテ父ヘ誤《アヤマ》リ。臣トシテ君ヘ誤テヲイテ。理リハイハレヌコト也。律ノ法ニ。帝ノマイル薬《クスリ》、食‐物ナトヲ悪クシ。帝ノ乗給《ノリタマ》フ舟ヘ。アカノ入ヤウニスルハ。皆誤ナレハ。殺ストアリ•法ノ字以下、皆死ト云マテ。律ノ語也•太宗ノ。無忌カ日‐比ノ忠節《チウセツ》ニ思召《ヲホシメ》シカヘテ。赦シタマハ、尤也•録《ロク》ストハ。書《カキ》シルス如クト云意也•無忌ヲ軽クシ、校‐尉ヲ殺サハ。タ、シキ刑罰《ケイハツ》ニハ非スト云。太宗ノ曰。法ハ天下ノ公《ヲホヤケ》ニ」五オ ナレハ。私ニ我親《シン》‐族《ソク》ナレハトテ。贔屓《ヒイキ》スルコトナシトテ。又評判《ヒヤウハン》アリ。徳《トク》彜《イ》ハ前ノ口《クチ》ヲタカヘス。太宗キカントス。戴冑《タイチウ》又云。校《カウ》‐尉《イ》カ罪ハ。無忌ユヘナレハ。軽クスヘシ。誤《アヤマ》リナラハ。一‐人ハカリ殺スヘカラスト云。故ニ二人トモニ赦《ユルサ》レタリ•決事ニ駁《ハクシテ》之日ノ下ニ。無忌本《ハ》‐首、過《ナレハ》‐法当レ重ノ八字アリ

鄭克曰、按《スルニ》冑《チウ》言《フ》下臣‐子《ノ》於《ケル》二君‐父《ニ》一不《ト》上レ得レ称《スルコトヲ》レ誤《ヲ》、所三以《ナリ》深《フカク》責《セムルフ》二無忌《キヲ》一也、校《カウ》‐尉《イ》縁《ヨッテ》二無忌《ニ》一以致《ス時ハ》レ罪《ヲ》、則《ス》与《ト》二無忌一罪‐均《ヒトシ》《シテ》而法当《ニ》《シ》レ軽《カル》也、既免《ニセハ》二無忌《ヲ》一、縁《テ》‐以《テ》致《ス》レ罰《ハツヲ》者《ノ》、豈《ニ》得《ン》レ不《ルコトヲ》レ免《レ》乎《ヤ》、冑之《カ》力‐争《ツトメアラソフ》亦忠恕之《チウチヨノ》義《ナリ》」五ウ 也

鄭克按シテ曰。戴冑《タイチウ》カ臣‐子ノ君‐父ニ対シテハ。誤《アヤマ》リタルト。ユイ分ハナラヌト云タルハ。無忌《フキ》ヲ深クセムル詞也。校《カウ》‐尉《イ》ガ罪ハ無忌カソバツヘナレハ。罪ハ同シヤウナレトモ。法ハ軽クスヘシ。無忌ヲ免《ユル》シテ。罰金《ハッキン》ニテコラユルナラハ。向後《キヤウコウ》誤タル者モ。皆其コトクナルヘシヤト。戴冑カ随‐分争《アラソ》フタルハ。却テ忠恕《チウシヨ》ノ義也ト評セリ

［議罪］

唐徐有功《ノシヨユウコウ》、為《タル》二司《シ》‐刑《ケイ》‐丞《セウ》一時《ニ》、有《リ》二韓純孝《カンシユンカウト云》者《ノ》一、受《ウケテシヨケイケフカ》二徐敬業偽《キ》‐官《クワンヲ》一、前《サキニ》已《タリ》物《ニモツ》‐故《コス》、推《スイ》‐事‐使顧仲琰奏《コチウエンソウシテイハク》称、家‐口」六オ 合《ヘシエン》二縁‐坐《サス》一、詔依《シテ》レ断《コトハルニセキモツス》籍‐没、有功議《シテ》曰《ク》、律謀《ニハカル》レ反《ハンヲ》者《ハ》斬《キル》、身《ミ》亡《スル時ハ》即《チ》無《シ》二斬《キル》法一、若《シ》情‐状難レ捨《クハステ》、或勅《ハチヨクシテシム》遣レ戮《リクセシヲ》レ尸、余《ヨハ》非《ス》二此塗《ノニ》一、理絶《ス》二言《ケン》‐議《キヲ》一、縁‐坐元因処《スルコトサンニ》レ斬、無《トテ》レ斬豈合《ニヘケンヤ》二相‐縁《ヨル》一、既所《ニノ》レ縁《ヨル》之‐人亡《スル時ハ》、則所《チノ》レ因《ヨル》之‐罪滅《メッス》、減止徒《シテタヽト》‐坐《サセン》、頻《シキリニ》会《テ》二赦《シヤ》‐恩《ヲンニ》一、今‐日却断《テシテ》、入《ル》レ官未《ニタ》レ知《ラ》、拠《ヨラン》二何条《ノテウ》‐例《レイニカ》一、詔《シテ》依《テ》二有功議《カニ》一断《シテハナツ》放、由《テ》レ是獲《ニウル》レ免《ル、コトヲ》二籍《セキ》‐没《モッヲ》一者《ノ》、凡《ソ》《テ》数‐百‐家

出タリ㆓唐‐書ノ本‐伝ニ㆒

唐ノ徐有功《ショユウコウ》、刑‐獄ノ奉‐行タリ。時ニ韓純孝《カンシユンカウ》ト云者アリ。則天《ソクテン》ノ時ニ、徐敬業《ショケイケフ》カ謀反《ムホン》ニクミシテ。官ヲ授《サツク》ル故ニ。偽官《キクワン》ト云フ也。帝王ノ授ケタマフ官ニアラサル」六ウ故也。前ニ純孝《シユンカウ》ハヤ死ス・物故トハ死タルコト也。コトフリタリトモ読。コトナシトモ読也。今モヰハイナトニ。新物故ト書也・顧仲琰《コチウエン》ト云者、奏聞《ソウモン》シテ云ケルハ。純孝ハ謀反人ノ同類ナリ。其迹ニ妻‐子親‐族アリ。其ヲ穿鑿《センサク》シテ。財宝《サイホウ》ヲモ没《モツ》‐収《シユ》スヘシト云。有功《ユウコウ》議シテ云。律《リツ》ノ法ニ。謀反人ヲハ斬《キル》トアリ。死スレハ斬ト云法ナシ・死シテ斬トハ。大‐逆《キヤク》ノ者ハ。サリトテハ悪《ニク》キコトカナトテ。死《シ》‐骸《カイ》ヲ戮《リク》スルヲ云。其外ノ者ハ。死ヲ戮スルコトナシ。縁《エン》‐坐《サ》ハヨルトコロノ本人。純孝ヲ云ナリ。元《ケン》因ハ、純孝カ家類ヲ云也・キルト。キラヌト。罪コトナリ。已ニ」七オ本人ノ純孝死タレハ。其迹《アト》ノ者ハ罪カロシ。其上一‐度ユルサレヲ蒙《カウフリ》タリ。今又改《アラタメ》テ其財《サイ》‐宝《ホウ》ヲ。官ヘ入ルコトハ。何レノ書‐法ナルヘキヤト云。此故ニ詔アリテ。有功《ユウコウ》カ云処尤ナリトテ。没《モツ》‐収《ユル（ママ）》セラル、コトヤミテ。五六家ホトモアリケル。純孝カ一‐門、罪ヲ免レタル也・平家物語ニ。縁坐《エンサ》ヲ。エンサント云ハ誤也。エンサ也

鄭克曰、按《スルニ》易《ニ》言《ク》、聖‐人南面《シテ》而聴㆓天‐下ニ㆒、是ヲ‐以‐漢ノ之史《シ》‐官《クワン》称《ス》、高祖《カウソ》好《コノンテ》㆑謀《ハカリコトヲ》能《ク》‐聴《キク》、夫《レ》聴《キ》、ハ（ママ）固人‐主ノ之職《ショクナ》‐リ也、聴《時ハ》㆓仲琰《チウエンカ》之奏ヲ㆒、則数‐百‐家被《ル》㆓籍没《セキモツ》㆒、聴《時ハ》㆓有功之《カ》議ヲ㆒、則《ス》数‐百‐家免《カル》㆓籍‐没ヲ㆒、能《ク》於《テ》㆑此知《ニル》㆓取《シユ》」七ウ捨《シヤヲ》㆒、亦可《レ》㆑謂《ツ》㆓之《ヲ》明《ト》㆒矣、有功之《カ》脱《ノカシテ》㆑禍《ヲ》而成《スコト》㆑名《ヲ》、夫《レ》豈偶《ニクウ》‐然《センナランヤ》哉

鄭克カ曰、此ヲ按スルニ。易《エキ》ニ聖‐人南‐面シテ。天‐下ノ事ヲ聴ト云コトアリ・南‐面トハ天‐子ノ御位ヲ云也、此易ノ詞ニ引‐合テ。漢ノ史‐官カ云コトハ。高祖《カウソ》ハ謀《ハカリコト》ヲ好《コノミ》テ。人ノ申上ルコトヲ。能《ヨク》聴‐入タマフトホメタリ・是ヨリ以下、又鄭克カ詞也・ソレ諫《イサメ》ヲヨク聴‐入ルハ。天‐子ノ職《ショク》也。仲琰《チウタン》カ申コトヲ。実《マコト》ニスレハ。多クノ家。ケツシヨアリ、有功《ユウコウ》カ諫ヲユルセハ。其者トモ皆タスカル程ニ。其ヲヨク聴‐分テ。道‐理ニツクヲ。」八オ明察《メイサツ》ノ君ト云ヘシト也・取《シユ》‐捨《シヤ》ハ。トルトスツルト二ツ

也、何レヲ用イ。何レヲステント分別スルコト也• 有功《ユウコウ》カ申ヤウニヨリ。数百家ノ者トモ禍《ワサハイ》ヲノカレタ程ニ。有功カ名ヲアラハシタモ理リトソ

刑曹駮《ケイサウハクシ》レ財《サイヲ》　左《サ》丞《セウ》免《ス》レ譎《イツハリヲ》

［議罪］

沈存中内翰《シンソンチウタイカン》カ云《ク》、邢州《ケイシウニ》有《リ》レ盗殺《ス》二一家《ヲ》一、其《ノ》夫婦即時《ニ》死《ス》、有《リ》二一子一、明日乃《ス》死《ス》、州司以《テ》二其《ノ》家財産《ノサイサンヲ》一、依《テ》二戸《コ》絶《セツノ》法《ニ》一、給《タマフ》二出嫁親《ノ》女《ニ》一、刑曹《ケイサウ》駮《ハクシテ》曰、某《ノ》家《ノ》父母死《スル》時《ニ》、其《ノ》子尚《ナヲ》在《リ》、財《サイ》産《サンハ》乃《ス》子《ノ》物《ナリ》、所謂出嫁《シユツ》女《ノハ》、即出嫁《ス》姉妹《ノシマイナリ》、不《レ》合《レ》有《ル》レ分《ツコト》見《ル》二筆談《ニ》一」八ウ

沈存中《シンソンチウ》カ云。刑州《ケイシウ》ニ盗アリテ。一家ノ者ヲ皆殺ス。子ハアクル日死タリ。州司カ曰。家ヲツグ者モナシ。財産《サイサン》ヲハ前ニ余所ヘヨメ入シタル。女子ニヤラントス。刑曹《ケイサウ》又ヒハンシテ曰。父母死シテ子ハ迹《アト》ニ死タリ。財ハ子ノ物ナレハ。女子ニトラスヘキコトニ非スト云• 此段、財宝ヲ誰ニヤリタルト落著《ラクチヤク》ヲハ。書ノセス。サレトモ。強《シイ》テ尋テモ無用ノコト也。夕、理ノ有所ヲ書ノセタル也。筆談ニハ定テ具ニ有ヘシ。未《レ》考

鄭克曰、寿州《シユシウノ》之断《タンハ》、失在《リ》レ不《ルニ》レ原《タツネ》二情理《ヲ》一也、邢州《ケイシウノ》之断《タンハ》、失在《リ》レ不《ルニ》レ正《サ》二名分《メイフンヲ》一也、俗吏《ソクリ》用《フ》レ法《ヲ》、大率《ヲホムネヲホク》多」九オ然《シカリ》、法何咎《ノトカソヤ》耶

鄭克カ此ノ評ハ。州司《シウシ》刑曹《ケイサウ》トハカリ書テ。名ヲアラハサヌコトヲトカメテ云ヘリ。寿州ノコトハ。前ニ曹駮《サウハク》坐《サ》妻《セイ》ト標題シタル所ノコト也。此モ出処ハ筆談也

［議罪］

宋《ノ》文帝《ノ》時《ニ》、制《セイスケフ》二劫盗《タウノ》同籍《セキキ》朞親補《シンホスルコトヲ》レ兵《ヲ》、余杭《ヨカウ》胡剛切、縣名人薄道挙《ハクタウキヨナス》為《レ》劫《ケフヲ》、従弟《シウテイ》代公《タイコウ》、道生《タウセイ》、並《ヒニ》大功親《アリ》、或以《テ》二代公等《ラカハ》、母存《スルヲ》一、為《ス》二朞親《ト》一、而謂《ク》三子宜《テ》二随《シト》レ母補《ニス》レ兵《ニ》、尚書左丞何承天《カセウテン》、議《シテ》曰《ク》、婦人有《セウ》二三従《ニ》一、夫死《ヲツトスレハ》従《フ》レ子《ニ》、今道挙為《タリ》二劫叔父《ケフシクフ》一、已歿《ニシヌ》、代公、道生並《ニ》是」九ウ従弟、不《ナリ》レ合《ラ》二補《ホ》一謫《タクス》音摘責罰也乃以《テ》叔母為《ヲシテ》二朞親《ト》一、而令《シム》二一子《ヲシテ》随《ハ》レ母《ニ》、既乖《ニキ》二太功不謫《ノ》之制《セイニ》一、又失《フ》二婦人三従之道《セウノヲ》一、謂《ク》其《ノ》母子並《ヒニ》宜《シ》レ見《ル》レ原《ユルサ》出《タリ》二南史本伝《ノニ》一

六朝宋ノ文帝ノ時。盗アリ。又其同罪ニ書付ラル、親《シン》族《ソク》アリ•碁《キ》親《シン》トハ。碁《キ》ノ喪《モ》ヲナス程ノ親類也。補《ホ》兵《ヘイ》トハ。咎《トカ》ノ有者ヲハ。遠《ヲン》国《コク》ヘ流シテ。兵ノ番《ハン》ヲサスルヲ云•薄《ハク》道《タウ》挙《キヨ》劫ヲナス。其イトコニ代《タイ》公《コウ》、道《タウ》生《セイ》二人アリ。共ニ大功ノ親也•大功トハ。五ケ月フクヲキル。小功ト云ハ。三ケ月キル法アル也•アル人、代公等カ母存《ソン》生《シヤウ》テアリ。碁親也。是ヲ補兵スヘシ。其ナラハ又。代公等」十オモ。母ニツイテユクヘシト云。ソコテ何《カ》承天《セウテン》議シテ曰。婦人ハ三《サン》従《セウ》トテ。父母マス時ハ。父母ニ従《シタカ》ヒ。夫《ヲット》アレハ。夫ニ従ヒ。子アレハ。子ニ従フ。今道《タウ》挙《キヨ》劫ヲナス。叔《ヲ》父《チ》モ死ス。代《タイ》公《コウ》、道《タウ》生《セイ》二人ハイトコ也。流スヘカラス。今姑《シウトメ》ヲ碁《キ》親《シン》トシテ。サテ二人ノ者ヲ。母ニシタカハシメハ。大功アル者ハ。不《フ》謫《タク》ノ制《セイ》法《ハウ》ニソムク。況ヤ婦人ナトヲ補《ホ》兵《ヘイ》ニツカハスヘカラストテ。母子トモニユルサル、也•承天ハ暦《レキ》ノ類《ルイ》ヲ。ヨク知タル者也。尚書《シヤウシヨ》ノ注者ノ内也

鄭克曰、夫《レ》不レ弁《ヘンセ》二男女之異《ノヲ》一而謫《タクシテ》二婦人《ヲ》一補《スニ》レ兵」十ウ豈《ニ》非《ス》下不レ正《シウセ》二名分《ヲ》一不レ原《ルノタツネ》二情理《ヲ》一之甚者《キニ》上歟《ヤ》、此《レ》俗吏守《ルノ》レ文《ヲ》之弊《ツイヘ》、不レ可レ不レ知《アルラ》也

鄭克カ曰、男女ノ異《コト》ナルコトヲ弁《ワキマ》ヘスシテ。婦人ヲ補《ホ》兵《ヘイ》ニ謫《タク》セント議スルハ。情理ヲシラサル者也。俗吏ハ文ハカリヲ守テ。名分《メイフン》ヲタ、スコトヲシラスシテ。ツイヘアリト也

従《シウ》事《シ》函《ハコニシ》レ首《ヲ》　乖《クワイ》崖《カン》察《サツス》レ額《ヒタイヲ》

［迹賊］［釈冤］

近代有《リ》レ人、因行商《テカウシヤウス》、回見《テテ》下其妻《ノ》為《ニ》レ人所《ノレテ》レ殺《コロサ》而失《ルヲ》中其首《ノヲ》上、以《テ》告《ク》、妻族《メノソクス》乃執《トラヘテ》二其婿《ノムコヲ》一、誣《シウルニ》以《シテ》レ殺《スヲ》レ女《ヲ》送《ル》レ官《ニ》、吏《リ》厳訊《シクトフ》レ之《ヲ》、乃《イ》自《ミ》誣《フ》伏《フクス》、案《アン》具《ル時》、郡守委《イス》二諸《コレヲ》従事《ニ》一、従事」十一オ疑《ウタカフ》レ之《ヲ》、請《フ》下緩《ユルウシテ》二其獄《ノコクヲ》一更《サラニ》加《クハヘントキウ》中窮治《チヲ》上、太守聴《キ、》許《ユルス》、乃追《ス》二封《テ》一内作《ノコサ》作行人《ヲ》一、偏《アマネク》供《シ》、近日与《タメニ》二人家《ノ》一安《アン》厝暮《サスルホ》冢《チヨウ》、多少去《ノル》処《ロ》、一一面詰《マノアタリナシル》レ之《ヲ》、又問《フ》、頗《スコフル》有《リ》二挙《アケテ》レ事《ヲ》可《キ》レ疑者《フノ》一乎《ヤ》、有《リ》二一人《ク》一曰、某近《シコロ》於《テ》二豪家《カウカニ》一挙《アク》レ事《ヲ》、只言《フ》二死《ヲ》一却嬭《ストネイ》子《ヲ》一、五更初《ノメ》、於《ヨリ》二墻頭《シヤウトウ》一舁《カキ》二過凶器《スケウキヲ》一、軽《シテ》似《タリ》レ無《キニ》レ物《モノ》、見《ケンニ》瘞《ウツム》二某処《ソコノ》一、亟《ニ》遣《スミヤカニシム》二人《ヲシテ》発《アハカ》レ之《ヲ》、但《タ、》獲《エタリ》二一女人首《リノ》一《ヘヲ》、即

将《モツテ》対《ス》㆑尸《ニ》、令《シムレハ》㆓其夫《ノ》験《ヲシテコヽロミトメ》㆒認《ク》㆓云、非《ストメニ》㆑妻也、継《ツイテトラヘテ》収㆓豪家《ヲ》㆒鞫《キクス》㆑之《ヲ》、乃《ス》是殺《シ》㆓一嫺子《ヲ》㆒、函《ハコニシテ》音咸匱也首《ヲホウフリ》葬㆑之《ヲ》、以《テ》㆑尸《ヲ》易《カヘ》㆑此《レニ》、良家《ノ》婦《ヲハ》私《ヒソカニ》畜《フ》㆑之《ヲ》、豪民棄《キ》市《シセラル》、婿《ムコハス》乃獲《タリ》㆑免《マヌカル、コトヲ》、此《レ》五代時《ノノ》事《ナリ》見《タリ》㆓玉堂閑話㆒」十一ウ

近代田舎《イナカ》アリキスル商人アリ▲商《シヤウ》ハ他国アリキシテアキナフヲ云。居ナカラアキナイスルヲ賈《コ》ト云也▲其人カ方々シテカラ。家ヘカヘリタレハ。其夜、其妻カ人ニ殺サレテ。ムクロハカリニテ。首ハナシ。其マ、妻《メ》ノ親族《シンソク》ニ告《ツケ》タレハ、親族トモ、婿《ムコ》カ殺タルモノナルヘシトテ。官ニ訴《ウツタ》フ。吏キブク責問《セメトヒ》ケレハ。苦《クルシ》ミニタヘカネテ。自偽《イツハリ》テ殺シタリト云▲安具《アング》トハ。目ヤス也▲其カ殺シタルニ究《キワマ》ル也。従事《ジウジ》ニトモカクモ。ハカラヘト任《マカ》セタレハ。従事此コトヲ疑ハシク思テ。囚《シウ》ヲユルメテ。イヨ〳〵念ヲ入テ穿鑿スヘシト云。太守同心」十二オ シテ。則封内《ホウタイ》ノ仵作《ゴサ》、行人ニ云付テ。遍《アマネ》ク尋サスル也▲仵作、行人ハ。世間ニ悪キコトヲスル者ノアルカトテ。見アリク目付ノ意也。無冤録《フエンロク》二字ノコトハリ見ヘタリ▲近日人ノヲク所ノ墓《ハカ》。又ハ死人ヲ送ル者ヲ。一々尋アラタメテ問也。アル者ニ。又疑《ウタカハ》シキコトハ。ナキカト問タレハ。其人カ云ケルハ。此比冨《トメ》ルレキ〳〵ノ者ノ家ニ事アリ。嫺子《タイシ》カ死タリ●嫺子ハ。ヲチ。メノト也▲夜半時分ニ垣《カキ》ノホトリヨリ。輿《コシ》ヲカキ出シケルカ。軽《カロ》キヤウニテ。物ナキニ似タリ。其ノ処ニ埋《ウツム》ト云。ソコテ人ヲヤリ。ホリ出シテ見レハ。女ノ首ハカリアリ」十二ウ 夫《ヲツト》ニ見セタレハ。我妻《メ》ノ首ニテナシト云。豪家《カウカ》ヲ補《トラ》ヘテ糺明シケレハ。我嫺子《メノト》ヲ殺シテ。ムクロヲハ商人《アキヒト》ノ家ヘヤリテヲキ。商人ノ妻ヲヌスミ取テ。我家ニカクシヲキ。嫺子カ首ヲ葬《ホウフ》リタリト白状シケリ。豪家ハ市ニ斬《キラ》レ。婿《ムコ》ハ赦レタリ。五代ノ時ノ事也

鄭克曰、頃《コノコロ》聞《ク》、太平州《タイヘイシウニ》有《リ》㆓一婦人《リノ》㆒、与《ト》㆓小郎《セウラウ》㆒偕《トモニ》出《テ、》、遇《アフテ》㆑雨入《ニテ》㆓古廟《ヒヨウニサク》㆒避《ヲ》㆑之、見《ル》㆔数人先《サキニ》在《ルヲ》㆓其中《ノ》㆒、小郎被《ヒ》酒《シユシテコン》困睡《スイス》、至《テ》㆑晩方《ニニ》醒《サム》、人皆去矣《ル》、嫂《ソウ》已被《ニレテ》㆑殺而尸《サカハネ》無《シ》㆑首《ヘ》、驚駭《ヲトロキヲトロイテ》号《ヒ》呼《ヨフ》、被《レテ》㆑執《トラヘ》送《ル》㆑官《ニ》、不《タヘ》㆑勝《カウリヤウニ》㆓拷掠㆒、誣《シイ》㆘服《フクスシイテカンシテソウヲ》強姦㆑嫂不㆑従《シタカハ》而殺《シ》㆑之棄《ヲスツトノ》㆗其首与《トトヲ》㆑刀《カタナ》」十三オ 於《テ》江《ノ》中《チニ》㆖、遂坐《ニツミス》㆑死《ニ》、後其《ニノ》夫《ヲツト》至《ル》㆓廬陵《ロレウニ》㆒、於《テ》㆓優戯場《ユウケチヤウニ》㆒、認《トメ》㆓

得《タリ》其妻《ノメヲ》一、諸《シヨ》伶《レイ》悉《コト〳〵ク》竄《カクル》、捕《トラヘ》獲《エテ》伏《ス》レ法《ニ》、蓋《シ》向《サキノ》者無《キノ》レ首之《ヘ》
尸《カハネハス》、乃先《サキニ》在《ルノ》二廟《ヒヨウ》中《ニ》一之人《ナリ》也、伶人断《タチテ》二其首《ノヲ》一、易《カヘテ》二此婦《ノ》一
人《ノ》衣《ヲ》一而携《タツサヘ》去《ル》、小郎之《ノ》冤《エン》如《シ》レ此《ノ》、然《レハ》則贓《サウ》証《セウ》未《タ》レ《ハ》明《ナラ》、獄《コク》
可《ケンヤ》二遽《カニ》決《ス》一乎
○宣《センキウノ》歙間、有《リ》二強《キヤウ》盗《タウ》一、夜《ル》殺《シテ》二一《リノ》行《アン》旅《リヨヲ》一、棄《ステ》二尸《ヲ》道上《ニ》一、
携《タツサヘ》二其首《ノヲ》一去《ル》、将《ニ》レ暁《アケシト》《スルトキ》、一人継《ツイテ》至而《テ》践《フム》二其血《ノヲ》一、亟《スミヤカニ》走《テ》
避《サク》レ之《ヲ》、尋《ツイテ》被《レテ》二追捕《ヲヒトラヘ》一繋《ツナカル》レ獄《コクニ》、半年《マテニ》不レ決《ケツセ》、有《ユウ》司《シ》切《ニ》欲《ス》二
得《テ》レ首《ヲ》結《セムトアンヲ》レ案、乃《ス》厳《キヒシクタヽシテリ》督二里胥《シヨヲ》一、遍《アマネク》行捜《テサクヲシムアイヌ》、会三一丐《リノカイ》
者病《シヤノヤンテ》臥《フスニ》二空《ヨウ》中《ニ》一、即《ス》斬《キツテ》以《テ》応《ヨウス》レ命《メイニ》、囚《シウ》亦久《ヒサシク》厭《イトイテ》二栲《カウ》
掠《リヤウニ》一、遂《ツイニ》伏《ス》レ誅《チウニ》、後半年、強《ニシテキヤウ》盗《タウ》」十三ウ 始《メテ》敗《ル》三于真州《シンシウニ》一、
獄《ウツタヘ》成《テコ、ロミ》験《ノ》二所《キル》レ斬首《ヘヲ》一、乃瘞《スウツム》二于歙県《キウケンノ》界《サカイニ》一、彼里胥之《ノ》濫《カン》殺《サツ》、
与《ト》二平民之《ノ》枉《アウ》死《シ》一、皆縁《ミナヨル》三有司急《ノナルニ》二於得《テ》レ首《ヲ》以《テ》結《スルコトノ》レ案《アンヲ》
也、然《レハ》則追《ツイ》責《セキ》贓《サウ》証《セウ》、可《ンヤ》レ不《シヤ》二審《アキラカニ》謹《キンセ》一乎、此《レ》皆政《セイ》和《クワ》
中事《ノナリ》、可《ス》レ為《テン》二典《コクノ》獄之戒《イマシメト》一
鄭克カ云、此コロ太平州《タイヘイシウ》ニ。婦人ト小郎ト共ニアリク。
雨ニアフテ。或古《コ》廟《ヒヨウ》ノ内ニ入テ。雨ヤトリシケリ。古
廟ノ内ニモ、始ヨリ人アマタアリ。小郎ハ酒ニ酔テ。

前後モ不レ知ネムリタリ• 被《ヒ》酒《シュ》トハ。フスマヲカフリ
タヤウニ。正《シヤウ》躰《タイ》ナク酔コト也• 晩《クレ》ニ至テ。目サメテ見
レハ。人ハ皆去テ。嫂《ソウ》ハ人ニ殺サレテ。」十四オ ムクロハ
カリニテ。首ハナシ。驚テサケヒケル程ニ。人カ集リテ。
小郎ヲ捕《トラ》ヘテ官ニヲクル。拷《カウ》問《モン》ニタヘカネテ。嫂《ソウ》ヲナフ
リテアレハ。同心ナカリシ程ニ。殺シテ首ト刀ヲ。江
ニステタリト云。ソコテ小郎ヲ死罪シテケリ。其後、
婦人ノ夫《ヲット》、盧《ロ》陵《レウ》ニ至リテ。優《ユウ》戯《ケ》場《チヤウ》ニテ。本ノ妻ヲ見
付タリ• 優戯ハ。能《ノウ》ヤ歌《カ》舞《フ》姫《キ》ナトスル者ヲ云。場ハシハ
イ也• 夫《ヲット》カ穿鑿スル程ニ。アマタノ伶《レイ》人トモカ。皆
カクレニクル也。其ヲ捕ヘテ法ニ行フ也。前ノ首ナキム
クロハ。廟《ヒヨウノ》中ニ始ヨリ居タル女ヲ殺シテ。首ヲ切テ。
其ムクロニ。小郎」十四ウ カ連《ツレ》テアリキシ婦人ノキル物
ヲ。キセテヲイテ。婦人ヲ連テハシリタルト也。小郎
ハムシツノ罪ニ死ケリ。鄭克、此コトヲ引テ。公事ヲ
聴人ハ。楚《ソ》忽《コツ》ニ人ヲ殺スヘカラス。贓《サウ》物《モツ》セウコヲ。タ
ヽスヘシト云ヘリ

宣《セン》州、歙《キウ》州ノ間ニ盗人アリ。旅人ヲ殺シテ、其首《クビ》ヲ持《モチ》サル。暁ニナリテ。或‐人ソコヲ通リケルカ。血《チ》ヲ踏《フミ》テ。驚キ急テニケサル。盗人ヲ追フ者。其ヲ盗人カト捕《トラ》ヘタリ。此コト久シク決セス。有‐司カ何トソシテ。首ヲ尋‐出サント思テ。里胥《リシヨ》ニ云付テ。首ヲ尋サセ」十五オ ケリ● 里胥《リシヨ》トハ。ヂヤウヅカイノ様ナル者也● 有‐司カラ。キツク云付ラレテ。里胥モ退《タイ》‐屈《クツ》シテ。病《ヤメ》ル乞食《コツシキ》ノ窒《ヨウ》中トテ。麹《コウシ》ムロノ如クナル。穴ニアリケルヲ。引出シテ首ヲ斬《キツ》テ。是ナリトテ有‐司ニ見セケリ。囚《シウ》ハ拷問《カウモン》ニタヘカネテ死ケリ。半年ハカリ後ニ。本ノ盗人ヲ真州《シンシウ》ニテ得タリ。首ハ何トシタルソト問ヘハ。歙州《キフシウ》ノ国界《クニサカイ》ニ埋《ウツメ》タリト云。然レハ、里胥《リシヨ》カミタリニ乞‐食ヲ殺シテ。咎《トカ》ナキ者死セリ。是‐皆有‐司ノ急ニスル故也。ヨク〳〵贓物《サウモツ》セウセキヲ極メテ。明カニスヘキコト也。此ハ政和《セイワ》中ノコト也」十五ウ

［察賊］

張詠《チヤウエイ》尚‐書、知《タルトキニ》二江‐寧府《ネイフニ》一、有レ僧陳《チンシテテフヲ》レ牒出‐憑《ヨル》、公拠《ヨツテ》レ案《アンニツラ〳〵ミルコト》熟視久《シ》、之判《ハンシテ》送《テ》二司《シ》‐理《リ》‐院《インニ》一、勘《カンセシム》二殺《ノ》レ人賊《ヲ》一、郡‐僚《レウ》不レ暁《サトラ》二其故《ノヲ》一、公乃召《ステ》レ僧《ヲ》問《フ》、披《ヒ》‐剃《テイ》幾《ク》‐年《ソ》、対《テ》‐曰《ク》、七‐年、又‐曰《ク》、何《ニ》‐故額《ヘニヒタイニ》有《ルヤ》二繋《カクル》レ巾《キンヲ》痕《アト》一、即《ス》惶《クワウ》‐怖《フシテ》首《シユ》‐伏《ス》、乃《イ》一‐民与《ト》レ僧同《ク》行《テ》、道中《ニシテ》殺《シ》レ之《ヲ》、取《トツテ》二其《ノ》祠《シ》‐部《ホウ》戒《カイ》‐牒《テフヲ》一、自《ミ》‐剃《カミソリテ》為《ナル》レ僧《ト》也 見下李《リ》畋《テンカ》所二語 撰一忠定公語‐録上二

張詠《チヤウエイ》字ハ乖崖《クワイカン》ト云人。江寧府《カウネイフ》ヲ知‐行スル時ニ。僧ガ牒《テフ》ヲ持《モチ》テ出タリ▲度‐牒ト云テ。イツノ年カシラヲソリ。誰カ弟‐子ニテアリ。寺ヘモ入。寺‐領ヲモ取ント云。其ヤウナル書物也▲張詠ツクエニ倚《ヨリ》カヽリテ。ツク」十六オ〳〵ト僧ヲ見テ。判《ハン》ヲ書テ司理院《シリイン》ニヲクル▲司理ハ政‐所也▲郡僚《クンレウ》カ思ヒケルハ。何トモシレヌ者ヲ。賊《ソク》ヲタヽセトハ。何タルコトソト不審ス。張詠《チヤウエイ》、僧ヲヨヒ問ケルハ。髪ヲソリ衣ヲキソメシハ。幾年ホトニナルソト云。僧ノ云、七年。又問、ナニ故ニ額《ヒタイ》ニ頭巾《ヅキン》ヲキタル痕《アト》アルソト云。僧コトハナクシテ罪ニ伏ス。民ガ僧ト道ツレシテ。僧ヲ殺シテ、其祠部戒牒《シホウカイテフ》ヲ取テ。シツカラ《（ママ）》髪ヲソリ、僧トナリ。寺ヲモ寺‐領ヲモ取ントシタル也▲祠部戒牒トハ。上カラ出ル僧ノモ

ツ帳也
鄭克曰、按《ルニ》善《ヨク》察《スル》レ賊《ヲ》者、必有《ステ》二以識《シルコトヲ》レ之、使《ム》レ不《ラ》レ能《ハ》」十六ウ
レ欺《アサムクコト》也、善鞫《クキクスル》レ情《ヲハ》者、必有《ステ》二以証《テセウスルコトヲ》レ之、使《ム》レ不《ラ》レ可《ラ》レ
諱《イム》也、詠実《エイマコトニ》兼《タリ》二此二《ノ》一術《シユツヲ》一矣、可《ン》レ不《レ》謂《イハ》二之明《ヲトヤ》一乎
鄭克カ曰、ヨク盗人ヲ察《サツ》スル者ハ。見トカムル処アリテ。
欺《アサム》クコトノナラヌ様ニスル也。ヨク情ヲキハムル者ハ。
証拠《セウコ》ヲタヽス程ニ。イミカクスヘキ様ナシ。張詠ハ此二
ツノ術《シユツ》ヲカネタレハ。此人ヲ明察《メイサツ》ナル人トイハイテハ。
誰ヲイハウソト云也

無《フ》名《メイ》破《リ》レ冢《ツカヲ》　行成《カウセイ》叱《イサフ》レ驢《ヲ》

［察盗］

唐天后《ノテンコウ》、賜《タマフ》二太平公主《タイヘイコウシユニ》鈿《テン》音田華飾器金宝《キキンホウヲ》一、歳余《アリテ》失《フ》レ之《ヲ》、
后聞《テ》レ之怒《ヲイカテ》、督《タヽシテ》二洛州長史《ノチヤウシヨリ》一、而下捕《シモツカタルコトヲ》レ盗甚急《タキウナリ》」十七オ　吏《リ》
卒游徼《ソツユウケウシテ》音叫仟候徼巡也計《ハカリコト》無《シ》レ所《ロ》レ出《ス》、道逢《ニフ》二湖州別駕《ノヘツカ》蘇無《ソフ》
名《メイニ》一、相与《アイトモニコツテ》請、至《テ》レ県《ケンニ》白《シテイニ》レ尉曰《ク》、得《タリトヲ》レ盗矣、尉問《イフ》レ之《ヲ》、無名《カ》
曰《ク》、吾《ハ》湖州《ノ》別駕《ナリ》也、尉問《フ》、吏卒何得《ソタルフ》二誣辱《シヨクスルコトヲ》一、無名

曰《ク》、君《キミ》無《レ》レ怪《アヤシムコト》也、吾歴《レヘテ》レ官《クワンヲ》、所《ル》レ在擒《トリコニシ》レ奸擿《ヲサクルコト》レ伏《ヲ》有《リ》レ名、
此《ノ》輩《トモカラ》聞《ク》レ之《ヲ》、故見《ニル》レ誣《シイ》、庶解《クハトカムカコミヲノミ》レ囲耳、遂《ツイニ》請《テ》見《ヘテ》二長史《ニ》一、
使《シム》レ聞《セ》二于朝《テウニ》一
天后召見《メシテマミユ》、無名対《テ》曰《ク》、請寛《フユルウシテ》二府県《ケンヲ》一、尽《コト〳〵ク》以《テ》二捕《フル》レ盗吏《ヲ》
卒《ヲ》一付《フセハ》レ臣《ニ》、不レ過二数日《ヲ》一、決《サタメテ》為《タメニ》二陛下《ヘイカノ》一獲《エン》レ盗《ヲ》、天后
許《ユルス》レ之《ヲ》、無名戒《メテリ》二吏卒《ヲ》一、於《テ》二東北門《ニ》一伺察《シサツス》、有《コ》二胡人十
余《ヨ》輩《ハイ》一、衣《キテ》二衰《サイ》音崔喪服也経《テツヲ》音迭麻帯一出《テ、》赴《ヲモムク》二北《ホク》邙《ハウニ》一莫即切洛陽北山即踵《スツイテ》以《テ》
報《ホウス》、果《ハタシテ》見《ル》下諸胡《ノ》人至《テ》二一新冢《ツノシンテウニ》一」十七ウ　設《クルヲテンヲ》上レ奠、哭《コクシテ》而
不《レ》哀《カナシマ》、既徹《ニテツシテマツリヲ》レ奠、又巡《シユン》二行《カウシテテウ》冢傍《ハウヲ》一、相《アイ》視《ミテ》而笑《フ》、無名乃《ス》
使《ム》レ擒《トリコニセ》レ之《ヲ》、而発《アハイテ》二其冢《ノツカヲ》一、剖《ワリテヒツキヲ》レ棺視《レハ》レ之《ヲ》、宝器《ホウキ》在《リ》焉
天后問《フ》、何《ノ》術《シユツアテ》獲《タル》レ盗《トヲ》、因対《テテ》曰《サク》、臣無《シ》二他術《ノ》一、但識《タヽシル》レ盗《ヲ》
耳《ノミ》、臣到《ル》レ都日《トニヒ》、正見《ニル》二此胡《ノノ》出《テ、ハウフルヲ》レ葬一、便知《チル》二是盗《ルヲ》一、但未《タヽタス》レ知《ラ》二
葬処《ルヲ》一、今清明《セイメイ》拝掃《ハイサウ》、計《コトクツ》須《シ》レ出《ツ》レ城《ヲ》、尋《ツイテヲツテ》二逐蹤跡《セウセキヲ》一、可《シ》二
以得《テ》レ之《ヲ》、哭《コクシテ》而不《ルハ》レ哀《シマ》者、所《ル》レ葬非《レハナリ》レ人《ニ》也、巡《メクテツカヲ》レ冢而
笑《フハ》者、喜《テナリ》二物無《ノキヲ》レ傷《ヤフレ》也、向《サキニ》若陛下《シヘイカ》迫《セメ》二促《ウナカサハ》府県《ヲ》一、此《ノ》
賊計《テ》レ急《ヲ》、必取《ステ》而逃《ニケン》矣、天后称《シテ》レ善《セン》、遷《ウツスチツヲ》二秩一等《ヲ》一
唐ノ則天后《ソクテンコウ》ハ武氏《フウチ》ナル故ニ。武后《フコウ》トモ云。太平公主《タイヘイコウシユ》ハ。太《タイ》

宗《ソウ》ノムスメ也。惣シテ天子ノ御ムスメヲ。公主ト」十八オ申ス也。鈿器《テンキ》金宝《キンホウ》ハ。カンサシノ道具也。タカラ物也。ソレヲ天后ヨリ公主《コウシュ》ニ賜フ也。公主是ヲ失ヘリ。天后イカリテ。長史トモニ云付テ。盗人ヲ尋ラル。吏《リ》卒《ソツ》カ方々尋レトモ。トラユヘキ計ナシ。路次《ロシ》ニテ湖州ノ別駕《ヘツカ》蘇《ソ》無名《フメイ》ニアヘリ。無名カ云ク。我ヲ相共ツレテユキ。尉《イ》ニ盗人ヲ捕《トラ》ヘタリトイヘト云テ。同道ス。尉問フ、是ハ何タル人ソト。無名カ曰、吾ハ湖州ノ別駕也。尉、吏卒ヲシカリテ曰。何トテ楚《ソ》忽《コツ》ナルコトヲシテ。別駕ヲ辱《ハツカ》シメテ。ツレテキタルソト云。無名カ曰。不審ハナメサレソ。吾官《クワン》ヲヘテ。度々奸人ヲ捕ヘ。アラハレ」十八ウニクキ盗人ヲモ。穿鑿《センサク》シテ出シタリ。此吏卒ガ我コトヲ聞及テ。頼ミテツレテキタリ。我今盗人ヲ捕ヘントテ。朝廷《テウテイ》ヘ申サセテ。天后ニマミユ。

無名《フメイ》カ曰。府県《フケン》ノ公事キクコトヲユルクシテ。吏卒ヲハ臣ニツケ給ヘ。四五日ノ中ニハ捕ヘント云。天后トモカクモト許《ユル》サレケリ。無名ソコテ吏ニ云ツケテ。東北門ニ出テ。見セシム。折節エヒスノ人十人アマリ。麻《アサ》ノアラ〳〵シキ物ヲキテ。北邙《ホクハウ》ニユク●北邙ハ人ヲ埋《ウツ》ム墓《ハカ》也。白氏文集ニ、東岱《トウタイ》前後煙《ノリ》。北邙新旧骨《シンキウノホネ》、ト云リ。東岱ハ人ヲヤク所也▲胡人一ツノ冢《ツカ》ニ至リテ。イロ〳〵祭《マツリ》ヲシテ。悲《カナシ》」十九オムヤウナレトモ。底カラ悲ムトハ見ヘス。又冢《ツカ》ヲ廻リテ相見テ笑フ。無名《フメイ》ソレヲ捕ヘテ。冢ヲアハキ。棺《クワン》ヲ見レハ宝器《ホウキ》アリ。

天后問フ。何トシテ盗人ヲエタルソ。対曰。我都ニ至ル日。コノ胡人出テ葬《ハウフ》ル時。盗人ト。ハヤ存シタリ。今清《セイ》明《メイ》ノ時分ニテ。冢ヲハキ掃《サウ》除《チ》スル比ナレハ。其ニカコツケテ。城ヲ出タルヲ。迹《アト》ヲ認《トメ》テエタリ。人ニテナキ故ニカナシマス。埋《ウツ》ミタルモノソコネヌ故ニ。喜テ笑フ。サキニ陛下《ヘイカ》、モシ府県《フケン》ヲ急《キウ》ニ攻メラレハ。賊イソキ取テ逃《ニケ》ント申ス、天后御感アリテ。秩《チツ》二一等ヲ賜フ也」十九ウ

［察盗］

唐懐州《ノクワイシウ》河内県《カタイケンノ》董行成《トウカウセイ》、善察《ヨクサツス》レ盗《トヲ》、有《リ》レ人従《ヨリ》二河《カ》陽《ヤウノ》長店《テン》一、盗《ム》二行人《ノ》一驢《ロ》幷《ニ》嚢《ナウ》袋《タイヲ》一、天欲《スル時ニ》レ暁《アケント》至《ル》二懐州《ニ》一、行成市中《ニ》

見《テ》レ之《ヲ》、叱《シテ》《イサテ》曰《ク》、彼《レ》賊《ナリ》、住《トヽメテ》レ盗下《ヲヲロセハロヨリ》レ驢、即《ス》承《セウ》-伏《フクス》、少頃《シハラクアテ》驢《ロ》-主《シュ》尋《テ》レ蹤《アトヲ》至《ル》、或《ヒト》-問《フ》、何《ヲ》-以《テカ》知《ル》レ之《ヲ》、曰《ク》、此《ノ》驢行《クコトキウニシテ》急 而《シテ》汗《アセス》、非《ス》二長《ノ》-行人《ニ》一也、見《テ》レ人即《ヲス》引《テ》レ驢遠《ヲトヲクスク》過、怯《ヲソル、ナリ》(□タ□□□リ)也、是故《ニ》知《ル》二其為《ノタルコトヲ》一レ盗《ト》也

唐ノ懐州《クワイシウ》ノ董行成《トウカウセイ》、ヨク盗人ヲ察《サツ》ス。河陽《カヤウ》ノ店屋《テンヤ》ヨリ行《ユク》人ノ驢馬《ロバ》又フクロヲ盗テ。暁カタニ懐州ニ至ル者アリ。行成市《イチ》ニテ是ヲ見テ。叱《シツ》シテ曰。ヤレ賊ト、マレト云。盗人ソコテ驢馬ヨリ下《ヲリ》テ伏ス。シハラク」二十オ 有テ。驢馬ノ主《ヌシ》ヲツカケテキタリ。或-人ガ何トシテ知タルソト問フ。曰、驢《ロ》急ニアリク故ニ汗《アセ》ヲカクナリ。又遠クカラ来ル者ニテナシ。然シテ人ヲ見テハ。ワキヘソル、故ニ。盗人ナルコトヲ知ト云

鄭克曰、按《スルニ》蘇与《ソトト》レ董《トウ》非《ス》二聞-人《ニ》一也、特《コトニ》以《テ》二察《スル》レ盗《ヲ》尺-寸之長《ヲ》、著《アラハス》二于旧集《ニ》一、伝《ヘテ》二於今《ノ》-世《ニ》一、使《ム》レ不《ラ》二泯没《ミンホツセ》一、亦足《レリ》レ勧《ス、ムルニ》レ能《ノウヲ》也

鄭克カ云。聞-人トハ。名ノキコヘアル者ヲ云也。蘇無《ソフ》名《メイ》、董行成《トウカウセイ》二人ハ。聞-人ニテナケレトモ。盗人ヲ能察スル故ニ。集《シフ》ニアラハシテ。今ノ世ニ伝ヘテ。其名」二十ウ ヲホロヒサル者也。是ハ能《ノウ》ヲス、ムル者也

王曽《ワウソウ》験《コ、ロミ》レ税《ヲ》 司《シ》-空《コウ》省《ミル》息井切 視也レ書《ヲ》

[証慿]

丞《セウ》-相《シヤウ》王曽、少《キ》-時謁《ニエツス》二郡《クン》-僚《レウニ》一、有《リ》下争《アラソウフ》二負郭《クワクノ》田《ヲ》一者《ノ》上、封《ホウ》-畛《シン》音軫《ハシン》田-間《ノ》陌-路也 既泯《ニホロヒテシツ》、質《シ》-剤 遵為切 券書也 且《ツ》-亡《フ》、未《タ》レ能《ハ》二断《タン》-決《ケツスルコトソウイハク》一、曽謂、験《コ、ロミハ》二其税《ノセイ》-籍《セキヲキヨクチヨク》一曲-直可《シ》レ判《ワカツ》、郡《クム》-将《シヤウ》従《フ》レ之《ニ》、其《ノ》-人乃《ス》服《フクス》 見《タリ》二沂《キ》公《コウ》言-行-録《ニ》一

丞相王曽《セウシヤウワウソウ》、ワカキ時ニ郡僚《クンレウ》ニ謁《エツ》ス。負郭《フクワク》ノ田ヲ争《アラソ》フ者アリ•負郭ハ我-家ノウシロニアル田也。荘子《サウシ》ニモ、負郭ノ田ヲ争フ、ト云コトアリ。封畛《ホウシン》ハサカイメ也•界《サカイ》メモ亡《ホロ》ヒテ見ヘス•質剤《シツシ》ハ田ノコトヲ書ツクル日-記」二十一オ 也•其モ失フ故ニ。コトハルコトアタハス。王曽カ云。税籍《セイセキ》ヲミタラハ。分《ワケ》ラルヘシト云•税籍ハ年貢《ネング》ノ帳《チヤウ》也。何ホトハカルソト、竿《サホ》ヲ入テ考《カンカ》ヘテ知也•郡将《クンシヤウ》カ尤トテ。其コトクスル程ニ。無-理ヲ云カケタル者。罪ニ伏スル也

鄭克曰、按《スルニ》界《カイ》至《チ》不レ明《カナラ》、故起《ニヲコス》二争訟《サウセウヲ》一、契《ケイ》書《シヨ》不レ存《セ》、故《ニ》難《シ》二断《タン》決《ケツシ》一、唯有《テ》二税《セイ》籍《セキ》一可レ為《ナス》二証《セウ》拠《コト》一、辞《コトハト》与《ト》レ籍同《キ》者《ハ》、其《ノ》理直《ナヲシ》也、辞与《トト》レ籍異《コトナル》一者《ハ》、其《ノ》理曲《レリ》也、曲《キヨク》直《チヨク》既《ニ》判《ワカントキニ》、焉《イツクンソ》得《ン》レ不《ルコトヲ》レ服《セ》

大観《クワンノ》間、曽諤《ソウカク》逆各切 朝《テウ》議《キ》知《タリ》二越州《ノ》諸《シヨ》曁《キ》県《ケンニ》一、四明《ノ》富《フ》民《ミン》、初《メ》唯一子《アリ》、後《ノチ》通《シテ》二其《ノ》僕《ホクノ》之妻《メニ》一「二十一ウ」又生《ウメリ》二一子《ヲ》一、而収《シウ》二養《ヤウス》之《ヲ》一、年十六《ニシテ》、富民之《ノ》子、与《ト》レ母謀《テ》以還《テカヘス》二其《ノ》僕《ニ》一、後数年、所《ノ》レ生《ウム》母与《ト》二嫡《テキ》母《ホ》一皆死《ス》、乃《イ》帰《テ》持《シ》レ服《フクヲ》、且《ツ》訟《フ》レ分《ンコトヲ》レ財《サイヲ》、累《ルイ》年不レ決《セ》、監《カン》司《シ》委《イシテ》レ諤《カクニ》推《スイ》治《チセシム》、歴《レキ》訊《シンスレトモ》不レ能レ屈《スルコト》、因《テ》索《モトメテ》二本邑《ユウノ》戸《コ》版《ハンヲ》一、験《コ、ロム》二其《ノ》丁歯《テイシヲ》一、而《シテ》富民嘗《カツテ》以《テ》二幼子《ヲ》一注《シルス》レ籍《セキニ》、遂《ニ》許《ユルス》二其《ノ》分《ツコトヲ》一、比《レ》亦以《テ》レ籍《ヲ》為《スル》レ証《ト》者《ナリ》一也

争《アラソフコト》レ田《ヲ》之訟《ウツタヘハ》、税《セイ》籍《セキ》可《シ》二以《テ》為《ス》レ証《ト》、分《ツコト》レ財《ヲ》之訟《ハ》、丁《テイ》籍《セキ》可《シ》二以《テ》為《ス》レ証《ト》、雖《モ》二隠《カクシテ》レ匿《トクヲ》而健《ケン》訟《セウスル》者《ト》一、亦聳《ソヒヘ》懼《ヲソリテ》而屈《クツ》服《フクス》矣、此《レ》証《セウ》匿《トクノ》之術、所二以《ナリ》可《キ》一レ貴《タトフ》也

鄭克カ曰、按スルニ界至《カイシ》ノ明カナラサル故ニ。争「二十二オ」フテ訟《ウツタヘ》ヲオコス也。界至ハ田ノ界《サカイ》メ也。四至トモ云。東西南北ナンケント云意也。コレヲ考《カンカ》ヘテユケハ明カ也。孟子ニ、経《ケイ》界《カイ》既正《ニシテ》分《ヲ》レ田制《スルコト》レ禄《ヲ》可《シ》二坐《イテ》而定《サタメ》一、トアリ、契書《ケイシヨ》ナキ故ニ。コトハリカタシ。其云フ辞《コトハ》ト籍《セキ》ト同キ者ハ直也。不レ同レハ曲《マカ》レル也。

大観《タイクワン》ノ比、曽諤《ソウカク》ト云者。諸曁《シヨキ》県《ケン》ニ知タル時ニ。四明ニ冨民《フミン》アリ。四明ハ天台山《テンタイサン》也。子一人モチタリ。其後ニツカイ者ノ妻《メ》ニ通《トウ》セリ。其妻一子ヲウム。養《ヤシナ》イソタテテ十六ニナル。始ノ子、母トハカリテ。我父ノ子ニアラストテ僕《ホク》ニカヘス。後ニ僕カ妻モ本妻モ死「二十二ウ」ス。僕ノ妻ノ子。服《フク》ヲ持《チ》シテ財宝ヲ分ント云。訟ヘ久シク決セス。四明ノ監司《カンシ》、曽諤《ソウカク》ヲ憑《タノミ》テ。サハカセケレハ。其邑《ムラ》ノ戸版《コハン》ヲコ、ロム▲戸版ハ其所ニハ。人イクタリアル。生スル者死スル者。イクタリト書付ル帳也。戸《コ》籍《セキ》ト云ト同シ意也。丁歯《テイシ》ハ其年ヲココロム。丁ハサカンナト云意也。二十三十ハカリノ者ヲ云也▲冨民ムカシヨリ幼子《ヨウシ》ヲ籍ニ書付テヲキタリ。其ヲ見テ。僕《ホク》カ妻《メ》ノ子ニ。財ヲ分テヤル也。田ヲ争フヲハ、税籍《セイセキ》ヲセウコトシ。財ヲ分ツ訟ヲハ。丁籍《テイセキ》ヲセウセキトス。匿《トク》ヲカクシテ健訟《ケンセウ》

スル」二十三オ者モ。伏セスト云コトナシ・健訟トハ。ツヨク訴訟ヲ云者ノコト也

［厳明］

前漢《ノ》時《ニ》、沛郡《ハイクンニ》有《リ》富《フ》家翁《カノヲウ》、貲《シ》二十余万、有《リ》一男《ナン》、纔《ワツカニ》三歳《ニシテ》失《フ》其《ノ》母《ヲ》、別《ニ》無《シ》親《シン》属《ソク》、一女不賢《ケンナリ》、翁病《ヤメルトキニ》因思《テヲモフ》、恐《ヲソラクハ》争《テ》其《ノ》財《ヲ》児《シ》必不《スント》全《カラ》、遂呼《ニヨンテソク》族人《ヲ》、為《テ》遺《イ》書《シヨヲコト〱ク》悉以《テ》財《ヲ》属《シ》女《ムスメニタヽノコシテ》、但遺一剣《ヲ》云《ク》、児年十五《ナラハ》以《テ》此付《ヲフセヨ》之《ニ》、其《ノ》後亦不与児《ニ》、児詣《テ》郡《ニ》、訴《フ》太守司《シ》空《コウ》何《カ》武《フニ》、因録《テロクシテ》女及婿《ヒセイヲ》、省《ミテ》息井切視也察也其《ノ》手書《ヲ》、顧《カヘリミテ》謂《テ》掾《テン》吏《リニ》曰《ク》、女既強梁《ニキヤウリヤウナリセイ》、婿復貪《マタタン》鄙《ヒナリ》、畏《ヲソル》賊《ソク》害《カイセンコトヲ》其児《ノヲ》、又計《ル》小児正《マサニ》得《ハ》此財《ノヲ》、不能全護《クスルコト》、故且付女《ニツス》与婿《トヽニ》、内実寄《ハヨスル》」二十三ウ之耳《ノミ》、夫剣者《レハ》所以決《ナリケツ》断《タンスルカキルコトハ》、限年十五《ヲ》者、度《ハカル》其子《ノ》智《ノチ》力《リヨク》足《レルヲ》以自《テミ》居《ヲルニ》、女婿必不還《スハカヘサ》其剣《ノヲ》、当《ニシ》聞《シテ》州県《ニ》或能明《ハヨクニシテ》証得《ヲ》以伸《テノフルコトヲ》理《ヲ》、此凡《ノホン》庸《ヨウ》何思《ソシ》慮《リヨノ》深遠《ナルコト》如《ナル》是哉《ノヤ》、悉《コト〱ク》奪《ウハツテ》其財《ノヲ》、与《テ》児《ニ》曰《ク》、弊《ヘイ》女悪《シヨアク》婿温《セイヲン》飽《ハウ》十年亦已《ステニ》幸《サイハイナリ》矣、聞《ク》者歎《ノタン》服《フクス》出《タリ》風俗通《ニ》

前漢ノ時、沛郡《ハイクン》ニ富ル翁アリ。タカラ廿万アマリモツ。其子一人アリ。三歳ノ時ニ母死ス。別ニ親類モナシ。女子《ムスメ》一人アレトモ。イタツラ者也。老翁《ラウヲウ》ワツラヒノ中ニ思フ様ハ。我死シテアトニ。財ヲ女子カ争フテ。児ニハ全《マツタ》クアタフマシト思テ。一族《ソク》トモヲヨヒ集《アツ》メテ。」二十四オ書《カキ》ヲキヲシテ。財《サイ》ヲコト〱ク女子ニヤリテ。児ニハ剣《ケン》ヲ一ツハカリヲヤル。婿《ムコ》ト女子《ムスメ》トニ云ヲクハ。此子カ十五ニナラハ。此剣ヲアタヘヨト云テ死ス。其子成人スレトモ。婿カ児ニ剣ヲヤラス。ソコデ児、何武《カフ》ニ訟フ。何武、女子ト婿ヲ召テ。遺言ノ書ヲ見テ。掾吏《テンリ》ニ云ハ。女モ強梁《キヤウリヤウ》也・強梁ヲ跋扈《ハツコ》ト注スル也。カウソツナル児也・婿《ムコ》モ慾《ヨク》ノフカイ鄙《イヤシ》キ者也。児《シ》ニコト〱ク。アタヘタケレトモ。サアラハ婿カ定テ。児ヲ殺ヘシト思案《シアン》シテ。婿ニアタフ。是ハアツケ置タ意也・寄ハアツケヲク意也・翁カ智ヲ深クメクラシテ。児カ成人シタ」二十四ウラハ。定テ訟フヘシト思フテ。如此ス。剣《ケン》ハ物ヲタチキル道具也。十五ハカリニ成タラハ。独リ立ヲスヘキコトヲハカル、女婿カ剣ヲ返サスハ。児カ訟ヘテ。此理《リ》ヲコナハルヘシト計リタリ。翁ハ凡人ナ

レトモ、思慮《リヨ》ノ深キ者也トテ。財ヲコト〱ク児ニ与《アタ》ヘテ云ケルハ。女婿カ十年ノ間。此タカラニテ。アタ、カニキ。飽《アク》マテ食スルハ。幸《サイハイ》ニテ有タルト云。聞者尤也トス

鄭克曰、按《スルニ》張詠尚書知《タリ》杭州《ワウシウニ》（ママ）、先《サキニ》有《リ》富民、病将《テマサニ》死《ント》、子方三歳《ナリ》、乃《イ》命《メイシテ》婿主《セイニトラシム》其《ノ》貲《ヲ》、而与《シテアタヘテ》婿遺《ニユイ》書《ヲ》云《ク》、他日欲分《ント》財《ヲ》即《ス》以《テ》十之三《カヲ》与《ヘヨ》子《ニ》、七《ヲハ》与《ヘヨ》」二十五オ婿《ニ》、子時《ニ》長立《シテ》、以《テ》財《ヲ》為《ス》訟《ヲ》、婿持《シテ》書《ヲ》詣《イタリテ》府《フニ》、請如《クセントケン》元約《ヤクノ》、詠閲《ミテ》之《ヲ》、以《テ》酒酹《ヲソヽイテ》地《ニ》曰《ク》、汝之《カ》婦《フ》翁《ヲウハ》智人也《ナリ》、時《ニ》以《テノ》子幼《ノイトケナキヲ》故《ニ》、以《テ》比嘱《ヲソクス》汝《ニ》、不《ハ》然《ラ》子死《ナム》汝《カ》手《ニ》矣、乃《イ》命《シテ》以《テ》其財《ノヲ》三分《ヲハ》与《ヘ》婿《ニ》、七分《ヲハ》与《フ》子《ニ》、皆泣《ナキ》謝《シヤシテ》而去《ル》、此《レ》正《マサニ》類《ルイセリカ》何武《フカ》事《ニ》也

夫《レ》所謂《ルケン》厳明《メイハ》者、謹《ツヽシンテ》持《シテ》法理《ヲ》、深察《フカクサツス》人情《ノヲ》也、悉《コトヽヽクニウハイテアタフ》奪与《ニ》児、此之《レヲ》謂《フ》法理《ト》、三分《ヲハ》与《フ》婿《ニ》、此之《レヲ》謂《フ》人情《ト》、武以《テ》厳《ケンヲコトハルコトハ》断者、婿不《レハナリ》如《ク》約《ノアタヘ》与児剣《ニケンヲ》也、詠以《エイテ》明断《ヲルコトハ》者、婿請《コヘハナリ》如《ク》約《ノ》与《ヘント》児財《ニヲ》也、雖《トモ》小異《シキナリト》而大同《ニシ》、是《レ》皆厳明《ノ》之政《マツリコトナリ》也」二十五ウ

鄭克カ曰、張詠《チヤウエイ》尚書ノ官ニテ。杭州《カウシウ》ニ知《チ》タリ、其ヨリ先ニ冨民《フミン》アリ。煩《ワツラヒ》テ死ントス。三歳ニナル男子《ムスコ》アリ。サレトモ、財《サイ》ヲ婿《ムコ》ニアツケテ、カキヲキヲ婿ニ渡シテ云。此子カ成人シタラハ。十分カ三ヲ子ニアタヘ。七ツハ婿ニトレト云。後ニ子、成人シテ訟フ。婿カキヲキヲ府《フ》ニ見セテ云。遺言《ユイコン》ノ如クセント。張詠、酒ヲ地ニソ、イテ云。汝カ婦翁ハ智者也。婦翁ハ舅也。婦ノ父ト云意也。酒ヲソ、キタルコトハ、翁ハ神明ノヤウナル者ナレハ。酒ヲソ、イテ。魂《コン》ヲヨヒ返サントス。子ノ幼《イトケ》ナキ故ニ。汝ニ財ヲアツ」二十六オケ置《ヲキ》タリ。此児カ財ヲ持《モチ》タラハ。汝カ殺シテ取ンコトヲ知テ。如此シタリト云テ。三分ヲ婿ニ与《アタ》ヘ。七分ヲ子ニ与フ。尤モ至極セリト思テ。ソコニ有タル人。涙ヲ流シテ立也。此事何武《カフ》カコトニ似タル故ニ。此ニ載タリ。

此ヨリ以下、鄭克カ評《ヒヤウ》論《ロン》也、厳《ケン》明《メイ》ナル者ハ法ヲマモリテ。人情ヲ察スル也。何武カコト〱ク奪《ウハツ》テ。財ヲ児ニ与ヘタルハ法理也、張詠《チヤウエイ》カ三分ヲ婿ニ与《アタ》ヘタルハ人情也。厳ヲ以テ断《コトハ》ルコトハ。婿カ約束ノ如ニ。剣《ケン》ヲ

児ニヤラヌ故也。明ヲ以テスルコトハ。婿カ約束ノ如ク。財ヲ三分一与ヘント云」二十六ウ トノカハリ有故ニ。公事ノサハキ少シ異《コト》ナレトモ。畢竟《ヒッキャウ》ハ同シコト也。ミナ厳《ケン》明《メイ》ノマツリコト也

韋《イ》皐《カウ》劾《コクシ》紇則《ノ》切推二窮罪人《ヲ》一又按劾也レ財《サイヲ》　趙和贖《テウクワアカフ》レ産《サンヲ》

〔覈奸〕

唐《ノ》韋《イ》皐《カウ》、鎮《スル》二剣南《ヲ》一日《ヒ》、有二逆旅《ケキリヨ》一、停《テイ》二止《シス》大賈《コヲ》一、貲《シ》貨《クワ》万計、因《テ》レ病《ヤメルニ》而酖《チンス》レ之《ヲ》、隠《イン》二没《モッス》其財《ノヲ》一、因《テ》以致《テイタストミヲ》レ富、公知《リ》レ之《ヲ》、又有《リ》二北客蘇延《ソエント云モノ》一、商二販《シャウハンス》於蜀《ショクニ》一、得《テ》レ病《ヲ》而卒《ス》、以報《テス》二於公《ニ》一、公使《シム》レ験《コ、ロミ》二其簿籍《ノホセキヲ》一、已被《ニラル》二店主《テンシュニ》易換《カヘ》一、公乃尋《スシン》究経《キウケイ》過《クワシテ》、密《ヒソカニ》勘《カンカフ》二於里属《リソクニ》一、詞《コトハ》多《ク》不レ同《カラ》、遂劾《ニコクス》三店主与《トトヲ》二同《スル》レ店《テンヲ》者《ノ》一、立《タチトコロニ》承《ウク》二欺隠《キインヲ》一、凡数《ソ》千緡《ヒン》緡音旻銭貫也与《ト》二吏二十余人《ニ》一分張《シテ》、悉《コト〲ク》命《シテ》赴《カシム》レ法《ニ》、由《テ》レ是剣南《ニケンナンニ》無《シ》二横死之客《ノカク》一」二十七オ

唐ノ韋《イ》皐《カウ》ハ大名也。剣南《ケンナン》トハ蜀ノコト也。蜀ノ鎮《チン》ニテ有タル時。旅《タビ》ヤアリ。大商《アキ》人《ヒト》ニ宿《ヤト》ヲカス。財物多クアリ。商人煩ヒ出シタレハ。其ニカコツケテ。亭主《テイシュ》カ毒《トク》ヲカフテ殺シテ。財ヲコト〲ク取テ。我物ニスル也。韋公、是ヲシレリ。又北客蘇延《ソテイ》（ママ）ト云者アリ。蜀ニアキナヒシテ病テ死ス。韋公ニツク。韋公ソノ簿籍《ホセキ》ヲコ、ロミセシム●簿籍ハ商人ノモツ帳也●何カイカ程ト。帳ヲ穿鑿《センサク》シタレハ。亭主、帳ヲツケカヘタリ。韋公イクタヒモ尋ネ問フ。近所ノ者ニモシラヌカト触《フレ》ヲナス。隣《トナリ》ノ里ヘモ問タレハ。詞ニ不同アリ。亭主トアイ」二十七ウ ヤドヲカル者トヲ。糺明《キウメイ》シケレハ。隠《カク》シ欺《アサム》クコト彰《アラハ》レタリ。一貫ヲ一緡《ヒン》ト云也。吏《リ》二十余人。トモ〲ニ分テ其者ヲ法ニ行フ。其後ヨリ。剣南《ケンナン》ニミタリニ死スル者ナシ

鄭克曰、按《スルニ》陳執方《チンシッハウ》大卿、知《タル》二（一字空白）州《ニ》一時《ニ》、漢上《カンシャウノ》舟子、数《シハ〲》溺《テキシテ》二商旅《シャウリヨヲ》一、取《トル》二貨財《クワサイヲ》一、輒《スナハチ》以《テ》レ険《ケンヲ》為《ス》レ辞《コトハト》、執方抛《コシテ》レ案《アンニ》、悉《コト〲ク》寘《ヲク》二于法《ニ》一、因《テ》取《テ》二近灘《キンタンノ》数家《ヲ》一、除《ノソキ》二其徭役《ヨウエキヲ》一、使《ム》レ表《ヘウセ》二水険《ヲ》一、渉《ワタル》者因《テ》レ此得《ニ》レ不《タリ》二横死《ルコトヲワウシセ》一、与《ト》二皐覈姦之術《カウカクカンノ》一頗《スコフル》同《シ》也

鄭克カ云、陳執方《チンシッハウ》ト云者、知州ノ時。漢上ノ舟子カ」二十八オ 商人ヲ載《ノセ》テ。水ニ溺《ヲホ》ラシテ。財ヲコト〲ク取テ。浪風《ナミカセ》

アラクシテ。如此溺レタト云•険《ケン》ハ山ノ険阻《ケンソ》ノ時モ書《カク》。コ、ハ水ノ険ニアル意也•執方《シツハウ》ソノ書付ニヨリテ法ニ行フ。其カラ灘《ナタ》ノアタリノ者ニ。役《ヤク》ヲユルシテ。水ノ険ナル所ニ。シルシヲタテサスル也。ミヲノ意也。天龍《テンリウ》ノ如クニ。舟ワタシヲサスル者ニハ。役ヲユルス也。コレヨリ横死ノ者ナシ。韋公《イコウ》ノ蜀《シヨク》ヲ治メラレタルニ似タリト
也

〔鉤慝〕

唐咸通《カンツウノ》初《メ》、趙和《テウクワ》為《タリ》二江陰令《ノレイ》一、以《テ》レ折《コトハルヲ》レ獄著《ヲアラハスナヲ》レ声、有《リ》二楚之《ソノ》淮陰《ワイインノ》二農《ノウ》一、比《ヒ》荘通《サウトウ》家《カナリ》、其東隣《リン》、以《テ》二荘券《サウケンヲチス》質《ニ》二西」二十八ウ
隣《ニ》銭百万緡《ヒン》一、後《ノチ》当《テ》レ収《ヲサムルニ》レ贖《ツクノイヲ》、先納《マツイレテ》二八千緡《ヲ》一、期二来日《ヲ》一
以《テ》二残資《シヨ》一、贖《テ》レ券侍《ヲタノンテ》レ契《ケイヲ》、不レ徴《モトメ》二領約《リヤウヤクヲ》一、明日再《タヒ》賚《モチテヨ》二余一
鏹《キヤウヲ》一挙両切銭貫也至《ル》、而《シテ》西隣不レ認《トメ》、既無《ニク》二保証《ホウセウ》一、又無《シ》二文籍《セキ》一、
訴《フ》二于州県《ニ》一、皆《ミナ》不レ能レ直《ナヲキコトス》、乃越《コヘテ》レ江《ヲ》訴《フ》二于江陰《カウインニ》一、和曰《カク》、県《ケン》
政《セイ》甚卑《ハタイヤシ》、且《ツ》復《マタ》踰《コユ》レ境《ヲ》、何《ノ》計《アテカ》奉レ雪《キヨムニ》、東隣泣《テ》曰、至《テ》レ此《ニ》
不《ハ》レ得レ理《チスルコトヲ》、則無《ケン》レ処《ロ》レ伸《ノフレ》レ訴《ヘヲ》矣
和乃《ス》思《シ》索《サクシテ》、一日召《テ》二捕盗《ホタウノ》吏《リ》数輩《スハイヲ》一、賚《モチテテフヲ》レ牒至《ラシメテ》二淮陰《ニ》一云《ク》、
有《リ》二寇江賊《コウカウノソク》一、案劾《アンコク》已《ニ》具《ソナハレリ》、言有《リ》二同悪相《アイ》済《スクウ》者一、在《ト云リ》二某《ソコノ》
処居《シヨキヨニ》一、名《メイ》姓形状《セイケイシヤウ》倶《トモニ》以《テ》二西隣《リンヲ》一指《サス》レ之《ヲ》、請梏《ニコク》音梏械在手日梏送《ソウシテ》
至《ル》レ此《コヽニ》、先《サキニ》レ是《ヨリ》隣州条法《シウノテウハウ》、唯《タヽ》持《シテハヲ》レ刃截《ヲ》レ江、無《シ》レ得《ルコト》二蔵《カクシ》一
慝《カクスコトヲ》一
既至《ル時ニ》和責《セメテ》」二十九オ レ之《ヲ》曰《ク》、何為《ソスル》二寇江《ヲ》一、囚泣《シウナイテ》曰《ク》、田夫《デンフナリ》、
未《タ》二嘗《カツテ》舟《シウ》楫《シフセ》一、和曰《カク》、所レ盗《メル》多《シ》二金宝錦綵《キンホウメンサイ》一、非《ス》二農家所《ロニ》レ
宜《ク》レ有《ルヘキ》、汝《ナンチ》宜《ク》二自《ミ》籍《セキシテ》以弁《テス》レ之《ヲ》、囚《シウノ》意稍《ヤヽ》開《ヒラケテ》乃言《マウス》、稲《イネ》
若干《ソコハク》斛《コク》、荘人某《ソコノ》人者《ノ》、紬絹《チウケン》若干匹《ヒツ》、家機《カキ》所《ノ》レ出者《スノ》、銭
若干緡《ヒン》、東隣贖《アカフケイヲ》レ契者《ノ》、和乃曰《スク》、汝果《チシテ》非《ス》二寇江者《コウカウノ》一、何《ナンス》
為《レソイム》二諱東隣所《ノ》レ贖《フ》八千緡《ヒンヲ》一、遂引《ニテ》二其人《ノヲ》一使《シム》二之《ヲシテ》対証《タイセウセ》一、慙《ハテ》（ママ）一
懼《ヲソリテ》服レ罪《ニ》、於レ是梏《ニコクシテ》往《シメテ》二本土《ニ》一、検《ケン》二付契書《フシテケイヲ》一、卒寘《ツイニヲク》二
之法《ヲニ》一

唐ノ咸通《カンツウ》ノ初ニ。趙和《テウクワ》、江陰ノ令トナル。獄ヲ定ムルニ名アリ。淮陰《ワイイン》ノ民。二人ノ荘園《サウエン》同シ如ニシテ。家ノマハリニアリ。東隣用アリテ。荘園ノ書物ヲ以テ西隣」二十九ウへ質《シチ》ニ入テ。銭百万緡《ヒン》ヲカル。後ニ本利トモニ贖《アカ》フ。八千緡ヤリテ。残リハ来日スマスヘシトテ。請取状ヲモ

サセス。残リヲ明ル日持テユク。其時、西-隣八千緡ハ請トラヌト云。別ニセウコモナシ。書物モナクシテ州《シウ》ニ訟ヘタレトモ不レ決。淮陰《ワイイン》ト江陰《カウイン》トハ。江ヲヘタテタリ。江陰ヘユキテ訟フ。趙和《テウクワ》カ曰。我ハ位《クラヰ》モヒキク。其上、所モ替《カハ》リタレハ。聴コトハナルマイト云。東-隣ソコテ泣テ曰。爰テスマスハ。何方へ訟ンソト云。

趙和、思案シテ。盗人ヲ捕《トラ》ユル吏《リ》トモヲ呼テ。フダヲ持セテ淮陰ヘヤリテ。イハセケルハ、江ヲ渡ルトテ賊《ソク》アリ。」三十オ 捕ヘテ問タレハ同-類アリ。名ヲ何ト云テ。形《カタチ》ハイカヤウナル者ナリト西-隣ヲサス。ソコテ西隣ヲ手カセ足カセヲ入テ至ル。是ヨリサキニ法-度アリ。持《チ》-刃《シン》トテ。人ヲ殺ス武-具ヲ持テ。江ヲワタルコトヲ禁制《キンセイ》ス。

趙和《テウクワ》、囚ヲセメテ云。何ソ寇-江ヲスルヤ。囚《シウ》ハ西-隣也、泣テ曰。私《ワタクシ》ハ農-人也。ツイニ舟ワタシヲセヌト云。趙和曰。汝《ナンチ》カヌスムハ金宝錦綉《キンホウキンシウ》也。農家ニ何トテ左様ノ物アルヘシ。コト〳〵ク書-立テ。何々アルトスクニユヘト云。囚ソコテ明シテ云。稲《イネ》イカホト、某《ソコ》ノ所ノ人ノ也。ツムキイカホト、我カ家ニヲリタル也。銭イカ」三十ウ ホトハ、東隣ノ契《ケイ》ヲアカフト云。趙和《テウクワ》曰。汝ハ寇-江ニアラス。何ソ東隣ノアカフ銭ヲカクスソトテ。東隣ト対決《タイケツ》セシム。西隣ソコテ慙《ハチ》テ。罪ニ伏シケリ。手カセナトヲ入テ帰ラシテ。東隣ニ書ヲ与ヘテ。西隣ヲ法ノ如クニス

鄭克曰、按《スルニ》和所《カノ》レ用《モチイル》之術《シユツハ》、蓋《シ》-亦本《ケリ》二於張允済《チヤウインセイニ》一也、近《キン》-時《シ》小-説載《ニノス》、候臨侍《コウリン》-郎、為《タル》二東陽令《ノレイ》一時《ニ》、他《タ》-邑《ユウニ》有レ民《タミ》、因《テ》レ分《ツニ》二財《サイ》-産《サンヲ》一、寄《ヨス》二物《ヲ》姻《イン》-家《カニ》一、遂《ツイニ》被《ル》二隠《カクシカクサシ》-匿一、屢《ハ〳〵》訴《レトモス》弗レ直《ナヲカラ》、聞《テ》二臨治《カチ》-声《セイヲ》一、来求《テム》レ伸《ンコトヲ》レ理《ヲ》、臨《カ》曰、吾与《レト》レ汝《ナンチ》異《コトナリ》レ封《ホウ》、法難《シ》二以《テ》-治《ヲサメ》一、止《タ、》令《ム》下具《ソナヘテ》二物之《ノ》名《メイ》-件《ケンヲ》一而去《サラ》上、後《ノチ》」三十一オ 半-年《ニシテ》《アテ》、県《ケン》獲《エタリ》二強《キヤウ》-盗《タウヲ》一、因縦《テユルシテ》令《ム》二妄《ミタリニ》通《セ》一、有《リ》三臟《サウ》-物《モツヲ》寄《スルコトソコノ》二某家《ニ》一、乃捕《ヘテ》至《テ》下《ス》レ獄《ニ》、引-問《スルニ》泣《テ》-訴《フ》、盗所《ヒトノ》レ通《スル》金《キン》-帛《ハクハ》、皆《ミナ》親《シン》-党《タウノ》所《ナリ》レ寄《ヨスル》、臨即《ス》遣《シム》二人《ヲシテ》追《テ》レ民《ヲシルシトメテ》識-認、尽《コト〳〵ク》-以還《テカヘサ》レ之《ヲ》、此乃《レス》用《ル》二和鈎《カコウ》-慝《トクノ》之術《ヲ》一者《ノ》、雖《トモ》二巧捷《カウセウ》不《ト》レ逮《ヲヨハ》、而沈《モチン》-密《ミツ》過《タリ》レ之《ニ》、譬《タトヘハナヲ》猶下持《スルヲモキヲ》レ重之将《シヤウ》、不《レハイヤシクモイタサ》三苟出二於奇《キヲ》一、亦-必依《スルカ》中於正《セイニ》上、以《テ》レ此用《ヲル時ハイツハリヲ》レ譎、則無《シ》レ敗《ルコト》レ事《ヲ》、尤《モ》可《シ》レ貴《タツトフ》也

鄭克カ曰、趙和《テウクワ》ハ張允済《チヤウインセイ》ニ本ツク。允済カコトハ前ニアリ。侯臨《コウリン》ト云者、東陽《トウヤウ》ノ令タル時ニ。他ノ里ニ民カ財《サイ》産《サン》ヲ分テ。シウトノ処ニアツケテヲク。遂ニ我‐物‐也トテ。シウトカ返サヌ程ニ。訴レトモ不㆑決」三十一ウ 侯臨《コウリン》カ訟ヲヨク聴トテ来テ訟フ。侯臨カ曰、境モカハリタリ。何事ニ我カ治ムヘキニ非ストテ。大カタ目‐録ハカリヲシテ帰ラシム。其後、半年ホトシテ。県ニ盗人アリテ捕ヘタリ。其盗人ヲ赦《ユル》シテ、最前《サイセン》ノ姻《イン》‐家《カ》ト通ゼサセテ。盗ンタ物ヲ。アツケ置スル也。然シテ盗ミ物ヲ何々アツカリタソ、出セトテ。獄ニ下シテ問フ。姻家カ云ケルハ。盗人ノ通スルト云金帛《キンハク》ハ、皆親‐類ノ物也。盗人ノアツケ物ニハ非スト云。ソコテ前ノ民ニ、財ヲコト〳〵ク返サスル也。是モ趙和《テウクワ》カ術《シユツ》ヲ用タル也。趙和カ如クニ。巧《タクミ》ニハヤ」三十二オ クハ無レトモ。深ク委シキコトハマサレリ。持《スルノ》㆑重《ヲ》之将《シヤウ》トハ。軍《イクサ》ヲヨクスル大‐将ノコト也。漢ノ周亜夫《シウアフ》カ如クナル者也。軍場《イクサハ》ヘ敵カヨセテ来ルトテ。軍‐兵カサハキタレトモ。亜夫ハ何事モアルマイトテ臥タル類也

柳《リウ》設《マウケ》㆓榜《ハウ》‐牒《テフヲ》㆒　陳《チン》具《ソナフ》㆓飲《イン》‐饌《センヲ》㆒

〔譎賊〕

後周柳慶《ノリウケイ》字更興《ハカウコウ》、領《リヤウス》㆓雍州《ヨウシウノ》別《ヘツ》‐駕《カヲ》㆒、有《リ》㆓胡《コ》‐家《カ》㆒、被《ルヲ》㆑劫《ヒヤカサ》、郡《クン》‐県按察《ケンアンサツスレトモ》、莫《シ》㆑知《ルコト》㆓賊《ソク》‐所《ヲ》㆒‐隣‐人被《ル、》㆑囚《トラハ》者《ノ》‐衆《ヲホシ》、慶以《テ》㆓賊是《ハ》烏《レウ》合《カウナルヲ》㆒、可《シトシテ》㆓以《テ》㆑詐《イツハリヲ》求《ム》㆑之《ヲ》、乃作《ス》㆓匿《テカクス》㆑名《ヲ》書《ヲ》㆒、多《ク》榜《シテ》㆓官《クワン》‐府《フノ》門《ニ》㆒曰《ク》、我《ラ》‐等共劫《ニカス》㆓胡‐家《ヲ》㆒、徒《ト》‐侶《リヨ》混《コン》‐雑《サツス》、終《ツイニ》恐《ヲソル》㆓泄《モレ》‐露《アラハレンコトヲ》㆒、今‐」三十二ウ 欲《ス》㆓首《シユ》伏《セント》㆒、恐《クハ》不《ンコトヲマヌカレ》㆑免㆑誅《ヲ》、若《モシ》聴《ユルサレハ》㆓先首《マツシユシテ》免《ンコトヲ》㆑罪《ヲ》、便《ス》‐欲《ス》㆓来《リ》‐告《マウサント》㆒、慶乃《ス》復《マタ》施《ス》㆓免《メン》‐罪《サイノ》之牒《テフヲ》㆒、居《ルコト》㆓一‐日㆒広《クワウ》陵《レウノ》王《ワウ》欣《キン》‐家《カカ》‐奴《ヌ》、面《メン》‐縛《ハクシテミ》自告《マウス》㆓牒下《テフカニ》㆒、因《テ》尽《コト〳〵ク》獲《ルコトヲ》㆓党《タウ》与《ヨヲ》㆒甚《ハナハタ》‐衆《シ》 出《タリ》㆓北史《ノ》‐柳虬《カ》伝《ニ》㆒慶《ハ》其‐弟也

後周ノ柳慶《リウケイ》ハ雍州《ヨウシウ》ノ別駕《ヘツカ》トナル•後周ハ六朝ノ時ニテ隋《スイ》ヨリ前也。別駕ハ太守ノカシラ也•其コロ胡家《コカ》オヒヤカサレテ。物ヲトラル、也•胡ハ天竺人《テンチクシン》ナトノ中国《チウコク》ヘ来リテ居ヲ云▲郡県《クンケン》タツヌレトモシレス。隣《トナリ》ノ人、同‐類トテ捕ヘラル、者多シ。柳慶、此‐賊ハ烏合《ウカウ》ナリト思ヘリ•烏合ハケ

イカツ烏合トテ。烏《カラス》ハホ」三十三オ へテ、友烏一所ニ多ク集リテ・其マ、散《サム》ス。其如クニ。人モ寄《ヨリ》アツマリ者ハ。又散スルヲ云也▲柳慶《リウケイ》、此コトハ偽《イツハ》リテ求ヘシトテ。カクシテ扎《フタ》ヲ書テ。官門ニハリ付テ云。我等トモ胡家《コカ》ヲ刼《ヲヒヤ》カス。同類アマタアリ。アラハレンコトヲオソル、程ニ。ミツカラ目アカシヲセント存レトモ。誅《チウ》セラレンカトヲソル。先《セン》首《シユ》ノ者ハ罪ヲユルサレハ。申テ出ント書タリ・先首トハ。始ニ云テ出ル者ト云意也● 柳慶、又ソヘ扎ヲ其ソハニ書テ曰。目アカシセハ。本人ナリトモユルスヘシト書タリ。二日ホトシテ、広陵《クワウレウ》ノ王欣《ワウキン》カ奴《メ》出テ。同類ヲサス也」

三十三ウ

〔鞫情〕

呉《ノ》陳表《チンヘウ》字《ハ》文奥《フンアフ》、以《テ》三父死《ルヲ》二敵《テキ》場《チヤウニ》一、擢《ヌキンテ》用《レテ》為《ル》レ将《ト》時《ニ》、有《リ》下盗《メル》二官物《ヲ》一者《ノ》上数人、唯《タヽ》収《トラヘテ》二施《シ》明《メイヲ》一拷《カウ》掠《リヤウス》、明素《モトヨリ》状《シヤウ》悍《カンナリ》、俟《テ》レ死《ヲ》無《シテ》レ詞《コトハ》、廷尉《テイイ》以《テ》疑聞《テフンス》二孫権《ソンケンニ》一、以《テ》三表得《ルヲ》二士卒心《ノヲ》一、詔《シテ》以《テ》レ明付《ヲシテ》レ表《ニ》、使《ムミ》三自以《テ》レ意求《ヲメ》二其情実《ノセイシツヲ》一、表乃去《ステ》二其桎《ノシツ》音質械在足曰桎梏《コクヲ》一、飲食沐浴《インシホクヨクセシム》、之以誘《テミチヒク》二其《ノ》歓心《ヲ》一、明乃首伏《スシユフクシテ》、具列《ニツラヌ》二支《シ》党《タウヲ》一、表以《テ》レ状《ヲ》聞《フンス》レ権《ケンニ》、悦《テ》レ之《ヲ》欲《シテ》レ全《セント》二其名《ノヲ》一、特釈《コトニユルシテ》レ明《ヲ》而戮《リクス》二其党《ノタウヲ》一、明感《カンシテ》レ表変《ニヘンシテ》レ行《カウヲ》、遂成《ニ》二健将《リケンシヤウト》一、致《ス》二位《クライヲ》将軍《ニ》一 出《タリ》二呉志陳武《ノカ》伝《ニ》一表《ハ》其子也

呉ノ陳表《チンヒヨウ》カ父ハ。ウチ死スル故ニ。陳表用テレテ。将トナル時ニ。官物ヲ盗ム者数人アリ。施明《シメイ》ト云者ヲ」三十四オ 一人捕ヘテ糺明《キウメイ》ス。施明《シメイ》モトヨリスクヤカ者ニテ。死トモ云マシトテイハス。廷尉《テイイ》、盗人ノコトヲ孫権《ソンケン》ニ申ス。孫権ソコテ、陳表カヨク諸侍《シヨサフライ》ノ心ヲ得タル故ニ。施明ヲ陳表ニツカハシテ。合点《カツテン》ドクニシテ問《トヘ》トナリ。陳表ソコテ、盗人ノ手カセ首カセヲトリ捨テ。行水《キヤウスイ》ヲサセ振舞ス。施明ヨロコヒテ。此上ハ申ヘシトテ。同類ヲアカス。孫権ヨロコヒテ。陳表カ名ヲ全クセントテ。施明ヲモユルス也。施明モ陳表カナサケヲ感シテ。行迹《カウセキ》ヲ改テヨク成タリ。陳表ヲハ将軍ニナサレケリ

」三十四ウ

鄭克曰、按《スルニ》梁《リヤウノ》傅岐《フキ》為《ナル》二新安郡始新令《シンアンクンシシンノレイト》一、県人有《リ》下因《テ》二闘殴《タヽカヒウツニ》一而死《スル》者《ノ》上、死《シ》家《カ》訴《フ》レ郡《ニ》、郡録《ロクシテ》二其仇人《ノキウシンヲ》一、考掠《カウリヤウ》備至《ツフサニル》、終《ツイニ》不《レ》引《トカヲ》咎、乃移《スウツス》二獄《ヲ》于県《ケンニ》一、岐即令《スシメテヌカ》レ脱《レ》械《カイヲ》、以《テ》二和言《クワケンヲ》一問《フ》レ之《ヲ》、囚便《シウスナハチ》首伏《ス》、此亦歓《レシメテ》以誘《テヒク》レ之者《ヲナリ》也

鄭克カ曰、梁《リヤウ》ノ傅岐《フキ》、始新《シシン》ノ令タル時ニ。県ノ者カ。タ、カイ打ヤウテ、一人死タリ。死家ヨリ訟ヘタリ。奉《フ》行《キヤウ》ソノ仇人ヲ捕ヘテ。問《トヘ》トモイハス。獄《コク》ヲ県ニウツシテ。手カセ頸カセヲ取ノケテ。詞ヤハラカニ問タレハ。囚《シウ》ソコテ明《アカ》ス也。惣別セムル時ニハ。死《シニ》」三十五オ キリテイハス。ユルシテ宥《ナタ》メテ問フヘシ

朱詰《シュナシリ》賕《キウスルヲ》民《ヲ》　孔察《コウサツス》代《カハルコトヲ》盗《ニ》

〔覈奸〕

朱寿昌中散《シュシウシヤウチウサン》、知《タルトキニ》閬州《ラウシウニ》、有《リ》大姓雍子良《ヨウシリヤウト云モノシハ〳〵》屢殺《ス》人《ヲ》、挟《ハサンテサイトトヲ》財与勢《イキヲヒ》、故得《ニタリ》不《ルコトヲシセ》死、時《ニ》又殺《シテ》人《ヲ》、乃賕《ス》其《ノ》里民《ニ》、使《シム》出《テ、ツカ》就《リニ》吏、獄具《ソナハル時ニ》寿昌疑《ウタカフ》之《ヲ》、因引《テテ》囚《シウヲ》屛《ヘイ》処《ショニトフ》訊之《ヲ》、囚対《ルコト》如《シ》初《ノ》、乃告《シテ》之曰《ニク》、爾以《ナンチテ》死代《ヲル》人《ニ》、毋《シャ》令《ルコト》有《ラ》悔《クイ》、吾聞《レク》、子良遺《シリヤウヲクツテナンチニ》汝銭十万《ヲ》、納《レテ》汝女《カ》為《シ》子婦《ノフト》、許《ユルス》嫁《センコトヲ》其女《ノヲ》、汝家有《カニリ》之乎《レヤ》、囚色動《ウコク》、又告《テ》之曰《ニク》、汝且《チニ》死、書券抑《ナントショケンヲサヘテ》汝女《カヲ》為《シ》婢《ト》、指《シテ》十万《ヲ》為《シテ》傭《ヨウ》直《チヨクト》、而嫁《セハ》其《ノ》女《ヲ》於他人《ニ》、汝将《チハタ》奈何《カセン》、囚悟《サトンテ》泣《タ》下《ル》、始《テ》以《テ》実《ヲ》告《ツク》、子良」三十五ウ 付《フセラル》法《ニ》、一郡以為《テス》神明《ナリト》見《タリ》曽肇《カ》所《ノ》撰《フル》墓誌《ニ》

朱寿昌《シュシウシヤウ》ハ二十四孝ヘ入タル者也。七ツニテ母ニハナレ。五十ニテ逢タリ。閬州《ラウシウ》ニ知タル時ニ。大百姓ニ雍子《ヨウシ》良《リヤウ》ト云者。サイ〳〵人ヲ殺ス。己《ヲノレ》カ財《サイ》モ多ク。威勢《イセイ》モアル故ニ。死ヲ免《マヌカ》ル、コト多シ。或時人ヲ殺シテ。里民ニ賕《マイナイ》ス•賕トハ金銀ヲヤラン程ニ。身ガハリニ立テ。死シテクレヨト云•里民カ捕《トラ》ヘラレテ。吏カ手ニワタル。寿昌疑《ウタカ》テ、人ナキ所ヘヨヒテ。問トモイハス。寿昌曰。子良、銭十万ヲヤリテ。汝カ女子《ムスメ》ヲヨメトセント。約束シタト聞ト云。ソコテ囚《シウ》、色チカイスル也。又曰」三十六オ 汝、罪ニ死タラハ。家ニ何々ガアルト書付テ。トリアケ。女ヲハ奴婢《ヌヒ》トシテ。アカリ女トシ。十万ノ銭モ上リ物トシ。女子ヲモ他人ニ嫁《カ》セハ如何ント云。囚、後悔《コウクワイ》シテ。実ヲ告ク。子良ヲハ法ニ行フ。一郡ノ者トモ。サリトテハ神明ノヤウナル寿昌《シウシヤウ》カナト云也

鄭克曰、按《スルニ》大理評事《ヒヤウシ》侯詠《コウエイ》、為《タルタリ》虢州《クワクシウノ》録事参軍《ロクシ》時《ニ》、

土《ト》豪趙宝《カウテウホウト云》一者《ノ》殺《シ》レ人《ヲ》、誣《シイテ》二其傭《ノヨウヲ》一令《ム》二代死《カハテシナ》一、且賕《ツマイナイシテ》レ吏《ニ》成《ス》二其獄《ノコクヲ》一、詠弁《エイ》レ状《シテチヲ》、立《トコロニ》正《ス》レ之《ヲ》、与《ト》二子良事《カ》一頗《スコフル》相類《ニタリ》也、一賕《リハキウシテ》二獄吏《ニ》一、使《シム》二以《テ》レ傭代《ヨウヲカハラ》一、一賕《リハ》二里《シテ》民《ニ》一使《シム》二以《テ》レ身《ヲ》代《ラ》一、其為《ノタルコトハカンヒトシキノミ》レ姦等耳、詠能《ヨク》弁《シテ》二獄吏受《ルノ》賕《ヲ》之」三十六ウ状《ヲ》一而正《シ》二其罪《ノツミヲ》一、寿昌能探《ヨクサクツテ》二里民受《ルノ》レ賕《ヲ》之情《ヲ》一而得《タリ》二其実《ノヲ》一、是《レ》皆善覈《クアキラカニスルカンヲ》レ姦者《ナリ》也

鄭克カ曰、侯詠《コウエイ》カ虢州《クワクシウ》ニ居ル時ニ、趙宝《テウホウ》ト云者。人ヲ殺シテ。出入スル日《ヒ》ヨウヲ誑《タフラカ》シテ。身カハリニタテ。奉行《フキヤウ》ノ吏《リ》ナトニ。マイナイヲヤリ。獄ヲスマス也。侯詠ソノ体ヲ知テ。タ、シタリ。子良《シリヤウ》カコトニ似リ。寿昌モ侯詠モ。ヨク奸《カン》ヲアキラムル者也

〔釈冤〕

後唐孔循《ノコウシユン》、以《テ》二邦計《ハウケイ》弐職《シシヨクヲ》一権《ケン》二領《リヤウスイ》夷門軍府事《ノクンフシヲ》一、長垣《チヤウエン》県《ケンニ》有《リ》二四鉅盗《ヨタリノコタウ》一、富《フ》二有資産《ユウスシサンヲ》一、及《テ》レ敗《ヤフルニ》所《ハ》二牽挽《ヒキヒク》一、則《ス》四《ヨタリノ》貧民《ナリ》也、蓋都虞侯《シトクコウ》姓韓《ハカント云》一者《ノ》、則密《ヒソカニ》使《ム》下郭崇韜《クワクソウタウカ》之」三十七オ僚婿《レウセイヲシテト》与《》二推吏獄典《スイリノコクテン》一同《シテハカリコトヲキタヘ》レ謀、鍛中都玩切鍛錬也成《ナサ》此獄《ノヲ》上、都《スヘテオ》不《フ》二訊鞫《トヒキハメ》一、款成《クワンテ》而上《タテマツルトキニ》、法当《ツ》二棄市《キシニ》一、循親慮《ミツカラヲモンハカル》レ之《ヲ》、因《シウ》無《シ》二一言《》一、領《リヤウシテスク》過《》二蕭墻《シヨウシヤウヲ》一、囚屢《シハ〱》回《スヲ》レ首、公疑《ウタカフテ》二其情《ノセイ》未《タ》（ママ）レ究《キハメルコトヲ》、因召《テシテ》問《フ》レ之、云実枉《クハワウナリ》、且言《ツク》、適《タマ〱》以《テノ》三獄吏高《ノタカウスルヲ》二其枷《ノカ》尾《ヒヲ》一故《ニ》、不レ得レ言《イフコトヲ》、請《コフ》退《シリソケテ》二左右《ヲ》一細《カニ》述《ン》二其《ノ》事《ヲ》一、即《ス》令《メテ》レ移《サ》二於州獄《シウコクニ》一、俾《シム》二郡主簿《クンノホヲシテキクセ》鞫《》レ之《ヲ》、自《リ》レ韓已下《カンシモカタ》受《ル》レ賂《マイナイヲ》者《ノ》数十人、与《ト》二四盗《》一倶《トモニ》伏《ス》レ法《ニ》、四《リノ》貧民乃獲《エタリ》レ雪《キヨムルコトヲ》此《レ》和㠓《ノ》所《レ》聞五代時事

後唐孔循《ノコウシユン》、後唐ハ五代ノ時也。邦計《ハウケイ》ハ国ノ守也。其ニソハリテ居ル官ヲ。弐職《シシヨク》ト云。権《ケン》トハ本主留守《ス》ナレハ。其ニ成カハリテ。カリニヰルヲ云。夷門軍事《イモンクンシ》ハエ」三十七ウヒスノ軍《イクサ》奉行也。長垣県《チヤウエンケン》ニ四人ノ大盗人アリ。財宝富《トメ》リ。アラハレテ罪科ニ行ナハル、者ハ。皆悉《コト〱》ク貧民《ヒンミン》也。是ハ奉行ト鉅盗《コタウ》ト。ウナツキヤウテ。科《トカ》ナキ民ヲ捕ヘタリ●都虞侯《トクコウ》ハ兵ノ奉行ナトスル官也●韓《カン》ソコテ、郭崇韜《クワクソウタウ》ト云出頭人《シユツトウニン》ノ下司《ツカサ》ノ婿《ムコ》ト。獄《コク》奉行ト云通ゼサセテ。謀《ハカリコト》ヲ同シテ獄ヲ成《シヤウ》スル也▲鍛《タン》ハ刀ノ刃《ヤキハ》ヲツケ。種々ニ鍛錬《タンレン》スル意也。獄《コク》ヲアチコチシテ成就スルヤウニスル也●トカ人《ニン》ノ書付ヲ上テ。法ノ如クニ棄市《キシ》ニアツ。孔《コウ》

循《シユン》ハ疑《ウタカ》ハシク思フ也。囚ニハモノヲモイハセス。人モ多カラヌ。ウラ路《ミチ》ノヤウナル処ヲ」三十八オ ツレテユク。囚アトヲカヘリミ〳〵スル也。孔循《コウシユン》、不審ニ思テ。ト、メテ問フ。云ク、奉-行カ 枷《クヒカセ》ヲ喉《ノト》ノ上ヘ。キツク指《サシ》ツケテ置タル故ニ。モノイハレス。今申サン程ニ。人ヲノケヨトテ、其次-第ヲ云フ。サテ州ニ送リ、穿《セン》-鑿《サク》シタレハ。賂《マイナイ》ヲトル者数十人。皆トラヘテ、盗人ト共ニ法ニ行フ。貧-民ハ恥《ハチ》ヲス、キタリ

鄭克曰、按《スルニ》 巡捕《シユンホ》之《ノ》吏《リ》、或《ハ》縦《ユルシテ》レ 盗《ヲ》而捕《トラヘ》二-繋《トラヘテ》 平-民《ヲ》一、以《テ》応《シ》レ命《ニ》、或《ハ》失《テ》レ盗《ヲ》而捕《ヘ》二-繋《テ》平-民《ヲ》一、以《テ》逃《ノカレ》レ責《セメヲ》、或《ハ》求《メテ》レ盗《ヲ》而捕《ヘ》二-繋《テ》平-民《ヲ》一、以《テ》希《コイネカフ》レ 賞《ヲ》、若《モシ》獄-吏、与《ト》レ之為《レスル時ハアキナフコトヲス》レ 市、 則冤《エン》-濫《カン》、豈可《ニ》二勝《シヤアケテ》-言《フ》一、此在《レル》二聴《ク》-者察《ノサツスルニ》レ 之耳《ヲノミ》、孔循《カ》」三十八ウ 所《スル》レ察、乃《イマシ》縦《シテ》レ盗《ヲ》而捕《ヘ》二-繋《テ》平-民《ヲ》一、以《テ》応《スル》レ命《ニ》者《ナリ》一也、又有《リ》下失《テ》レ盗《ヲ》而捕《ヘ》二-繋《テ》平-民《ヲ》一、以《テ》逃《ノカル、》レ 責《セメヲ》 者《ノ》二-事、 求《メテ》レ盗《ヲ》而捕《》二-繋《テ》平-民《ヲ》一、以《テ》希《フ》レ賞《ヲ》者《ノ》一-事上

○范正辞《ハンセイシ》郎《ラウ》-中《チウ》、為《タル》二江南転運副使《ノテンウンフシ》一時《ニ》、饒《ニヨウ》 州有《ニリ》二群《クン》-盗《タウ》一、劫《ヲヒヤカス》二 富-民家《ノ》-財《ヲ》一 捕《トラヘ》二-得《タリ》 十-四-人《ヲ》一、獄具当《テタウス》レ死《ニ》、正辞

按《メクリテ》レ部《ホウヲ》 至《ル》レ饒《ニ》、引-問察《テサツス》二其非《ノ》レ 実《ルコトヲ》、命《ニ》 徙《シテ》二他《シテ》-所《ニ》一、訊《シン》-鞫《キクス》、既《ニシテ》 而民《タミ》有《リ》下告《ス》二群-盗所《ノ》レ在《ヲル》者《ノ》上、令《ム》二監《カン》-軍《クン》王愿《ケンヲシテ》掩《ヲホヒトラヘ》-捕《》一、愿未《タ》レ行《カ》而盗遁《ヒトニケ》-去《ル》、正辞 親《ミツカラ》出《テ、クワクヲ》レ郭、追《テ》獲《テ》レ之《ヲ》、皆伏《フクス》レ法《ニ》、而《シテ》 十四-人得《タリユルサル、コトヲ》レ 釈

○趙稹《テウシン》音診少-師、為《タル》二益州《エキシウ》路転運使《ノテンウンシ》一時《ニ》、邛《キヨウ》-音蛩地名蜀州蒲江《ノホカウ》県《ケン》、捕《トラヘテケフ》二 劫-盗《タウヲ》一」三十九オ 不レ得、而官-司《シテクワンシ》反繋《テトラフ》二平-民数-十-人《ヲ》一、楚《ソ》-掠《リヤツシテシイテフクス》 強服、且合《ツ》二其辞《スノヲ》一、若《シ》レ無《カ》二可《キ》レ疑者《フノ》一、稹適《タマ〳〵》 行《メクリテ》レ部《ヲ》、意《ウタカフテ》二 其有《ノ》レ 冤《コトヲエン》、乃《ス》-馳《ハセテ》 入《テ》二県獄《ニ》一、尽《コト〳〵ク》 得《テ》二其冤《ノ》-状《シヤウヲユルス》一 釈《ヲ》レ之已上二事並見本伝

薛《セツ》向《キヤウ》枢《スウ》-密《ミツ》、提《テイ》二点《スル》 河-北刑《ノケイ》-獄《コクヲ》一時《ニ》、深州《シンシウノ》 武《フ》強県《キヤウケンニ》 有《リ》レ盗《ヒト》、殺《シテ》レ人而奪《ヲウハフ》二其財《ノサイヲ》一、尉以《イ》レ失《テ》レ 盗《ヘルヲ》、為《タメニ》二負《フ》-捕《ホシテ》 平-人《ヲ》一、掠《リヤツ》二服《フクシテ》 之《ヲ》一、置《ヲイテ》二贓《ヲ》於-外《ニ》一 以符《テカナフ》二其語《ノヲ》一、向得而疑《テ》レ之《フ》、親《ミツカラ》 引問直《テテス》、 其免《ノル、》レ死《ヲ》者六《ノ》-人、正《タ、ス》二其尉《ノイ》故《コトサラニ》 入《ノ》之-罪《ツミヲ》一

此三《ノ》-者《ノ》皆与《ハミナ》二孔循《トコウシユンカヲモンハカル》 慮《ヲ》レ 囚事一類《ルイセリ》 矣、非《ス》レ有《ルニ》二他術《ノ》一、見《タリ》二呂大防《リヨタイハウカ》所《ノ》レ撰《ニ》墓-誌一

但《タ、》尽《シ》レ心《ヲサツス》察《ヲ》レ情《ニ》故、能《ヨクトク》釈《エンヲ》レ冤也」三十九ウ

鄭克カ曰、賊《ソク》ヲ捕《トラ》ヘニアリク吏《リ》。或ハ本ノ盗人ヲユルシ

テ。科モナキ民ヲ捕ヘ。或ハ盗人ヲトリニカシテ。罪ナキ者ヲ盗人ノ代ニアケテ。我カ責《セメ》ヲ免《マヌカレ》ントシ。或ハ盗人ヲ求テ。平民《ヘイミン》ヲ捕ヘ。恩賞《ヲンシヤウ》ヲ受《ウケ》ントネカフ者モアリ。獄吏《コクリ》トモカ賂《マイナイ》ヲ取テ。ミタリニ殺ル、者多シ。訟ヲ聴‐人、ヨク察《サツ》スルカ肝要《カンヨウ》也。孔循《コウシユン》カ察シタルハ。盗人ヲ赦《ユル》シ。平‐民ヲ捕ヘタル者ト。又盗人ヲ失テ。平民ヲ捕ヘテ責ヲ逃《ノカ》ル、者、二事。盗人ヲ求テ平民ヲ捕ヘ。賞ヲ希《コヒネカ》フ者、一事アリ

范正辞《ハンセイシ》、江南ニ居ル時ニ。饒州《ニヨウシウ》ニ群‐盗アリ。富《トメ》ル民」四十オノ財ヲ劫《ヲヒヤカ》シトル。其時トカモナキ者ヲ。十四人トラヘテ死ニアツ。正辞《セイシ》ヲリフシ入‐部シテ。饒州《ニヨウシウ》ニ至ル。真《マコト》ノ盗人ニアラサルコトヲ察《サツ》シテ。面々ニ他‐所ニ置テ問。已ニシテ本‐盗ノアリ所ヲ告ル者アリ。下司ノ王愿《ワウケン》ニ盗人ヲ捕ヘヨト云付タレハ。盗人ハヤニケサル。正辞ミツカラ出テ捕ヘ。法ニ罪シテ。十四人ノ者免レタリ

趙稹《テウシン》少‐師●々々ハ三‐公ノ下也。益州《エキシウ》ハ蜀《シヨク》ノ下也。蜀ノ中ニ邛州《ケウシウ》ノ蒲《ホ》江県《カウケン》ニ、劫《ケフ》‐盗《タウ》ヲ捕ヘントシテ不レ得。却テ科《トカ》ナキ平民、十人ハカリ捕ヘテ。糺‐明シテ無理」四十ウニ服サスル也。其辞《コトハ》ヲ内《ナイ》‐証《セウ》ニテ云合スル故ニ。誠ノ如クニテ疑《ウタカ》ハシクナキ也。趙稹《テウシン》入‐部シテ是ヲ見テ。冤《エン》アリト思ヒ。県ノ獄ニ入テ。コト〳〵ク穿鑿シテ。ユルシケリ

蒲《ホ》向《キヤウ》、河‐北ノ刑罰《ケイハツ》ヲツカサトル時●提点《テイテン》ハ奉‐行ニ又ヨコ目ノ如クニソウテ。何々ト書付ヲ見テ。是ハヨキ。其ハアシキト。点《テン》ナトヲカクル官也●其比《ノ》武《フ》強県《キヤウケン》ニ盗人アリ。人ヲ殺シテ財ヲ奪《ウハ》フ。尉《イ》カ其盗人ヲニカシテ。科《トカ》ナキ者ヲ捕ヘテ、無‐理ニ服サセテ。贓《サウ》‐物《モツ》ハ慥《タシカ》ニヨソニ有ト云テ。ハズヲ合スル也。蒲《ホ》」四十一オ向《キヤウ》疑テ。自‐身ヨク問テ。死ヲ赦《ユル》ス者六人也。然シテ其尉ヲタ、ス也●故入ハ。コトサラニイルト読也。科モナキ者ヲ、無‐理ヲ云カケテ。籠《ロウ》ニ入ルヲ云。又科アレトモ、ナシト云テ。籠ヨリイタスヲ。故出ト云也。故《コトサラ》ニ罪ヲ出シ入ルト云語モアリ▲此三ノ者ハ孔循《シユン》カコトト同シ。只心ヲ尽シ、情ヲ察スル故ニ。冤ヲヨク釈《トク》也●此三者トハ。

范正辞《ハンセイシ》以下ヲ云。蒲《ホ》向《キヤウ》カ向ノ字。姓《セイ》ノ時ハ。シヤウノ音也。向敏中《シヤウヒンチウ》カ類也。上巻ニ詳也

崇亀《ソウキ》認《トメ》刀《カタナヲ》　司馬《シハ》視《ミル》鞘《サヤヲ》　」四十一ウ

〔迹賊〕〔釈冤〕

唐《ノ》劉崇亀《リウソウキ》鎮《チンス》南海《ヲ》有《リ》富商《フシヤウノ》子、年少《シテ》而晰《セイ》征例切明也又音錫人色白也白《ナリ》、泊《トム》船江岸《ヲカウカンニ》、見《ルニ》一高門《ツノヲ》、中有《ニリ》美姫《ヒキ》、殊《コトニ》不避《サケ》人《ヲ》、少年因戯《テタハフレテ》、語《テ》之曰《ニク》、夜《ヨルニ》当《ヘシ》詣宅《イタルタクニ》矣、亦無《シ》難《ハヽム》色、是《コ》夕《ヨヒ》果《シテ》啓《ヒライテ》扉《トホソヲ》待《ツ》之《ヲ》、少年未《ルニ》至《タラ》、忽《タチマチニ》有《リ》盗《ヒト》、入《テ》其室《ノシツニ》欲《ス》行《ント》窃《セツヲ》、姫《キ》即不《ス》知《ラ》、欣《キン》然《トシテ》往《テ》就《ツク》、盗謂《ヒトヲモヒテル、》見擒《トイケトラ》、以《テ》刀《カタナヲ》刺《サシ》之《ヲ》、遺《ヲトシテ》刀《ヲ》逃《ニケ》去《ル》、富商《ノ》子継《ツイテ》至《ル》、践《フンテ》其《ノ》血《ヲ》汰《ナメリテ》音撻滑也汰倒也而仆《タヲル》地《ニ》、及《テ》捫《ヒネルニ》音門手摸也之《ヲ》、乃見《スル》死者《ヌルヲ》、聞《テ》逗《トウ》血《ノ》声《ルヲ》未《タ》已《ヤマ》、走出《テテ、》船夜解《ニヨルトイテトモツナヲ》維而遁《ニク》明日其《ノ》家、迹《タツネテ》其蹤《ノアトヲ》至《ル》岸《キシニ》、岸上之《ノ》人皆云《イフ》、其《ノ》夜有《リ》某《ソコノ》客船径《タヽチニハツス》発、遂《ツイニ》訟《フ》于公府《コウフニ》、遣《シム》人《ヲシテヲイ》追捕《トラヘテカイケイシテ》械繋拷訊《カウシンセ》」四十二オ　具《ツフサニ》吐《ハク》情実《ヲ》、唯《タヽ》不招《マネカ》殺《コトヲ》人《ヲ》、崇亀《ソウキ》視《ニ》所《ノ》遺《ヲトス》刀《ヲ》、乃屠《スト》刀《タウナリ》也、因《テ》下《シテ》令曰《ヲク》、某日《ソコノ》大設《ニマウケテ》合境屠《ノト》者《ヲ》、皆集《アツメテキウチヤウニ》毬場、以候《テ》宰殺《セシムサイサツヲ》、既《ニシテ》而日晩《クレテ》放散《ハウサンス》、令《ム》各《ヲシテ》留《メ》刀《ヲ》、翌《ツキノ》日音弋明日也日再《タヒ》至《ル》、乃命《スシテ》以《テ》殺《ス》人刀《ヲヲ》、換《カヘ》下《ス》一口《ヲ》、明日諸人各《ヲノヲノ》来請《テフ》刀《ヲ》、独《リ》一屠最《トモ》後《レタリ》、不認《トメ》己《カ》刀《ヲ》、因詰《テナレル》之《ヲ》、対曰《テク》、此非《レス》某刀《ノニ》、問是誰者《フレノソ》、云乃《クス》是某《レノ》人之《ノ》刀耳《ノミ》、亟《スミヤカニ》往捕《テフ》時ハ之《ヲ》、則已竄《スニカクレヌ》矣、於是以《テニテ》他因《ノノ》合《ヘキシヌ》死者《ヲ》、為《シ》商人子《ノト》、侵《ヲカシテ》夜斃《ヲコロス》音弊死也之、竄《カクレタル》者聞《テ》而還《カヘル》、乃擒《ストリコニシテヲク》寘于法《ニ》、富商《フシヤウノ》子坐《ハツミセラレテ》夜入《ルニ》人家《ニ》、杖《チヤウ》背《ハイセラル、》而已《ノミ》見《タリ》新唐書劉政会《リウセイクワイカ》伝　崇亀《ソウキハ》其七世孫也　」四十二ウ

唐ノ刘崇亀《リウソウキ》、南海ヲ鎮《チン》スル時。アル商人ノ子。年ワカクシテ。色ノ白キ者。船ヲ江ノ岸《キシ》ニカヽル。岸ノ上ニ高キヤクラアリ。其内ニウツクシキ女アリ。人ノアルニモカマハス。商人《アキヒト》ノ少年ニ念比フリ也。少年タハフレテ云。今夜ソコヘユクヘシ。女同心ノフリヲス。女其夜、戸《ト》ヲアケテ待。少年イタラヌサキニ。盗人カ入タリ。女ハ約束ノ男ト思テ。ソハヘヨリ、取ツカントス。盗人ハ捕ユルニヤト思テ。刀ニテサシ。其刀ヲ落シテニゲサル。少年、其アトヘ行テ。血《チ》ヲフミ。スベリテ仆《タヲ》レタリ。又死人アリ。血

ノ流ル、声ヤマス•逗《トウ》ハ。」四十三オ トヲルトヨメトモ。コ、テハ。モルト云意也。雨ノモルト云ニモ書也•少年ヲトロキ走リニケテ船ニノリ。夜ヌケニスル也。

明《ル》-日、女ノ家ヨリ血アシヲ認《トメ》テ岸《キシ》ニ至ル。岸上《ノホトリ》ノ人、皆云ク。其船コソ夜ル出シタレト。其次-第ヲ官ニ訴フ。ソコテ人ヲ遣《ツカハ》シ。少年ヲ捕ヘテ拷問《カウモン》ス。少年真実ノ通《トヲリ》ヲ云テ。殺シハセヌト云。崇亀《ソウキ》落シタル刀ヲ見ルニ。エツタノ刀也。因テフレヲ廻シテ云ク。某《ソコ》ノ日。エツタトモヲ。コト〳〵ク集テ。毬場《マリハ》ニテ肉《ニク》ヲキラスル也•宰《サイ》ハ•肉ヲトウフンニ分ル也。宰相《サイシヤウ》ト云モ。政ヲ平カニコトハル意也•日-暮テ皆カヘル」四十三ウ 時ニ。各《ヲノ〳〵》刀ヲト、メテ。明-日又来レト云。明ル日、又エツタトモ来ル。彼人ヲ殺シテ、落シタル刀ヲ。惣《ソウ》ノ刀ノ内ニ入テ。取カヘタリ•刀ヲ一口ト云也•エツタトモ、昨日ノ刀ヲタマハレト請。アトニ至リタル者カ云ク。我刀ハ見ヘヌト云。ソコテ汝カノデナクハ誰カノソト問ヘハ。是ハ其者ノ刀ニテアルト申ス。捕ントシケレハニケタリ。崇亀《ソウキ》、又思案シテ。死-罪ニキワマリタル囚ヲヒキ出シテ。少年ヲ殺スト云タレハ。ニケタル盗人。モハヤ苦シカルマシト思テ出ルヲ。捕ヘテ法ニ行フ也。少年ハ人ノ家ニ。ムサト至ルノ罪ニアテ」四十四オ テ。杖ニテウツ也

鄭克曰、按《スルニ》凡《ヲヨソ》欲《セハ》レ釈《トカムト》レ冤《エンヲ》、必須《ススヘカラク》レ有《ル》レ術《ノ》、換《ルハ》レ刀《ヲ》者迹《セキ》賊之《ソクノ》術-也《ナリ》、斃《コロスハ》レ囚《ヲ》者譎《ケツ》-賊之《（ママ）ソクク》術《シ》-也《ナリ》、賊若《モシ》不《ハ》レ獲《エ》レ冤《ヲ》、何《ニ》-由釈《テカトカム》故仁-術《シユツ》有《リ》下在《ル》二於是《ニ》一者《ノ》上、君-子亦《タ》不レ可《ライル》レ忽《ニス》 也

鄭克カ曰、按スルニ。冤《エン》ヲ釈《トカ》ント思ハ、。術ヲ用ユヘシ。刀ヲカヘタルハ。証迹《セウセキ》ヲ知ントスル故也。囚ヲ殺スハ。賊《ソク》ヲ偽ル也。君子ト此ニ云ハ。獄《コク》ヲサハク人ヲサシテ云。此術ヲヨク用イテ。楚忽《ソコツ》ニ。タヤスク。スヘカラスト也」四十四ウ

〔迹賊〕〔釈冤〕

後魏司《ノシ》-馬悦《ハエツ》、為《タルトキニヨ》二予州刺《シウノ（ママ）》-史一、有《リ》二上-蔡董毛奴《サイノトウモウヌト云モノ》一、齎《ツヽンテ》二銭五-千《ヲ》一死《ヌ》二於道《ニ》一、或疑《ヒトフ》二張堤《チヤウテイカ》行《フカト》レ劫《ヲ》、又於《テ》二堤家《カニ》一得《タリ》二銭五-千《ヲ》一、堤懼《ヨソテソ》二楚掠《リヤツヲ》一、自《ミ》-誣《シイテ》言《フ》レ殺《ストヲ》レ之、悦疑《フ》レ之《ヲ》、乃《ス》-引《テ》二毛奴兄《カコノカミヲ》一問《テ》-曰《ク》、殺《シテ》レ人取《ヲル》レ銭《ヲ》、当-時狼《ラウ》-狽《ハイナリ》音貝狼狽也応《シ》レ有《ル》レ所《ロ》レ遺《ヲトス》、曽得《テタルナニ》二何-物《ヲカ》一、答《テ》-曰《ク》、得《タリ》二一《ツノ》刀《ノ》-鞘《サヤヲ》一、悦取視《テミテ》レ之《ヲ》

曰《ク》、非《ス》二此里《レリ》-巷《カウノ》所《ロニ》レ為《ツクル》也、乃《イ》召《テ》二州内刀《ノタウ》-匠《シヤウヲ》一、示《ス》レ之《ヲ》、有《リ》二
郭門《クワクモント云》者《ノ》一、言《イハク》、此刀《ノノ》-鞘《サヤハ》、其手《ノノ》所レ作《ル》、去《コ》-歳《ソ》売《ハイ》二与《ヨスト云》郭《ノ》-人
董及祖《トウキフソニ》一、悦収《トラヘテ》詰《ナシルレハ》レ之《ヲ》、具《ツフサニ》服《ス》　出《タリ》二北-史司-馬-楚《ソ》之伝《ニ》一悦《ハ》其孫《ノ》-也
六-朝後-魏ノ司馬悦、予《ヨ》州《シウ》ノ刺《（ママ）》-史タリ。上蔡《シヤウサイ》ノ董毛奴《トウモウヌ》ト
云者アリ。銭五千ヲツヽミテアリクヲ。劫《ヲヒヤカ》シテ殺ス。」四十五オ
張堤《チヤウテイ》ト云者カシタル歟ト疑フテ。張堤カ家ヲサカシタレ
ハ。銭五千アリ。是也ト云。張堤モ又糺-明ニタヘカネテ。
我カ殺シタリト云。サテ殺サレタル毛奴《モウヌ》カ兄ヲ召シテ問フ。
人ヲ殺シテ銭ヲトラハ。ワキヘマキチラスヘシ▲狼狽《ラウハイ》ハミ
タル、コトヲ云。二字ナカラ足ノ短《タン》-長《チヤウ》アル也、又何ソヲ
トシタル物ハナキカト云。答テ曰、刀ノサヤハカリアリ。
司馬悦、見テ曰。是ハ小-里ノ者ノ細《サイ》-工《ク》ニテハナシトテ。
則其所ノサヤシヲ。コト〳〵ク集テシメス。郭門《クワクモン》ト云者
曰ク。此サヤハ某人ノ作也。董及祖《トウキフソ》ニウリタリト云。司馬
悦トラヘテ」四十五ウ ナシル。ツイニ服シケリ
鄭克曰、按《スルニ》悦所《カ》三以能《ハヨク》使《ムル》二及祖《キフソヲシテ》服《セ》レ罪《ニ》者、雖レ有《ト》二智《チ》算《サン》一、
亦-偶《クウ》-然《セン》-耳《ノミ》、向《サキニモシ》若賊不レ遺《ヲトサ》二刀鞘《ノサヤヲ》一、或鞘《ハ》非《ハ》二州-内刀《ノタウ》-
匠《シヤウノ》所《ニ》レ作《ル》、何《ニ》-従《テカ》知《ン》二及祖為《カタルコトヲ》一レ賊耶《ヤ》、其《ノ》可《キ》レ称《ス》者《ハ》哀《アイ》-
矜審《キヤウシン》-謹《キンニシテカナヘリ》、合二於中孚議《チウフノハカリ》レ獄緩《ヲユルウスルノ》レ死《ヲ》之義《キニ》一、故卒《ニツイニヨクエテ》能獲レ
賊《ソクヲ》、以釈《テトク》レ冤《ヲ》也
鄭克カ曰、司馬悦カ及祖《キフソ》ヲ罪ニ服セシメタルハ。智略《チリヤク》
アルヤウナレトモ。只自然ニ得タル也。賊カ鞘《サヤ》ヲ落サス。
又落シタリトモ。国中ノ者ノ細工ニ非スハ。何トシテ及
祖ヲ知ンヤ。サレトモ哀矜《アイキヨウ》ノ心アリテ。」四十六オ 易《エキ》ノ中《チウ》
孚《フ》ノ辞ニカナヒテアル故ニ。卒ニヨク賊ヲエテ冤ヲ釈《トキ》タ
リ

張鷟《サク》音泥《ショク》搜《サクリクラヲ》レ鞍　済美《セイヒ》鉤《コウスハコヲ》レ篋

〔迹盗〕

唐《ノ》張鷟字文成《ハフンセイ》、為《タルトキニカ》二河陽《ヤウノ》尉《イ》一、有《リ》レ客《カク》、驢韁《ロノハナカイタヘテ》断、幷《ヒニ》鞍《クラ》
失《フ》レ之《ヲ》、三-日訪《トヘトモ》不レ獲《エ》、詣《イタテ》レ県告《ニマウス》、鷟推《スイ》-窮《キウ》甚《ハタスミヤカナリ》-急、盗乃《ス》
-夜《ヨル》放《テ》レ驢《ヲ》出《シテ》而蔵《カクス》二其鞍《ノヲ》一、鷟《カ》曰、此可《レシ》レ知《ヌ》也、遂《ツイニ》令《メテ》レ不《ラ》三秣《マクサ》二-
音未食馬穀也 飼《カハ》驢《ニ》一、去《テ》レ轡《クツハツラヲ》夜放《ルツ》レ之《ヲ》、驢尋《ツイテムカヒ》向二昨夜餵《ノカフ》-処《ニ》一去《ル》、
乃《ス》搜《サクリモトメテ》二-索其《ノ》-家《ヲ》一、於《テ》二積《シ》-草下《ノシタニ》一得《タリ》レ之《ヲ》、人服《スノ》二其智《ニ》一

唐ノ張鷟《チヤウサク》、河南ノ尉《イ》タル時ニ。客アリ。驢《ロ》ノムナカイキレテ。鞍《クラ》トモニ失フ。三日マテ盗人ヲエス。県《ケン》ニ告《マウ》」四十六ウス。張鷟《チヤウソク》キハメテヨクトフ▲張鷟ハ遊仙窟《ユウセンクツ》ノ作者ト。日本ニ云ナラハス也、穿鑿カキツキ程ニ。盗人、驢《ロ》ヲハナチテ鞍《クラ》ヲカクス。鷟、驢ニ物ヲモクハセスシテ。轡《クツハ》ヲトイテ。ハナチタレハ。二三日カフタル故ニ。彼盗人ノ家ニ入タリ。其家ヲタンタヘタレハ。草ヲ積《ツミ》タル下ヨリ。鞍ヲエタリ

鄭克曰、按《スルニ》管仲《クワンチウカ》之相《シヤウタル時》二斉侯《セイコウニ》一也、伐《ウツテ》二山戎《ヲ》一還《カヘルトキニ》、而迷《マヨツテ》失《フ》レ道《ヲ》、仲令《メテ》レ解《トキ》二縦《ハナタ》老馬《ヲ》一、軍随《クンテ》以《テ》行《ユク》、乃得《スタリ》レ之《ヲ》、鷟蓋采《シトリ》二用《フ》此術《ノヲ》一也、夫故《レ》道有《リ》二跡《アトノ》一可《キ》レ求《ム》、而《モ》人莫《シ》二能《ヨク》識《シルコト》一、彼《レ》皆識《シレル》二故道《ヲ》一者、則宜《スクシ》二仮《カリテ》以求《テム》一レ之《ヲ》矣」四十七オ是《レ》亦君子善仮《ヨクカルノ》二於物《ヲ》一之義《ナリ》也、顧憲之《コケンシ》、任《マカセテ》レ牛索《ニモトムルモ》レ主《ヲ》亦以《テ》レ此《ヲカ》歟

鄭克カ曰、按スルニ。管仲カ斉《セイ》ノ国ニ居タ時ニ。北方ノ山戎《サンシユ》ト云エヒスヲウツ。帰ル時、雪ニアフテ路ヲ失フ。管仲ソコテ老馬ヲ放《ハナチ》テ、其ニ随テ兵トモ路ヲエタリ。張鷟モ此術ヲ用ヒタル也。博《ヒロ》ク物ヲ知タル君子ハ。古ヘノコトヲ仮用《カリモチ》ヒル也。顧憲之《コケンシ》カコトハ前ニ見ヘタリ

〔察盗〕

唐閻済美《ノエンセイヒ》、鎮《チンス》二江南《ヲ》一、有《リ》二舟人《ノ》一、傭載《ヨウシテノセテ》二商売人《ヲ》一、貨《ニ》甚繋《ハナタケイ》砕《サイナリ》、其間有《リ》二銀一十錠《テイ》一、密隠《ヒソカニカクス》二之《ヲ》於貨中《ニノ》一、舟人《チニ》」四十七ウ潜《ヒソカニ》窺《ウカヽフ》レ之《ヲ》、伺《テ》二其上《ノルヲ》一レ岸《キシニ》、乃盗《ステ》レ之《ヲ》沈《シツム》二於泊《トムル》レ船《ヲ》之所《ニ》一、船夜《ヨル》発《シテ》、至《ル》二於鎮所《チンシヨニ》一、点閲《テンエツシテ》二余貨《ヨクワヲ》一、乃失《フ》二其銀《ヲ》一、遂執《ツイニトラヘテ》二舟人《ヲ》一、以見《テユ》レ公《ニ》、公曰《ノク》、客載《カクサイノ》之家《ヲ》、盗《ムコト》レ物《ヲ》皆然《リ》也、問曰《テク》、客昨《キノフ》者宿《スル》二何所《レノニカ》一、曰《ク》、此去《ルコト》百里、浦汊《ホサノ》中《ナリ》、公令《シム》下武士《ニ》与《シトトヲシテセン》二船夫《フ》一同往《ク》索《テモトメ》上レ之《ヲ》、公密《ヒソカニ》謂《テ》二武士《ニ》一曰《ク》、必是《スレ》船人盗《テ》レ之《ヲ》、沈《ルナラン》二於江中《ニ》一矣、爾可《ナンチシ》レ令《ム》二楫師《シフシヲシテシツメテコウヲ》一沈《レ》鉤取《ラ》レ之《ヲ》、其物《ノ》必在《スアラン》、若獲《モシハ》レ之《ヲ》必受《スン》二吾重賞《カテウシヤウヲ》一、武士乃依《スツテ》二公命《ノメイニ》一、鉤《シテ》而引《ク》レ之《ヲ》、銀在《テ》二篋中《ハコノニ》一、封署《ホウシヨ》猶全《シ》、而献《ス》二于公《ニ》一、公劾《コクス》レ之《ヲ》、舟者立《ロニウケテ》承伏《ス》レ法《ニ》

唐ノ閻済美《エンセイヒ》、江南ヲ鎮スル時ニ。舟人チンニテ、舟ヲ」四十八オ商人《アキヒト》ニカシ。貨《ニ》ヲツミタリ。商人、銀十錠《テイ》ホトアルヲ。カクシトリヲクヲ。舟人ヒソカニ見タリ。舟ヲツナキテ。湊《ミナト》へ商人ノ上リタル間ニ。舟人ヌスミテ。江ニ沈テヲキ。

其夜、又舟ヲ出シテ。江南ノ鎮所ニ至ル。商人、貨ヲ上ル時ニ銀ナシ。舟人ヲ捕ヘテ済美《セイヒ》ニ訟フ。公ノ曰。舟人カ貨物《ニモツ》ヲヌスムコト細々ノコト也。此銀モ舟人カ取タルナラントテ。問ケルハ。昨日、舟ヲ何レノ所ニカ、リタルソト問。商人曰、是ヨリ百里ハカリ。某《ソコ》ノ浦ニ舟ヲカ、リテ有ト云。公ソコテ別ノ舟人ヲヤトヒ。武士ヲソヘテ尋ニヤリテ云ケルハ。舟人「四十八ウ」カ盗テ。江ニ沈《シツメ》テ置《ヲキ》タルナルヘシ。今添《ソヘ》テヤル舟人ヲ頼テ。カギヲ江中ヘ入テ。サカシタラハ可レ得也。若得タラハ、恩賞《ヲンシヤウ》ヲ受ン程ニ。汝等ニモ褒美《ホウヒ》スヘシト語ル。武士、其コトクシケレハ。案《アン》ノ如ク。銀ノ篋《ハコ》ヲ封《フウ》ノマ、引出シタリ。則公ニ献ス。公、舟人ヲセメケレハ。立トコロニ伏シケリ、繫《ケイ》ハ縏《ハン》ニテ可レ有歟。客《カク》載《サイ》ハ舟人也。汊《サ》ハ舟ツキ也

鄭克曰、按《スルニ》治《ルノ》レ民《ヲ》之官《クワン》、毎《ツネニ》患《ウレウ》二姦《カン》盗《タウヲ》一、敢《アヘテシテ》為二其敵《ノテキト》一、善料《ヨクハカル》レ事《ヲ》者《ハ》、譬《ヘハ》猶《ヲ》二用《テ》レ兵《ヲ》善《ヨク》料《ルカ》レ敵《ヲ》也、済美《セイヒ》所四以知《ハル》三舟人《ノ》盗《テ》レ銀《ヲ》沈《ルコトヲ》二于江中《ニ》一者、此《レ》耳《ノミ》、是亦可《シ》レ称《ス》「四十九オ」也

鄭克カ曰、民ヲ治ル者ハ。盗人ヲ患《ウレウ》ルコト肝要《カンヨウ》也。兵ヲ用ル者ノ。敵《テキ》ヲハカル如クニスヘキコト也。済美《セイヒ》カ銀ヲ江中ニ沈タル舟人ヲ得タルハ。誠ニ敵ヲハカリタル者也。可レ称《セウ》ト也

承天議《セウテンキシ》レ射《イルコトヲ》　廷尉《テイイ》訊《トフ》レ猟《カリヲ》

〔議罪〕

宋劉毅《ノリウキ》、鎮《チンスコ》二姑孰《シユクヲ》一、何承天《カセウテン》、為《タリ》二行軍参軍一、毅嘗《カツテ》出行《ス》、而《シテ》鄢陵県吏《エンレウケンノリ》陳満《チンマン》射《イル》レ鳥《ヲ》、箭《ヤ》誤中《アヤマツテアタル》二直《チヨク》帥《スイニ》一、雖レ不《ト》レ傷《キズツカ》処《シテ》レ法《ニキ》棄市《シス》、承天議《シテ》曰《ク》、獄貴《ハタトフセイ》二情断《タンヲウタカハシキハ》一、疑則従《フ》レ軽《カロキニ》、昔《シ》有《リ》下驚《ヲトロカス》二漢文帝乗輿馬《ノセウヨノヲ》一者《ノ》上、張釈之《チヤウセキシ》劾《コクスルニ》以《ス》レ犯《スコトヲヒツヲ》蹕「四十九ウ」音必警蹕《ナリ》也用以止二行者一罪止《ツミト、マルハツ》二罰金《キンニ》一、明《ス》二其無《ノキコトヲ》レ心二於驚《スニ》レ馬《ヲ》也、故《ニ》不下以《テ》二乗輿之重《ノヲ》一加《フルニ》以《セ》中異制《イセイヲ》上、今満意在《コ、ロ》レ射《イルニ》レ鳥《ヲ》、非《ス》レ有《ニ》レ心《ロ》二於中《ルニ》レ人《ニ》也、律過誤傷《リツニアヤマチアヤマテヤフラハ》レ人《ヲ》三歳刑《ノケイト云リ》、況不《ヤ》レ傷《ルヲヤフラ》乎、罰《ハツシテ》レ之《ヲ》可也《ナリ》「出《ツ》二南史本伝一」

宋ニ刘毅《リウキ》ト云者二人アリ。一人ハ悪人也、一人ハヨキ者也。姑熟《コソ》(ママ)ヲ鎮スル時ニ。何承天《カセウテン》ハ行軍参軍ニテ。其下ニツキタル者也● 刘毅カ出ル時ニ。鄢陵県《エンレウケン》ノ吏、陳満《チンマン》ト云者。鳥《トリ》ヲ

イルトテ。誤テ箭《ヤ》直帥《チヨクスイ》ニアタル•直帥ハ刈殺也•傷《キスツ》カネトモ、法度ノ如ク棄市《キシ》ス。承天カ曰。獄《コク》ハ誠ヲタツトフ。疑《ウタカハ》シキヲハ軽《カロ》クス。昔漢ノ文帝」五十オ ノ乗輿《セウヨ》ノ馬ヲ驚《ヲトロ》カス者アリ。張釈之《チヤウセキシ》コレヲ蹕《ヒツ》ヲオカス罪ニアテ、。過銭《クワセン》ニテヤム。心アリテ驚カスルニ非スト云•蹕ハ。サキヲオフト読リ•天子ノ馬ヲ驚シタルサヘ不慮《フリヨ》ナレハ。法ニヲコナハス。況ヤ直帥《チヨクスイ》ヲヤ。此者、鳥ヲイソンシテ。直帥ニアタリタレトモ。傷《キス》モツカヌコトナレハ。棄市《キシ》ヲヤメテ。罰《ハツ》シテヲクヘシト也•譬《タト》ヘハ。ヤネノ瓦《カワラ》ヲチテ。人ニアタラネハ。瓦ニ咎《トカ》ハナシ。天台《テンタイ》ノ釈《シヤク》ニ云。岸崩《キシクツレ》テ魚ヲ害《カイ》ス。岸何《キシナン》ノ咎《トカ》カアル。花仙前《セン》ニ散《サン》ス。花何ノ功《ク》徳《トク》カアルト云意也。岸ノ崩ル、モ無心、花ノ散モ無心ナレハ。岸ノ咎モナク。」五十ウ 花ノ功徳モナキト同コト也

鄭克《カ》曰、按《スルニ》此《レ》亦推《ヲシ》己《ヲノレヲ》議《ハカリ》物《ヲ》捨《ステ、》状《ヲ》、探《サクル》情《ヲ》者《ナリ》也

鄭克カ曰、己《ヲノレ》カ心ヲ推《ヲシ》ハカリ。サテ物ヲハカリ。状ヲステ。情ヲサクルト也

〔議罪〕

魏高柔《キノカウシウ》、為《タル》廷尉《テイ》時《トキ》、猟《レウ》法《ハウ》甚《ハナハタ》峻《シユンナリキ》、宜陽《ヤウノ》典農《テンノウ》劉亀《リウキ》、窃《ヒソカニ》於《テ》禁《キン》内《タイニ》射《イル》兎《トヲ》、其功曹張京《ノコウサウチヤウケイ》、詣《イタテ》校事《カウシニ》言《マウス》之《ヲ》、帝《テイ》匿《カクシテ》京名《カヲ》、収《トラヘテ》亀付《ヲフス》獄《コクニ》、柔表《ヘウシテ》請《コフ》告《マウス》者名《ノヲ》、帝大怒《ニイカリテ》曰、劉亀当《ル》死《スニ》、乃《ス》敢《アヘテ》猟《カリス》吾禁地《カキンチニ》、送《テ》亀《ヲ》廷尉《ニ》、便《スナハチ》当《ニ》《シ》拷掠《カウリヤツス》、何《ソ》復《マタ》請《フ》《ハン》告《マウス》者主名《ノヲ》、吾豈妄《ミタリニ》収《トラヘンヤ》亀《ヲ》耶、柔曰《カク》、廷尉《ハ》天下之《ノ》平《ナリ》也、安《イツクンソ》得《ンヤ》以《テ》至《シイ》尊《ソンノ》喜《キ》怒《トヲ》而毀《ヤフルコトヲ》法《ヲ》乎」五十一オ □復《マタ》為奏《タメニソウス》、辞旨深切《ナリ》、帝意《ノコヽロ》悟《テ》、乃《ス》下《クタシテ》京名《カヲ》、即《ス》還《カヘツテ》訊之《ヲ》、各《ヲノ〳〵》当《ル》《シ》其《ノ》罪《ニ》 出《ツ》魏志本伝《ノニ》

魏ノ高柔《カウシウ》、廷尉《テイイ》タル時ニ。カリヲスルコト。法度キヒシクアリ。日本ニテ鷹《タカ》ヲツカフ法度ノタ、シキカ如シ、宜陽《キヤウ》ノ農人ヲ司《ツカサ》スル刘亀《リウキ》ト云者。ヒソカニ禁内《キンダイ》ニテ兎ヲ射ル。其下司、カリハノ功曹張京《コウサウチヤウケイ》ト云者。挍事《カウシ》ニ詣テ目アカシス。帝ソコテ張京カ名ヲイハスシテ。刘亀ヲ捕《トラ》ヘテ、獄《コク》ニ付ヨトアリ。高柔表《ヒヨウ》シテ云ク。誰カ申ソ。告ル者ノ名ヲ承ラント云。帝イカリテ曰。刘亀ヲ殺スハカリナリ。何ソ告ル者ノ名ヲタンタヘ」五十一ウ ンヤ。高柔《カウシウ》カ曰。廷尉《テイイ》ハ天下ノ政ヲ私《ワタクシ》ナク平ニ行フ者也。帝ノ悦《ヨロコ》ヒ給フ怒《イカ》リ給フ

トテ。法ニソムクヘケンヤトテ又奏《ソウ》ス。帝サトリテ。告ル者ハ張京《チヤウケイ》ナリトアカサル。高柔ソコテ刘亀ト同罪ニ行フ也

鄭克曰、按《スルニ》法《ニ》有三誣告反拷《シイテツクレハカヘツテウツコト》二告《ル》人《ヲ》一、所二以息《ユヘンナリヤメ》レ奸《カンヲ》省《ハフク》レ訟《ウツタヘヲ》也、安《イツクンソ》得《ンヤカクスコトヲ》レ匿二告《ル》者名《ノヲ》一乎、柔《シウヲハ》可《シ》レ謂能《ツヨク》執《レリト》レ法《ヲ》矣、後魏游肇為《キノユウテウタル》二廷尉《テイイ》一時《トキ》、宣武《センフ》嘗勅《カツテチヨクシテ》レ肇《ニ》、有《リ》レ所《ロ》二降恕《クタシユルス》一、執而不レ従《シテ》曰《カハク》、陛下《ヘイカ》自《ミ》能恕《ヨクチヨセヨ》レ之《ヲ》、豈《ニ》可《ンヤシム》レ令二臣曲《ヲシテマケ》レ筆《ヲ》、此《レ》亦《タ》柔《カ》之流亜《リウアカ》歟、惟《タヽ》柔与《トト》レ肇皆詔《ミナツケテ》レ所《ヲ》レ指《サス》、以励《テハケマス》二士師《ヲ》一者《ナリ》、故並著《ニナラヘシルス》焉、庶幾《コイネカハクハ》執《レル》レ法之《ヲ》」五十二オ吏、不《レ》二曲《テ》レ筆《ヲ》以縦《テユルサ》レ有《ヲ》レ罪《ツミ》、不二毀《シテヤフツテ》レ法《ヲ》以陥《テヲトシイレナキヲツミ》レ無レ辜而、処議合《カナハンコトヲ》二於人《ノ》心《ニ》一也

鄭克カ曰、按スルニ。法ニ偽リヲ云カクル者ニハ。却テ告ル者ヲウツコトモアリ。其ハ訟ノナキヤウニセント也。何ソ告ル者ノ名ヲカクサンヤ。高柔《カウシウ》ハヨク法ヲ守《マモ》ル者ト云ヘキ也。後漢ノ游肇《ユウテウ》、廷尉タル時ニ。宣武《センフ》カツテ游肇ニ云ツケテ。科《トカ》アル者ヲ。ユルセトアリ。游肇、法ヲ守テ。帝ノ詔《セウ》ニシタカハスシテ云。陛下《ヘイカ》ユルシタクハ赦《ユル》シ給へ。臣ハ罪アル者ハ罪アリト。マツスクニ筆テ書付ヘシ。曲《マケ》シ」五十二ウ ト云テキカス。是又高柔《カウシウ》カ流ノツキ也。高柔、游肇《ユウテウ》ハ。ヨク士師《シシ》ヲ励《ハケ》マス者也▲士師ハ獄《コク》ヲ司《ツカサ》トル者也。故ニシルス。法ヲ守ル吏《リ》ハ。筆ヲ曲《マゲ》テ罪アルヲ、ミタリニ赦《ユル》スコトナク。法ヲヤフリテ罪ナキ者ヲ、陥《ヲトシ》イルヘカ[ラ]ス。議スルコト。人ノ心ニカノフヘキ事トソ

（三行空白）

裳陰秘事加鈔大尾

」五十三オ

つれづれ御伽草

（整版本、一巻一冊、絵入）

つれ〳〵御とぎ草目録

」一オ

つれ〴〵御伽草《ときくさ》

壱　采女のうたひにゐんりよがある

三ばんめにうねめをうたふ時・かう中より一人いひけるは、浄土《じやうど》の春におとらめやの所・おとらさまとうたはんといふ・のこるがう中いかにと聞は、ていしゆの内儀《ないぎ》をおとらといへば用捨せずは成まい、それならばさまにせよとていひ合してさまとうたふ、さてうねめ過ぬれば・ていしゆかう中にうちむかい・おとらめやの所をばなせさまとはうたはせらるゝ、みな〳〵しか〳〵の事といふ・ていしゆいわれぬ御ゐんりよや、近き比名をかへまして、今はおねこと云まする

二　ほうさうのはさみ箱《ばこ》

ほうさうはやりし時分、さる人の子、兄弟《きやうたい》なから一時《どき》にほうさうす、そうりやうほうさうあしくて死《し》にけるに、又次《つぎ》の子も追付死《おつつけし》にたり、外聞《ぐわいぶん》もあしければ、ひそかに寺《てら》へゆかん」一ウ　とてはさみ箱に入てもたせてやる、男寺の門外に置・しか〳〵といふうち・どろぼうはさみばこをとつてにげる、おとことりに出るになし、むかふをみればどろぼういきをきつてかけて行、おとこどろぼうよ〳〵とこゑをたつる、門前のものども是を聞て何をとつた〳〵といへば・此男うろたへてほうさうをとられた〳〵

三　思ひもよらぬ女ぼうのほうさう

同し比、さる人の女ほう、是もはやりものいたしけるが、とりわきほうさうかほに出、いのちもあやうかりけるに、仕合にて何事なく段《だん》〳〵とひだちしが・めんてい以前《いせん》とちがい、つゝいりの跡《あと》大分《ぶん》有て・おとくぢよにさもにたり、ていしゆ女房のかほをみれは・ぼんのくぼがぞつとして、内に居るもゐられねは・いそぎなかうどの方へ行、か様《やう》〳〵の事なれば、さとへ返し申さんといふ、それはやまひのこと〻いひ、今迄のなしみなれば、かんにんをしてそ

い給へ、いや」三一オかんにんもすこしの事、どう有てもりべつといふ、せう事なくてなかうどは、それよりしうとの方へ行、はじめおはりをくはしくかたる、ふたおやとうとこまりはて・しばらくあいさつなかりしが、てゝおや、ばゝきづかいしやるな・まづむすめをよびよせてれうぢをばしてやろふ、母をやいかにと尋れば、ぬり物やへあつらへてさびをつけさせ、ずいぶんみがきに念を入・せしめをぬらしてそのうへを銀ふんにまかそうといふた

四　火事場《くはじば》の硯《すゞり》

火《ひ》消衆《けしゝう》、火事場にて書付をし給ひしに、懐中《くわいちう》硯をおとし給ひ、筆はあれども硯なくて難儀千万なる所に、やり持申けるやうは、わたくし硯《すゞり》にても御つかひあれといふ・どれ硯はとあれば、かたほをつきだす、是はなにじやとの給へは・此ひげすみにて御座るといふ、事かけの事なれは、水にてぬらしかき給ふ、其後やり持しそこないありていとま出る、それよりもやり持は火けしやしきを」三一ウ

〔挿　絵〕」三二オ

かけまはり、火事場の硯は〳〵とうりあるいた

五　耳ひろい

さる町にてけんくわ有・たがひにわきざしぬき合しばしたゝかふそのうちに、一万の人耳をきらるゝ・町中の人ほうを入あつかいてすましける、さて耳を尋ぬるにみえす、

耳ひろいたるいゑもち、とびがさらへていたといふ、耳きられ腹《はら》を立、是ほどの大さわきにとびがどうしてさらへるものぞ、せんぎしてだされずは・此町へかゝるとわめく・耳《み、》ひろい、是におどろき誠はおれがひろいました、はやく持て御座れとて耳を渡《わた》す・耳きられ悪口《あくこう》いふてのめまはしてかへりける・その跡（ママ）にて町の衆、何にするとてひろわれたと云、年寄て耳《み、》の聞へぬ時かへ耳にせうと思ひました

六　将棋《しやうぎ》の駒《こま》

ざいがうもの、こまものゝたなへ来り、せうぎの駒を手に取、是は何てあらふと云、一人のいわく、一寸ぼうしのそとはさうな、又一人のいわく」三ウ いかにもそとはにまかいがない、すんば□いふてしんだかして金性と有、馬にふみころされたる者はけいは、くるまておしころされたるはひしや、かくのやまひでしんだるは角行とかいて有といふた

七　なぞゆへの奉公《ほうこう》人

おとに聞えしなぞずきの所へ奉公に出るもの有・主人《しゆじん》、我《われ》はなぞをとくかと聞るゝ、ちとばかりときまする、それゆへにこなたをのぞみてまいりました、それならば心見にかいものにつけてなぞをかけん・さつそくじゆずのせんだくをかつてこひ、心得ましたとて、ごふく屋へ行・やがてしゆすをかつてくる・又にわ鳥のはねとりをかへといふ、今度も又ごふく屋へ行、くじやくおりをかつてくる、主人、是はとうといた・奉公人、庭《には》をとりますれは、あとが□御座る、主人、にわ鳥は聞えたれど、おり物はちかひた、きんらんとゝくといわるれは、奉公人、はつと思ひ・なぞの事はわきへなり、こふく屋がとりかへまいといふた」四オ

八　利かんもまはれば水になる

ものごとに利かんをする人、みそをつく時家来《い》をよび付、あすみそをつかふならば、うすのうへに又うすをさかさま

につり、うへのまめもつくやうにせよ。是ついへのなき事なりと、じまんがほにていわる丶。けらいわらひながら、上のうすへまめが入てゐますまい、りかんじや、はつとおもひしが、またりかうさうにいひけるは、それならはよこにしてつけよといふた

九　観音《くわんおん》のかみひろい

或人、十二月十八日、浅草《あさくさ》の観音へ参りけるに。うしろの方《かた》より白紙《しらかみ》一枚びんのはづれよりほうをすりておちる、福《ふく》のかみうれしやと思ひ、宿に帰り人に語る。去人《さる》、それは福のかみにあるまい、さう〳〵すて給へと云《いふ》。いかにと聞は、何とびんからほうをすりてきたではないか。すればひんほうかみじやといふた

十　火事《くわし》をいとはぬかるたすき

かるたのよみすき成人、毎はんてあいをきわめうちけるに、此者あさ」四ウ かけをすきて。百文弐百文づ丶かくる、霜月の比、ある夜、大風吹せけんさはがしかりしに、それにもかまわすよみをうつ。その夜はあざがけ仕合あしく、まけるにか丶つて居《ゐ》る、やう〳〵あさにとりあたり。すでに銭《せに》をとらんとする時、むかいがわより火出て。夫《それ》火事よといふほとに、女房子共あわてふためき、それあなくらへだうぐ入よと。あなぐらの口をとるに、ていしゆ口もとへとんで来り、先此あざをさきへ入よといふた

十壱　湯にてのへらず口

うくわつ成人、湯へ入とて。づきんたびをはきながら。はだかになりてながしへ出る。ゆやのていしゆ、それたびをぬがしやれといふ、いやすべるによつてはくといふ。づきんはいかにといへは。ゆ舟のうへから露がおちると、いかひへらず口の

十一（ママ）　髪《かみ》ずくなの老人《らうじん》

かみすこし成老人よそへ行に。あとより子共大ぜいつき

て」五オ　十筋《すじ》右衛門〳〵といふ・老人大きにふくりうして・おのれらにくい事をいふ・なんと十一すじあつたらば、とうしおろふといふた

十三　子共にいひ聞すは大事

祝言したる所へ樽入けれは、おつ付くはい状もちきたる、おや子ともにてんをかけてやり・てゝおやむすこにむかい・此中のたるがものになつた・我もあすはつれてゆかふ・めくばせをするならは・そのまゝうたひをうたへとおしへる・さてあくるひるになりて・おや子共にさきへ行、みな〳〵座せききわまれは、次第〳〵にせんすはる、かの子にぜんをすゆる時・とく〳〵此中の樽《たる》がものになつた・てゝおやはつと思ひ・目にかどを立ければ、うたへといふと心得て・所は高砂のとうたひ出す・てゝおやあたまをかきながら・まだうたふ所ではないと云・むす子めくばせをするならば、うたへといふておいてしからしやるとてなき出した

十四　ぼたもちの名《な》のせんぎ　」五ウ

〔挿　絵〕」六オ

下部三人よつてせんきをする・何事ぞと聞ゐければ一人がいふやうは・じたいぼたもちといふはかた事じや・いかにといふにあれはつく時のなりおとによつて付たものじや・つくときにべたり〳〵となる、それでべたもちといふはづなれど、世がすゑに成たるゆへに取ちがへたりとしさいに

いふ。又一人がいわく、いや〱成ほどぼたもちといふはづじや。いかにもなりおとによつてつけた、べたり〱とはならぬ、ぼたり〱となるによつて。ぼたもちといふはつしや、かたへなるものす丶み出て。べたもちもぼたもちもすつきりとかたことじや。なりおとにはきわまつたが。ぐわたもちといふが本の事

十五　はなくたがいさかい

小間もの店にはなくたあり、さふらひしゆみやげにせんとてみ丶かきを取上、是はいくらと聞る丶。ゐんふんといふ。いんふんとはいくらの事ぞ。いんふんにいくらんのいんふんが御座ろん（ママ）といふ、此長《なが》口上に気がついて。御身ははなくたかといわる丶。はな」六ウ

〔挿　絵〕」七オ

くた大きにはらを立。おさんむらいきんかんといふ。侍、ていしゆにくいやつかな、諸侍《しよさふらひ》にむかつてきんかんとはどうした事じや、おのれこんどは耳《み丶》そげにせんと、すでに刀《かたな》に手をかくれば、近所（「所」に濁点あり）の者共よりあひて、御まへの御意《ゐ》御もつともて御さる。はなくたの事なれは。めつたにはねちらかします、御かんにんあれと扱《あつか》ふた

十六　籠《ろう》の内にもちかづき

ろう屋のうちなる白鬼黒《しろおにくろ》おに。ろうしやの者を取てなぐる事たれもしりたる儀なり。さかい町にいばらきといふおと

こだて有、さる事有て・此いばらきと一所に三人ろうしやにきわまりろう屋へ行、此いばらき・白おにくろおにちか付なれば・二人のおにいかゝしてきたるといふ・かやうの事にてふりよにきたり、先以久しいと云・さて御身《おみ》一人が・いやきやくが二人《ふたり》有・なげずに入てたもれといふた

」七ウ

十七　船中《せんちう》の火燵《こたつ》

大坂のかうの池・大まわにしに酒を一さうつみ・うわのりに手代をさしそへ下す・比は十二月のはじめつかた・海《かい》上《しやう》の事なれば・取わけ船中さむかりける・此手代きよしやうにて・手足いかふひへければ、いかゝはせんとつぶやく・のり合の中よりいひけるは・大酒のみに酒をのませ・こなたの手足をはらのうへにおき給へ、こたつよりよからんと云・手代よろこひ・こなた酒をのみ給はゝ・ふるまひませう、いかにもこたつになり申さんと・酒したゝかにのみて、もはやすみがおこりました、あたり給へといふ・さらばとて手あしを入うへにふとんをうちかけゝる・まことにすみ火とちがひ、いくひどふあつくなく、ほこ〳〵としていわんやうなし・かの上戸《じやうご》は酒にゑい・とろり〳〵とふせりける、酒のゑいさむるにしたがい・あたゝまりうすらきける、手代上戸をおこして・次第にひゑてきまするがいかゞし給ふといひければ、上戸すみがなくなりました、大すみをつがせられよ

」八オ

十八　円福寺への礼状

ゑんふく寺のだんななる人・さる仁を引付られける・此人あくる日礼状書所へ・引つけたる人来りて・いづかたへの状と聞・いやゑんふく寺へ礼状じやといふ・それならば我事も入筆にかきて給はれ・心得たりとてそのおもわくをかき・さて上書になりて・ゑんふく寺のゑんは何じやととふ・いやおれも久しくまいれどもしらぬといふ・時に下部《しもべ》すゝみ出、ゑんふく寺のゑんは竹ゑんて御座ります・いやかきやうの事じや・わらびなわでかいて御座りました・さて〳〵どんなやつかな・字《じ》の事じやといへば・地はすな地

か石地かたしかには覚へませんといふた

十九　無筆《むひつ》の主従《しうしう》

主従《しうしう》ともに無筆《むひつ》なるあき人あり、有時たんなよそへ行《ゆき》て日くれて帰り、水上帳をみるに、いろ〳〵の事あり、しかれともたんなそれしやなれは、とく〳〵とのみこむ中に、水をかきてから下にふとうにけんをもたせたり、たんな是はよめぬといゝければ、いやそれは」八ウ

〔挿　絵〕」九オ

水野《みつの》けんもつさまで御座る・さて〳〵わるひかきやうかな、是はかしばたのふどうゐんにまぎるゝとはらを立《たて》た

廿　らうそくの丸焼《まるやき》

とつと奥《をく》の在郷《ざいがう》にて、らうそくをもろふもの有、ていしゆ是はくふものであろうがいかやうにしてくはふと云・女《にょう》房《ばう》きゝて丸やきがよう御座ろう、それならばゆけとていろりの中へ入ける、なにがくわつ〳〵ともへるほどに、ろう

がながれてはいの上へおちる・さてもあぶらのふかひものじや・かわくほどやかんとて、うちわてあをぎゆくほどに、かげもかたちもなくなりけり

廿壱　うろたへれば云ぞこなふ

火事《くわじ》といふにおどろいて・てい主下帯《しゆしたおび》をさぐるにみへす、くらまきれにがさ〳〵さがす、女房何で御座るといへば・

いやさ下帯といへば火事がみへぬ

廿二　米《こめ》の飯《いひ》に絶死《せつじ》

しわき人朝夕《てうせき》にむぎ飯はかりたかせける・有時花見《み》に行し」九ウかば・女房せめては留守《るす》の時なり共米《こめ》の飯《いひ》をたかせつゝ家《け》来《らい》どもにくわせんと・夕飯《ゆふめし》をたき櫃《ひつ》へうつすに、思ひの外はやくかへり、是をみるとそのまゝせつじす・わかいもの共きもをけし、にんじんのみいらのとひしめくに・女房すこしもおどろかず・きつけまでにおよばすと・大きなるこゑをして今のは米のいひではない、たうふのかすじやとよばわれば、そのまゝいきをふきだした

廿三　たび人狂哥《きやうか》

丹波《たんば》の福知山《ふくちやま》の者《もの》・江戸へ下るとて・道中をしけるに金川のしゆくにて日くれたり・折節しはすの卅日なれは、明《あけ》の年《とし》は正月とて宿中《しゆくぢう》の者《もの》さわぎ廻《めぐ》り・宿《やど》をからんといへど返事もせず。あるまづしき家に立寄て・ふくち山の者て御座る、ひとへにたのむといひければ・てい主にこ〳〵わらひして・所は金川たび人は」十オその名もめでたきふくち山、いかにもとめましよこなたへと、をくの座敷へしやうじつゝ・さま〳〵ちそういたしければ・たび人いかうよろこびて、一首の狂哥をよみてやる

金川へふくち山ほどなかれより　びんぼう神の居るところなし

としければ・あくる年よりふつきにさかへしとなり

（五行空白）

江戸大伝馬三町目
鶴屋喜右衛門梓板」十ウ

徒然草嫌評判

（寛文十二年板、二巻一冊）

徒然草嫌評判《つれ〳〵くさもときひやうはん》　上巻

▲むかしより千代のためしにひきをきし。松泰平の時に相《あい》逢奥州《あふおうしう》や。こまもろこしの境《さかい》なる鬼界《きかい》が嶋《しま》の人〳〵まで武蔵の江戸にこぞり来て

○山のてにのぼりてみれは霞つゝ民のかまどはめにもおよばす

こゝに生国筑前《ちくぜん》なるおとこ。人のかずにはあらねども。世にもれざりしならひとて。于時寛永十三の春の比、心筑紫《つくし》をうかれいで。いとふかかりしに江戸に参り。身は浅草の橋本に、しばしと云てやすらゐける、しかあれば芝口《しばぐち》といふ所に朋友《ほうゆふ》有て。たがひに見ゝえける。

有時柴人の元《もと》より後醍醐天皇《ごたいこのてんわう》の御宇に有し、兼好法師が事」一オを文にひきおこせける。橋本のおとこ見て、けにや覧、此法師こそ。つれ〳〵草といへる双紙《さうし》書《かき》をきぬるときく。この書《しょ》見まくほしく思ひ侍るに。同国《とうこく》筑前松原入道のもとに。野槌《のづち》とてつれ〳〵草の注書《ちうかき》ぬる書《しょ》あるよし聞てとりよせ見けれども、我等ごときの愚人が耳に近《ちか》からず、されども執《しゅ》行してめかれなくよみけるに、又同国筑州《ちくしう》の人、八十歳に及たる禅門《ぜんもん》有。より〳〵ま見えけるがいはく。このつれ〳〵草はわ殿などがよみてよからぬ物なり、中〳〵に源氏物語などはよくぞあらん、さりなから橋《はし》がなくてはわたりもならぬ。此つれ〳〵草をたねとして物おしへ侍らん。けふは日も暮ぬる、又心もあはたゝし。かさ」一ウねて参り来《こ》んとて帰りける。この禅門と申は、若年より異国《いこく》にわたり天竺《てんぢく》其外国〳〵徘徊《はいくはひ》して三十余年異国に住居《ちうきょ》し、五十余の年《とし》に帰朝《きてう》し医師《いし》をして国〳〵ありきけるが、当時《たうじ》此御地に有そあふ。翌日《よくじつ》雨降《ふり》けるにかの禅門きたり、けふの雨中のつれ〳〵につれ〳〵草をよまんずとて、

つれもなけれとふる雨につれなくぬれて来にけらし

抑此つれ〳〵草は吉田兼好法師といへる人が作とかや、儒《しゅ》道釈道《たうしゃくたう》を初。うき世に有事のあられぬことを書《かき》たる書《しょ》なりと見えたれとも。まことの儒釈道しらず、皆天理《みなてんり》にちが

ひ、釈道をもそむきぬる書なり。さて兼好法師いかなる者
そとおもふに、第一慢心《まんしん》、第」二オ二恋慕《れんぼ》、第三欲心深《よくしんふかき》世
のわろきこと皆備《そなは》りたる人間成し、畢竟《ひつきやう》は気のちかふた
るうつゝなしとしるがよし

▲此つれ〳〵草、我道《わかみち》にもあられぬことのあられぬうき世なることを書ぬる事、慢心《まんしん》といふべけれ、友人にをしへのために書《かく》ならばさもあらん。なれとも教訓《けうくん》にせば我等ごときの愚《ぐ》人の耳に入ぬる言葉にてなと書《かゝ》ざる。この書の言葉皆知たる人は此書なけれども昔より聖賢《せいけん》の書をみて道は知ぬる、たゝあくまで物知だて成草子なり。せめて此書を作者のしれぬごとく書《かき》をくならば面白からん、後の代にも我が名をあらはしぬるごとく書たる心こそ慢心《まんしん》よりいづる所ならずや」二ウ

▲兼好自讃《じさん》七つの内、月あかき夜。千本の寺に顔《かほ》かくし参り聴聞《ちやうもん》せしに。優《ゆう》なる女の匂ひふかきが分入て。兼好がひざに居かゝれは。匂ひなどもうつる計なり、便悪《たよりあしく》思ひ、兼好寺《てら》より立出たる。其後聞ぬれば、其夜聴聞《ちやうもん》の座《ざ》に参りたるを。御つぼねの内より御覧じありて、女房を作りて出させ給ひ。兼好が心見給と聞し、よくぞ其夜立さりぬるとの自讃《じさん》也

あらおかしの兼好が自慢《じまん》やな、兼好が遁世《とんせい》の後も恋慕《れんぼ》のうき名立ぬる物なればこそ人より心見られぬる、善道にも悪道にも聴落《きゝおち》つきぬる人は心みられぬ物なり、一さいの食物にも何《いつれ》の道にもいまたさだまらざる物にこそ心みと云る事は候へ、兼好本意ならば人」三オより心みられぬるは大恥《ち》辱《じよく》と思ひ、中〳〵言葉にももらさぬこそは本意なるべきに、剰《あまつさへ》草子に書入をきて、今の代まで我等ごときの者の愚者《ぐしや》の沙汰に入ぬる事、沙汰のかぎりにあらずや、但故《こ》人《じん》の沙汰に万人より誉《ほめ》られぬる人も悪し。善人より。誉《ほめ》られ。悪人よりそしられぬる、これ善也と、論語にも此心持有なれば、美女は悪女のかたきとして我等がやうなる愚人のそしりは、兼が善徳のいたりにても有《あ》らんなれども。愚

人の我等などが思ふにはよからず、兼好其夜法談《ほうたん》の場《ば》なれば、貴賤群集《きせんくんしう》の中を立破りて善人とよばれん其誉《ほまれ》とぞ思ふ、其心中ならは、若《もし》ひとり道にて女房のかく心見たらば、あやうくあらんとぞ思ふ」三ウ

▲兼好真実成仏道者《しんじつなるぶつたうしや》にあらざる事はまことや覧、禅法に梢《こずへ》を忘るゝといふ事は、我ゆびをくはへて禅法《せんはう》深くあんじける人、心感《かん》にたへて我ゆびのきれぬることをしらぬといふに、女房の傍《かたはら》によりたるとて大事の法談《はうたん》の場《ば》けがしてさまたげにならんや

▲近き比、筑前の有馬《ありま》に聴聞《ちやうもん》の貴賤群集《きせんくんしゆ》せし中に男一人色あをく成て死人のごとし、傍《かたはら》なる人心いかゝ有やらんとたづねければ、小声して持病《ぢびやう》なるむし出ぬるといふ。さあらば立出給へと云しに、大事の聴聞也、我立去ならば諸人のさまたげにならんといふて堪忍《かんにん》しける、法談《ほうだん》過て家に帰り死にける、かく死する程ならばいかほとかたえがたからん、なれども」四オ 聴聞の場を立去ずなんぞや兼好女のかたはらに寄ぬるとて、大事の法談《ほうだん》の場《ば》立破らんや

▲兼好が賀茂のくらべ馬を見る人所せきぬるとて、有法師あふちの木のまたにのぼりて見ゐたるが、ねぶり落《おち》んとすればめさまして木にとりつくことたび〳〵なり、諸人是をみてしれものかな。かくあやうき事をして物を見るかと云ければ、法師云我等しやうがい唯今にもやあらん、それをもしらずして物みて暮す人は猶おろか也といひければ、皆人感《かん》じて所明《ところあけ》て見せけるとかけり。かくのごとく人の命のあたなる事を書ぬる、兼好が大事の聴聞《ちやうもん》の場《ば》にて女のかたはらによりぬるとてたちさるべきにや、皆これ其」四ウ 身の慢心《まんしん》ならずや

▲兼好云、雨のふる日、友達あまたあつまりゐるに。三色のすゝきの大事、わたのべの僧知たると云ければ。其座に。

登蓮法師《たうれんほうし》ありしが。にはかに蓑笠借《みのかさかり》て彼薄《すゝき》ごとならひに出る、友人物さはかし、雨やみてこそといひければ法師。人の命は雨の晴《はれ》まを待ものかと云て、いでならひける事をひきて、兼好云、此心のごとく一大事なる後生のことをこそおもはめとかけり

是をみかれをみるにも、など千本の聴聞の場を立破りけるや、但兼好が時代の比までは千本のあたりは人の死せざる所なりしや

▲兼好よくふかき事は、尊氏《たかうし》将軍の執柄《しつへい》に武蔵守高《かう》の」五オ師直《もろなを》といへる有、太平記執柄《しつへい》と書たる本有、執柄家とや覧は近衛《このゑ》殿、九条殿、二条殿、一条殿などをいふと有が、将軍家にも有哉覧、只武蔵守師直は右大将頼朝《よりとも》の梶原《かしはら》が様なる者也、彼師直に兼好つねに推参せしとかや、しかあれば師直塩谷《ゑんや》判官が妻《つま》のもとに密《ひそか》に恋書《れんしよ》を送りしに、兼好をやとひて書ぬることを野槌にもそしられぬるが、此段ばかりならば師直凡人なれは時〳〵ま見え教訓をもなさんがためともいふべけれとも、兼好云わろき友七つ、よき友三つ有と書をきしが、此よき友三ッの内に物くるゝ友を第一に書たり、扨も此武蔵守師直事太平記に書たるはまことに傍《ばう》若無《じやくぶ》人《しん》にして畜」五ウ類に人間のかわきせたることくなる不仁なりし士《さふらい》と見えたり、かゝる非人を友として兼好ま見えぬるは、物をもらひに推参したりとそ思ふ、是をおもへばよくふかき兼好ならずや、故人云君の御心をしらんと思はゞ愛し給ふ臣下の心を見よ、又其人の心を見んと思はゞ其友の心をひき見よと云をきしが、師直を友とせし兼好が心のうちこそ思ひやられ侍る

▲兼好は後《こ》醍醐《たいこ》天皇《てんわう》に仕へ奉りしと聞えぬる、しかあればその君鎌倉のはからひにて隠岐の国へうつし奉りぬれは、兼好牢人《らうにん》と成てせんかたなく遁世したるなるべし、真実の遁世《とんせい》ならば世をへつらひ師直が様なる者のもとに推参《すいさん》すべきや」六オ

▲兼好云、いのちながければ辱おゝし、四十にたらぬ程にて死んこそよしとかけり
是又天理に違《ちがふ》なり、人のいのちは天よりもりつけられたるいのちなり。かるがゆへに天道の事は学者にてなけれども、愚《ぐ》人までをのつから天命の事よくしりぬるゆへ、仏神より天道をたかく思ふ物也、かるがゆへにいかにといへば人の煩ぬるに、先医師《いし》に逢《あふ》て其しるしなければ神仏に祈念《きねん》し。それにもしるしなければこれからは天道しだいといへるなり、是人のうまれつきをしへぬにしれるは天の道なり、もろこしの人は髪《かみ》をも髯《ひげ》をもそらず、つめをも生ひしだいにするは、父母よりうみつけられたる躰《たい》をそんざしぬれば父母不孝《ふぼふかう》との儀なる、此父母の所も天」六ウ道にあたるところなり、もろこし人は身の毛のそりぬればやかて生ひぬる物さへかくのごとし。ましてや二つとなきいのちを我とうしなはんや、此つれ〴〵草を見てかならず人により天命うしなふものあるべし

▲武家は切腹する事あれども主人させぬる、又はきりたくもなけれども是非《せひ》なくてきる事も有と見えたり。是自《じ》害の内に入べからず、人のさするわざなり、兼好がいへる事をよきことに思請てわかくて死なんと思ひて身の養《やう》生もせずして死る人は是自害《じかい》なるべし

▲命ながければ辱《はぢ》多しといへとも人は若き時こそはぢはかくものなれ、老人になりぬればわかき時かきぬる恥《ち》辱《じよく》身にし」七オみてよき人になること目前の儀にあらずや、又越《ゑつ》王勾践《かうせん》土の籠に入ておはしけれども会稽《くはひけい》の恥辱をきよめ、酒売臣《しゆば[い]しん》(ママ)も老て錦《に[し]き》のたもとを会稽山にひるがへし、大将頼朝は平治の恥辱を寿永《しゆゑい》にきよめられし、かゝる例《れい》和漢両朝に其数しらず、是も命なりけり、佐やの中山といふごとく成に、命ながけれは辱多しとは何事をか。いひをきし兼好例の自慢《じまん》の心にて老ぬれはすかたあしく成をはぢといふなるべし、姿《すがた》の恥《はぢ》は辱《はぢ》ならず、人はたゝ心のはぢこそ恥にはなれ

▲兼好云、高倉院法華堂《たう》三昧僧《まいそう》鏡を取て顔《かほ》つく〳〵と見て、我かたちのあさましき事を心うくおぼえて、人にま」七ウじはる事なく堂のつとめばかりにあひて籠《こもり》ゐたると聞しこそ。有難く覚えぬるとかけり。

此段は公家武家衆の仰られしならばもつともと思ふべし、兼好遁世《とんせい》して仏道を心にかけて後世一篇にかたふきぬるものが誉《ほめ》ぬる事にあらず、天理にも大きにちかふ也、是又大慢《まん》心よりいひける。この段につきて長物語申さふらはん

▲むかし筑前はかたの町に福《ふく》人有、男子七人産《さん》す、六人は美男《なん》なり、おと子七郎顔《かほ》かたち見ぐるしく。うまれつきぬれば中〳〵人前させてはのこる兄弟共の恥辱《はぢ》と思ひ、山里に庵して一生過ぬる程のあしをとらせをきぬる、年月過ぬれば七郎廿五歳の比。おや死にけり、其時かの」八オ七郎親《おや》がとらせをきたる銭銀共を皆貧《ひ》人にとらせはて丶、其身は薪《たき丶》を取て肩にかけ毎日はかたの町に出て木をうり命をやしなふ間、兄弟も不会《くわい》になる、まことに七郎つらかたちおかしく見ぐるしければ、町なる子とも七郎が跡さきにつきまとひ、そしり、石をうちかけ色〳〵に恥辱《はぢ》あたへぬれども、少も腹をたてずして廿年の春秋を送る、しかあれば七郎四十五歳の五月中旬にすてに末期《ご》と見ゆる、近辺に友有、来りて最後《さいご》の念仏す丶めけるに、七郎うれしくも来りをしへ給ものかな、はや限の床なり、いひたき事有けれどもいはで果《はて》なんと思ふところに来り給ふことまことに天の御さしづなり」八ウ

▲いひたき事とは、我すがた見くるしきとて人前させましきとの親の慈悲にて、一期《ご》過ぬる程の銭銀をとらせられて此山にをかれしに、銭銀を人にとらせはて丶かく浅ましき姿《すがた》にて毎日薪《たき丶》おひ町に出て辱《はぢ》をさらしぬる。気の違たると人云ぬる、兄弟親類《きやうだいしんるい》にも勘当《たう》うけぬる事、尤至極《しごく》なり、我毎日町に出て苦労《くらう》するのみにあらず、恥をさらしぬる事はゆめ〳〵気の違に候はず、思ふしさいありしゆへなり

其源は我かゝる住居をあはれみんとて有人町より折〳〵に音つれられしが、有時もろこしのことをかきたる書をよまれけるに、陽貴妃《やうきひ》（ママ）のうつくしきすがた、天のなせるすかたとよまれたるを聞て」九オ さては我すがたのかくあさましきも天のなしたまふ所なるに、人にま見えまじきとてかくのことくなる住所、親のなせる事と云なから慢気のとがなれば、さこそ天道もにくませ給ふへけれ、唯町に出て辱《はぢ》をさらして天道の御奉公にと、それよりこそ思ひ初しか

又其後彼人より山家のつれ〳〵にとて謡の本あまたおこせたる中に、蝉丸といふうたひの本を見けるに、蝉丸は忝も御門の皇子たりしがもうもくに成給によりて相坂山にすてられさせ給ふ、痛《いたは》しや蝉丸さこそ御恨も有へきに、さはなくして、かくすてさせ給ふは、この世にて過去《くはこ》の罪《つみ》をはたさせ、来世をたすけ給はんとの御こゝろさし、これこそまことに親《おや》の御慈悲《じひ》よと」九ウ おほせられし事を見るに、いよ〳〵むねふさがり、さても天子の御子さへかくのごとし、我等ごときの数にもあらぬ身として世の恥をおもひ、かくひき籠《こもり》くらす事まことに大慢心《まんしん》のいたりなり

則町に出て恥辱《はぢ》かゝんと思ひしに、親いまた存生《ぞんじやう》なれば不孝《ふかう》の道にやと思ひわづらふ折からに、親なくならせたまふあいた、親よりもらひし銭銀どもは皆父母のとふらひのために施行《せきやう》しはたして、やかて町に立出て薪《たきゞ》をうりて米をかひ、帰れは又町のはつれに乞食《こつじき》あまたさふらへは大かた乞食に米をとらせ、我其日のあたりぬる食ほどならては取て帰らず、かくのことくに身をこかしぬれば、少は天も不便に思召べきかとは」十オ 思へとも、我身程に天の御慈悲《じひ》うけぬる事世にはあらじと思也

其子細は、我人なみの躰ならば邪婬《しやゐん》のとがも候はん、なれどもかく浅ましき身にしあれば人をも恋す恋られもせすして、母の胎内出しよりいまゝで不婬《ゐん》の道を守《まぼる》（ママ）る是也、色躰悪鋪生れつきぬるは咎をさせ給ふましきとの天の御はからひと思へは、我等は世になき福徳をあたへ給ふと思ふなり、まことに終《つゐ》に五戒の咎に落すしてたゝ今相果なん事の嬉しさよ

されともこゝにひとつ心にかゝる事有、兄弟親類《しんるい》以下の人〳〵の勘当をかうふりなから果候はん事のほいなさよ、命の内に此事をしらせたやと云けれは、彼おとこ我等まかり申候はんとて走《はし》り出て、一門の」十ウ人〳〵に逢て、ことこま〳〵とかきくどひていひけれは。兄弟其外の人〳〵。かゝる大善人とかねてしらざりけるこそ口惜けれ、皆とるものも取あへずかちやはだしにてまいられけるに、おりふし五月雨半なれは、皆ふる雨にうちしほれやう〳〵にたどりつかれけれども、はや七郎むなしきしがいになられぬれば。いとゝあはれぞまさりける。さてあるべきにあらされば野辺にをくられにけるに、此比うちつゝきたる五月雨の俄に晴天と成て日輪出させ給ふ、光たゝ手にとるかごとくなりしとそ申伝侍ると禅門語る内より。涙成けれは橋男もいまみるごとく思はれて袖をしぼりぬる、兼好此七郎ことを聞候はゝ唯鳥獣《たゝとりけたもの》なる七郎とこそいはめ　」十一オ

▲兼好云、才芸《けい》のすぐれたるまでも先祖の誉《ほまれ》にても、人に増《まさ》れりと縦《たとひ》言葉にいはねども心の内に思へば。そこばくの咎《とが》なりとかけり

尤《もつとも》至極《しこく》なり、されば他をしる愚者はあれども身を知る智者なしと云事まことなり。あら身の上しらずの兼好や。それをいかにと申に、兼好は大織冠鎌足《しよくかんかまたり》十九代めより俗名《ぞくみやう》に兼の字上にをく、左京大夫兼名、其子兼顕、其子左兵衛佐兼好是也、卜部景図とて野槌にも如斯《かくのごとく》書たり・まことに兼好が先祖のたかき事は、日本にては公家にも武家にも誰か有べき高家也、さても〳〵身の上しらずの兼好や、入道に成て法名付ならば何と成共名を付かしな、俗名を以法名によはれぬる事こそ先祖の誉あらはしぬる」十一ウに依て身の上しらずと申也、大慢心《まんしん》なる兼好法師とさへしれはたがはす

▲昔橘氏関白道成公《たちはなうしくわんはくみちなり》、紀州に寺建立《こんりう》したまふに、末代我名の誉を残《のこ》しをき給はん御心にや、道成寺《しやうし》と号し給ふ、この事なとをまねて兼好も俗名《ぞくみやう》を以法名とせし也、関白

道成公も末の世に我名の徳をあらはし給はんとの慢《まん》心の気よりして建立の寺なればこそ魔王さまたげて女人大蛇《じや》と成、山伏を取ける、元亨釈書にもかけり

▲兼好云、世に語伝る事まことにすくなし、皆虚言《きよこん》なり、年月過て境《さかい》へたゝり、筆にも書とめぬれば、やがてさたまりぬると書たり

此様なる気の違《ちかふ》たる事を書ぬる物か」十二オ それならば数千里へたてぬる天竺より書わたしたる仏法をまことゝ思ひて兼好信し、つれ〳〵にもいく度も一大事を思ひ道心おこせなど、書をきしや

▲橋男云、いやそれは異国の事也、異《い》国より来る事は皆誠《まこと》也、日本にて書をきたるは偽《いつはり》也との心なるべし

▲禅門云、あらかたはら痛《いた》の人の云事やな、さらばやがて此つれ〳〵草の内から申つめて参らせん

▲兼好云、筑紫になにかしの押領使、朝毎《あさことに》に(ママ)土おほね二ツづゝ焼《やき》て薬に食《しよくし》ける事年久敷。有時館《たち》の内に人もなかりけるひまをはかり敵来るに、館の内より兵二人出て命おしまず戦《たゝかひ》て皆追出しぬる、此二人の兵は日来朝な〳〵」十二ウ食しける土おほねとなのり失にける、深く信をなせはかゝる徳も有けると書たる

土大ねは大根の事なりとぞ

▲亦云、書写《しよしや》の上人、旅のかり屋に立入られけるに、豆《まめ》のからを焼て豆を煮《に》ける音のつぶ〳〵となるを聞給ひければ・うとからぬ・をのれらしもうらめしく我をは煮てからきめを見する物かなといひける、たかるゝからのはら〳〵となる音は我か心よりする事ならず・やかるゝはいかはかりたへがたけれども、ちからなきことなりと豆と豆からが物をいひたるとかけり

かやうに非《ひ》生無《しやうむ》心《しん》の物のものをいひたると大偽《いつはり》を書を

きたり、とかく兼好は気の違たる人なりしと思へば不審はれぬる」十三オ

▲兼好云、才能有人も年老たらば忘れたりと云て、有なん一生此事にてくれにけりと聞ぬる、つたなしと書たり是又兼好が慢気よりいへる所なり、聖賢の言葉にもしりたる事をしりたると云。しらぬ事をしらずと云。是しれるなりとも云り、まことに知たる事を人の尋ぬるにしらぬと云は佞人のわざなり、又気の違たる人とも申べし、故語曰、倉の内なる財《さい》はつくる事有、身の内の財はつきることなしとあれは、金銀も人の財。才能も人の財におなしく、人は金銀にて一期過ぬる人有、財はなけれども能を持て身を過ぬる人も有なれは、倉《くら》の内なる財宝《さいほう》も身の能同し事ならずや、肥前国に中嶋と云る入道、老て後金銀」十三ウもはやいらぬ物とて堀の中にすてぬる、人不審に思ひしに頓《やがて》て（ママ）物に狂ひぬる気の違たるとなり、其ごとく人の知たる才能わすれたりと云は、此中嶋金銀堀《ほり》へ入ぬると同し

▲人間の上に気味だてする人と云事有、此気味だて第一わろき事なりと智者の仰られし也、此気味だての源は慢気よりおこる根源也、兼好がこのむ所みな気味だてにつゝまる。人の才能も無智なるものゝためにならさるべきや、人の年みちぬれば老耄《らうもう》して覚えぬる事も忘るゝなり、此期に至らば天より才能めしかへされぬるとおもふべし、老耄《らうもう》もなく覚たる内は人にもをしへ人の用に」十四オたつべき也、是天道のみちなり、兼好が時代より以来数百年、このつれ〳〵草をよき書と思ひてあまたの人が道うしなひたらんやとぞ思ふ

▲返〳〵も人間の気味《きみ》だてわろき事なればこそ、人にすくれ気味だてする人に。能身上一人もなし、又気味もしらぬ人は愚《ぐ》人也、中道なる気味をおこなふ人こそよからめ、さりなから気過たるよりは気味なくて愚人かよくぞ侍らん

▲橋男云、その気だては凡夫の上のことなるべし、武家の人は気味のすくれたるこそよく侍らめ

▲禅門云、いや〱武家にも気味すぐれたる人は戦場」十四ウにてもいぬ死する物と云、又気味もなき侍《さふらひ》は武篇《ふへん》ならず、中道なる気味一大事なるべし

▲源義経《みなもとよしつね》、同左中将義貞《よしさた》、気味勝たる勇将《ゆうせう》成しが終に本意とけられず、この気味の心は慢心のなす所なれば天道にちがひぬると聞えたり

▲右大将頼朝、尊氏《たかうし》将軍、気味中道なれば天道たもち給ふ

▲又気味もなければ愚人とは、目前に大坂秀頼公少も気味しらぬ将なりし歟

▲近代篠《さゝ》の才蔵と哉覧は、天下一の覚の士と名に立ぬるものなれ共、気味すぐれ自慢なれば終によろしき身上」十五オにならずと云

▲仁義礼知信《じんきれいちしん》の五常《こしやう》はいかなる事とうかゞひみるに、只中道の気味なると学者の申きかされし

兼好云、人五十になるまで上手にならぬ芸《けい》行末《ゆきすへ》なし、老人の事をば人もえわらはす、人に交《ましはり》たる見苦しゝと書たり是又気味勝《すく》れ大慢心《まんしん》よりいへる処なり、諸芸の道は年寄て上手の名も得ると云、又老人の物習ふはわかき人に進んとの心にて習人も有るべし、むかし三浦大介、百六歳と哉覧にて城《しろ》より切《きつ》て出なんとせしは、若武者《わかむしや》に軍させんの心成しときこえたり、もろこしの大聖《せい》も朝《あした》に道を知て夕に死ともとかゝれたり、哥にも」十五ウ

○咲てこそちる共ちらめ朝かほのあなうらやまし一ときの花

▲鳥羽院北面《ほくめん》佐藤則清《さたうのりきよ》は歌人成しか共、あこぎといへるこ

とをしらず、日本国修行《しゆきやう》して老後に至りて手をひく童子《どうじ》よりをしへられてさとれりといふ

▲同兼好云、用有て人のもとに行たり共、其事はてなばとく帰るべし、ひさしく居たるいとむつかし、人と向ひたれは詞おほく身も草臥、心も静ならずと書たり

是又慢心と狂心とより云也、人道はむつかしきところを堪忍するこそ人道なり、犬といふものこそ我か気にあはぬ人が来ればやがてはづしぬる

▲兼好は、人の子孫なきをよしと云、野槌には、子孫有こ」十六オそ人輪《(ママ)》なれ、いかんぞ人を鳥獣《とりけだもの》の群《ぐん》に同せんやと書たり

是分別に及はず子孫を専にするこそ鳥獣よ、鳥けだものは子孫の道にかゝり身をもうしなふ、鳥獣は唯《たゞ》子うむ事と食物この二道ならでは別《べつ》になし、人間はうき世に住ぬれは百道のみちにもたつさはるのみにあらず、目にも見えさる後生の事まで心にかけぬる程に、鳥類畜類《ちくるい》のごとく子のなげき人はなきもの也、人として子孫をもちぬるが人間のわざなりとて男女和合《なんによわがう》の道計にかゝりぬる人若あらば人間とはいはじ、唯鳥獣となしでは《(ママ)》さたせまじき物也、鳥獣は子孫専なれば親《おや》とも子とも兄弟《きやうだい》ともはちす」十六ウして和合するもの也、牛馬こそは子一ツは産《うむ》。余《よ》のとりけだものもの共は。一腹《はら》にかならず五ツ六ツ十二などうむものなり、此事を見れば子孫のはんじやうは鳥獣に有事なるに、人間に子孫のなきを鳥獣の群に同しと書たるやうなるきこえざることは、世にまたもあらじとぞ思ふ

▲又野槌に云、妻子もたずして人間のたねをたやさんとやとかけり

是又不レ及二分別一、人間も天のなせる人也、鳥獣も天のなせる鳥獣也、人間はあまり子を。もたざるがことく。天よりはからひ給へばこそは、不産《うます》とて生得《しやうとく》子をもたざる生れ人間の内に有、鳥獣の内には」十七オ不産と云か鳥獣ひと

つもなし、不産をさため給へとも猶人のたねおほく成ぬるとて、天道より人間の種《たね》をたち給ふ事有。其子細はもろこしにも武《ぶ》王殷紂《わうゐんちう》をほろぼし、いく千万の人死ぬる事、天のなせる所ならずや、項羽《かうう》の山を抜《ぬき》ぬる程のちから有しか共、数万の士卒みな高祖よりほろぼされ、項羽たゞ一人になりて自害せし時に、項王いはく天我を害すといへり、此外大明にもむかしよりして、いく千万か合戦に人亡ぬることみな天のなせるところならすや

▲日本にも大むかしより合戦に亡ぬる人其数つもり有へからず、中比寿永《じゆゑい》に平家の軍兵七万、越前のくりから」十七ウが谷にうづもれたるをはじめ、建武《けんむ》より以来日本に人の亡ぬる合戦そのかずをしらず、是も天のなせるところならずや

▲大明此七八百年、弓矢なく長久なる程に人の居所あるまじく思へとも、かならず廿年三十年に一度大飢饉《ききん》有て万民多死と云り、近年大明の内一国とんはうのごとくなるむし、野にも山にもみち〳〵て一国の田畠の物食切《くいきり》て其国の男女廿万人餓死《がし》す。わづかに五万人のこりぬる間、大明四百余州の内より人の割苻《わつふ》（ママ）して其亡国に入られたると云、是天のなせる所ならずや、于時今五拾年以来の事成しと云、当時《そのかみ》長崎《ながさき》に来」十八オ朝の唐人どもみなしりたる事なり

▲日本より天竺しやむ国にわたりぬる間に八百里ながれたる瀬《せ》有、是を万里が瀬《せ》と云、昔は日本の嶋にて殊に大冨貴成嶋成しが、この二百年以前に沈《しづみ》はてゝ今は瀬となる、今も浅みの通りに船をよせて見れは、鍋釜のことくなるもの其かたち有を見出しぬる、扨も此嶋の人民数千万人みなうせにけり、漸《やうやく》一人小船にのりて命たすかりぬると云、この嶋の沈み数《す》千万人の死ぬる事、人智のをよふ所にあらんや、天のなし給所なり

▲日本にも秀吉公いまだ御存生《ぞんしやう》成内に、豊後沖《おき》の浜」十八ウ

といへる海津。にはかに沈海《ちんかい》と成て数百人死ける、遙《はるか》なる岡に有ける楠の大木沖《をき》に成て、近年まで潮《うしほ》の干《ひ》ける時には木未見えし

▲高麗国《かうらいこく》より日本人帰陣《きじん》の時、李文長《りふんちやう》といへる学《かく》匠、薩《さつ》摩《ま》の士取物にして来りぬる、後には肥前の内田代《しろ》と云所に住し、此李文長物語に高麗に日本の烏《からす》あまたわたる、不《ふ》思寄《しき》（ママ）なるとて学匠天変《かくしやうてんぺん》をくりて占《うらなふ》に。三年の内に高麗亡国と云しが、其翌《よく》年日本より士卒《しそつ》渡海《かい》して高麗国滅亡《めつほう》、人死事《しする》十五万余、日本に引来る男女三万余と云り、是又天のなせる所ならずや

▲高麗の陳《ぢん》の内は日本より十余万の人数わたりぬ」十九オれば、日本は米もやすし、帰陳に高麗人あまた引つれ来り、そのさるみ。かくせい子をうみひろげ近代天下泰平なれば人も死る事なし、日本人繁昌なるゆへに米たかし、昔より日本合戦なくば野も山も人間ばかりならん成《なり》ば何を食《しよく》してあらんや、唯《たゞ》牛馬のごとくに草など食てゐたる成べし、天道は人間のうへ。過不過《くわふくわ》にはからひ給ふと知べし

まことに日本にも一日に五万七万五千三千五百人三百人討死しける戦そのかずしらねども、人絶《たへ》すしてむかしより人多し、昔も人のくちすさひに五条あたりのあばらやのあるじもしらぬ所までたづねとひてとうたふ是誠なるべし」十九ウ秀吉公の御代までも歴然《れきぜん》五条あたりはあはらやにて畠《はた》成しが、今は京の中と成、三条小橋あたりも野原なりしが今は町中となる、大坂も五十年以前には五百か六百間か家ありしなれ共、今はいく千間あらんかしれず、此江戸の町もむかしは船町といへるに家すこし有しときくが、今はいく千間の家哉覧しらず、しかあるならば遠国の在〳〵に人もすくなくならんかと思へば在〻所〻もむかしより家もおほくなると云時は、唯《たゞ》日本に人間おほくなりたるなり、右申ごとく一日の日にいく千万合戦に人ほろび候てさへかやうに人間おほくなるに、千万人か中にひとりふたり妻子もたぬとて人間の種《たね》たへべきや、あ」二十オらをろかなりけるいひ

ことかなとそ思ひ侍る

▲兼好云、宿河原と云所にほろ〳〵多《おゝ》く集《あつま》りて九品の念仏申けるに、又外よりほろ一人来りて内なるほろひとりよび出し河原につれ行て、師匠のかたきなりとてつらぬき逢て死ぬることのいさきよきよしとて書ぬるかと思へばまた

▲兼好云、法師のみあらず公卿殿上人かみさままで武をこのめり、百度《もゝたひ》戦て百度勝《かつ》とも武勇《ぶゆう》の名定かたし、運《うん》に乗してあたをくだく時勇士《ゆうし》にあらずといふ人なし、いけらん程武にほこるべからず、人倫《じんりん》に遠くして禽獣《きんしう》にちかきふるまひ其家にあらずは好て益《ゑき》なしと書たり」二十ウ

其儀ならは宿河原にてほろ〳〵つらぬき逢て死ぬるをいさぎよしとは何とて書つけぬるそや、只とにかくに気のちかひたる法師ならずや

▲法師公卿殿上人かみさままで武をこのみ給ふこそことはりなれ、天竺は釈教《しやうけう》にて世をおさむる、大明は儒教《じゆけう》にておさむる、日本は武道にて治る、日本に武なくして儒釈の道にて治るならばむかしより人の国にぞならん、昔は度〳〵に大国より日本とらむとて数万艘《そう》の船に乗《のり》てよせけれども、かみさままで武をこのみたまふ国なれば、つゐに人の国にならず

▲百度戦て百度勝《かつ》とも武勇《ふよう》の名定かたしとはこはいかに」二十一オたゝし兼好が時代の士《さむら》(振仮名ママ)はうち死にしても又よみがへりて千度百度も合戦にあふたるや、近代は一度二度戦場《せんしやう》の手《て》柄《から》あれは早覚《はやおほへ》なる士と成て感状《かんしやう》取て人と成ぬる、秀吉公江州にて柴田《しはた》合戦《かつせん》の時一番鑓《やり》合られし人〳〵七人みなかち武者にて自身鑓をさけての働《はたらき》なれ共、只一度の手柄にて五千石三千石知行給る、後には大国の主になられける人も有し

運《うん》に乗《じやう》して怨《あだ》をくたく時勇者《ゆうしや》ならすと云事なしと書たり、是又いつはりなり、生得臆病《しやうとくおくびやう》なる生《うまれ》の人は敵《てき》の人数見

てはや腰《こし》がぬくる者歴然《れきぜん》大坂にて見たりしなり、たゝし兼好が代にはさやうの人間なき世成しや、され」二十一ウ とも兼好時代建武の合戦にてきはめて臆病《おくびやう》至《し》極《こく》の武者有しと太平記以下にも見えたり、抑武士の上を見るに腰ぬけ臆病武者も千人にひとり、又人に勝れて勇者も千人にひとり、多分《たぶん》はたしなみを以て武篇者になりぬるを第一にして、第二は冥加《みやうか》にかなひたる人、武勇《ぶよう》の名をあらはす事必定と見えたり

▲其家にあらずは武を好て益《えき》なしと書たり、此段は右に申ごとく兼好後醍醐《ごたいご》に召つかはれしに、此天皇家にあたらざる武を好み給ひ遠嶋《あんたう》にうつらされさせ給ひしによりて、兼好牢人の身と成て物うきことの身にしみぬるによりての事なるべし、最前《さいぜん》に申ご」二十二オ とく日本は武の国なれば皆武家なり、其家〳〵と云事武におゐては有へからず、唯《たゞ》目の前なる事申べし、秀吉公は公家にも武家にもあらず土民《とみん》凡下《ほんげ》の者の息なれとも一身の武勇《ぶゆう》にて天下のぬしに成給ふ、此代《たい》には右申ごとく我と鑓《やり》を持たる凡下なる人〳〵大国のぬし共なられぬる事を見ては、日本は人かみさままで武をこのみ給ふも尤至極せり

武にほこるは人倫に遠く禽獣に近しと書たり、さても〳〵いはれざる書様かな、日本の武家の人ゝを禽獣になしぬる、このつれ〳〵草を武家に入ましき物なり、冥加いかゝ、あらんや、夫人として命おし」二十二ウ まざるものはなけれ共、義理と云物人間にあるによりてなく〳〵も討死するこそ人間なるに、是非をわかぬ禽獣に云なす兼好、とかく大狂《きやう》気《き》人なり

▲大明国浦〳〵に番船と云事有、凡都合三千艘《そう》と云、此番船の入目毎年一万貫目の銀子也、勿論《もちろん》天竺《てんぢく》にも番船あり、異国の浦〳〵に番船なき所なし、此国〳〵番船は他国より寄来らん用心なり、大明の番船は日本第一おそれての番船なり、此儀に付ても異《い》国より日本の武勇《ふよう》世《せ》界第一と云、其故は日本はわづかなる小嶋にして殊更金銀みち〳〵たる国

なるに番船と云事なし、是武勇の国なりとて異国より身の毛よだちておそれ」二十三オ申なり・か丶る武勇《ふよう》の国なればこそ皆武はこのめる

▲天竺《てんぢく》しやむ国には必十年廿年の間弓矢有、王のそうれう鹿子のあらそひ、あるひは臣下として王をそむき、あるひは他国より敵来り弓矢の絶《たへ》ぬる事なし、弓矢の時は日本人をやとひぬるにわづかなる二三百人の日本人に数万の敵とも利《り》を得ざる事毎度なり、故に日本一人の内より一人おんぶらといへる官に備《そなへ》をく、此官は将軍といへる心の官なり、異《い》国はかくのごとし、扨又日本に異国人か来りぬるに知行百石とらせて武篇たのむべきや

▲我しやむ国に有し時、大学匠《かくしやう》の申さく、日本人武勇な」二十三ウる事子細有、人の躰は地水火風此四躰にてかためぬる、世界は木火土金水にてかためぬる、日本は金のかちたる国なり、故に金銀多し、其故に人の心に武勇生れつきぬる、其

上日本《ひのもと》は東なれは日本と云、大明天竺《たいめいてんぢく》は西なり、東は陽也、西は陰也、日本人は陽人なれは男也、異国は陰人なれは女也、男に逢《あふ》て勝へきや、いく度も武篇は日本人に逢て異国なるへからす、さりながらはかりことは日本人なるべからす、陽人は陰人より必たふらかさる丶ものなり、又日本の内にても東国の士に逢て西国の士は弓矢なるべからずと云しか少もたがはす

▲兼好云、妾と云物こそおとこの持まじき物なれ、家の」二十四オうちおこなひおさめし女いと口おし、子なと出来てかしづきたる心うし、いかなる女なり共あけくれそふならは心つきなくにくかりなん、時〳〵かよひすまんこと年月へてもたえぬならひとならん、あからさまに来りてとまりなとせんは珍しかりぬべし

此段はあめの下のいろこのみみなもとのいたるとやらんのいはれなばさもあらんや、扨〳〵兼好は妾をよぶは只慰《なくさみ》と思ひしや、ゆめ〳〵慰にあらず、妻をよぶは子を持んた

めの人間の役目なり、又妻をもたぬ人は不婬《ふゐん》にてゐる、是人間の本意なり、此段みるにつけていよ〳〵仏法も儒《じゆ》の道もうしなひぬる物としれり、夫仏法に五戒《かい》第一とす」二十四ウ 此五戒の内に邪婬《しやゐん》ふかくつゝむなり、此邪婬と云物は則よこしまのゐんとかけり、定《さたまり》たる女房はよこしまのゐんならねば邪婬《しやゐん》にあらず、兼好がこのむ所なる定めぬ女をおかしぬるこそ邪婬也、兼好は我身計破らばやふれかしな。かやうなる魔書をかきをきてよろしき事に人〳〵に思はせて邪道におとし入候はんとや、深く思へは第六天なる魔王《まわう》が兼好に成て浮世にあらはれ出て兼好となりたるやらん

▲しやむ国に福貴《ふつき》人有しが男子ひとり持て身まかる、此子親の跡《あと》を取て猶福貴也、扨妻をよひけるが翌年《よくねん》妻《つま》盲《もうもく》に成て顔《かほ》かたちも見苦し、友人男」二十五オ に云けるは、久しからぬ浮世に見苦敷女ををき見給ふ事 傍《かたはら》よりみるも心うし、とく帰して余の妾《つま》を取給へと云に、彼男是は思ひも寄ぬ事を聞《きく》。久鋪世ならは妾をかへてなん、久しからぬうき世にて明日の命もしらぬ故にこそあの女をきぬる尤我妻の亡目《もうもく》に成て殊に見苦しく日に千度帰してことつまかさねんとは思へ共、天理《てんり》にちかふ故に堪忍する。其子細は妻亡目に成てきたなきは我家に来りてよりの事なり、人のむすめをよびて亡目になし帰すべき事人倫《しんりん》の道ならず、それ女をよぶは子をまふけんか為なり、見物なくさみものにあらず、されば定りぬる妾も和合《わかう》の一念になくさみと思ぬれば」二十五ウ 邪婬《しやゐん》になる、唯子をまふけんか為と思ひぬれは邪婬にならずとの善人のいましめなり、あのことくなる。もうもくにても子さへ有ならばかへす事あるまじき物也と云てそひけるか、男子一人女子一人うめり、此子さかんにしていよ〳〵福貴《ふつき》に成しなり、是こそ人道よ、兼好がこのめる所といかゝあらんや

▲兼云、盛親僧都《かんしんそうつ》（ママ）いもかしら好みくひけり、法談《ほうたん》などの座にても鉢に高くもりてひざのもとに置、食なから文をもよめり、師匠死さまに坊一ツ銭二百貫ゆづりけるを、坊を百

貫にうり合て、三百貫の銭を京なる人にあつけをきて、十貫づゝとりよせて芋頭《いもかしら》を買《かふ》てくひたる事をむよく成し道人とほめたり

これも我等が思にはこの」二十六オ 僧都はたゞ畜類《ちくるい》とそ思ふ、恥《はぢ》辱をしるを人間と云、恥をしらぬを畜生といふ物なり、又むよくなる僧にもあらず、先坊を百貫にうりて銭になしをく事、我身まからは此坊人の物にならんと思ひて売《うり》たる事よくふかし、又三百貫の銭京なる人にあづけをきぬるも盗人の用心こゝろきたなし、せめてならは先ゆづられぬる二百貫の銭内にをきて、人のぬすみなん事も思はずしてとり出し芋頭《いもかしら》を買て、食はてゝより後死《しな》ずしてあらは、坊をうりて芋頭をかふならは能もあらんか、有歌に

○手に結ふ水にやとれる月影の有かなきかの世にも住かな」二十六ウ

又うき世は電光朝露石の火の光の間にもいひ、夢のごとし影のごとし水の淡《あは》のごとしと云に、坊まてうりて銭をたくはへをきぬるを兼好よきにしてほめけるそや、かく云かと思へは彼登蓮法師《とうれんほうし》人の命は雨のふるまを待もの哉と云たるをよきにする、とにかくに気のちがひたる法師なりし

▲同兼好云、有僧出仕して饗膳《きやうぜん》につくにも人の前にすへ渡すを不ㇾ待《またす》、我が前にすゑぬれば頓《やが》て独《ひとり》うち食て帰りたければひとり帰る、斎非時《ときひじ》も人とひとしくせず、我くひ度思ふ時には夜中にも暁にも食して、ねたければいかなる大事有共人の云事を」二十七オ も聞いれず、徳の到りけるとほめたり、いよ〳〵かた腹いたく思ふ

▲一とせ猟師《りやうし》が宿ちかく居たるに、猟師我等か宿に来れば三疋ありける猿《さる》とも師につきそふて来るが、師はいまたかへらざれども猿は帰り度思へば師を捨て帰る、又猿に物をくらはせて見るに、一疋の猿がまへに食物をきぬれば其まゝうちくらふ、ねたけれは人の前も不ㇾ憚《はゞから》ふせる、有日猟師夫婦《ふうふ》いさかふ、和をいれむと思ひて走出《はしりいて》て見れは、夫婦のものさん〳〵にうちあふ事浅まし、され共かの三疋

なる猿は台の上に居て虱など見て居たり」二十七ウ けるを思ひ出しぬれは、兼好徳のいたりぬるとほめて書をく僧に少もたがはず、この猿兼好に見せたらばいかばかりたうとくおもはさらん

▲兼云、神無月の比栗栖野《くりから》と云所過て山里に庵有、か丶るさびしき所にも住人有やと思ふに、柑子の木枝もたは丶になりたりしを、廻りきびしくかこひたるをみて事さめて、此木なくばと書たり

是は兼好云しが尤と思はれぬるが、注《ちう》に云、もろこし王安豊がすも丶は人のうへん事をきらひてさねを切て売《うり》たりし、柑子の木かこひたるも理のことく書たり、此段は兼いひしが我らはよくぞ思ふ、其子細は」二十八オ

于時八九十年以前に中国の大内義隆《よしたか》大明に進貢《しんこう》船渡し給ふ、其比は大明日本合躰《かってい》成し、然《しかれ》は一干《いつかん》入道といへる人渡唐《とたう》して名誉《めいよ》の膏薬《かうやく》をならひ帰朝せしが、筑前たかすと云所に住居せしに、此膏薬《かうやく》其験《しるし》浅からず、諸人の病平愈《へいゆ》せざる事なし、か丶る名誉の膏薬なれ共執心《しうしん》する人にはたやすくをしへられしに妾《つま》の申さく、か丶る妙薬を人に相伝し給ふ事うつ丶なしといさめければ一干云、此膏薬は大明にて人がをしへぬれは我しれり、人又我にならひぬるものに教《をしへ》ぬるこそ人道なれ、もし我けふにも明日にも死たらばいかにせんや、此妙薬人にをしへ万民のわづらひ平愈さする事、我か身の為」二十八ウ には大切也

日輪の毎日世界の人の為に廻り給ふは如何計の辛苦《しんく》ならんや、我は少も苦労《くろう》なくて居なから唯一言の事を云てをしへ万民の痛《いたみ》をやめさせぬる事、莫《ばく》太の身の徳分ならずや、若又膏薬人にをしへ行末身の為に少ならぬならば此膏薬しらぬさきと思ふべし、殊更明日の命もしらぬ浮身《うきみ》にして何か秘《ひ》すべしと申されしと也、是こそまことの天理《てんり》たる人成べし、人間万民の為に天のなせる樹木を我作りたるごとくに人のうへなん事をきらひ、さねをきりてうりなん事口《くち》惜《をしき》次第なり

▲兼云、とにも角にも虚言《きよこん》おほき世の中也、仏神の奇《き》」二十九オ特は信ぜさるべきにあらずとかけり

此段も悪《あし》し人のそらごとも諸人の怨《あた》になる虚言。身のほまれに成事、又は身の禍《わざはひ》になるそらごとに。はづれたるそらごとは世にすむ人のなくて不レ叶《かなはさる》こと也、仁義にも偽《いつはり》有、其そらごとは

▲我とひとしき人のもとより文くれられぬるに、寝《ね》なから披てみても返事には御状拝見と云は仁義の虚言ならずや、又人のもとに文をやるにも更にゆかしくもなけれども、御床敷事を書て、奥にかり用の事をかきやるも仁義ならずや、歴然《れきぜん》兼好も云、雪の面白ふりたる日、人のもとへ文やるとて雪の事何共い」二十九ウはずかり用の事計いひやりぬる事悪しと書たり、此文やるぬしは正直なるまゝ心に思ふ事のみ申つかはし、、され共こゝろに思はぬ雪の事先云たらば仁義たるべし、是も仁義の虚言《そらこと》いはぬによりてわろくいはれぬる、かゝる事など兼好よく知て書付をきぬるものか、とにもかくにもそらごとおほき世の中とは何事ぞや

▲有百姓そらごとを云て人の物かりぬる、あらはれて誅《ちう》せられける時に。彼百性《(ママ)》の云しは、仏の虚言を方便説《はうへんのせつ》と云て能にする、大将のそらごとを武略といふ。たゝ虚言も人による、我等ごときの数ならぬ者の虚言が偽《いつはり》に成て」三十オ身をうしなふと云しと也

▲兼好云、仏神のきどく信《しん》せざるへきにはあらずとかけり、是又兼好仏法しらずしていへる事也、正法に験《しるし》なし、魔法に験有と云なり、まことに世間の事をみるに悪敷道にははやく験《しるし》有、よき道にはしるし有かぬるものなり

▲薬と云物百日呑《のみ》たり共一時の毒《どく》程はしるし有べからず、千日の薬をのまんより一夜のひとり寝にはしかじと云、君主の前に千日の奉公とげぬる共、思ふ程の望《のぞみ》叶まじゐか、主君の勘当《かんたう》請んと思はゞ一日の内に安《やす》かるべし、千日きり

をきたる茅《かや》も一時の火日《くわひ》焼ぬる」三十ウ

▲兼好云、妾子《さいし》の為には恥をも忘れ盗《ぬすみ》をもしつべき物也、されは盗人をいましめんよりは世の人の飢《うへ》ず寒《さむ》からんやうに行《おこなふ》まじ物なりと書り、注に延喜の御門の寒夜に民のさむからんと思召て御衣をぬがせ給ひて御身にさむきをあてさせ給ふが、さあらんよりは民のさむからんやうになとはからひ給はざらんとかけり

是は本書も注も我等がやうなる愚人の分別に参らず、如何にといふに人間の貧福《ひんふく》の事は一世界《せかい》の内になくてはかなはぬものなり、人間に貧福なくは鳥類畜類におなし、就中日本人貧なるもの有によりて長久也、日本に不レ飢《うへす》さむからざるのみならは、人につかはれぬる下人あるまじければ、自然《しぜん》合」三十一オ 戦などの時には異国のごとく人をやとふて軍陣すへし。さあらば異国と同物なるべければ、はやとくに国〳〵よりとられ候はん

武篇《ぶへん》は日来主人のなさけひとつ、又は歳月なれたる傍輩《はうばい》の見るめを思ひ武篇するときこえたり、目前に大坂軍兵《ぐんひやう》数万人有けれども、やとひ人なれば軍前にて我が主人をもえ見しらずして余の人に付て廻りぬる事なと有し、か様の為躰にては何とて利を得へきや

▲武篇（武に濁点あり）はあながち侍のする事にもあらず、下人がさするものと見えたり、故は下人があれはこそ馬をも取ぬる武道具も持ぬる、下人なくては何として武篇なるべ」三十一ウ きや、当代にも自然世間。能《よく》百性（ママ）作徳《さくとく》有て、くつろぎぬる年には抱《かゝへ》候はんとする、下人なくして迷惑《めいわく》する人おほし

▲大明大昔は田の中に井げたをあて、其内にあたる程の米主人取ぬる、外の分は百性（ママ）取たると云、中昔よりは一段米四石あれば一石主人取て三石百性（ママ）とると云

▲日本に一ヶ国持たる大将に人数一万人抱《かゝへ》をかるれは、大明は一ヶ国取ぬる程の官《くはん》人は家の内につかはれぬる人

男女百人には過ざると云、如此扶持《ふち》するものなきゆへに四分一取ぬるといへ共、米過分《くはふん》にあまりぬるを銀にしてをく、自然《しせん》に人の入ぬる時はやとひ人也

▲天竺《てんぢく》も似たる物なり、かく有は百性（ママ）冨貴《ふつき》にあらんなれ共」三十二オ かならず三年に一度飢饉《ききん》有故に冨貴もなしと云、日本はさうなく飢饉はなけれ共、合戦やまざる国なれは是民の飢饉なり、鎌倉十代天下にさせる弓矢なければ、其間には又天下大飢饉有し時、泰時《やすとき》民の餓死を思ひ出し給ひて、我朝夕の食《しよく》をひかへたまひたると砂石集（ママ）に有、是すなはち延喜寒夜に御衣をぬがせ給ふにおなし、天よりなし給ふ人間の栄衰《ゑいすい》なれば延喜泰時もいかでか叶ひ給ふべきや

▲注に云、最明寺殿みづから巡礼の僧のまねして修行あやうき物なり、聖賢の書を信ずる物ならは必《かならす》京師《けいし》ゆるかせにすへからすとかけり

是も申ごとく聖賢の」三十二ウ 書とは儒書《じゆしよ》也、最明寺殿直人《たゝ》

ならぬ名将成し間、儒書にては日本治るまじきと思ひ給ふによりての事なるべし

▲鵜《う》の前鷹《たか》のうしろと云事あり、鳥にもそのえかたの所あり、まして人間にえかたあるまじきや、日本のおさめのごとくして大明おさまるまじゐ、又大明の儒書のごとくして日本何としておさめよからんや、大明は学文さへあれば国司にもなるゆへに、釣《つり》たれぬるあま人も書をふところに入ていざり火のかげにても読ぬる。日本は武《ぶ》にておさむるゆへに土民《どみん》百性（ママ）以下まで、かたなわきざし用意してたしなみぬる、いかなる下賤《げせん》の者までも武篇《ぶへん》次第に」三十三オ 国の守とも成なり、又いかにもすぐれたる儒者《じゆしや》とても日本にて千石ととりたる者なし、大かたの儒学者は唯人の伽などに成て紙衣ひとつの身上にてゐる、大明と日本は天地のちがひなる国なる程に、中〳〵儒書計にてはおさまるまじきものなり

▲兼好よき事も云し、貝合する人の人の前なる貝を目にかけぬる内に、我が前なる貝を人からとられぬると云ごとくに、人間の分別も智もかはりたる大明の治めにて、日本に善悪の代有しも、其世のことをばかんがへておさめざらんにはしかじ

▲ひそかに思ふは、大明より日本こそよく治れる国なれ、日」三十三ウ 本の御門は伊勢天照太神宮の御子孫いまにたえず、大明は伏犠《ふつき》を初王にしてみれば、かれがよりては王をうしなひ我が王宮に備《そなは》り、皆昔の代《たい》ゝ相違なりし事 偽《いつわり》ならずや、是をおもへば大明より日本こそたしかなるおさまりとはおもへ

▲注にいはく、鎌倉に将軍。かへをきし事、小児《せうに》もてあそびしごとく成しとそしりける、さても〳〵いはれざるそしり事かな、されば人は生れつきに其身のえかた有物なり、碁《ご》に別智有、酒に別腹有と云ごとく、生れつきて書をよくよみぬるとて天下の将軍の上《うへ》何として成べきや、道がちがひぬる、右に申ごとく儒《じゆ》の道計にて」三十四オ 日本治めがたしと申はこれなり

▲小児もてあそぶといへとも小児生有《しやうある》人なれば物をも云。又人は小児にてはやまずやがて成人《せいじん》する、爰にものもいはず立ずくみなる仏を本尊とすればこそ寺は長久なれ、坊主計ならば何とて人の心信ならんや

▲歴然《れきぜん》鎌倉に小児もてあそびし間は長久成しが、後に小児なくなりて我まゝに有しによりてやがて滅亡《めつぼう》偽ならずや

▲第一鎌倉小児もてあそばれたる事もつとも至極なりと思ふ事有、近代こそ我まゝに武篇《ぶへん》にまかせ天下も取給ふ、むかしは院宣《ゐんせん》と云て王の御ゆるしなけれは天下」三十四ウ をはかる事ならず、しかあれば鎌倉右大将頼朝の先祖《そ》たへて関白殿の御曹司《ざうし》を将軍として備《そなへ》られし、けれども後鳥羽院

依㆓御不運《ふうん》㆒かへつて隠岐国にうつされさせ給ふ、其後最明寺殿など工夫して皇子を申請て鎌倉の為《す》㆓将軍ト㆒、かるがゆへに数代《すだい》長久成し、此心をよくたれも工夫して見給へかし、小児もてあそぶにあらず、天下の人質《しち》ならずや、近代は国取衆の小児を数〳〵人質とし給ふに、昔はたゝ一人にてすみぬる、是程鎌倉のかしこき事なきと思ふに、おろかなる事を注には書のせける

▲兼好云、人の才能は文あきらかに、次に手書《てかく》事、次に医《い》術《しゆつ》、次弓馬、是を学ばんをばいたづらなる人と云べからずと書」三十五オ ぬるかとすればまた

▲兼好云、人の上にいとなむ所、第一食物、第二きる物、第三居所、人間の大事これに過ず、又病におかされぬれば、その愁《うれい》あるなれは医療《いりやう》、くはへて此四ツかけさるをとめりとする、此四の外求いとなむをおごりとすともかけりとにもかくにも気のちがひたる

▲右四ツの外。人間のおごりといへとも此四ツは鳥類畜類《ちくるい》に備《そなは》れり、鳥獣《てうじう》は母の胎内《たいない》より一生不《(カ)》指きる物着《き》て出る、食物は木のみかやのみ、又は人間の作たる田畠《たはた》の内なる物を飛行自在にしてくらひぬる、家は穴を持、鳥は巣《す》を持、是三ツ備れり、病の療治《りやうち》の事も定て有べけれ共、物をいは」三十五ウ ぬものなれはしらず、され共うたに

○はし鷹の寒き朝のぬくめ鳥をんをしらぬは人にこそあれ

はしたかは寒き朝鳥を取て爪うちこみて我がつめをぬくめ、日輪《りん》立陽《やう》シ給ひて世間暖気《だんき》に成て其鳥を放《はな》して、其日はその鳥のとび行たる方にははしたかいかぬ。となり、若其鳥やとらんとの心とかや、されば寒き朝はしたかのぬくめ鳥も身の療治ならずや、兼好は人間を唯鳥獣《てうじう》にしなしぬる

▲兼好云、世にしたがはん人は先機嫌を知べし。つゐで悪敷事は人の耳にもさかひぬる、必人のこゝろにたがふ物な

りと書ぬるかと思へばまた」三十六オ

▲人に物をとらするは次でなくて是を奉らんと云たるまことの心ざしなり、おしむよししてこはれん時と思ひてひかゆるか、又は勝負《しやうぶ》のわざにことよせてなどむつかししと書たり

皆書をく事のかくのごとく狂心するなり

▲人は二歳《さい》三歳になる小児こそ、くれ度人に自余《じよ》の恨もわきまへずものをとらせぬる

▲朋友《ほうゆう》にもとらせ度まゝに物をとらせぬれば、必後に悪事あり

▲とらせ物はいつれもひとつ息女を人にとらするも、とらせ度まゝとらせぬれば後には身のうせぬる事おほし

▲右大将奥州御進発《しんはつ》の時、藤沢次郎清近《きよちか》敵《てき》に合難儀《なんぎ》」三十六ウなるに、工藤《くたう》小次郎行光《ゆきみつ》合力して敵《てき》を討《うち》、清近行光《きよちかゆきみつ》両人休《きう》息《そく》して居るに、清近あまり行光を感《かんし》てかの息男むこにとるべきと云し事を、そこつのけいやくとぞしられぬる

▲又右大将とらせ度まゝに佐ゝ木に馬を給りし故に、梶原《かぢわら》頼朝《よりとも》をうらみたてまつり申、佐ゝ木と果《はた》さんとしけるに、佐ゝ木そらごとを云てのがれぬる

▲大将たる人も知行とらせ度まゝにとらすれば必家の滅亡《めつばう》なり、近きころ金子中納言殿備前守たり、とらせ度まゝに知行とらせられけるにより家中に述懐《しゆつくはひ》出来て滅亡目前なり、此つれ〳〵草は人をそこなひ人を」三十七オ悪道《あくだう》にをとすべき物なり

▲兼好云、きつねは人にくひつく物也、堀川殿にて舎人かねたるあしをきつねくひつくとかけり

これ又何事をいふやらん、きつねに口なき物ならば不思儀とも思ふべし、口あるもの、人にくひつくこと更に不思儀にあらず

▲我等が不思儀に思ふは、兼好がいふ豆とまめから物をいひし、又は大根人と成て物を云て敵をおひ出しぬるとかけり、それこそ不思儀なれ、如此非《ひ》生《しやう》の物にものをいはせ、又は人になしぬるうへは、口あるきつね人にくひつく事何かめつらしからんや、とかく兼好はうつゝなくなりしや

▲橋男云、よき次でに物ならひ候はん、きつねはかならず人に」三十七ウ 妖化て人間嬲《なぶる》事。かく智《ち》恵《ゑ》有ものが焼鼠《やきねずみ》一疋にわなにかゝりぬることいかに

▲禅門云、尤能不《よきふ》審《しん》也、我等も其不審有之て、異《い》国に有しとき学匠《かくしやう》にたづぬれは、学匠申されしは、扨は日本にはきつねが妖化《はけ》人をたぶらかし候や、国によりてちがふなり、此国は野牛《やぎう》が人をたぶらかすなり、皆天狗《てんぐ》ののり物也、夫天狗と云ものはいかなる物ぞとたづぬるに、人間の智者学匠などの内に大慢心《まんしん》なる人が、死てかならず天狗になるものなり、鳥《てう》類畜類《ちくるい》も躰の所は地水火風人間同躰なれ共、人間のたましゐなければ智恵も分別もなき物也

扨天狗《てんく》鳥獣《てうしう》の内に入ぬれは人間と同躰に」三十八オ なるによつて人に変《へん》じて人をたぶらかす、さて又天狗たちさりぬれば。もとの鳥獣に成て智恵もなくわなにもかゝるなり、日本に沙汰せし仏教《ふつけう》には五十二類も我同性《とうしやう》、草木も皆仏生《みなふつしやう》と、されどもみなかみのしやむ国の出家達は同性といはず、人間は魂魄《こんはく》二ツの玉しゐ有、魂は則仏性也、魄は則色身より出たる玉しゐなり、鳥獣は色身より出たる魄《はく》の玉しゐばかりあるゆへに色身はつれば友(ママ)に消《きへ》ぬる、人間は色身より出たる玉しゐにあらず、仏生なるゆへに色身は死ぬれども玉しゐは死ざるといふなり

▲人間に仏性《ふつしやう》有しるしは、身にあしき瘡《かさ》など出来てき」三十八ウ

たなくさくなれば、身を見かぎりて自害《しがい》をもする物なり、又は軍陣に出て躰は死んことをおそれにげたく思ふ心魄より出るなれ共、色躰守護《しきたいしゆご》する魂《こん》の玉しゐが躰をすてさせ討《うち》死《じに》さするは、是魂のなせる所也と申されし

▲兼好云、物は不具なるこそよけれ、内裏《たいり》造《つく》られぬるも必つくりはてぬ所を残すと書り

か様に又よき事もあまたつれ〳〵草の内に書入をくによりて、いよ〳〵気の違たるとしれり

▲天竺《てんちく》に我有し時、舟をつくりぬる所に行て見けるに、見事なる板にてつくりたてぬるが、船の中程の板きずもなき」三十九オ に三寸四方ほどきりぬきて、其あなを又余の木にてふさぎぬるを、我みていかなることにかくはするぞといひければ、大工云かやうにきずもなくて出来たる船はかならす瀬《せ》か岩《いは》にあたりて大きず出来。なき物になる也、その大きずをあらせじがためにいま小きずつけぬると云し事有がたく思ひ侍る、兼好が申されしもこれなり

▲此船大工きずあらせじとて小きず船に付ぬる事に付て思ひ出し侍る、小早川隆景《りうけい》と申せし将は近代日本の賢将成しと申伝たる、筑前にて有夜（ママ）の物語に人はたゝ小恥をかゝんとすればよし、小恥かくまじひとする人は必大恥辱《ちじよく》かきぬるといひ給ふと也、尤至極《しごく》なり」三十九ウ

▲人といひからかひも初小恥の時やみぬれば吉、小恥かくまじゐとて気を出していひからかいぬれば、後には大恥《ち》辱《じよく》。かきてやみぬる

▲町人の上にも手前ならぬなれは其ごとくにすれば小恥《ち》辱《じよく》にて吉、小恥をいとひて世を渡りぬる、後にはかならず我家をも人からとられて大恥辱《ちじよく》。かきぬる、此小恥の事の心持万人に入こと成べしと我等は思ひ侍る、いかゝあらんや

▲有大智者の申されし、人間の上には自慢《じまん》と云事第一悪敷事の由なり、まことに小恥かくまじゐとするも慢心よりおこるところなり」四十オ

▲人の一座《ざ》の参会にも、人の上に上らんとする人は後にはさげられぬる、人の下にゐんとすれは人より上にあげられぬる

○世の中の人を思へはば《(ママ)》ねつるべあがれはさがる物にぞありにける

武家にして敵《てき》に逢《あい》ぬる時は人よりさきたちぬるが能とせしが、かやうの時はたぶん人よりさがりたがると見えたり、とかくよき道にはすゝみがたく悪道にはすゝみやすきと見えたり

▲有大智の我等にをしへられしは、此色躰のかならずひいきすべからず、人間は色躰《しきたい》を守護《しゆご》する玉しゐ有ほどにいきたくもなき所には行べし、行たく思ふ所には行べからず」四十ウしよく物にもくひたく思ふ物をは食すべからす、友なふ人にもむつかしく思ふ人と友なふべし、友なひたき人とはともなふべからず、とにもかくにも色躰のきらひぬる事ばかりすべしとをしへられけれども、もつともと思ひながらたゝ朝夕色躰にひかされて身にしたがひぬるこそ我まよひなれ、かく道をしらずしてまよふはまよひならず、しりてまよふはまよひなれは、我等がつみはしらぬ人よりはふかくぞあらん

▲兼好云、常盤《ときは》幷相国《しやうこく》出仕《しゆつし》したまふに、勅書《ちよくしよ》持たる北《ほく》面《めん》。道にて逢《あひ》たてまつり馬よりおりたるを相国後に北面の何がしは勅書持ながら下馬し侍りし。ものなりと」四十一オ仰られて北面はづされしこと相国の公臣《こうじん》の礼ふかく。きこえけれともひげまんのいたりなるべし、第一慈悲《じひ》にあらず、相国本意ならは勅書《ちよくしよ》持たる者は下馬をせぬものぞとなどをしへ給はんや、賢《けん》人と云ものも物をよくならひ書をよみ

てこそ賢人にもなりぬれ、生れつき道をしり。生れたる人は万人が中にもあるまじきなり、矢をする人の篦《の》をためぬるを見るに初めよりして直《すぐ》なる竹は万本が中にもなし、皆《みな》火気《くはき》入てためてこそすぐにはなせる

▲当代公家武家の出頭《しゆつとう》人に、千人か中にも自然に我にはいかゞみする人をは主君の前の取合をして人にも」四十一ウなせる出頭人有と見えたり。これらは彼相国には又無下にをとりてそ覚ぬる

兼云、待人はさはりて。たのめぬ人は来り。頼たることはちがひ思ひよらぬ事は叶《かな》ひ。わづらはしかりぬることはことなくて。やすかるべき事はいと心くるし。皆たがひゆくかと思へば、又たがはぬこともあれば、いよ〳〵物は定がたし、不定と心得ぬるのみまことにてたがはずとかきたり尤目前にしれたり

▲注に云、易《ゑき》は交易変《こうゑきへん》の儀有て其名を得たり、是さだまれるにあらずや、水火山沢《たく》の互《たがひ》に気を通し寒暑《かんしよ》の昼夜《ちうや》のかはる〳〵来る、誰か不定《ふぢやう》とせんやとかけ」四十二オり是又目前にあらはるゝ所なり

▲此両説につきて異国《いこく》の学匠達の申されし事を申てみむ

▲有生《うしやう》の物は不定《ふぢやう》、非生《ひじやう》の物は治定《ぢちやう》といふなり

▲非生の物の定ぬるは定ぬしが有と云、易道《ゑきだう》にも云し

▲陽来《やうきたり》ぬれば草木非生《ひじやう》時をたがへずして花咲実《み》なる、但草木は生《お》ひふとる物なれば其生《しやう》もあらんか、まことに心なきうしほの。時をたがへずして満干《みちひ》する事、是定めてのなくしてはいかで定らざらんや、たとへば水車のよる昼めくるをみれば、性《しやう》あるものゝごとくなれども性なし、人が作《つくり》すへてめぐらするものなり、其ごとくに天地の内になきものども」四十二ウが心の有ごとくの風情は、其させぬ

しが有としれり、孟子が云しも一陽《やう》来覆《ふく》(ママ)するをもつて天の心をしると云しごとくに、世間に非生の物が時をすこしもたがへぬは、天のなしたまふところなり

天道目に見えたまはぬ程に有間敷にもあらず、同し人間の内にしてつかさ。くらゐある人はさうなふ人のめに見えず、内裏《たいり》様を凡下《ほんげ》の人が見奉る事はなけれども、内裏の御門《こもん》に参りぬれば此内にしかと御門《かど》おはしますとしるがごとくに、天に備《そなわ》りたる日月星の三光《くはう》をみて天にぬし必有としるべし、人間の目にてみる物はちがふことも有、縦《たとへ》は大きなる桶《をけ》に水を入て竹をたてぬれば必ゆがみて見」四十三オ ゆるものなり、されども心をもつてあれは、水の内なればゆかみて見ゆるとしるは心のまなこならずや、其ごとく天道おはします事を心の眼にて知べし、風と云物は目に見え候はねども木の葉の落《おち》、浪《なみ》の立ぬるを見て風のたつとしれり

○秋来ぬとめにはさやかに見えねども風のをとにそをどろかれぬる

▲下賤《げせん》の者も生れつきに天道しれる事有、我平戸に有しとき五月雨のあがりに雷《いかつち》のなりぬれは、平戸《ひらど》に住けん水主云しは、澳《をき》の方に石火矢のなりぬれば目には見えね共おらんど船がきたれるとしるごとく、雷のなる音《おと》をきくに天道おはしますとしれりと申せしが面白侍る

生あるもの、さだまらぬは、人間は仏生《ふつしやう》有て自由の生也」四十三ウ 善をなさん共悪をせんずるとも心まかせと天より生れつかせられけるゆへに不定なり、誠大あく人が発心《ほつしん》して善道に入もあり、志賀寺の上人のごとく八十余にて俗躰《ぞくたい》になるごとくなる人も有、か様に自由なる人間の心なれば不定《ふぢやう》なり

▲我が心に是非《せひ》共此事をさだめんと思へ共、人又自由の心あれば人がさためさせぬ事も有、とかくに一生定らぬは人間の上にある事也

鳥獣《てうじう》の類《たぐひ》は心はあれ共、仏心《ふつしん》自由の心なきゆへに、大かた非生《ひじやう》の物におなじく定る也、鳥は秋来ぬれは年毎《としこと》に北

より南に来る、春くれは必北にかへる、南に来りて人」四十四オからころされぬる事を知ぬれども定たる道なれば来る、獣も其ごとく秋になれば必山をかゆる、其返り人が知《しり》てまち請て害《がいし》ぬれども時をたかへす返りぬる、魚も此ごとく鯨《くじら》といへる魚は九月より二月まで東より必西へ行に人待うけて害《がいす》、虫も又時をたかへず出入するものなり、皆木草なとのごとくなり

人間は自由の躰有ゆへに春くれば東へ行人も有。西へ行人も有、そのほか南北思ひ〳〵に心にまかせありく事、是自由の心ある故ならざるや、かくのごときの自由の心有は人間さだまらぬ事分別也

橋男云、天地万木鳥獣《てうしう》などは定れり、人間は自由の智《ち》あ」四十四ウれば不定《ふちやう》の仰事もつとも至極《しごく》承知ぬる昔の人は此ことはりよくしらざるや、哥に

○定なき世にも若きはたのみ有とにもかくにも老そかなしき

とよめり、右のことはりしりぬるならば定めなき人ぞわかきはたのみあるとよみてこそよからめ、さだまりたる世にさためなきとはあやまりぬるか、又は世はさだまりたることをしらざるや、又うたに

○世の中はなに、たとへん朝ほらけ漕行船《こきゆくふね》のあとのしら浪

ともよめり、此うたも右のことはり知ぬるならば、人はた、何にたとへん朝ほらけとよみたき物ならずや、世の中はむかしかいまに天も地につかす、日輪《にちりん》西より出たまはぬ」四十五オに、何とて世中はなに、たとへん朝ぼらけとはよみたるぞや、又定なき世は中〳〵にうきことやたのみなるらん共云ならはしぬる、又御代は十代の廿代のと云事も天地の代人間の代といふ事をしらざる也

▲禅門云、いや〳〵昔もよく知ぬる人もあればこそ

○たれもみよみつればやがてかく月のいさよひの空や人の世中

ともよめり、此人のよの中をよくぞよみける、又

○偽《いつはり》のなき世成けり神無月たがまことよりしぐれそめけん

是は天地の代をよめり、此哥は定家卿よみ給ひしと云る、定家はよく天地の世・人のよを知たまひしとそ思ふ

▲有人二月のすゑに子をうしなひて寺に籠《こも》りゐて、三」四十五ウ月のはしめ庭前なるさくらの咲たるをみてよめる

○春くれは時をたがへぬ桜花さだめもなきは人の世の中

とよめり、此哥に歴然《れきせん》天地の世。人の世をよみたるうたならずや

▲大かた口にいづるにまかせて人の世の中天地の世を申わけぬると思へども、中〳〵心に我らがおもふほどは申わけられず

○行ちかふ船に都のことゝへは思ふ程にはいはれざりけり

と申ことの心なり

（二行空白）」四十六オ

（空　白）」四十六ウ

徒然草嫌評判《つれ〳〵くさもときひやうはん》　下巻

▲異国《いこく》に有し時学匠《がくしやう》の申されし。人は心也、鳥獣《てうじう》は躰なりといへる事面白し。人間は心をもつて貴人高人ともなるものなり、鳥獣《とりけだもの》は躰なりとは、馬をうりかふに先馬形《かたち》第一にて、又あしつよくが（ママ）けひきはやき馬なれは殿の馬に成て。かしづかれぬる。又さなき馬は百性（ママ）などが馬に成て浅まし丶、牛も又躰よければ車うしに成て禁中《きんちう》に召つかはれぬる

▲人は躰によらずと云は世間の事を見給へ、国大みやうにもいかほど見ぐるしき男あらんや、我此江戸に下りぬる道中にていかにもきよらなるうつくしき男四人してのり物。かきてきたる内を見入てみれば。きたなげなるおとこの色くろく」一オ 浅まし丶、されとも心に智《ち》があればこそ高人とも成ぬらんと思はれぬる

▲琉球人《りうきうじん》は大かた日本の言葉なり、しやみせんひきうたひける、うたに

　人はいざ心。梅はにほひ

とうたふたり

▲異国《いこく》いかなる国にも人は皆心をもつはらにするもの成へし

▲橋男云、深草《ふかくさ》の四位の少将《せうしやう》とやらんは愚痴《ぐち》もんまう成《なり》しとぞ思ひ出しぬると云、禅門《ぜんもん》聞ておかしき所の少将が出所かな、和殿《わとの》も日来つれ〳〵草よみ給ふ間、兼好が心うつりて気の違《ちか》ひぬるやらんと云、橋男《はしおとこ》云、すこしも気ちがひにさふらはず、人は心なりとのたまふによりて昔の事を思ひ出し侍る、小野小町がうたに　」一ウ

〇色見えてうつろふ物は世の中の人の心の花にぞありける

とよめり、まことに人の心の花ある人には小町もうつろひてみづからうたをかけてちぎりぬるとかや、少将も心に花が有《あら》ば小町もうつろふべきなれ共、少将も心に花なかりしによりて申なりといひければ、禅門かたはらいたくわらひけり

▲橋男云、兼好が何事もふるき世のみぞしたはしき。いまやうは無下にいやしく成行とて昔をいたく忍びたり、又注にこゝらの人はいひもいださぬに兼好が心有か《(ママ)》だし、もろこしの人もむかしを忍びける事のみかきのこせけることいかに

▲禅門云、もろこし人も我朝の人も人間也、人にはよくしんのふかきゆへに欲のまなこよりかきのせけるうたに」二一オ

○ながらへばまた此ころや忍はれんうしとみしよぞ今は恋敷

むかしも善悪の代有がごとし、されば夏の来りて炎暑《えんしょ》にせめられぬる時は過にし冬をしたひ、冬の来て寒にとぢつめられぬる時は又夏を恋敷《こいしく》思事、皆人間の欲心より出る、目《もく》前《せん》なり

▲よく腹にあぢあふて見たまへ、昔の世がよくて次第に悪《あ》敷《しく》なるならば世界《せかい》に人間の種《たね》あらんや、むかしの世計したふはよからぬ事なるべし

▲日輪《にちりん》の出給ふ所も正月より初。月〳〵に入せ給ふ所もかはりさふらへ共、又くる正月には元《もと》の座になり、四季《しき》の転《てん》変《べん》も四季にかはれ共、もとの季に帰るごとくに、人の世の中もよき」二一ウ 世も有。悪敷世も有。中なる世も有ば。唯《たゞ》四季《き》のうつりかはるごとくと知べし

日本の事大むかしひくに及ばず、建武の比より四十年ほど天下みだれ公家武家士民百性《(ママ)》まで片時も安堵《あんど》なくして、内《だい》裏《り》も度《たび》〳〵やけたまふが、当代より建武の昔がよきとせんや、亦大明もむかしは合戦のみにして終に大平ならず、や

うやく今百年ほどこそ都を北京とて大国の北のはしに都をうつし天下泰平《たいへい》と云也、是も昔のみだれたる世をよきといはんや。

みな人間の欲心《よくしん》より昔をしたふと聞えたり、欲ふかき人は同しくらゐなる道具《だうぐ》も我持たるより人の持たるはよくめにかゝると申なり

▲昔がよくば人のいゐもなし、畜類《ちくるい》のごとくに穴の中に人〳〵」三オ すみしとなり、是をよきといふべきや、人間は智恵《ちゑ》あるによりてしだいにかしこくなり、昔のわろきことをすてよきことをなし、又昔なき事を仕《し》出して世はしだいによくぞなりもてくる

▲人のいしやうまで次第によくなり来る、此七八十年さきまでは上下みな布《ぬの》の下帯用《おひもちい》たるとかや、今は土民百性《(ママ)》まで絹《きぬ》はぶたへをする、又此六七十年以来大明より木わたのさねきたりて日本にうへ木綿《もめん》出来して、今は百性《(ママ)》まで木綿《きわた》をうらおもてにして同木綿を中へ入てきるなり、昔は土民百性《(ママ)》は秋に成ぬればすゝきの穂《ほ》といふ物をとりをき、やはらかにうちて布の中に入てきたると云」三ウ

▲武家猶まされり、昔平《たいら》相国の居城《ゐしやう》六原、頼朝の居城鎌倉のあと浅まし、今の代の石かき天守《てんしゆ》などの躰むかしにおとりぬるといふべきや

▲武道具《ぶだうぐ》猶むかしにまされり、昔の武道具は第一弓なり、百年以来鉄炮《てつほう》出来、鉄炮にあふて弓なるべきや

▲諸学の書物も当《たう》代ははんぎといへる事出来して、日本国中に色〻の書物行めぐるによりて、遠国遠里の人〳〵まで物を知事

▲百年以前までは大名もはさみ竹とてきる物を竹にははさみてもたせられけるとかや、近代ははさみ箱《ばこ》出来して土民ま

てもたせぬる」四オ

▲百年前は大名も旅行にくらかへとてまげ物に器《うつはもの》入てもたせけるとかや、これらも近代にべんたう出来ぬる、みなむかしよりよきとぞ思ふ

▲昔の代には我等おやなどが若《わか》かりし時、伊勢参宮せしに同行十人あれば九人までは道にて山賊海賊《さんぞくかいぞく》にはぎとられ、あかはだかに成て、上下人の門により食物もらひ帰《き》国せし時分と当《たう》代といかゞあらんや

▲むかしは五十年に一度か百年に一度、異国より船来る事を世になき事のごとく年代記にも書つけをきぬるが、于時八十年以前より南蛮《なんばん》人黒船といふ物に異国の重宝つみ来《きたる》上に、天竺よりも船来る、大明よりは唐船五十艘《そう》百艘」四ウ毎年来朝の上に、をらん（ママ）とふねまで来る間、世界に有程のけつかうなる珍物《ちんぶつ》日本に来る事、是又むかしにをとりたるといふべきや

▲むかしはびいどろの盃《さかづき》を玉のさかづきとて、世にもなき物のごとくかきつけをきぬる、当世はびいどろ日本人しならひて、いまは常のかはらけのごとし

▲昔より日本に重宝にして用ひ来る銭は、大明の銭を重宝にすると云しが、当代寛永の新銭出来、是又昔の代にまさりさふらはすや

▲昔は日本に金は砂金《しやきん》とて有しとかや、銀はなし、舞につくれるもしろかねにてへりかね渡し、又はしろかねのとうかね」五オめぬきうちたる刀わきさしなどゝつくりたり、今の世は馬おひなどこそ銀の道具はつけぬる

▲日本に銀の出来ぬる初は、此八十年先に筑前《ちくぜん》はかたの内に神や寿貞《しゆてい》と云る入道、大明にて銀のふき出し様習て来朝《らいてう》

せしなり、其時分は石見の銀山は唯《たゞ》すゞなまり出ぬるに、彼寿貞石見の銀山に行て白かねにふき出してより此かたに、日本に銀ふきぬる事はしまりぬる事必定なり、いまに筑前に寿貞がゆかりのもの有レ之

▲か様に昔に越て銀日本にみち〳〵ぬれば、当御代に京の町中に十余万枚の白かね被下ぬる事前代未聞なり、是亦むかしに増《まさ》りたるとぞおもふ」五ウ

▲前に申ごとく昔の代を忍ふは人の欲《よく》心よりしかと出る事也、今目前に有事ぞや、夏に成ぬれは蚊《か》有故に蚊屋をひきぬるうち、何とやらん蚊やあつがましくわろきものなれども、秋来りて蚊《か》帳はなれぬればものさびしくわろき物也、かくのごとくわろき世とても過ぬればなつかしく昔をしたふ物成べし、哥に

○有時はありのすざ（ママ）ひににくかりしなくてぞ人は恋しかりけり

とよめり

▲大閤秀吉公以来むかしにをとりたると思ふ事一ツ有、むかしは白かねにすこしも赤かねいらす白かね計なり、取やりせし大明なとに取やりの銀と同し、、しかあれは秀吉公此方銅《あかゝね》を白かねに入大黒となづけ、日本に用ひさせ給ひしにより、今は」六オ其儀になり来る、しぜん平戸長崎《ながさき》にて銅不入の白かねつかひぬるものあれば銀の座よりとらへて誅《ちう》するなり、異《い》国は白かねに銅入てつかひぬるものを誅する、是異国とうらおもてなり、唯此一種こそむかしより日本にをとりぬるとおもふ、いかさま当《たう》代は聖《せい》代におはしましぬる程に、銅不入の銀計のとりやりにも成事もありなん

▲橋男云、此江戸は、第一水悪し、第二ごみ絶《たへ》す、第三火事《し》、第四地しん、第五居にくき所也、いかなれば此国に御安座《あんざ》ぞや

▲禅門云、地震《ちしん》の事は昔も京都にたえずいゐのゆりくづれぬる事有、鎌倉十代の内にも大地震度〳〵成し、秀吉《ひでよし》公の時分も伏見ゆりくづしさう成し地震有しと云、異国には」六ウさうなふ地震なし、日本に相当の物と知れり

▲江戸に住にくきと有、昔より我が宿の柴の庵もなつかしや都なれ共旅はうひと云しごとくなり、又はいづくとても住ば宿《やどり》。すまぬ所には故郷《ふるさと》もなしと云ごとく、都人江戸に家妻子を持たる人、適《たま〳〵》都にのぼりぬるが、はやく江戸へ帰りたがる物なり、其ごとく都も旅と思へば住にくきなり

▲江戸の水わろき事冨貴《ふつき》の相也、又水かならず清き所は冨貴ならず、山里ほど水清きはなきか、遁世者《とんせいじや》などこそ山里の水清き所に住ぬる、人間に五性有、木火土金水なり、水生の人の内に泉《いつみ》の清き水に当れる人必貧なると云、いかにもきたなき所の水性にあたれる人貴福なりと云」七オ

▲ごみたちぬる事も福貴なる所の故なり、人の家に火をたくさんに焼《たき》ぬる家にはごみ多く有物なり、かるがゆへに人の仕合のわろけれは火をけしたると云ものなり

▲火事たえざる事、是又福貴なる所に有物也、東鑑《あつまかゝみ》見るに鎌倉に毎度有し、就中御当家は火事御吉事たるべし、いかんとなれば御名字松平なり、松は生ある間は松けぶりと云ものたえず、かれたる木にはけぶりなし、是に付て思出ぬる事侍る

▲大坂籠城《ろうしやう》の極月始に道旧《たうきう》といへる入道来り云けるは、御城の山里に不思議なる事有、其子細は山里に五葉の松入来有。此松より黒煙立て下なる栗の木に懸《かゝ》りぬる事」七ウ此十日程有と云、我等聞て好《よき》事もなきがよしと云程に、よからん事たるべしと思ひぬるに、皆川正左衛門と云利口《りこう》なる士《さふらひ》有、彼者来りぬるに此事をたづねければ皆川しばし工《く》

夫《ふう》していひけるは、是大坂の悪事たるべし、其ゆへは
▲松は東家の御名字也、栗《くり》は当家の御名字也、故は栗の木柴《しば》と申なり、是羽柴ならずや、松はもとよりけふり有、古き哥に

○秋野なる薄が松につきそひていつかけぶりにあふてや
　かれん

又うたに

○ならぶとも心ゆるすな桜花松にはけぶりあるとしるべし

ともよめり、但年内の御弓矢は御和平たるべし、朝夕の運《うん》気《き》、内外皆陰気《ゐんき》陽《やう》気和合《わがう》と見えたり、頭《づ》に天眼《がん》地眼仏《ふつ》」八オ眼などゝてあまたの品あり、仏眼はかならず和平なり

▲御落城《らくしやう》は明年の五月たるべし、五月雨を字には墜栗《ついり》花《くりのはなおつる》とかけり、又五葉の松五月なり、かならず五月には東家より大坂やかれべしと云しか、露たかはず

▲橋男云、もつともおもしろく侍る、誠に水清き所は冨貴《ふうき》ならさる事も必定《ひつぢやう》なり、京都にも名水柳《めいすいやなぎ》の水、又さめがいの水の辺は冨貴ならず、又大坂の運気の事、是又面白さうなる事にて侍る、さて又大坂亡《ほろび》ぬる時の合戦に、左様なる運気たちぬるやいかに

▲禅門云、それこそ候らひし、翌年《よくねん》五月六日道明寺《たうみやうじ》口に大坂の軍兵《ぐんびやう》皆うち出ぬる、東国の士は東の方大坂の士は西なりし」八ウ　六日の朝日輪《にちりん》の出給ふ、あらたに光かゝやきて東の人数の躰中〳〵まばゆくて見分られず、皆川云し事少もたかはぬと思ふに、其日やがて敗軍《はいくん》して大坂にひく、翌日七日の朝東士はあべ野、大坂の士は天王寺までみち〳〵たり、七日は東士は西。大坂は東成しが、其日は天気くもりぬる間、必定《ひつちやう》大坂滅亡《めつはう》と思ふ所に、早朝敵陣《さうちやうてきぢん》にかゝりたるたすけ大坂軍兵の上に来りかゝりぬる、早敗軍《はいくん》成へしとおもふ内に、うらくづれして皆敗軍せしなり

▲橋男云、たゝいまの物語にたすけのかゝり大坂亡《ほろび》ぬると有、たすけと云はいかなる物やらん、禅門いわく兼好はつれ〳〵草を人の教訓《けうくん》にかくさへ物知だてをして。たかき言葉にて我等が」九オ こときの愚人のしらぬごとく書をきぬる、我等はせめてこのたすけひとつなり共、申さずして和とのに物思はせ候はん、知度は軍方の書よみ給へと云しこそおかしゝ

橋男云、昔より合戦は東の士勝《かち》ぬると申は、軍はかならず日輪《にちりん》の出る時分と云程に、西なる士は日輪に向てまはゆきゆへにまけぬるかと、御物語ゆへにおもひ当り侍る

▲禅門云、いや〳〵それにてもなし、右申ことく大坂七日の日には大坂士東、又東士西なり、けれども曇ぬる事有、それにもよるまじゐ、第一城所の吉凶《きやう》有べし、異国にて大学匠《かくしやう》申されし、長久なる城所必有と申されしが、日本にて。するにすこしもたかはず」九ウ

▲橋男云、其子細をしへ給へ、禅門云大事なる事なれども申べし、其城の東に山もなく日輪《にちりん》の出るにさゝわりなき城長久成とせし、異国にも其例すくなからず、日本にも目前に有事也、先信長公の江州安土の城、是東に頓て山これあり、日輪の出るに大きにさゝはりぬるか一代也、又伏見の城、是又東に山有、是一代、大坂の城、是又東に山有、され共伏見より遠く有によりけるゆへ、又潮《うしほ》のやはらかなるゆへか、落城はせしか共いまに御城有、又潮のやはらかなる故、町屋長久なり

▲鎌倉東は海なり、日輪の出すこしもさはらず有ゆへに、十代まてつゞきぬる

▲相模《さがみ》の小田原も東海成し故に、数代《すだい》つゝきぬる城なり」十オ

▲さりながら名物の刀わきさしとてもさい〳〵にのごひな

とすれば吉。うちすて丶をきぬればやくにた丶さるごとくに、いかなる名城に居《ゐる》とても其大将の心持わろけれは必滅《めつ》亡《ほう》なり、又悪城《あくじやう》に居る大将は心持よきとても長久ならず、是城の善悪のとくぶんなり

▲此江戸日本一の名城たるべし、東は海なり、殊更うしほやはらかなりし、又日本国中の国の名に武の字有はなし、当国は武蔵ぶのくらと書たり、武士《ぶし》のあつまらずしてあいかなはざる国と見えたり、又伊勢物語に武蔵あぶみと書たり、鐙は武士の上下する物なれば、御まつりごとさへもよく候は丶、万〳〵歳も目出かるべし、殊更都よりうしとらに江戸はあたれり」十ウ うしとらの方を鬼門《きもん》の方と云なり、大明も将軍家を王宮より丑刁鬼門にすゑたまふと申なり、万事に付て目出度事ならずや

▲橋男云、もつとも面白こそおぼえ候へ、兼好いへる吉野の桜左近の桜皆一重なり、八重桜はことやうの物なり、京極入道は一重なる桜を軒近《のきちか》くうへられぬると云しが、花は梅も桜もひとへなるよりも八重こそ見事なるに、いかにして一重の花兼好このみぬるぞや

▲禅門云、此段も兼好が自慢《じまん》の心より出ていへる事成べし、さりなから有人の云しは花は一重なるが本也、一重のようは五ツなり、天地日月星の三光そへて五ツなり、松も五葉本なり、天地」十一オ の色も五色なり、人間の食物に五こく有、人に五さう、五行、五躰《たい》、五味有、又は五常《こしやう》、五戒《ごかい》、五濁《こちよく》、五きやう、五刑《こけい》、木火土金水の五性《こしやう》人間の躰《たい》なり、又人の面目口の穴一、鼻《はな》の穴二、耳の穴二、合五ツ有、天地の内に五ツにもれたる事はなし、来世の道も仏道《ふつだう》、人道、修羅《しゆら》道、畜生《ちくしやう》道、餓鬼《がき》道五ツなり、寺にも五山有と云か。物はいざいふてみんとすれは、鷺も烏にいひなされぬるものなり

ある寺に小僧有、師匠なる坊主《ばうず》取立学文させてよき坊主になせし後、師匠《ししやう》おひ出しぬる、師匠いはく物をしへ人

になしたるに今更かくはいふぞと有ければ、かのてし我を人になしたるとや、犬の子を取て人になし給ふならば尤なり、我も人の子なり、又物をしへたまふと有、我が寝《ね》て」十一ウ居る時に師匠辛労して教《をしへ》給はゞもつともなり、我等か辛労してならひぬる也とて師匠《ししやう》おひ出しぬると云ごとく、いざものをいふて見まくほしく思ふならば利口《りこう》なるものは沙汰にも勝べしや、おかしゝ

▲橋男云、世にはきこえぬ事有、酒のませぬればうるはしき人も狂人となると兼好がきたり（ママ）、されども我等思ふには、是は我物を人にのませる程に仁儀（ママ）の道にもあらん、亦人によりてうつゝもなくのみぬる程、又うれしがりぬる人もあれは、酒を人にのませぬるが世にきこえぬ事と云べき子細有まじいとぞ思ふ

我等が世にきこえぬ事と思ふは、当世はやる茶湯《ちやのゆ》に亭主《ていしゆ》は茶をうすくたてんとすれは、客人の身としてひらに」十二オこくたてさせ給へと云、まことに大事の壺《つほ》に高直なる茶を詰《つめ》置ぬるに、おしてこくたてさせぬるこそ聞えぬ事とはおもふがいかに。又も有、我が飲《のみ》たる盃《さかつき》をいたゞきて人に参らする事も是もきこえ候はず、人の盃ならばこそいたゞきのむべけれ

禅門云、茶湯の事は能《よき》茶なれ共、亭主《ていしゆ》の卑下《ひけ》にてわろきとてうすくたてんといふ心なるべし、すきの道と云ならは此心を以てはれたり

▲我飲《のみ》たる盃いたゞき人にさしぬる事は、盃あらためぬるといへるこゝろなるべし

▲尊氏《たかうじ》将軍九条殿にて鞠《まり》あそばして帰らせ給ふ時にざうり取見えず、しかあれはとざまなる侍になんぢがさうり参」十二ウらせよと仰ければ、彼ざうりをぬきいたゝきて将軍にはかせ申せしと也、是あらためたる心なり、将軍もことの外かんじ給ひしとかや、此心を以て盃の事しれり

▲橋男、もつとも又きこえぬ事有、よめこそしうとになるに、かならずよめしうとの中わろきいかに

▲禅門云、舅女《しうとめ》かよめにくむ事は、十二因縁《ゐんえん》の流《る》転《てん》車の庭にめくるがことし、人間の因果《いんぐは》もつとも歴然《れきぜん》の道理なり、自然中能人は因果をはなれたる人なり

▲我又世に心えがたき事あまた有、先上《かみ》方よりして伊勢へ参宮の人〳〵衣裳《いしやう》結構《けつかう》にして馬の上に綾錦金襴段子《あやにしききんらんどんす》（ママ）以下のふとんとやらんを五ツ六ツつゝ敷て参宮する、大」十三オ福人かと思へは大略人に借用する、又よき朋友《ほうゆう》なければ金銀を出しかりて馬にしきぬると云をきゝておとろきぬる、天照太神宮は日本第一の大御神にておはしませは、まことにいか計なる結構《けつかう》も御やしろにあらんなれとも驕慢《けうまん》をふかくいとはせ給ひ、人間に嫌《けん》の道をしへ給はんとの御侘（ママ）宣《せん》にて、萱《かや》ぶきの御やしろとかや、伝教大師《てんけうたいし》参宮有て御かやぶきの浅ましきを見給ひて、扨も〳〵人間に嫌の道教給はん

との御ちかひかたじけなさよとふかくきもにめいし、骨髄《こつすい》にとをり給ひ涙のはら〳〵とおちたまひけれは、伝教とりあへたまはずして一首

○たうとしと思ふきどくはなけれども忝なさになみたこほる丶」十三ウ

かやうに詠じ給ひしと也、まことに大仏殿などのごとくなる大伽藍のわざと火をさすとも焼まじきが、昔の代にも近世にも焼《やけ》ぬる、此外清水寺諸国の伽藍《がらん》いらかなるが焼ぬるに、御かやふきなれば飛火《とびひ》のかゝりても火失《くわしつ》の難有べきに、昔より其事なくたゝせ給ふ事御名誉《めいよ》ならずや、かゝる嫌《けん》を第一にあらはし給ふ太御神に驕過《をこりすぎ》たる為躰《ていたらく》しての参宮こそをばきこえ候はぬとはおもへ

▲又心得ぬ事有、儒道仏教《しゆたうふつけう》日本にて専有がたく思ひて涙をながしつる程に。天竺《てんぢく》人唐人日本に来《きた》らばいかほどもあがめ申べきに、異国人がきたりぬれ共牛馬などのごとく浅間敷云事聞えず、其上わろき物も唐物とてもてはやし」十四オ

ぬるやうなるきこえぬ事はあらし、をろかなる人の心かな

▲兼好が人の心おろかなると云しは、薫物を衣裳にたきぬると知ながら。えならぬにほひにはかならず人の心うつるものなり、久米《くめ》の仙人《せんにん》の女の物あらふはぎのしろきを見て通をうしなひけんは。外の色ならねはさもあらん、衣裳《いしやう》にたき物するは外の色なるに何とて心うつすやらんとの心かきたり

此段よく心に工夫《くふう》して見るに、兼好が外のいろといへるは内の色なり、内の色と云は外の色なりと我らは思ふがいか丶あらんや、申て見候はん

▲人の衣裳《いしやう》に匂ひをし身もちきよらに持なすこそ心からの事なれば内の色よ。身うつくしくうまれつきぬるは。外」十四ウ の色ならずや、詩《し》にも為《ため》レ君《きみかくんず》薫二衣裳《いしやうを》一にと有、是心をもつてする事なれば内の色なり、いかにうつくしくかたち生れつきぬるとても身もあらはず。きたなげなるあさの衣かけたる人には心つくべからす。たとへば麁面《そめん》たり共身もとたしなみて・よきたきものたき衣裳《いしやう》をなさは人の心うつるへし、此たしなみぬると云は心より出る所なれは内の色ならずや

▲橋男云、いや〱それは兼好か云しかよく侍る、わらはへの時は心に花も実もなければ・物のきたなき事もしらず、めのとたるものが身をあらはせ衣裳に匂ひなどしてとらせぬる、是外の色ならずや、兼好は人のいまたちいさ」十五オき時のことを云しと思と云ければ、禅門わらひける

▲禅門云、兼好内の色外の色さへはき(ママ)まへすして何とて仏法しるへきや、仏法に外の色内の色に付てふかき心有ぬると有導師《たうじ》申されし

▲橋男云、外の色。内の色に。付て仏法にふかき事とはいかなる事やらん

▲禅門云、尋て聞す、ふかき事有といへる程にさこそあらめと思ひしなり、とかくに知ぬるとも大俗人の身として我家にもあらぬ出家の道云事よからぬ事成べし

▲此つれ〳〵草幷野槌ある人の見て申されしは、茶磨《ちやうす》を麦《むぎ》臼《うす》にしたる物なりと云《いふ》、いかなる事にかく宣《のたま》ふやらんといひ」十五ウ ければ答《こたへ》に

▲兼好は哥よみなり、我道の哥のことのみ一筋。云おかずして世上に有とあらふること書たり、幷注も我が儒《じゆ》の道ばかりのべよかし、念仏申極意《ごくい》まで書て当代の人〳〵念仏申仁《じん》多きゆへにしめさんとてかくのごとしと云たり、我家ならずはいらざるものならずや

▲又注に鹿笛《しゝぶえ》の作《つくり》様、絵《ゑ》に書て吹やうまで書置ぬる、扨も〳〵不レ入事ならずや、狩《かり》する人は生得《しやうとく》しりぬる。よのつねの人は。知ていらず、唯あくまでも物知たて成べし、皆自慢《しまん》より出る所成べし、太平記に有哥《あるか》人謀《じんむ》叛《ほん》人の内とて。ひかれて六原の庭におゐて炭火《すみび》おこし拷問《かうもん》」十六オ して口をきかんとせられければ、一首よまれし

○おもひきや我敷嶋《しきしま》の道ならでうき世のことをとはるべきとは

かく申されければもつとも至極《しごく》とてゆるされけるとかや
茶磨《ちやうす》は茶計一種《しゆ》ひけ共、座敷の上に居る物也、麦うすは万の物ひけ共、庭の角《すみ》にゐる物なり、多分一道にすくれたる人は万の道云《いゐ》たがるゆへに位おとりて、ちやうすも麦うすになりぬると云しが、もつとももと思ふなり

▲筑前に昔朝尊少弐やかたとておはします、宰府《さいふ》の神主よひて神道の事尋給ふに、神主しらざる事也、其座に道元入道といへる儒者《じゆしや》有しが承て後に神主が小宿に道元行て、屋形の今朝尋給ふ神道はこれ〳〵にて候はんや」十六ウ と申けれは、神主もつとも至極《しこく》なり、我家の事を我しらざるに奇

特に知たまふものかなとて悦《よろこひ》、やがて屋形の前に神主参りて御尋の神道はこれ〳〵と道元《たうげん》申されし、是必定たるべきよし申ければ、弥《いよ〳〵》屋形道元深く思ひ入られたるとなり、兼好ならば初に神主にたつねられし時、神道はこれ〳〵に候といひさうなる人とぞ思ふ

▲我等がやうなる一道にすくれぬ愚人《ぐ》は、麦うすになりてしらぬ事もいひちらしぬれば、知たる人よりをしへられてものしるゆへに、口のあたるまゝに申さふらふなり

▲橋男云、つれ〳〵草のことはや聞あきぬる、あらかしかまし、自余《じよ》の事など尋候はん、こゝに不審《ふしん》有。はしめに貴」十七オ 翁《わう》の仰さふらふは此つれ〳〵草よめん（ママ）より中〳〵源氏物語よめと有しはいかなる心やらん、源氏物語は皆恋路の事ならずや、おぼつかなし

▲禅門云、此つれ〳〵草は此こゝろあら〳〵申ごとくに人

をそこなふべき書なり、其故は先おもてむきは賢書《けんしよ》のごとく有程に能事と思ひて此書のごとく学び候はゝ、人道にも天利《てんり》にも仏道《ふつだう》にも皆ちがひ候はん、君子は錦《にしき》を下にきて墨染《すみそめ》の衣を上にきると也、少人は下に墨そめきて上に錦をさらすごとくなると云心の書なり

▲釈迦《しやか》如来《によらい》の前に有人参り、つまにをくれて二六時中わすれ候はず、いかにして思ひはらし候はんといひしに、釈」十七ウ 尊大きなる瓢《ひさご》を金銀にて外をみかゝせ内にふじやうを入て口をし、是をつまと思ひて懐寝《くわいしん》せよと有しとかや、其をしへにまかせぬれば、やかて思ひはれぬるとかや

▲源氏物語ははしめから終までうらおもてなく恋路なれば中〳〵にかたづきて吉。かへつて人の教訓《けうくん》に成べし。悪人は善人の鏡《かゝみ》なり、煩悩《ほんのう》則《すなはち》菩提《ぼだい》心なり、昔よりも恋路よりして道心したる人多し、又此源氏物語は我朝の史書とぞ思ふ、もろこしには史書官《ししよくはん》とて内裏《だいり》に居て当王《たうわう》の悪事を

書て後王のかゝみとする、此源氏物語も内裏仙洞《せんとう》の道にちがひ給ふ恋慕《れんぼ》、又は公家達の事をかきぬるは、たゞ大明の史書官也、唯《たゞ》つれ〳〵」十八オ草のごとくよろしき事を書かとすれば、又恋路のふかき事を書、何共しれぬ物なり、ふるきうたに

○つらからはたゞ一筋《すぢ》につらからてなさけのましる偽《いつはり》ぞうき

といへるうたの心なり

▲橋男云、よく〳〵合点《かつてん》申せしなり、此段につきて我思ふたとへ有、よき人は古事来歴《らいれき》にて物を仰られぬる、我等はいやしき道よりして申べし、大明よりとうたんといへるかねわたる、此とうたんかねといへるかね、赤かねとふき合ぬれはちうしやくになる、又此とうたんかねにすこし白かねを合ふきぬれば白かねのごとくして人をたふらかしぬるが、はや人知ていまはとうらんかねとて人とらず、され」十八ウばとうたんばかりの時は、赤かねに合ちうしやくになれ共、白かねの入たるとうたんはちうしやくにもならず何の役《やく》にもたゝぬ物なり、是を思ふ時はつれ〳〵草は白かねにとうたんかねの入たる物なり、源氏物語はとうたんかね計とそおもひぬる

▲禅門云、誠に水にあぶらなり、油に水入たるは水のやくもならす、あぶらの役もかなはず、爰におかしき事有。あるものゝうらに柿の木有、この木にてしやくしを作りけるが非細工《ひさいく》成しゆへにたゞけづりにけづりけるほどにしやくしにならず。又みゝかきにせんとすれば大き成によりて、一首よみける

○しやにはちい耳かきには又ちおふ也しや耳にならぬうらの柿木」十九オ

とよめり、しやにちいとはしやくしにはちいさしと也、耳かきには又ちおふ也とはちと大きなるといへる心也、おかし

▲橋男云、日本にてもいかほど書たる書も有に、さしあらはれて人の教訓に書たるはつれ〳〵草也、たま〳〵書たれ共しかるべからず、大明の書は又四書をはしめいかほどか教訓《けうくん》の書有に、批難《ひなん》のなきはいかなることやらん

▲禅門云、もちろん大国なれば智者有之ゆへに批難《ひなん》の入られず、乍去人間は国〳〵によりてえかた有。そろうたる事なし、大明は文字にすぐれたる国なり、天竺《てんぢく》は仏教《ふつけう》にすぐれたる国なり、南蛮《なんばん》は舟をよくのりて世界廻《せかいまは》り、いまた見もせぬ所の海のふかさ浅さまで知ぬる国」十九ウ なり、皆それ〳〵のえかた有、日本はぶへん世界《せかい》第一なり、草木の花の内にもえたる所えぬ所有、梅はにほひ桜よりよけれども花か桜ほど見事になし、木の内に柳ほど見事なるえだはなけれども花なし

○梅か香を桜の花にやとらせて柳かえたにさかせてしかな

と有哥をもつてしりたまへ、まことに愚人たる人が冨貴に有て。諸芸《しよげい》万事に達したる人が貧者《ひんしや》有、これらは右の哥一首にて皆不審《ふしん》はれぬる

▲橋男云、さて又愚智《ぐち》にして貧なる者はいかにや

▲禅門云、愚智にして貧なる者は、百性《(ママ)》して耕作《かふさく》などするか水主に成が、又は人足道具持になる、かれらが様成者なくは」三十オ 人間の世たつへからず、鳥獣《ていしう》に同じかるべし

▲橋男云、扨又人につかはる丶事もならず百性《(ママ)》水主もならず、乞食して人《(ママ)ふとし》の門〳〵に立ぬるものはいかに

▲禅門云、さやうなるものがなければ又右申ごとく鳥獣におなし、さやうなるものあるによつて福貴《ふつき》成人が慈悲《じひ》をして善をなすなり、うき世にさやうなるもののなくは福貴なる人の善事あるまじゐなり

▲福貴なる人は此金銀は天よりあづかり物なり、貧者《ひんじゃ》の為にあづかりをかれぬると思ひて、ならぬ者に慈悲する人真《まこと》の天理《てんり》知《しる》なり

▲大名の国持ぬるも是天道よりのあづかり物と思ひて、我が」三十ウ身にあたる所の栄花《くは》をやめて一人にても人を抱《かゝへ》ましぬるが天道への奉公なり

▲異国にて学匠のいはく、人躰は冨貴にして心貧《ひん》なる善人とす

▲躰貧にして心冨貴成《なる》悪人とす、是大事のをしへなり、人躰冨貴心貧者とは、大名なるか福人かいづれにても我が身にあたる楽をやめて貧人にほどこすを大善人と云、是右に申ごとく大名の国持ぬるとても身のらくをやめ一人にても人をかゝへぬるごとく也

▲躰は貧にして心冨貴なる悪人とは、下賤《げせん》の身として心にたのしみをねがひて、金銀あらばいかやうなるたのしみ」三十一オをせんずる物をと朝夕たのしみの事をのみ思ひて、すこし金銀もとめぬれは、はや身のらくなることにかゝりぬる人が悪人なり、かやうなるものか終《つゐ》には盗《ぬす》人して誅《ちう》にあひぬると申されし、もつともならずや

▲橋男云、もつともおもしろく侍る、大名の国持たるも又は冨貴人の金銀持たるも、貧人のための天道よりあつかり物とうけたまはる、よくあんしさふらへは、天道は刀《かたな》のめきゝなる本阿弥にをとれるとぞ思ふ・そのゆへは本阿弥は正身にせ物やがて見分ぬる、天道は目利《めきゝ》が下手《へた》におはしませはこそ富貴なる人にきはめて慈悲《じひ》の心なく無道心なる人おほし、かやうなる物になにとて金銀をあづけた」三十一ウまふや、我らなどは冨貴ならば慈悲《じひ》をなすべきに、とかく御めきゝは下手とぞおもふはいかに

▲禅門云、あらおかしや、まことにざれことのまこととはかやうなる事成べし、我等も世の中を見るに善人はをとろへ悪人はいましなる世になる人をみるに不審《ふしん》に思ひしが、下の関に廿巻平家物語有、此平家物語を見るに右大将頼朝の伯父《おぢ》十郎蔵人行家、頼朝に敵に成て河内の国に隠《かく》れ給ひしを、常陸坊《ひたちぼう》と云し者か行家《ゆきいゑ》討て頭を鎌倉に持参せし、定て大庄あまた給へきと思ひしに引替て常陸坊を流罪《るざい》せられし、人皆不審しあへり、三とせ過常陸坊よび出し給ひて大庄給りぬる、其時頼朝の仰事に」二十二オ 十郎蔵人行家は頼朝の伯父《おぢ》、ことに名将也、か丶る名将を討ぬるものはかならず身にむくひぬる、其報《むくひ》はたさせんために三とせ流罪《るざい》させぬると仰られしと云たり、人間の上にてさへも智恵《ちゑ》ふかき人は思ひの外なる事有、ましてや天道の御智にていか丶はからひ給ふべきや、人智に及ふ所にあらず、誠《まことに》人間万事塞翁《さいおう》が馬と思べし

▲月のまかけ、潮《うしほ》の満干《みちひ》、色〳〵に学匠達の申をかれぬれども分別にいらす、此も右申ごとく人のなせるわざさへも智恵の有人のなせる事は分別にあたはず、南蛮より十二時はかるとけいと云物来る、人が手をそへざれ共廻り〳〵て十二時を毛頭《もうとう》たかへず、中〳〵愚人のをよぶ所にあらす」二十二ウ されどもとけい作りぬる人がをしへぬれは知る事やすし・さなければ千年我等ごときの者か工夫《くふう》してもなるべからず、此ごとくに天地の事いかほども不審《ふしん》たえす、天道の直《しき》にをしへ給ふならは知べし、さなくば人間の工夫にてならぬと知がよし、さりなから天地の事にしれる事有

▲天地の事仏教《ぶつけう》には須弥《しゆみ》山《せん》をたてをく、儒教《しゆげう》よりは天地は丸き物にする、南蛮《なんはん》人世界舟に乗廻りうしろより三とせに我国に帰るを以、必定世界は丸き物におちつきぬる

▲易《ゑき》書には一日のうちに人間の出入息一万五千息とかや、しるしをきぬる医《い》書には六百息多し、此事は我等もためしなばやすかるべきと思ひて砂とけいと云物を前にをき」

二十三オ
て、二月夜昼《よるひる》等分と暦《こよみ》に見えたる日日輪《にちりん》出たまふと同しく・いつものごとく息をつき大豆を前にをきて息《いひ》ひとつに大豆ひとつづゝ、器物《うつわもの》に入てかぞへ見けるが、とけい一返しの内大豆の数九百九十七有、是を千にして其日入あい時までとけい十四かへりぬる、其さん用すれは一日の息一万四千息有しなり

▲南蛮《なんはん》人世界《せかい》船にてのり廻しみれは、三万余里に定し也、廻り三万里有は世界さし渡し一万里と知れり

▲世界地形《ぢぎやう》さし渡し一万里有は、日輪の廻りたまふ天のさしわたしは十万里も有べし

▲しかれは十万里を一日に廻り給ふ日輪のはやきこと、た」二十三ウ とへにひくべきものあらじ

▲易道《ゑきたう》には一息の内に七十余里廻り給ふとかけり、人の息ひとつつきぬる内七十余里のはやき事いか計あらんや。さりなから天の一日ののり十万里にして人の息《いき》一日の息一万四千息にして算用してみれは、一息の内七里廻り給ふと我は算用せし也、一息の内に七里にしてもはやき事はたとえんもの世界《せかい》になし

▲世界に第一はやき物鉄炮《てつはう》の玉なるが、うち出し二三十間こそはやけれ、三町程に成てはよはく来る、はづしぬればはづされさふらふ、うち出しのはやき内も一息の内に一町ならてはとび候はず」二十四オ

▲鉄炮《てつはう》の玉程はやき物なきが、一息の内に一町飛《とび》ぬるに、日輪一息の内に七里廻り給ふこと誠に不思儀にあらすや日輪のせいぶんの事、異国《いこく》の学匠《がくしやう》なとは一世界より大きなる月輪は世界よりはちいさきよし申されしが、是はしれぬ事なり、さりなから十万里の上に有てあれほとに見ゆる日輪、なるほどにちかくにて見るならば日本国ほどのせい

ぶんにてもあらんや、それをも猶ちゞかめて日輪のせいぶんを百里四方にしてをき見るに、さても〳〵百里四方の物が人一息つく内に七里廻り給事、きどく千万語舌《ごせつ》にをよぶ所にあらず

▲かゝる大きなる物がかくはやくして四季《き》の転変《てんぺん》たかへ給はん」二十四ウ 事、亦地にも落たまはん事を思ひ候へ、しかと天主のおはしますしるし必定うたがふ所あるべからず

▲異国の大学匠申されしは日月は天のはたしるしなり、出《しつ》陣《ぢん》に大将目には見えねども、旗《はた》たちぬれはあのはたもとに大将有としるごとく、日輪《にちりん》月輪をみて天の大将の陣としるへしと云り

▲星《ほし》は天のかざり物なり、地のかざり物は人間なり、星に大小品〳〵有ごとく、人間に大人小人其品〳〵有と知べしと云り

▲其次に学匠申されしは、いかほど学文したり共、人間の上の事を分明に知つくしがたし、只一言《げん》にて人の一生の間の事しること有、申てきかせ候はん、そも〳〵人間はいかなるものぞと思はれぬる、人間は天地の役目に出たる物なり」二十五オ 赤子《あかご》にて死ぬる人は其普請《ふしん》の町場《ちやうば》に来る日。普請ゆるされて帰りぬるとしるべし、十歳《さい》の内二十三十歳の比死ぬる人は手間も不入町場請取てはやく仕舞帰ると知べし、此世にて病者なる者、又かたわに成者などは、わろき町場うけ取てあやまちしたるものと思ふべし、又にはかに冨貴になるものは普請にせい入ぬれは主人よりしてくみかしらになされぬる人も有、万に位あがること有ことく

▲又は町場にて金銀ほり出したるやう成ものと知べし、不思儀なる煩《わつらい》出ぬるものは町場にてあやまちしたるものと知べし、又誅《ちう》せられぬる人は普請には情《せい》不レ入してよこしまの事をせし人と知べし」二十五ウ

▲七八九十までいきぬる人は、町場のさらへ普請まてして帰る人としるべし

▲人間のめあかしは夜のことしらね共、天の目あかしは土の底の事も水の内なる事もよく知給ふ、此こゝろ中庸によく沙汰せし所なり

▲天地の普請役《やく》目に出たるとさへ思はゞ、人間の朝夕のこゝろもち是程にすぐれてむさきこと有べからず

▲人は煩有くすりをのみぬる内にもこゝろもちあるべし、此病はやく快気《くはひき》して天地の役をいたさんと思はゞ、わつらひの内にも役目に出ぬるにおなじ

▲遊さんにしぜん立出ても、今日かく遊さんして気をのへ」三十六オ 命なからへ天地の役目とげんと思はゞ、その遊さんも役目に天よりひかれべし

▲貧人餓死《ひんにんがし》に及もの有は、食物とらせて命つながせをき、天地の役目させんと思ふ心さしよし、慈悲《しひ》をして我身善人と思ふ心成《なら》は、慈悲せぬにはをとるなり

▲君臣の間の事、先君をくみがしらと思ひて、悪道を云つけられ候ともくみがしらの下知にしたかふべし、悪道ならばくみかしらこそ天のせめはうけられ候はん

▲君たる人も我は是天地の普請のくみがしら給る也、くみ子の人数不行義なき様に朝夕あんし、亦は一人もはしりなとしては町場あき、我が身に天のせめうけぬべし」三十六ウ と思ひて、ゆたんなく下へ心つけあはれみあるがよきくみがしらなるべし

▲主人の前、其外むつかしき人の前は、きのとく成事もあ

らんなれ共、是天地の役目と思ひなばやかて気ははれぬべし

▲此人間の事、天地の役目と思へは万の事みなはれゆく物なり、よくこゝろえ候へと申されしが、いかほどの古事らいれきどもきゝ候てもこれほどにおもしろき事はなし

其次に亦我等申さふらふは、仏教《ふつけう》と儒教《じゆけう》とはいつれかまさり候はんやと云ければ、かの学匠申されしは、儒教大明に用ひぬる、仏教天竺に用ひぬる、此両道を云初め」二十七オぬる人も皆天のなせる人なり、すなはち天よりの御代官と知がよし、両道共に悪道行《おこなひ》てよしとは申されず、仏教には五戒を法度に定め、儒教には五常を定られし、いづれもをとりまさり有べからず、皆天のなせる所なり

両道の心持のかはりは、先儒教は童《わらべ》の泣《なき》ぬるに色〳〵にいふてやはらけ。なきやまするやうなるこゝろもちなり、仏法は亦なくわらべに鬼《おに》の面なとかけて、をとしなきやまするやうなる心なり。ゆへは仏教はとがをすれば地獄《ぢごく》と云ておそろしき所におちぬると云てとがをさせぬなり、儒教はおどしもせすしてやはらけてなきやまするごとくなる物也、いつれもおなじ。され共儒教はよく」二十七ウ 天理の事を云、理の所は儒教殊外まされり、されどもすこし学をしたる者こそ儒教《しゆきやう》はしりぬる、凡夫のものはまづ〳〵地獄といへる事をきゝて、十人が七八人までとがをせぬもの有べけれは、仏教がよくぞ候はん

▲橋男云、つれ〳〵草はたゝ人は世をのがれたるか吉と、くれ〳〵この事をかきたり、此事いかにや

▲禅門云、此遁世《とんぜい》も右申ごとく天地の役目《やくめ》に出たる人間なれは、天道より遁世させられぬるならばよし、我との遁世はじがいどうせんにて天理にそむくべし

▲世間にたつさはりゐて色〳〵になげきぬる、され共身もならず持たる子などもみな死ぬる様なる人有。か様なる人

は」二十八オ 天よりなせる遁世なり

▲冨貴にも有、又ものに事かゝぬ人がにはかに遁世する事は気のちがひよからぬ事なり、天理にもちがひぬるとぞ異国の学匠は申されし

▲爰に思ひ出したる事あり、此十ケ年以前に松浦平戸に有し時、唐船に乗て唐の儒者来朝す、我相談《さうたん》して当代大明に昔のごとく成聖者有やと尋けるに、彼儒者云、大明は日本凡八ツ合たる程の国なり、大明を八ツわりぬる一ツが日本ほど有べし、此八ツの国八人の関白廻り〳〵三年替に政道して国治めぬる、近代其国にあたりたる関白国の政道に入《いる》国有し、国府《こくふ》の人〳〵」二十八ウ 酒肴《さけさかな》種〳〵菓子《くはし》(ママ)以下進献《しんこん》の内に鶏《にわとり》の卵《たまこ》数百。折につみて献す、見事成し其たまこつみたる折。かたはらなる家にをき、翌日《よく》関白其家の窓より何となく内に巣子(ママ)なとのつみたる所を見入て見られぬるに、其家のすみに鼠《ねすみ》の穴《あな》有が、其穴より鼠かぎりなく出て・かの卵を皆ひきとり入ぬる

其日の暮、かの卵納めたる奉行に卵・取出し候へと申されけれどもなし、関白なんぢがぬすみたるべしとて水火のせめにて拷問《かうもん》す、むざんやな彼奉行せめに堪忍《かんにん》ならず。はや死度思ひて我がぬすみ侍る、とく〳〵誅し給へと云ける時、関白彼奉行人ゆるして後つら〳〵人間の上を思ふに、身かよはくして咎《とが》をも身に請《うけ》ぬる」二十九オ 我関白にて政道するならはかくのことくかならず誤《あやまり》なき者誅《ちう》すべし、是天道にちがふべきもの也、とかく遁世にしかしとて此関白山にいられけるに、其国に有ける学者来て関白に申されしは、鼠来て卵《たまご》とりぬる事、凡慮《ぼんりよ》不思儀なり、是天のなせる所なり、貴官《きくはん》奉行せめて心見られし所存も天のなせる存念なり、今遁世の心は貴官の心より出たる所なり、彼鼠の事を見せて政道すなほに念を入さしめんとの天のはかり給ふは、貴官天よりえらひ出し給ふ人間也、よくそのとくを知て其身は遁世して不知余《しらさるよ》人に政道《せいたう》させ候はんとの事を大きなる天理をそむき給ふ人也

昔より遁世していまに其名え」二十九ウ たる人〱は十人には八九人、我身賢仁《けんじん》の名をあらはさんとの皆慢心より出たる人〱なり、是によつて中庸に云道おこなはれする也、智者はすごす愚者《ぐしや》は不及とかきたり、智者はすごすとはあまり物を知て世をかろく見、慢心出て山居するゆへに世の政道さする人なし、愚者は世の政道ならすと云る事目前なり、我かくのごとく申のべぬるも則天のなせる利口なり、たゝし人間は自油(ママ)の心有によつて、貴官末代賢《けん》人の名を取候はんとの慢心にて其のごとくにあらんとも、又は名はとらすとも嫌《へりくた》りて天命をもつはらにして世に出て国の政道《せいたう》あらんとも、貴官所存たるべしと申けれは、関白尤と同し山」三十オ を出て国の政道行《おこなひ》給ふに目出かりしとぞ申ける

▲此理もみな人間天地の役目に出たるにおなし、兼好がこのめる道にはちがひぬる

▲橋男さても〱面白侍る、とにかくに人間はまことに天地の役目に出たるとさへ思ぬれば万事是にて不審《ふしん》はれぬる、よき事を御おしへ給ふによりてうき世のまうねんはらしさふらふ、迚《とても》の事に後生の有無うけたまはりたくこそ候へ

▲禅門云、後生の沙汰よく異国にてならひ侍るが、俗人の身として後生のさたを云たるおかしきものなり、先つれ〱草にやゝもすれば一大事を思ひたてと書」三十ウ ぬる、注にも右申ごとく念仏の極意《ごくい》まて書ぬる、甲州の合戦書たる書甲陽軍紀とやらんは、唯ひらなる言葉にて能ぞかきぬると思ふに、奥に日蓮宗と一向宗の法の善悪かきぬるをもつて皆浅ましくなりたる物なり、とかくに仏法の事は俗人の言葉にものせるものにあらず

▲橋男云、是は仰とも覚えぬ物かな、甲陽軍紀書たる弾正と哉覧なり、右二宗の善悪をかゝぬならば此弾正はよく物を知てわざと愚《ぐ》にかへりけまんにてかきたると思ふべし、二宗《しう》の善悪を書しによつてこそ生得《しやうとく》の愚者なるものとは

しられぬる」三十一ォ

▲貴翁《きおう》の言葉こそひげまんよ、一樹のかけ一河のながれをくむもみな百生《ひやくしやう》のきえんならずや、さあらはなと後生の道にひき入たまひ候はんや

▲禅門云、さあらは後生の事申べし、後生《こしやう》と云ものは経《きやう》説《せつ》にかきとかれぬるなどゝて経《きやう》文のまゝに思ふは愚智《ぐち》なり、たとへは日本に保元平治より此かたの合戦の書有。同し合戦同所同し人が合戦せし事、皆書に依て違なり、唯書たきまゝにかきたる物なり、日本の内なる合戦の事さへ偽《いつわり》書のせける、まことに異国にて作たる書経文《きやうもん》にかく有などゝて用ひさふらはさらんは、智恵有人にはふそくなるべし、かく申せは我身智恵有様なれ共、異国にて我等も智者の教られ」三十一ゥしによつて申なり

▲つれ〱草も一大事なる後生とは段〱書ぬれとも、何として後生たすかりぬる、其道理なし、其外に書たる書にも後生の事書たるが、たゞ後生大事と計書たる、日本に書たる書におよばず、仏経の内にも法華経第一と有と云が、勿論《もちろん》後生大事とは有共、たすかり物又たすけぬし何たる道《たう》理《り》にてたすかりぬると云のをちつきなし、釈尊の末期《まつご》は枯花の所とかや、此句をきくに猶しれざるは後生なり、されどもしれたる事も有、其故は後生がなくは人間に其沙汰すべけれども、後生があればこそ異国いかなる国にも宗《しう》門こそちがひぬるが後生《こしやう》の」三十二ォ沙汰する、鳥獣に後生ねがふものなし、人間に限りて後生有にや、後生のなげきするは人なり、さりなから人間は欲に生れつきぬる物なれば、此世計はほいなく思ひて後生をたすかり、ながくたのしひあらんとの、大かたは欲の道より出る成べしとは思へども、又うちすてもされず、後生があらはそのたすけさせ給ふ御かたは

▲天主か、阿弥陀如来か、釈迦如来か、達磨か、不動か、

文殊、普賢、地蔵、弥勒、薬師、観音、勢至、大日、虚空蔵、此外にも定て有べし、心さへ真の道に入ならは右の仏達の内より迎へ給ふべし

現在にも敵の中にもよき士あらばよび取て味方になし給ふは大将のならひ、又味方の内にも」三十二ウ わろき士《さふらひ》は誅《ちう》せられぬるごとく、いらぬたすけぬしをたづねんより、後生をとりたく思はゝ先我心をすなほにもちぬるが第一後生たすかりぬる人なるべし、目前にある奉公人達か縁をとり色〳〵さま〳〵になげき、其家の家老に詰《つめ》て居るなれぞ(ママ)も覚えなければは奉公ならず、京あたりに何かしとやらん云し侍は引入ゐられぬれども、其身に覚え有ければ国ぬしよりかなたこなたなどよりよばれぬるごとく、唯我心をすなほにもちぬるが後生の覚えの士としるべし

▲とかくに後生をたすけぬる御かたは、ひとりおはしまし候はんか、先たすかる者を見たてぬるもつばらなり、そのたす」三十三オ かるものは何ものぞと云に、人の玉しゐなり、色躰は焼は灰《はい》、うづめは土に成が、たましゐとてやけともやかれず、うづめどもうづもらぬものが有て、後の苦楽を請ると云程に、先〳〵人間の玉しゐの事をよく見たて給ふならは、たすけぬしを見ぬる事はいとやすかるべし

▲橋男云、たすかる物を見立よと有により、はやさとり侍る、後生は無にきはまりぬる事必定なり、禅門いはく無にきはまりぬるとはいかにや

▲橋男いはく、さあらば其子細を申べし、人死るといなや此身どもいつちどもなくうせぬる物ならば、後生も有とおもふべし、死すれは色躰ともにやけは灰。うづ」三十三ウ めは土となる、玉しゐ有といへど目に見えぬ程に玉しゐあるまじきと申べけれども、此中うけたまはるごとくめに見えぬものなきにあらされは、必定玉しゐといふ物有ぬる事は、よしや唯有にして置《おき》てから後生は無なり、ゆへいかんとなれば目にも見えず手にもとられぬものが来世に行ていかで

さて苦楽《くらく》にあはんや、躰か有時こそ苦楽も候へ、かゝる事を思ふには後生は無也、此ふしんを智者上人達にたづねぬれどもひらけず、此事云ぬればたれ人も皆尤と云て無におとしつけぬる、さりながら貴翁は年久敷異国にすみ学匠に逢給ふなれば、若ひらきもやあらん、凡日本の中にてはひらきかたきふしんのよし人」三十四オ も申侍るなる、此事いかに

▲禅門云、もつとも至極の不審なり、此不審異国にて我等も学匠にたてぬるふしんなり、すなはちひらき申されし事は

▲色相有物は色有る火にてやかれぬる。又は色あるよろこび有

▲色相なき物は色なき火にてやかれぬる。又はいろなきよろこびにあひぬるものなり、子細は

▲一人の咎《とか》人有。その者に人告ていはく。明日は其身火あぶりになる、その用意なりと云ぬれは、はや心のうちいたみくるしき事浅《あさ》からず、是目に見えぬ火にて焼きぬるならずや

▲一人の忠賞人有。人来りてつぐるは、其方は過分に御知行被下ぬる、すなはち御知行の御折紙出来せしなり、其吉《きつ》左右《さう》」三十四ウ しらせ侍ると云ぬる時は、はや心の内のたのしひ浅からず心すゝしき也、是目に見えぬ所の悦ならずや、此事を以て歴然《れきぜん》後生の苦楽まきれなし、いかゝ心えたるや

▲橋男云、もつとも至極《しごく》なり、まことに思ひ内にあれは色外にあらはるゝと申ごとくに、内に気づかひの事有人はかならず面躰にあらはれぬる、又内によろこびの有ぬる人は面いちしるし、夢を見るにおそろしき夢見る時は身躰すなはちあせになる、寝入ぬる内は身は死人なり、され共心の

なせるわざにてあせ水になる時は、しかと目に見えぬ玉しゐもやかれぬる火有べし、よろこびにあふ事も有べきなれば、大かた後生の苦楽もありそふにこそ、たゝ」三十五オいまの御物語にて思ひ侍る

▲禅門云、よく心得給ふ也、和殿は正直なる人也、人の云ぬる事を聞て理と耳に入ぬれば早さやうにおちつき給ふなり、わろきうまれつきの人間は人のいひぬる事もつともことはりと思へ共、我云立《ゆいたち》ぬる非儀をとをし候はんとて、かならずあらそふものおほきなり、かゝる正直なる人に猶〳〵申て聞せ候はん

▲右ふしん其方かけ給ふはいまだ浅きふしんなり、我等異国の大智者にたてぬるふしん有、申て聞せ候はん、其不審《しん》の事は

▲人間の玉しゐは生れ出《いて》ていつより玉しゐ人に入物ぞと学《かく》匠《しやう》に尋ければ、いはく人の玉しゐは母の胎内に婬情《ゐんせい》のとまりたる日によりして七十五日めに玉しゐ入ぬるといへり」三十五ウ我云その玉しゐはいかなる物やらんといふに、学匠いはく魂《こん》と云て智恵《ちゑ》分別の玉しゐなりと云り、我云智恵の玉しゐならは母の胎内にゐる内の事も知《しる》べし、よしや内にゐるときは胎内にかこまれぬる程にしらぬ事も有べし、さて人と成て生れ出たらは赤子より善悪しるべきが、一歳二歳の間は死ぬる事もしらず、火に入ても焼死る程は、玉しゐはあらじと云、学匠いはくいや〳〵それにてはなし、一歳二歳の間は身よはく有故に智恵《ちゑ》もなし、次第に身のつよくなるにまかせて、玉しゐもしたがひ智恵分別出来するもの成といへる、其時に

▲我等申は、只今の御物語承てさとり侍る、後生は無に究りたる也、其子細は仰のことく人三十四十五十の間は身のさかんなれば智恵分」三十六オ別も慥成、六十に成ぬれは智恵も次第に色躰をとろへぬれば分別智恵もうすく成、七八

九十にもなる人みれば若き時ならひ学したる事をも忘れ、老耄《らうもう》して亦もとの赤子のことくなる事歴然《れきせん》なり、か丶る時には人間の玉しゐはた丶色躰次第の物なれは此身はて丶何か残り候はんや

▲我等若き時主人より家をもらひぬる間、其家に入て年月送る、家やぶれ候はんとする時は、色〳〵に修理したるなり、人もそのごとく身のわづらひ有時は薬呑《くすりのみ》ぬるが則家の修理ならずや、彼家に移りぬる時の事をよく覚えぬる人の玉しゐも、前かとは天にもあれ地にもあれ、人の躰に入ぬる時に家にうつりぬるごとく覚えぬるならは、尤色躰は消《きえ》ぬるとも心は入物なれば消」三十六ウ なましとも思ひ候はんが、我が心躰に入ぬる前はいづくに有しともしらず、只色躰より出たる物なれは色躰のはてぬるとおなしく消て行なん時は何の後生有べきやと云し

▲学匠《かくしやう》いはく、もつともよき不審なり、よく心得給へ、天地の間に人にはづれて生ある物の内に人間より生を得《う》る物ひとつ有、それは何ものぞとたづね見れば、わたつくれるかいこのむしなり、此かいこのむしは子を紙にうみつけおきてしるすなり、其紙にうみつけをきぬる子、人が其ま丶にすてをきぬればすたりぬる、人が又もとのむしになさんと思へば、桑《くわ》の葉《は》を取てうみつけをきぬるけしほどの物の上にをきて色〳〵にいとなみぬれば、又もとのむしに成て」三十七オ わたを作れり、此ごとく人間の玉しゐは身死て心なく成とも又天道より心の出来ごとくはからひ給ふならば、又もとの玉しゐになるべし、かいこを人間いけつころしつするに同し物なりとしり給へ

▲人間はかいこに同し事なり、うまれ出てぬるを人が取上て乳《ち》をのませぬればいきぬる。そのま丶とりあけもせすしてをくならばやがて死ぬる、畜類《ちくるい》なと見給へ、生れ出ぬれはやがてはしりありき、母が乳《ち》ぶさをたつねてのみぬる、これを思ふに人間より畜類はうまれ出し時は抜群《ばつくん》に智恵有

様なれども年たけて智恵なし、人間は赤子の時は畜類より無下にをとりぬれども年たけて智」三十七ウ恵あり、こゝをもつて人間に仏生有と知るがよし

▲人間が生なから魔王になるもの有、又夢中に物ならひてものをしる人有、是玉しゐのなせる所ならずや、又夢中に物を埋《うつみ》てある所をしへられてすこしも所ちがはずしてほり出しぬる人おゝく有なり、畜類にかやうなる事なし、此事思ひ給へ、後生はしかと有ものなり

▲有大王臣下三人よびて宣《のたまふ》に、世中にちからなくしてつよき物いかにとたづね給ふに、一人の臣下申さく、世の中にちからなくしてつよきものは女なり、其子細はいかにたけき勇士《ゆうじ》も女ゆへに家をも身をもほろぼしぬると云、尤なり、一人の臣下云いや世中につよき物は酒なり、酒に酔《ゑい》ぬれ」三十八オば智恵もうしなひ猛将《まうしやう》も酒ゆへにちからもをとり徒《いたつら》にはてぬるあひだ酒なりと云し、もつともなり一人の臣下云、世中につよき物は道理《たうり》なり、理といふ物があれは万人を敵《てき》にしても沙汰と云事にかちぬると云、尤なり

▲大王宣《のたまふ》、此の三ツの内には世の中のつよき物は理と云におちつきぬるか、理よりつよき物有、其つよき物は法度なり、理をうつ法はあれども法をうつ理はなき物なれば法度程つよき物なしと宣《のたまいし（ママ）》し、尤しこくならずや

▲其次に大王の給ふ、さて世の中にかしこき人間《にんけん》はいかなる物そとありしに

▲人間のかしこきはもう目なる人間と云。其故は人の大事な」三十八ウる事を工夫するは目をねふり物を工夫し。出《て》かしぬるに、もう目はふだん目をふさき居によりてかならずかしこきもの也、もう目にかしこからぬはなしと云

▲一人の臣下云、人のかしこきは若くして老後の事をよくあんしぬる人かしこきなり、人は老後が本《ほん》なればと云、尤なり

▲一人の臣下云、何と老後の事をかしこく若年より思ひさだめぬる、とても身のやうしやうしらずして若くて死ぬるならは役にたゝず、唯かしこき人は身のやうしやうよくする人かしこきなりと云、これ又尤なり、其時大王のたまはく

▲かしこき人間は後生よく知たる人を第一かしこきとするものなり、とかく人間は一度は相はてぬるにきはまりぬる程にと有」三十九オ しとなり、是大王の仰事二重共に金言也、とかく人間は後生知たきものなりと申されし程に、我等さあらはをしへ給へと申けれは、明日来り給へ後生を見せてさとらせんと申されし程に、ふしん千万に思ひけれども行てみれば、後生の事を目に見せられたり、和殿も後生ならひ度は我宿に来り給へ目に見せてをしへ侍らん、さりなから大事の事を相伝するに礼物なくてなるまじゐ、但金銀は其方にも有まじゐなれば、一種《しゆ》一瓶《へい》にてきたり給べしと云し

▲橋男あらうれしや候、さあらは明日可参候とて約諾《やくたく》してその夜明しかねて夜明て一種一瓶して橋男禅門が宿に行てけり、禅門出合てよくこそきたり給へとて酒のみ」三十九ウ て小哥うたひ何の心もなくざゝめきぬる、其後さて約諾したまふ後生見たく侍ると云けれは。そよまことにわすれさふらふとて入物をあけて掛絵《かけゑ》一ふく取出しかけぬるが、雨のふりぬる絵なるに人馬に乗たる二人有。一人はみのかさ着《き》たる一人はみのかさきずしてぬれてかなしく見えたる絵也

▲禅門云、此絵見給へ、二人旅行《たびゆき》なり、一人は雨がふる事やあらんと思ひて雨具持たると見えけり、一人は雨はふる

まじゐと思ひて雨具もたぬゆへにかくぬれてめいわくすると見えたり、此絵のごとくに後生有かなきかのあらそひは雨が降候はんかふるまじいかのあらそひに同しき物也、たゝ旅行にやしれぬ天気には雨具を持たるが吉、天気よくならは」四十オ 雨具をすてたるがよし、ふるまじひとて雨具をもたぬ人形のなり見給へ、めいわくと見ゆるごとく、後生はあると思ひて随分道を道にたてゝ、なきならばあまぐすてたると思へし、なき物と思ひて自然有ならば、あの雨具持ぬ人形のなり成べし、現在《げんざい》天地の内に見ゆる事さへしれぬ物が、見えぬ後生の事を現在より何として手に取ぬるほと知つくし候はんやと異国《いこく》にて大学匠《かくしやう》のをしへられし所也と申されし、橋男も尤至極《しこく》と云てかへりぬる

▲橋男宿にかへりてつくぐ〵とあんじて、此ころ禅門の物語こそ面白けれ、さあらは此物語どもを大かた覚えぬるほど双紙に書てとめんと思ひて、この双紙《さうし》書て禅門の」四十ウ所にもたせて、文に

此程の御物語おもしろくさふらふ程に、耳にとまりぬる程の事はかくのことくにかきたてぬる、御覧じ候へ

寛永十三、九月　日とかきてやりける

禅門よりの返書に云

さても〳〵此ほどつれ〳〵によしなき口をたゝき候へは、かく双紙にかきのせられしことのものうさよ。まことにつれ〳〵草は日本の大聖賢《せいけん》のかきたてられし書と申に、我等ごときの愚《ぐ》人としてそしりぬることの葉、天のをそれもいかならん、されども我等ごときのものは世の中の蚊虻《もんもう》におなしければくるしからす、殊に我が名をしりたる人もあらじ、人からし」四十一オ られまじゐとて法名つかずして禅門と申。うき世に禅門おほし、たれが事共沙汰も有まじゐなればくるしからず、よき人のせられしつれ〳〵草をさへ我等こときのものそしりぬる、此書人が見たらはいかほどか又我等ことをそしられんなれども人がそしりぬるは身の病《いた》にならず、有うたに

○草からす霜またけふの日に消《きへ》てむくひの罪《つみ》はのがれ
さらめや
此うたをとりて一首よみ侍る
○霜と成てつれ〱草をからせしがたが日と成て此書
けしなん
おかしく候
（一行空白）
寛文壬子十二年中秋上旬」四十一ウ

道成寺物語

（万治三年十月板、三巻三冊、絵入）

たうじやうじ物語上

それ、いんよくのみちほど、おそろしき物はあらじ。はるのこま、たいをやぶり、なつの雲、身をこがす。されば女のかみすぢをよれるつなには。大ざうもよくつながれ。女のはけるあしだにてつくれるふえには。あきのしか、おほくよるとぞいひつたへはんべる。

一かくといひし仙人は。ないかい、げかいのりうじん共をとらへて。いはの中におしこめしほどの人なれども。せんだによといへるびじんに身をよせて。つうりきをうしなひ。しが寺の上人は」二オ だうしんけんごのひじりなれども。京ごくのみやすどころにれんぼして。御手のちぎりにうきなをながし。くはさんのほうわうは。十ぜんの御くらゐをふりすて丶。御とんせいありしだにも。めのとの中づかさといふにようばうにおちさせ給ひき。

此ほか、をんなのためによをうしなひ。いのちをほろぼせし人〴〵。いにしへいま丶で、そのためしおほき中に。ことに、しうぢやくふかく。おそろしく覚えはんべりしは。山しろの国をたぎのこほりくらま寺に。あんちんといへるしやもんあり。つねにくまの丶ごんげんをしんじ。しゆくぐはんの心あ」二ウ るにより。くまのにまふでん事をのぞむ。ある時、にはかに思ひたち。きのぢのたびにぞおもむきける。とし久しくもすみなれし。いほのとぼそをあけぼの丶。かべにのこれるともしひの。けふりとともにたち出る。わがころもではすみぞめの。くらまの山のうずざくら。花のいろより明わたる。みねのまつかぜふきおちて。はる丶ふもとのあさかすみ。立つゞきたる一むらの。のきばもとをくすぎゆけば。下もえわたる市はらの。草のわかばのしら露に。のこれる月をみぞろいけ。人の心のいつはりを。たゞすのみやゐ、ふしおがみ。わがこしかたのあとを見れば。あま雲か丶るひえの山」三オ

〔挿　絵「ふこおろし」〕」二ウ　〔挿　絵「あんちんくらま出給ふ」「くらま寺」〕」三オ

でんげう大しの御こんりう。ぶつほうさかんのれいちなり。ゆんでをはるかにながむれば。山はさくらの白たえに。まじるつゝじのくれなゐは。しよくのにしきをおりかくかと。けいもよしだの春の色。げにのどかなるひがし山。ぎをん清水わしの山。かの長らくのかねの声。花のほかにやひゞくらん。やさかのさとをわけすぎて。ふりさげ（ママ）見れば鳥べ山。もゆるけふりをながめても。よそのあはれと思ひなし。わが身のうへとおどろかぬ。人のこゝろのおろかさよ。されば、うきよのつねなき事は。草ばのつゆ、水のあは。よひのいなつま、石の火の。ひかりにもなをたとへがたし。あしたには、はなやかなりしかほばせも」三ウ ゆふべには、はくこつとなりて野ばらにくち。そのかたしろもこけむして。なき名もさだかにみえわかず

此こゝろを。うきやうの太夫あきのりが哥に

　野べみればむかしの人やたれならん
　　その名もしらぬこけのした哉

されば、世のはかなき事をたとへていふに。人ありて、は

るかなる野をゆくところに。にはかにとらのきたりてくらはんとするほどに。にげはしるに、ふるき井どのやうなるあなにはしり入て。あなのなかば程にある草にとり付て。井のもとのそこを見れば。どくじや、口をあきて。くれなゐのしたをふりたてつゝ。おちいらばくらはんと、まちかけたり」四オ またうへを見れば。とら、口をあきて、これものぼらばくらはんとす。しかるところに。たのみてひかへたる草の手を。しろきねずみとくろきねすみと。かはる〳〵かぶりくふ。すでに此草のね。たえはてなんこと、只今なりと。たましゐをけし、おもふところに。井のもとのうへに木あり。そのしづく、口のうちへおち入ぬ。あまき事、みつのごとし。此露のあまきにしうぢやくして。かのうれへをこと〳〵くわするゝといへり。

しかるに、かのとらはわが身につくりかさぬるざいごうなり。井のもとはぢごくなり。草はいのちのねなり。二つのねずみは日月くはうゐんなり。ゐのもとのじやはごくそつなり。あまきしづくは五よ」四ウ くのたのしみなり。一さいしゆじやう。つみあさきも、つみふかきも。むじやうのつかひのよるひるおつ立るをもしらず。日月の身にせまる事は。かの草のねよりもあやうし。只今なりとも、命のね、たえなば。あくだうにおち入て。あはう羅せつのせめをかうむらんといふ事は。みな人ごとにしるといへども。かんろのあぢにめづるがごとく。げん。に。び。ぜつ。しん。い。の六こんごとに。ふるゝところのあひよくにとんぢやくして。まなこにては色を見て、よくをおこし。みゝにては声を聞て、あひぢやくをなし。はなにてははにほひをかぎて、こゝろをまどはし。したにてはよろづのあぢはひをなめて。あるひはこのみ。あるひはきらひ。身にて」五オ

〔挿　絵「小みや」「よしたのみや」「参りしゆ」〕」五ウ

はそれ〳〵の物にふれて、よくしんをおこしまよひ。こゝろにては万事をふんべつして。あるひはよろこび、あるひはいかり。いとおし、かはゆしとおもふ。

此六こんのあひよくにおほれて。みらいえいこうのくるしみをわすれ。ふぢやうのさかひをじやうぢうと思ひ。花の

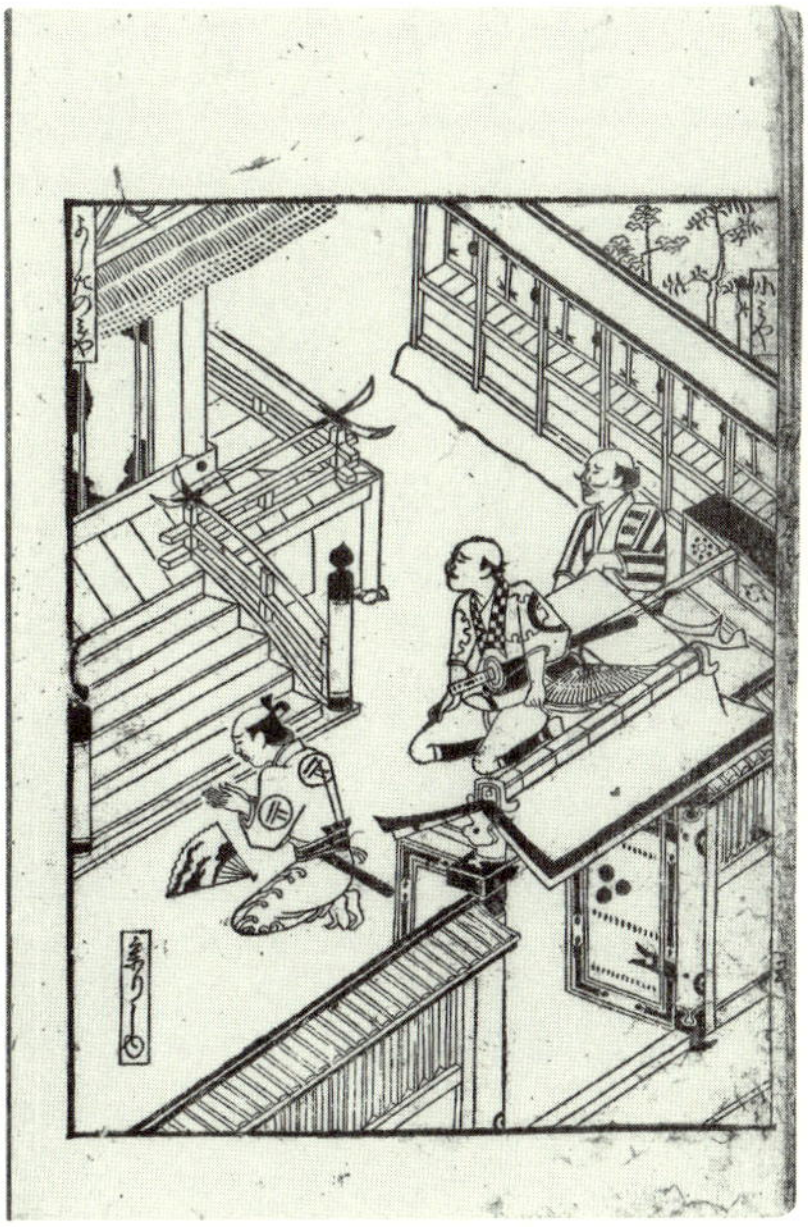

ちり、木の葉のおつるをみても。むじやうてんべんのことはりをもさとらずして。あけくれ、うきよのいとなみにのみ心をくだき。ごしやうの一大じはなにともおもはず。身にはせつしやうちうたう。じやいんをおかし。口にまうご。きご。あつく。りやうぜつをのべ。こゝろに。とんよく。しんい。ぐち。此ぼんなふのきづなにひかれて。くらきよりくらきにおもむき。なが」六オく仏のみなをきかず。うかふよ、さらにあるべからす

されば、いづみしきぶ。此心をしやうぐう上人のもとへ。よみてつかはしはんべる

くらきよりくらきみちにぞ入ぬべき
はるかにてらせ山のはの月

されば、むじやうのつかひは。てつじやうがんぜきの中にとぢこもるとも。いかでさそはで侍るべき。そのためしを思ふ中に。むかし、四人の仙人あり。ともにつうりきじざいにして。長せいふらうのくすりをのみて。命のながからん事をねがふといへども。しやうじむしやうのさかひなれば。かの四人の仙人。たちまち命のかぎりありて。七日すぎばしせん事を。かねてつう」六ウりきをもつてしりければ。たがひにこれをかなしみて。いかにもして、むじやうのつかひの。きたらぬすみかをもとめんと。めん／＼にこれをあひはかる。

一人の仙人いひけるは。それがしはこくうにのぼり。雲の中にかくれすまんに。いかなるむじやうのつかひなりとも。

雲をわけてはよもたづねじとて。其まゝ、こくうにとびかけり。雲の中にぞかくれける。又一人のいひけるは。それがしはうみに入て。浪まにかくれすむならば。かの使、よもたづねじとて。うみにとび入、かくれけり、また一人のはかりことには。市のなかにまじはりて。身をかくす物ならば。いかなるゐんまのつかひなりとも。おほくの人に見まぎれて。よもやわれをばみしらじ」七オと。市の中にぞかくれける。いま一人のいひけるは。それがしは山をわりて。その中にとび入て。もとのごとくにつき合。かくれすむ物ならば。いかなる無じやうのつかひなりとも。よもたつねてはきたらじとて。山をわつてぞ入にける。

かくて、七日になりければ。天にのぼり。うみに入。市にまじはり。山に入し。四人の仙人、こと〴〵く。おなじときにむなしくなる。かゝるつうりきひぎやうをえたる仙人だにも。しのくるしみをまぬかれず。

此心をとうれんほうしがよみ侍る

　さりともとやへのしほぢに入しが（ママ）ど

　そこにもおひのなみは立けり

さてゆくさきはいづくぞと。人にとうじのまへをす」七ウぎ。すゐをはるかに見わたせば。とばにこひづか、秋の山。あみだがふちにさすかげは。ぐぜいのふねとみる月の。都はあとにへだゝりて。よどのわたりにつきにけり。

河づらとをく出ぶねの。さほのしづくに袖ぬれて。かはくまもなきたびごろも。きんやのさとをすぎゆけば。きゞす声するかた野なる。なぎさのさくら折かざし。御（「御」に濁点あり）ゆふのけふにぜうし給ふ。これたかのみこと聞えしも。今は名のみやのこるらん。なをわけゆけば足引の。山ざき千げんたから寺。のりのともしひ、かげふけて。あくるをつぐる声〳〵の。にはとりかいのさとをすぎ。花にかゝやくあさづくひ。うずの玉とや見とがめん。かふりのさとをこえゆけば。江口に」八オ

〔挿　絵「とりべの、はか」「あんちん」〕八ウ

〔挿　絵「八さかのちや屋の女」「きよみつ参り」「八さかのとう」〕九オ

はやくつきにけり。

むかし、さいぎやう上人の。天わうじへまふでける。たびぢの雨の夕ぐれに。此さとにやどをかりけるに。かさゞりければ、よみ侍る

よの中をいとふまでこそかたからめ
かりのやどりをおしむ君かな

ゆふぢよかへし

世をいとふ人としきけばかりの宿に
こゝろとむなとおもふばかりぞ

かくて、わけゆくみちすがら。とはずがたりをゆふなみの。おとに聞ぬるかんざきや。わたなべすぐればほどもなく。天王寺にもつきにけり。

此御寺と申すは。すいこてんわうの御宇に。しやうとくたいしの御こん」九ウりう。たもん。じこく。ざうちやう。くはうもく。の四天のざうを。あんぢし給ふにより。四天王寺と名づくとかや。

されば、しやうとく太子は。ほんぢ、くせくはんおんのけしんなり。しゆじやうさいどのはうべんに。かりに此よに

あらはれ給ふ。

其はじめを申せは。ようめい天わうのきさきの御ゆめに。こんじきのそう、きたり給ひ。われはこれくせぼさつなり。しゆじやうさいどのじひふかし。すなはち、きさきのたいないにやどるべきと。いひもあへず、口にとび入給ひしより。やがて御くはいにんましく〳〵けり。すでに日かずかさなりて。八つきになれば。たいないにて物のたまへる声聞ゆ。十二つきにあたりける。正月一日に」十オ なんでんのみまやどにて。御さん、へいあんあり。すなはち御名を。みまやどのわうじとぞ申ける。

また八耳太子とも申なり。其ゆへは、八人一とうにそうもん申事を。一く〳〵あきらかに聞わけ給ひて、すこしもとゞこほる事なし。

かゝる大ごんしやうじやのたて給ひたる御寺なれば。のきふく松のかぜまでも。みのりの声を出しつゝ。まことにしゆせうのれいちなり。

にしのうみづらみわたせば。立よるなみのあはぢしま。かよふ千鳥のなくこゑに。たれのねざめをすみよしの。みやゐぞ、ことに有がたき。


此御神と申は。むかし、いざなぎのみこと。ひうがの国。たちばなのあをきがはらにて。御はらへ」十ウ し給ひしとき。うしほにつれて、うかひあらはれ給ふ神。六はしらましく〳〵けり。其中に。そこつわだづみ。中つわだづみ。うはつわだづみと申神は。つくしの。しかのしまのやしろと申なり。又そこつゝお。うはつゝお。中つゝおと申は。すみよしの御神とあらはれ給へり。

そのゝち、ぢんごうくはうごう。三かんをうち給ふとき。すみよしの三神。御ふねのしゆごじんとあらはれ給ひて。わづらひなく。しらぎの国をしたがへ。きてうの御とき。つの国すみよしのさとに。みやゐをつくりて、いはひ申されけり。それよりしんごうくはうをも。おなじくいはひたてまつるによりて。すみよしは四所と申なり。ながとの」十一オ

〔挿　絵「あんちん」「みちゆき人」「よとのしろのけいゝ」〕十一ウ

国。とよらのこほり。すみよしにましますは三ざ。つのくにのすみよしは四座のよし、いひつたへはんべる。此こゝろをかねなをがよみはんべる

にしのうみやあをきがはらのしほぢより
あらはれ出しすみよしの神

太上天王のぎよせい

神よかみなをすみよしとみそなはせ
わがよにたつる宮ばしらなり

ごとく大じ左大じん

すみよしのはま松がえのたえまより
ほのかにみゆる花のゆふしで

天安元年のころとかや。もんどく天わう。すみよ」十二オしにみゆきし給ひて

われ見てもひさしくなりぬ住吉の
きしのひめまついくよへぬらん

そのとき、みやうじんあらはれ給ひて

むつまじと君はしらなみみつかきの
ひさしき世よりいはひそめてき

されば、此御やしろ。年月おほくつもりて。あれたる所おほく侍りければ。其ゆへを大やけにしらせたてまつらんとて。みかどの御ゆめに。住よしみやうじんのつげ給はく

夜やさむきころもやうすきかたそぎの
ゆきあひのまよりしもやをくらん」十二ウ

さて、御やしろを下かうして。うなばらとをくながむれば。しほひにあさるあま共の。さえづる声もめづらかなり。

かのありはらのなりひらの。此うらのけうにぜうじ。つらね給ひしことのはに

　かりなきてきくの花さく秋はあれど

　　はるのうみべにすみよしのはま

とゐいじ給ひしこゝろまで。今めのまへにおもしろや。さかひのうらのなみかけて。うぢのみなとをながむれば。ほたるとや見んいさり火の。かげかすかなるあまをぶね。さしくるしほや、わかのうら。みぎはのたづのなきわたる。あしべにおつるおきつかぜ。ふきあげにたつ雲はれて。さやけき月の」十三オ

〔挿　絵「あわししま」「かめ井のみつ」〕」十三ウ　〔挿　絵「すみよし」「あんちん」〕」十四オ

玉つしま。神のほんぢをたづぬれば。いんげう天わうのきさき。そとをりひめのすいしやくなり。

にんわ二年のころかとよ。小まつのゐんの御ゆめに。そとをりひめ、つげたまはく

　立かへりまたも此よにあとたれん

すぐればこれぞ名に聞し。むろのこほりにつきにけり」十五オ

（空　白）」十五ウ

むかしこひしきわかのうらなみ

と御ゑいかのありしより。玉つしまの明神とあがめ申。わかのみちをまほり給ふ。

されば。ごきゃうごくせつしやうのうたに

いかばかりわかの浦かぜ身にしみて

みやはじめけん玉つしまびめ

かまくらのう大じん」十四ウ

雪つもるわかのまつばらふりにける

いくよへぬらん玉津しまもり

さて、こしかたのあとをみれば。かいすいまん〳〵として、きはもなく。へきらう、天をひたすよそほひ。いまだみなれぬふうけいを。ゑにもいかでかうつすべき。すゑはいづくもしらまゆみ。春のかすみの立わたる。こずゑにかゝる白雲は。たれさらすらん布引の。松人もなきたびのそら。はにふのこやのいぶせきに。かりねわびしきよはのかね。まくらにひゞき、きみ井寺。ぎやくえんながら、ふしおがみ。ゆけば程なく藤しろの。みさかをこえて、ゆらのとを。

だうじやうじ物語中

かくて、その日も入あひの。かねつくころにもなりしかば。あるいゑのやどをかり。たびのつかれをやすめける。やどのあるじはをんななり。かのあんちん、きりやうよく。こつがら、人にすぐれければ。をんな、此そうにれんぼして。さま〴〵ことばをつくすあひだ。あんちん、こゝろえず思ひながら。さらぬていにもてなして。ことばをのべていひけるは。いかにあるじ、聞給へ。此ほうしと申は。ようせうのときよりも、くらまの寺にすみなれて。けいせつさんかうのまどにむかひ。しやくしのせつに心をそめ。なかくしやう」一オじのきづなをはなれ。ねはんのきしにいたらんと、ねがひもみつの御山を。ふかくしんじはんべれば。さんけいののぞみありて。此たび、くまのにおもむくなり。いはんや、ぢかいの行人として。いかでじやいんをおかすへき。思ひもよらぬ事ぞとて。さもつれなくもいひければ。

あるじのをんな、これをきゝ。あらなさけなのおほせやな。一じゆのかげにやどり。一がのながれをくむ事も。たしやうのえんときく物を。ましてや、こよひかりそめに。おやどをまいらせ申事。ぜんぜのちぎり、ふかきよの。月もおちくるたきの水。きよきもにごるならひあり。天ぢくのくもらえん三ざうは。きうじこくの大王の御むすめ」一ウ

〔挿　絵「やどのあるしあんちんねやへしのふ所」〕二オ

とちぎり給ひ。羅じう三ざうを子にもてり。又わがてうの

あさ日のあじやりといふ人。天文のはかせなりける人のつまをぬすみて。一よ、ねたりけるに。折ふし、おとこに見つけられければ。あはてさはぎて。にしのかたのつま戸よりにげければ。かのはかせ、かくなん

　あやしくも西より出る朝日哉

といひかけければ。あじやりとりあへず

　天文のはかせいかゞ見るらん

としたりければ。はかせ、やさしく覚えて。ゆるしにけり。かゝるためしもありあけの。つれなの人の心やと。袖にすがりてかきくどく。

あんちんも、いはきならねば。さすがあはれに思へども。心よはくてかな」三ウ ふまじ。われ、たま〳〵うけがたきにんじんをうけ。あひがたきみのりにあひ。あまつさへ、しやもんのかたちをえながら。かゝるあくえんにあふ事は。まのなすわざよと思ひければ。いつはりて申やう。やさしの人や、それがしを。さほどに思ひ給ふとは。いまぞあらはにしらいとの。そむればそまるくれなゐの。色にではなるもがみ川。のぼればくだるいなぶねの。いなにはあらず、さりながら。まづ〳〵くまのにまふでつゝ。しよぐはんをはたしはんべりて。げかうにまくらをかはしまの。水のながれはかはるとも。御身とちきることのはは。かはらじ物を、中〳〵に。かならずそれまで待給へと。まことしげにもたはふるれば。をん」三オ

〔挿　絵「なち」「くまのまいり」〕三ウ〔挿　絵「あんちん」「四十斗のそく人」「五十斗僧かたる所」〕四オ

な、よろこぶ色みえて。うれしや、やがて御げかうを。かならずまつとゆふづけの。鳥もなきしのゝめも。ほの〳〵とあけわたる。かすみとともにたち出て。くまのにこそはまいりけれ。

さて、御やしろにつきしかば。神前、ほうらくのために。ほけきやうをどくじゆして、かなたこなたじゆんれいし侍るに。聞しにこえて、たつとく。有がたかりけるれいちかな。そのよは、せうじやうでんにつうや申。しゆつりしやうじ。むじやうぼだいとぞいのり申ける。

ふけゆくまゝに、御とうのかげ。神さび、心もすみわたる。みねの松かぜ、露をはらひ。なちのたきなみ、まくらにひゞき。つうやのゆめをおどろかす。

こゝに、さんけいの人の中に。としのよはひ」四ウ 五十ばかりなるほうし。又四十あまりにやなるらんとみえ侍るぞくたいの。せんだびつおひたるが。たがひによも山の物がたりしはんべりけるに。ぞくなりける人。ほうしにとふていはく。さても、たうしやの御神は。いづれのときより此山にちをしめ給ふぞや。きかまほしくはんべるといへば。かのそう、こたへていはく。されば、たうしやの御らいれき。それがしもいかでしりはんべるべき。さりながら、人のかたりはんべりしを、あら〳〵小みゝにはさみはんべれば。つうやのねふりさましに。物がたり申はべらん。

かうれい天王の御宇かとよ。はじめて此国にごんげん、うつらせ給ふ。其とき、らうおう、らうぢよ。二人のものを引つれていらせ」五オ 給ふ。時にたみありていふやう。なんぢらはいかなる人ぞ。らうおう、こたへていはく。われはきいの人にさそはれて。此所にきたるといふ。それより此所をきいの国といふといへり。

しゆじん天王六十五年に。はじめてほんぐうをつくり給ふ。

けいかう天王五十八年に。しんぐうをたてさせ給ふ。

かたじけなきかな、御ほんぢを申せば。ほんぐうはあみだ。しんぐうはやくし。なちは千手くはんおんなり。しゆじやうさいどのはうべんに。かりにごんけんとあらはれ給ふ。

されば。ご白川のゐん。くまの丶みゆき、三十参どになりけるとき。みもと丶いふ所にて。ごんげん、つげ申させ給ひける御ゑいかに

うろよりもむろに入ぬる道なれば」五ウ
〔挿　絵「やとのあるしまちかねとふ」「かけ出の山ふし」〕」六オ
　これぞほとけのみかとなるべき

又いづみしきぶ。たうしやにまふではんべりし時。ほんぐうの御まへにて。にはかに月のさはりありければ。かなしみてよみはんべる

いにしへの五しやうの雲のはれやらで
　月のさはりとなるぞかなしき

とゑいじければ。ごんげんの御返哥にいはく

もとよりもちりにまじはる神なれば
　月のさはりもなにかくるしき

ごん中なごんつねふさ。くまのにまふではんべりしとき。ほつしんもんのわうじにてよみ侍りける

うれしくも神のちかひをしるべにて
　こ丶ろをおこすかどに入ぬる」六ウ

しほやのわうじの御まへにて。後三条内大臣

おもふ事くみてかなふる神なれば
しほやにあとをたるゝ成けり

さる程に、あんちんは。みつのお山を立出て。げかうだうにぞおもむきける。

かのやどのにようばうは。もはや、げかうのじぶんぞと思ひ。しゆ〲のちんぶつとゝのへて。門のほとりにたち出つゝ。いまやおそしとまちゐたり。しかれども、あんちんは。かねてたばかりし事なれば。いかでかやどにとまるべき。かの門をしのびすぎ。はや程とをくぞなりにける。

をんな、あまりにまちわびて。御山のかたをうちながめ。心そ」七オらにてたちたるところに。くまのより、かけ出の山ぶし二三人つれにてとをりけるに。しか〲のそうにはあひたまはぬかととへば。山ぶし、こたへていはく。さやうのほうしは此二日いぜんに。げかうせられはんべると。いひすててこそ、とをりけれ。

をんな、此よしきくよりも。そのまゝ、かほの色へんじ。かくあだ人ともしらずして。たばかられたる、はら立や。いで、のがさじといふまゝに。あとをしたふて、おつかくる。

かゝるところに、あんちんは。やう〲とをくゆくほどに。日たかの里にぞつきにける。

とあるこかげにやすらひて。あとをきつとかへりみれば。かのをんなこそ、出きたる。あんちん、此よし見るよりも。大きにおどろき。きもをけ」七ウし、のかれぬところと思ひければ。だうじやうじにはしり入。くだんのよしをかたりつゝ。そうたちをぞ、たのみける。人ゝふびんに思ひ給ひ。いかゞはせんとだんかうある。

其中に、らうそう一人、すゝみ出。人々にむかつて申されけるは。とかくのせんぎにじこくうつりて、かなふまじ。それがしがぞんずるには。あのつきかねをおろし。其中にかくさんと。おもふはいかにとありければ。此ぎ、もつともしかるべしとて。かひ〲しくも、かねをおろし。あんちんをかくし入。しゆろうのまはりをねんごろに。かごみ

てこそはをきにけれ。
さても、此だうじやうじと申は。たちばなのみちなりきやう。こんりうの寺なれば。だうじや」八オ

〔挿　絵「やとの女ほう大しやニ成日たか川わたる」〕八ウ

〔挿　絵「たうしやうしのそう」「あんちんかねの下へかくす」「のうりき」〕九オ

うじと名付はんべるとかや。

さて、かのをんなは。すきまなくおつかくる程に。ほどなく日たかの里につく。

折ふし、川水おびたゝしく出て。だか（ママ）なみ、きしをひたしければ。わたるべきやうなかりけり。こなたかなたとはしりめぐり。あさせやあるとうかゞひけるが。一ねんのどくじやとなつて。川をやす〳〵とおよぎこし。やがてだうじやうじにはしり入。こゝやかしことたづぬれども。思ふほうしはみえざりけり。

かゝりけるところに。しゆろうをかごみをきたるをみつけ。よにあやしげにまほりけるが。おをもつて、だうをたゝきやぶり。やがて、りうづをくはへて。七まとひ、まとひ。しんいのほのほを出し。おをもつて、たゝけ」九ウば。たちまち、つりがねより、くはゑん出て。其かねのあつき事、あたりにもおりがたし。

さて、かの大じやのありさまをみれば。りやうのまなこはかゝやきて。天に二つの日をみるがごとし。ならべるつのはとがりて。ふゆがれのもりのこずゑにことならず。くろがねのごとくなるきば。上下におひちがふて。するどなる事。けんににたり。くれなゐのしたをふり立て。この寺をにげ出つゝ。日たかの河にぞ入にける。これをみたるほうしばら。きもたましゐも身にそはず、みなわれさきにとにげまどふ。

其のち、そうたち、あつまり給ひ。さても、おそろしき事共かな。かゝるためしはいにしへ今に。めづらしくこそはんべれとて。つりがねを」十オおしのけてみれば。かくしをきたるあんちんほうし、みやうくはのけふりに身をこがされて。はくこつばかりぞ、のこりける。そうしゆ、あはれにおもひたまひ。むなしきこつをひろひあつめ。きやうだらにをよみて、あとをとふらひ給ひけり。

されば、かやうのためし。むかしよりなきにしもあらず。かまくらにある人のむすめ。わかみやのそうばうのちごをこひて。やまひになりぬ。はゝにかくとつげしらせければ。かのちごのちゝはゝ。しる人なりけるまゝに。此よし申あはせて。より〳〵ちごをかよはしけれ共。こゝろざしもなかりけるにや。うとくなりゆくほどに。つゐに思ひになりてしゝぬ。ぶも、かなしみて」十ウかのをんなのこつを。ぜんくはうしへをくらんとて。はこに入てをきてけり。そのゝち、また此ちごやみつきて。大事になりて。ものぐるはしくなりければ。一まなる所にをきて。いろ〳〵かんびやうしけれども。さらにほんぶくのけしきもなし。あるとき、人とものがたりするこゑしけるを。あやしく思ひて。ちゝはゝ物のひまよりみれば。大きなるへびとむかひゐて。ものがたりをぞしける。おそろしなんどいふはかりなし。さて、つゐにうせければ。わかみやのにしの山にてさうす

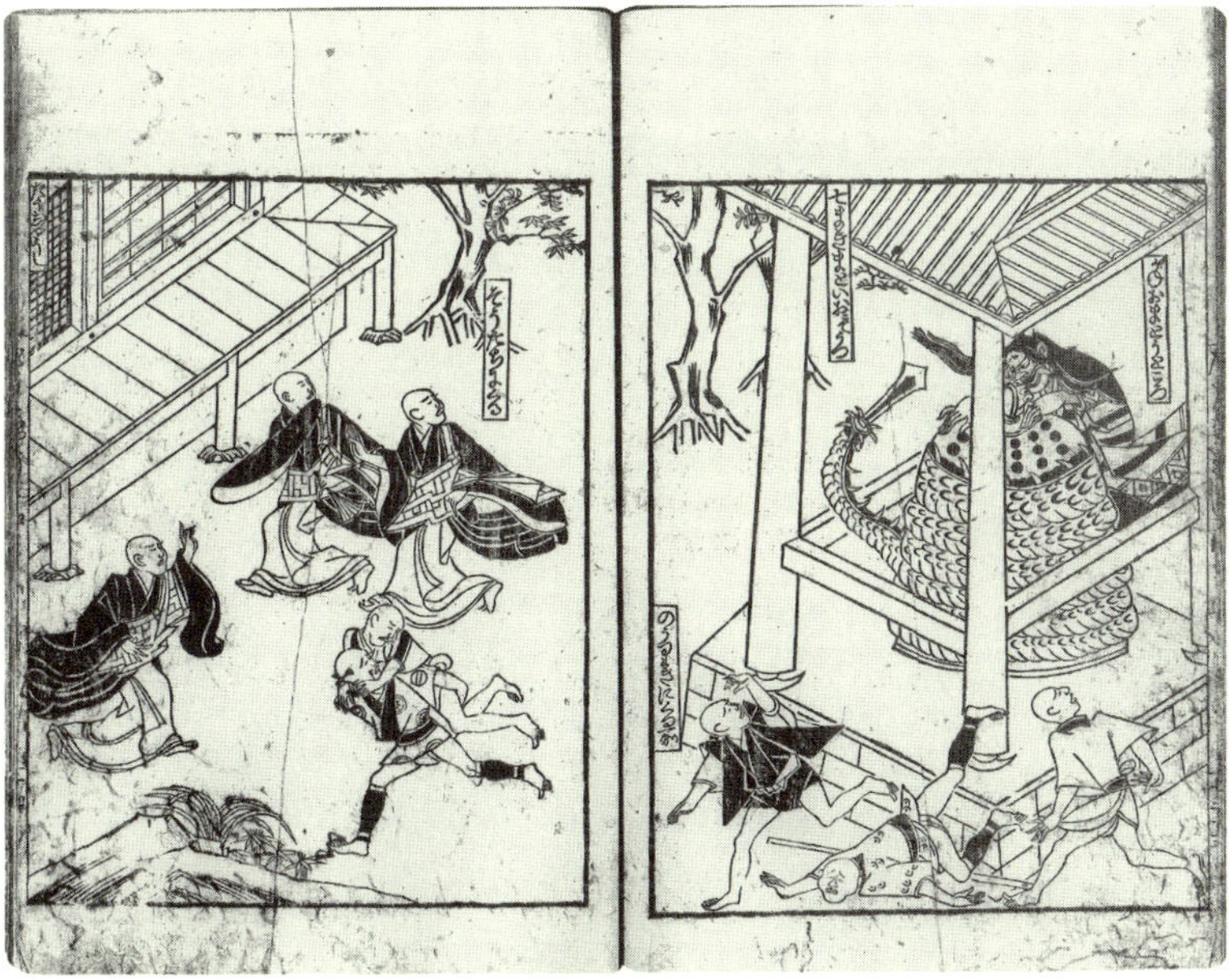

るに。くはんのなかに。大きなるへびありて。ちごにまと
はりたり。やがてへびとともにさうしてけり。かのちゝ
はゝ、むすめの」十一ォ
〔挿　絵「かねおまとうところ」「七まきまといおゝてうつ」「のうりき
にくる所」〕十一ウ　〔挿　絵「そうたちにくる」「たうしやうし」〕十二ォ
こつを。ぜんくはうしへをくるついでに。とりわけ、かま
くらのある寺へをくらんとして見けるに。こつ、さながら、
ちいさきへびになりたるもあり。なかばばかりなり、かゝ
りたるもありけるとかや。
まことに、しうぢやくあひねんほど。おそるべきものはは
んべらず。しやうじるてんのやみがたきも。たゞ此あひよ
くのなすわざなりと。おそろしかりしことゞもなり
〔二行空白〕十二ウ

だうじやうじ物語下

それより、たうじのつきがね、たいてんして。声きく事のあらされば。むみやうのねふりもさめがたし。さるによつて、そうたち、こゝろをひとつにして。ふたゝび、かねをいさせらるゝに。なんなく、じやうじゆしはんべれば。人〳〵きゐつのまゆをひらき、しゆろうにこそはあげにけれ。すなはち吉日をえらひ給ひ。かねのくやうをのべらるゝ。

すでにその日になりしかは。きんり、きむごくのさと人ども。此よしを聞つたへ。かねのくやうにまいらんとて。袖をつらね、くびすをついで。寺」一オ 中にくんじゆをなしにけり。

そうたち、此よし、み給ひて。あらおびたゝしのさんけいやと。のふりきにの給ひけるは。けふのくやうには。によにんきんぜいにてあるぞとよ。それをいかに申に。此いぜんのしさいをば。なんぢもぞんじの事なれば。かたくつゝしみいましめよ。うけ給り候とて。くんじゆの人をぞえらひける。

かゝりけるところに。としのよはひ、はたちあまりにみえたりけるをんなの。見めかたちいつくしきが。くれなゐのあふぎをもち。くんじゆの人をおしわけて。みだうのにはに出きたる。のふりきはこれを見て。いかにこれなるによしやう。此かねのくやうには。さるしさいあるにより。かたくによに」一ウ むをいましめ給ひ。もんぜんに。によにんきんぜいのふだをたてたるに。なにとて、これまできたりたまふぞ。とく〳〵寺を出られよと。なさけなくもおひ出す。

をんな、此よし、きくよりも。いやとよ、われは此国の。しらびやうしにてはんべるが。かねのくやうとうけ給り。御きやうをも、ちやうもん申。かねのこゐをも、みゝにふれば。五しやうの雲もはるゝやと、よろこびの思ひをなし。これまでまいりて候ぞや。ゆゆ（ママ）るして給れ、人〳〵よ。か

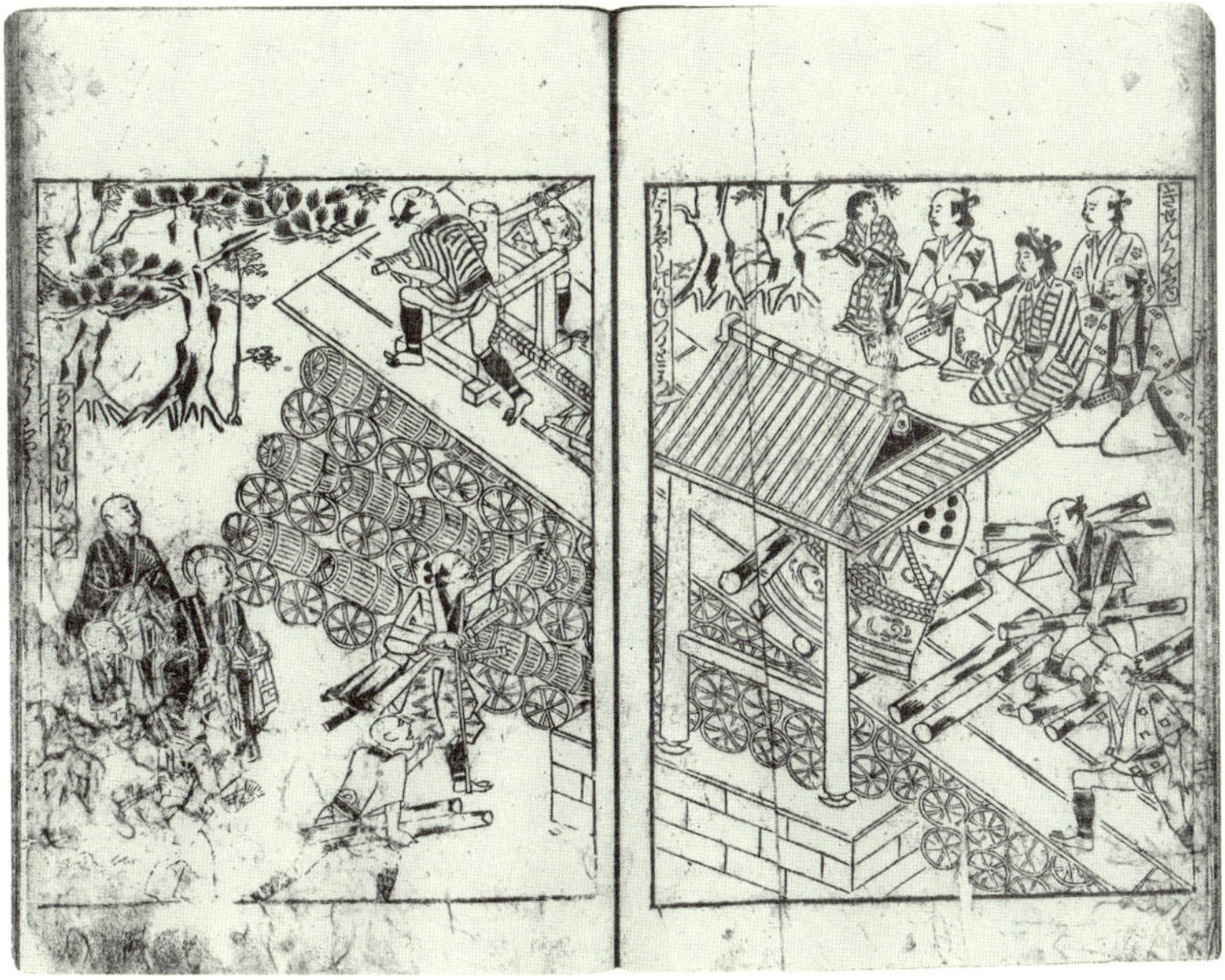

ねのくやうに、みづからが。手なれしまひをまふべきなり。のふりき、これをきくよりも。これはやさしきによしやうかな。かたくきんぜいにてはんへれども。まひをまはんとの給へは。」二一オ

〔挿　絵「きせんくんしゆ」「たうしやうしのかねつるところ」〕二一ウ

〔挿　絵「ちこほうしけんふつ」〕二二オ

それがしがはからひにて。くやうをおがませ申へし、はや、こなたへとしやうすれば。をんな、よろこぶ色みえて。うれしや、さらばまはんとて。ゑぼし、かりぎぬ、ちやくしつゝ。すでにひやうしをすゝむれば。そのとき、ゆふぢよ、たちあがり。時のてうしをとりあへず、花のほかにはまつかぜの。ひゞきもたかき、この寺の。かねの声をきく人は。百八ぼんなふのゆめをさます。

まづ、しよやのかねをつくときは。しよきやうむじやうとひゞくなり。ごやのかねをつく時は、ぜしやうめつほうとひゞくなり。じんでうにいたりては。しやうめつめつい。入あひは。じやくめつゐらくとひゞきつゝ。ぼだいのみち

をおこすなり。

されば」三ウ天ぢくのけいにだわう。あくぎやくぶたうにおはしまし。人をおほくころし給ふとがによりて。大地われて、いきながら、ぢごくに入たれば。ふたつのつるぎのなかに。かのわうのくびを入て。すきまもなく、おしきられ。しするかとすれば、よみがへる時。またくびをおしきる事、ひまもなし。ほとけ、此くるしみをあはれみ給ひて。御でしにおほせて。かねをつかせらるゝに。声あるあひだはくびきれずして。しばらく其くるしみをまぬかるゝとかや。また、もろこしのけいそうは。ぶつほうをやぶりしかば。しゝて、ぢごくにおち給ふに。かずのくるしみ、ひまなきところに。ふしぎにくはくはんじのかねの声を」四オみゝにふれて。これもぢごくをまぬかるゝ。又しやくそん、りやうぜんに入給ひしとき。しゆだつちやうじや。かねをいてまいらせたり。これをりやうぜんにつりをきて。せつほうのとき、つきしかば。三おくのしゆじやう、こと〴〵くまいり。其ほか、天しをはじめたてまつり。くぎやう大じんにいたるまで、五まん人、三まん人。ないし一まん、二まんにん。思ひ〳〵に人をつれ。せつほうのにはにまいり給ふ。

又八大りうわうも。かずのけんぞく引ぐして。とうざんせられけり。一つには、なんだりうわう。これをくはんぎとも申なり。二つには、ばつなんだりう王。これはぜんくはんぎとも申なり。此二つのりう王」四ウはきやうだいなり。つねにちう天ぢくまかだこくをしゆごして。よきじぶん〳〵に雨をふらし。国ゆたかに、たみもおだやかなれば。こくわう、かのりう王をまつり給ふを。たみども、これを聞。きゑつの思ひをなすゆへに。すなはち、りうわうの名をくはんぎと名づけ給ふとかや。三つに、しやからりうわう。これはもとうみの名なり。此りうは。かのうみの中につねにぢうするゆへに。すなはち名としはんべるとかや。四つに、わしゆきつりうわう。是をば、もろこしにはたづと名付はんべる。これは其かしらのかたちによりてなり。五つに、とくしやかりうわう。此りうは。べつしてよくも

のをいふりう」五オ

〔挿　絵「人〻かねおつくところ」「ゆうしよまい給ふ」「のうりきいねふる」〕」五ウ　〔挿　絵「さと人参る」「まいりしゆ」「そうたちくやう所」〕」六オ

わうなれば。すなはち、たぜつりうとも申なり。六に、あなはたつたりうわう。これはほんらい地の名なり。此いけにすむりうわうなれば。すなはち名としはんべるなり。七つに、まなしりうわう。これをは大身と申なり。其ゆへは。大力のしゆらがよりあひて。大かいの水をたゝきあげ。とうりてんのきけんじやうをも。ひたしおぼらすところを。此りうのちからをもつて。此かいすいをとゞめなどするほどのりうなれば。大しんりうとはなづけたり。八に、うはつ羅りうわう。これをは、しやうれんげちとも申なり。此りうは、つねにしやうれんげのいけにすみはんべるゆへに。すなはち名」六ウとしはんべるなり。此八大りうわうまで。りやうぜんゑざにつらなりて。かたじけなくも、しやくそむの。みのりをちやうもん申つゝ。ずいきのなみだをながしけるも。ひとへにかねのとくならずや。

しかれば、わらはも此かねの。声にひかれてまいりつゝ。みのりのこゑをちやうもんし。りうによがごとく、みつからも。ぶつくはぼだいにいたらん事。よろこびの中のよろこび。なに事か、これにますかゞみ。くもらぬかげぞ、さやかなる。月おち、鳥ないて。しも天にみちもしろたえの。花にたいして人〳〵ねふれば。よきひまなりと、おもひのけふり。たちまふやうにてねらひより。すでにつかんといたせしが」七オ

〔挿　絵「覚　右かねのくやうに付女人かたくきんせい」」七ウ　〔挿絵「きやうしやいのり給ふ」「女ほうかねよりあらはれ」」八オ

おもへば、此かね、うらめしやとて。りうづに手をかけ、とぶとぞみえし。引かづひてぞ、うせにける。

人〳〵おどろきさはぐなみの。たちまち、つきがね、あつくなりて。ふきくるかぜも、ものすごく。一とをりふるむらさめの。雲まにかゝやくいなびかり。とゞろ〳〵となるかみの。おともしきりにおそろしや。

さるほどに、そうたちは。みだうのにはにくはいがうして。とり〳〵せんぎし給ひけり。其中に、そう一人。すゝみいで申されけるは。此いぜんのをんなのしうしん。まだ此寺にのこりつゝ。また此かねにさまたげを。なしはんべるとおぼえたり。われ人のぎやうとくも。かやうの事のためなれば。一いのりいのつて。か」八ウねをしゆろうへあげ給へ。人〻と申さるゝ。

此ぎ、もつともしかるべしと。ゆふなみのおとに聞えたる。日たかの川のまさごのかずは。つくるためしはありとても。ぎやうじやのほうりき、つくべきかと。みな一とうに声をあげ。とうばうに。がうざんぜみやうわう。なんばう。ぐんだりやしやみやうわう。さいはうに。大ゐとくみやうわう。ほつはうに。こんがうやしやみやうわう。中わうに。大しやうふどうみやうわう。うごくかうごかぬか。さくの。なまくさ。まんだばさらなん。せんだまかろしやな。そはたやうんたらたかんまん。ちやうがせつしや。とく大ちゑ。ちがしんしや。そくしんじやうぶつと。いまのじや」九オしんをいのるうへは。なにのうらみかありあけの。つきがねこそはうごき出たれ。ひけや〳〵。いのれ〳〵と。せんじゆのだらに。ふどうのじくのげ。みやう王のくはゑんのくろけふりを立てぞいのりける。あまりにつよくいのられて。つかねど、此かねひゞき出。ひかねど、此かねをどるとぞみえし。

ほどなく、しゆろうに引あげければ。じやたいのかたちはあらはれたり。ぎやうじや、いよ〳〵ちからをえて。きんせい。とうばう。しやうりう。しやう〴〵。きんぜい。さいはう。びやくりう。びやくわう。きんぜい。ちうわう。わうたい。わうりう。一大三千せかいの。ごうじやのりうわう。あひみんなふじう。あひみんじきんと。いのり」九ウ

〔挿　絵「そうたちねている」「大しや二つ来りそうのゆめニ見る」〕」十オ

いのられ、かつはとまろぶが。またおきあかりて、あらうらめしやと。かねにむかつてつくいきは。みやうくはとなりて、しゆろうにもゆるを。そうたち、しやすいのゐんをむすびて。たちまち、ほのほをけし給へば。大じやは日た

かの川なみをけたて。水をわけてぞ入にける。よろこびいさみて、しゆげんじやたちはのぞみたりぬと。つきがねの声。しよぎやう無じやうのもくに手をかけ。かのぎをんしやうじやのむじやうゐんのひゞきあり。はりの玉にてつくりたる。かねのひゞきもかくやらんと。きく人、しやうじのねふりをさまし。さんけいのだうぞくなんによ。だうしやうだうかにくんじゆし」十ゥ て。いよ〳〵ぶつほうさかんなるも。たゞ此かねのとくとかや。

その、ち、此寺のそうたちのゆめに。大じやふたつ、きたりて、つげていはく。われはいつぞやのかねの中のそうなり。いま一つのじやはかのをんな也。われ、さきのしやうに。ほつけきやうをじゆぢしはんべるに。いくほどもなくて此あくじにあふ程に。ねがはくは、わがために。じゆりやうほんをかきて、ゑかうしてたび給へと。いふかとおもへば、ゆめさめぬ。

そうたち、あはれに思ひ給ひて。ほんぞんのまへにかうけをそなへ。ほつけきやう一ぶかき給ひて。かの大じやをとふらひ給へば。その夜、また一山のそうのゆめに。くだんのそうとをん」十一ォ

〔挿　絵「女ほうとうり天生る」「そうとそつ天ニむまれ給ふ」「そうたちとむらいの所」〕十一ゥ

な、きたりて。ありがたや、御きやうのくりきによつて。そうはとそつにむまれ。をんなはとう利てんにむまれはんべるとて。玉のけふり、はなやかに。ひかりわたりてみえしゆめも。さめて、あとなくなりにけり。

されば、此八ぢくのめうでんは。せそんしゆつせのほんぐはい。しゆじやうじやうぶつのぢきだうなり。そのゆへは。かのきやうのはうべんほんに。

　によがしやくしよぐはん。こんじやいまんぞく。け一さいしゆじやう。かいりやうにうぶつだう

と。とき給ふ。

此もんの心は。しやか仏、むかしよりの御くはん、いま、ほけきやうをとき給ふとき。まんぞくし給ふといふ事なり。

其しさいは。よきやうのちからにては。ぜん」十二オにんはとくだうすれども。あくにんは仏にならず。あるひはぜんごんのにんげん、天上は。とくだつすれども。ちくしやう、しゆらはじやうぶつせず。しかるに、此めうでんは。一ほうにしよほうをおさめたるきやうなれば。これにけちえんの心あれば。ぢごくも。がきも。ちくしやうも。しゆら、にんげん、天上も。みな一とうにぶつだうに引入給ふ時。仏の御ぐはん、じやうじゆすといへるもん也。此事を

　け一さいしゆじやう。かいりやうにうぶつだう

と、とき給ふ。

か﹅るしゆせうの御法にあひて。じやだうをまぬかる﹅のみならず。天上にむまれし事。只、此経のとくなりけり

　万治三年子ノ無神月吉日」十二ウ

徳永種久紀行

（写本、一冊）

じよ

それ、つら〳〵世間のげんそうをおもん見るに、ういてんべんの世のならひ、でんくわうせきくわのかげなれや、一しやうは夢のことし、たれあつて、はくねんをおくる、きん花一日のゑいにおなし、されは、りんゑはしやりんのことく、六じゆ、ししやうをはれやらす、人間のふぢやう、きのうの花はけふのゆめと、おどろかぬこそおろかなれなにをゑいぐわといひ、なに事かうつゝといはん哉、げんざいのくわをみて、くわこ、みらいをしるといふなれは、げんぜもめいどにたがわじと、なをもごしやうそおもわるゝ、とはおもへ共、あくしんのぼんのう、ごうのきづなにひかれ、仏心をさまたけ、せゝしやうがいをくるしみのなみにしづめては、みいけのうろくづにたゝよふ事そかなしき、それ、かいさんの御うたに」一オ

日はなかく命はちゞむよの中に
なをゆくすゑをたのむはかなきと

おしゑのみちはすなをなるに、先よくしんにぢうし、がんぜんのなけき、あくどうを本として、せんしやうをわきまゑず、なに事かうれしくて、たんめいをすごさんや、かほとあたなる身を持て、ちうしよをだにもさだめゑす、身はうき雲のむらたちて、国をかずゆるうき身をは、今さらうらむばかりなり

さりなから、十方はぢうしよ、善悪我《せんあくか》心《しん》ときくときは、いつくもすみか我こゝろ、こゝにまた、人間三世ふかとくのどうりを見るに、只はるの花のことし、それをいかにといふに、たとへは、しゆつしやういぜんたいないにして、さだまる月を南無といふ、これ土《ど》水木火《すいもくくわ》わがうして、木に花のせい、色」一ウとるかことくなり、二月に、八やうれんげとて、はちすのけさをさだめては、やかてあのじのかたちなり、これこすゑうるをふて、めぐみいつるにたとゑたり、三月になれは、そのすがた、りやうじゆみくじきさたまりて、むみやうぢやうやの門にして、くわうみやうをさとれ

は、みのじのかたちをは、これ花のつぼむとかうしたり、四月にまんじて、その日かず、十二いんゑんをかだ（ママ）とり、百廿日、地《ち》水火風空《すいくわふうこう》うそうりんじゆつかさとり、五月に、そのすかた、五たい五りん五さう五しきにかざりたて、九の月にまんしては、五ぞう六ぶをぶもにうけ、三十二そう、八十しゆこう、仏たいろくじのすがたにて、こんとんかどをわけ出る、これ花のひらくがことくなり、とをやはたちにせいじんし、おもひ〳〵の身」二オ のなけき、たこくゑんりのうきすまい、これたゝらつくわの有様なり、ししてはもとのみだの国、さいほうじやうどにまいるこそ、ことしの花のちりうせて、ふる木にかゑるごとくなり

かやうの事をさとりみるに、今此里を出たり共、また本国へかゑらん事、鳥のふるすに帰るにたり、それうら嶋がいにしへ、ほうらいきうにわたりつゝ、きのうけふとはおもひしに、すひやくねんのよわいをべ（ママ）、また此かいにきかいして、七せのまごにあふときく、われも九国をすみかとし、まつだいとこそおもひしに、秋三月の月は、あくしやうのくもにうづむ、はる三月の花は、むじやうの風のふかざるほと、さかりの花を風なうて、きりからしける人ことに、心ならすにゆくたびの、ころはいつぞのころぞとよ、元和三年ひのとのみ、やよいげじゆんの事なるに、わがそう」二ウ あんをたびたちて、とうぼうくわんにのほるつれ〳〵、物うき事のみおゝけれは、たゝおもひすてられぬこきやうのなこり、むれいるたづの心のまゝに、かなたこなたへとびさりて、あとをおしむもことわりや

みやこのほり

たいめいにてはなけれとも　ちくごの国ときくからに　てらいのうみにをとするは　ゐつわうごくのふねやらん　やな川のしろいでのはし　いまはかりとやうちわたり　はるすぎなつもすぎざるに　はやあき月のまちにつき　ふもとよりしてとうげまて　八町ざかにゆきかゝり　ゆみはり月のこしかゞめ　たとり〳〵とうちあかり　くだれはめてはみやまべの　ゆんではたにゝ水のをと」三オ　いせきにかゝるしら露は　ふらねとあられまばら也　そわづたゐしてゆくほとに　さうゐあやぶむみちおゝし　おほつかなくもよぶこどり　おぐまのしろはこれかとよ　つゐつくほとはなけれとも　はやいのひざにこけむしろ　水しろたゐはかわらだけ　あみたやくしのそのむかし　すみたまひけるところかや　さいとうじとはおもしろや　くるまはひかねとうしのこに　ちいさきくらをせにをけは　げにもこくらのしろとかや　わうはおわせぬところをは　だいりといふそふしきなる　やはせにあらねとわたりをし　しのぶもぢずりたれもみな　人目のせきにつきしかは　なをもこきやうのなごりなみ　もどしのかぜかふきけれは　夜はさら〳〵とあかまがせき　しゆぜうたすけのあみたでら　せめてゆかしきふるさとを　ゆめになり共みやうじんゐ」三ウ　さんしやを申あか月は　なみもなぎさのつなをとり　おもてのいかりくりあげて　ふさうをてらす日りんの　いるさのかたの国なれは　にしふくかぜもなつかしく　さすがうき木のものなれは　なを引もたせふかれゆく　よまねどなをはもじのしろ　ふもとになみやたゝむらん　やなぎがうらにふくかぜの　おいてとなりてゆくほとに　ちかくおもわぬふなぢにて　ながとのこうをはしりすぎ　すゐたのもしきもと山や　うきみのはてのかなしさは　なにをいわやにしほがゝり　しほゆきはよしいだせとて　ろかいをとれはまたさきに　むかうときけははらたちや　されともこゝろゐいのうほ　またはすゞきやたいなどを　へいたにのせてほう

ちやうや　まなばしなとをとりそろゑ　なべやしやくしとよばはれは　花鳥風月の心せり」四オ　みやこはいまたとをけれと　かみのせきときくからに　むかへはもろつせとをゆく　かやはつまねとせんばたけ　ゆゑをいかにとたつぬるに　そのいにしゑの事やらん　けいしけいぼに子はふたり　かやとわたをもせんばづゝ　たはねて二人の子をつゝみ　あれなるせきがんたけよりも　二人の子共をおとしみれは　ふびんにおもふはわの子の　わたにつゝみしそのこはしして　かやにつゝみしちゝの子は　さかゑ久しくきこゑけり　そのいわれにていままても　せんばたけとは申すなり　されはそこにてかくはかり

はわのこり花はちりゆくせんばたけ
　いくとせはるをすぎてさきなん

びんごの国にいりぬれは　あぶとのくわんをんふしをがみひとりゆく身のたびなれは　とももなぎさのはま千鳥」四ウ　それよりもしてゆくほとに　むかしのなのみいまはまた松かせのをとばう〳〵と　むらさめとのみなきあとのしるしはかりそみゑにける　わだのみさきをおしまはしひやうごへ今はつきじまの　こんでいとのゝはかどころためしすくなくふしおがみ　五月せんせいばくせうをおくり　はやなつもきてあつけれは　こゝですゞみのまつばらや　みかげをまほりたまわずは　神もほとけもあしや川やどをはいそきうちてのしゆく　東へゆけとにしのみやわれもつくしのものなれは　にしといふなもなつかしくゆくゑはなにとなるをがた　川内いづみのさかい町　ほどはる〳〵とめてに見て　いづくも同すみよしを　おもかちにみて川ぐちに　いるとおもへはいつのまに　見なれぬ人にあふざかの　なにわのはしにかぢまくら」五オ　こまのあしをとものすごく　かりねのとこのものうさに　おもひつゞけてかくはかり

うたゝねのゆめもむすはぬかり衣
　きてとうものはこまのあしをと

さて舟よりもあがりつゝ　備前しまをとをるとて　つるぎの山を見てあれは　つくしにありてきゝしより　けにもお

もへは引かゐて　あれはて丶こそみゐにけれ　ゐのぐはけたるふるやかた　かわらものきもこほれをち　きうたいはかとをとち　むくらはかべにはいまとい　しただり水はもりゆけど　むすびてとむる人もなし　たま〳〵事とうものとては　むかしにかわらぬよど舟の　かいろのをとやなみのをと　かん水鳥のうかれこゑ　ちやうじやくはゐだのしげりにあつまれは　鳥のすをくう山もなし」五ウ　御《ゴ》代が御《ゴ》代の御ときに　朝夕をのうのありけるを　き丶ならひもやしたりけん　からすは羽をとつ〴〵みうつ　とびはねとりのふゐをふく　けいちやう八こゑをうたいけれは　ひばりはそらにまいあがる　くわんがくいんすゞめは　もうぎうをさゐつるとは　よくこそ是はつたゐたれ　しと丶はおやにとびをくれ　ち丶よ〳〵とさゐづるを　たとゐつべしく（ママ）なけれとも　きろうこくのはくとうが　さんろにすてしち丶をこい　ろうふ〳〵とよびけるも　いまのしと丶のさゐづりも　同し心のおもひかや　あのちやうるいにいたるさへおやこのあわれはしるぞかし　われも小松のみとり子にいきてわかれてゆくすゐを　さそやたづねんこ丶ろの内おもひやられて小車の　やるかたさらになけれとも　いこくの事をおもひいで」六オ　みやこをさしてゆくほとにこぶかきかけはもり口や　しゆく〳〵まちをうち過て　平方とやらんとをりしに　たれとはしらずいゐ事（ママ）に　御座れ〳〵とよばわれは　そこにてわれもとりあゐず

きぬ〳〵のつまこうしかまかたひらに
　ひらかたつけてきるそはかなきと（ママ）

しのぶかほにてとをりけれは、ぢやうへんかとおぼしくて

目につきし花もたをれは露をちん
　さよふけころもきておよれかしと（ママ）

たもとをとりてひくほどに、またへんかとてかくはかり

ひくてより心はさきにとまれとも
　夕暮いそく山のはの月とて（ママ）

橋もとさしてゆくほとに　めてはやわたのお八まん」六ウ見あけてれんげもみあわせ　いのるしるしのあらたにて手にはとらねとたからでら　こが山さきをゆんでにみ　よ

そゑがかけし水くるま　川のよどみをせきあげて　たれをまつとはしらねとも　明暮めぐるこゝろこそ　つもれはおかとなるやらん　さてこそ戸ばにこいづかの　もみぢは見ゑぬ秋の山　これなるらんとゆんでにみ　ならわぬたびのくたびれは　しばをりむすぶあばらやに　その夜はふしみあか月は　けにろうちやうのこゑやらん　うつらなくなるふか草の　大かめだにときくからに　おに一くちそこわたやま　ゆきはふらねとふじのもり　こゝにいなりのみやいして　いまぐまのべやとうふくじ　一二のはしにほうせうじ　などころおゝきしゆく過て　そのよは夢をみやこなる

五条にやとをかりねして」七オ　げにもみやこときくからに　めいしよのなをもきかはやと　ゆきかう人にうちつれて　みなかみきよきせいすいじ　わが身のためかあつらゑか　みのりの花もひらくなる　かみこするすみ筆にそめきやうかくどうは是かとよ　本だうにまいりおがむには山よりみづのをちくるは　たきのひをとかすみやかに　おとわのあらしのはけしくて　ぢしゆのさくらもちりゆけは

花をしげにてかくはかり

さきそめしそのかはかりはのこしをけ

あとなこりあるこのもとのつゆ

まいるだうしやはかすしらず　やさきはたれとしらまゆみひくてになびく花もあり　こけをはらふてしきたえにこが（ママ）けをいとい岩のうゑ　すゞさかづきにをりくぎやうびくびくにむばそくむばい　ろうにやくなんによおしなべて」七ウ　ちよにやちよをさゞれ石の　いわをのかたにいるかめも　ちよよろづよをかさねきて　ふくはま松のおとなどを　しところもとろにうたいなし　またはしいかたんざくを　花のさゑだにつくるもあり　うらやましげにて三吉野ゝ　花さかりとは申とも　これにはいかでまさるべきされはあるしにいわく

りんかんに酒をあたためてこうやうをたく

せきせうにしをたいしてりよくたいを払

かやうの心にてもやあるらんと　たむらまるのごこんりうだいどう弐ねんのむなぎまで　心しづかに見物し　さて

清水を下向して　ぎをんとよ国せうごいん　三拾三げん大仏を　さもくわうたいにふしをかみ　上下のだうしやにうちまぎれ　いつく共なくかゐりけり」八オ

ゐどくたり

かまたりたびのひとりねは　床《とこ》もさびしき夜はなれは　いつしか花のみやこをは　とら卯のこくにたち出て　夜はほの〳〵としら川や　人はつまをもち月の　われはたれにかあわたぐち　四のみや川原ときくからに　神にいをます拾ぜんじ　にんばのかずのおゝけれは　右もひだりもおいわけの　馬かたぶしのおもしろや　あふみの国にいりぬれは　身にはおほゐぬ事なるに　あとよりたれか大津のうら

さてはきゐはやうたかたの　あわづか原のこけむしろおもひはむねにせたのはし　めてにせきざんかねのをとこゝろにそむるむらさきの　しきぶかてらをふしをがみゆんでをはるかにながむれは　なたかき山はひゑいさんふもとにしげるは八わうじ」八ウ　とづさかもとのじんかまて　のこらすみゐてわたし舟　ほを引かけてゆきちがうその水うみのなみかぜは　たもとにもろきあらしかな　い

せかいどうをゆくほとに　露のやとれる草つじゆく　ぬれたる石のひるやらん　石部のまちとはおもしろや　さなゐのころは過けれと　はやみなくちときくからに　それつきとめぬかつち山の　しゆくを過れはの丶みやの　ちくさのいろは花ぎぬの　袖をつらねてゆくすゐに　かぐらおのこはなけれ共　すゞかときけはやそせ川　さゞなみお丶き山おろし　されは仏の御身さゐ　うき世にすめるならいにや　さしてとかめはなけれとも　人をとゞむるしゆくとてや　仏のなをもよそゐつ丶　なにとて是をみな人の　せきのぢそうといふやらん　人はわづかの身をもてば」九オ　万ねんへるかかめ山の　しろのふもとをうち過て　目のくすりにはあわせねど　せうのやき米ばい〳〵し　石やくしゐぞまいらする　三日のつぐひたつとてや　四日いちときくからに　われはつくしのたびの物　卯月の雨にこめられていつかはた丶ぬ此しゆくを　うちながめつ丶ゆくほとにかいどうお丶きこつじきの　もらい出さぬ夕暮は　なにをもくわなの町につく　かのきしゐゆくのりの舟　うかぶもやすくこきはたし　百とせいきんとおもふ身を　はやみのをわりとはいつのまに　はる過なつになりけれは　あつたのみやになるみなる　ちりうちらじの花ざかり　くもでにものをおもふとは　是八つはしの事やらん　国ゆたかなる世の中に　やはぎときけはいそがわし　せたにあらねとながはしを」九ウ　あしもとゞろとうちわたり　ふねにのらねどいかなれは　はやをかざきときくからに　ひかしに雲はあかさかや　おもひわびねの恋《こい》とかく　そのふたもじのにごりにや　きみのこ丶ろのすまざるや　五井ときくこそよしなけれ　あふてよし田につまあれは　きみはこつゞみわれはしらべか　二川かけてゆくほとに　うきたびおもふむねの内　たれにしらすか君ならで　あらいことばのすゐをだに　しすれはのちはかたみとなる　さはいひなから小車の　わがわろきをはうちすて丶　あわれとたれかとをとをみ　はまなのはしのいるしほに　さ丶ねとのほるあまを舟　こかれてものそをもわる丶　こ丶やわたりときくからに　さてせうせんにさほさせば　こ丶んのゐんとうをたのし

めり　うれしき事はなけれとも　まへ坂過てざゞんざや」十オ
はま松のをとたかく　いそうつなみも物すごく　てんり
うこてんのわたし舟　さほさすしづくおのづから　わがそ
てぬらすはかり也　むかしはゆやのふる里の　いけ田のし
ゆくも今ははや　めしつかはれしあさがほと　きゐはてぬ
れはあともなし　きたるまふかきあみがさの　そのひまよ
りも見わたせは　きみを見つけのしゆく過て　なをもおも
ひはふくろいに　いれてそいと丶おもくなる　是よりさき
はもろともに　たがいになさけかけ川の　しゆくをよ
な〳〵ゆくにこそ　にしさかわらびもちをみて

　わらびこのもちあそひける花のゐた
　　にしさかもとの人は見しらじ

それよりもしてゆくほとに　命かあれはさよの中山　その
いにしゐのものかたり　すゐよろこびときく川の」十ウ　し
ゆくにてやとをかりわびて　その夕暮はなみたかなや　せ
かずはいと丶大井川　四方にうみはなけれとも　しま田と
きけはおそろしや　かわらおもてをすぎゆけは　いそく
こ丶ろのほともなく　せとそめいひときくからに

　めしそめてさも花やかにき衣の
　　ふせとりかほのけさそ川かせ

さふきあらしにちりもせて　さかりと見ゐしふぢゐだを
たをりて手にももたすして　おかへうつのやとをだごは
つらぬくたまのことくなり　ころしもときは卯月にて　か
きねもまどもしろたゐに　た丶卯の花かと見ゐけれと　ま
りこゐてゆくたび人の　こ丶ろの内のゆかしさよ　そのあ
ばらやのまめおとこ　なにをするがのしろちかく　きみに
ふちうはなけれとも　とをきあづまちせいけんじ」十一オ
みなみにみをの松ばらや　ゐんほのきはんほの見えて　な
に事をもか事をも　ゆいかいもなきわがみかなと　おもへ
はいと丶かんばらぞたつ　ふしのたかねのゆきみれは　雲
井にしろくたなびきて　されはいせ物かたりにも

　ときしらぬ山はふじのねいつとても
　　かのこまだらにゆきのふるらんと（ママ）

なりひらもゐいじたまひしとなり　みなみに田子のうらな

みや　やかぬしほやのけふりこそ　わかものおもふほのをなれ　こしにはかすみたなびきて　山にもおびをまといけり　ふもとをみれはとうざいゑ　なかくなかれしぬまのあり　あしわけ舟にさほさして　よし原かよいはむやくかなうれしき事はなけれとも　そゝろに心うきしまの　おもひいだせる心にや」十一ウ

ふる里をなこりおしげのたびのそら
　なにうれしくてうきしまがはら

その日たつみむまひづし（ママ）　原もすゞしき折ふしに　ゆをも水をもほしけれと　のまずときけはちからなし　さてはこゝをは伊豆の国　三しまのしゆくかうらしまが　明てくやしきはこねやま　とうげにはは四くわんの　すいかいをたゝゑては　巓にこゑんこずゑにさけぶ　こゑおのつからすさましし　みねにはごんげんふしをかみ　たとり〳〵とくたりしに　よ所には見ゑぬしぐれこそ　いとゝしゆんかくまちにつく　ゆもとの人はぬれ〳〵と　殊そくさいゑんめいに　たにのを川にをりひたり　あさ木のかわをはぎあつめ　たわらにいれてもちゆくを　いかにと人にたつぬれは　是はしらずやさがみなる」十二オ　小田原なりとこたゑけり　おもひよらさるしゆくのなを　おしゆる人はたれなれは　てんのおしゑか仏神の　おしゑたまふとうれしくてすゑよろこびをきく川の　しゆくをすぐれはみなかみはしもゑなかるゝ水なれと　佐川といふそふしきなる　めてはなんかいまん〳〵として　なぎさに波のたかけれはたゝゆきの山のことく也　むかしはそがの拾郎の　とらにちぎりをこめをきて　いくよかきみにあういその　はまべのみやをすちかいに　そがのふる里よそにみて　かずゆる人はなけれとも　かぎりもあるや此しゆくを　十間ざかとはおもしろや　ぬつしさやしがへたにして　はむねをおしむつかかたな　ひらをはあまりとりすごし　ひらつかにこそなりひらの　むかしあづまへくだるとて　なこりの人にみちよりも」十二ウ　うたをゑいじておくらるゝ　ところは爰そのうたに

　わするなよほとは雲いになりんとも

そらゆく月のめくりあふまてとなん（ママ）
よみたまひしもことわりと　おもひつゝけてゆくほとに
されは婆入《ばにふ》といふ字をは　かなにてみれはうらめしや　は
にふのこやとまを　しきしねやこそ夜さぶけれ　さてふち
さはときくからに　むかしおぐりのとのばらの　てるての
ひめにけいやくし　むなしくなりしところぞと　ものあわ
れにてかくはかり
　てるてとはてんをてらすとよみたれと
　　くちてひかりはなきそとばかな
　のだにこそふぢにさわべの水もあれ
　　花さかねともふちさはといふ」十二オ
それよりもしてゆくほとに　われはさゝねとながかたな
とつかさやぐちだてにして　さすほとがいの町につく
　とぎやめかすりつふしたるふるといし
　　かさねをきけんとつかとぞいふ
さてかな川ときくからに　げにも山べのちかきとて　もみ
ぢばしかのなをながす　せゞのこり水身にしみて　わたれ

とはてぬ川のなの　またゆくすゐも川さきと　きけはもす
そもとりあへす　はしおりてこそとをりけれ　なにをかう
とはしらねとも　米にてかうかみな人の　ろくがうとやら
んいふをきゝ
　米ならはまけてもうれや六合に
　　此しゆく過てたれか川さき
ゆんでをみれはむさしのは　月のいるさの山もなし」十二ウ
　草より出て草にこそいれと　ふるきうたにもよまれたり
　げにみちひろきしな川の　しゆく打すぎてゆくほとに
すりきりものゝ事なれは　やともかず〳〵おゝけれと　し
ばのいをりにこけむして　松の木はしらに竹のかき　夜さ
ぶさこそとおもへとも　そのよはさらにかりころも　ひと
ゐにたのむかたもなく　いとまをこうてたち出て　今こそ
わたれいまばしを　年〳〵わたしかゐけるや　しんばしと
やらんうちわたり　みやこの人のかけつらん　そのなばか
りは京はしを　人もろ共にうちわたり　みれはなにをもな
かばしの　きやうげんおどり上るりを　木にて作りしでこ

のほう　いとであやつるおもしろや　けにもこのどはむかしより　日をかたどれるしまとてや　日本はしこそゆゝしけれ　きゝしにまさるゑどのてい」十四オ　ちうやこまのあしをとに　りよじんの夢やさますらん　ぶつかくむねをならべつゝ　たみのかまとはのきつゞき　見るに心もすみちやうの　からねとなをはよし原の　町こそなをもさかゑけれ　神田のみやにまいりつゝ　四方のけしきをなかむれは　なにのこゝろはしらねとも　およそ八けいの心あり　先南にあわの国見ゑて　うみまん〳〵として波たかし　入江に舟のとまがゝりは　せう〳〵としてよるの雨の心か　さて又にしのためいけに　また秋ならぬ夕暮に　月ほの〳〵と見ゑけれは　水にちかきろうたいは　まづそのかけをうるなり　是とうていの秋の月　南にごんげん杉やまの　見こしにふじの山にある　ゆきしろたゑはおのづから　かうてんのぼせつにたとへ」十四ウ　はるもふゆかと見ゑにけり　八町ぼりのほとりなる　すさきに出てふきよするちいさき舟をめにかけて　いまや〳〵とまちけるは　ゑんほのきはんのこゝろか　神田のいなかまち人の　さしてことなき草づとを　かさして市にゆきつるゝ　あらしはけしきうみかぜも　のどかにふかぬよそをいは　さんしのせいらんに是をたとう　がん白鳥のうかれこゑ　ばつとたつては羽をならべ　かんていの秋をしらせ　八月のすゑのはをとこそ　へいさのらくがんによそゑ　がんらいこうもとき過ぬ　さて入あいはさびしきに　東にあさくさかうやでら　六ぢやうのほんぐわんじ　ほんせんじせいぐわんじ　南にあたりてぞうぜうじ　人のためにはあたごさん　さててんとくじしよてらより　かすかにかねのこゑきけは」十五オ　むしのね共にものすごく　ゑんじのばんせうかと　こゝろほそくてしゆせう也　さてしな川のはまべには　一竿《かん》のせんやうかうなんに　ふうはのなんをしのぎ　一やうの舟につりをたるゝ　うしほにぬれしばんもうを　せき日にしゑかたむけは　ろくはいそかわしけにてはゆるこそ　きよそんのせきせうかと見えけれ　桜田さかりて見てあれはつゝみに水をおちあいの　入江〳〵になみたちて　万里の

舟をうかふべし　御しろが、りはが、として　四方に大も
んをふせぎ　せきぢうさんがくのことし　すいほつ波たか
うして　舟へつほつたり　きがん白鳥羽をならべ　すいめ
んにあそぶなり　是さいかいのことし　七ちん万ほうくら
にみつ　たからの山と名付たり　御本丸の内のてい」十五ウ
た、にんけんのわざならず　大小もんをうち過て　あく
まをはらふふどう仏　持せたまゑるほこのての　くろかね
もんを見てあれは　かむりとびら小もんびら　しきいせき
いたくわんのぬき　みなくろかねののへ木也　それひのも
とをふせきもん　わかちやうにてはそわしらす　はんくわ
いちやうりやう扨は又　あん六ざんに七てんわう　きまん
ごくのきわう　らせんごくのらわうどう　すせんまんぎも
おそるへし　ひちやうばうていれいも　羽よわきつるにの
りてそも　こゑつびやうにそ見えにける　四方に四つのや
ぐら有　朝日夕日の御やぐら　月見ふぢ見の御やぐら　中
にも月みせいざんに　三五夜中のしん月の色　殊くわうみ
やうへんせうにして　げつきうでんのうちには　しゆんせ(ママ)
うをとめり」十六オ　ふろうもんをひやうしては　しんによ
のやみをあきらめり　月見御かうは是かとよ　さてきうち
やうのふぢはまた　いくちよ久しおいまつを　としもろ共
にからんでは　かいしゆんたいくわたうとして　目出度は
るに花さけは　ふぢ見に御かうの御やぐら　にしにあたつ
てそ(ママ)とつてん　雲にそびゆるてんしゆ有　天下をてらす日
のひかり　しやくびやくこくをあらはし　草木国土かいぜ
う仏　うろのめぐみをうるをふし　てんちいんやうの二つ
にて　あうんのにじをさとり　見上てみれは天をまほり
ちをみれはまた　一さいこくどかいぜ仏土中と　さたむる
国をま、にして　いくちよまてのしゆごのかみ　あをぐも
おろかならさらん　四めんに八つのむねかどは　八やう九
ぞんのまなひにて　りやうがいをひやうせり」十六ウ　国た
いらかにしてはまた　一ちやうのゆみのいきをいたり　と
うなんせいぼくの　せき(ママ)をやすくほろぼせは　てんをまほ
ると字にもかく　ものによく〱たとふれは　目にはみね
共をとにきく　はくさいこくのいにしゑの　てるひのしろ

と申とも　是にはいかてまさるべき　さんこくくわうやをめいしよとし　五さんは殊きねんぶつ　なごんさいせうしい五いは　ゑぼしのさきをちに付る　しのうかうせうのいゑ〳〵は　とうていのまさごに座をし　しよじんしよ仏をぞうゑいし　かいしやせんぐうひまもなし　きんぎしよぐはをもとり〳〵に　たみすなをなるまつり事　ぜんだいみもんのせいでん也　こうきにと丶まる御いくわう　天下たいへい国土あんをん　ちよろつよと書留けり

（一行空白）」十七オ

江戸御てんしゆ、富士によそゑて、かくもやあるべき

天嵐通陸
天煙不絶長石
天是武州魂日久石
天角面向不背角本代石
厳高太微山家殿張石
天頂八王守君雲石
天霞不消白石

」十七ウ

天星交月

元和三歳丁巳雨月霖雨不楽時作之笑種

先祖田尻中務太夫中書秋種普代者
今者江戸於御籏本桜井之家ニ有之也

徳永戸右衛門尉種久（花押）

（五行空白）」十八オ

（空　白）」十八ウ

何物語

（寛文七年板、三巻三冊）

何物語上

志学之大目《しがくのたいもく》

志学とは文学におもむくを云、大目とは志学の人先心得べき大成名目也

一四書とは、大学《だいがく》、論語《ろんご》、孟子《まうじ》、中庸《ちうよう》

大学は礼記《らいき》の一篇《へん》を抜《ぬき》出して、朱喜《しゆき》と云賢人註《ちう》し給へり、中庸も同じ、論語は孔子の言行《げんかう》を記《しる》したる書なり、孟子《まうじ》は孟軻《まうか》と云賢人の言行を記したる書なり

一五経《こきやう》とは、周易《しうゑき》、尚書《じやうじよ》、毛詩《もうし》、礼記《らいき》、春秋《しゆんじう》

易書は伏犠《ふつき》、天地の道理を説《とき》給へる書なり、書経は代〻の聖王、天下を治めたまふ書典《でん》也」一ォ詩経は聖人の正思《せいし》を発《はつ》し給へる詩なり、礼記は万礼の道を記せり、春秋は魯国《ろこく》の隠公《ゐんこう》より、十二代二百四十余年の間の事を、孔子みづから記し給へる書なりとあり、然に此書をよみて、其何の益《ゑき》あるぞと云に、古の聖人、賢人の心を察《さつ》して、其徳に至らんためなり、生つきの心かしこき人、此書をよめば、此道にはやく通《つう》じ、生つき愚《ぐ》なる人、この書をよめば、功《こう》つもつて此道に通ずといへり、但、四書をば、朱子くはしく註し給ふ故、見易所《やすき》あり、しかれば、先四書を見て後に、五」一ゥ経を見たるがよし

四書の中にても、先大学を見るなり、大学は孔子の遺《い》書にして、初《しよ》学徳に入の門なりとあれば
なり、而《しかうして》論孟《りんまう》(ママ)これにつぐとあれば、論語、孟子をよむが能次第なるべし、大学の序に

及《時ハ》二其ノ十有五年一ニ、則自リ二天子ノ之元子、衆子一、以テ至マテ三公卿大夫元士ノ之適子ト与ニ二凡民ノ之俊秀ナル一、皆入テ二大学ニ一、而シテ教フルニレ之ニ、以テスニ窮メレ理ヲ、正シレ心ヲ、脩メレ己ヲ、治ノレ人ヲ之道ヲ一

とあれば、上古には、天子も卿、大夫、士、凡民に至迄、学問を専とし給ふと見へたり

去ながら、大学をよみならふにも及がたきものは、近代日本にて、名儒者《めいじゆ》のかき給へる、春鑑鈔《しゆんかんしやう》、三徳抄《さんとくせう》」二ォ童観鈔《だうくはんしやう》、彝倫《いりん》抄、翁問答《おきなもんだう》などのやうなる、仮《か》名がきの書を見たるがよし、皆是、四書五経の理をやはらげて、

見よく聞易《やすき》やうに書《かき》たまふ書なり、それをも見難《がたき》と思ふ人は、儒道の大抵《てい》を心得、常に身持《みもち》正しく、詭《いつはり》なき人に近づきしたしみて、其物語を聞て信じ、心だて身の行《おこな》ひを似《に》せたるがよし、是も志学の一等なり

一天地、是は人間万物の生出《なり》る所の根源《こんげん》なり、天は陽《やう》なり、地は陰《ゐん》なり、故に、一切《さい》の生物に、陰陽の理、具《そなは》らざるはなし、万代かはりなき誠の道」二ウ なり、則、此誠の字の心、天地の理にあたれると見へたり、人間の道は天地の理にかなふを善とし、天地の理に違《たか》ふを悪とす、但、天地の理にかなひて善をなす人をも、悪人は是を悪とし、理にそむゐて悪をなす人をも、悪人は是をよしとす、されば、人の君たる人、悪心にましませば、其臣、悪人なる者、不慮《りよ》に幸《さいはひ》にあひ、善人なる者、思はず罪《つみ》にあたる事多し、然共、天地の理、万代滅《めつ》せざる故に、其罪なき人は、終《つゐ》に善の名を得、其罪ある人は、終に悪の名を得るなり」三オ 此善と悪との名、何を証拠《せうこ》に云ぞとたづぬるに、只、天地の正理ある故なり、亦、天地一元なる故に、天と云も同じ

一神祇、是は天地功用《こうよう》、至妙不測《しめうふしき》なるを云、神は天神なり、祇は地祇なり、一理なる故に神と云も同じ、人に智あつて、或は千万里の遠き所、或は千万年の古、千万年の来世、また堅《かた》き鉄石《てつせき》の中をも思へば、則、心の通ずるは、是、至妙の神理を、我に受《うけ》得たる故なり、人間、畏《おそ》れ敬《うやま》ふべき事の第一なり

一聖人、是は天地と同躰《どうたい》の徳ある人を云」三ウ 人は万物の霊《れい》にして、天地の正義を受たる者なり、故に、人の道を尽《つく》せば、天理自然《しぜん》の誠に至る、是を聖と云、少も人欲あれば、聖にあらず、亦、天徳の至妙《しめう》を得る故に、聖神とも云、神位とて、聖人の徳の上に一階《かい》の位あるにはあらず、伏儀《ふつき》、神農《しんのう》、黄帝《くはうてい》、帝尭《ていぎやう》、帝舜《ていしゆん》、禹王《うわう》、湯王《たうわう》、文王《ぶんわう》、武王《ぶわう》、周公《しうこう》、孔子《かうし》、是、みな聖人なり、生ながらにしてこの徳ある人を、生知安行《せいちあんかう》の聖人と云、教に由《より》て、はやく此徳に至る人を、学知利行《かくちりかう》の聖人と云、学に力を尽《つく》して、此徳に」四オ 至る人を、困知勉強《こんちべんきやう》の聖人と云、故に

聖徳は甚《はなはた》至りがたしと云へども、亦、人の能《あた》はざる道にもあらずと云り

一亜《あ》聖《せい》、是は天徳に微《すこし》の差《たがい》ある故、亜の字を加《くは》へて聖と云、私意《しい》なき事能《あた》はざるの位なり、皐陶《かうよう》、伊尹《いゐん》、傅説《ふゑつ》、召公奭《せうこうせき》、顔回《がんくはい》、閔子騫《びんしけん》、曽子《さうし》、子思《しし》、孟子《まうじ》等、亜聖と見へたり

一賢人、是は亜聖の徳より猶劣《をと》りたる名なり、但、大賢と云は、亜聖に同じ人の心、徳の勝劣《せうれつ》、たとへば聖人の徳は、玉の盞《さかづき》の内に、金銀《きんぎん》にて美花《びくは》をゑかきたるに、清《せい》水《すい》」四ウを十分にたゝへたるがごとし、其本躰《ほんたい》の美《び》、あきらかに透《すき》とをつて、唯物なきにひとし、次に亜聖の徳は、件《くだん》の清水に、一滴《てき》の濁《だく》水交《まじは》るがごとし、美花よくみゆれ共、少清明《せいめい》ならざる所《ところ》あり、次に賢人の徳は、件の濁水、或は二三分、或は四五分加《くは》ふるがごとし、故に、賢徳には、又高下の位多し

伯益《はくゑき》、莱朱《らいしゆ》、大公望《たいこうばう》、散宜生《さんぎせい》、伯夷《はくい》、叔斉《しゆくせい》、伯牛《ぎう》、有《ゆう》子《し》、子更《しこう》、子游《ゆう》、子夏《か》、子路《ろ》、仲弓《ちうきう》、程顥《ていかう》、程頤《い》、朱喜《しゆき》等、みな賢人と見《みへ》たり

右に盞《さかづき》と云は、人の躰《たい》にたとふ、美花といふは、天理を」五オうけ得たる人の性也、清水と云は、性に率《したが》ふ道心なり、濁水と云は、性を昧《くらま》す人欲《じんよく》也、其道心大《をゝい》にして、人欲に勝《かつ》は、則賢なり、かつ事大なるは、則大賢、亜聖なり、かちすまして人欲なきは、則聖人なり、道心、人欲にまくるは、是、愚者《ぐしや》、小人《せうじん》、悪人《あくにん》なり、亦、清濁《せいだく》等分《たうぶん》成を賢と云は、其善と悪とたゝかふ位に至れば、かならず道心かつ理なる故、小賢とす

一四教《けう》とは、文《ぶん》、行《かう》、忠《ちう》、信《しん》

是、孔子の人に教へ給ふ四の道なりとあり、文は古の聖人、作し給ふ経《けい》の文なり、行は性に率《したが》ふ道の」五ウ行ひなり、忠は己が心中よりおこり出て、其実《まこと》の道をつくすを云、信とは無をばなきと云、有をばあると云、皆其言《こと》の実なるをいふ、文を鏡《かゞみ》として我明徳を明《あきら》かにし、其道を行ふべき事をおしへ給ふとあり

一四徳とは、元《げん》、亨《かう》、利《り》、貞《てい》

是、天の大道なり、元《げん》とは物の初て生《しやう》ずる所《ところ》を云、亨とは物の長《ちやう》ずる所を云、利とは物の成《せい》する所を云、貞とは物の蔵《ざう》する所を云、時にとれば、元は春なり、亨は夏也、利は秋なり、貞は冬なり、春夏秋冬の変生長成《へんせいちやうせい》、蔵《ざう》の化《くは》、万《ばん》」六オ古《こ》違《たがひ》なき事、皆天道の誠なり

一五常《ごじやう》とは、仁《じん》、義《ぎ》、礼《れい》、智《ち》、信《しん》

是は天の五行の神徳を人の性《せい》に得るを云、木の神、人の性にあるを仁と云、金の神、人の性にあるを義と云、火の神、人の性に有を礼と云、水の神、人の性にあるを智と云、土の神、人の性にあるを信と云、五行の木は東に位《くらゐ》し、金は西に位し、火は南に位し、水は北に位す、土の定位《じやうゐ》なし、四位の中に寄《よ》す、時にとつて土用《どよう》とす、此故に、人の性も仁義礼智の四なり、然とも、信なければ、四常実なら」六ウず、是、木金火水の四行も、土なければ、位する処なきがごとし、故に、仁義礼智の人性は、則天の元、亨、利、貞なり

仁は天徳の元にして、万物発育《はついく》の神道、人心の大徳、愛《あい》の理なり、愛《あい》は仁の外に発見《けん》する物なり、親をしたしみ、民をなで、万物を愛するを仁の道とす、義は天徳の利にして人心の制断《せいだん》なり、万行《ばんかう》をなすに、是非を能《よく》わかち、其事を速《すみやか》に行《おこのふ》を義の道とす、礼は天徳の亨にして、人心恭敬《きやうけい》の神理なり、万行をなすに文有て、事を」七オ節にし、大過なく不及なく、貴賤、其位を守り、人倫の交《まじわり》をなすを礼の道とす、智は天徳の貞にして、人心是非の明理なり、物の始終《しじう》、是非の道を明に分別するを智の道とす、信は天徳の至誠《しせい》にして、人心真実無妄《しんじつぶまう》の理、万行の根本《こんぽん》なり、上の四徳は天の道、此五常は人の道なり、此道を実に心に得て身を脩《をさ》め、父子《ふし》、君臣《くんしん》、夫婦《ふうふ》、兄弟《けいてい》、朋友《ほうゆう》の交をなすを、儒者《じゆしや》と云、君子と云、大人《たいじん》と云、賢人と云也

一十義とは、慈《じ》、孝《かう》、良《りやう》、弟《てい》、義《ぎ》、聴《てい》、恵《けい》、順《じゆん》、仁《じん》、忠《ちう》

是は、父子、兄弟、夫婦、長幼《よう》、君臣の道におゐて」七ウ行ふべき義なり、慈は父の義、孝は子の義、良は兄の義、弟は弟の義、義は夫の義、聴は婦の義、恵は長の儀（ママ）、順

は幼の義、仁は君の義、忠は臣の義なり、此十義を脩る
も、皆一心の正よりなる所とあり
一命《めい》《みこと》、是は天、陰陽五行を以て万物を生《しやう》じ而、理を賦《くばり》
与給《あたへ》ふ所を云、命は令のごとしとあり、君の下知《ぢ》のご
とし
一性《せい》《こゝろ》、是は天の理を、人受得《うけ》たるを云、天にあるを理と
いひ、人にあるを性と云、中庸の首章にも、天ノ命スル之ヲ謂フレ
性ト、とあり、孟子」八オも専《もつはら》性の善なる事を曰《いつ》て、人を
其本体に至らしめん事を述給ふと見えたり
一心《しん》《こゝろ》、是は性情を包《かね》て、一身の主宰《しゆさい》たる者也、人は天地
の理を得て性とし、天地の気を得て躰とす、其理と気と
合して心をなすと有、人間万行の主なり
一情《せい》《こゝろ》、是は性の動《どう》なり、書《しよ》に曰、人生《むまれ》て静なるは、天の
性、物に感《かん》して動《うごく》は、性の欲《よく》なりとあり、亦、是に七
品《ひん》あり、喜《き》《よろこぶ》、怒《ど》《いかる》、哀《あい》《かなしむ》、懼《く》《おそる》、愛《あい》《あわれむ》、悪《お》《にくむ》、欲《よく》《ねかふ》なり、人よろこ
ふべき理によろこび、いかるべき理にいかり、かなしむ
べき理に」八ウかなしみ、おそるべき理におそれ、あわれ
むべき理にあわれみ、にくむべき理ににくみ、ねがふべ
き理にねがふ、是、情なり、性中より直《すぐ》に出る欲なり、
故に、其理善なり、悪《あく》なる欲をば情とはいはずして、私《し》
欲《よく》と云とあり
一意《い》《こゝろ》、是は心の発《はつ》して思慮念慮《しりよねんりよ》をなすを云、意には善悪
の不同あり、大学に
欲スルレ正セント其ノ心ヲ一者ハ、先ツ誠ニスレ其ノ一意ヲ
とあるは、其心の発する所を実にすれば、必《かならす》其心正し
となり、意の邪《よこしま》なるを私意と云なり」九オ
一志《し》、是は心の所レ之《むかふ》とあり、人いづれの道にも志あるは、
心《こゝさし》(ママ)全《まつた》く其道に向《むか》ふなり
一孝悌《かうてい》、孝とはよく父母につかへ、外にしては君に事《つかふまつる》
を云、悌とはよく兄につかへ、外にしては長につかふる
を云
一恭敬《きやうけい》、恭とは自慢《じまん》の心なく、其形《かたち》うや〳〵しくして、
人をうやまふを云、敬とは何事をも大事にかけて、真実《しんじつ》
につゝしむ心を云、書に曰

恭ハ是レ敬ノ之見ハルヽ二於外ニ一者ノ、敬ハ是レ恭ノ之主タル二於中ニ一者

とあり、内外をつゝしむ事、礼の大本なり

一明徳《めいとく》、是は天理《り》を明に我心に受得《うけゑ》たる所也」九ウ 故に、常に明《あきら》かにして、万事に応《をふ》ずるもの也、但、人欲に蔽《おほ》はるれば、明徳くらき時有、然共、其本躰の明あきらかなる故に、学問工夫《がくもんくふう》をなして、其昏《くらま》す所の人欲を克去《かちさる》ときは、則本躰の明に復《かへ》る、是大学の三綱領《かうれい》の第一なり、民《たみ》を新《あらた》にするも、至善《しせん》に止《とゞまる》も、先明徳の明なるより初《はじ》まると見えたり

一安楽《あんらく》、是は人皆、聖人の道を学《まな》ぶときは、貴賤《きせん》ともに、必この安楽の徳を得る故、志学《しがく》の終に記す、儒《じゆ》道に志《こゝろざし》なき人の安楽と云は、常に味よき物を食《くい》、色よき衣裳《しやう》を着《き》、結構《けつかう》し」十オ たる家に居《い》、金銀財宝《きんぎんざいはう》を倉《くら》につみ、よき女を数多寵愛《あまたてうあい》し、花見、月見、遊山、能あやつりの見物など、意のまゝにするをのみ安楽と思へり、大人の安楽は、かくのごとくの義にてはなく、唯聖人の教に従《したが》ひ、天道にかなふを安楽とし給ふと見えたり、食《くふ》べき位、食べき所、くふべき時にかなふてくふを味よしとし、米穀《べいこく》金銀財宝をも、あつむべき理にあたりてあつめ、散すべき時にかなひては、速《すみや》かに散ずるを宝《たから》とせり、万事皆かくのごとし、されば、此道を得る人は、たとひ朝夕の食とぼしき」十ウ 程の貧賤《ひんせん》にても、其患《うれい》なく、天下を持《たもつ》ほどの富貴《ふうき》にても、少も奢《をごる》事なし、たゞ安《あん》〱として、常に楽めり、故に、心学しての楽は、貴賤貧富のかはりなしと見えたり

（七行空白）」十一オ

（空　白）」十一ウ

儒宗《じゆさう》之次第　儒とは天神地祇の神道を、聖人述作《じゆつさく》し、後世に伝へ給ふ道の名なり、宗とは其道を伝受《でんじゆ》し給ひし、代ゝの聖人、賢人の御事なり

一伏犠《ふつき》、是は震旦《しんだん》国三皇、第一の聖神、儒の元祖《ぐはんそ》也、天地万物の道理を見て易《ゑき》を作給ふ、是、書の始なり、此御代元年は乙亥《きのとい》の歳なり、在位百十年とあり、譲位《じやうい》乙丑の歳より、今年万治二年己亥まて、二万二千六百五十五

年なり
一神農《しんのう》 三皇第二の聖皇なり、耕作商売《かうさくしやうばい》の道を、始て民にをしへ、草木をなめて」十二オ 医薬《いやく》をしらしめ給ふとあり、在位百四十年也
一黄帝《くはうてい》、三皇第三の聖皇なり、井田《せいでん》の法《はう》を定《さだめ》、衣裳《いしやう》干戈《くは》を作《つく》り、亦、舟《ふね》を作らしめて、逆臣《げきしん》を亡《ほろぼし》（ママ）し、天下を治め給ふなり
一唐尭《たうぎやう》、五帝四番目の聖王なり、三皇の道にかなひて天下を治め給ふ、唐とは国の名、尭とは御名なり、または放勲《はうくん》と云、御生年、己丑の歳なり、十八歳にて御即位《そくい》、在位九十八年とあり、丹朱《たんしゆ》と云王子まし〳〵けれども、徳聖人ならざる故に、天下を譲《ゆづり》給はず、民の中より一人の聖人を撰《えらび》出し、婿《むこ》にとり」十二ウ て、是に御位をゆづり給えり、是を舜と云、百十六歳にて甲申《きのへさる》の歳、崩《はう》御《ぎよ》と有、是、日本は葺不合尊《ふきあわせずのみこと》八十三万四千四百三十六年甲申にあたる、夫《それ》より、今年万治二年己亥《つちのとい》迄、三千九百十六年なり

一虞舜《ぐしゆん》、凡民なりしかども、聖徳ましますによつて、天下の主《あるじ》と成給ふ、虞《ぐ》とは国の名、舜とは御名なり、または重華《てうくは》と云、御生年、甲申《きのへさる》の歳なり、三十三歳にて初て尭帝に試《こゝろみ》られて、六十一歳にて御即位、在位三十三年也、九十四歳の春、禹《う》に御位をゆづり給」十三オ ふ、さて百十歳にて崩《はう》御とあり、書に二帝《じてい》とあるは、此尭《ぎやう》舜の御事なり
一禹王《うわう》、舜の臣下の中にも勝《すぐれ》たる聖人にてまします故、天下をゆづり給ふとあり、御名をば文命《ぶんめい》と云、百歳にして崩御と有
一湯王《たうわう》、殷《いん》の代、第一の聖王なり、禹王十七世の孫に、桀《けつ》王と云悪王ありしを退《しりぞけ》て、天下を治めたまふと見えたり、書に
成湯《せいたう》放《はなつ》㆓桀ヲ于南巣《なんさう》ニ㆒
と有
一文王、周《しう》の大王の孫なり、文王と云は諡《をくりな》なり、御名をは子昌《ししやう》と云、御父をば季歴《きれき》と云、大王、子昌の聖徳あ

る事を知給《しり》ふ故、長子恭伯にも」十三ウ 次子仲雍《ちうよう》にも、国をゆづり給はす、三子の季歴にゆづり給ふと見へたり、しかるに、子昌は、震旦九州の内、荊《けい》、梁《りやう》、雍《よう》、予《よ》、徐《ぢよ》、楊《やう》、此六国を有《たもち》ながら、猶、紂《ちう》王の臣たりしとあり

一武王《ぶわう》、周の代、第一の聖王なり、文王の御子也、御名をば発《はつ》と云、殷の紂王の悪行、甚しくましますによつて、是を亡《ほろほ》し、天下の泰平をなしたまふとあり

一周公旦《しうこうたん》、武王の御弟《おと、》なり、武王御子、成王《せいわう》の御代には、摂政《せつせう》となつて天下を治め給ふ、亦、礼楽の道を制作し給ふ聖人なりとあり」十四オ

一孔子《こうし》、周《しう》の代の人なり、殷湯《ゐんのたう》王四十二世の末流、魯《ろ》国の大夫叔梁紇《しゆくりやうごつ》と云し人の子なり、孔は姓《うぢ》、御名は丘《きう》、字《あざな》は仲尼《ちうじ》と云、三皇已来《このかた》、代ゝの聖人の言行、書伝の旨を桉《かんがへ》て、儒道を詳《つまびらか》に説《とき》、後世《こうせい》につたへ給ふ大聖人也、生年は周の二十四代、霊《れい》王二十一年庚戌十一月四日に誕《(ママ)だん》生とあり、是魯の襄《じやう》公二十二年なり、日本は仁皇二代綏靖《すいぜい》天皇三十一年庚戌にあたる、十九歳の御時、宋《さう》の弁官氏《べんくはんし》の女《むすめ》を嫁《か》し給て、男子を一人生じ給ふ、是を伯魚《はくぎよ》と云、三十余歳にして、父に先《さきだつ》て卒《そつ》し給ふ、仲尼は七十三歳にて、壬戌の歳四月八日」十四ウ に卒し給ひぬ、是、周二十六代敬《けい》王四十一年、魯の哀公《あいこう》十六年壬戌の歳なり、是、日本は懿徳《いとく》天皇三十二年壬戌にあたる、夫《それ》より、今年万治二年己亥まで、二千百三十八年なり、唐の代に至て、文宣王《ぶんせんわう》と諡《をくりな》し給ふと見えたり

一顔回《がんくはい》、孔子の御弟子なり、顔は姓《うぢ》、回は名、字《あざな》は子渕《しゑん》と云、生年庚辰の歳なり、諸弟子の中にて勝《すぐれ》たる大賢人とあり、然とも、三十一歳にて、孔子に先て死し給ふ

一曽子《さうし》、是も孔子の御弟子なり、曽は姓《うじ》、名は参《しん》、字《あざな》は子与《しよ》と云、顔回死し給ひて後は、此人」十五オ 諸弟子にすぐれたる賢人なるによつて、孔子の伝を得給ふ、生年は丙申の歳なり、しかれば、仲尼卒し給ひし歳、曽子は二十七歳なるべし

一子思《しし》、仲尼の御孫なり、名は伋《きう》と云、伝を曽子に受《うく》とあ

り、中庸《ちうよう》を説《とき》給ふ大賢人なり

一孟子《まうじ》、周の顕王の御代の賢人なり、名は軻《か》、字は子車《しきよ》（ママ）と云、伝を子思に受とあり、或は子思の門人に受ともあり、書の註にも、いづれか是《ぜ》なる事をしらずとあり

一程明道《ていめうたう》、宋の代の賢人なり、名は顥《かう》、字は伯《はく》」十五ウ　淳《じゆん》と云、孟子卒し給ひし後、聖人の学つたはらず、然処に、千四百年に及て、此人生れ給ひ、学を周茂叔《しうもしゆく》と云人にうけ、猶孔子の遺経《いけい》に向《むか》ふて、真儒の道をさとり、文道を興起《こうき》し給ふ故に、儒家の中興《ちうかう》なり、五十歳にて卒す、而明道先生《めいだうせんせい》と号す、是、宋の神宗皇帝《しんさうくはうてい》の御代、元豊《げんはう》八年乙丑の歳なり、日本は白河院の御代、応徳《をうとく》二年乙丑にあたる、それより、今年万治二年己亥まて、五百七十五年也

一程伊川《ていいせん》、明道の弟なり、名は頤《い》、字は正叔《せいしゆく》と云、兄弟共に儒道を論じ、来世の教をなし給へる」十六オ　賢人なり、七十五歳にて卒し給ぬ、伊川は地の名なりと見えたり、書に二程子《じていし》と有は、此兄弟の事なり

一朱熹《しゆき》、是も宋の代の賢人なり、朱は姓《うぢ》、熹は名、字は元《げん》晦《くわい》と云、五経を論じ、四書を注し給ふ、その書、今、日本へも伝来し、庶民《しよみん》に至まて、聖人の道をきく事、偏《ひとへ》に此朱熹の功によれり、七十一歳にて卒し給ひぬ、而文公先生と号す、是、宋の寧宗《ねいそう》皇帝の御代、慶元六年庚申の歳也、日本は土御門院の御代、正治二年庚申にあたる、それより、今年万治二年まで、四百六十年なり

終」十六ウ

何物語中

言悔　いひてくやしとよむ、縦《たとひ》、人とへばとて、
しらぬ理を語るまじき事なれども、其謹なく、
妄《みだり》に答《こたへ》し悔《くやみ》を記《しる》す故なり

一農夫《のうふ》問て曰、世界のはじまりは、いかやうなるものと申候や

我答て曰、或双紙《そうし》を見けるに、渾沌鶏子《こんとんけい》のごとしとあり、天地の気いまだわかれざる時を、渾沌の代と云て、鳥の卵《かいご》のはじめ、水なるがごとし、扨、陽と陰《ゐん》との二気分れて、天地両義となる、此二気の造化《ざうくは》によつて、其天地の理を具したる聖神生じ給ふ、是」一オ人間の始なり、故に、天地人の三才は同一躰《どういつたい》也と見えたり

農夫か曰、世界広《ひろく》あまたの国ありと承る、国により人間にもかはり御座候哉

我答て曰、震旦、天竺、日本、三国とへだゝれども、同じ天地の間にして、同じ日月照らし給ふ、人も同じ人也、禽獣《きんじう》も草木も火も水も金も、みな替る事なし、然共、此にあるもの、かしこになく、彼《かしこ》に多きもの、こゝに少《すくな》きなどの違《ちがひ》はあり、夫は一国一郷（「郷」に濁点あり）の内にても有事なれば、めづらしからず、根本同一躰の神理をうけたる人間也といふ事を、よく合点《がつてん》」一ウしたるがよし、然に、神道、儒道、仏道などゝて、人間の行ふ道にかはりある事は、三国の法の差別《しやべつ》なり、根本天神、地祇の神国にして、一国一理なれども、其国〻に、始て生じ給ふ御神を、元《ぐはん》祖《そ》として、末々に至て、其国法をたて給ふ所より、名のかはりありと見えたり

農夫か曰、神道とはいづれの国の法にて候や

我答て曰、日本の神道なり、天地ひらけはじまりし時の御神をは、国常立尊《とこたちのみこと》と申奉る、それより七代を天神の御代と申、その次、天照《てんしやう》太神より、下界《げかい》に住給ふによつて、夫より五」二オ代を地神の御代と申、此御末に、鸕《う》鷀草《かや》葺不合尊《ふきあわせずのみこと》の御子を、神武天皇と申、是、人皇の始

にてまします、今、神道と申は、天照太神の御法なり、此御神、則天神、地祇の神理を、其まゝ御身に具足して化生し給ふ故に、御末孫に至て、其神道を行ひたまへとの御教に、明鏡《めいきやう》を伝授《でんじゆ》し給ふ、是則、太神の天理、妙用の御神躰《しんたい》と云り、しかれ共、御末に至て、其神道正しからず、殊に人皇の御代に成て、当時《じ》迄百十代にすぎ、年数二千年に余《あま》るといへども、太神の御神慮に合《かなひ》給ふ聖」三ウ 君、出たまはず、諸臣、万民の中にも、聖人、賢人一人もなきによつて、太神の神道を明に説広めて、人間にしらせたまふ君子なし、扨こそ、太神かくれ給ひしより以来《このかた》は、常闇《とこやみ》の代と申ものなり、たゞ神道と云名のみありて、其正道は伝わらず、粗《ほゞ》其迹《あと》ありといへども、聖賢の説にあらざる故に、誠の神理に相合《かな》はず、剰《あまつさへ》末代に及では、いよ〳〵邪《じや》説まじりて、本意ならずと聞えたり

農夫か曰、儒道と申はきゝなれぬ名にて候、是は何としたる法にて候哉

我答て曰、是は震旦国」三オ 三皇の御法《みのり》なり、然に震旦国のいにしへ、天皇氏、地皇氏、人皇氏の御代と申は、日本の神代と云に同じ義なり、其御末に、伏犠《ふつき》と申聖人、出給ひて、天神、地祇の神理を書に記して、後世に伝え給ふ、此伏犠の御代十六代、年数一万八千歳に及べり、其後、神農の御代と成て、八代、年数五百年にあまる扨、其後、黄帝の御代となる、是を三皇の御代と申なり、何も皆聖王にてまします故に、此三代の間に、物の制法定り、万民のおこなふべき道備《そなは》れり、聖人、天下を治め給ふによつて」三ウ たとひ世に悪人ありても、民の妨《さまたげ》となる事なし、然ども、年経《へ》て、其聖道、少おとろふる時節に及て、尭帝《げうてい》と申聖人、出給ひて、古の三皇の道を守りて、天下を治め給ふ、御子あまたましましけれども、徳聖人ならざる故に、天下を譲《ゆづり》（ママ）り給はず、民の中より一人の聖人を撰《えらひ》出し、帝位をゆづらせ給ふ、是を舜帝と申、舜も又臣下を挙《あげ》て、天子に立給ふ、是を夏《か》の禹王《うわう》と申、いまの代にめでたきたとへに、尭舜の御代と申は、

此時の事也、御子なれとも、聖徳ましまさねば、天下の主《あるじ》となし」四オ給はず、民なれども聖人なれば、取あけて帝位に立給ふ事、則天の理に合《かなひ》て、毛頭《もうとう》私の謀《はかりこと》にあらず、畢竟国土《ひつきやうこくど》の万民を安穏《あんおん》ならしめんため、大慈悲の政道なり

扨、禹王の御末十八代、年数五百年に及て、聖道おとろふる時に、又商《しやう》の湯王《たうわう》申聖人、出生したまひて、三皇の道をおこなひ、天下をおさめ給ふ、此御代、既《すで》に二十八代、年数六百年に余《あまり》て、紂王《ちうわう》と申悪王まし〱て、天下の民、窮困《きうこん》に及ぶ処に、周の文王、同しく御子武王、同じく周公旦と申て、御父子三人、各聖徳の人にて」四ウましましけるによつて、紂王《ちうわう》を亡《ほろぼ》し、万民を救《すく》ひ、天下を治め給ふ、さながら尭舜の御代に同じ、此周の末、二十四代霊王の御代の時、孔子と申聖人、出給ふ、周の末、聖賢の君ましまさぬ故、孔子御位いやしくて、世をさりたまふ、しかれども、三皇このかた、聖人の言行《げんかう》、天下の治乱《ちらん》考《をかんがへ》たまひて、末代の聖人の伝を学ふべき道を、詳《つまびらか》に説て示《しめ》し給ふ、是を儒道と云、則天神、地祇の直道《ぢきたう》なり

扨、其伝、曽子《さうし》、子思《しゝ》、孟子に至て、弥《いよ〳〵》細《こまか》に記し給ふといへ共、邪説《じやせつ》妨をなし、真儒の道おとろふ、孟子」五オより千三百年にあまりて、宋の代に、程子《ていし》と申賢人、出給ひて、孔子遺経《いけい》にむかつて、不伝《ふでん》の学を得て、儒道を興起《こうき》し給ふ、其後、また朱喜《しゆき》と申賢人、儒書を委《くはし》く註したまひて、今日本へも渡りしによつて、是をよみ、其道をきく人多し、大旨、四書《しよ》五経《きやう》と云書物に説れたると聞えたり

農夫が曰、仏道と仰られ候は、今御出家衆の御おしへある、仏法の事にて候や

我答て曰、其仏道の事にて候、是は天竺とて、震旦よりはるかに遠き国にてはじまりたる法なり、天竺と」五ウ云は、大国なりといへども、日本のごとく、開闢《かいひやく》より以後、終に聖人、出給ぬによつて、天神、地祇の神道の本意を失ひ、万人まよひ、常闇《とこやみ》の代なりし処に、中天竺、

迦毘羅衛国《かびらえこく》とやらん云国の主、浄飯《じやうぼん》大王の御子、悉達《しつだ》太子と申は、幼稚《ようち》の時より、才智、人にすぐれ給ひしが、十九歳の時、修行の志ましまして、宮《きう》中をしのび出給ひ、南天竺、健陀羅国《けんだらこく》の内、檀特山《だんどくさん》と云深山に入、自髪《みづからかみ》をたち給ひ、難行苦行をめされて、仏法と云一流を立給ふ、それより名を釈迦《しやか》仏《ほとけ》と申せしなり、かくのごとく、苦難の修行をなされたる志の根本は」六オ 迷ひたる凡夫《ぼんぶ》の悪行をこらし、善行をすゝめ給はんための、慈悲の方便《はうべん》なり

扨、其仏経を説て、人におしへ給ふによつて、渇仰《かつがう》する事かぎりなし、末ゝに至て弥《いよ〳〵》繁昌《はんじやう》す、釈迦入滅《にうめつ》より千年にあまつて、此法創《はじめ》て震旦へわたる、是、後漢《ごかん》の明帝《めいてい》の御代と聞えたり、又、それより五百年に及て、震旦より日本へわたさる、是、人皇三十代、欽明《きんめい》天皇の御代と見えたり、曇恵《どんけい》、道深《だうしん》とやらん云二人の沙門、仏像《ぶつざう》を守護《しゆご》して来朝す、しかれども、しばしは信ずる人なかりしに、用明《ようめい》天皇の御子上宮《じやうぐう》太子、此法をしんがう」六ウありしより、天子も叡信《ゑいしん》まし〳〵、諸国にひろまり、万民帰依《きえ》し、今に繁昌す、剰《あまつさへ》、宗旨《しうし》、数流《すりう》にわかつて、色ゝのすゝめ多し

一他日、農夫来て、問て曰、前日御物がたり候、神道、儒道、仏道、いづれか貴き法にて候や

我答て曰、其人ゝによつて、神道を信ずる人は、神道をたつとく思ひ、仏道を信ずる人は、仏法を貴むと見えたり、然ども、天地本分の理に合せて、古の君子、沙汰したまふ言《こと》をきけば、神道尊し、されども、日本の神道は、名のみ尊くして、其法力おとろふ、震旦の神道も、文字《もんじ》言《ごん》」七オ 句《く》のさた斗にて、至て行ひ給ふ人なし、唯、天竺の仏法のみ繁昌して、貴賤崇敬《きせんそうけう》し給ふによつて、近世、邪欲《じやよく》不行義なる悪僧、沢山《たくさん》に出来して、世間の人を迷はす事、甚不吉《ふきつ》なる事どもなり

農夫か曰、其ごとく、たつとき神道はおとろへ、いやしき仏法の繁昌する事、不審に存候

我答て曰、尤、仏法も深く経文《きやうもん》の理に至て、一心の工《く》

夫《ふう》などする事は、さのみ儒道に劣《おと》る事はなきやうに聞え候、しかれども、無実《むじつ》の作事多く、殊に其作法、天理にそむゐて、人外の修行をするによつて、聖」七ウ人の道よりはいやしみ申事なり、彼法、日本に来《きたり》し比、是を国土にひろめんための方便に、色〻作言《つくりこと》を説《とき》、或は木像《もくざう》、絵《ゑ》像の仏躰より、光をはなつ怪術《くはいじゆつ》をなし、或は金紙《こんし》、金泥《こんでい》の仏経など、土にうづみ、年経《へ》て是をほり出し、人に奇異《きい》の信心をさせ、又或時は、太神の御宮中に推参《すいさん》して、神託《しんたく》と号して、仏文を述、神道、仏道、一味のやうに云くらます類、其数多し、しかれども、今に至て、太神の御宮中へ、出家を禁《きん》じ給ふ事、神道の威《い》光滅《めつ》せざる効《しるし》、日本の大幸なり、是をお」八オしひろめて、天下に行ひ給はゝ、彼邪法、をのづから退散《たいさん》せん事、眼前《がんぜん》なり、去ながら、今日本の神書といふは、聖人の説にあらず、剰《あまつさへ》、中比より仏氏の説混《こん》じて、聖神の神慮にかなひがたし、其上、万民、急務《きうむ》制法《せいはう》すくなしと聞えたり、故に、此法力にて邪法をしりそげ（ママ）たまはん事難し、今、功学《こうがく》、明智《めいち》、中行《ちうかう》の儒者を撰て、古聖の遺書《いしよ》、至理《しいり》の旨をもつて、太神の神理、妙用を明に察《さつ》し、政道の根本と敬《けい》し、すたれたる道を興《をこ》し、絶《たえ》（ママ）えたるをつぎ、朝権《てうけん》を重《おもん》じ、佞《ねい》人を退《しりぞ》け、賢智の人を挙《あげ》て」八ウ相当の職分をさせ、仁政を行ひ給はゞ、異端《いたん》の宗旨、自然におとろへ、出家もみな還俗《げんぞく》し、遊民《ゆうみん》すくなくなり、太神の神慮、新《あらた》に立て、天下泰平に、万民安楽たるべし

一農夫問て曰、儒道はたつとく、仏道はいやしき法と仰られ候、其かはり、いかやうなる品にて候や

我答て曰、深き心はしらず、先我らが思ふ所を、物にたとへて申べし

一つの譬《たとへ》にいはく、筑紫《つくし》方より都へ上る人、山陽道を経て京都に着《つく》は、儒道をおこなひて、聖人に至る道に同じ、人間本分の直道なり、扨、仏道」九オは是にかはり、長門、周防のあたりよりふりちがへて、山陰道に越て、山坂を凌《しのぎ》て上るに同じ、剰《あまつさへ》、京都よりおくに、結構《けつかう》なる都あり、是にゆかんとて、越前北の庄のあたりへ着《つき》て、

是に過たる所はなしと、自慢《じまん》するがごとし、誠に深き井の中にすむ蛙《かわづ》、爰より外に水のおほき所はあらじと思ふに似たり

二つのたとへに曰、儒道をおろそかに心得て、仏法を信ずるは、大国の帝王《ていわう》をそむゐて、遠嶋《ゑんたう》の夷狄《いてき》に従《したが》ひつかふるがごとし、但、聖人の道を学ぶ人の中にも、無智不能のものおほし、然ども、中に明智の」九ウ人ありて、よく学を勤《つと》め、徳すゝむ時は、聖賢の位に至る事あり、是、大国に仕《つかえ》し人、幸《さいわい》ありて、自然、身躰上《のぼ》る時は、其大国のあるじとなるにたとふ、亦、仏道を学するものゝ中にも、一文不通の人多し、もし其道をよく得る人ありて、大智高明に至る時は、仏菩薩の位を得べし、是、遠嶋の夷狄につかへし人、幸ありて、其一嶋のあるじとなるにたとへたり、但、其一嶋の主に仕し老《おとな》、奉行《ぶぎやう》と、大国の主につかへし小者、中間とをくらべて見ば、一嶋の老、奉行がまさりて見ゆへ（ママ）じ、其ごとく、仏」十オ者の智識と儒門の愚人とをくらべて見ば、必仏者の智識、勝りて見ゆべし

三つのたとへに曰、儒道は日の光、仏法は月の光のごとし、聖人、天下を治め給ふ時は、遠国、端嶋まで、政道正敷入わたりて、人民直《すなを》なり、是、日の光、広大《くはうたい》にて、家内小器《けないせうき》の底《そこ》、針の耳まで入わたり、明なるがごとし、扨又、仏の人を治め給ふ其志は、聖人と同じ徳位《とくい》なりと、自は思ひたまへども、君子、天理をもつて、此位の高下《かうげ》を沙汰し給へば、仏は小賢の徳位にあたる、されば、説法の旨、其理近く、凡夫《ぼんぶ》のためにはこのましき事多し、是」十ウ月の光、幽《かすか》なれども、清明《せいめい》にして、人このましく思ひ、其上、或時は満月《まんげつ》あり、或時は半月あり、又ある時は無明《むみやう》あるを見て、よき方便なりと感《かん》じ、大光明の日光、鎮《とこしなへ》に照し給ふより、猶有難くおもふ人あり、是、正理《しやうり》の分別にあらず、満月の照かゝやく夜よりは、曇《くもり》たる昼《ひる》の光あきらか成ものなり、其ごとく、さかむなる仏法よりは、おとろへたる儒の道、はるかにまされり

四つのたとへに曰、儒道は水のごとし、仏法は酒のごとし、水といふものは、天地の間に自然《じねん》とある水にて、貴きものなり、又人〻、一日も是を用ひずして」十一オ は叶《かな》はぬものなり、然共、其味さしてうまき事なし、扨、酒は米を元《もと》として、水の力をかりて作るものなり、然るに、其味甚うまし、其故に、酒をこのむ人は、是に過たる珍味なしと喜《よろこ》ぶものなり、しかれども、是は作《つく》り物にて、天地自然の理あるものにあらず、故に、世の中になくても苦《くるし》からぬものなり、そのごとく、仏法は無実の理を元《もと》として、儒道の力をかりて作りたる法なり、其故に、文義《もんぎ》をきゝては、儒書に似たる事多し、猶ましたることもあり、是によつて人の好む事、酒をあまんずる」十一ウ がごとし、されども、根元無実の作言《こと》なる故に、至て貴き事なし、又、儒道を罔《なみ》せんと思ひても、かなわざる事、水なくして酒をつくらんと云がごとし

五つの譬に曰、儒者は黄金《わうごん》、仏者は真鍮《しんちう》のごとし、似たるやうにて懸隔《けんがく》なり、但、よきしんちうにて、結構《けつかう》に金《かな》具《ぐ》などこしらへたるは、黄金と見分かだき（ママ）ものなり、智ある出家、色〻の説をなすは、儒道にもまぎれて、聞わけがたきものなり、然るに、当時《たうじ》のありさまは、しんちうにて大名高家の御道具をこしらへ、黄金にて士《さむらい》若党《わかたう》の道具をこしらへ」十二オ たるにひとし、故に、世上の人、皆、其しんちうをよき金《かね》と見、黄金をばあしきかねと思ふなり、自然、正敷見分る人ありといへども、しんちうづくりの貴人の御道具を、下座にさげ、金作《こがねづくり》の士若党の道具を、上座に上る事、あたはざるによつて、分別しながらも、しんちう道具を、おそれたつとみておくまでなり

其ごとく、三皇の道は、天神、地祇の直道にして、無上の貴法なれども、邪法、是をさまたげ揜《おほ》ふによつて、貴賤ともに、正理の貴き事をしり給はず、されば、御大名衆の御内に、れき〳〵」十二ウ よき儒学者などあれども、唯、猿楽《さるがく》、舞まひ同前に、わづかの恩禄《おんろく》をあたへ、召おかるゝ斗なれば、かつてたつとき事なし、亦、其人も、

大人の本意を少分別するによつて、いやしくこびへつらひて、知行をむさぼる心なし、然ば、却而気随者《かへつてきずいもの》なりといふ人もあり、又、君のために表裏《へうり》なく、其位にかなひて、よく忠節《ちうせつ》をつくすを見ては、小ざかしく諛《へつら》ふなど丶、面〻の私心《ししん》に比《ひ》して、評判《ひやうばん》あるによつて、老、奉行の御気にもあはず、弥《いよ〳〵》身上仕上る事なし

扨又、仏者の威厳《いげん》を申ば、叡山《えいざん》の座主《ざす》、御《おん》」十三オ 室《むろ》の御所、五山の長老《ちやうらう》衆、智恩院《ちおんゐん》の上人、六条の門跡《もんぜき》など丶て、或は帝王の御連枝《れんし》、或は摂家《せつけ》の御わかれなどをすえ給ひ、高位なる御取用《とりもち》にてまします故に、いかに異法《いはう》の流とても、凡人《ぼんにん》のいやしみ申べき御事ならず、是、結構《けつかう》なる御道具なれども、根本のかねはしんちうなるがごとし、又、小身なる儒者は、麁相《そさう》なる道具なれども、根本のかねは、正真の黄金なるがごとし、かやうのたとへにて、よく〳〵合点《がつてん》し給へ

農夫か曰、唯今のたとへ事にて承候へば、儒道は貴く、仏道はいやしき事にて候、乍去《さりながら》」十三ウ 亦、仏者も、かやうのたとへ事にて申され候はん時は、終に証拠あるまじきものと存候

我答て曰、前にも申ごとく、儒道、仏道の正邪《しやうじや》のわかち、われらごときのもの丶、しる事にてはなけれとも、古の賢人の言を、き丶及て申事なり、但、我等ごときのもの丶心に似合《にあは》せて、いはんとならは、縦《たとひ》二道共に、聖人の法なりとも、遠き天竺の法を用むよりは、近き震旦の法を用ひたき事也、異風《いふう》なる出家の法をおこなはんより、中行《ちうかう》の天子の法を行ひたき事とおもふ

農夫か曰、我らも数多士《さふらい》」十四オ 衆の御物語を、時〻《より〳〵》承候へども、仏法の事を、左様に御いやしみ候事は、いまだ聞申さず候ゆへ、御物がたり不審に存候

我答て曰、儒道の学をする人、多分始に大学と云書物をよむ、此書の粗読《そよみ》をすれば、仏法を異端虚無《いたんきよぶ》のおしへなりとて、賢人そしり給ふ事をしるなり、故に、聖学をするほどの人、仏法の非《ひ》なると云事を、しらぬ人はなけれども、当時は天子も大名衆も、我君も先祖も、皆仏法に

帰依《きゑ》し給ひし人なるによつて、其はゞかりをおもひて、そしらぬ人多し、又深き」十四ウ 理をさとりたるふりにて、仏法をもよしと云なす儒学者もあり、是は仏信心《しんじん》の冨貴《ふうき》人、亦、仕合よき出家などの、心にしたがはんための、諂吟味《へつらいぎんみ》と云ものにて、いやしき心根なり、但、其人、唐土《もろこし》の程子、朱子などより勝りたる賢人ならば、深き心もあるべし哉

農夫か曰、儒者と出家と宗論《しゅうろん》なされ候は丶、儒者御かち有べきか

我答て曰、たとへば儒道は水のごとし、仏法は火のごとし、水をもつて火をけすは必然《ひつぜん》の理なり、しかれども、一杯《はい》の水にて、家をやく火をけす事あたはず」十五オ 其きえざるを見て、水、火をけさぬといふは、大なる誤《あやまり》なり、其ごとく、当時仏法は繁昌し、儒道をばさして御用なきによつて、儒道より仏法を非《そし》りても益なし、是を見て、儒道は仏法にまさらぬ道なりと云は、水は火をけさぬといふに同じ

一農夫問て曰、出家衆、妻《つま》を御もちなきは、いか成事にて候ぞ

我答て曰、是等の事をこそ、異風《いふう》なる修行《しゆぎやう》と申事にて候へ、釈迦如来、天地本分(「分」に濁点)の道に違《たが》ひたまふ所より、起《をこ》りたる作法と聞えたり、それ、人に夫婦《ふうふ》ある事は」十五ウ 則天地の道なり、夫《をつと》は陽にして天の躰、婦《をんな》は陰にして地の躰なり、人間にかぎらず、情《じやう》あるほどのもの、夫婦の道なきと云事なし、男女交合《かうがう》の道なければ、人間絶《たえ》、天地の理滅《めつ》す、然らば、仏も出家も有まじ、故に、聖人の教には、夫婦を人倫《じんりん》の根本と立たまふ、しかるを、此道を色欲《しきよく》、宴《ゑん》楽のためといふは、浅《あさ》ましき小人の心得なり

かくのごとく、天理本分の道をはなれて、夫婦なき事、心得がたし、去ながら、古の釈迦のごとく、大智有て、諸の悪念をのぞき、清浄《しやうじやう》の徳至りぬればよし、さもなき凡夫、真《しん》」十六オ 実の志もなく、出家して妻をもたぬまねをすれども、私欲ふかきによつて、かくして女をもて

あそぶ事多し、剰《あまつさへ》、人の妻に志をかくる類もあり、中にその道をば、よくこらゆる出家あれ共、衆道の寵《もてあそび》専なり、但、此道をば、出家の所作なりと云て、うき身をやつし、淫乱《ゐんらん》をなす事、俗躰《ぞくたい》の恋慕《れんぼ》にも過たり、其欲心の理は、女を用るに異なる事なし、是、本心よりおこらぬ出家して、世のすぎはひのために、異風なる修行をする故なり、しかりとて、当時一向宗のごとくなるを、よし」十六ウ と云にはあらず、釈迦の流《ながれ》を汲て、其戒法《かいはう》をやぶるは甚罪なり、然ども、彼宗の開祖《かいそ》親鸞《しんらん》、勅命によつて妻をもたれたるとやらん聞及《きゝおよび》ぬ、しかれば、今時、其流《ながれ》をくむ、文盲《もんまう》なる髪《かみ》そり衆、妻をもたるゝは、にくからぬ事か

農夫か曰、魚鳥をくはぬはよき事にて候や

我答て曰、是は有情の物を愛するためか、又は口腹《くふく》の欲を禁ずる心ならばよし、去ながら、万事に付て、義の本末あり、万物を愛する事は、儒道のおしへにも、五常の第一に、仁の道とて、理にかなはず」十七オ 時にそむきては、一草一木をもきらぬ事勿論《もちろん》なり、まして故もなく、情ある物を殺《ころす》べき事なし、然ども、人の血気《けつき》を長じ、身躰《しんだい》を全ふし、取わき老人を養ふには、肉《にく》にましたる事なし、人の躰は天理を具《そなふ》る器《うつはもの》なれば、躰をよくやしなふ事、道を行ふ元《もと》とす、是によつて、諸薬を用《もちひ》、諸毒《どく》を禁ず、血気保養《ほうやう》のために、魚鳥を食する事、何ぞいとはんや、先人を殺すは、甚しき不仁なれ共、大悪人を殺すは仁なり、又、科《とが》なき身なれ共、君父のために付て」十七ウ よろしき道理あれば、我命を捨《すつ》るも、是又、義の当然なり、是、天理を重《おもん》じ、人命をかろむずる所なり、人のために用あれば、禽獣《きんじう》の命をたつ事くるしからず、禽獣のやしなひに草木を伐《きる》は、おしからぬ道也、かくのごとく、大なる義にあたつて、小成害《なるかい》をなす事、少もいとふ事なかれ、去ながら、私意《しい》に任《まか》せておこなはゞ、甚誤《あやまり》あらん、義と非義との分別、肝要なり、先我らごときのもの、つゝしむべき所をいはゞ、猟漁《れうすなとり》をする事も、其職をいとなみて世」十八オ をわたる人か、さなく

とも、民の田畠《でんばく》をそこなふ鳥獣を殺すはよし、又、家貧《まづし》く、父母の養ひなどの用にするも吉、徒《いたづら》に是をとりて、喰たしと思ひてするは悪し、おもしろしと思ひてするも悪し

扨亦、其肉をくふ事も、血気をやしなふ吟味をよくして、其時にかなひ、過不及《くはふぎう》なくくふはよし、口にうまき事をこのみて、飽《ばう》食するは悪し、さのみ口にはこのまされども、身栄耀《えいよう》のそなへにするも悪し、又、魚鳥をくはぬといふ事も、口腹《くふく》の欲なふし」十八ウてくはぬはよし、亦、まづしき人、求《もとむ》る事、叶難くしてくはぬもよし、是をくはず、無欲の人のまねをして、人に貴くおもはれんためにくはぬは悪し、有福《ゆうふく》なる人、金銀をおしみてくはぬも悪し、とかく其心ね肝要なり、然るに、当時の出家、殺生などの事は、人の目にたち、事〻敷によつて禁じ、慈悲なるふりをせらるれども、ひそかに魚鳥の料理などめさるゝ事は、毎〻見聞たる事多し、但、魚鳥を食給はぬとて」十九オも、精進の道具にて、種〻の珍味を調《とゝのへ》てくひ、大酒をのみ給ふ事、その心根をもつて評判すれば、直《ぢき》に魚鳥をくふよりは、すぎたる無精進なり

農夫が曰、出家とて髪を御そり候事は、いかなる子細にて候や

我答て曰、これも釈迦、剃髪《ていはつ》し給ひしまねなり、釈迦の髪をたち給ふ御心根、いか様深き理有べし、去ながら、震旦の三皇五帝三王、其外、名高き聖人、賢人、御髪をたち給ふ事をばいまだきかず、然ば、剃髪の」十九ウ人をかならず貴しとも申がたし、孝経に

身‐体髪‐膚、受《ケ》二之《ヲ》父‐母《ニ》一、不《ハ》二敢毀傷《テイラ》一、孝《ノ》始《メ》也

と、聖人、説給ふときく、是は人間本心、天徳の孝を専そこなはず、外にしては、一毛をもみだりにたちすてぬを、孝行の道なりと、のたまふ御言と云り

但、天理にかなへば、毛髪はさておき、一命をもすつるが孝行の義なり、しかるを、今時の出家衆、世のすぎはひのために、頭の毛をそりこぼし、墨染《すみぞめ》の衣をさへきれば、はや出家なりと号して、本分」二十オの人より貴きも

のと心得らるゝ事、時代のならひとは云ながら、かた腹いたき事共なり、徒頭《だゝづ》(ママ)なりの異風《いふう》なる斗にて、内心かつて殊勝《しゆしやう》にはなし

農夫か曰、出家衆、官位に御つき候事、たやすく候ゆへ、御いげんも尤にて候、俗衆の御およびなき事と存候

我答て曰、当時名もなき士《さふらい》、亦は賤き民の子ども、出家になり、知能も至らずして、官位をこのむ事、心得がたき義なり、大かた其心根を察《さつ》するに、其位を云だてにして、人に用《もちひ》られ、人の上座」二十ウになをりて、かすいげんをし、扨又、布施《ふせ》の配《はい》当にあづかる時、高をとらんたくみと見えたり、たゞ盗人の手たで(ママ)に同じ、それ人の位につく事、むかしは、其人の心得《しんとく》の尊卑に応《をふ》じて、それ〳〵の位あり、孟子の曰

古之人脩《ハルノミ》二天爵《ヲ》一而人爵従《フ》レ之《ニ》

と見えたり、此天爵といふが則徳之高下なり、故に、三皇の道のおしへは、聖徳の人を天子となし、賢人を大臣として、其外、それ〳〵の徳才の位に応じて、相当の職

に措《おき》、凡夫《ほんぶ》を庶民《しよみん》として、天下を治め給ふ事、御本意なり」二十一オと聞えたり

しかれども、末代になりては、大唐にも此道正しからず、まして日本には、今時、是等の御吟味かつてなし、さりながら、王法《わうばう》におゐては、当時、出家の官位のごとく、みだりなる事いまだなし、但、無智不才なる出家は、我欲心に任せて、位をこのむも余義なし、それをよしとして、免《ゆる》し給ふ源の智識たちの欲心、更に言語にのべ難き御事なり

一農夫問て曰、仏と申は、たつとき御方便《はうべん》ありて、御身も自由自在《じゆうじさい》にして、色〻」二十一ウの奇特《きどく》ありと承候は、まことにて候はんか

我答て曰、惣じて物をみきゝて、信ずる事と信ぜぬ事との差別《しやべつ》を、よくわきまへたるがよし、先火にて物をやくといふをば、信じたるがよし、水にて物をやく法ありと云をば、信ぜぬがよし、木像《もくざう》、絵像《ゑざう》の仏躰より、光さすときくとも、信ずべからず、仏躰を結構《けつかう》に彩色《さいしき》し、金色《こんじき》

ひかりかゝやくと云をば、さあらむとおもへ、釈迦は仏力にて、或時は天に上り、或時は世界《せかい》を飛行《ひぎやう》し給ふときくとも、信ずべからず、釈迦は」二十二オ 物しりにて、其智、天に達し、世界におよぶときかば、さも有べしと信じてもよし、但、仏力にて、上天飛行《ひぎやう》の奇特《きどく》あるものならば、今時の出家、其知恵の位にあはせて、或は五間も三間も上り、或は一町も二町もとばゝ、古の釈迦の上天飛行をも信じたるがよし、又、日本の弘法大師《こうぼうだいし》、入定めされたれども、今に世にまし〳〵て、折ゝ諸国を乞《こつ》食《じき》して廻《まは》りたまふと云をば、信ずべからず、いまも弘法のごとく、大智なる乞食ありといば（ママ）ゝ、さもあらんとおもへ、同又」二十二ウ 芋《いも》をふうじて、石になされたるなどゝ云類多し、是をば皆偽とおもへ、芋に似たる石ありといふは、まこど（ママ）成べし

扨又、人の幽霊あらはれ出て、僧山師に詞《ことば》をかはしたるときく共信ぜじ、なき人の事を夢に見たるといはゞ、さも有べしと思へ、此外、書物など見るにも、此心持をもつてみたるがよし、さなくしては、浅間《あさま》しく迷《まよ》ふ事多し、能ゝ物に気を付て見よ、扨、心得がたき事をば、明智の人に問たるがよし

一農夫問て曰、禱《いのり》をば仕たるがよく候や」二十三オ

我答て曰、祈禱《きたう》の肝要は、身を脩め、正しく道をおこなふにしくはなし、然ども、無智短才《むちたんさい》のものは、儒道に志は深くても、行ふ所、こゝろならず理に背《そむ》く事多し、故に、其過不及《くはふぎう》のあやまちを祈る事あるべし

昔、孔子、御疾《やまい》甚しき時、子路《しろ》と云御弟子、御病をいのり申べしやと、問申されければ、孔子、此理有や否《いなや》と問給ふ、子路対《こたへ》て曰、上下の神祇《き》にいのる事ありと申、子曰、丘之《カ》祈《ルコト》久《シ》、とのたまふと見えたり、祈と云は、我過《あやまち》あるを、天神、地祇に悔《くひ》て、神の祐《たすけ》をこふ所なり、聖」二十三ウ 人、賢人は、あやまちなきによつて、常に神明にかなひ給ひ、時として祈り給ふべき事なし、然ば、賢人以下の人、過《あやまち》なき事あたはず、故に、其理によつて祈る事有べし、但、天災《てんさい》においては、まぬかれ

がたきものと見えたり、然を今、皆人の祈るは、我身の行《おこなひ》はよからずして、安穏《あんをん》ならん事を願《ねが》ひ、淫乱美食《ゐんらんびしよく》をこのみて、無病長命をいのり、家職をばつとめずして、冨貴栄花《ゑいぐは》を祈る人多し、此類、皆自《みづから》知てなす過《あやまち》なれば、祈るべき理にあらず、かくのごと」二十四オくの心底《てい》にては、僧山師にいかほど金銀をあたへて、昼夜《ちうや》いのりたりとも、少も益《ゑき》あるまじ、たゞ金銀を海川へ捨ると同じ、亦、其施物を請取《とり》て祈る僧山師の心中、作法もさのみめづらしき事はなしと見えたり、もつとも読誦《どくじゆ》する経文などは、昔の仏菩薩《ぼさつ》の言なれば、悪き事にてはあるまじけれども、当時それをつとめ行ふ僧山師の心、かつて其本意にかなはず、徒《たゞ》いか成ふしぎもがな云出し、仕出して、人に用ひられ、金銀をむさぼり取て」二十四ウ寺居をも奇麗《きれい》にし、袈裟《けさ》衣《ころも》、頭巾《づきん》、篠懸《すゞかけ》をも、あり〳〵しくこしらへて、猶ゝ人をたらし、知音《ちゐん》の若衆《わかしゆ》、女にも、よき衣裳などきせて見たし、なぐさみたし、うまきものくひたし、よき酒を飲《のみ》たしなどゝ、おもへるこゝろ懸《がけ》斗

なり、其ごとく、邪欲《じやよく》不行義なる僧山師を頼て、いのりたる分にては、何のよき事かあらん、却而罰《ばち》をうくべし、とても祈らむとおもはゞ、言行正しき社人を頼、我も清浄《しやう〴〵》に戒身《かいしん》して、神明にいのりたるがよし」二十五オ

一農夫問て曰、此ほどまでは出家衆をたのみ申て、死したる時は、かならず仏になる事と、おもひ定て居申候が、悪僧を頼ては益なしと、毎ゝ《つね〴〵》仰られ候、僧を頼ずしては、後世《ごしやう》の事いかゞ仕候はんや

我答て曰、人は貴きもいやしきも、とめるもまづしきも、生者必滅《しやうじやひつめつ》の理によつて、百年のよはひを過る事まれなり、是は眼前の道理にて、わきまへしらぬ人なし、唯、我も人も、死後《しご》の事をおぼつかなく思ふものなり、是によつて、近来仏者、其迷ひたる凡夫の心をうかゞひ見て、種ゝ」二十五ウの作言をなして、釈迦の教法《けうばう》なりと号して、人を誑《たぶら》かす、其故に、皆人ゝの思ふは、此法をよく頼て、僧を供養《くやう》し、寺へ銭銀《ぜにかね》を持参《ぢさん》し、仏像《ぶつざう》を礼拝《らいはい》すれば、極楽浄土《ごくらくじやうど》とて、結構《けつかう》なる国に生《うま》れ往《ゆき》て、其身はうつく

しき仏と成て、貧賤《ひんせん》の患《うれい》をのがれ、寒暑《かんしよ》の難にもあはず、上もなく、楽〻として居る事なりと、一念に思ひきはめて、命を終るなり、其願の他念なき心をさして、則《すなはち》仏と云と見えたり、尤其ごとく、信心なる志にて命を終るは、迷ひなきに似たれ共」二十六オ 夫は真実の道理にあらず、たとへば、ちいさき童の啼《なき》さけぶを、すかしいさめんために、さたう餅《もち》をくはすべし、ふりつゞみをとらすべしなど、云に似たり

扨又、仏法を頼《たのま》ねば、死して地獄《ぢごく》と云悪所に生れて、八寒《かん》八熱《ねつ》の苦《くるしみ》をうけ、炎魔《ゑんま》王のとがめにあひ、鬼《おに》の手にわたり、今生にてつくりし悪業の品によつて、夫〻《それ〳〵》の苦を見る義なりとおしへらるゝ事、悪をいましめんためとは云ながら、無実の作言にして、よからぬ仮説《かせつ》なり、是もたとへば、いとけなき童を、悪き事」二十六ウ をせば、やいとすゆべしと云て、おどすに似たり、餅にてすかし、灸《きう》にておどすを、おさなき時は真言《まこと》とおもひ、おづるによつて、其詞《ことば》の益ありといへども、少おとなしくなりて、餅《もち》にてもよろこばず、やいとにてもおそれねば、かつて益なく、却而《かえつて》おかしく思ふ事なり、そのごとく、今時、物しらぬ髪《かみ》そり衆の仏法のおしへ、一文不通の田夫《てんぶ》野人《やじん》に善を勧《すゝ》め、悪を懲《こら》す方便《てだて》には似相たるやうなれども、少《すこし》人心もあるものは、かつて是を信ぜず、しかりとて、深き道をおしへ給はむは、腹中《ふくちう》にはらはたより」二十七オ 外、何もなきによつて、凡夫還《かえつ》て出家を非《ひ》する事多し、人間生死の道は至極《しごく》の理にして、愚痴《ぐち》の出家、我らごときの凡夫など、たやすく得て知べき道にあらずといへり、

論語ニ曰

子ノ不レルコトハ語ラ怪力乱心

とあり、聖人は平常の事を語て、怪異《くはいい》の事をかたり給はず、心徳《しんとく》ある事を語て、勇力《ゆうりよく》の道をかたり給はず、治世《ちせ》の事をかたりて、悖乱《はいらん》の義を語りたまはず、人道《じんだう》の事を語りて、鬼神の道をかたり給はずと云り、いづれも皆、理の正《せい》にあらざる義をば、かたり給ふ事まれ」二十七ウ なり、中にも鬼神の道は、不正《ふせい》の理にあらずといへども、

万物の理を窮《きはむ》る事の至れるにあらずしては、かる〳〵しくことはりがたき道と聞えたり

去ながら、ある学者の物がたりせられしを、あらましきゝし事を申べし、人〻具足《ぐそく》する天理の性といふものあり、此性と云は、心の根元《こんげん》なり、故に、人、其心を尽《つく》し、性の善なる理を悟《さと》り、死して天理に帰るを、鬼神と云、鬼と云は陰の霊《れい》、神と云は陽の霊《れい》なり、然に、人〻生れ来る事、父母の交合《こうがう》《ましはり》によりて生ずといへども、天地」二十八オ の造化《ざうくは》、其時にかなば（ママ）ざれば、人の性《たね》となる事あたはず、されば、人の形躰《けいたい》は天地の正義《せいぎ》にかなひ、陰陽五行こと〴〵く具《そなは》り、天の神霊を具足して生ず、故に、天地の理と人の心と、根本同一躰《どういつたい》にして、少もたがふ事なきものなり、然共、其受《うくる》所の命に清濁《せいだく》の不同あり、亦、生れ出て後、ならふ処に公私《こうし》の差別《しやべつ》ありて、善人、悪人様《さま》ゞの異《い》あり、至善《しいせん》にして、天理に少もたがひたまはぬ人を聖人と申、是は神明《しんめい》あきらかにして、上もなき御位なり、三」二十八ウ 皇《くはう》五《ご》帝《てい》、三王《わう》、周公《しうこう》、孔子《かうし》など、生《むまれ》ながら聖神の御位にてまします、賢人と云は、其亜《つぎ》なり、皐陶《かうよう》、伯益《はくゑき》、伊尹《いゐん》、大公望《たいこうばう》、顔回《がんくはい》、孟子《まうし》、程《てい》子など、聖に近き賢人なり

かくのごとくなる位に至る事、人間の本意なれども、万物に精粗《せいそ》の理ありて、よきものはすくなく、悪き者はおほし、故に、生《むまれ》ながら聖人、賢人の位になる人、昔も今もまれなり、然共、根本天より受る命におゐては、聖人も凡夫も同じ人なるによつて、凡夫は聖賢の道をよく守り行ひて、身を」二十九オ 終るが本意なり

孟子の曰

殀寿《ようじゆ》不レ弐《ウダカハ》（ママ）、脩テレ身ヲ以俟テツレ之ヲ、所也二以立テツルレ命ヲ

とあり、天命に長短《ちやうたん》有、身をおさめて死をまつを、天につかふると云なり、去ながら、愚不肖《ぐふせう》は、我も人も其身を脩る事の工夫、成がたき事なり、故に、古聖の道をよく学び、其身言行《げんかう》正しき人の言を信じて、なるべきほど、其道に叶様《やう》にと得心《とくしん》して、已《やむ》事なく、其位ゝの道をおこなひて、死をまつべきものなり、然ば、天のあたへ

給ふ正命を尽して、死に至る其時、身にぐしたる陰陽の二気わかれて」三十九ウ 陽魂《やうこん》は天に昇《のぼ》り、陰魄《いんはく》は泉《せん》に降《くだる》、形躰は地にとゞまりて朽《くち》はつれども、其霊は本のごとく、天の神霊《れい》となる故に、いやしき民にても、死すれば則神に祭《まつ》り、崇敬《そうきやう》の礼をなすなり、今時、人ゝ死て成仏《じやうぶつ》すると云より、はるかに上の位なりと聞えたり、とてもねがふ物ならば、仏道よりまさりたる儒道を守り行ひて、現在《げんざい》、死後《しご》の安楽を得て、無上《むじやう》の神位に至りたまへかし

一農夫問て曰、我人《われひと》、世をわたるに肝要なる心得は、いかやうに仕たるがよく候はんや

我」三十オ 答て曰、大なる問、何とも答がたしといへども、めくら蛇《へび》におぢずとやらん、口にまかせて申べし、先其国、その里の法度の旨を、よく守りつゝしむ事専一なり、扨、其分際《ぶんざい》にしたがひ、過不及《くはふきう》なき心得肝要なり、中庸に曰

素《シテ》二其《ノ》位《ニ》一而行《フ》、不レ願《ハ》二其外《ヲ》一

とあるも、富貴なる人は、其富貴に合て、其中庸の道を行ひ、奢《おごる》事なく、貧賤《ひんせん》なる人は、其貧賤にかなひて、其中庸をおこなひ、苦《くるし》む事なく、万事、其位ゝに応じ、あやまちなきやうにせよとの御おしへなり

扨、親には孝」三十ウ 行を尽し、子をよく愛し、君には忠節を尽し、臣には慈悲ふかく、夫婦はたがひに義理正しく、たのもしく、兄にはよくしたがひ、弟を憐《あはれ》み、智者をしたしみ、貴人、老者を敬《うやま》ひかろしめず、不才なる人をもあなどらす、おさなき人をなつけ、よく物をおしへ、いづれも〳〵偽《いつはり》なく、人と交《まじは》るべし

扨、中にすぐれて不義無道なる人とはしたしまず、義によつて交を絶《たえ》たるもよし、是皆、古の君子、近世の学者の書に、重畳《てうぐ》記し給ふ事なれば、各我等がやうなる賤士《せんし》農夫」三十一オ もよく信じて、分ゝの職をつとめ行ふが、肝要の事たるべしとおもふ

一農夫問て曰、人死して葬礼《そうれい》をなす事も、出家なくても調ひ申べく候や

我答て曰、疎《おろか》なる事を申さるゝものかな、聖人の道に万事の礼法なきと云事なし、況《いはん》やかくのごときの大礼をや、日本にも其法ありて、古より貴賤共に、其礼法をもつて御調有しが、中比より天竺の仏法来て、以来《このかた》は諸礼ともに、仏礼混《こん》せぬ事はまれなりと見えたり、取わき葬祭《そうさい》の礼などは、皆」三十一ウ おしなべて仏礼になりたる故、当時、凡民の心得は、仏法ならでは、かやうの礼法なしと思ひあやまり、儒道に本法の礼ありと云事をしらず、浅ましき事どもなり

農夫か曰、其礼法のやうす、あら〳〵うけ給度《たく》候

我答て曰、しらず、儒学の少功《こう》ある人は、皆ゝしらるゝ事なれば、それに重てとひ給へ、但、各我等ごときの賤民は、諸礼ともに、其法にあたる事は叶《かなは》ざる義なれば、大名の葬《そう》礼の法をば、しらでもくるしからず、たゞ貧賤のものは、其死者の一族《ぞく》、寄《よせ》あつ」三十二オ まりて、其尸《しかばね》をよく取《とり》かくして、狐狼犬烏《らうけんう》などのあらさぬやうにして、哀痛《あいつう》の実を尽すを礼の本として、扨、膳《そなへ》は、その人の貧冨に随ひ、作法行義はいかやうになりとも定たるがよし

昔、孔子の弟子に、顔回と申人は、大賢人にてましますが、死し給ふ時、門人、是を厚《あつ》く葬《はうむ》るべしと申ければ、孔子、不可《ふか》なりと示《しめ》し給ふ、此御心は、顔回が賢名は類なしといへども、家まづしきによつてなり、貧《まづしく》して厚く葬るは、理にかなはずとの御事なり、是をもつてみれば、礼の厚《こう》」三十二ウ 薄《はく》は、家の有無《ゆうむ》に随ふと見えたり、たゞ哀痛《あいつう》の誠意《せいい》肝要なり、大昔、此礼法なき時は、親死すれば、其子、今時の牛馬などの死したるごとく、其儘《まゝ》山野《さんや》に捨置けり、扨、他日、其所に行て見れは、きつね狸《たぬき》、或はあぶ蠅《はい》などあつまりて、其死骸《しがい》をくらふ也、是を見て、心底《しんてい》甚《はなはた》たえがたく、赤面《せきめん》の心地ありて、何ぞ引おほひ、其骸《かばね》をかくして帰りけると云り、是、他《た》見《けん》をはづる心にもあらず、天理仁孝《じんかう》の徳、おのづから人にそなはる故なり

其天理自然の人性《じんせい》に随て」三十三オ 聖人、葬埋《そうまい》の礼法を立

たまふものなれば、其孝志を専として、其作法様躰《ようだい》は、品かはりても苦《くるし》かるまじき事なり、是のみならず、諸礼ともに、昔の作法を、其まゝたがはず行ふやうには、成がたきものと見えたり、時にかなはずして、古法をおこなふを、死法とて聖人の道にはきらひ申さるゝ事なり、其故に、礼の本をよく得心《とくしん》すれば、法に落《をつ》る事なし、其もとを見れば、無智不才、邪欲なる悪僧を頼てほうむらんより、唯戸《かばね》をうづみたる斗にて置たるがまし」三十三ウなり、さりながら、位高き御方、其外、名ある程の人ならば、儒者におほせて、聖人の法を以て葬《ほふむり》給ふか、さなくは、日本の古礼にまかせて、御調有てよかるべし

一農夫が曰、年忌《ねんき》などの弔《とふらひ》も、出家を頼《たのむ》に及ず候哉

我答て曰、是又、高位の御方は、儒者におほせて、其祭礼を行ひたまひたるがよし、各我等ごときの貧賤のものは、縦《たとひ》一飯《はん》の手向をなさずとも、孝志深く敬をなして、まつりたるがよし、曽子《そうし》の曰

生ニハ事ルニレ之ニ以シレ礼ヲ、死ニハ葬ルニレ之ヲ以シレ礼ヲ、祭ニレ之ヲ以スルヲレ礼ヲ可シレ謂ツレ孝ト

と見えたり、たゞ孝行の」三十四オ誠意を肝要とする事、祭礼の第一なり、但、葬るには、其死者の爵《しやく》を用ひ、祭るには、生者の爵を用ふとあれば、位なきものも、親まづしく、子冨る人ならば、薄《うす》くほうむり、厚《あつく》まつるべし、親とんで子まづしくは、あつく葬り、うすくまつるべき事なり、然を、家貧き人、世の名聞《みやうもん》にかゝはりて、邪欲不行義なる出家に、あたら金銀をとらせ、葬祭の礼をなさるゝ事、かつてその本理にかなふ事ならじ、しかりとて、金銀財宝をおしむを、よしと云にてはなし、能ゝ」三十四ウ心得らるべし

農夫か曰、縦、儒道をよしとしり、仏道を悪しと思ひても、先祖の祭の礼をかゆる事、いかゞ候はんや

我答て曰、当時の人、多分其心得なり、仏法もはや千年に余て、日本にも御用ひ有て、先祖《せんぞ》数代《すだい》、此法に帰依《きえ》し給ふを、今それに違《たが》ひなんは、道にあらじと思ひ、終に礼をあらため給ふ事なし、尤其志は、是《ぜ》に似たれども、

それは偏《へん》なる覚なり、其親、仏道に帰依して、死《し》たるを儒法をもつてまつる事は、あしきにはあらねども、孝」三十五オ志に少害《かい》あり、故に、其親をまつるをば、仏法にて祭り畢《おはつ》て、われ死して子にまつらるゝ所に至て、仏法をさけ、儒法にてまつられたるがよし、かくのごとくなれば、親をも罔《なみ》せずして、自は邪法をのがるゝ心なり、其時に至て、先祖の祭をも皆改たるがよし、右にも云ごとく、我等ごときの者は、其作法ある位にてはなけれども、粗《ほゞ》儒道の旨《むね》に合《かなひ》て、まつられ申さんと思ふ事なり

農夫か曰、右のごとく家法を改めて、孝行の本意、欠《かく》る事に」三十五ウては候まじや

我答て曰、忝きたとへなれども、帝舜《ていしゆん》は大聖人、御父瞽瞍《こそう》は大悪人なり、然に、舜、父の悪をもそこなひ給はず、御身は三皇の道をおこなひ給ひて社《こそ》、大孝の御誉《ほまれ》を、万世《ばんせい》に残し給ふなれ、父ごに孝行をなしたまはんとて、天理を外にし、瞽《こ》瞍の御心に従《したが》ひ給ふならば、こそふにましたる悪人となり給ふべし、其したがひ給はぬ

処は、一旦《たん》不孝に似たれども、天理にそむきましまさぬによつて、畢竟《ひつきやう》至孝《しいかう》の御名をうけ給ふものなり、是をもつて能ゝ合点し給へ」三十六オ

一農夫か曰、儒仏の義に付、常ゝ我等行ひ申べき事を、一紙に書付て下され候へかしと云、我、其時かきてつかはしける条目、左のことし

名目対《めいもくつい》にして、用に立と立ぬとの分別、二十箇《か》条の事

仏法と云名をすてゝ
神道と云名を覚えよ

梵天帝釈《ぼんてんたいしやく》と云名をいはずして
天皇上帝《てんくはうしやうてい》と云名をいへ

仏如来菩薩《ほとけによらいぼさつ》などゝ云名をわすれて
聖人、賢人、君子などゝ云名をおぼえよ」三十六ウ

釈迦と云名をすてゝ
孔子《こうし》と云名をしれ

摩訶迦葉《まかかせう》　舎利弗《しやりほつ》　冨楼那《ふるな》　迦旋延《かせんゑん》

優婆離《うばり》　阿難陀《あなんだ》　須菩提《しゆぼだい》　目健連《もくけんれん》
羅睺羅《らごら》　阿那律《あなりつ》
此仏の十大弟子《じうだいでし》の名をいはずして
顔回《がんくはい》　閔子騫《びんしけん》　伯牛《はくぎう》　仲弓《ちうきう》　宰我《さいが》
子貢《しこう》　冉有《ぜんゆう》　子路《しろ》　子游《しゆう》　子夏《しか》
此孔子の十哲弟子《じつてつていし》の名をいへ
南無阿弥陀仏　此六字をすて、
窮メレ理ヲ尽シレ性ヲ至ルレ命ニ　此六字をしれ
」三十七オ
観音経《くはんおんぎやう》をよみならふ間に
大学をよみおぼへよ
法華《ほけ》経《きやう》をよみならはん間に
四書をよみおぼえよ
五戒《ごかい》と云名を忘て
五常《じやう》と云名をしれ
後世《ごせ》をさとらんより
今生《こんじやう》をしれ
仏菩薩《ぶつぼさつ》の像《ざう》を礼拝《らいはい》せんより

先祖の鬼神《きしん》をまつれ
高野山《かうやさん》への参詣を止《やめ》て
」三十七ウ
太神宮《だいじんぐう》へまいれ
出家を頼て仏にいのる事を止て
社人をたのみて神祇にいのれ
僧山師に施物をやらずして
一族《ぞく》家人に金銀をあたへよ
順礼かねたゝき鉢《はち》こすりなどに物をとらせんより
五躰不具《たいふぐ》にして寄かたなき乞食《こつじき》に米銭《べいせん》をとらせよ
高位《かうい》大智の僧をうやまはんより
主親《しうおや》を尊め
小智なる出家を用むより
直《すなを》なる俗《ぞく》人をしたしめ
」三十八オ
無智なる出家を伴《ともな》はんより
四五歳の童《はらんべ》をなつけよ
よき山師をもちゐんより
無智恵《ぶちえ》なる医者《いしや》を用よ

盆彼岸《ぼんひがん》御忌《ぎよき》御《を》講《かう》などの祝義《しやぎ》（ママ）を止て
年始《ねんし》歳暮《せいぼ》月朔《けつさく》等の礼義をつとめよ

已上

（三行空白）

終」三十八ウ

何物語下

見聞記

是は仮名《かな》書などにて見し事、また人の語れるを聞し事を記したる也

一数量《すりやう》　一　二　三　四　五　六　七　八　九　十
百十十　千十百　万十千　億万万　兆《てう》万億　京《けい》万兆　秭《し》万京
垓《がい》万秭　穣《じやう》万垓　溝《こう》万穣　澗《かん》万溝　正《せい》万澗　載《さい》万正

或人の曰、日本の斛高、凡二千八百二万斛ほとあり、此高辻等米出来るつもりにして、一年の米粒の数、何ほど有べしやといへり、則、是を勘て見ければ、わづか百六十八兆千二百億粒なり、亦曰、一里四方、高さも一里の櫃に、芥子《けし》を十分に入て、其けし粒《つぶ》」二オの数いかほどあるべしやと云り、又、是をかんがへて見るに、わづか一秭七千七百十二京五千五百八十四兆八千九百六十億粒也、但、一里は三十六町なり、是にて正載の広大ならん事を思知たり

一升分量　粟《ぞく》　圭《けい》十粟也　撮《さつ》十圭也　抄《さい》十撮也　勺《しやく》十抄也　合《がう》十勺也
升《せう》十合也　斗《と》十升也　斛《こく》十斗也
石の字を斛のかはりに用る事、古は君の御倉へ民米を収むるに、大秤《たいひん》にかけて、何秤と云ておさむ、其秤《はかり》のおもり石なり、その一秤を斛とす、依レ之一石《せき》とも云けると也」一ウ
一升寸法《ますすんはう》　径《わたり》五寸四方　深《ふかさ》二寸五分　是に一寸六面の小坪六十二半あり
一新《しん》升寸法　径四寸九分四方　深二寸七分　是に一寸六面の小坪六十四八二七あり
一同斗《との》寸法　径一尺五分六厘三毫四方　深五寸八分二厘三毫也
一秤目《はかりめ》分量　繊《せん》　微《ひ》十繊也　忽《こつ》十微也　糸《し》十忽也　毫《がう》十糸也　釐《り》十毫也
分《ふん》十厘也　文十分也十ー百ーと云　貫《くはん》千文目也十貫目百ー千ー万ーと云
一丈間《じやうけん》分量　毫《がう》　釐《り》十毫なり　分十厘なり　寸十分なり　尺十寸なり
丈十尺なり十ー百ーと云　間《けん》六尺五寸なり　町《ちやう》六十間なり　里《り》三十六町なり十里百ー千ーと云
由旬《ゆじゆん》是は二百四十町を一由旬と云か」二オ
一田畠《てんばくの》分量　糸《し》六分五厘四方なり　毫十糸なり長六寸五分横六分五厘　厘十毫なり六寸五分四方なり
分十厘也長六尺五寸横六寸五分　歩《ぶ》十分也六尺五寸四方也　畝《せ》三十歩也　反《たん》十畝なり　町《ちやう》十反なり
一四時異《しいしのい》名《みやう》　青陽《せいやう》　東君《とうくん》　麗景《れいけい》已上春の事也　朱明《しゆめい》　三伏《さんふく》已上夏の事也
白蔵《はくざう》　商天《しやうてん》已上秋の事也　極時《ごくじ》冬の事也
一十二月異名　大蔟《たいぞく》　孟春《まうしゆん》　献歳《けんせい》　端月《たんげつ》　陬月《むつき》已上正月の事也
夾鐘《けうしやう》　仲《ちう》春　恵風《けいふう》　美景《びけい》　花朝《くはてう》已上二月の事也　姑洗《こせん》　季《き》春
晩春《ばんしゆん》　桃浪《たうらう》　飛花《ひくは》已上三月の事也　仲呂《ちうりよ》　孟夏《まうか》　修景《しゆけい》」二ウ　卯月《うづき》
已上四月の事也　蕤賓《すいひん》　仲夏　梅月《ばいけつ》　星火《せいくは》　東井《とうせい》已上五月の事也　林鐘《りんしやう》
季夏《きか》　晩夏《ばんか》　葉《よう》月　水無月《みなづき》已上六月の事也　夷則《いそく》　孟秋《まうしう》　初商《しよしやう》
親月《しんげつ》　文月《ふみづき》已上七月の事　南呂《なんりよ》　仲秋《ちうしう》　迎寒《けいかん》　鴈来《がんらい》已上八月の事なり
無射《むしや》　季秋《きしう》　晩秋　菊月《きくげつ》　長月《ながづき》已上九月の事なり　応鐘《をうしやう》　孟冬《まうとう》
小春《せうしゆん》　玄英《げんゑい》　折木《せつぼく》已上十月の事なり
黄鐘《くはうしやう》　仲冬《ちうとう》　陽復《やうふく》　暢月《ちやうげつ》　霜天《さうてん》已上十一月の事なり　大呂《たいりよ》　季《き》
冬《とう》　晩冬《ばんとう》　臘月《らうげつ》　極月《ごくげつ》已上十二月の事なり
一二十四節　立《りつ》春正月節　雨水《うすい》正月中　啓蟄《けいちつ》二月節」三オ　春分《しゆんぶん》二月中
清明《せいめい》三月節　穀雨《こくう》三月中　立夏《りつか》四月節　小満《せうまん》四月中　芒種《ばうしゆ》五月節
夏至《げし》五月中　小暑《せうしよ》六月節　大暑《たいしよ》六月中　立秋《りつしう》七月節　処暑《しよしよ》七月中
白露《はくろ》八月節　秋分《しうぶん》八月中　寒露《かんろ》九月節　霜降《さうごう》九月中　立冬《りつとう》十月節
小雪《せうせつ》十月中　大《たい》雪十一月節　冬至《とうじ》十一月中　小寒《せうかん》十二月節　大寒《だいかん》十二月中
一十二時之名　夜半《やはん》子九　鶏鳴《けいめい》丑八　平旦《へいたん》寅七　日出《につしゆつ》卯六　食時《しよくじ》

五辰　禺中《ぐちう》四巳　日中《につちう》九午　日昳《につてつ》八未　晡時《ほじ》七申　日入《につしう》六酉　黄昏《くはうこん》五戌
人定《じんぢやう》四亥」三ウ
一三光之名　日《ひ》　月《つき》　星《ほし》　已上是を三光と云　金烏《きんう》日の事なり
玉兎《きよくと》月の事なり
一二十八宿《にじうはつしう》　室《しつ》　壁《へき》　奎《けい》　婁《らう》　胃《い》　昴《ばう》　畢《ひつ》　觜《し》　参《しん》　井《せい》
鬼《き》　柳《りう》　星《せい》　張《ちやう》　翼《よく》　軫《しん》　角《かく》　亢《かう》　氐《てい》　房《ばう》　心《しん》　尾《び》
箕《き》　斗《と》　牛《ぎう》　女《ぢよ》　虚《こ》　危《き》
一七星《しつせい》　貪狼《ひんらう》　巨門《こもん》　禄存《ろくぞん》　文曲《ぶんきよく》　廉貞《れんてい》　武曲《ぶきよく》　破軍《はぐん》
一九曜　羅睺《らご》　土《ど》　水《すい》　金《きん》　日《にち》　火《くは》　計都《けいと》　月《ぐはち》　木《もく》」四オ
一十幹《かん》とは　甲《きのへ》《かう》乙《きのと》《おつ》　丙《ひのへ》《へい》丁《ひのと》《てい》　戊《つちのへ》《ぼ》己《つちのと》《こ》　庚《かのへ》《かう》辛《かのと》《しん》　壬《みづのへ》《じん》癸《みづのと》《き》
一十二支《し》とは　子《ね》《し》丑《うし》《ちう》　寅卯《とらう》《いんばう》　辰巳《たつみ》《しんし》　午未《むまひつじ》《ごび》　申酉《さるとり》《しんゆう》　戌亥《いぬい》《じゆつがい》
一十幹の時節における事、甲乙は春也、丙丁は夏なり、戊己は土用なり、庚辛は秋なり、壬癸は冬なり、亦、方角における事　甲乙は東なり、丙丁は南なり、戊己は中央なり、庚辛は西なり、壬癸は北也とあり、幹は乾道の大目と見えたり
一十二支の時節における事、子は十一月」四ウ丑は十二月、寅は正月、卯は二月、辰は三月、巳は四月、午は五月、未は六月、申は七月、酉は八月、戌は九月、亥は十月なり、支は坤道の大目也、十幹は甲の幹に初り、十二支は子の支に初るなり、此十幹と十二支と合て時をなす故に、甲子に初て幹は六度、支は五度目ぐつて始に復《かへ》る、依レ之歳は六十年を一大周とす、又甲丙戊庚壬は陽幹なり、乙丁己辛癸は陰幹なり、子寅辰午申戌は陽支なり、丑卯巳未酉亥は陰支なり

〔挿　図　「方角附属」「東／震卯／酸味・弦脈色・眼筋爪・胆腑・肝臓・双調・青・甲乙・木・春・元／団形／仁・呼声・怒・角音」「巽／辰巳」「南／離午／苦味・洪脈・舌血毛・小腸・心臓・黄渉・赤・丙丁・火・夏・亨／三角／礼・笑声・喜・徴音」「坤／未甲」「西／兌酉／吠声・辛味・濡脈・鼻皮息・大腸・肺臓・平色・白・庚辛・金・秋・利／月半／義・商音」「乾／戌亥」「北／坎子／鹹味・沈脈・歯耳両穴・膀胱・腎臓・盤渉・黒・壬癸・水・冬・貞／円形／智・呻声・恐・羽音」「艮／丑寅」「甘味・濡脈・乳・肉唇・胃腑・脾臓／中央／黄・戊巳・土・土用・乾／信・諷声・思・宮音・壱越／四角」〕」五ウ

（一行空白）」五オ

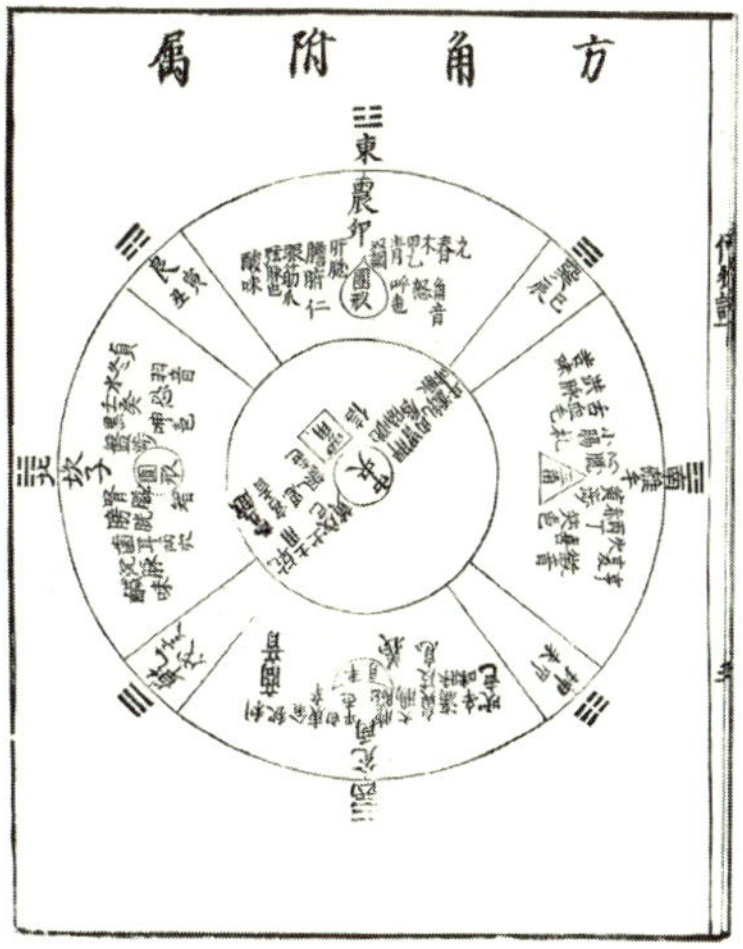

一三統《とう》と云は、天統、地統、人統なり、天は子に初り、地は丑にはじまり、人は寅に初れり、依レ之震旦三代の時、各かはれり、夏の代には、寅を時の初に用ひ、殷の代には、丑を時の初に用ひ、周の代には、子を時の初に用ひ給ふなり、孔子は周の代の人にてまし〳〵しか共、夏の時を好《よし》とし給ふと見《みへ》たり、日本にも古より夏の時用ひ給へり、故に、寅の月は歳の首、正月なり、寅の刻は日のはじめ、平旦《へいたん》なり

一正月の建寅《けんゐん》、其歳に随てかはりある事、甲己の歳の正月は丙寅なり、乙庚の歳の正」六オ月は戊寅なり、丙辛の歳の正月は庚寅なり、丁壬の歳の正月は壬寅なり、戊癸の歳の正月は甲寅なり、一日の時の幹も是に同じ

一一歳の日数刻限は、凡《すべ》て三百六十五日二十四刻四分六厘余なり、是を春夏秋冬、四時にわくれば、九十一日三十一刻一分一厘五毫となる、其一時の季《すへ》、十八日二十六刻二分二厘三毫を土用《どよう》と云、四季《き》の土用、凡て七十三日四刻八分九厘二毫なり、是則一歳を五時にわけし、其一分なり、但、章歳三百零六万八千零五十五を置て、是を日法八千四百にて、われは三」六ウ百六十五日廿四刻の余分、詳に知るなり

一二十八宿《しう》の歳と月と日とにあたる事、宿の名目は前にあり、其次第のごとく、室宿に初て危宿に終る、而元に復《かへ》るなり、歳の宿は、近年には寛永十五戊寅の歳、室宿に当れり、月の宿は、当年己亥の五月、室宿にあたれり、日の宿は、当年正月八日、室宿に当れり、古往、来世を

も是にてかんがへ知るへし、亦、或書に、毎年正月一日を室宿と定め、二月一日を奎宿と定め、三月一日を胃宿と定め、四月一日を畢宿」七オと定め、五月一日を参宿と定め、六月一日を鬼宿と定め、七月一日を張宿とさだめ、八月一日を角宿と定め、九月一日を氐宿と定め、十月一日を心宿とさだめ、十一月一日を斗宿と定め、十二月一日を虚宿とさだむと記《しる》せり、此法信じがたし

一昼夜《ちうや》長短《ちやうたん》の事、十一月の中、冬至《とうじ》を在泉《ざいせん》の時と云て、陰気尽《つき》て陽気起《おこ》るなり、故に、一陽来復《いちやうれいふく》（ママ）と云、此時昼四十刻、夜六十刻なり、五月の中、夏至《げし》を司天《してん》の時と云て、陽気尽て陰気起《おこ》るなり、此時、昼六十」七ウ刻、夜四十刻なり、依ㇾ之二月の中、春分、八月の中、秋分の時を昼夜等《ひとし》とす

一其歳の年徳の方を知る事、甲巳の歳は寅卯の間、乙庚の歳は申酉の間、丙辛、戊癸の歳は巳午の間、丁壬の歳は亥子の間なり、貴方と云て吉事に用とあり

一五節供《ごせつく》を或書にて見けるに、正月一日、三月三日、五月五日、七月七日、九月九日なり、宿曜経《しゆくようきやう》に

　正月一日、名二建日一ト、謂二吉祥日一ト、宜ㇾ作ス二長久ノ事一ヲ

と有、又或書に、元三と云事は、歳のはじめ、月のはじめ、日のはじめなるに」八オよつて云とあり、亦、正月七日を人日と云て、五節供のはじめと云る説もあり、次に三月三日を上巳《じやうし》と云は、古には三月上《かみ》の巳《み》の日を祭《まつ》れる故なりとあり、次に五月五日をを（ママ）端午《たんご》と云は、是も古には、五月初めの午の日を祭れる故なりとあり、次に七月七日を七夕《たなばた》と云は、此日の夕《ゆふべ》に、天の牽牛《けんぎう》、織女《しよくじよ》を祭る故なり、此二星の名をたなばたと云なり、次に九月九日を重《てう》陽と云は、十一月は一陽起る時にして、陽月の初とす、故に、九月は陽月の終なり、五節供は正月」八ウ一日を初とす、故に、九月九日は節供の終なり、皆是、陽をかさぬる月日なり、仍重陽と云とあり、いづれも皆養生の祭と見えたり、医論《いろん》にも

　薬は用ニ二陽時一ヲ

とあり

一亥子《いのこ》とは、十月の亥の日を云、十月は陰分の至極《しこく》、陽気閉《とぢ》かくれて、精血《せいけつ》を養《やしな》ふ時なり、故に、婦《ふ》人の祭日とす、又猪はよく多子《たし》を生ず、依《テ》レ之《ニ》、亥の月、亥の日をもつて、女人専祭ると云り

一文字をは誰人の作りはじめ給へるか

曰、震旦国伏義の御代に、倉頡《そうけつ》と云し」九オ人、作りはじめ給ひしとなり

一天照太神は、上古より伊勢にまし〳〵けるか

曰、昔は此御神体《しんたい》、代〻内裏《だいり》に御座ありしを、人王十代崇神《しゆじん》天皇の御時、同殿《どうてん》しかるべからずとて、皇女豊鋤《くはうじよとよすき》入姫命《いりひめのみこと》、神鏡《しんけい》を頂戴《てうだい》して、大和国笠縫《かさぬい》の邑《さと》に御宮居をなし奉らる、其後、亦、垂仁《すいにん》天皇の御代に、大和姫命《ひめみこと》、豊鋤入姫に代て、同じき御宇《ぎやう》二十六年丁巳十月甲子の日、今の伊勢国度会《わたらへ》の郡にうつし奉らるとあり」九ウ

一太神宮の御宮中《きうちう》へ、出家を禁ぜらるゝはいかん

曰、正《まさし》き説をきかす、いか様大故あるへし、但、推《をし》て思ふに、昔仏法、日本へ伝来《でんらい》せし比、太神の宮仕《きうし》の中に、神道を能受《じゆ》用せられたる哲人《てつじん》ありて、仏法の邪説《じやせつ》なる事を明弁《めいべん》して、甚しく禦《ふせ》がれたるものなるべし、故に、今に其迹《あと》すこしくあるか

一儒道にも、仏法をば非《そし》られけるときく有や

曰、あり、孔子、孟子など、世にまし〳〵し時代までは、此法いまだ震旦へ来《きた》らざりし故、其語《ご》なし、但、孔子の曰

攻《ルハ》二異端《ヲ》一斯害《ル》也而《ナラクノミ》」十オ

とのたまふ、異端とは、聖人の道にあらずして、別に法を立るを云、攻《かう》の字は強《つよ》く治る心なり、害《かい》とは人をそこなふを云、孔子の御時にも、異端をなして、民を邪路《じやろ》に引入る狂智《きやうち》の人ありや、是をおさむるは、甚しき害《かい》なりとのたまふ、程-明-道の曰

仏氏《ノ》之言比《トレハ》二之《ヲ》楊墨《ニ》一、尤《モ》為レ近《シト》レ理《ニ》所《ロ也》三其《ノ》害為《ル》二レ尤《モ》-甚《ト》一、

学者当《ニ》下如《シ》《ニシテ》二淫声美色《ノ》一以《テ》遠《ク》上レ之《ヲ》

とあり、朱喜の曰

老-師《ノ》之学所《也》下以《テ》自謂《テ》二、心《ニ》無《シテ》レ所-住而能応変《スト》一、而卒得《ニル》中罪《ヲ》

於聖人ニ上

とあり、此外語《ご》多し、書を見よ」十ウ

一楊墨《やうぼく》とは何の事か

曰、人の名なり、楊朱《やうしゆ》、墨翟《ぼくてき》と云二人ともに、知者なれども、聖人の道に違《たがひ》て、君を無《なみ》し、父をなみするごときの邪説《じやせつ》をなせし人なり

一老子と云はいつの代の人か

曰、周《しう》の代の人なり、生《うまれ》は楚国《そこく》、名をは聃《たん》と云、智者なり、孔子二十六歳の御時、適《ゆいて》レ周《しう》ニ、礼を老聃に問《とい》給ふと云事あり、然ども、此人の道、聖人の旨にあらず、仙法を説《とき》給へり、故に、異端と云、八十四歳にて卒し給ふとあり

一皐陶《かうよう》、伊尹《いゐん》など云は、いつの代の人か

曰、皐《かう》」十一オ陶は帝舜《しゆん》の臣下なり、后稷《こうしよく》、伯益《はくゑき》など、何れも舜の賢臣なり、伊尹は殷《ゐん》の湯《たう》王の臣、傅説《ふゑつ》とは殷の武帝の賢臣、召公奭《せうかうせき》、大公望《たいこうばう》、畢公《ひつこう》、栄公《ゑいこう》、散宜生《さんぎせい》、伯夷《はくい》、叔斉《しゆくせい》などは、周の文王、武王の賢臣なり、此等の人は、皆聖王の臣なる故、世にあまねく聞伝へり

一摂政関白《せつしやうくはんばく》の事、幼主《ようしゆ》の御時、代《かはりて》レ君ニ行《おこなふを》レ政を為二摂政一と御元服後、改二摂政ヲ一為二関白一とあり、日本摂政の始は、応神天皇幼主の御時、神功皇后をも摂政と申伝たり、其後、清和天」十一ウ皇、九歳にて御即位ましまし時、祖父太政大臣良房《よしふさ》公、摂政し給ふ、是、日本人臣摂政の始なり、亦、関白は、光孝天皇御即位の時、摂政昭宣《せうせん》公を改て、関白となし給ふ、是、日本関白の始とあり

一月卿《げつけい》とは三位已上を云、名字の下に卿の字を加《くは》ふは、是なりとあり

一雲客《うんかく》とは四位已下の殿上人を云

一官と位と相当なれば、先《まづ》官、次に位を書なり、たとへば、中納言従三位、中納言と云官は、従三位の位に相当なり、仍官上に」十二オあり、左大弁《べん》従四位上、大弁は従四位上相当の官なり、左小弁は正五位下相当の官なり

一官高して位卑ければ、守《しゆ》の字をくはへて、位を上に置《おく》なり、たとへば、従三位守大納言、大納言は正三位相当の

官なり、仍守の字をくはふ、参議従四位上守宮内卿、宮内卿は正四位下相当の官なり、仍守の字をくはふ、従四位上守治部卿、治部卿は正四位下相当の官なり、仍守の守（ママ）をくはふ

一位高して官卑ければ、行の字をくはへて、位を上に置なり、たとへば、従二位行大」十二ウ納言、大納言は正三位相当の官なり、仍行の字をくはふ、正四位下行左大弁、大弁は従四位上相当の官なり、仍行の字をくはふ、従五位上行陰陽助《おんやうのすけ》、陰陽助は従六位上相当の官なり、仍行の字をくはふ

一守行の二字共にくはふる官位あり、たとへば、従三位守大納言兼行春宮大夫《たうぐうたいふ》、大納言は正三位相当の官なり、仍守の字あり、春宮大夫は従四位上の官なり、仍行の字あり、如此、相当の官位にあらされとも、其人によつて任官ある事多し」十三オ

一相当の官、先《さきさる》（ママ）㆓文官《を》㆒事、たとへば、権中納言従三位兼行中宮大夫右衛門督《ゑもんかみ》、中納言は従三位相当なり、仍上にあり、中宮大夫、左右衛門督、共に従四位下の官なり、文官なる故に、以㆓大夫㆒置《ク》㆑上《ニ》なり

一外国《げこく》不㆑依㆓相当《ニ》㆒在《ル》㆓諸官下《ノニ》㆒事、たとへば、従五位下行中宮大進兼守近江守、大進は六位の官なり、大国は従五位上の官なり、不㆑依㆓相当《ニ》㆒、以㆓外国《ヲ》㆒為㆑下

一大織冠《たいしよくはん》と云は、昔天智天皇の御宇、白鳳三年に、廿六階《かい》の冠《かむり》を定めらる、其第一の冠を大織」十三ウ冠と云、正一位の冠なり、是を鎌足《かまたり》の内大臣に免《ゆる》し下さる、依㆑之鎌足を大織冠と云と云り

一僧正准《シ》㆓従四位《ニ》㆒、僧都准《ヲ》㆓正五位《ニ》㆒、律師准《ヲ》㆓従五位《ニ》㆒と、是、光仁天皇の御時に、定め給ひし次第とあり、然を、今時、無案内《ぶあんない》の僧衆《そうしゆ》は、僧正など丶云官は、帝位にも近きやうにおもへり

一我、或僧に問て曰、仏法の日本へ渡りしは、いつの時代ぞ

僧の曰、釈尊、御入滅の壬申の歳より一千十六年に至て、創《はじ》めて震旦国へ渡る、是、震旦、後漢の明帝《めい》の」十四オ御

代、永平十年丁卯の歳なり、又夫より四百八十六年に至て、百済国《はくさいこく》の聖明王《しやうみやうわう》より、日本へ仏経を渡さるゝ、是、日本人皇三十代欽明《きんめい》天皇十三年、壬申の歳なりとあり

一日本にて仏の元祖《ぐはんそ》は誰そ

曰、聖徳《しやうとく》太子なり、是は用明《ようめい》天皇の御子なり、上宮《じやうぐう》太子とも云、御生年金光三年壬辰の歳、正月一日に誕生あり、御幼稚《ようち》より才智他に異《こと》なり、然に仏法は、去る貴楽《きらく》元年壬申の歳、我朝《わかてう》へ来りしかども、信ずる人」十四ウ なく、剰《あまつさへ》、守屋《もりや》の大臣、是、不吉の事なりとて、甚《はなはだ》しく禁《きん》じ給ひしに、上宮太子、此法を信仰《しんがう》まし〱て、十六歳の御時、守屋大臣を亡《ほろぼ》し給ひて後、仏法を興立めされしより、已来、国ゝに流布《るふ》しけり、故に、聖徳太子を、日本仏法の祖とす、推古《すいこ》天皇の御代には摂政たり、さて、五十歳にて、倭童四年二月五日に薨《かう》じ給ひぬとあり

一和歌の道はいつの代にはじまりたるか

大抵《てい》いかやうなる事か

曰、哥は伊弉諾《いざなぎ》、伊《い》」十五オ 弉《ざ》冉尊《なみのみこと》よみはじめ給ひしより伝れり、しかるに、哥に徳ある事、古今の仮名序《かなじよ》に曰

ちからをもいれずして、あめつちをうごかし、目に見えぬ鬼神をも、あはれと思はせ、おとこ、女の中をもやわらげ、たけきものゝふの意《こゝろ》をもなぐさむるは、哥より宜《よろし》きはなし

とあり、亦、唐土《たうど》の詩も、日本の哥と同じ心なりと云り

一 穴喜哉《あなうれしや》遇可羡《あはぬうまし》（ママ）乙女子《おとめこ》

是則、いざなぎ、いざなみのみこと、始て婚合《こんがう》し給ひし御時、よみ給へる御哥なりとかけり」十五ウ

次に

八雲立出雲八重《やくもたついづもやへ》がきつまこめて八重がきつくるその八重がきを

是は素戔尊《そさのおのみこと》の御哥なり、三十一字《みそじひともじ》のはじめなりとあり

一和哥の六義と云事を、或書にて見けるに、一にはそへ哥、是は本に云べき物をはかくしてよむなり、二にはかぞへ哥、是は物をはからひかぞへてよむなり、三にはなぞら

へ歌、是はひとつ詞にて、なぞらへてよむなり、四にはたとへ哥、これは何事にもたとへて読なり、五にはたゞこと哥、これは心に思ふ事を、物にもたとへずして、ありのまゝによむなり」十六オ 六にはいわゐうた、これはいわゐのことば也と有、哥と連歌とに、少かはりたる心あり、哥は上の句にて其心わかりがたきをも、下の句にてことはる事多し、連歌は一句〳〵にて、其心たしかならではかなはずとあり

一折句とは、五文字《いつもじ》ある物の名を、五句の上におきてよみたる哥なり

　から衣きつゝなれにしつましあればはる〴〵きぬるたびをしぞ思ふ

是は、業平《なりひら》、三河の国八橋と云所にて、杜若《かきつばた》を詠《なが》め給ひし折句なり」十六ウ とあり、五句の上をとりてみれば、かきつばたと云名なり、亦

　ことの葉もときはなるをはたのまなむまつは見よからへてはちるや

と、是は小野小町、人の琴をとりにやるとて、よみておくる折句なりとあり、五句の上をとりてみれば、こと給へと云事なり

一廻文とは、上よりも下よりも、同じ詞《ことば》なるやうによめるを云

　むらくさにくさのなはもしそなはらばなぞしもはなのさくにさくらむ

是は、小尼の読る廻文哥と有」十七オ

一はいかいとは、ことはのされたる哥なり

　秋のゝになまめき立る女郎花《おみなめし》あなかしかまし花も一時

是、はいかいの証哥なり

一混本歌《こんぽんか》とは、五句の内、下の句の一句なき哥なり

　あさかぽ（ママ）の夕かげまたずちりやすき花の世ぞかし

如此なるを云とあり

一我、或人に問て曰、紀貫之《きのつらゆき》と云は、いつの代の人か或人の曰、延喜《ゑんぎ》の帝の御代の哥人なり、名をは木工頭《もくのかみ》と云なり、古今集《こきんしう》を撰《せん》ぜられけるとあり

一業平《なりひら》の官位はいかん
曰、左近中将従四位上」十七ウとあり、生年は天長二年乙巳三月廿一日に誕生、五十六歳にて、元慶四年五月廿八日に卒し給ふ、平城天皇の御孫、殊に和哥の道に誉《ほまれ》ある人なりと
一小野小町はいつの時の人か
曰、嵯峨《さが》天皇の御代の比、容色《ようしよく》ならびなき美《び》人とあり、殊に歌道の名女なる故、世に其名高し、父をは中納言良《よし》実《ざね》と云しとあり
一定家《ていか》はいつの代の人か
曰、四条院の御代の哥人なり、官位権中納言従三位とあり、仁治二年八月廿日に卒し給ふと」十八オ
一天神《てんじん》と云は、哥にすき給へる神か
曰、世にまし〳〵ける時、和哥の道にも達し、其外、諸道の才人と見へたり、是は菅原《すがはら》の宰相是善《さいしやうこれよし》の養子《ようし》なり、是善、生所知れざりける童子《どうじ》を得て、養育《よういく》し給ひしに、才智たぐひなき人となり給ふ、依レ之ニ、延喜の帝の御時、天下の政務《せいむ》を執行《とりおこなひ》給へり、然に、時平《しへい》の大臣の讒言によつて、筑紫《つくし》の太宰府《だざいふ》へ流《なが》され、延喜三年二月廿五日に卒し給ふ、然に、後代の天子憐《あはれ》み給ひて、天暦元年に、北野に社を立」十八ウ天神と号し、祭礼をなし給ふとあり
一頼朝《よりとも》の御官位はいかん
曰、権大納言征夷大将軍右大将正二位とあり、清和天皇十世の孫なり、生年は久安四年戊辰の歳にて、正治元年正月十三日に薨逝《かうせい》し給ふと見えたり
一義経《よしつね》の官位はいかん
曰、従五位下左衛門尉とあり
一田村《たむら》将軍の官位はいかん、亦、鬼神を亡《ほろぼ》し給ふとあるもまことか
曰、鬼神を討《ちうし》給ふ事はしらず、官位は大方頼朝に」十九オ同じ、大納言征夷大将軍右大将正三位とあり
一尊氏《たかうぢ》将軍の御官位を、大平記にて見けるに、正二位大納言征夷大将軍とあり、薨じ給ひし後、従一位左大臣の贈号《おくりごう》あり、生年は嘉元三年乙巳の歳なり、五十四歳に

て、延文三年四月廿九日に薨逝とあり、源氏の末流、天下に誉ある人なり

一近代の家康《いへやす》公の御官位の事を、或人に問

或人の曰、従一位内大臣征夷大将軍」十九ウなり、是も源氏の末流、天下に誉ある人なり、生年は天文十一年壬寅の歳なり、七十五歳にて、元和二年四月十七日に薨逝し給ひぬ、廟《べう》を東照大権現《たうしやうたいごんげん》と号す

一神功皇后《じんぐうくはうぐう》、異国《いこく》御退治《たいぢ》の歳は、仲哀《ちうあい》天皇九年寅辰三月に、みづから三韓《かん》へ渡り給ひ、敵《てき》をしづめ、同年の冬、御帰朝《きてう》あり、さて、同き十二月十四日に、筑前《ちくぜん》の国にて、五子を御誕生まします、是則、応神《をうじん》天皇の御事なり、今八幡宮《はちまんぐう》と敬祭《けいさい》し奉るも、武名《みやう》に大功まします故と見えたり」二十オ

一俵藤太《たはらたうだ》秀郷《ひでさと》、相馬《さうま》の将門《まさかど》をほろぼしゝ事、朱雀院《しゆしやくゐん》の御代、天慶《てんけい》三年なり、将門、君を無《ないがしろ》にし、みづから平《へい》親王《しんわう》と号《ごう》し、百官を召仕《めしつか》ひ、上もなく奢《おごり》をなしゝに依《よつ》て、秀郷、宣旨《ぜんし》を蒙《かうふり》(ママ)り、下総《しもおさ》の国に発向《はつかう》、彼《かの》一族《ぞく》を悉《ことぐく》亡せり、秀郷其功に依《よつ》て、鎮守府《ちんじゆふ》将軍従四位下に任《にん》ずと見えたり

一保元乱《ほうげんらん》とは、後白河院《ごしらかは》と故崇徳院《こしゆとくゐん》と、御合戦の事なり、保元元年七月中旬とあり、此時、六条判官《はうくはん》為義《ためよし》は、故院の御方、子息左馬頭《さまかみ》義朝《よしとも》は、当今の御方なり、当今御勝利にて」二十ウ故院《こゐん》は讃州へ遷幸《せんかう》あり、為義は誅せられたまひぬ

一平治乱《へいぢらん》とは、悪右衛門督《あくうゑもんのかみ》藤原《ふじはら》の信頼《のぶより》と、左馬頭《まかみ》義朝《よしとも》と与《くみ》して、謀叛《むほん》を起《おこ》し、平氏《へいじ》の清盛《きよもり》と、合戦ありし事なり、平治元年十二月下旬とあり、此時、清盛御勝利にて、信頼は都にて誅せられ、義朝は尾州に落行、長田《おさだ》の庄司《しやうじ》景宗《かげむね》にうたれ給ふ、同長男悪源太《あくげんた》義平《よしひら》は都にて誅せられ、二男中宮少進《ちうぐうのしやうしん》朝長《ともなか》は濃州《じやうしう》大墓《おほはか》にて自害《じがい》、三男右《う》兵衛佐《ひやうへのすけ》頼朝《よりとも》は生捕《いけとられ》、豆州《とうしう》へ」二十一オ流罪《るさい》、此外幼稚《ようち》の御子、あまた、皆ちり〴〵に成行給ふ、清盛公、此時より天下の武将にそなはり、官位太政大臣《だいじやうだいじん》従一位に任じ、威光《いくはう》あさからず、五十歳にて法躰《ほつたい》まし〳〵て、名を浄《じやう》

海《かい》と改《あらた》め、六十三歳にて、養和《やうわ》元年に薨《かう》じ給ぬとあり
一頼朝《よりとも》、義兵《ぎへい》を起《おこ》し、配所《はいしよ》より討立《うちたち》給ふ年は、治承《ぢじやう》四年
とあり
一平家《へいけ》都落は、寿永二年七月廿五日と有、此時、安徳《あんとく》天皇、
帝都を出御《しゆつぎよ》あつて、西国におもむき給ふ、女院《にようゐん》とは天
子の母后、二位殿《にいどの》と」二十一ウ は女院の御母、清盛の妻《つま》な
り、平家の大将は、清盛の二男《なん》、内大臣《ないだいじん》従一位平宗盛《たいらのむねもり》、
同三男、従二位行中納言《ぎやうちうなごん》知盛《とももり》、同四男、左中将正三《しやう》位
重衡《しげひら》、清盛の御舎弟、門脇《かどわき》中納言教盛《のり》、同正四位上修理《しゆりの》
大夫《だいぶ》経盛《つねもり》、同正四位下薩摩《さつま》守忠度《たゞのり》、教盛の御子、従三位
越前守通盛《みちもり》、同次男、正五位下能登守教経《のりつね》、経盛《つねもり》の御子、
正四位下但馬《たじまの》守経政《つねまさ》、此等の人ゝ、安徳《あんとく》天皇に供奉《ぐぶ》して
落給ふとあり、天王御入水《じゆすい》幷に大将生捕れ給ふは、文治
元年三月廿四日と見えたり」二十二オ
一播州室山《ばんしうむろ》合戦は、寿永二年閏十月四日とあり、是は平家
と木曽《きそ》義仲《よしなか》との合戦也、去る朔日、備中の水嶋の合戦、
両度共に平家勝利と見えたり

一江州粟津《あはづ》合戦は、寿永三年正月廿一日とあり、是は義経
と義仲の合戦なり、此時、義仲うたれ給ふと見えたり
一播州一の谷合戦は、寿永三年二月七日とあり、平家の一
門、安徳天皇を守護《しゆご》し、一の谷の城にこもり給ひしを、
源氏の大将軍参河守範頼《のりより》、副将軍は左衛門尉義」二十二ウ
経、発向《はつかう》し、攻落《せめおとし》、平家の人ゝをあまた討《うち》取給ふと見
えたり
一讃州八嶋軍は、元暦二年二月中旬と有、是も源平のたゝ
かひなり、年月の事、謡《うたひ》などに作れるはあやまりなる
べし、又世に云、能登守佐藤次信《さたうつぎのぶ》を射《い》給ふ事もなき事と
見えたり
一堀川夜討《ほりかはようち》は、文治元年十月廿日とあり、是は頼朝、義経、
御不和《ふわ》に成給ひ、義経、都堀川の館《たち》にまし〳〵けるを、
頼朝より土佐《とさ》証尊坊《しやうぞんばう》を討手《うちて》に上せ給ひしに、土佐」二十三オ
坊、夜討にせんと押寄《をしよせ》けるが、却《かへつ》て利をうしなひ、敗《はい》
北《ぼく》しけるを、弁慶《べんけい》生捕て誅すとあり、其後は、義経在京
し給ふ事成がたきに依て、同年十一月六日の夜、落去り

給ふとあり
一奥州高館《たかだち》合戦は、文治四年四月下旬と有、是は頼朝より安平《やすひら》兄弟に御教書《みげうしよ》を下し、義経をほろぼし給ふ時の事なり、同月廿九日、義経自害《じがい》と有、此時三十歳なり
一鎌倉《かまくら》の将軍頼家《よりいへ》公を、御舎弟実朝《さねとも》誅し給ふは、元久元年とあり、此頼家は頼朝《よりとも》」三十三ウの長男《ちやうなん》とあり
一鎌倉の右大臣実朝《さねとも》、滅亡《めつばう》の事、建保《けんほう》六年とあり、是は頼家の御子公暁《こうぎやう》、其比鎌倉鶴《つる》が岡《おか》の別当職《べつたうしよく》にておはしけるが、時を得て叔父《おぢ》を誅《ちう》し、年来の宿望《しゆくまう》を達し給ふと見えたり
一承久《しやうきう》乱とは、鎌倉の北条《ほうでう》、平《たいら》の義時《よしとき》、謀叛《むほん》の事也、承久三年七月上旬とあり、義時、源家自滅《じめつ》の時を得て、謀《はかりこと》をめぐらし、故後鳥羽院を、押《おし》て隠岐の国へ遷幸《せんかう》なし奉り、高倉院の御孫、茂仁《しげひと》親王を天子にたて、自武《ぶ》将《しやう》に」三十四オに（ママ）備《そなは》り、天下の政務《せいむ》を執《とり》行ひ給ふと見えたり
一元弘《げんかう》乱とは、鎌倉の相模守《さがみのかみ》平高時《たかとき》、滅亡《めつばう》の事なり、元弘三年五月下旬とあり、此高時は、義時より八世相続《つゝき》て天下の権《けん》をとり給ひしが、武威に誇《ほこ》り、悪行なりし故、源氏の末流、新田《にった》義貞《よしさだ》にほろぼされ給ひぬ、義貞、其軍《ぐん》功《こう》によつて、官位正四位上行左近衛の中将兼播摩守に任じ給ふとあり
一将軍義植《よしなを》と細川高国《ほそかわたかくに》との合戦は、大永七年とあり、此時、高国敗北あつて、四ケ年の」三十四ウ後、播州尼崎《あまがさき》にて自《じ》害《かい》とあり
一明智《あけち》日向守、謀叛を起し、信長《のぶなが》公を弑《しい》し申事、天正十年六月二日とあり
一羽柴《はしば》筑前《ちくぜん》守秀吉《ひでよし》、明智を亡し給ふは、右同月中旬と見えたり、此時より、秀吉、天下の武将に備《そなは》り給へり
一高麗陣《かうらいぢん》は、正親町《をゝきまちの》院の御代、文禄元年に、日本の軍勢渡海とあり、是は、秀吉公、日本をは掌《たなごゝろ》の内に治め給ひ、第一古《いにしへ》神功皇后、異国御退治《たいち》の先例《せんれい》に準《じゆん》じて、思召立給ふと見えたり、此時、肥前国奈古屋《なごや》」三十五オまで御下向あり、関西《くはんせい》の諸大将、其勢都合二十万余、朝《てう》

鮮《せん》に渡海《とかい》して、敵を退治《たいぢ》し給ひぬ、其後、慶長元年に、高麗の遊撃《ゆうげき》将軍来朝して、降参《かうさん》の和を請《こひ》て平均《きん》せり、此秀吉公、本国は尾州の住、賤士の子なり、長じて信長公に奉仕し給ひて、後かくのごとし、天正十三年に関白《くはんばく》に任じ、同十四年に姓《うじ》を改《あらため》て、豊臣《とよとみ》と号す、慶長三年八月十八日に薨逝《かうせい》とあり

右此一編《へん》は、見し事聞し事の真妄《しんまう》をゑらはず、直に書付ける故、我ながら猶不審の事のみ多し」二十五ウ

于時万治二年己亥正月中旬　防州児玉氏信栄書之

寛文七年霜月吉日　書林田中文内梓行

（九行空白）」二十六オ

（空　白）」二十六ウ

解題

棠陰比事加鈔

底　本　柳沢昌紀氏所蔵。
書　型　大本、三巻六冊。
たて二八・三センチ×よこ一九・三センチ。
表　紙　茶色、原表紙。
題　簽　後補。左肩、墨書。
「棠陰比事　上之上（上之下、中之上、中之下、
下之上、下之下）」
序　題　「棠陰比毗至切事序」
目録題　「棠陰比事目録」
本文題　「棠陰比事巻上之上（〜下之下）」
尾　題　「棠陰秘事加鈔大尾」＊第六冊巻末
柱　刻　白口黒魚尾。
（序）「棠陰比事序」
（目録）「棠陰目録」
（本文）「一（〜六）棠陰秘事加抄　丁付」
匡　郭　四周単辺、たて二一・四センチ×よこ一六・九セ
ンチ。
丁　付　一冊序「一（〜四）」目録「一（〜四）」本文「一
（〜二十一、廿二、二十三、廿四、二十五〜二十
八、廿九、三十〜三十五、卅六、三十七〜五十終
〈オ〉）」
二冊「一〜十九、廿〜廿九、三十〜五十八〈オ〉」
三冊「一〜十九、廿〜廿九、三十〜四十二〈オ〉」
四冊「一〜十九、廿〜廿九、三十〜三十四〈オ〉」
五冊「一〜十九、廿〜廿九、三十〜三十九」
六冊「一〜十九、廿〜廿九、三十〜五十三〈オ〉」
丁　数　一冊五十七丁半、二冊五十七丁半、三冊四十一丁
半、四冊三十三丁半、五冊三十九丁、六冊五十二
丁半。
行　数　毎半葉本文十行。

字数　本文一行十七字、注釈二十一字。

挿絵　なし。

本文　漢字片仮名交じり、句読点、○、▲、●など。

刊記　なし。

印記　「川口蔵書」（朱印、方形）、墨書き「川口直斎蔵書」

その他　一（二、三、四、六）冊の巻末終丁裏は裏表紙に貼付。本文の「せ」は片仮名の「セ」として翻刻した。句読点が左右に付けられている箇所もあり、それらは本文通りとした。また、振仮名も左右に有る場合もある。底本には朱点があり、裏打ち補修されている。底本で判読困難な箇所は、東京大学文学部国語研究室蔵本を参照して補った。

所在　底本と同本が天理図書館に所蔵される。未見のため『天理図書館稀書目録和漢之部』第2を次に引用しておく。

「棠陰秘事加抄　三巻六冊　和袋綴檜皮色行成表紙　七寸七分六寸九分　四周単辺七寸二分五寸五分　十行　題簽脱落後補左肩墨「棠陰比事」内題「棠陰比事巻上之上（〜下之下）」柱心「（巻数）棠陰秘事加抄（丁数）」、「浄教寺／行詮」「竹冷文庫」巻尾　棠陰秘事加鈔大尾（以下略）」

本書では書名を柱刻から採用しているが、当集成では『国書総目録』の書名に準じた。

本書には寛文二年板がある。国立国会図書館蔵（六巻六冊）、東京大学文学部国語研究室蔵（六巻八冊）など。

刊記は、巻末に木記形式にて以下の通り。

「寛文二壬寅年猛秋
堀川通二条下ル町
山形屋七兵衛刊行」

題簽は国立国会蔵本が巻四・五に残存、東京大学国語研究室蔵本は巻二以後に完備している。

「道春／棠陰比事加鈔（巻数）」

また、東京大学国語研究室本は、第二冊目を、三十四丁までとそれ以後に、第六冊目を廿五丁目までとそれ以後の二冊に改変している。原題簽を有しているので、当初から八冊として売り出されたものであろう。

備　考

一、本作には無刊記本と寛文二年板があるが、寛文二年板の方は、木記刊記の下部匡郭部分に二箇所の切れがあり、入れ木と推断される。従って、無刊記の方が先に刊行されたものと判断し、底本とした。版式・内容ともに両本に著しい相違はないが、第二冊目（東大本では第三冊目）の最終丁の丁付が無刊記本では「五十八」なのに対し、東大本では「五十八終」となっている。また、東大本で裏丁に貼付になっているのは、第八冊目だけである。

二、本作の注釈者は題簽の角書に「道春」とあるので林羅山の可能性が高い。本文中にも、たとえば、巻中之下八丁表に、「羅山先生云。古意安ノ云ク。駿河ニモ野葛アリト。」とあるように、羅山が意安の言葉を引用していることなどにもうかがえる。

三、本作を書籍目録で確認すると、延宝三年刊書籍目録に「八　同（「棠陰比事」―筆者注）加抄（略）」とあり、八冊本として売り出されている。以後、元禄五年、元禄十二年、元禄九年・宝永六年書籍目録大全（板元、上村・吉田など）、正徳五年（板元、吉田）など、すべて八冊本となっている。

謝辞　底本使用にあたり、柳沢昌紀氏の御厚意に与った。ここに深謝申し上げる。

（花田富二夫）

つれづれ御伽草

底本　天理大学附属天理図書館所蔵。九一七・五—イ五
書型　半紙本、袋綴、一巻一冊。
　たて一八・三センチ×よこ一三・四センチ。
表紙　紺無地、後表紙か。
題簽　後題簽、左肩貼付。
外題　「つれ〴〵御伽草」と墨書。
目録題　「つれ〳〵御とぎ草目録」。
序題　なし。
内題　「つれ〴〵御伽草《ときくさ》」。
尾題　なし。
柱刻　下方に丁数のみ。
　「○一（〜十）」。但し、第十丁は擦れて判読不能。
匡郭　四周単辺。たて一六・九センチ×よこ一二・一セ
　ンチ。
料紙　楮紙。
丁数　十丁。
遊紙　なし。
行数　毎半葉十四行。但し、八丁ウは十五行となってい
　る。
字数　一行二十六字前後。
挿絵　四図（三オ、六オ、七オ、九オ）。
本文　漢字平仮名交じり。振仮名、濁点あり。句読点は
　「・」を使用。
奥書　なし。
刊記　江戸大伝馬三町目
　　鶴屋喜右衛門梓板（最終丁末尾）。
印記　「天理図書館蔵」（朱文長方印、表表紙見返及び最終
　丁。共に左下）。
　「みやをしげを」（朱文円印、最終丁。左上）。
帙　後補。紺色。布。たて一八・六センチ×よこ一

四・五センチ。

帙　題「つれ〴〵お伽草」と墨書。左肩貼付。

備　考

一、本作品は今のところ孤本である。

二、全体的に傷みと疲れが目立つが、特に四丁オとウの傷みが激しい。判読不能な箇所が多く、補修も目立つ。判読不能な文字で、古谷知新編『滑稽文学全集　第十巻』（文芸書院、大正七年）所収の翻刻により補えるものは、□で囲んで表記した。

三、第十八話全と第十九話の前半部から成る八丁ウの本文行数が、他丁に比して一行多く十五行となっている。第十九話前半部は、他に比して行間がつまっており、且つ同話直前の上下の匡郭が切れているので、入木と推定される。

四、天理大学附属天理図書館の図書カードに「菱川師宣画、東京　鶴屋喜右衛門、寛文十二年、一〇枚、和一八・三センチ、帙」とある。

五、『天理図書館稀書目録　和書之部　第一輯』（昭和十五年十月）に、「つれづれお伽草、一冊、六四三。和装綴改装裏打裁断、六寸〇《（ママ）》分四寸五分、十四行、四図四頁分、題簽左肩「つれ〴〵御伽草」、内題「つれ〴〵御伽草」、「みやをしげを」の印。刊記「江戸大伝馬（二）町目鶴屋喜右衛門梓板」（画菱川風、寛文十二年初版の後刷か、版面粗雑なり）」とある。

六、刊記について、『天理図書館稀書目録　和書之部　第一輯』には「江戸大伝馬（二）町目」とある。（二）の部分は擦れが激しく判読しかねるが、本書では、井上宗雄他編『日本古典籍書誌学辞典』（岩波書店、平成十一年）の鶴屋の項を参照し、「大伝馬［三］町目」と翻刻した。

七、刊年について、森銑三『星取棹―我が国の笑話』（筑摩書房、一九八九年）所収「つれづれ御伽草」の解説に、「刊年もないが、年表には寛文十二年として出してある。拠りどころを詳らかにしないけれども、姑《しばら》くその記載に従って置かう。この書は私は、天理図書館本を見ることを得た」とある。

　右の「年表」が何を指すのか判然としないが、山本麓編『日本小説書目年表』（国民図書、昭和四年、同氏編・書誌研究会改訂『改訂日本小説書目年表』書誌書目シリーズ六、ゆまに書房、昭和五十二年に改訂版刊行）、その参照元となった朝倉亀三（無声）『新修日本小説年表』（春陽堂、大正十五年）、及び宮尾しげを「定本笑話本小咄本書目年表（一）」（同氏編注『江戸小咄集』東洋文庫一九六、平凡社、昭和四十六年所収）に記載がある。いずれも「噺本」の項に「徒然御伽草　一　寛文十二年」とあり、補足も改訂も行われていない。

　おそらくこれらの「目録」が踏襲されたのだろう、『天理図書館稀書目録 和書之部 第一輯』（昭和十五年十月）、天理大学附属天理図書館の図書カード、『国書総目録』（岩波書店、昭和四十一年、「補遺」にも『日本古典籍総合目録』にも追加、訂正はない）でも「寛文十二年刊」とされる。なお、本作品の前表紙見返に捺された受入印より天理大学附属天理図書館に入ったのは昭和十五年七月二十二日と知られる。

　しかしながら、本作品の翻刻を収める『滑稽文学全集第十巻』の解説には、「つれ〴〵御伽草は著者未詳。宝永七年江戸伝馬町鶴屋喜右衛門発兌す。当時咄本の江戸にて出版せらるゝもの稀なる時此書出づ。次の笑眉と共に江戸咄本中の珍たり」とあり、刊年を宝永七年（一七一〇）とする。

　その根拠は詳らかにしえないが、武藤禎夫校注『元禄期 軽口本集』（近世笑話集（上）、岩波文庫、一九八七年）の解説に次のような記述がある。「笑いについての関心と認識が深まると、延宝中期からの笑話本流行の勢いは、当然元禄に入っても続いた。（中略）先行書中の佳話を抜き出して脚色を加えて再出、七巻二〇五話の大冊に仕上げた寓言子の『初音《はつね》草噺大鑑《ぐさはなしおおかがみ》』（元禄十一年刊）などの集成も出た。さらに『咄大全』三冊の各巻末の数話分の板木を寄せ集めて一冊の『つれ〳〵御伽草《おとぎぐさ》』という新板まがいの細工本を作り出したりしている。各書とも浮世絵師が挿絵を受けもって色彩を添えている。こうした軽口本の出版は、それだけの需要と期待に応えた結果であった」。

『咄大全』は、「日本古典籍総合目録データベース」によれば、香川大学図書館神原文庫と大東急記念文庫に所蔵される稀覯本で、刊年は貞享四年（一六八七）である。つまり、本作品の刊年は寛文十二年ではなく、貞享四年以降ということになる。

では、刊年は宝永七年なのだろうか。貞享四年から宝永七年までには約二十年の開きがある。「新板まがいの細工本」を刊行するのに、それほど年を隔てることがあるだろうか。また、『日本古典籍書誌学辞典』の江戸の鶴屋喜右衛門の項に、「はじめ大伝馬町三丁目に店を構え、貞享（一六八四―八八）頃日本橋通油町北側中程に移る」とあり、宝永七年であれば確実に日本橋通油町に移転していたはずであるが、刊記は大伝馬町となっている。

これらを勘案して推測を述べれば、本作品は、貞享四年からあまり遠くない時期、もっと言えば貞享四、五年に刊行され、その後刷り本か覆刻本が宝永七年に刊行されたのではなかろうか。古谷知新が刊年を明記しえたのは、『滑稽文学全集』が出版された大正七年までは、宝永七年の刊記を有する本が現存していたからではなかろうか。『滑稽文学全集』所収本と底本との関係について憶測を加えれば、判読不能な文字が一致し、補訂も行われていないので、別版ではないと思われる。

八、絵師については、『天理図書館稀書目録 和書之部 第一輯』に「菱川風」とあるように、確かに菱川派の画風に類似する。師宣（?～一六九四）は鶴屋から『武者百人一首』（寛文十二年刊）、『江戸雀』（延宝五年刊）などを刊行している。小林忠「菱川師宣とその画業」（『菱川師宣』展図録』千葉市美術館、二〇〇〇年）に、「長男の師房《もろふさ》、次男の師善《もろよし》、婿の師永《もろなが》をはじめとして、古山師重《もろしげ》、菱川師平、同じく師政、師胤《もろたね》、和翁《わおう》ら多くの門弟をかかえた菱川工房は、偉大な主催者師宣に率いられながら、版画に、肉筆画に、浮世絵の普及を一丸となって推進したものであった」とあるので、少なくとも菱川工房で制作されたと考えられるのではなかろうか。また続けて「こうして成立当初の浮世絵界に君臨した菱川派も、元禄七年（一六九四）に師宣の死を迎えると間もなく、急速に瓦解してしまう」とも記されている。そうであれば挿絵も、本作品が宝永ではなく貞享年間に刊行されたことの傍証になろう。

（安原眞琴）

徒然草嫌評判

底本　国立公文書館内閣文庫所蔵。二〇三／一一九

書型　大本、袋綴、二巻一冊。

　たて二六・八センチ×よこ一九・二センチ。

表紙　紺無地、原表紙。

題簽　子持ち枠の原題簽、左肩貼付。

外題　「徒然草評判　□」（左下の巻数の部分が破れており判読不可）。

序題　なし。

目録題　なし。

内題　「徒然草《つれ〴〵くさ》 嫌《もとき》 評判《ひやうはん》　上（下）巻」。

尾題　なし。

柱刻　「徒然嫌上　一（〜四十六）」

　「徒然嫌下　一（〜四十一）」

但し、上巻三十三丁の柱題のみ「徒然嫌」。

匡郭　四周単辺。たて二〇・三センチ×よこ一六・二センチ。

料紙　緒紙。

丁数　上巻四十六丁。下巻四十一丁。

遊紙　なし。

行数　毎半葉十一行。

字数　一行二十三字前後。

挿絵　なし。

奥書　なし。

刊記　寛文壬子十二年上旬（最終丁末尾）。

印記　「浅草文庫」（朱文長方印、一オ右下匡郭外）、「和学講談所」（朱文長方印、浅草文庫印直下）、「書籍館印」（朱文方形印、一オ右上匡郭外）、「日本政府図書」（朱文方形印、一オ上部中央）。

帙　なし。

帙題　なし。

備考

一、本作品については、吉田幸一編『徒然草嫌評判〈寛文板〉』（古典文庫四一八冊、一九八一年）で、編者であり同書底本の旧蔵者である吉田氏の解説に詳しいので、主要な書誌的事項を援用させていただく。

・巻冊数については、「寛文十二年板の巻冊数について」と題して書籍目録の該当箇所を列挙し、「上下巻各二冊づつ《ママ》、計四冊が原形であることが明らかになつた」と結論されている。列挙されている書籍目録は次の通りである。

延宝二年頃西村市良右衛門板「増補書籍目録」

延宝三年毛利文八板「古今書籍題林」

延宝三年刊「新増書籍目録」

天和元年山田喜兵衛板「書籍目録大全」

貞享二年刊「広益書籍目録」

元禄五年刊「書籍目録大全」

元禄十二年刊「新板増補書籍目録作者付大意」
元禄九年河内屋喜兵衛板「増益書籍目録大全」
宝永六年増修丸屋源兵衛板「増益書籍目録」
正徳五年丸屋源兵衛板「増益書籍目録大全」

いずれも冊数を四冊とする。本の値は、天和元年板に「壱匁五分」、元禄九年板と正徳五年板に「三匁五分」、宝永六年板に「五匁五分」とある。

・諸本については同書解説の冒頭の「はしがき」に、「伝本には、寛文十二年板とその転写本（早稲田大学図書館蔵）とがあり、また別に江戸中期写本（一本は「つれつれもとき」と題し、他の一本は無題。共に奥書なし）も伝わっている」とあり、「諸本の書誌」の項目に四伝本を掲げ、各々の書誌を載せる。

以下、その四本を列記し、主な書誌的事項を援用させていただく。但し、（二）は本集成の底本にした伝本なので割愛する。なお、『国書総目録』には左記の（一）〜（四）が掲載されている。

（一）編者架蔵本（吉田幸一旧蔵本）
（二）内閣文庫蔵本（二〇三・一一九）
（三）国立国会図書館上野本（一二一・一九四）
（四）早稲田大学図書館蔵本（へ・二〇七〇）

（一）鼠色表紙で題簽を欠く、上下二巻合一冊本。上巻の内題は（二）と相違し、「徒然草《つれ〳〵くさ》嫌評判《ひやうはん》」とある。

（三）後表紙、後題簽で、上下二冊から成るも、上巻二十丁まで、下巻二十五丁までで、いずれも後半を欠く残欠本。また刊記の「寛文」の部分に鉛筆書で「入木」とある。

（四）墨付四十九丁で、二十七ウ四行目までに上巻、二十七丁ウ六行目以降に下巻が書写されている。奥書に「寛文壬子十二年中秋上旬（ママ）板行ト云　正徳二年辰（ママ）初秋写」とある。「原文（寛文板）の平仮名をすべて片仮名に直して書写してある」など「寛文十二年板の写しであるが、それも忠実な写しではな」いとされる。

二、寛文十二年板には、右の吉田氏の掲げた伝本のほかに、国文学研究資料館蔵本がある。また、江戸中期写本には、日本大学文理学部図書館蔵本がある（辻勝美編『日本大学文理学部図書館所蔵「徒然草嫌評判」』（二〇一一年三月三日、文成印刷））。後者は未調査ながら、吉田氏の掲げた中世写本のうちの一本ではないかと思われる。

参考に、国文学研究資料館蔵本の書誌について、底本と異なる点のみ記す。

所蔵機関　国文学研究資料館（九九／一〇五）

書　型　大本、袋綴、二巻二冊。

たて二六・二センチ×よこ一九・〇センチ。

表　紙　茶色無地、原表紙か。

題　簽　なし。

外　題　なし。

内　題　「徒然草《つれ〳〵くさ》嫌評判《ひやうはん》　上巻」。下巻は底本に同じ。

匡　郭　四周単辺。たて二〇・二センチ×よこ一六・三センチ。

印　記　「（印文不明）」（朱陰方形印、一丁オ下部）。その他、最終丁に「和風島鹿《カ》跡」と住所を刻した朱文長方印、後表紙見返しに「辻／掛屋」の黒陽方印がある。

帙　あり。

帙　題　「徒然草嫌《もどき》評判　寛文十二年板／稀本」と墨書。

三、寛文十二年板の諸本について、吉田氏の解説を参照しつつ整理すると、次のようになる。寛文十二年板は、上巻の内題によって二大別できる。「嫌」に振り仮名がないものは吉田氏蔵本、国会図書館蔵本、国文学研究資料館蔵本で、振り仮名のあるのは内閣文庫蔵本である。未調査の国会図書館本を除き両者を比較すると、板面の比較より同板と認められ、匡郭の比較より前者に後者にないキズが確認できる。以上により、前者は後者の後刷り本と推定される。そうであれば「嫌」の振り仮名の異同は、後者から振り仮名部分が削られたと考えられようか。また、両者ともに刊記部分に入木の跡が見られるので、いずれも初印本ではないと考えられる。

（安原眞琴）

道成寺物語

底本　ノートルダム清心女子大学附属図書館所蔵。請求番号E42／1―1／黒川本

書型　版本、三巻合一冊。もと三巻三冊。たて二五・八センチ×よこ一八・〇センチ。

題簽　後補題簽に墨書。表紙左肩に貼る。「道成寺物語　三巻合本」

内題　「だうじやうじ物語上（中・下）」

柱刻　「たうしやうし上　一（～十七）」上巻十丁は「十十一」、十三丁は「十四十五」と表示されている。「たうしやうし中　一（～十四）」中巻十丁は「十十一」、十一丁は「十二十三」と表示されている。

「たうしやうし下　　一（〜十四）」
下巻九丁は「九十」、十一丁は「十二十三」と表示されている。

匡郭　四周単辺。たて一九・二センチ×よこ一五・二センチ。

丁数　上巻十五丁、中巻十二丁、下巻十二丁。

行数　毎半葉十二行。和歌二行。

字数　一行約二十字。

挿絵　上巻　第一―二図　二ウ―三オ
第三図　五オ
第四―五図　八ウ―九オ
第六図　十一ウ
第七―八図　十三ウ―十四オ
見開き三図、片面二図。
中巻　第九図　二オ
第十―十一図　三ウ―四オ
第十二図　六オ
第十三―十四図　八ウ―九オ
第十五―十六図　十一ウ―十二オ
見開き三図、片面二図。
下巻　第十七―十八図　二ウ―三オ
第十九―二十図　五ウ―六オ
第二十一―二十二図　七ウ―八オ
第二十三図　十オ
第二十四図　十一ウ
見開き三図、片面四図。

本文　漢字平仮名交じり文。平仮名を多用し、振り仮名は用いていない。句点、濁点を多用する。

刊記　下巻末尾に記す。
「万治三年子ノ無神月吉日」

印記　「伊達文庫」（陽刻・単辺・長方）上中各巻の巻頭右上。
「亀沢文庫」（陽刻・双辺・長方）上中下各巻の巻頭右下。

底本をはじめとする諸本の詳細な解題は次巻に掲載する。
ここでは底本のごく簡単な解題にとどめた。

（伊藤慎吾）

「小沢文庫」（陽刻・双辺・長方）上中下各巻「亀沢文庫」の上。
「黒川／真頼」（陽刻・単辺・正円）上巻「小沢文庫」の上。
「黒川真頼蔵書」（陽刻・単辺・長方）上巻「亀沢文庫」の左。
「黒川真道蔵書」（陽刻・単辺・長方）上巻「黒川真頼蔵書」の左。
「ノートルダム清心／大学図書之印」（陽刻・単辺・長方）上巻「伊達文庫」の左。
「ノートルダム清心／大学図書之印」（陽刻・単辺・楕円）下巻後見返右上。
他二種。

所　在　万治三年菱屋瀬兵衛版…慶應義塾図書館（赤木文庫旧蔵）。万治三年版…西尾市岩瀬文庫。無刊記版…東京大学総合図書館霞亭文庫・東洋文庫。他、石川武美記念図書館成簣堂文庫など。

徳永種久紀行

自筆本とされる古写本は、柳亭種彦から四方梅彦が預かり黒川真道・黒川真前を経て現在宮内庁書陵部に所蔵されている。原本は無題で「徳永種久紀行」は仮題である。

底　本　宮内庁書陵部所蔵。柳亭種彦・黒川真道・黒川真前旧蔵。請求番号６３７０１／１／黒２

書　型　小本、大和綴、後補表紙。たて一五・二センチ×よこ一二・二センチ。

表　紙　茶色布表紙、後補。原本には表紙が存しなかったらしく一丁表と十七丁裏の右端、十八丁の汚損が甚だしい。

題　簽　なし。

外　題　なし。

内　題　なし。

尾　題　なし。

丁　付　一（～十八了）。朱で各丁裏の右下に書き入れ（十八丁のみ表に記入）。

匡　郭　なし。

字　高　一二・五センチ。

丁　数　十八丁。

行　数　毎半葉十三行。

字　数　一行約二十三字。

本　文　漢字平仮名交じり。句読点なし。短歌は二行にし、三～四字下げ。二首並べている箇所（十三オ）では一首目が三字下げ、二首目が六字下げ。「みやこのほり」と「ゐどくたり」は長歌様の七五調で字下げなし、二段に分かつ。「じよ」は適宜段落分けしたが原本には段落分けはない。なお「ゐどくたり」には十四ウに一ヶ所だけ段落分けがある。すなわち六行目は上段「およそ八けいの心あり」

のみで下段空白、七行目「先南にあわの国見ゑて」は行頭一字上げとなっている。

奥　書　十八オ

　元和三歳丁巳雨月霖雨不楽時作之笑種
　先祖田尻中務太夫中書秋種普代者
　今者江戸於御籏本桜井之家ニ有之也
　　　徳永戸右衛門尉種久（花押）

印　記　朱文方印「図書寮印」朱文長方印「黒川書斉」（一オ）朱文長方印「黒川真道蔵書」（遊紙ウ）。畳紙に朱文円印「和文」長方印「黒川真前蔵書」「黒川真道蔵書」、帙に朱文円印「和文」長方印「黒川真道蔵書」。

諸　本　東洋文庫岩崎文庫、筑波大学附属図書館中央図書館（天保十年写・石塚豊芥子旧蔵本）、国立公文書館内閣文庫（天保十五年写・『文鳳堂雑纂』巻之五十一紀行部に合綴）、神宮文庫（天保十一年写・木村黙老旧蔵『続聞くま、の記』寅集元之巻所収）、国立国会図書館蔵本（秋山不羈斎蔵本の写し）など。

備　考

一、宮内庁書陵部蔵本は著者自筆本とされる無題の古写本である。「徳永種久紀行」は旧蔵者柳亭種彦（天保十三年没）の命名であろう。

二、現在、畳紙に包んで木製の帙に収め、さらに木箱に収めて保管されているが、これは旧蔵者黒川真道（大正十四年没）の処置である。帙に「徳永種久紀行自筆本」と墨書、畳紙の表に「徳永種久紀行自筆本墨付十八丁壱冊」「黒川弥蔵」と墨書。畳紙の裏に朱書で黒川真道の識語がある（読点原本のママ）。

　柳亭種彦の書写本の奥書に曰

この紀行は作者の自筆と見ゆる本、予か家に蔵す、同好の人に見せまほしけれと、鳥の子紙両面細字なるか、年月を経たれは、読得かたき所も、次第にまさんかなけかはしく、たかはざるやうに写したり、なほ是より、三転四転しておほつかなき所もあらは、予か家へ校合におはすへし、親しきうときをいはす、いつにても原本を見まゐらすへし

柳亭種彦

真道曰此の柳亭種彦の書写本ハ安田善之助ぬし所持せられその原本といへるは即ちこの書なり柳亭翁のいはれしことく細字と読得かたきところありていと〳〵あふなき本也翁の心つきハ予もまた同感なりにし

汲古学人真道識

三、柳亭種彦の識語を東洋文庫岩崎文庫蔵本（一ウ）より引用しておく。

この紀行、作者の自筆と見ゆる本、予ガ家に蔵ス、同好の人に見せまほしけれど、鳥の子紙両面細字書なるが、年月を経たれば、読得かたきところも、しだいにまさんがなげかはしく、たがはさるやうにうつしたり、なほ是より、三転四転しておぼつかなきところもあらば、予が家へ校合におはすべし、親しきうときをいはず、いつにても原本を見せまゐらすべし

柳亭種彦

吾妻物語　印本　一冊　元吉原細見記
　寛永十九年著又廿年増補
色音論　印本　二冊　一名吾妻めぐり
　寛永廿年著
元和三年より廿八年ばかり後ながら、此二書とも、
　恐らくは此種久の作なるべし

『吾妻物語』や『色音論』に徳永種久作の可能性を見ているが、この書き方からしても思いつきを述べたに過ぎず、黒川真道はこの件を引いていない。

四、柳亭種彦没後の蔵書の預け先を記した『初代柳亭蔵書

目録』の「さ　梅彦方」の「上之段」に「徳永種久記行一　冊」、「引出しのうち」に「都のほり江戸下り徳永種久記行一冊」が見える。後者が古写本であろうか。四方梅彦（明治二十九年没）は種彦門人。

五、柳亭種彦自筆写本から出た諸本には上部余白に種彦の書入れがあり、長文のものは附箋に書いて貼付している。「えどくだり」冒頭に「太田方按に」云々の附箋があり、太田全斎（文政十二年没）が本書を見ていたことが分かる。種彦以前の伝来及び種彦の入手時期は不明である。

六、十八丁に続いて遊紙一丁がありその裏、下部に朱で梅彦の識語がある。読み得ないところ（三行目）があるが仮に判読して示す。

　此書柳亭翁殊ニ
　弥重して別ニ写したり
　其屋（カ）にも此事をいわ（カ）れたり
　　　弥重〳〵
　　　　梅彦

七、従来、柳亭種彦旧蔵書のうち宮内庁書陵部蔵本が著者自筆本、東洋文庫蔵本が種彦自筆写本とされてきたが、黒川真道の識語に拠ると種彦自筆写本は安田善之助（二代目善次郎）の松廼舎文庫に入ったのであり、関東大震災で焼失したのであろう。

八、本書は明治三十四年十月、続帝国文庫（博文館）第三十七編『続々紀行文集』に、校訂者岸上操（質軒）により仮に「上下紀行」と題して校訂本文が示された。高野斑山（辰之）「色音論の作者」（『新小説』第十一年第九巻・明治三十九年九月）に、題簽に『徳永日記』とある石塚豊芥子転写本への書入れを参考にしながら、基本的な事項について検討を加えてある。明治四十一年十月『続燕石十種』第一（国書刊行会）に黒川氏所蔵古写本すなわち現・宮内庁書陵部蔵本による翻刻「徳永種久紀行」が収録され、昭和五十五年七月にも中央公論社版『続燕石十種』第二巻に国会図書館蔵転写本を底本として翻刻されている（宇田敏彦校訂）。

九、「みやこのほり」は柳川の町（福岡県柳川市）の北辺を区切る沖端川に掛かる出の橋を渡り柳川街道・秋月街道を経て大里（福岡県北九州市門司区）から瀬戸内海を船で、大坂からは陸路をとり京街道を伏見を経て京に入っている。

十、大坂城は慶長二十年（元和元年）大坂夏の陣に落城した二年後で、再建工事が始まる前である。

十一、「ゐどくたり」は東海道を江戸に下って、新興都市の壮観を描写している。

十二、作者徳永種久については本書以外に知るところがない。出発地筑後国柳河の城主は元和三年当時、田中忠政（元和六年没）で、関ヶ原の戦功で筑後国柳河に封じられた田中吉政（慶長十四年没）の後を継いで第二代藩主となっていた。なお、元和六年に無嗣断絶したため関ヶ原以前の城主立花宗茂（寛永十九年没）が復帰している。

十三、奥書に見える「田尻中務太夫中書秋種」は、筑後国山門郡鷹尾城（福岡県柳川市大和町鷹ノ尾）主田尻鑑種（中務大輔・文禄二年没）である。戦国時代後期の国人領主で、大友義鑑（天文十九年没）から偏諱を与えられているように初め大友氏に従っていたが、後に龍造寺氏・鍋島氏に従い、朝鮮で戦死している。また、「御旗本桜井之家」は桜井松平家、当主は松平忠重（寛永十六年没）で当時は武蔵国榛沢郡深谷八千石の領主だった。宝永八年摂津国尼崎藩主となり廃藩置県に至っている。

（中島次郎）

何物語

底本　柳沢昌紀氏所蔵。

書型　大本、三巻合一冊、改装。
　たて二六・四センチ×よこ一八・五センチ。

表紙　改装表紙、青色。

題簽　刷。左肩・子持ち枠、文字部分剥落。

序題　なし。

目録題　なし。

本文題　「何物語上（～中、下）」

尾題　「終」＊上、中巻のみ

柱刻　「何物語上（～中、下）」

匡郭　四周単辺、たて二一・〇センチ×よこ一六・〇センチ。

丁付　上巻「一～十六」
　中巻「一～三十八」
　下巻「一～二十五、[二十六]」

丁数　上巻十六丁、中巻三十八丁、下巻二十六丁。

行数　毎半葉本文十一行。

字数　一行約十九字。

挿絵　片面一図、下巻五ウ。

本文　漢字平仮名交じり、句読点なし。

刊記　于時万治二年己亥正月中旬　防州児玉氏信栄書之
　寛文七年霜月吉日　書林田中文内梓行

印記　朱印方形「長谷川秘蔵」

その他　底本はもと三巻三冊であったものを一冊に合綴したもの。底本の題簽は欠落しているので、以下に東北大学狩野文庫蔵本より記しておく。但し、上巻は後補墨書。中、下巻が原題簽。
　上巻「何物語上　志学之大目」、中巻「何物語中　言悔」、下巻「何物語下　見聞記」
底本の判読不明箇所は早稲田大学図書館蔵本を参

照して補った。

所　在　底本と同じ寛文七年田中文内板として、東北大学狩野文庫蔵（三巻三冊、大本、たて二七・二センチ×よこ一九・三センチ、藍色原表紙、題簽左肩子持ち枠、たて一七・三センチ×よこ三・〇センチ〈巻一は墨書〉、匡郭四周単辺、たて二一・五センチ×よこ一六・〇センチ、他底本と同じ）、国立国会図書館蔵（三巻合一冊、改装表紙）、京都大学図書館蔵（三巻合一冊、大本、紺色表紙、題簽墨書「故事問答／なにものかたり　全」）、慶應義塾大学図書館蔵（三巻合一冊）、早稲田大学図書館蔵（三巻三冊、紺色改装表紙、題簽墨書）などがある。

　その他に、同年の刊記を有し、書肆の箇所に「平野屋作兵衛」とした一本がある。

東洋文庫岩崎文庫蔵（三巻三冊、改装表紙、服部氏印）、京都大学国文学研究室蔵（三巻一冊、肌色改装表紙、題簽墨書「何物語　全」）など。また、都立中央図書館加賀文庫蔵（中、下巻二冊存、藍色原表紙、題簽左肩子持ち枠「何物語　言悔（見聞記）」）は、最終丁の刊記が欠落している。

備　考

一、田中板と平野屋板の先後関係については確認できないが、刊記や刷りの状況より、田中板が先行したものと推測される。また、田中文内は、『改訂増補近世書林板元総覧』（日本書誌学大系76）によると、京新町通丸太町上ル春日町の住所で、正保三年に『京本音釈註解書故事大全』を刊行している。平野屋は、同じく貞享四、五年頃に『好色あを梅』を出版している（『初期浮世草子年表』による）。従って、この点からも、田中板の先行の可能性が高い。また、刊記にある「万治二年」が初板時期であったかどうかは、現在のところ、万治板を確認できていないので不明である。または、「児玉氏信栄」とは、板木屋であり、万治二年は板木の作成時期かとも思われる。だが、それにしても、寛文七年まで八年経っており、この点もやや不審が残るが、今の所、本書は万治二年に成立したものの、何らかの事情で刊行が延びたものと推測しておきたい。

二、本作を書籍目録で確認すると、寛文十年刊書籍目録に「三冊　何物語　熊沢了海」とあるのを皮切りに、寛文十一年刊、延宝三年刊、天和元年刊、貞享二年刊、元禄五年刊、元禄九年刊、元禄十一年刊、正徳五年刊などに登載されており、近世前期を通じて刊行されたものと推測される。作者はすべての書籍目録に熊沢了海（蕃山）とされている。本文に蕃山著作としての記述はないが、彼の著作に加えるべきかどうかは、今後の課題としたい。

謝辞　底本使用にあたり、柳沢昌紀氏の御厚意に与った。ここに深謝申しあげる。

（花田富二夫）

第五十三巻『棠陰比事物語』解題　追補

以下に、底本以外の寛永版諸本の所在について略記する。

所　在　①国立国会図書館蔵（五巻五冊、黒表紙、題簽欠、水谷不倒旧蔵。別12／11）、②東洋文庫蔵岩崎文庫（五巻合一冊、紺表紙、後補題簽。三—F—a—は—ウ—71）、③東京国立博物館蔵（五巻五冊、紺表紙、巻三・巻四のみ原題簽。巻一・巻二・巻五は後補題簽。030／と9913／5—1～5—5）、④香川大学附属図書館神原文庫蔵（五巻五冊（巻三欠）、黒表紙。326／92）、⑤東京大学総合図書館南葵文庫蔵（五巻五冊、黒表紙、題簽有。A00—4550）、⑥蓬左文庫蔵（五巻五冊、薄茶色表紙、松平君山自筆外題あり、寛永七年入庫。74—93）、⑦神宮文庫林崎文庫蔵（五巻五冊、丹表紙、巻三以外題簽有）、⑧日光山輪王寺天海蔵（1662／56／1）、⑨大阪府立中之島図書館蔵（五巻五冊、改装、薄縹色表紙。447／24）、⑩関西大学図書館蔵（五巻五冊、栗皮色表紙、長澤規矩也旧蔵。巻一L23／900／20、巻二～巻五　L23／900／861～864。巻一以外裏打ち修補されている）

その他　⑦の神宮文庫蔵本については、学芸員の方に伺った所、現在所在不明。ただし国文学研究資料館マイクロフィルムにて閲覧可能（34—653—2）。

備　考

一、②東洋文庫岩崎文庫蔵本は、五巻合一冊で、「岩崎文庫和漢書目録検索」の解説には「本書は元禄五年刊本の刊記及匡郭を削りたるものなり」とあるが、すぐには判別しがたく、今回は前掲書に従い、寛永年間版としてここに記した。今後の追調査を待ちたい。

一、③東京国立博物館蔵本の原本は傷みが激しく、現在は閲覧できない。マイクロフィルム（と／９９１３）で閲覧できる。巻三・四のみ原題簽。たて約二六・七センチ×よこ約一八・七センチ。各目録部分右下に「鶯□家蔵」の印記あり。巻二・巻三の後表紙見返しに「徳川宗敬氏寄贈」の印あり。

一、⑧日光山輪王寺天海蔵本は現在非公開。長澤規矩也編輯『日光山天海蔵主要古書解題』（日光山輪王寺・昭和四十一年十一月）及び日光山輪王寺宝物殿学芸員佐々木茂氏の御教示により知り得た書誌事項をそのまま記す。

書　型　たて二八・二センチ×よこ二〇・二センチ。

表　紙　薬袋紙表紙、原装、栗皮色（五冊とも同じ）。

題　簽　なし。

目録題　「棠陰比事」。

内　題　「棠陰比事物語」。

柱　刻　なし。

匡　郭　なし。

丁　数　巻一　目録一丁、本文三十八丁。

巻二　目録一丁、本文三十一丁。

巻三　目録一丁、本文三十一丁。

巻四　目録一丁、本文三十四丁。

巻五　目録一丁、本文四十四丁。

一、①〜⑨の所蔵については、『国書総目録補訂版』（岩波書店・平成三年）及び朝倉治彦氏『未刊仮名草子の研究（二）』（未刊国文資料）に記載があるが、⑩関西大学図書館蔵（長澤規矩也旧蔵）本については、これまで記載がなかったのでここに書誌を略記する。

書　型　大本、五巻五冊、たて二七・六センチ×よこ一八・七センチ。巻一は虫損多い。修補されていない。巻二〜巻五全て裏打ち修補されている。

表　紙　栗皮色。

題　簽　巻一　題簽なし、巻二〜巻五　後補題簽。

印　記　巻一〜巻五の目録丁オ右下に「竹裏館文庫」。

目録題、内題、尾題、柱刻、丁数は底本に全て同じ。関西大学図書館の請求番号は、巻二〜巻五は連番となっているが、修補されず虫損の多いままの状態の巻一だけ別番であった。ただ、巻一にも「竹裏館文庫」の印記があることや、中村武夫氏による考証（『書誌学』第二号、昭和四十年十一月）から、「竹裏館文庫」五巻のうちの一巻と考えてよいのではないかと思う。

一、朝倉氏の解説には、吉田幸一氏（こげ茶色表紙・題簽欠・巻四　第十丁欠）、横山重氏（丹表紙、題簽欠・巻五裏表紙見返しに「洛陽四条坊門／敦賀屋久兵衛」の板押がある）の蔵本についての記載があるが、未見。

一、中野三敏監修『江戸の出版』（ぺりかん社）所収、渡辺守邦・柳沢昌紀「敦賀屋久兵衛の出版活動」二六〇頁下段の敦賀屋「奥付」を備える諸作のリストに「棠陰比事物語　大本五冊　五季文庫」とある。

『棠陰比事物語』は、底本とした寛永版の他に、（一）慶安二年十月吉日安田十兵衛開板の刊記を持つもの（二）慶安板の求板で、元禄五年壬申正月吉日丁子屋田口仁兵衛開板の刊記を持つもの（三）松会開板の刊記を持つ絵入りの板本、などが存する。朝倉氏の詳細な調査があるので、ここでは諸本の書誌を略記するにとどめる。

（一）慶安板

（イ）柳沢昌紀氏所蔵本

書　型　大本、五巻五冊、たて二七・四センチ×よこ一八・五センチ、改装。

表　紙　栗皮色。

題　簽　後補題簽（題名墨書き）。

印　記　一巻目録丁オに「尾陽知多万国書物所梧鳳軒印」。

（ロ）立教大学図書館江戸川乱歩旧蔵本（52071635）

書　型　大本、五巻五冊、たて二六・一×よこ一八・二センチ。

表　紙　紺色。

題　簽　後補題簽（題名墨書き）。

（ハ）架蔵本

書　型　大本、五巻五冊、たて二六・〇センチ×よこ一八・五センチ。

表　紙　紺色。

題　簽　原題簽。

（イ）（ロ）（ハ）全て目録題、内題、尾題、柱刻、丁数は寛永板と同じ。刊記も同じく「慶安二年十月吉日安田十兵衛開板」とあり、二重の枠に囲まれている。

　慶安板について、朝倉氏の解説を転記すると、「寛永板を寸をつめて覆刻し、あらたに匡郭を加へたものである」「寛永板と比較すると、本文に誤刻がわづかであるが認められる。また句点。の脱落が少なくない。一方、新たに振仮名を附した箇所も相当に見出す事ができる」とある。比較的多く原本が存するが、書型の相違が多少みられる。（ロ）（ハ）の紺色表紙系統の諸本は紙が薄く、字の刷りもかすれが目立つ。後印本の可能性が高い。

　慶安板の諸本については、以下の通りである。『国書総目録補訂版』『古典籍総合目録巻二』等に記載のある所在及び新たに知り得たものの所在を次に列挙する。数が多いため、冊数の異なる物については冊数と請求番号の記載に留めた。

　国立国会図書館蔵（133／74）、京都大学文学研究科図書館潁原文庫蔵（Pb//28）、筑波大学附属図書館蔵（ル—150—42）、東京大学総合図書館蔵（E24／1313）、大阪府立中之島図書館蔵（甲和／854）、東京都立中央図書館加賀文庫蔵（12208）・反町茂雄特別買上文庫蔵（特415・1～5）、宮城県立図書館青柳文庫蔵（A913・5／ト1）、内藤記念くすり博物館蔵（巻二のみ存　45352）、明治大学図書館蔵（092・1／30／H）、一橋大学附属図書館蔵（3320／358／1～5）、新潟大学附属図書館蔵（五巻二冊　913・51／TO26／1～2）、早稲田大学図書館蔵（へ21／4259／1～5）、関西大学図書館蔵（L23／900／865～869）・長澤規矩也旧蔵（巻一のみ存L23／900／19）、柳沢昌紀氏蔵本（三巻二冊　巻一・二合冊、巻三のみ

一冊　巻四五欠、表紙栗皮色・後補題簽墨書き）。

（二）元禄五年求板（東洋文庫岩崎文庫蔵本　三F—a—は—ウ—70）

書　型　大本、五巻五冊、たて二六・五センチ×よこ一八・七センチ。

表　紙　栗皮色。

題　簽　原題簽「新版たういんひし一」。

刊　記　元禄五年壬申正月吉日

書林丁字屋

田口仁兵衛開板

所　在　豊橋市立中央図書館羽田八幡宮文庫蔵本（913・5／1～5）がある。表紙見返しに「羽田野敬雄云」との朱書きあり。第一丁オに「三河国羽田八幡宮文庫」の印記が見える。原題簽、黒表紙、刊記は「丁子屋仁兵衛板行」とあり、刊年月はない。朝倉氏によれば「元禄五年刊本の同書肆による後刷本」という。

（三）松会板（東洋文庫岩崎文庫蔵本　三—F—a—3—90）

書　型　大本、八巻六冊、たて二六・三センチ×よこ一八・八センチ（第一冊巻一・二、第二冊巻三・四、第三冊巻五、第四冊巻六、第五冊巻七、第六冊巻八）。

表　紙　薄茶色。

題　簽　左肩、子持枠、原題簽。

外　題　「新版絵入　棠陰比事」。

目録題　棠陰比事巻之一（二～四）目録。

棠陰比事巻五目録。

棠陰比事巻六目録。

棠陰比事巻七目録。

棠陰比巻八目録。

内　題　「棠陰比事之一（二～八）」。

柱　刻　上部に「比事一」、下部に丁付あり。

刊　記　二重枠で囲み「松会開板」とある。

丁　数　巻一　二十一丁。

巻二　十六丁。

巻三　十五丁。
巻四　十七丁。
巻五　十六丁。
巻六　十三丁。
巻七　十九丁。
巻八　二十四丁。
（巻五の丁付四、五、六、七、八となっているが、丁付の誤刻）。

行　数　毎半葉十五行。

字　数　一行約二十五字。

挿　絵　巻一　見開一図（四ウ、五オ）、片面五図（八オ、十一オ、十四オ、十七オ、二十オ）。
巻二　片面四図（四オ、七オ、十オ、十三オ）。
巻三　片面四図（四オ、七オ、十オ、十三オ）。
巻四　片面四図（四オ、七オ、十一オ、十五オ）。
巻五　片面四図（四オ、七オ、十オ、十三オ）。
巻六　片面三図（四オ、七オ、十一オ）。
巻七　片面四図（六オ、九オ、十三オ、十六オ）。
巻八　片面五図（四オ、七オ、十一オ、十五オ、二十オ）。

章題は和訳してある。本文は寛永版・慶安版のものと相違箇所が多く、振り仮名も一致しない。相違部分の比較は朝倉氏が前掲書（二四六頁から二五三頁）で行っている為、そちらを参照いただきたい。

朝倉氏の前掲書には、「昭和三十八年六月の東京上野公園清水堂に於ける古書即売展にて、四百番に出品された。合一冊にして、次の刊記が終丁表、左隅にあつた。／寛文十三年葵丑七月吉日松会開板」と記されている。また、柏崎順子氏『増補松会版書目』（青裳堂書店）四十頁に寛文十三年刊行の根拠に関する記述がある。しかし、これまで筆者の管見に入った諸本は刊年が削られたものばかりであった。他に版元「松会」の二字を削った後刷本もある。

松会板の諸本については、以下の通りである。

蓬左文庫小酒井不木文庫蔵（八巻五冊　小／四七）、香川大学附属図書館神原文庫蔵（五巻一冊、巻六～八なし、326・92／2）、神宮文庫神宮皇学館旧蔵（八巻六冊　7665）、東京大学大学院人文社会系研究科文学部図書室蔵（八巻六冊　36・3／22／1～6）、京都大学蔵（附属図書館大物本八巻五冊本　4―47／ト／4と吉田南総合図書館林文庫八巻五冊本095・2／14には「松会」書肆名なし。「藤井」の印記のある文学研究科図書館本八巻四冊本　pb／13には「松会開板」と刊記あり）、広島大学附属図書館蔵（八巻五冊　大国670）、石川県立図書館李花亭文庫蔵（八巻二冊　840／3／李花亭）、宮城県立図書館伊達文庫蔵（八巻五冊　伊325・2／ト2）、立教大学池袋図書館江戸川乱歩旧蔵（八巻六冊　52071989）、筑波大学附属図書館蔵（八巻五冊　ル150―26）、九州大学附属図書館蔵（巻之七一冊　913／ト―1／1～7）、など。

備　考

一、（一）（二）（三）の諸版以外に立教大学池袋図書館江戸川乱歩旧蔵本（五巻五冊、匡郭無しの無刊記本。52072166）や、蓬左文庫小酒井不木文庫蔵本（五巻五冊、匡郭無しの無刊記本。小・49）、早稲田大学図書館蔵本（五巻三冊、匡郭無しの無刊記本。ヘ21／367／1～3）、金沢市立玉川図書館稼堂文庫蔵本（五巻五冊、匡郭無しの無刊記本。特091・9―505）などが存する。これらは元禄五年求板本の刊記を削った後刷本の可能性も考えられるが、今は未詳。今後調査をすすめたい。

一、これまでに記した以外のものでは、国文学研究資料館蔵本が三種ある。その他については国文学研究資料館所蔵和古書・マイクロ／デジタル目録データベースで確認できるので詳細は省いた。

（参考文献）

朝倉治彦『未刊仮名草子集と研究（二）』未刊国文資料

（昭和四十一年六月二十日）

長澤規矩也編輯『日光山天海蔵主要古書解題』（日光山輪王寺　昭和四十一年十一月）

中村武夫「棠陰比事物語」について『書誌学』第二号（日本書誌学会　昭和四十年十一月）

中野三敏監修『江戸の出版』ぺりかん社（平成十七年十一月）

柏崎順子『増補松会版書目』青裳堂書店（平成二十一年四月）

［付記］

書誌調査閲覧にご協力いただきました各図書館と係の方々、書誌情報を賜りました輪王寺宝物殿学芸員佐々木茂氏、原本を使用させていただきました柳沢昌紀氏に深謝致します。

（松村美奈）

【仮名草子集成　前責任者】

故朝倉治彦（あさくら　はるひこ）

大正十三年東京生れ。昭和二十三年國學院大学国文科（旧制）卒、二十五年同大学特別研究科（旧制）修。国立上野図書館司書・国立国会図書館司書（昭和六十一年依願退職）。元四日市大学教授兼図書館長。仮名草子その他、著編書論文多し。平成二十五年九月没。

●編者略歴

【編集責任者】

柳沢昌紀（やなぎさわ　まさき）

昭和三十九年生れ。慶應義塾大学大学院博士課程単位取得退学。現在中京大学教授。〔主要編著書・論文〕『江戸時代初期出版年表』（共編　勉誠出版）「甫庵『信長記』初刊年再考」（『近世文藝』86号）など。

【共編者】

伊藤慎吾（いとう　しんご）

昭和四十七年生れ。國學院大学大学院博士課程修了。現在恵泉女学園大学非常勤講師。〔主要著書・論文〕『室町戦国期の文芸とその展開』（三弥井書店）「『源平軍物語』の基礎的考察」（『文化現象としての源平盛衰記』所収　笠間書院）など。

中島次郎（なかじま　じろう）

昭和四十六年生れ。総合研究大学院大学博士後期課程修了。博士（文学）。現在、東京成徳大学中学・高等学校非常勤講師。〔主要論文〕「『淋敷座之慰』の「竹斎」（『近世文藝』76号）など。

花田富二夫（はなだ　ふじお）

昭和二十四年生れ。熊本大学大学院文学研究科修士課程修了。現在、ノースアジア大学教授。博士（文学）。〔主要編著書〕『仮名草子研究―説話とその周辺―』（新典社）新日本古典文学大系『伽婢子』（共編著　岩波書店）など。

安原眞琴（やすはら　まこと）

昭和四十二年生れ。立教大学文学研究科博士課程後期課程修了。博士（文学）。現在立教大学兼任講師。〔主要編著書〕『『扇の草子』の研究―遊びの芸文』（ぺりかん社）国文学研究資料館編『古典籍研究ガイダンス』（共著　笠間書院）など。

棠陰比事加鈔　柳沢昌紀所蔵

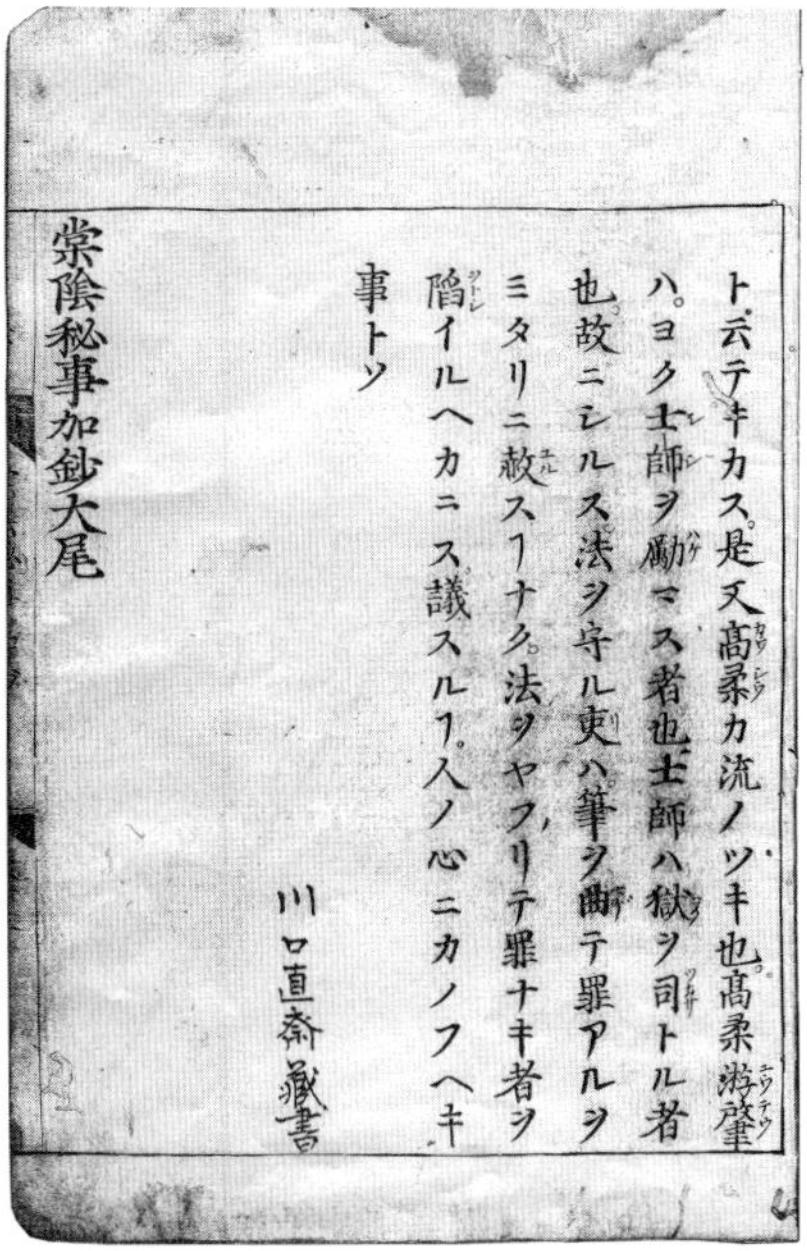

巻下之下　巻尾

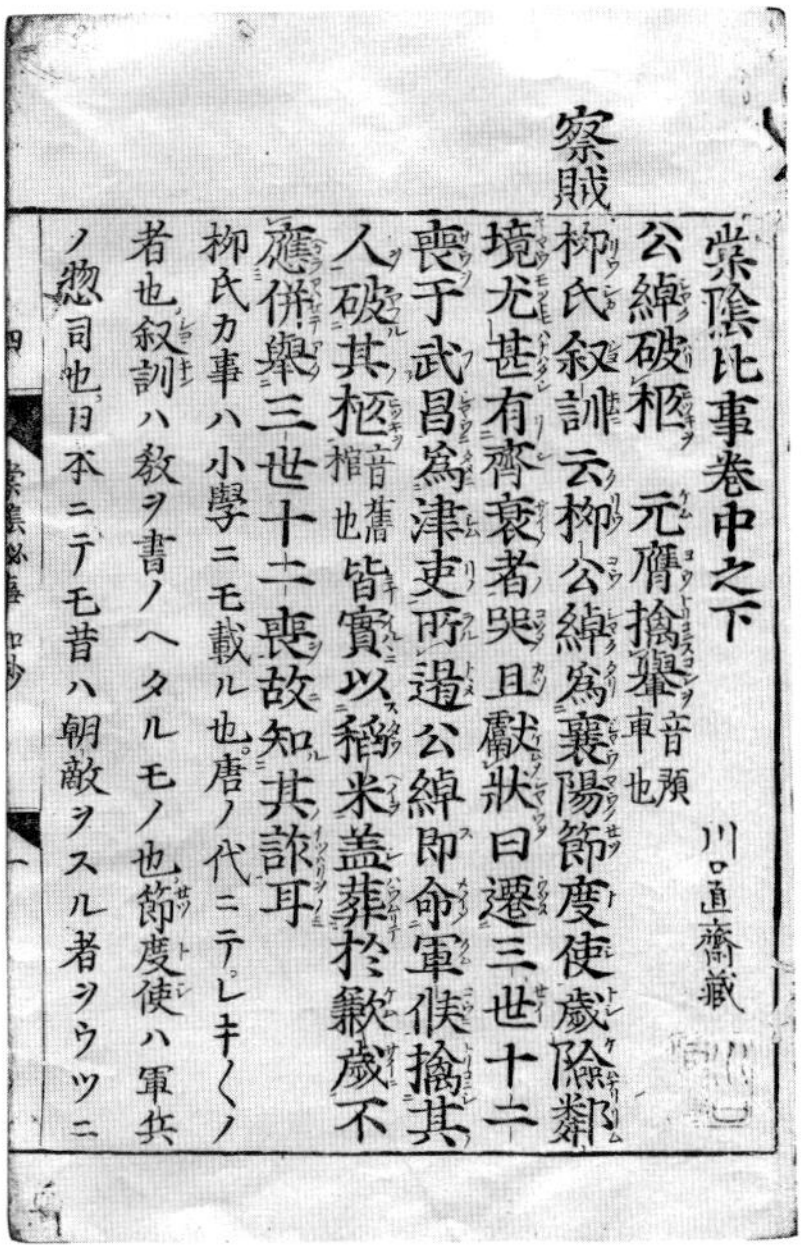

巻中之下　巻頭

つれづれ御伽草　天理大学附属天理図書館所蔵

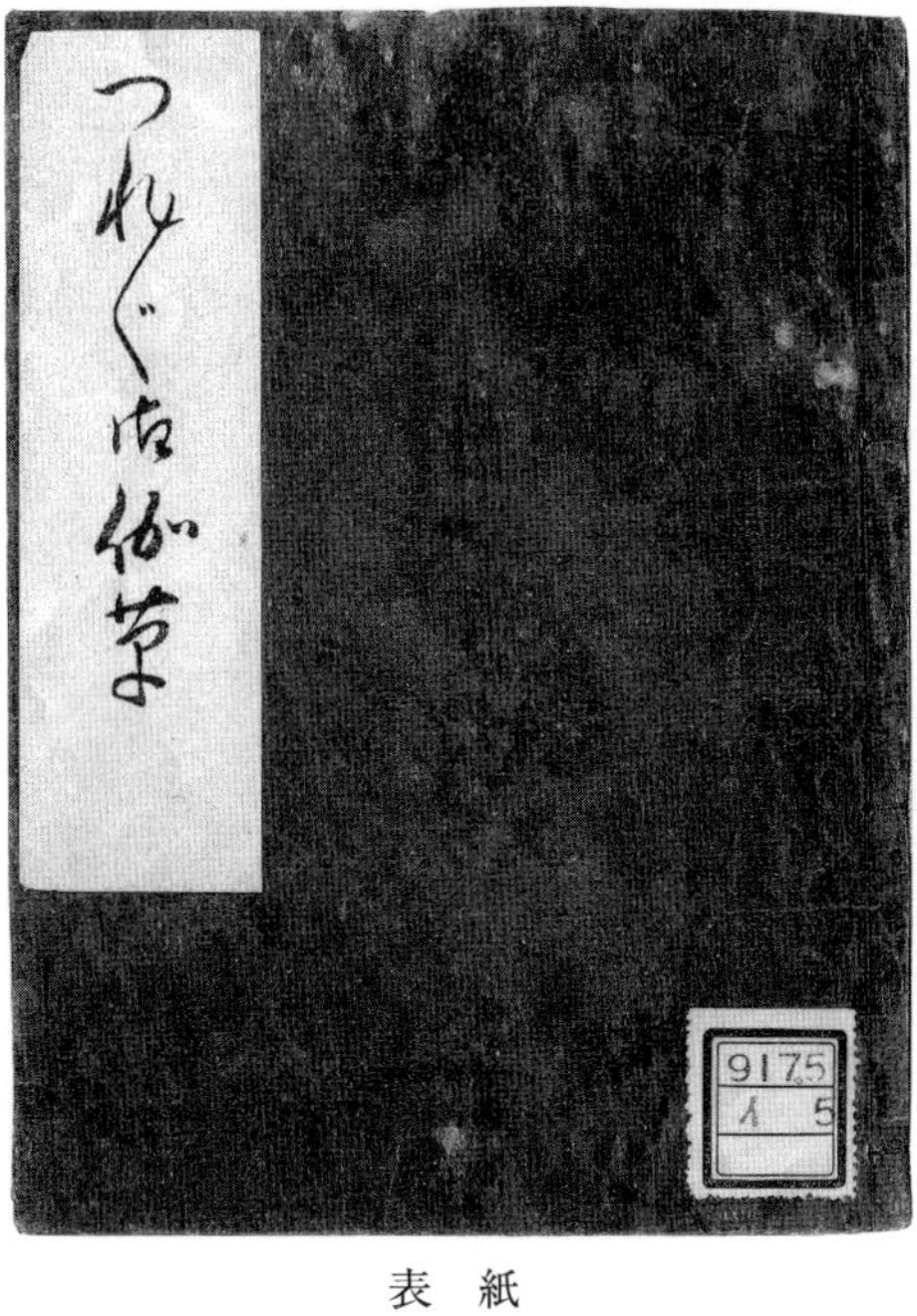

表　紙

徒然草嫌評判　国立公文書館内閣文庫所蔵

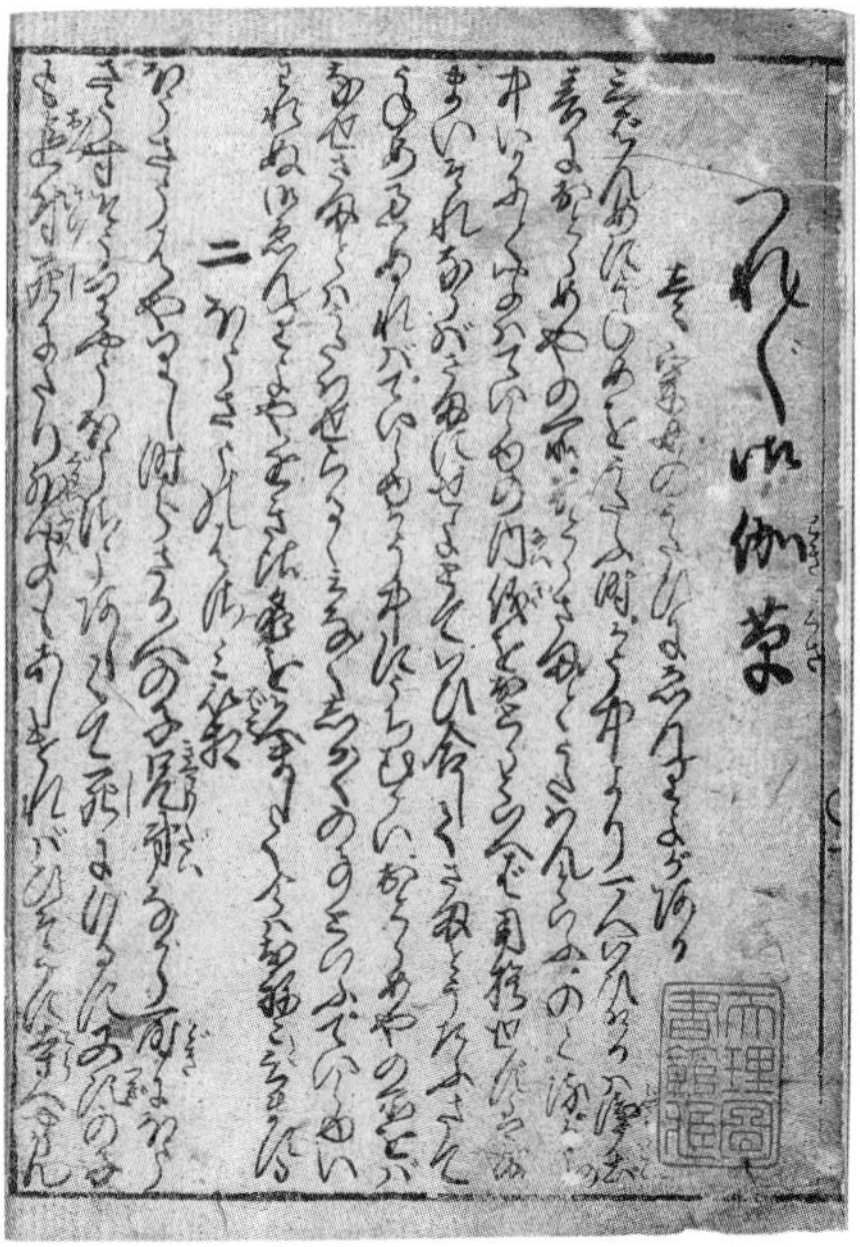
本文巻頭

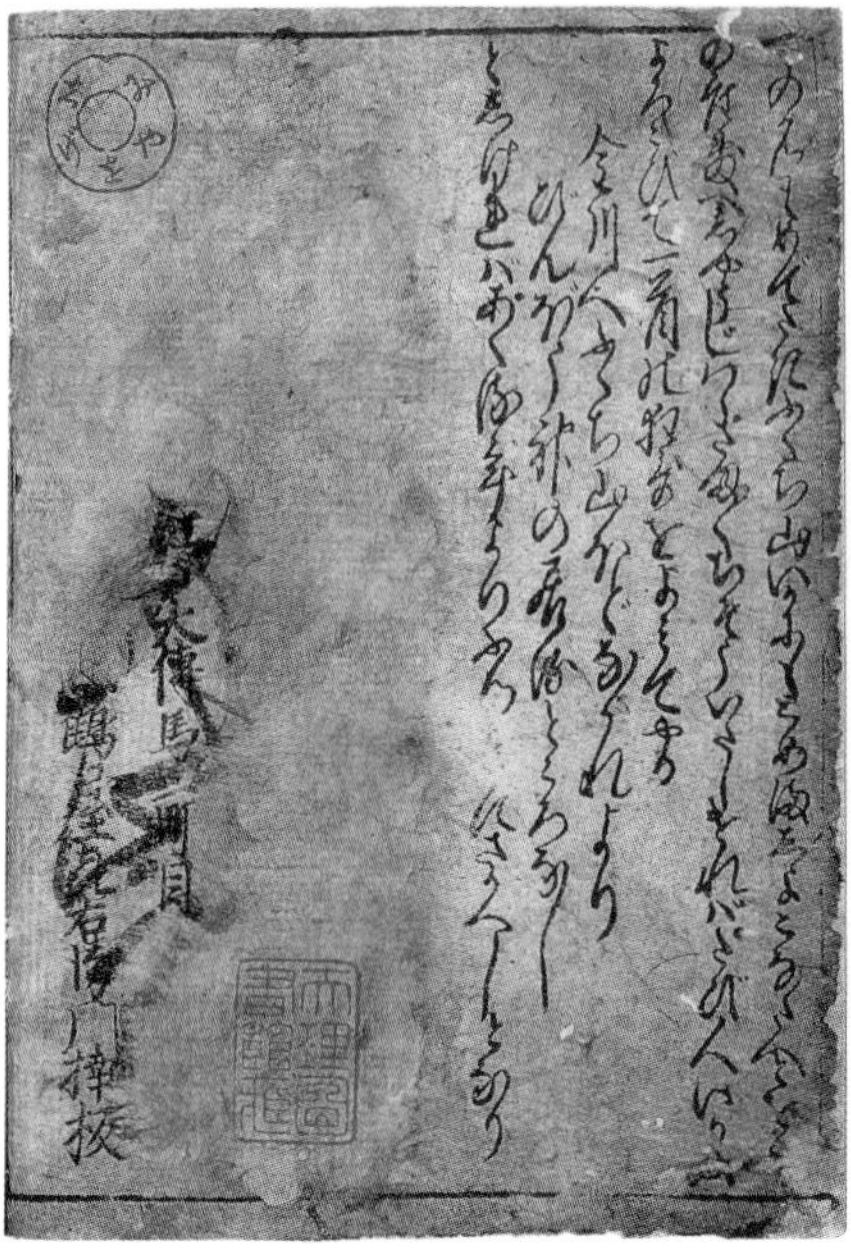
刊　記

表　紙

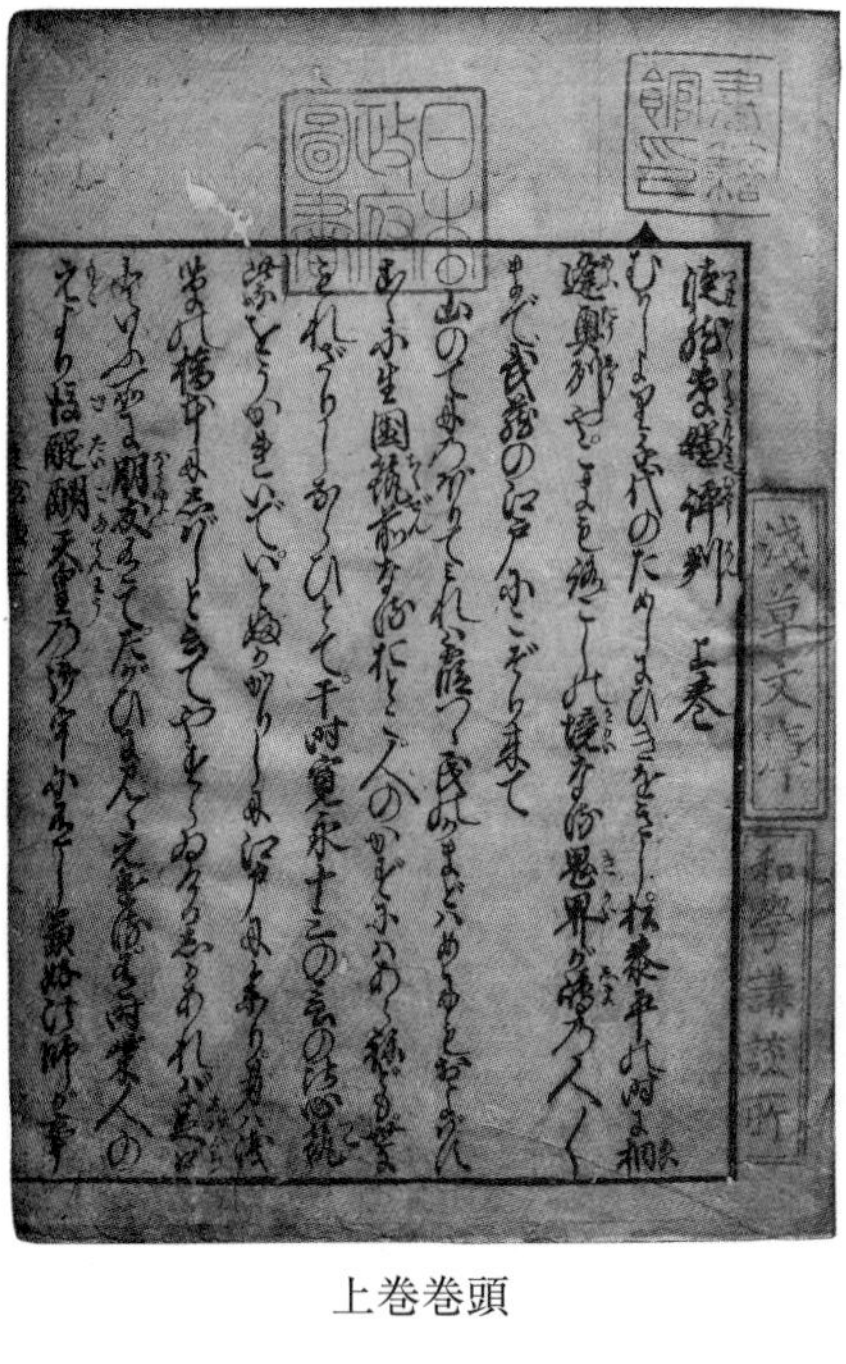
上巻巻頭

道成寺物語　ノートルダム清心女子大学附属図書館所蔵

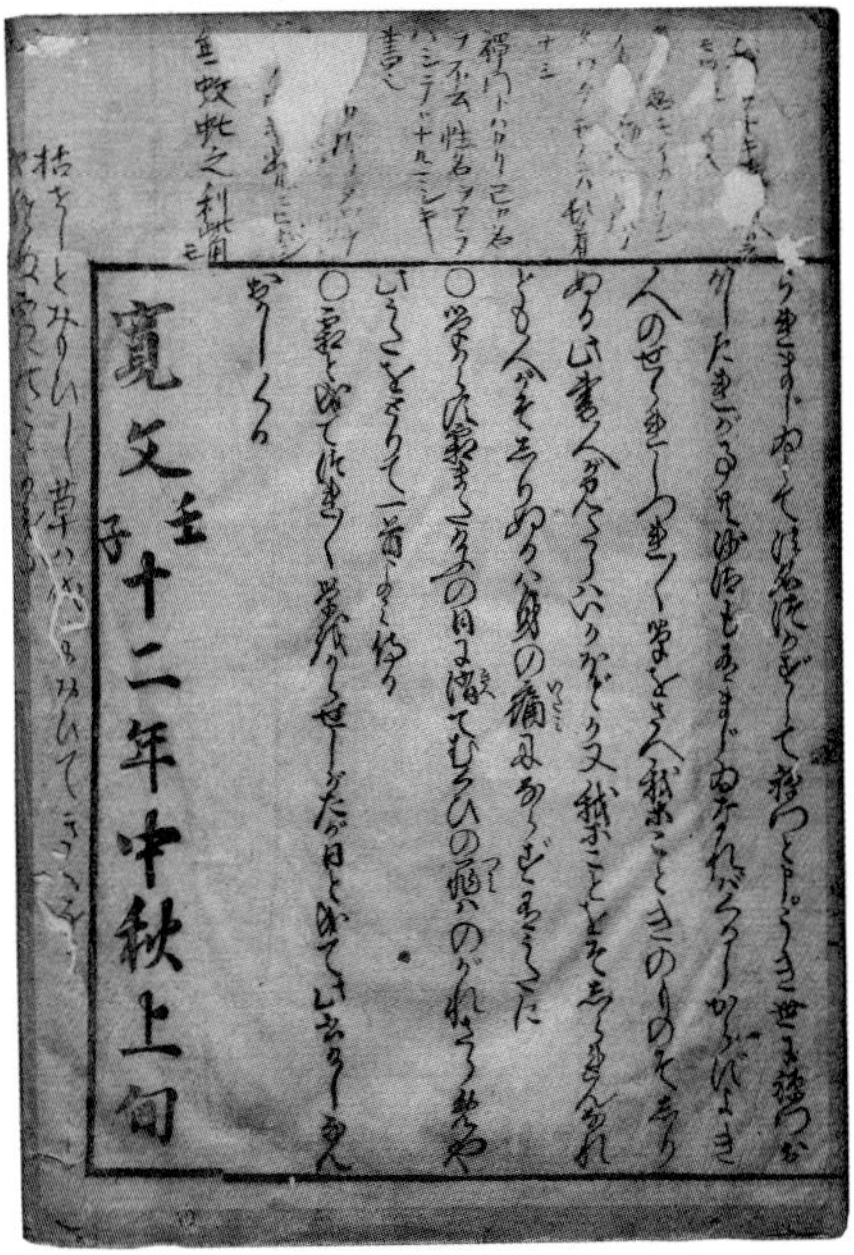

下巻刊記

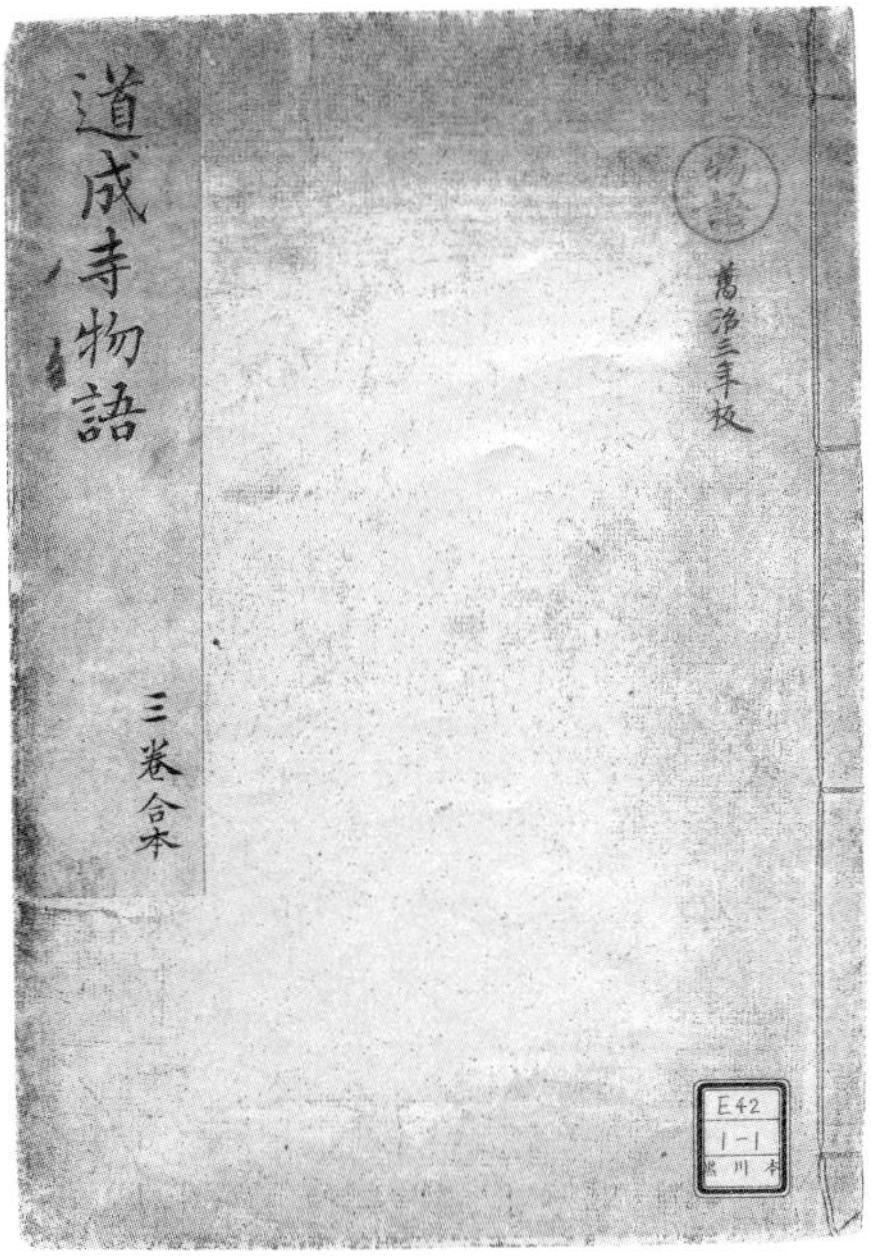

表　紙

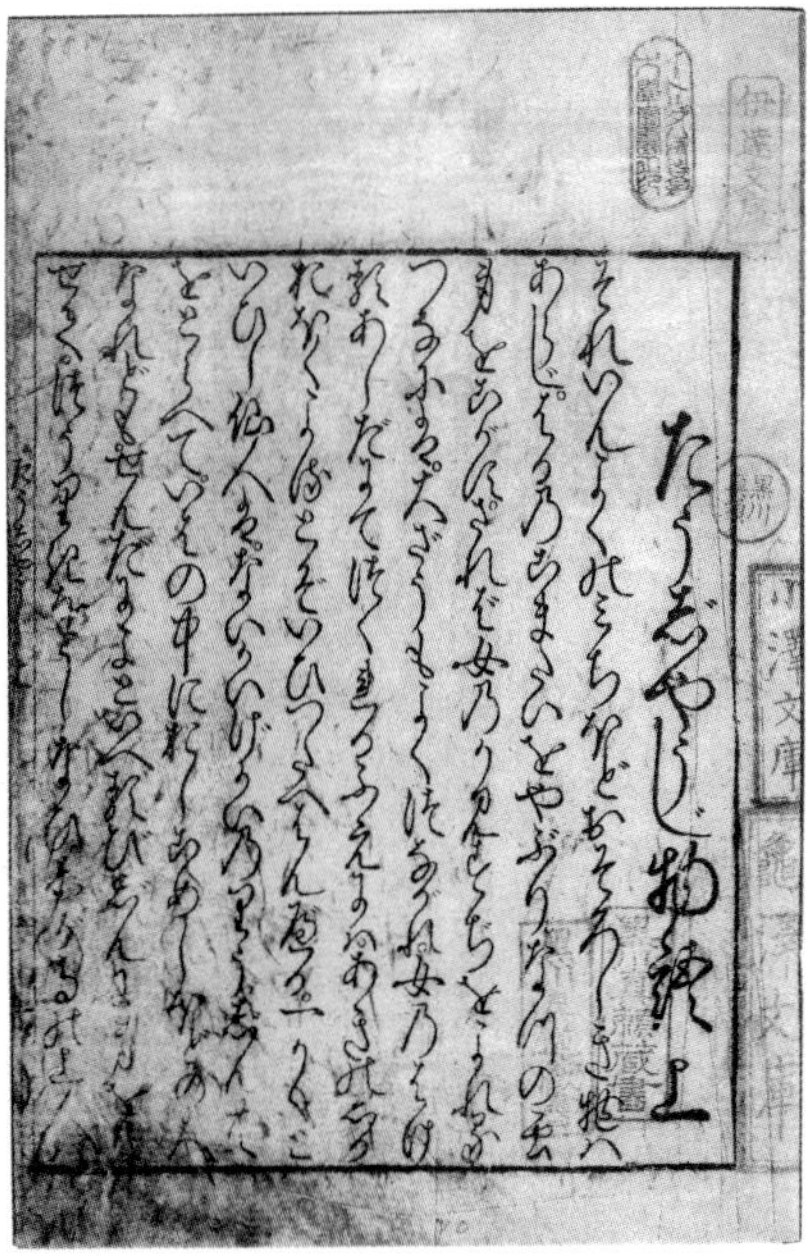

上巻巻頭

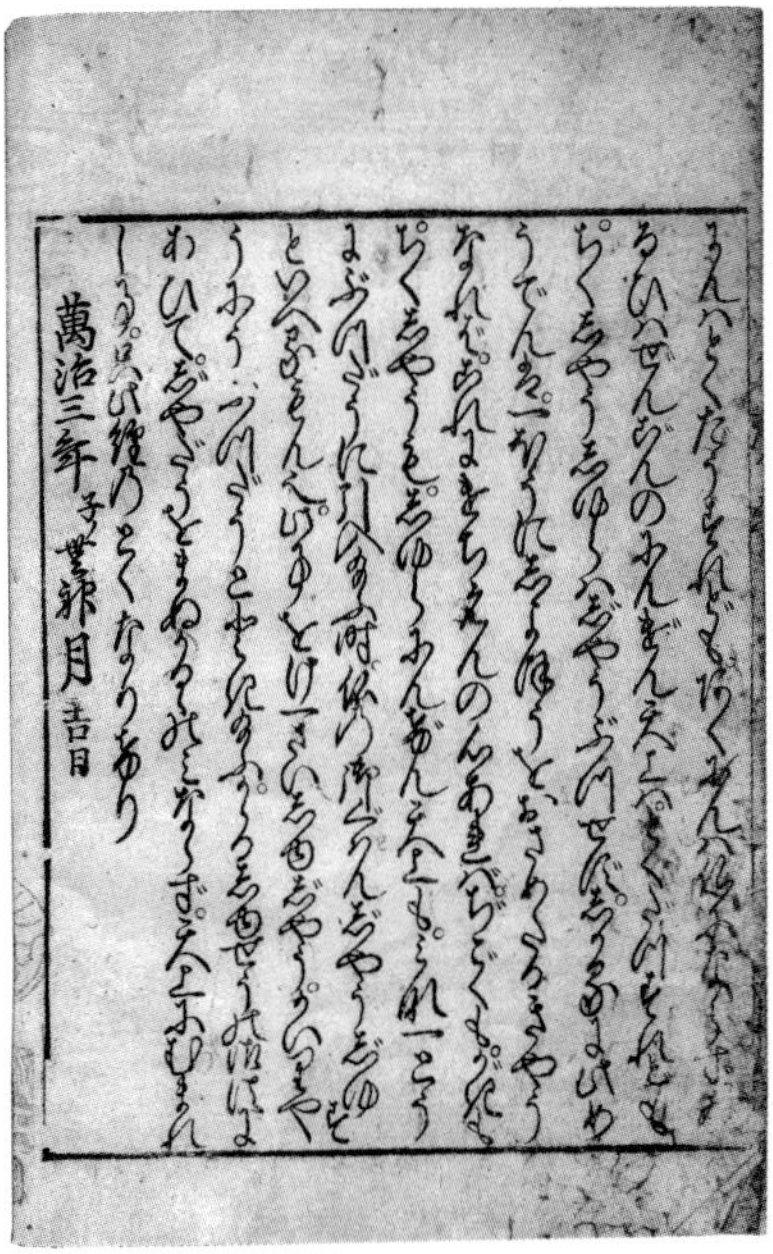

下巻刊記

徳永種久紀行　宮内庁書陵部所蔵

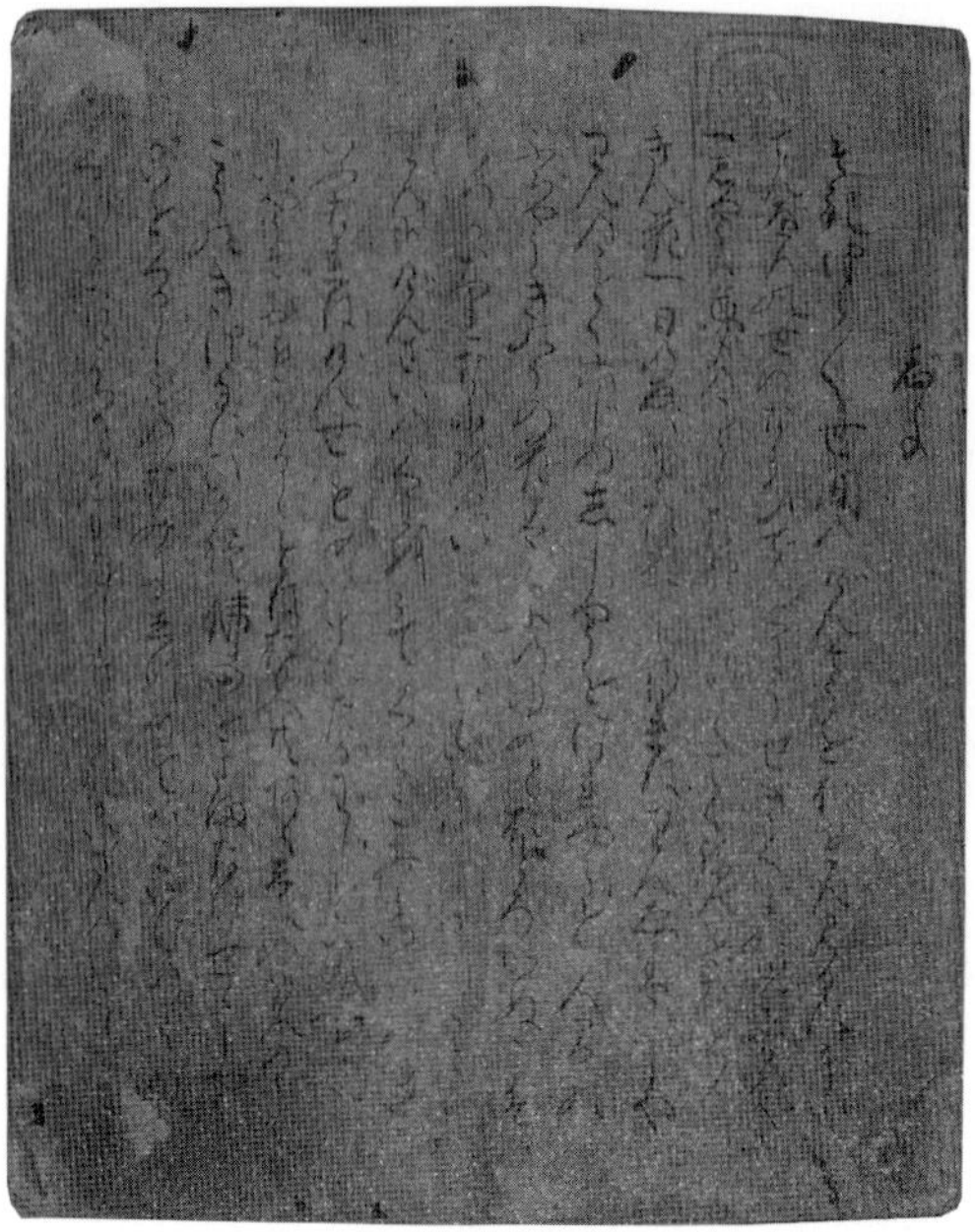

序

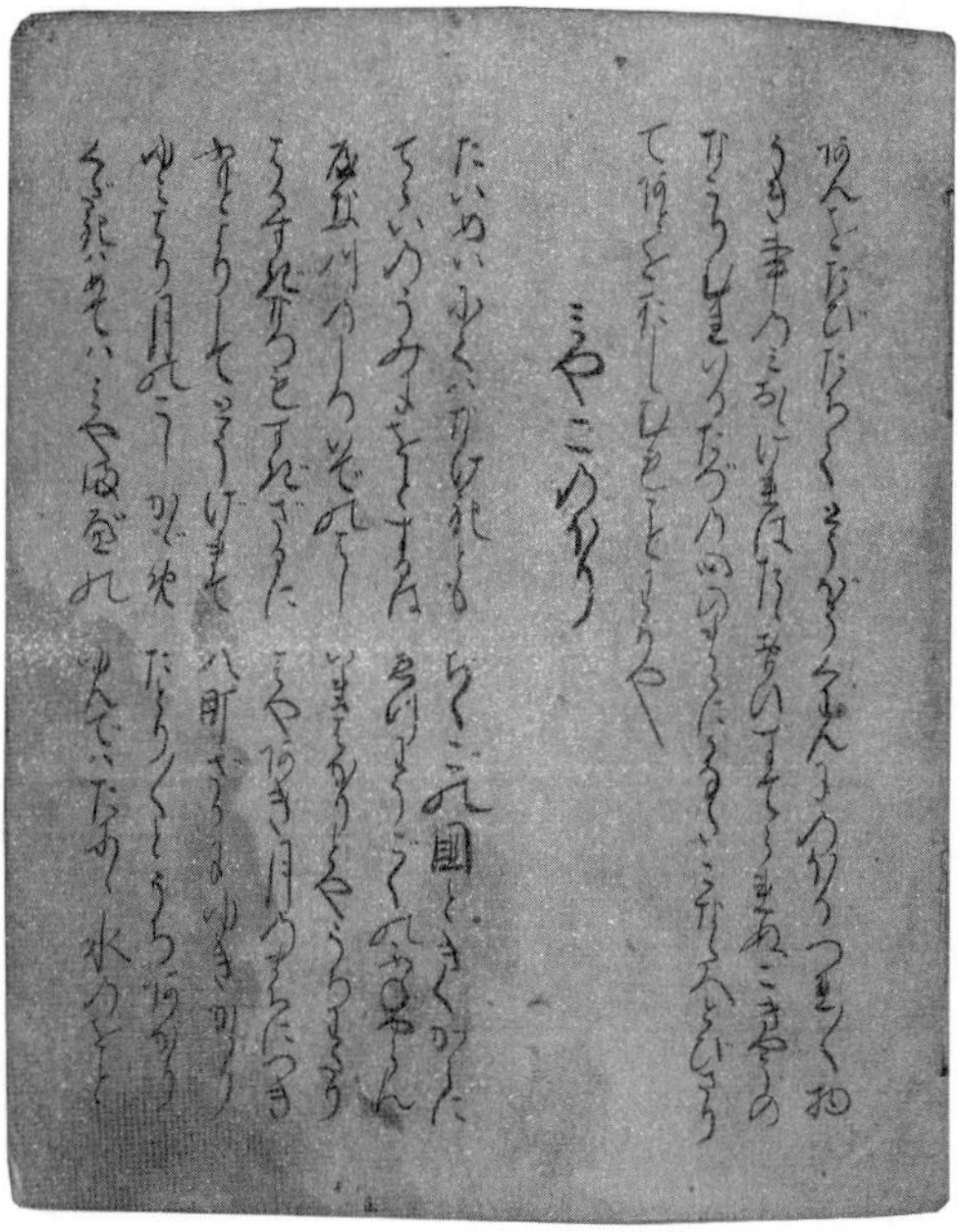

本文巻頭

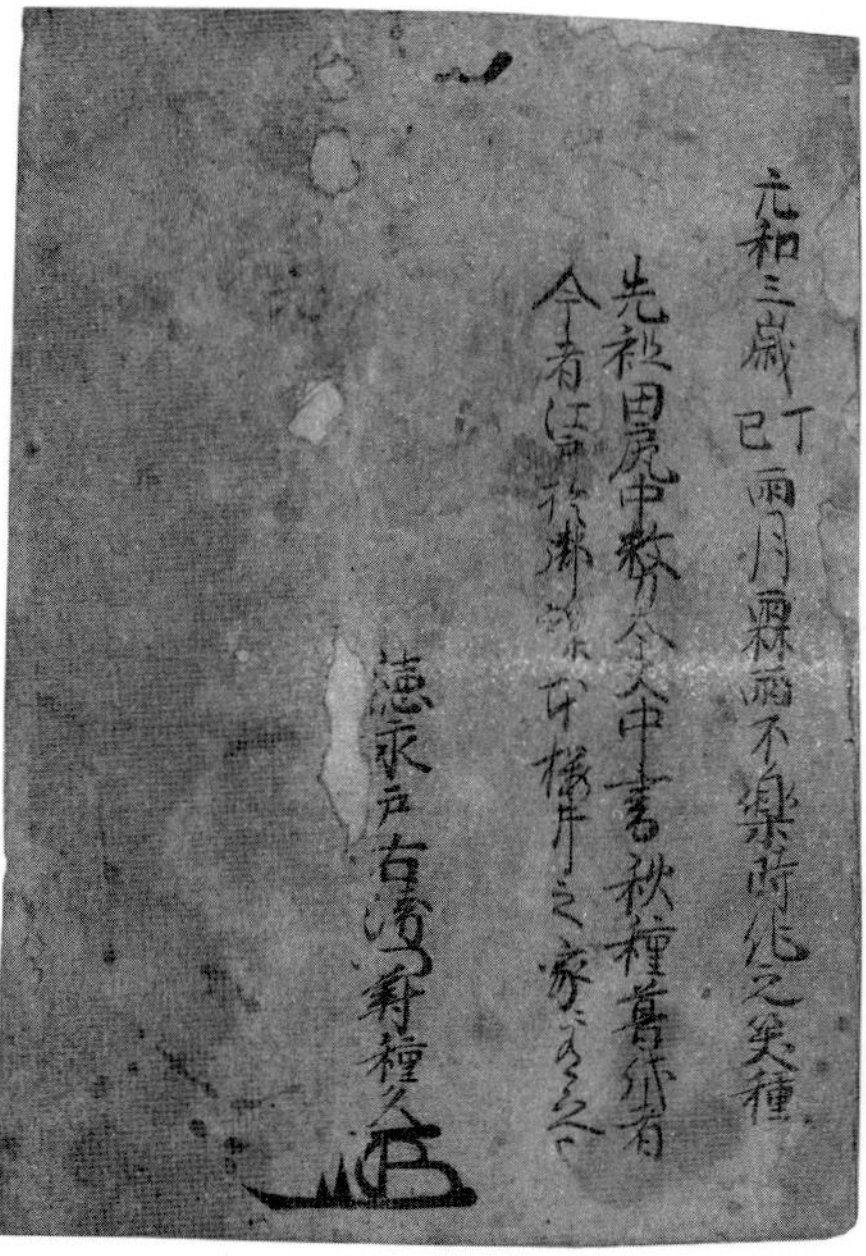

奥　書

何物語　柳沢昌紀所蔵

上巻表紙（平野屋作兵衛板）

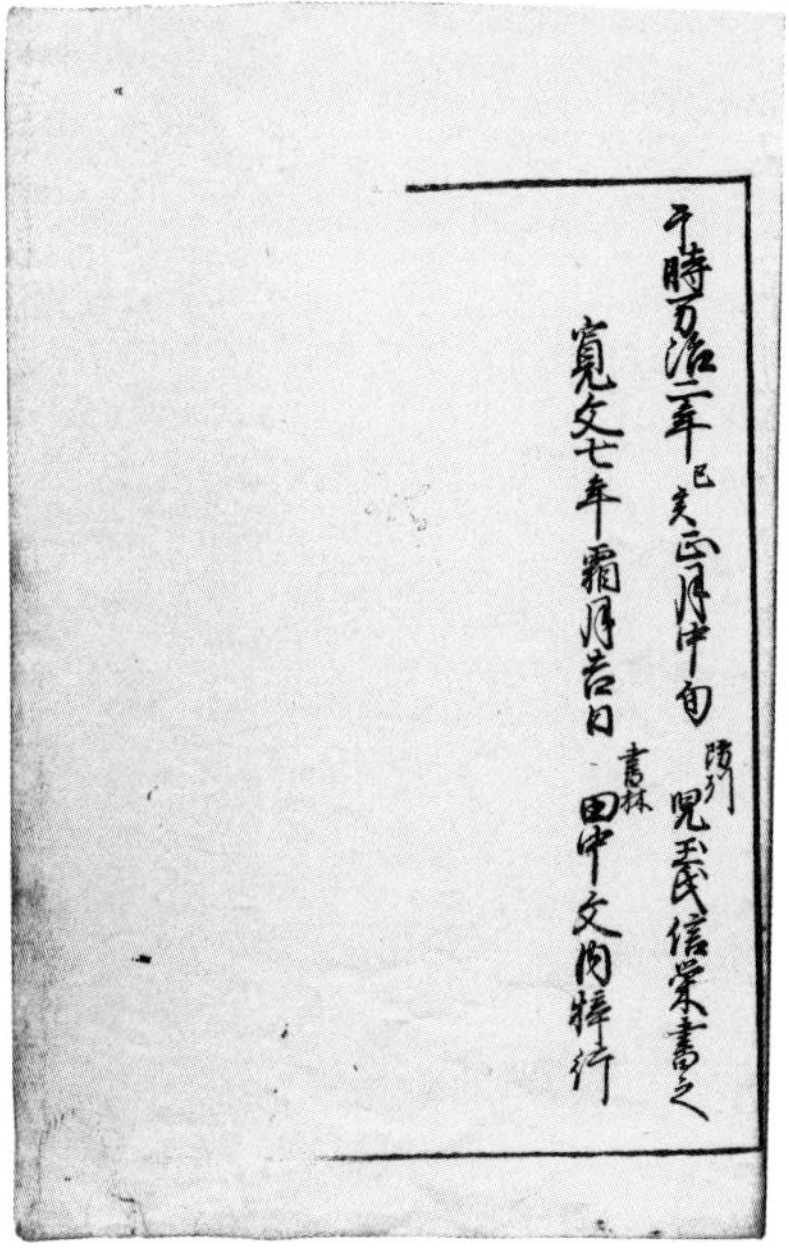
干時万治二年己亥正月中旬　児玉氏信栄書之
寛文七年霜月吉日　書林　田中文内梓行

下巻刊記（田中文内板）

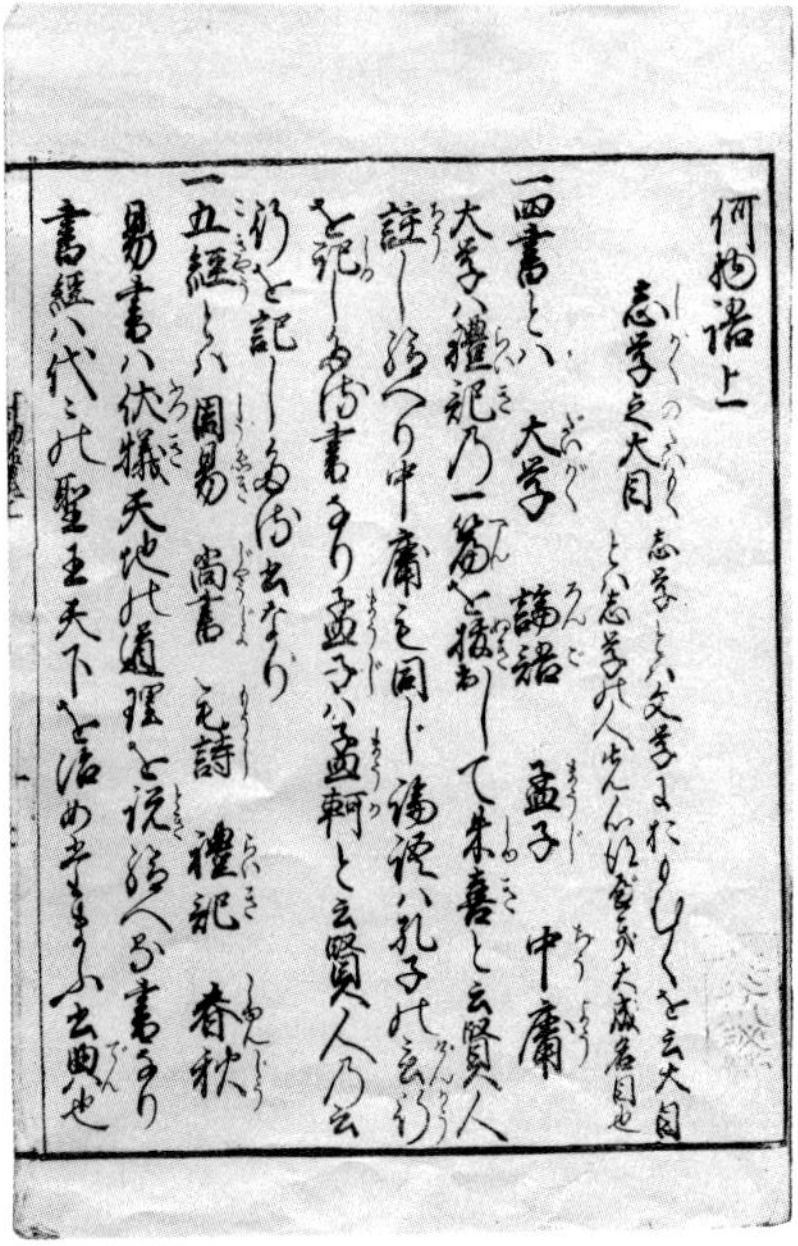
何物語上一
志学之大目
一四書とハ　大学　論語　孟子　中庸
一五経とハ　周易　尚書　毛詩　礼記　春秋

上巻巻頭（田中文内板）

假名草子集成 第五十四巻

二〇一五年八月二〇日 初版印刷
二〇一五年八月三〇日 初版発行

編者 柳沢昌紀
伊藤慎吾
中島次郎
花田富二夫
安原眞琴

発行者 小林悠一
印刷所 株式会社 三陽社
製本所 渡辺製本株式会社

発行所 株式会社 東京堂出版
東京都千代田区神田神保町一―一七(〒一〇一―〇〇五一)
電話 東京 〇三―三二三三―三七四一 振替 〇〇一三〇―七―二七〇

ISBN978-4-490-30688-0 C3393
Printed in Japan 2015